中國語言文字研究輯刊

二一編
許學仁 主編

第 17 冊
湖南郴州土話音韻調查研究

尹 凱 著

花木蘭文化事業有限公司

國家圖書館出版品預行編目資料

湖南郴州土話音韻調查研究／尹凱 著 -- 初版 -- 新北市：花
木蘭文化事業有限公司，2021〔民110〕
序 2+ 目 4+260 面；21×29.7 公分
（中國語言文字研究輯刊　二一編；第 17 冊）
ISBN 978-986-518-670-8（精裝）
1. 方言學　2. 聲韻學　3. 湖南省郴州市
802.08　　　　　　　　　　　　　　　110012609

ISBN-978-986-518-670-8

9 789865 186708

中國語言文字研究輯刊
二一編　　第十七冊　　　　　　ISBN：978-986-518-670-8

湖南郴州土話音韻調查研究

作　　者　尹　凱
主　　編　許學仁
總 編 輯　杜潔祥
副總編輯　楊嘉樂
編　　輯　許郁翎、張雅淋、潘玟靜　美術編輯　陳逸婷
出　　版　花木蘭文化事業有限公司
發 行 人　高小娟
聯絡地址　235 新北市中和區中安街七二號十三樓
　　　　　電話：02-2923-1455 ／傳真：02-2923-1452
網　　址　http://www.huamulan.tw 信箱　service@huamulans.com
印　　刷　普羅文化出版廣告事業
初　　版　2021 年 9 月
全書字數　235959 字
定　　價　二一編 18 冊（精裝）　台幣 54,000 元　　　版權所有 · 請勿翻印

湖南郴州土話音韻調查研究

尹凱 著

作者簡介

尹凱，男，1984 年生，河北石家莊人。2007 年畢業於河北大學新聞系，獲學士學位；2009 年至 2012 年在河北師範大學文學院攻讀碩士學位，師從桑宇紅教授學習音韻學；2012 年至 2015 年在中國社會科學院研究生院攻讀博士學位，師從麥耘教授學習音韻學和方言學。現為河北師範大學文學院副教授，主要研究領域為漢語方言學、音韻學、語音學。主持並完成 2016 年度國家社會科學基金青年項目「語言接觸與郴州土話語音演變研究」、2018 年度河北省社會科學基金項目「河北無極方言語音層次研究」、國家語委中國語言資源保護工程專項課題「河北漢語方言調查・無極」、2015 年度河北省教育廳人文社會科學研究項目「河北石家莊里城道方言語音研究」。目前在研 2019 年河北省教育廳青年拔尖人才項目「漢語音節脫落的補償機制研究」和人文社科重大攻關項目「河北太行山麓方言的語音層次結構研究」子課題。已發表學術論文有《漢語構詞音變的前音節長化補償機制》《從古全濁聲母的讀音層次看湘南土話的性質》《無極方言本字考》《湖南臨武楚江土話同音字彙》《晉語入聲舒化二分型調類分析》《從古代文人的「正音」意識再談〈切韻〉音系的性質》等。

提　要

　　湘南土話主要分布在湖南南部的郴州和永州兩個地區，內部不同方言點的差異很大，一致性特徵並不突出，其方言歸屬至今未明。湘南土話分布的區域大部分同時通行官話方言，《中國語言地圖集》第 1 版和第 2 版分別將這片區域劃歸西南官話湘南片和桂柳片，是著眼於在這片區域通行的官話方言而言，但對本地固有的土話性質沒有定論。

　　郴州和永州兩個地區的土話又有明顯差異。本課題主要調查研究郴州境內的土話方言。以方言接觸和歷史層次分析的角度，分別從聲、韻、調三個方面對郴州土話的語音特點進行研究。重點分析古陽聲韻今讀體現的歷史層次、古全濁聲母清化後逢塞音塞擦音的演變類型以及聲調的演變規律，在此基礎上，將郴州土話聲韻調各方面體現的不同層次與湘、贛、客、西南官話等多種鄰近方言進行比較，剖析郴州土話與其他各方言的關係，討論郴州土話的方言性質，並以方言接觸的視角推測郴州土話的形成過程和演變特點。

　　一、聲母方面，我們重點研究了古全濁聲母的讀音演變。古全濁聲母在郴州土話中分為兩種類型：一種是無論平仄全讀送氣音，這是典型的客贛方言特徵；另一種是古並、定母今讀不送氣音，其他聲母讀送氣音。我們通過音位感知的分析，並結合移民史，認為第二種類型是不同時代的客贛方言互相融合的結果。

　　二、韻母方面，我們重點研究了梗攝與其他韻攝的分合關係。梗攝白讀層表現為「獨立為韻」和「與其他韻攝合流」兩種大的類型，與其他韻攝合流又表現為與山咸攝合流、與宕江攝合流、與山咸宕江攝合流、與曾攝合流四種情況。不同的類型分別反映了湘、客贛、官話等不同方言的接觸影響。此外，蟹攝韻尾脫落、假攝元音高化、果攝元音高化和復元音化、山咸宕江梗等攝陽聲韻脫落韻尾，體現了湘語的層次；遇攝三等魚韻系部分字讀前、不圓唇元音，有客贛方言的特徵。

三、聲調方面，主要表現為「四調類」和「五調類」兩種類型。四調類無入聲調，平聲分陰陽，上、去不分陰陽，這與贛語吉茶片以及西南官話的聲調模式類似；五調類保留入聲調，平聲分陰陽，上、去不分陰陽，這是湘語的常見調類模式。另外，部分土話的濁上、清平同調，是客家話的接觸影響，濁去、清平同調，又是贛方言的讀音層次。

　　本研究認為，郴州境內的土話是處於湘語、贛語、客家話、西南官話方言區交界地帶的具有過渡性質的混合型方言群；是在古湘語的基礎上，宋元時期受到來自江西移民的贛客方言的衝擊，明清以來又不斷受到西南官話的侵蝕，多種方言融合接觸漸而形成的。

　　研究成果分上、下兩篇：上篇主要描寫，對調查的土話，包括仁義、飛仙、荷葉、沙田、唐家、楚江、麻田、一六等 8 個點，進行詳細的語音特點分析，展現各土話點的音韻演變特點；下篇分專題討論，分別分析土話的聲母、韻母、聲調的讀音層次，並將之與其他方言進行比較，探討土話與其他方言的接觸影響。

2016 年度國家社會科學基金青年項目
《語言接觸與郴州土話語音演變研究》
（編號：16CYY015）

序

　　2013 年的秋天，我跟尹凱──他那時還在社科院攻博，還有四川大學的郭萍，一道到湖南南部臨武縣的楚江鎮，調查當地屬於郴州土話的方言，在那兒呆了有一個多快兩個月。回北京以後，尹凱就提出，想拿郴州土話作博士論文的題目。說實在，起初我心裡是有點兒猶豫。湘南土話是近些年來漢語方言研究的一個熱點，更是個難點；再說在湘南土話當中，郴州這一片兒向來調查和研究都不是太夠。尹凱的母語是官話，方言學入門也不很久，寫這個難度不低──我當時這麼跟他說。其實呢，還有一句話我沒好意思說出口：即便是我自己，對這個課題也挺怵的。不過尹凱勇氣可嘉，迎難而上，我自然不能攔他，只有想著怎樣多幫他一幫。誰知道後來他幾次到湘南搞調查的時候，我都恰好有別的事務，沒能跟他一塊兒去，全都靠他自己。到了後期做材料分析，我也說不上什麼指導，只是拿了一些意見供他參考。可以說這論文基本上是他憑一己之力寫出來的，而且寫得是中規中矩，不單擺出了很多新鮮喜人的材料，分析也挺細緻，還提出一些有價值的觀點。他的這個成果對於湘南土話研究工作的推動作用，當得「可觀」二字。

　　湘南土話非常複雜，層次很豐富，是研究方言接觸和方言融合的好樣本。粗略說來，湘南土話裡比較古老的層次是湘語（湘語本身的層次得另說），新的層次是打西邊兒過來的西南官話，而在湘語層次跟西南官話層次當間兒，是打

東邊兒過來的客贛方言的層次，至於土話本尊的歷時演變層次（有的學者叫演變階段）自然是少不了。這個大框架，在方言學界裡爭議大概不會太大了。可落到具體的問題上，還是會仁者見仁、智者見智。譬如說濁音清化，古並定母讀不送氣聲母、其他古全濁塞音讀送氣聲母，就有幾位學者作過不同的解釋。我是把這現象看成跟自發產生的內爆音有關係的。尹凱沒附和我，他提出一個新的說法：歷史上客贛方言對土話施加影響（或者說跟土話融合）先後有兩次，一次在全濁音清化之前，一次在清化之後；在這兩次之間，土話又有自個兒的變化。幾種因素交叉，造成了這個結果。這就比囫圇吞棗地說「跟客贛方言比較接近」要好得多。我眼下沒打算放棄我原本的想法，可同時我也欣賞尹凱那靈動的眼光，考慮到各個層次之間的穿插，把外部接觸跟內部演化有機結合起來，感覺沒准兒真讓他說對了，或者說對了一部分。

　　不光湘南，這一個音系特點在粵北土話（又叫韶州土話）的一些方言裡也有。學界的主流意見，是把湘南土話跟粵北土話，還有桂北土話（桂北平話）劃拉在一塊兒，看作一個地理上連片兒、但內部鬆散的土語群。這些方言錯落分布在五嶺南北，或許可以暫時叫做「五嶺土語群」吧。照當下的習慣，把這個土語群劃分成湘南、粵北、桂北三大片，還有韶州土話、郴州土話這些個稱呼，主要是依地段叫著方便；其實，各個行政區的分界跟這些方言的共時語言特徵、形成的歷史過程等等是什麼個關係，現如今還說不好。所以，跟湘南土話、郴州土話有關聯的各種觀點，還得從整個土語群的角度，再仔細地梳理、斟酌一番。要想把「五嶺土語群到底是個什麼」這個問題搞明白，弄清楚這當中的各種關竅，需要做的工作還很多。希望尹凱，還有其他對這個土語群有興趣的朋友，尤其是年輕的朋友，繼續調查、研究，拿出更多有意思的成果來。

麥耘

2021 年初夏

於燕南檻泉莊

目次

導　論

一、湘南土話概況

　　在湖南南部、廣東北部、廣西東北部這一片相連的區域，分布著很多種漢語「土話」方言。學界把湖南南部的土話稱為「湘南土話」，廣東北部的土話稱為「粵北土話」，廣西東北部的方言稱為「桂北平話」，三片土話連成一片，但內部不同方言點的差異很大，一致性特徵並不突出。

（一）名稱和概念

　　「土話」是方言的一種叫法，但一般用以指通行區域較小的方言，可以指某一村的土話、某一鄉甚至某一縣的土話。方言區的人們尤其是南方方言區的人們，常常稱自己的鄉音為「土話」，或「土語」。所以，「土話」原本並不專指某種方言。

　　湖南南部、廣東北部這片區域的人們也往往稱自己講的方言為「土話」，把「說土話」稱為「打土談」或「講土話」。楊時逢先生在《湖南方言調查報告》中多次提及這片方言時，稱之為「土話」或「土語」，也是根據發音人的叫法記錄的。由於對這片區域內的土話瞭解不足，學界尚未對其方言歸屬及分區作出定論，所以暫時沒有給這片土話單立名稱。李榮先生在 1987 年版《中國語言地圖集》圖〔A2〕與圖〔B8〕的說明稿中將之籠統稱為「湘南土

話」、「韶州土話」〔註1〕（或「韶關土話」、「粵北土話」），分別用以指湖南南部和廣東北部的土話。「湘南土話」、「韶州土話」並非只是兩種土話，而是包含很多種土話。這片區域內的土話種類多、相互差異大，各土話的分布面積普遍較小，沒有哪一種土話有絕對優勢成為這個地區的權威方言，所以，這裡的「土話」也是指通行範圍較小的方言。「湘南土話」、「韶州土話」實指「湘南土話群」、「韶州土話群」。

雖然沒有單立名稱，但為了表述的準確，兼顧行文的方便，仍需要確立一下概念和名稱。我們也沿用李榮先生的權宜叫法，稱分布於湖南南部的歸屬尚不明晰的那片土話群為「湘南土話」〔註2〕。文中簡稱的「土話」，都是指湘南土話群或其中某一種土話。

（二）湘南土話的分布和使用情況

湘南土話主要分布於湖南郴州和永州兩個地區。郴州西部和永州中東部這一片相連的地帶是湘南土話的核心分布區。

操同一種土話的人群對內講土話，對外則可以講官話（屬於一種西南官話）。但具體情況又更複雜些：①人們的交際越來越頻繁，活動的範圍越來越大，不少人已經學會鄰近的多種土話，當他們與同自己操同一母語的人講話時當然講作為母語的土話，但如果是到其他土話區活動時，則會講對方的土話。比如我們在調查桂陽、臨武、宜章等地土話時瞭解到，不少人在附近多個鄉鎮「趕墟」〔註3〕的過程中學會了多種土話，到哪個鄉鎮「趕墟」就說哪種土話。②如果某個土話使用人數很少，則其他土話區的人一般不會學說這種土話，而是這種土話區的人學說附近使用人數較多的土話。比如我們調查的臨武縣金江鎮的龜背唐家村（以下簡稱唐家），本村人單獨使用唐家土話，但當村人的活動範圍不可能只侷限在本村，唐家人又同時會說附近的沙田土話，沙田是金江鎮駐地，其土話使用人數也多。③確實有不少人會說官話，但不同土話區之間的人用官話交流的比例有多大，這個我們目前還沒有調查到。而事實上，土

〔註1〕莊初升（2004）將廣東北部的土話稱為「粵北土話」。

〔註2〕概念包括「歸屬尚不明晰」很重要，稱之為土話，只是因為目前我們還不是很瞭解或者還拿不准，將來經調查後，有可能會將其一部分歸入別的方言區。換句話說，某些已認為歸屬於某種方言但又具有一些湘南土話特點的區域，也可以放入湘南土話中一起探討，將來或許另有定論。

〔註3〕「趕墟」即「趕集」在當地的說法。有的土話也說「上墟」。

話區的人對象筆者這樣一個操普通話的外地人，更傾向於用不很標準的普通話進行交談。

另外，在這片區域，除了土話地區往往並用西南官話外，有些中心城市已經只通行官話方言了，比如郴州市區、桂陽縣城。此外，民族聚居區（以瑤族居多）則對內講本族語言。

（三）郴州土話的研究意義

郴州和永州兩個地區的土話又有明顯差異。學界對於郴州土話的研究更為薄弱，各地方志很少記錄，目前對這片土話的面貌認識未清。郴州土話的分布區域又很特殊，北面是湘語區，東北是贛語區，東面是客家話區，南面是粵語區，西面又是廣大的西南官話區。土話地區與這些方言雜廁，講土話的人也往往同時講這些方言，在一些地方，非土話方言是強勢方言，如郴州地區的西南官話。同時這片區域及周邊又是多個民族如瑤、佘、壯、苗等的聚居區。多種方言、語言交集於此，導致方言面貌複雜，十里不同音。所以，從研究價值上說，這裡的方言資源十分豐富，是研究語言接觸、方言融合的天然實驗室。

另一方面，隨著義務教育的普及和文化的發展，郴州土話的消亡速度正在加快。國家大力推廣普通話，而周邊的官話、湘、贛、客、粵等方言都是強勢方言，相互交鋒於此，在這種「拉鋸戰」之下，使用郴州土話的人群正不斷減少，郴州土話亟待研究者的調查和記錄。

因此，在這種形勢下，我們選擇了對這片特點豐富的土話進行深入調查，以期彌補方言調查的空白，及時保存方言資料；探討土話的語音規律，以期對漢語方言的普遍規律研究有所裨益。

（四）郴州土話的種類

郴州的土話方言主要分布於西部的桂陽、嘉禾、臨武、宜章境內。東部的資興、汝城也有部分區域可劃作湘南土話的研究範圍。此外，據我們摸底，市轄區中與桂陽、臨武、宜章等縣相鄰的地帶也有土話分布，比如北湖區的魯塘鎮與桂陽的荷葉鎮說的基本是同一種土話。

本課題重點研究核心分布區的土話，即位於郴州西部桂陽、嘉禾、臨武、宜章四縣的土話，以下簡稱郴州土話。對於資興、汝城等地可能存在的土話，因精力所限，暫不予重點考慮。各縣包括的土話種類如下：

1. 桂陽境內

據《桂陽縣志》，桂陽境內的土話大體可分為五種：①仁義話，分布在仁義鎮及附近鄉鎮；②洋市話，分布在洋市鎮及附近鄉鎮；③流峰話，分布在流峰鎮及附近鄉鎮；④飛仙話，分布在飛仙鎮及附近鄉鎮；⑤荷葉話，分布在荷葉鎮及附近的太和、清和等地〔註4〕。

2. 嘉禾境內

據盧小群《嘉禾土話研究》，嘉禾境內的土話大體可分為五片：①廣發片，主要分布在城關鎮、廣發鄉及附近鄉鎮；②石橋片，主要分布在石橋鄉、肖家鎮（部分）；③普滿片，分布在普滿鄉及附近鄉鎮；④塘村片，主要分布在塘村鎮；⑤泮頭片，分布在泮頭鄉、袁家鎮（南部）〔註5〕。

3. 臨武境內

據李永明《臨武方言》，臨武境內的土話可分為五大類：①臨武話（城關話），主要分布在臨武縣城；②楚江話，分布在楚江鎮及附近區域；③麥市話，分布在麥市鎮及附近鄉鎮；④汾市話，分布在汾市鎮及附近鄉鎮；⑤金江話，分布在金江鎮（原稱沙田）及附近鄉鎮〔註6〕。

4. 宜章境內

據我們調查，宜章境內的土話至少可分為三片，宜章當地人稱為「上鄉話」、「中鄉話」、「下鄉話」〔註7〕。①上鄉話以赤石話為代表，分布在赤石鄉及附近鄉鎮；②中鄉話以梅田話為代表，分布在梅田鎮、麻田鎮、漿水鄉等地。另據麻田鎮的發音合作人說，與本片相鄰的廣東三溪鎮（屬廣東樂昌市）所說的話也是和本片同樣的話，與上鄉話、下鄉話不同。③下鄉話以一六鎮為代表，分布在一六鎮及附近多個鄉鎮。

精確地說一個地區有幾種方言，從理論上說，必須得把這個地區的所有人群聚居區都摸查過才能下結論，尤其是在地形複雜、交通不便、經濟較落後的地區。比如在郴州，要說一個縣裏有幾種土話，至少要把每個村落都摸查過，

〔註4〕桂陽縣志編纂委員會編，桂陽縣志〔Z〕，北京：中國文史出版社，1993，第762頁。

〔註5〕盧小群，嘉禾土話研究〔M〕，長沙：中南大學出版社，2002，第2頁。

〔註6〕李永明，臨武方言──土話與官話的比較研究〔M〕，長沙：湖南人民出版社，1988，第2頁。

〔註7〕注：宜章縣版圖狹長，大致呈南北走向，當地人的方位感取「北為上、南為下」。

起碼都要詢問過當地人的語言認同感。所以，縣志中的記載，我們只能權當前期選點調查的一種參考。實際上各縣的土話的數量可能會多於上述所說。

二、研究現狀

　　學界對郴州土話的研究，可分為三個階段：

（一）上世紀三十年代：以現代方言學的手段首次涉及到對湘南土話的調查記錄

　　1935 年，中研院史語所的趙元任、丁聲樹、董同龢、吳宗濟、楊時逢等先生，對湖南方言進行較全面地調查記錄，這些材料後來由楊時逢先生整理為《湖南方言調查報告》，在臺灣發表。其在序言、說明等文字中多次提到湖南南部的土話，比如：「湖南境內，方言最特別，也是較為複雜的地區，要算是南部的土話了。如新田、藍山、嘉禾、道縣一帶約十縣的漢語白話與其他部分的湖南方言很不相同的。」並在調查報告中的「極常用詞表」中首次用現代方言學的手段涉及到對湘南土話的記音。謝奇勇（2002）據「極常用詞表」整理出湖南南部九個縣市的土話音系，包括現在位於郴州境內的「嘉禾（城內）土話」和「宜章（梅田）土話」〔註8〕。

　　這個時期只是對郴州境內的土話有詞彙的零星記錄，沒有成系統的音系整理。

（二）新時期：對湘南土話某些點的整理記錄

　　這主要是指 1960 年由當時的湖南師範學院中文系漢語方言普查組編寫的《湖南省漢語方言普查總結報告》，其中記錄了兩個點的土話，一個是永州的藍山，另一個是郴州的嘉禾。

　　八十年代，「六五」國家重點社科項目《中國語言地圖集》將湖南南部的土話暫稱為「湘南土話」，李榮先生在圖〔A2〕與圖〔B8〕的說明稿《漢語方言的分區》（1989）中說，「湘南片指湖南省南部西南官話與湘南土話並用區」，「有待於進一步調查研究」〔註9〕。

　　此外，上世紀八十年代末以前的數十年間，基本沒有對湘南土話進行過調

〔註8〕謝奇勇，《湖南方言調查報告》中的「湘南土話」〔J〕，方言，2002（2）：144～150。
〔註9〕李榮，漢語方言的分區〔J〕，方言，1989（4）：241～259。

查研究。

（三）上世紀八十年代末至今：關於湘南土話的研究成果大量出現

尤其是本世紀以來，越來越多的人開始調查研究湘南土話。有關郴州境內土話的研究，從內容上來說，大致可分為以下四類：

1. 調查單個土話點的語音特點

如日本學者辻伸久《湖南省南部中國語方言語彙集——嘉禾縣龍潭墟口語分類資料》（1987）、范俊軍《湖南桂陽縣敖泉土話同音字彙》（2000）、唐湘暉《湖南桂陽縣燕塘土話語音特點》（2000）、陳暉《湖南臨武（麥市）土話語音分析》（2002）、曾獻飛《汝城話的音韻特點》（2002）、彭澤潤《湖南宜章大地嶺土話的語音特點》（2002）、盧小群《湖南嘉禾土話的特點及內部差異》（2003）、毛建高《資興市南鄉土話語音研究》（2003）、李星輝《湖南桂陽流峰土話音系》（2004）、鄧永紅《湖南桂陽洋市土話音系》（2004）、唐亞琴《湖南省臨武縣土地鄉土話語音研究》（2007）、吳燕《湖南臨武（楚江曉言塘）土話語音研究》（2010）、歐陽國亮《湖南桂陽流峰土話語音研究》（2011）、李益《湖南省臨武土話語音比較研究》（2012）、尹凱《湖南臨武楚江土話同音字彙》（2014）、徐睿淵《湖南嘉禾珠泉土話同音字彙》（2019）等。這些文章較詳細地描寫了單個土話的音系，或列出同音字彙。

2. 比較研究某片土話的語音特點

如牟廷烈博士論文《粵北土話和湘南土話音韻比較研究》、范俊軍博士論文《郴州土話語音及詞彙研究》（未公開發表）。

3. 研究土話的詞彙

如羅昕如《湘南土話詞彙研究》（2003）、盧小群《湘南土話代詞研究》（2003）、范峻軍《湖南桂陽敖泉土話方言詞彙》（2004）、鄧永紅《湖南桂陽六合土話的否定詞》（2006）、伍雲姬《湘南方言中〔ti〕類動態助詞的詞源初探》（2004）、盧小群《湖南土話中表示「給」的字》（2004）、范俊軍《桂陽方言詞典》（2008）、郭義斌《湖南省臨武縣麥市土話詞彙研究》（2009）。

4. 全面描寫某個土話點的語音、詞彙、語法

如：李永明《臨武方言——土話與官話的比較研究》（1988），詳細記錄了

臨武縣城內的土話和官話的語音、詞彙、語法，並將土話和官話進行比較分析。該書也記錄了臨武楚江、麥市、金江、汾市四種土話的部分字音、詞彙，但較簡略。

沈若雲《宜章土話研究》（1999），詳細記錄了宜章赤石土話的語音、詞彙、語法，並簡要比較了宜章境內的三種土話——赤石土話、梅田土話、一六土話的語音特點。但對梅田土話、一六土話的記錄很少。

盧小群《嘉禾土話研究》（2002），詳細描寫了嘉禾廣發土話的語音、詞彙、語法，同時記錄了嘉禾縣其他四種土話的音系。

鄧永紅《桂陽土話語法研究》（2007），對桂陽六合土話的詞彙、語法進行了較詳細的研究。王澤芳《湖南臨武（大沖）土話研究》（2007）對臨武大沖土話進行了較詳細地描寫。

5. 進行方言比較，探討土話的語音特點、性質、成因，以及方言歸屬的問題

如：楊蔚《沅陵鄉話、湘南幾個土話的韻母研究》（2002），將湘南土話同沅陵鄉話、吳語、湘語進行比較，研究其韻母演變格局，探討土話與其他方言區的關係。其中涉及郴州的宜章土話。

陳立中《湘南土話、粵北土話和北部平話中古蟹假果遇等攝字主要元音連鎖變化現象的性質》（2004），將湘南土話（其中涉及多個郴州土話點）與湘語、吳語、徽語、東北部吳語和閩西客家話等東南方言相比較，從更宏觀的視野中尋找土話蟹假果遇等攝字主要元音連鎖變化現象的成因。

曾獻飛《湘南土話與南部吳語——兼論湘南土話的歸屬》（2004），「通過對湘南土話和南部吳語的比較分析認為，湘南土話和南部吳語曾是同一種或非常相似的方言」，並認為，「湘南土話是湘南湘語受客、贛、湘、官話等方言影響的綜合產物」〔註10〕。其中涉及到嘉禾、宜章、桂陽等地的某些土話方言點。

曾獻飛《湘南官話語音研究》（2004）探討了湘南官話與湘南土話相互影響的關係，認為湘南土話通過移用、仿用、借用、棄用和創新五種方式轉變為官話。

〔註10〕曾獻飛，湘南土話與南部吳語——兼論湘南土話的歸屬〔J〕，湘南土話論叢〔C〕，湖南師範大學出版社，2004。

　　鮑厚星《湘南土話的系屬問題》（2004）通過分析湘南土話的音韻特徵並同周邊方言相比較後認為：「郴州土話中的兩種主要類型：清音送氣型可以用較寬的尺寸劃入客家話或贛語……而清音不送氣（並定）＋送氣（群從澄崇）型也屬於一種混合型的方言，從周邊環境來看，贛客的色彩要深一些」〔註11〕。

　　劉祥友《湘南土話語音的歷史層次》（2008）從歷時的角度分析了湘南土話語音中不同的層次；歐陽國亮《湘南流峰土話的歸屬》（2010）認為桂陽流峰土話是客家話在湘南的一種特殊變體，當屬客家話。

　　以上涵蓋了對郴州境內土話研究的主要成果。可以看出，到目前為止，土話的研究成果主要集中在對單個土話點的研究上，而對整片區域內的土話進行比較研究的則較少。在「點」的研究上，語音、詞彙、語法都有成果出現，但仍有一些土話點尚無人調查和研究，比如桂陽的飛仙土話、臨武的金江土話、宜章的一六土話等。土話點沒有全部搞清，則無法進行「面」的研究，不對土話群進行「面」的研究，不對土話群進行相互比較和與其他方言的比較，則無法看清土話的整體面貌和規律，無法進一步探討土話的方言歸屬。所以，我們嘗試從「面」上對整個郴州境內的土話群進行比較研究。

三、研究內容和研究方法

　　本課題主要調查研究郴州境內土話群的語音特點，並將郴州土話與其他方言進行比較，探討郴州土話的方言性質。分上下兩篇：上篇分別描寫所調查的8 個土話點的音系和音韻特點；下篇分專題討論，重點從語言接觸和歷史層次的角度分析郴州土話的古陽聲韻今讀、古全濁聲母今逢塞音塞擦音的清化模式、聲調的古今對應規律，並將郴州土話的各語音層次與其他方言進行比較，進而探討土話與其他方言的關係及土話的方言性質，推測郴州土話的形成過程。

　　用到的研究方法如下：

　　①首先用田野調查的方法獲取方言材料。對調查點的選擇是這樣考慮的：各縣的縣志中關於方言的記載較粗略，但其中關於本縣有幾類土話的記載則差可依據，要進行綜合的比較研究，則應保證每一類土話至少有一個點的資料，所以，在前人調查的基礎上，我們首先選擇尚無研究成果發表的土話選點

〔註11〕鮑厚星，湘南土話的系屬問題〔J〕，湘南土話論叢〔C〕，湖南師範大學出版社，2004。

調查，對已有材料的土話點，也適當選發音人進行複核。基於這種考慮，我們原計劃至少調查 7 個土話點，後又在臨武的金江鎮多調查一個唐家土話。這樣，我們先後三次到郴州調查，共調查 8 個土話點：桂陽縣的仁義、飛仙、荷葉，臨武縣的楚江、沙田、唐家，宜章縣的麻田、一六（詳見「圖 I 郴州土話方言點分布圖」）。在此基礎上，加上前人的調查，郴州境內的土話群就覆蓋全了，進而有條件做整體比較了。

　　調查的材料，主要包括三部分：（1）音系調查資料：以中國社會科學院語言研究所編製的《方言調查字表》為主，並適當增加了湘南土話中常用的口語用字，此外還包括連讀變調調查表；（2）詞彙調查資料：以中國社會科學院語言研究所編製的《漢語方言詞語調查條目表》收錄的詞條為主，並參考羅昕如著《湘南土話詞彙研究》增添了湘南土話常用的口語用詞；（3）語法調查資料：由於語法調查不是重點，各點只調查了丁聲樹《方言調查詞彙手冊》中的部分例句。

　　②用比較的方法描寫各土話點的音韻特點。整理各土話點的音系，將土話音系與中古音系進行對比，分析從中古音系到土話音系的演變規律。

　　③用歷史層次的分析法觀察土話的方言性質。中古同一音類在土話中讀為不同的讀音，經分析研究，確定是來源於不同的層次。分析聲韻調各方面不同層次的來源和性質，並與其他方言進行比較，將各層次的性質搞清楚，在此基礎上綜合分析整個土話與其他方言的關係，從而得出土話的方言性質的結論。

　　④行文中使用製作圖表的方法。將方言資料有選擇性地在圖表中展現，可以使論文表達地更清楚明瞭。

　　⑤對土話音系中一些較特殊的音值製作語圖。用 Praat 軟件製作語圖，以觀察、分析其語音特點。

四、發音合作人簡況

發音合作人簡介表

土話點	姓名	性別	出生日期	籍　貫	職　業	文化程度	語言能力	記音地點
楚江	李遠財	男	1938	臨武縣楚江鎮夏蓮塘村（楚江鎮西北約 1 公里）	在家務農，做過村裏會計	初小	楚江話，西南官話，普通話	臨武縣楚江鎮

楚江	陳友林	男	1936	臨武縣楚市村	一直在家務農	初小	楚江話	臨武縣楚江鎮
楚江	王黨芹	女	1950	臨武縣楚市（楚江鎮政府駐地）村	在郴州市生活過12年，其餘時間一直在家	初小	楚江話，街頭話（即臨武縣城土話），郴州話	臨武縣楚江鎮
仁義	侯識毅	男	1947	桂陽縣仁義鎮仁義村	一直在家務農，2005年來桂陽居住	高中	仁義話，不太標準的普通話	桂陽縣城
仁義	侯識躍	男	1957	桂陽縣仁義鎮仁義村	一直在家務農	高中	仁義話	桂陽仁義村
飛仙	陳生治	男	1943	桂陽縣春陵江鎮飛仙村	在家務農，當過村小教師	高中	飛仙話，桂陽話，普通話	桂陽飛仙村
飛仙	羅來秀	女	1960	桂陽縣春陵江鎮飛仙村	在家務農	高中	飛仙話，桂陽話	桂陽飛仙村
荷葉	譚傳宋	男	1946	桂陽縣荷葉鎮新市村	在家務農，當過村小教師	中專	荷葉話，會說一點普通話	桂陽荷葉鎮
荷葉	譚宜建	男	1960	桂陽縣荷葉鎮荷葉村	在家務農	高中	荷葉話，說一點普通話	桂陽荷葉鎮
唐家	唐中貴	男	1963	臨武縣金江鎮唐家村	在家務農、幫做紅白事	初中	唐家話、沙田話、臨武街頭話、普通話	臨武金江鎮
沙田	唐中貴	男	1963	臨武縣金江鎮唐家村	在家務農、幫做紅白事	初中	唐家話、沙田話、臨武街頭話、普通話	臨武金江鎮
麻田	吳其生	男	1946	宜章縣麻田鎮三灣村	醫生	中專	麻田話、沙田話、宜章官話、普通話	宜章梅田鎮
一六	譚瑞珍	女	1990	宜章縣長村鄉鎮興村	幼兒教師	中專	譚家話、一六話、宜章話、永興話、郴州話、普通話	宜章縣城
一六	彭會仙	女	1961	宜章縣長村鄉鎮興村	幫做紅白事	初中	譚家話、一六話、宜章話、永興話、郴州話、普通話	宜章縣城

圖 I　郴州土話方言點分布圖

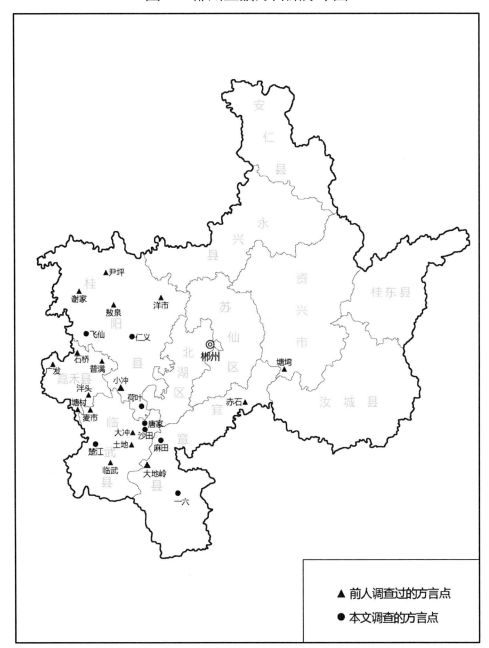

上篇　郴州土話音系

本篇分別描寫所調查的 8 個土話點的音系和音韻特點。在涉及中古音韻地位時，本文採用的是丁聲樹、李榮《漢語音韻講義》中對等的界定，並非宋元等韻圖上的等。比如，在《韻鏡》中，清韻系的精組是四等字，但《漢語音韻講義》中認為是三等字。

行文中為了方便，國際音標一般不加〔　〕號。

一、楚江土話

壹、聲韻調系統

1.1　聲母 19 個，包括零聲母

p	pʰ	m	f
t	tʰ	n	l
ts	tsʰ		s
tɕ	tɕʰ		ɕ
k	kʰ	ŋ	x
∅			

說明：①ts、tsʰ、s 只拼洪音，tɕ、tɕʰ、ɕ 只拼細音，兩組從音位上說是同一組聲母，但音質有明顯區別，故列為兩組；

②ts、tsʰ、s 並非真正的舌尖齦音，而是一種舌葉－齒齦音，被動發音部位

在齒齦的位置，主動發音部位不是典型的舌尖，而是接近於舌葉；

③k、kʰ、x 拼開口呼、合口呼韻母時是典型的軟齶音，拼齊齒呼、撮口呼韻母時則為舌面中－硬齶音，即變為 c、cʰ、ç，x 拼撮口呼韻母時實際上變為同時發 ʃ 和 ç 的雙發音部位的輔音 ɧ，如胸〔ɧyŋ³³〕；

④n 拼齊齒呼、撮口呼時，實際音值為 n̠。

1.2　韻母 32 個

ɿ	i	u	y
ɑ	iɑ	uɑ	
ɛ	iɛ	au	yɛ
ɜ			
o	io		
ɐi		uai	
əi		uəi	
ɐu	iɐu		
əu	iu	uəu	
ɐŋ	iɐŋ	uɐŋ	yɐŋ
əŋ		uəŋ	
	iŋ	uŋ	yŋ
ŋ̩			

說明：①有 7 個元音音位，開合齊撮四呼俱全，有 i、u 兩個元音韻尾，有後鼻音韻尾，無前鼻音韻尾，無塞音韻尾，ŋ 可作獨立音節；

②元音 a 無韻尾時發音部位靠後，實際音值接近 ɑ，但比 ɑ 開口度小，有 i、u、ŋ 等韻尾時發音部位較央，並比 ʌ 略高，實際音值為 ɐ；

③韻母 ɛ、uɛ 中的 ɛ 開口度較大，實際音值接近 æ，iɛ、yɛ 中的 ɛ 開口度不增大；

④元音 ə 在 i、u 韻尾前為央元音 ə，在 ŋ 韻尾前發音部位較高，實際音值接近 ɤ，但比 ɤ 略前；

⑤在發音過程中，複合韻母中的元音韻尾 i、u 並沒有滑到位，實際音值約為 ɪ、ʊ；

⑥韻尾 ŋ 在 əŋ、uəŋ 中實際音值為硬齶鼻音 ɲ，在其他韻母中或作獨立音節時為軟齶鼻音 ŋ；

⑦韻母 iu 中，i 和 u 之間只有個輕微的過渡音 ə，幾乎可以忽略不計，與 əu

中的主要元音很不同；

⑧iŋ 中的 i 發音部位較央，近似 ɨ，且只有零聲母音節；

⑨uŋ 中的 u 發音部位稍低，實際音值為 ʊ；

⑩uəu、yɐŋ 兩個韻母我們各只調查到一個字，ŋ 作為獨立音節我們只調查到三個字：不五午_{正~時}。

1.3　單字調 4 個

陰平〔33〕　　陽平〔31〕
上聲〔35〕
去聲〔51〕

貳、音韻特點

2.1　聲母特點

楚江土話中的古今聲母對應規律大體是：幫組聲母讀雙唇音 p 類，幫組（除明母）流攝三等字讀唇齒音 f；非組（微母除外）今讀 f；端組今讀齦音 t 類；泥、娘母今讀鼻音 n，細音變讀為 ȵ；來母今讀邊近音 l；見曉組今讀軟齶音 k 類，細音變讀為硬齶音 c 類；精、知、莊、章四組在今洪音前讀 ts 類，在今細音前讀 tɕ 類；日、微、疑、影、喻母今或讀鼻音聲母，或讀零聲母。

聲母的音韻演變特點如下：

①古全濁聲母清化。

A. 不論平仄，並、定二母今清化為不送氣塞音。如：平 pəŋ³¹｜皮 pi³¹｜伴 po³⁵｜被_{~子}pi³⁵｜部 pu⁵¹｜步 pu⁵¹｜拔 pɑ³¹｜傍_{~壁：靠著牆}pɐŋ⁵¹｜白 pɛ³³‖圖 tu³¹｜臺 tɐi³¹｜肚 tu³⁵｜動 tuŋ⁵¹｜電 tiɛ⁵¹｜洞 tuŋ⁵¹｜弟 ti³⁵｜碟 tiɛ³¹｜讀 tu³³。個別並、定母字讀送氣聲母。如：避_{~免}pʰi⁵¹｜導 tʰəu⁵¹。

B. 群、從、澄、崇母今清化為送氣塞音、塞擦音。如：跪 kʰy³⁵｜櫃 kʰy⁵¹｜勤 kʰəŋ³¹｜掘 kʰyɛ⁵¹‖靜 tsʰɐŋ⁵¹｜錢 tɕʰiɛ³¹｜字_{寫~}tsʰ̩⁵¹｜盡_{~量}tsʰɐŋ³⁵｜族 tsʰu³¹‖遲 tsʰ̩³¹｜陣 tsʰəŋ⁵¹｜丈 tsʰ̩³⁵｜侄 tɕʰiɛ³³‖豺 tsʰɐi³¹｜查_{調~}tsʰɑ³¹｜助 tsʰu⁵¹。個別崇母字讀不送氣聲母：狀 tsɐŋ⁵¹。

C. 邪、禪母今逢塞擦音也清化為送氣聲母。如：祥 tɕʰiɐŋ³¹｜邪 tɕʰia³¹｜飼 tsʰ̩⁵¹｜像 tɕʰiɐŋ⁵¹｜袖 tɕʰiu⁵¹‖仇 tɕʰiu³¹｜城 tsʰɐŋ³¹｜售 tɕʰiu³¹。

邪母大部分讀塞擦音，小部分讀擦音。在我們調查的 21 個邪母字中，13 個讀送氣塞擦音 tsʰ 或 tɕʰ，8 個讀擦音 s 或 ɕ。如：飼 tsʰʅ⁵¹｜旋 tɕʰyɛ⁵¹｜斜 tɕʰia³¹｜徐 tɕʰy³¹｜詳 tɕʰiaŋ³¹‖習 ɕiɛ³¹｜隨 ɕy³¹｜旬 sən³¹｜象 ɕiaŋ⁵¹。

船、禪兩母字絕大部分今讀清擦音。其中，統計的 13 個船母字全部讀清擦音，如：神 sən³¹｜順 suŋ⁵¹｜蛇 sɑ³¹｜術白~ɕyɛ³¹｜食 ɕiɛ³³。50 個禪母字中，41 個讀擦音，9 個讀塞擦音。讀擦音的如：醇 suən³¹｜時 sʅ³¹｜晨 sən³¹｜社 sɑ³⁵｜受 ɕiu⁵¹｜裳 sɛŋ³¹｜石 sɑ⁵¹。讀塞擦音的如：售 tɕʰiu³¹｜城 tsʰən³¹｜殖 tɕiɛ⁵¹。

D. 奉母今讀 f，如：飯 fɛ⁵¹｜鳳 fuŋ⁵¹｜肥 fi³¹｜服 fu³³。

匣母今多讀 x。但部分合口字讀零聲母，如：禾 u³¹｜糊表粥稠 u³¹｜和~尚 u³¹｜鬍~子 u³¹｜完 uɛ³¹｜會~天晴：天要晴了 uəi⁵¹｜滑 uɑ³³｜猾狡~uɑ³³｜丸 yɛ³¹｜黃 uɛŋ³¹｜還~給你 uɛ³¹｜橫一~一豎 uɛ³¹。

②精、知、莊、章組合流，在今洪音前讀 ts 類，在今細音前讀 tɕ 類〔註1〕。

具體來說，知二莊今全部讀 ts 類，如：齋 tsei³³＝災 tsei³³｜抓 tsuɑ³³｜臟內~tsɛŋ⁵¹＝壯 tsɛŋ⁵¹｜茶 tsʰɑ³¹＝炸油~tsʰɑ³¹＝擦 tsʰɑ³¹｜撞 tsʰɑŋ⁵¹＝創 tsʰɑŋ⁵¹＝暫 tsʰɑŋ⁵¹。

知三章組字今讀洪音還是細音取決於韻攝的不同。其中，遇效流山咸攝、止蟹攝合口、臻深曾梗攝入聲韻的知三章組，今讀細音，聲母為 tɕ 類，與精組細音合流。如：除 tɕʰy³¹＝徐 tɕʰy³¹（遇）｜展發~tɕiɛ³⁵＝剪 tɕiɛ³⁵（山）｜消 ɕiu³³＝燒 ɕiu³³（效）｜袖 tɕʰiu⁵¹＝臭 tɕʰiu⁵¹＝獸 tɕʰiu⁵¹（流）｜褶 tɕiɛ⁵¹＝接 tɕiɛ⁵¹（咸）｜誰 ɕy³¹＝隨 ɕy³¹（止合）｜歲 ɕy⁵¹（蟹合）＝稅 ɕy⁵¹（蟹合）＝隧 ɕy⁵¹（止合）｜十 ɕiɛ³³（深入）＝悉 ɕiɛ³³（臻入）＝實 ɕiɛ³³（臻入）＝息 ɕiɛ³³（曾入）＝食糧~局 ɕiɛ³³（曾入）＝惜 ɕiɛ³³（梗入）＝席酒~ɕiɛ³³（梗入）＝釋 ɕiɛ³³（梗入）＝析 ɕiɛ³³（梗入）＝失 ɕiɛ³³（臻入）。有少數例外，如：超 tsʰəu³³、潮 tsʰəu³¹、兆 tsɛu⁵¹、沼 tsɛu³³、韶韶關 sɛu³¹、紹邵邵陽 sɛu⁵¹（效）｜贅 tsʰuəi³⁵（蟹）｜追 tsuəi³³（止）｜隻一~tsɑ⁵¹、尺 tsʰɑ⁵¹、石 sɑ⁵¹（梗）。

通假宕攝、止蟹攝開口、臻深梗曾攝陽聲韻的知三章組，今讀洪音（變洪音情況見韻母特點說明），聲母為 ts 類，與精組洪音、知二莊組合流。如：宗 tsuŋ³³＝中~間 tsuŋ³³＝終 tsuŋ³³（通）｜社 sɑ³⁵｜沙 sɑ³³＝奢 sɑ³³（假）｜慘 tsʰɛŋ³⁵

〔註1〕註：ts 類即指 ts、tsʰ、s，tɕ 類即指 tɕ、tɕʰ、ɕ，以下皆如此。

（咸）＝丈 tsʰɐŋ³⁵（宕）＝廠 tsʰɐŋ³⁵（宕）｜誓 sʅ⁵¹（蟹開）＝四 sʅ⁵¹（止開）＝示 sʅ⁵¹（止開）＝事 sʅ⁵¹（止開）｜針 tsəŋ³³（深攝章母）＝津 tsəŋ³³（臻攝精母）＝珍 tsəŋ³³（臻攝知母）＝真 tsəŋ³³（臻攝章母）＝侵 tsəŋ³³（深攝清母）＝蒸 tsəŋ³³（曾開三章母）＝榛 tsəŋ³³（臻攝莊母）＝增 tsəŋ³³（曾開一精母）＝精 tsəŋ³³（梗開三精母）＝箏 tsəŋ³³（梗開二莊母）＝遵 tsəŋ³³（臻合三精母）＝尊 tsəŋ³³（臻合一精母）＝貞 tsəŋ³³（梗開三知母）＝正~月 tsəŋ³³（梗開三章母）｜親 tsʰəŋ³³（臻開三清母）＝村 tsʰəŋ³³（臻合一清母）＝春 tsʰəŋ³³（臻合三昌母）＝稱 tsʰəŋ³³（曾開三昌母）＝撐 tsʰəŋ³³（梗開二徹母）＝清 tsʰəŋ³³（梗開三清母）＝青 tsʰəŋ³³（梗開四清母）。有個別例外，如：知蜘~蛛支干~tɕi³³、枝荔~tɕy³³（止開）｜佘 ɕiɛ³³（假）｜世 ɕi⁵¹（蟹開）｜裝~東西 tiɐŋ³³、脹 tiɐŋ⁵¹（宕）｜竹 tiu⁵¹、軸 tɕʰiu⁵¹（通）。

③知母有少數字讀如端母。如：著~衣:穿衣 tio⁵¹｜脹 tiɐŋ⁵¹｜竹 tiu⁵¹（知）＝釣 tiu⁵¹（端）｜椿 təŋ³³（知）＝砧 təŋ³³（知）＝釘 təŋ³³（端）。

個別莊組字讀如端組。如：楚~江 tʰu³⁵｜裝~東西 tiɐŋ³³。

④疑母一二等字今讀 ŋ，如：熬 ŋɐu³¹｜我 ŋo³⁵｜眼 ŋɛ³⁵。疑母三四等字與泥娘母合流，今讀 n 聲母（「今讀 n 聲母」蘊含「在細音前讀為 ȵ」的特點，下同），如：虐 nio³³｜驗 niɛ⁵¹｜牛 niu³¹｜月 nyɛ³³｜銀 nəŋ³¹＝能 nəŋ³¹｜業 niɛ³³＝捏 niɛ³³＝孽造~niɛ³³｜研嚴 niɛ³¹＝年 niɛ³¹｜疑宜~章 ni³¹＝泥 ni³¹。可見，見曉組中，疑母三四等比其他聲母的三四等先一步進行了齶化。

我們在描述疑母的今讀情況時，用等作為分化條件，而不用洪細的概念，是因為疑母今讀為 n 聲母的並非全是細音，如：銀 nəŋ³¹。這主要是由於深、臻、曾、梗（限梗攝的外來層）四攝開口的陽聲韻，無論各等，全部合流為 əŋ 韻母的緣故（見 2.2 第⑦條）。由此可知，楚江土話的軟齶鼻音齶化，發生在深、臻、曾、梗（外來層）四攝合併為洪音之前，所以銀讀 nəŋ³¹，不讀 ŋəŋ³¹。除了這四攝，疑母今讀為 n 聲母的全部為細音字。

疑母在今韻母 u 前有讀 m 的情況，盡舉：餓 mu⁵¹｜鵝 mu³¹｜蜈~蚣 mu³¹。少數疑母字今讀零聲母，如：危 uəi³³｜言 iɛ³¹｜玉 y⁵¹。

⑤日母有的今讀為零聲母，如：二 ɛ⁵¹｜耳 ɛ³⁵｜而 ɛ³¹｜柔 iu³¹｜如 y³¹｜讓 iɐŋ⁵¹｜茸 yŋ³¹。有的同疑母三四等一樣，與泥娘母合流，今讀 n 聲母，如：軟

nyɛ³⁵｜日 niɛ³³（日）＝入 niɛ³³（日）＝業 niɛ³³（疑）＝捏 niɛ³³（泥）＝孽造~niɛ³³（疑）｜人 nəŋ³¹（日）＝銀 nəŋ³¹（疑）＝能 nəŋ³¹（泥）｜弱 nio³³（日）＝虐 nio³³（疑）｜汝~城 ny³⁵（日）＝女 ny³⁵（娘）＝語 ny³⁵（疑）。

⑥泥來母在今合口呼前大部分都已相混，在開口呼、齊齒呼、撮口呼前不混。泥母在合口呼前大部分讀 l，如：奴 lu³¹｜努 lu³⁵｜膿 luŋ³¹｜農 luŋ³¹｜齈鼻頭：鼻涕 luŋ⁵¹。少數讀 n，如：內 nuəi⁵¹｜糯~米 nu⁵¹。

⑦云、以、影今讀零聲母，如：雨 y³⁵｜榮 yŋ³¹｜委 uəi³⁵（以上云母）‖藥 io³³｜容 yŋ³¹｜演 iɛ³⁵（以上以母）‖安 ɐŋ³³｜威 uəi³³｜烏 u³³。有個別例外，如：約 nio³³（以）｜惡~人 ŋo³¹（影）。

⑧曉母合口字有變讀 f 的情況，盡舉：戽~斗 fu⁵¹｜虎老~fu³⁵。

溪母少數字今讀 x，盡舉：窠 xu³³｜墟 xy³³｜炕放在火爐邊~一下 xɐŋ⁵¹｜糠 xɐŋ³³｜起提~東西 xi³⁵｜殼 xo⁵¹｜肯 xəŋ³⁵。

有的溪母合口字已與曉母合口字一樣變讀為 f 了，如：苦~瓜 fu³⁵＝虎老~fu³⁵。相反，曉匣母也有變讀 kʰ 的情況，盡舉：況 kʰuɐŋ⁵¹｜戲 kʰi⁵¹｜呼~鼻：打呼嚕 kʰu³³｜菫 kʰuəŋ³³｜貨 kʰu⁵¹｜葫 kʰu³¹。另外，見母有讀送氣的情況，如：僵煮~了 kʰiɛŋ³³｜各 kʰo⁵¹｜覺感~kʰio⁵¹。

2.2 韻母特點

中古韻系與今韻母系統的大致對應趨勢是：開口一二等今讀開口呼（包括見系二等），開口三四等今讀齊齒呼（知莊章部分韻攝中的字今讀開口呼，見 2.1 第②條），合口一二等今讀合口呼，合口三四等今讀撮口呼（知莊章部分韻攝中的字今讀開口呼或合口呼，見 2.1 第②條）；入聲韻全部舒化；山咸二攝陽聲韻韻尾脫落，與舒化的入聲韻合流；臻深曾梗四攝陽聲韻合流。

韻母的音韻演變特點如下：

①果攝元音高化，與遇攝一等，流攝一等明母，通攝入聲一等，通攝入聲三等的明母、章組、部分知組精組字，遇攝三等莊組字合併，今讀 u，如：熟 su³³｜畝 mu³⁵｜歌 ku³³＝孤 ku³³｜醋 tsʰu⁵¹＝助 tsʰu⁵¹＝畜~牲 tsʰu⁵¹＝促 tsʰu⁵¹｜木 mu³³＝目~的 mu³³。

遇、流攝三等非組（除微母）、通攝入聲三等非組（除微母）合併，今讀 fu，如：戽~斗 fu⁵¹＝婦夫~fu⁵¹＝福 fu⁵¹。

②假開二、假開三章組，與山咸二攝入聲的一等（除見系）、二等開口、三等非組，以及部分梗開二入聲、梗開三章組入聲合併，今讀 ɑ，如：乏缺~fɑ³¹｜抹 mɑ³³＝麥 mɑ³³｜杈枝~tsʰɑ³³＝車馬~tsʰɑ³³＝炸油炸 tsʰɑ³³｜只一~tsɑ⁵¹＝閘 tsɑ⁵¹＝詐 tsɑ⁵¹。

假開三的精組、以母，與梗開三（除章組）開四入聲合併，今讀 iɑ，如：席草~tɕʰiɑ⁵¹｜夜 iɑ⁵¹＝亦~是：也是 iɑ⁵¹｜瀉 ɕiɑ⁵¹＝錫 ɕiɑ⁵¹。

假合二與山合二入聲合併，今讀 uɑ，如：刮 kuɑ⁵¹｜寡 kuɑ³⁵。

③蟹攝一等唇音字今讀 əi，如：貝 pəi⁵¹｜杯 pəi³³。精組、來母一等也有讀 əi 的趨勢，如：鰓 səi³³｜菜 tsʰəi⁵¹｜栽 tsəi³³｜來 ləi³¹。

其餘一等和二等今讀 ɐi，如：敗 pɐi⁵¹｜在現~tsʰɐi³⁵｜奶 nɐi³⁵。

蟹開三（除章組）、開四與止開三（除知章組、日母）合併，今讀 i，如：繼 ki⁵¹＝記 ki⁵¹｜備 pi⁵¹＝幣 pi⁵¹＝菎毛~崽 pi⁵¹。

蟹開三章組與止開三知莊章組、精組合併，今讀 ɿ，如：池 tsʰɿ³¹＝瓷~磚 tsʰɿ³¹｜制 tsɿ⁵¹＝痣 tsɿ⁵¹｜施 sɿ³³＝私 sɿ³³＝師 sɿ³³。個別讀 i，如：知蜘~蛛支干 ~tɕi³³。

蟹合一今讀 uəi，如：內 nuəi⁵¹｜催 tsʰuəi³³。

蟹合二今讀 uɐi，如：壞 xuɐi⁵¹｜乖 kuɐi³³。

蟹合三（除非組）合四、止合三（除非組），與遇攝三等（除非組）合併，今讀 y，如：鋸名詞 ky⁵¹＝桂~陽：縣名 ky⁵¹＝貴 ky⁵¹｜住 tɕʰy⁵¹＝脆好~tɕʰy⁵¹＝翠 tɕʰy⁵¹。個別讀 uəi，如：脆乾~tsʰuəi⁵¹＝桂~花 kuəi⁵¹。

蟹合三非組與止合三非組合併，今讀 i，與聲母 f 拼合，如：飛 fi³³。再如：廢 fi⁵¹＝肺 fi⁵¹＝費 fi⁵¹。

④流攝一等（除明母）、流攝三等莊組字今讀 i 韻尾，與蟹攝一等合併為 əi，如：對 təi⁵¹＝豆 təi⁵¹｜來 ləi³¹＝雷 ləi³¹＝樓 ləi³¹｜栽 tsəi³³＝鄒 tsəi³³｜摋~尿：給小孩把尿 tsʰəi³³｜最 tsəi⁵¹＝在~什麼地方 tsəi⁵¹＝奏 tsəi⁵¹＝皺 tsəi⁵¹｜腮 səi³³＝餿 səi³³。

同時，效攝一等大部分今讀為 əu，如：毛 məu³¹｜寶 pəu³⁵｜草 tsʰəu³⁵｜牢 ləu³¹｜高 kəu³³。少部分今讀 ɐu，如：勞 lɐu³¹｜棗 tsɐu³⁵｜膏 kɐu³³。韻攝等呼相同、聲母也相同或聲母發音部位相同的字，今讀不同的韻母，難以找到分化條件。這是因為效攝一等字正處於一種離散式音變過程：流攝今讀洪音

的字，除了非組，已全部讀作 i 韻尾，導致 əu 韻母出現空位，從而發生元音演變的拉鏈作用，使效攝一等由 ua 變讀為 əu。實際上，在發音人口中，同一個字的韻母到底是讀 uə 還是 eu，常常不易辨別，也正說明了效攝一等字正處於演變之中。

效攝二等今讀 ɐu，如：敲 kʰɐu³³｜罩 tsɐu⁵¹｜包 pɐu³³｜貓 mɐu³¹｜交~待 kɐu³³｜校 xɐu⁵¹。個別字讀 əu，如：抄 tsʰəu³³。所以，效攝目前基本上保留了一等和二等的區別，如：保 pəu³⁵ ≠ 飽 pɐu³⁵｜報 pəu⁵¹ ≠ 爆 pɐu⁵¹｜毛 məu³¹ ≠ 貓 mɐu³¹｜草 tsʰəu³⁵ ≠ 炒 tsʰɐu³⁵｜高 kəu³³ ≠ 交~待 kɐu³³｜號 xəu⁵¹ ≠ 孝 xɐu⁵¹。至於將來是否會合併尚未可測。

流攝三等（除非組、莊組）四等、效攝三四等，與通攝三等入聲合併，今讀 iu，如：標 piu³³｜調~查 tiu⁵¹ ＝竹 tiu⁵¹｜療 liu³¹ ＝流 liu³¹｜消 ɕiu³³ ＝蕭 ɕiu³³ ＝燒 ɕiu³³ ＝修 ɕiu³³ ＝收 ɕiu³³｜笑 ɕiu⁵¹ ＝秀 ɕiu⁵¹ ＝受 ɕiu⁵¹ ＝粟 ɕiu⁵¹｜轎 kʰiu⁵¹ ＝韭 kʰiu⁵¹ ＝曲~彎~；歌~kʰiu⁵¹ ＝局 kʰiu⁵¹。

效攝三等少數字今讀 iɐu，如：剿 tɕiɐu³⁵｜交~通 kiɐu³³｜巧 kʰiɐu³⁵。這些字使用環境較狹窄，應該是屬於外來層。

流攝三等明母今讀 əu：某~~人 məu³⁵。

⑤山咸梗三攝的陽聲韻較明顯地表現了楚江土話固有層次和外來層次的情況。由於口語用土話，讀書一律用官話，平常說土話時遇到書面語詞，都直接改用官話，即土話中夾雜官話，所以很難確定土話的文白異讀。不過，有一些字音顯然接近官話，可以視為受官話影響，本文稱為「外來層次」，與土話的「固有層次」相對。

山咸梗三攝的陽聲韻，固有層次的讀音表現為：韻尾脫落、三攝合併。其中：

山咸梗攝陽聲韻中的古開口一二等（山開一除了見系）、山咸非組陽聲韻今讀 ɛ，與止開三日母、曾開一入聲韻、臻攝非組入聲韻，以及部分梗開二入聲韻、曾開三莊組入聲韻合併，如：翻 fɛ³³ ＝佛如來~fɛ³³｜凡~人 fɛ³¹ ＝煩 fɛ³¹｜辦 pɛ⁵¹ ＝北 pɛ⁵¹ ＝柏 pɛ⁵¹ ＝柄 pɛ⁵¹｜班 pɛ³³ ＝白 pɛ³³｜擔名詞 tɛ⁵¹ ＝蛋 tɛ⁵¹ ＝得 tɛ⁵¹｜參 tsʰɛ³³ ＝餐 tsʰɛ³³ ＝測 tsʰɛ³³ ＝錯 tsʰɛ³³｜簪 tsɛ³³ ＝爭 tsɛ³³｜三 sɛ³³ ＝山 sɛ³³ ＝生 sɛ³³ ＝甥外~sɛ³³｜硬 ŋɛ⁵¹｜行走路 xɛ³¹｜顏 ŋɛ³¹ ＝額名~ŋɛ³¹｜耳 ɛ³⁵｜二 ɛ⁵¹。

開口三四等今讀 iɛ，與曾開三入聲韻、深攝入聲韻、臻開三入聲韻、山咸

開口三四等入聲韻，以及部分梗攝開口三四入聲字、個別假攝開三章組字合併，如：錢 tɕʰie³¹＝前 tɕʰie³¹＝籍 tɕʰie³¹＝戚 tɕʰie³¹｜業 nie³³＝入 nie³³＝捏 nie³³＝日 nie³³｜笠 lie³³＝力 lie³³｜檢 kie³⁵＝揀 kie³⁵＝頸 kie³⁵｜變 pie⁵¹＝別特~pie⁵¹＝憋 pie⁵¹＝筆 pie⁵¹＝逼 pie⁵¹｜佘姓 ɕie³³＝十 ɕie³³＝仙 ɕie³³＝先 ɕie³³。

山開一見系、山合一今讀 o，與山咸見系一等入聲韻、宕攝一等入聲韻、江攝入聲韻，以及果攝少數字合併，如：坡 po³³＝搬 po³³＝薄 po³³＝雹 po³³｜斷 tʰo⁵¹＝脫 tʰo⁵¹＝托~住 tʰo⁵¹｜鑽~進去 tso³³＝作 tso³³｜割 ko⁵¹＝灌 ko⁵¹＝閣 ko⁵¹＝角牆~；牛~ko⁵¹｜乾 ko³³＝官 ko³³＝郭 ko³³＝哥 ko³³。

山梗合二今讀 ue，與臻合一入聲韻、曾合一入聲韻合併，如：管氣~炎；水~kue³⁵＝梗 kue³⁵｜慣 kue⁵¹＝骨 kue⁵¹＝國 kue⁵¹｜還~給你 ue³¹＝橫~邊：旁邊 ue³¹。所以，山攝合口保留了一等和二等的區別。如：灌 ko⁵¹≠慣 kue⁵¹｜官 ko³³≠關 kue³³｜活 xue³³≠滑 ua³³。

山合三合四（梗合三合四沒有調查到白讀層的字）今讀 ye，與山合三（除非組）合四入聲韻、臻合三入聲韻合併，如：勸 kʰye⁵¹＝缺~乏 kʰye⁵¹＝屈 kʰye⁵¹｜卷考試~子 kye⁵¹＝決 kye⁵¹＝橘 kye⁵¹｜縣 xye⁵¹＝穴 xye⁵¹。

另外，宕攝、江攝陽聲韻也有個別字今讀成單元音韻母 e，如：廊（宕）le³¹｜港香~（江）ke³⁵。可能是同一性質的固有層次的痕跡。

⑥山咸二攝陽聲韻外來層次的讀音，由於本地韻母系統沒有前鼻音韻尾，則一律變讀為後鼻音韻尾。其中：

山咸二攝陽聲韻的開口一二等、三等知母（知章組只調查到知母的外來層），與宕攝陽聲韻的開一、開三知莊章組、合三非組，江攝陽聲韻合併，今讀為 ɐŋ，如：盼~望 pʰɐŋ⁵¹＝叛 pʰɐŋ⁵¹＝胖 pʰɐŋ⁵¹｜凡~是 fɐŋ³¹＝繁~殖 fɐŋ³¹＝防 fɐŋ³¹｜展~覽 tsɐŋ³⁵＝長~大 tsɐŋ³⁵｜敢 kɐŋ³⁵＝講 kɐŋ³⁵。

開口三等（除知母）四等與宕攝陽聲韻開三（除知莊章組）合併，今讀 iɐŋ，如：嚴~肅 liɐŋ³¹＝良 liɐŋ³¹｜然~後 iɐŋ³¹＝羊 iɐŋ³¹｜堅 kiɐŋ³³＝姜 kiɐŋ³³。

山攝陽聲韻的合一、合二，與宕攝陽聲韻的合一、合三（除非組）合併，今讀 uɐŋ，如：罐 kuɐŋ⁵¹｜玩 uɐŋ³¹＝黃 uɐŋ³¹＝王 uɐŋ³¹。

除此以外的合口字屬外來層的，我們只調查到一個字：元~旦 yɐŋ³¹。

⑦深、臻、曾、梗（指梗攝外來層）四攝開口的陽聲韻無論各等全部合併，今讀為 əŋ，如：等 təŋ³⁵＝頂 təŋ³⁵｜針 tsəŋ³³＝珍 tsəŋ³³＝榛 tsəŋ³³＝增 tsəŋ³³＝

蒸 tsəŋ³³＝箏 tsəŋ³³＝精 tsəŋ³³｜親 tsʰəŋ³³＝稱 tsʰəŋ³³＝撐 tsʰəŋ³³＝清 tsʰəŋ³³＝青 tsʰəŋ³³｜貧 pəŋ³¹＝憑 pəŋ³¹＝彭 pəŋ³¹＝平 pəŋ³¹｜金 kəŋ³³＝跟 kəŋ³³＝巾 kəŋ³³＝斤 kəŋ³³＝庚 ₍年~₎kəŋ³³＝耕 kəŋ³³＝京 kəŋ³³＝經 kəŋ³³。

臻合口的、梗合口二三等的陽聲韻全部合併（曾合口沒有調查到字，梗合口四沒有調查到固有層的字），今讀為 uəŋ，如：純 suəŋ³¹｜婚 xuəŋ³³＝薰 xuəŋ³³＝兄 xuəŋ³³｜穩 uəŋ³⁵＝允 uəŋ³⁵＝尹 uəŋ³⁵＝永 uəŋ³⁵。

但臻合口也有一部分字變為開口呼，與上述四攝的開口合併，如：村 tsʰəŋ³³＝春 tsʰəŋ³³＝親 tsʰəŋ³³｜論 ləŋ⁵¹＝令 ləŋ⁵¹。

深臻梗攝陽聲韻開三的影、以、日母字有部分今讀 iŋ，如：飲 ₍~食店₎iŋ³⁵＝忍 iŋ³⁵＝影 ₍~子₎iŋ³⁵。

⑧通攝陽聲韻，部分三等見系字和所有的以母字今讀 yŋ，如：窮 kʰyŋ³¹｜榮 yŋ³¹＝融 yŋ³¹。其餘全都 uŋ，如：風 fuŋ³³｜宗 tsuŋ³³｜東 tuŋ³³｜公 kuŋ³³＝弓 kuŋ³³。

⑨宕開三合三入聲韻，以及少數江攝入聲字，今讀 io，如：著 ₍~衣₎tio⁵¹｜覺 ₍~得₎kio⁵¹＝腳 kio⁵¹＝钁 ₍~頭₎kio⁵¹＝角 kio⁵¹。

⑩「五」「午」和「不」今讀為輔音獨立音節 ŋ。

2.3　聲調特點

中古平、上、去聲在楚江土話中大部分仍讀作平、上、去聲，入聲舒化，分派到陰平、陽平和去聲。

①古平聲清聲母字今讀陰平，如：風 fuŋ³³｜婚 xuəŋ³³｜班 pɛ³³｜餐 tsʰɛ³³。

全濁、次濁聲母字今讀陽平，如：彭 pəŋ³¹｜煩 fɤ³¹｜窮 kʰyŋ³¹‖牢 ləu³¹｜貓 mɐu³¹｜王 uɐŋ³¹。

②古上聲清聲母、次濁聲母字今讀上聲，如：等 təŋ³⁵｜頸 kiɛ³⁵‖永 uəŋ³⁵｜奶 nɐi³⁵。

全濁聲母字一多半今讀去聲（49字：緒部仗在₍動詞₎亥憤序旱道象造豎斃倍縣斷棒幸像誓滬禍皂盾腎靜拒₍~絕₎距幣舅件氏稻匯₍~款₎技士兆橡笨紹后皇₍~後₎負₍正~₎婦₍夫~₎受趙動汞奉），一小半今讀上聲（34 字：坐下₍~邊₎簿丈厚蕩重₍很~₎晃₍長得好~：形容人長得漂亮₎社市菌緩挺跪柱上₍~去在現~₎弟肚杜苧₍麻₎被₍~子₎是罪婦₍寡~₎淡伴很拌項盡₍~量近艇₎），無明顯規律可循。

③古去聲無論清濁今仍讀去聲，如：縣 $xy\varepsilon^{51}$｜胖 p^hvn^{51}｜辦 $p\varepsilon^{51}$｜弄 $lu\eta^{51}$。

④古入聲的分派大致也是以聲母的清濁為依據：古清聲母字絕大部分今讀去聲，如：脫 t^ho^{51}｜穀~子 ku^{51}｜設 $\varepsilon i\varepsilon^{51}$｜答 $t\alpha^{51}$｜一 $i\varepsilon^{51}$｜角 ko^{51}｜血 $\varepsilon y\varepsilon^{51}$｜福 fu^{51}。

少數字今讀陰平或陽平，如：息 $\varepsilon i\varepsilon^{33}$｜託委~$t^ho^{33}$‖覺感~$k^hio^{31}$｜革 $k\varepsilon^{31}$。

一個字今讀上聲：樸 p^ho^{35}。

古次濁聲母字絕大部分今讀陰平，如：墨 me^{33}｜入 $ni\varepsilon^{33}$｜落 lo^{33}｜葉 $i\varepsilon^{33}$｜臘 $l\alpha^{33}$｜月 $ny\varepsilon^{33}$｜辣 $l\alpha^{33}$｜力 $li\varepsilon^{33}$。

少數字今讀陽平和去聲，如：陸 lu^{51}｜蜜 $mi\varepsilon^{51}$‖歷~史 $li\varepsilon^{31}$。

古全濁聲母字的分派無明顯規律可循，在我們統計的全濁入聲字中，今讀陰平的有 29 個：鑿絕脅勺雹伏炸油~十熟猾白盒讀毒服獨逐雜~糧罰疾著點~火直實~在薄蟄滑侄食或。今讀陽平的有 26 個：弼~馬溫術手~學术白~飾及截掘閘碟合配~雜~貨拔活乏集席酒~敵復~原複重~贖屬特擇籍族。今讀去聲的有 13 個：席草~軸殖沓笛局毒~死俗鈸石伐奪穴。

二、仁義土話

壹、聲韻調系統

1.1　聲母 22 個，包括零聲母

p	p^h	m	f
t	t^h	n	l
ts	ts^h	s	
tʃ	$tʃ^h$	ʃ	
tɕ	$tɕ^h$	ɕ	
k	k^h	ŋ	x
∅			

說明：①tɕ、$tɕ^h$、ɕ 是 ts、ts^h、s 和 tʃ、$tʃ^h$、ʃ 在今細音前的音位變體，後二者只拼洪音，在細音前變為 tɕ、$tɕ^h$、ɕ；

②n 在細音前實際音值為 ȵ；

③tʃ、$tʃ^h$在開口呼前面塞音色彩往往很濃，擦音成分的時長很短，音值接近發音部位為後齦的爆發音 t、t^h。

1.2 韻母 29 個

ʅ	i	u	y
ɑ	iɑ	uɑ	
æ	iæ	uæ	yæ
o	io		
ɑi		uɑi	
əi		uəi	
ɑu	iɑu		
əu	iəu		
ɑŋ	iɑŋ	uɑŋ	yɑŋ
əŋ	iŋ	uŋ	yŋ

說明：①i 韻母摩擦色彩較濃，實際音值近似於 ʑ；

②u 與 ts、tsʰ、s 相拼時，會在聲母后先出現一個舌尖圓唇元音 ɥ，然後再過渡到後高元音 u，實際音值為 ɥu，複核人口中的 u 在 ts 類聲母之後則完全變為 ɥ；

③o 和雙唇音相拼時實際音值稍高，接近 ʊ；

④iəu 中的 ə 較輕，韻母的實際音值為 iᵊu；

⑤鼻音韻尾 ŋ 在 ɑ、ə、i 後面時實際音值為硬齶鼻音 ɲ，在 u、y 後面時實際音值為軟齶鼻音 ŋ。

1.3 單字調 4 個

陰平〔35〕　　陽平〔11〕

上聲〔33〕

去聲〔13〕

貳、音韻特點

2.1 聲母特點

①全濁聲母清化。

A. 並、定母古平聲大部分今讀送氣清塞擦音，小部分讀不送氣音；古仄聲大部分讀不送氣音，小部分讀送氣音；

B. 從、澄、崇、群母平聲讀送氣音，仄聲部分讀不送氣音，部分讀送氣音；

A、B 兩條規律因性質不同而不能合併。並、定母底層形式應該是不送氣

的，受官話平聲送氣仄聲不送氣規律的覆蓋，平聲漸讀送氣音，只剩下少數不送氣的字，仄聲則大多仍為不送氣音，小部分送氣音應該是另有來源；從、澄、崇、群母的底層形式應該是送氣的，受官話平聲送氣仄聲不送氣規律的覆蓋，平聲仍舊讀送氣音，仄聲則漸讀不送氣音，但仍有一部分讀送氣音；

C. 禪、邪二母大部分讀清擦音，小部分（主要來自古平聲）讀送氣塞擦音；

D. 船母變清擦音；奉母讀清擦音 f；匣母大部分讀清擦音，小部分讀零聲母。

②知莊章三組聲母在仁義土話中的讀音分三類：

A. 知二組、莊組與精組合流，在今洪音前讀 ts 類；

B. 知三組、章組合流，在今洪音前讀 tʃ 類；

C. 知組、莊組、章組、精組在今細音前全部合流為 tɕ 類聲母。

③見曉組今讀分三類：洪音部分讀 k 類，部分讀 tʃ 類（tʃ 類聲母與 iŋ 相拼的音節韻母實際音值為 əŋ，實為洪音）；細音讀 tɕ 類，與精組、知三章細音合流。

④沒有知三母讀如端母的現象。

⑤個別非組讀如幫組，如：輔 pʰu³³｜網 maŋ³³。

⑥泥來母基本不混。

⑦日母絕大部分讀零聲母。個別讀如泥娘母，如：繞（繞線）ȵiau³³｜軟 ȵyaŋ³³。少數讀如來母，如：褥 lu¹¹｜蕊 luəi³³。

微母讀零聲母，個別讀如明母，⑤中已述。

匣母大部分讀清擦音，合口部分字讀零聲母，如：禾 o¹¹｜鬍（鬍子）u¹¹｜話 ua¹³｜鑊（鍋）o³⁵｜滑 ua¹¹。

疑母的情況與多數點相同：分兩個層次，土話固有層洪音前讀 ŋ，細音前讀 ȵ；外來層讀零聲母。

影母部分讀 ŋ，部分讀零聲母。應該是和疑母一樣，明顯是土話固有層和外來層讀了不同的讀音。（固有層讀 ŋ，外來層讀零聲母。）

喻母讀零聲母。

⑧溪母少數另讀如曉母，如：棄 ɕi¹³｜窠（狗窠）xo³⁵。曉母少數讀如溪母，如：菫 kʰuŋ³⁵｜吸 tɕi¹¹｜戲（唱戲）tɕʰi¹³。

⑨各全清塞音塞擦音類聲母都或多或少有讀送氣音現象，次清聲母有讀不送氣音現象。

2.2 韻母特點

古陰聲韻：

①止合三少數字讀 y，如：雖 ɕy³⁵｜水 ɕy³³｜醉 tɕy¹³。

②流攝一等有讀 iau 的層次，與效攝合流。盡舉：樓（樓梯）liau¹¹＝療 liau¹¹｜走 tɕiau³³＝剿 tɕiau³³｜狗 kiau³³｜口（口水）kʰiau｜漏 liau¹³＝料 liau¹³。

但是，「狗」和「口」沒有同音字，因為本應與其同音的效攝見組三四等字都變成了 tʃ 類聲母，而「狗」和「口」卻仍讀為細音。由此看來，流攝一等的這個層次的形成應該晚於效攝見組變讀為 tʃ 類聲母。

古陽聲韻：

③鼻音韻尾只有一個，鼻尾韻主要元音有兩個音位。即：aŋ 韻和 əŋ 韻。山咸宕江攝陽聲韻讀 aŋ 韻，深臻曾梗通攝陽聲韻讀 əŋ 韻。

④山咸攝開口一等有鼻音韻尾脫落的層次，今讀 o，盡舉如：三 so³⁵｜淡 to³³｜難（好難）no¹¹｜爛（指衣服或手破了）lo¹³。宕攝開口也有 o 的層次，盡舉如：帳 tʃo¹³｜唱 tʃʰo¹³。宕攝是隨著山咸攝一起變化的。

但宕攝有個讀 a 的痕跡，「塘」字在鄰村村名「社塘下」中讀作 ta¹¹。

山攝開口三四等有讀元音韻尾 i 的層次，今讀 əi，盡舉如：鞭 pəi³⁵｜棉 məi¹¹｜煎 tsəi³⁵｜錢 tsʰəi¹¹｜淺 tsʰəi³³｜線 səi¹³｜天 tʰəi³⁵｜田 təi¹¹｜癲（癲子）təi³⁵｜邊 pəi³⁵。所舉例子，前五個只有複核發音人能說出，後五例兩個發音人皆能讀出，說明這個層次正在被鼻音韻尾的層次覆蓋。另有「喘」字讀 tsʰuai³³，可能也是元音韻尾的層次的痕跡。

⑤深臻曾梗通合流。大致上，開口今讀 iŋ，合口一二等今讀 uŋ，合口三四等今讀 yŋ（通攝三等多數讀合口呼）。但四攝的莊組字讀合口呼 uŋ，深臻梗二攝的精組開口也有少數讀合口呼，曾攝的精組開口全部讀合口呼。

深臻曾梗四攝中，知三章組、見曉組開口三等字的聲母為 tʃ 類、韻母為 əŋ。〔ə〕和〔i〕在鼻音韻尾〔ŋ〕前是同一個音位，即，韻母 əŋ 和韻母 iŋ 可以合併為同一個韻母。iŋ 韻母在 tʃ 類聲母之後實際音值變為 əŋ，在其他聲母后則讀為 iŋ。

臻、曾、梗三攝見曉組一二等今讀 k 類細音，不與三四等 ʧ 類聲母相混，也不與精組細音相混。因此，在這三攝中是分尖團的。

⑥梗攝有讀元音韻尾 i 的層次痕跡，如：病 pəi¹³。這是與山攝開口三四等一同變化的層次。

古入聲韻：

⑦通攝今讀 u（y）；

曾梗攝開一開二今讀 æ 或 iæ，開三開四主要讀 i（但有讀 ɑ 的層次，如「石」、「屐」、「麥」、「白」），合口讀 uæ、yæ；臻深攝開口今讀 i，合一讀 u，合三讀 yæ；

宕江攝今讀 o、io；

山咸攝開一今讀 ɑ、o，開二讀 ɑ，開三開四讀 i，合一讀 o，合二讀 uɑ，合三合四讀 yæ（非組讀 ɑ）。

2.3　聲調特點

①古清平今讀陰平 35，古濁平今讀陽平 11；

②古清上、次濁上今讀上聲 33；古濁上大部分今讀去聲 13，少部分仍讀上聲 33，如：苧（苧麻）tɕʰy³³｜柱 tɕʰy³³｜坐 tsʰo³³｜肚 tu³³｜淡 to³³｜近 ʧʰəŋ³³｜強 ʧʰɑŋ³³｜下 xɑ³³｜旱 xɑŋ³³｜很 xiŋ³³。

③古去聲今讀去聲 13；

④古入聲今主要讀陽平 11。

三、飛仙土話

壹、聲韻調系統

1.1　聲母 19 個，包括零聲母

p	pʰ	m	f
t	tʰ		l（n）
ts	tsʰ		s
ʧ	ʧʰ	ȵ	ʃ
k	kʰ	ŋ	x
∅			

說明：①l 有音位變體，與鼻韻韻尾韻母的洪音（除 uen 外）相拼為 n，與其他韻母（包括 uen）相拼為 l；

②ȵ 為前顎鼻音，只與細音相拼；

③ts、tsʰ、s 是較典型的齦音，可與細音相拼；

④tʃ、tʃʰ、ʃ 可與細音相拼；

⑤tʃ、tʃʰ 在開口呼前面塞音色彩往往很濃，音值接近發音部位為後齦的爆發音 t、tʰ。

1.2　韻母 36 個

ɿ	i	u	y
ɑ	iɑ	uɑ	
eɐ	ia	uia	
	ie	ue	ye
o	io		
ɯ			
ai		uai	
əi			uəi
ɑu	iɑu		
əu	iəu		
ɑn	iɑn	uɑn	yɑn
en	ien	uen	
əŋ	iəŋ		
oŋ	ioŋ		
ŋ̍			

說明：①iɑ 和 ia 兩個韻母，各自拼合的聲母互不相同，從這個角度來看，可以合併為同一個韻母（進而導致 a、ɑ 合併為同一個元音音位），但我們依舊處理為不同的韻母，是從實際音值具有明顯區別和中古來源不同兩個方面考慮的；

②uia 是雙介音韻母，先 u 後 i 快速滑過；ia、uia 兩個韻母中 i 介音的實際音值是 e；ia 韻母在零聲母后的實際發音是 eɐ；

③ɑ 在 iɑn、yɑn 中的實際音值為 æ，在 ɑn、uɑn 中為後元音 ɑ；

④ie、ue、ye 三個韻母主要元音開口度較小，實際音值為半高元音 e；

⑤ɯ 是後高元音的單韻母，我們只調查到兩個字佢第三人稱代詞、去來~；

⑥en 沒有零聲母音節，ien 只有零聲母音節；

⑦oŋ、ioŋ 是實際發音，不可記作 uəŋ、yəŋ，因此，同前鼻音韻尾相同，後鼻音韻尾的主要元音也有兩個音位；

⑧軟齶鼻音 ŋ 可單獨成音節；

⑨複核人韻母 u 在 ts 類後讀為 ʮ。

⑩an 和 ian 都可以與 ʧ 類聲母相拼，有些字的韻母在 an、ian 之間游離。大抵因為 ʧ 類聲母不穩定，當 ʧ 類聲母塞音成分濃的時候，後面往往不帶介音；當 ʧ 類聲母拉得較長而使得擦音成分較濃的時候，後面往往容易帶出一個實際音值比 i 稍低一些的介音。可能這類音節正處於一種離散式變化過程的末期，尚有一點介音的痕跡。ian 韻母與 ʧ 類聲母相拼的介音將來應該會完全消失。

飛仙〔uia〕韻母例字語圖──國〔kuia³¹〕（發音人：陳生治）

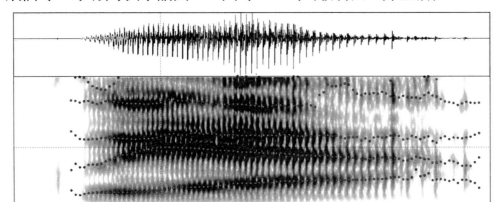

從「國」字語圖中的韻母段可以看出，韻母的週期性條紋明顯的有三段特徵：第一共振峰和第二共振峰的距離先逐漸擴大，後又逐漸縮小，第二共振峰呈現一個高峰拐點，說明韻母是一個三合元音。起始約為〔u〕，拐點約為〔i〕，後逐漸過渡到〔a〕。

1.3　單字調 4 個

陰平〔212〕　　陽平〔24〕

上聲〔31〕

去聲〔55〕

說明：陰平調經常游離於 33 或 212 兩種調值，甚至同一個字有時讀 33 調，有時讀 212 調。複核發音人也是如此。〔33〕和〔212〕是陰平調位的兩個不同的自由變體。

貳、音韻特點

2.1 聲母特點

①全濁聲母清化。

A. 並、定、從、澄、崇、群等母主要變送氣塞音、塞擦音，但各母均明顯有一部分今讀不送氣塞音、塞擦音；

B. 禪母主要變清擦音，一小部分變送氣塞擦音，船母主要變清擦音，邪母一部分變清擦音，一部分變送氣塞擦音；

C. 奉母今變清擦音 f，匣母主要變清擦音，一小部分合口字今讀零聲母。

②知系今讀分為兩類：知二莊為一類，今讀 ts 類，與精組合流；知三章為一類，今讀 ʧ 類，與見曉組讀 ʧ 類的部分合流。

③見曉組今讀分兩類：古一二等的合口，三四等的蟹攝合口，通攝，深攝的「今」字，讀 k 類聲母；三四等（除蟹攝合口、通攝、深攝的「今」字）讀 ʧ 類；二等的開口，除了梗攝全讀 k 類聲母外，蟹假效山咸江各攝今讀 k 類和 ʧ 類的都有，無明顯規律。

④泥來母在洪音前相混，在細音前基本不混。

細音的來母讀 l，泥母讀 ȵ；細音只有 ioŋ 韻母的泥來母相混，今讀 ȵ。

洪音的讀音有音位變體：在鼻尾韻的洪音韻母（除 uen 以外）前讀 n，在非鼻尾韻的洪音韻母以及 uen 韻母前讀 l。

⑤非組少數字讀如幫組，如：甫縛浮輔訃尾。

⑥知組少數字讀如端組，如：株爹脹著漲。

⑦日母字大部分讀零聲母，小部分讀 ȵ；疑母固有層細音前讀 ȵ，洪音前讀 ŋ，外來層洪細前都讀零聲母；影母開口呼讀 ŋ，齊合撮讀零聲母；喻母讀零聲母。

⑧溪母部分讀如曉母，如：墟棄氣（敨氣）糠去（來去）肯；曉母少數讀如溪母，如：菫、欣、戲、吸。

⑨各全清塞音塞擦音類聲母都或多或少有讀送氣音現象，次清類聲母有讀不送氣音現象。

2.2 韻母特點

古陰聲韻：

①蟹攝開口一等部分讀 əi 韻，如：來 ləi²⁴｜栽 tsuəi²¹²｜鰓腮 suəi²¹²｜袋 tʰuəi⁵⁵｜菜 tsʰuəi⁵⁵｜貝 pəi⁵⁵｜蓋 kuəi⁵⁵。大部分仍讀 ai 韻。合口一等讀 uəi 韻。

②止開三日母今讀複韻母 au。

止合三部分字今讀 y，如：嘴醉水錘。

③流攝開口呼的固有層讀 əi，外來層讀 əu，齊齒呼則仍為 iəu。

古陽聲韻：

④韻尾有前鼻音和後鼻音兩種，且每種的主要元音都有兩個音位。

⑤山咸二攝、宕攝外來層、江攝外來層以及梗攝第二固有層合流，今讀 an 韻。

⑥深臻曾三攝以及梗攝的外來層合流，今讀 en 韻。並且，除了今讀零聲母的開口三等字仍讀細音韻母 ien 以外，各攝無論各等，開口今統讀開口呼 en，合口今統讀合口呼 uen。（個別外來層的字，讀同通攝字，如「宏」、「榮」。）

⑦宕江二攝有固有層 oŋ。略舉如：湯 tʰoŋ²¹²｜桑 soŋ²¹²｜缸 koŋ²¹²｜糠 xoŋ²¹²｜兩 ȵioŋ³¹｜糧 ȵioŋ²⁴｜牆 tsʰioŋ²⁴｜長 tʂʰoŋ²⁴｜床 tsʰoŋ²⁴｜霜 soŋ²¹²｜嘗 ʃioŋ²⁴｜香 ʃioŋ²¹²｜羊 ioŋ²⁴｜脹 tioŋ⁵⁵（以上宕攝），椿 tsoŋ²¹²｜窗 tsʰoŋ²¹²｜雙 soŋ²¹²（以上江攝）。

⑧梗攝有三個層次。第一固有層讀同宕江攝固有層，同宕江攝固有層一同演變，今讀 oŋ 韻。如：撐 tsʰoŋ⁵⁵｜生 soŋ²¹²｜甥（外甥）soŋ²¹²｜硬 oŋ⁵⁵｜爭（爭東西）tsoŋ²¹²。

第二固有層今讀 an 韻，同山咸合流。略舉如：病 pʰian⁵⁵｜命（命好）mian⁵⁵｜名 mian²⁴｜晴 tsʰian²⁴｜聲（聲氣：聲音）ʃan²¹²｜輕 tʂʰan²¹²｜贏 ian²⁴｜嶺 ȵian³¹｜井 tsian³¹｜性（性命）sian⁵⁵｜聽 tʰian²¹²｜青（青草）tsʰian²¹²｜星 sian²¹²｜鼎（一種燒水、煮潲用的大鍋）tian²⁴。

外來層讀 en 韻，如⑥所述。

⑨通攝三等除了今讀零聲母的字讀齊齒呼 iəŋ 外，都與一等字合流，讀開口呼 əŋ。這一點與 en 韻的合流情況有些相似，只不過 əŋ 韻母是有零聲母音節而 en 韻母沒有零聲母音節，en 韻有合口呼韻母而 əŋ 韻沒有合口呼韻母。

古入聲韻：

⑩山咸入聲韻的一二等今讀有兩個層次：固有層讀細音 ia 韻（包括 uia），

如（盡舉）：答 tia³¹｜塔 tʰia³¹｜臘 lia⁵⁵｜眨（眨眼）tsia²⁴｜夾 kia³¹｜掐 kʰia³¹｜辣 lia⁵⁵｜八 pia³¹｜殺 sia³¹｜活 xuia⁵⁵｜滑 uia²⁴。外來層，山咸開一見曉組、山合一讀 o，開一其他聲母、開二讀 ɑ，山合二讀 uɑ。

山咸入聲韻開三開四今讀 ie，合三（除了非組）合四今讀 ye。合三非組今讀 ɑ，但也有 ia 的層次，如：罰（罰款）fia⁵⁵｜襪 uia³¹。

⑪深臻開三今讀 ie，但也有 ia 的層次，如：密 mia⁵⁵｜虱（虱婆）sia³¹。臻合一讀 u，但有 ia 的層次，如：沒 mia⁵⁵｜骨（骨頭）kia³¹｜核（核桃）xia³¹。臻合三讀 ye，有 ia 的層次，如：物 uia³¹。

⑫宕攝今讀 o 韻，個別字讀 ia，如：烙（烙糕（tsiɑu²⁴）巴：一種食品）lia³¹。

⑬曾攝開一今讀 ia；合一讀 uia；開三莊組讀 ia，其他讀 ie；合三讀 ye。

⑭梗攝二等有兩個層次：一個層次讀 o 韻，如：百 po³¹｜白 pʰo⁵⁵｜麥 mo⁵⁵｜獲 ₁xo⁵⁵；一個層次讀 ia 韻，如：拍 pʰia³¹｜擇 tsʰia³¹｜窄（狹窄）tsia³¹｜格 kia³¹｜責 tsia²⁴｜隔 kia³¹｜獲 ₂xuia⁵⁵。「客 kʰo³¹／kʰia³¹」和「獲 xo⁵⁵／xuia⁵⁵」都是有兩讀的，分屬於不同層次。這兩個層次在歷史上哪個更古老，不易斷定。但如果從中古各攝的陽聲韻和入聲韻是相對應的，並且陽聲韻和相對應的入聲韻的主要元音是相同的角度來說，我們可以假定，在飛仙土話的歷史演變過程中，梗攝入聲韻有著同陽聲韻一樣的層次吸收過程。梗攝陽聲韻的第一固有層是 oŋ 韻，是同宕攝固有層一同演變的，則相應地，梗攝入聲韻的較早層次應該是和宕攝入聲韻一同演變的，宕攝入聲韻今讀 o，則梗攝入聲韻的較早層次應該是 o；梗攝陽聲韻的第二固有層是 ɑn 韻，是和山咸攝的陽聲韻一同演變的，則相應地，梗攝入聲韻的較晚層次應該是和山咸攝入聲韻的固有層一同演變的，山咸攝入聲韻的固有層今讀 ia 韻，則古入聲韻的較晚層次主要元音也是 ia 韻。

梗開三開四讀 ie，合三讀 ye。但開三有讀 ɑ 的層次，開四有讀 ia 的層次，如：尺 tʃʰɑ³¹｜射 ʃɑ｜石 ʃɑ³¹｜壁 pia³¹。梗開四部分字讀 i。

⑮通攝入聲韻今讀主要為 u，少數讀 y。

綜上，古入聲韻在飛仙土話的今讀主要為 ia 韻、ɑ 韻、o 韻、e 韻、u 韻，個別讀 i、y。

2.3　聲調特點

①古清平今讀陰平 212，濁平今讀陽平 24。

②清上、次濁上，以及小部分全濁上今讀上聲 31；大部分全濁上今讀去聲 55。

③去聲無論清濁今讀去聲 55。

④入聲大部分歸上聲 31，次濁入聲有歸去聲 55 的趨勢；小部分入聲歸陽平和陰平。

四、荷葉土話

壹、聲韻調系統

1.1　聲母 16 個，包括零聲母。

p	pʰ	m		f
t	tʰ	（n）		l
			s	
ʧ	ʧʰ			
		ȵ		
k	kʰ	ŋ	x	
∅				

說明：①後齦音只有塞擦音 ʧ、ʧʰ，與之對應的擦音實際音值為齦音 s，ʧ 和 ʧʰ 拼洪細都可以，s 亦拼洪細都可以；

②n 與 l 不區別音位，ȵ 與 n、l 區別音位，n、l 拼洪細皆可，ȵ 只拼細音；

③f 可與細音 iəu 韻母相拼；

④零聲母在 i、y 兩個韻母前實際音值分別為半元音 j、ɥ。

1.2　韻母 29 個

ɿ	i	u / ʮ	y
ʮ			
ɑ	iɑ	uɑ	
ɛ	iɛ	uɛ	yɛ
o	io		
ɑi	iɑi	uɑi	
əi		uəi	
ɑu	iɑu		

iəu

ɑn　　　iɑn　　　uɑn　　　yɑn

iŋ　　　uŋ　　　yŋ

說明：①共有 6 個元音音位。ɿ 和 i 不區別音位，i 和 s 相拼時實際音值為 ɿ，和其他聲母相拼時音值為 i；ʮ 和 u 不區別音位，u 和 s 相拼時實際音值為 ʮ，和其他聲母相拼時音值為 u，為了突出特點，我們也將 ʮ 單列出來。

②i 韻母作零聲母音節以及與 tʃ、tʃʰ 相拼時，帶摩擦色彩。

③單元音 u 與 k、kʰ、x 相拼時，上牙齒輕貼下唇，帶輕微唇齒色彩。

④ɑ 元音在韻尾為 i、n 時，實際音值為央元音 a，在無韻尾或在韻尾為 u 時，實際音值為後元音 ɑ。

⑤ɛ 韻的四個韻母都有輕微的 ə 尾，實際音值應記為 ɛ˚。

⑥iəu 與 x 聲母相拼時，與和 k、kʰ 及其他聲母相拼不同，i 介音的實際音值較低，約為 e。

⑦鼻音韻尾 n 的實際發音部位為硬齶，音值為 ɲ。

⑧iŋ 的主要元音發音部位較央，實際音值為 ɨ。

⑨uŋ 的主要開口度稍大，實際音值是 oŋ；yŋ 並不是典型的撮口呼，開口度也稍大，實際發音更像是從 i 到 o 的滑動過程，因此準確應記為 ioŋ，在音系表裏，為了音系的整齊，我們將這三個韻母歸為一類，下文我們採用精確的記音。

⑩oŋ 的零聲母音節實際帶喉塞音聲母〔ʔ〕。

1.3　單字調 4 個

陰平〔33〕　　陽平〔11〕

上聲〔53〕

去聲〔13〕

貳、音韻特點

2.1　聲母特點

共 6 組 16 個聲母。

①全濁聲母清化。

A. 並、從、崇、澄、群母，平聲全讀送氣塞音或塞擦音，仄聲部分讀送氣

音，部分讀不送氣音。

B. 定母平聲讀送氣塞音，仄聲大部分讀不送氣塞音。

C. 禪母平聲部分讀送氣塞擦音，部分讀清擦音；仄聲絕大部分讀清擦音；邪母平聲大部分讀送氣塞擦音，仄聲部分讀清擦音，部分讀塞擦音；船母絕大部分讀清擦音。

D. 匣母大部分讀清擦音，部分合口字讀零聲母。

E. 奉母讀清擦音 f。

②精、知、莊、章合流，讀作 ʧ、ʧʰ、s。

③見曉組中的開口二三四等（除蟹開二、梗開二）、合口三四等（除止蟹通攝）與精知莊章合流，讀作 ʧ、ʧʰ、s；見曉組中的開口一等、合口一二等、止蟹通攝合口三四等、蟹梗攝開口二等今讀 k、kʰ、x。

④泥（娘）來母洪音相混，而細音有別。

n 與 l 不區別音位，ȵ 與 n、l 區別音位，n、l 拼洪細皆可，ȵ 只拼細音，所以，洪音中，n 與 l 不具區別意義的作用，而細音中，l 與 ȵ，或 n 與 ȵ，區別意義。〔註2〕

⑤個別非組字讀如幫組。如：輔 pʰu⁵³｜蜂（蜜蜂｜壽蜂）pʰoŋ³³｜蔓 man¹³。

⑥知母字無讀如端母的現象。

⑦日母大部分讀零聲母；少數細音讀如娘母，如弱 ȵio¹¹｜惹 ȵiɛ⁵³｜汝（汝城：郴州所屬縣）ȵy⁵³｜軟 ȵyan⁵³；個別讀如來母，如肉 lu¹¹｜辱 lu¹¹｜褥 lu¹¹。

⑧影母開口呼多讀如疑母，齊、合、撮口呼多讀零聲母。

⑨疑母細音讀如娘母，今音 ȵ；洪音及流開一、梗開二今讀軟齶鼻音 ŋ。另有部分疑母字讀零聲母。

⑩溪母少數讀如曉母，如墟 sʅ³³｜棄 sʅ¹³｜窠（狗窠）xo³³；曉母個別讀如溪母，如葷 kʰoŋ³³。

⑪各全清塞音塞擦音類聲母都或多或少有讀送氣音現象，幫、見母為多；

〔註2〕 在細音中，發音人能區分 n 跟 ȵ，卻不認為 n 跟 l 有區別，比如令字，筆者學土話發音，發成〔ȵiŋ¹³〕，發音人說不對，發成〔niŋ¹³〕，發音人說對，反覆多次，均是這樣。但發成〔liŋ¹³〕，發音人不置可否，大概是覺得聽著雖然不是很標準，但也不算錯。第二發音人，則將令字發成〔liŋ¹³〕，可見，在荷葉土話中，與細音相拼的 ȵ 和 n 是區別音位的，而 n 和 l 只是同一音位的不同變體，無論在洪音中還是細音中都是如此。

次清類聲母有讀不送氣音現象，滂、溪母為多。

2.2　韻母特點

共 6 個元音音位（ɿ 是 i 的音位變體，ʮ 是 u 的音位變體）。

①果攝元音沒有高化，今讀 o 韻；假攝元音讀 ɑ 韻。

②遇攝一等的精組字與三等的知莊章精見組合併，今讀撮口呼。

③荷葉土話一個顯著的特點是：沒有 ʃi 和 xi 音節，聲母 s 或 x（包括心、邪、曉、匣、書、生、俟母字及部分禪、船、崇母字）遇韻母 i，全部讀為開口呼音節 sɿ。如：西 sɿ³³｜細 sɿ¹³｜系 sɿ¹³（蟹攝開四）、希 sɿ³³（止攝開三）、協 sɿ¹¹（咸開三）、習 sɿ¹¹（深開三）、舌 sɿ¹¹｜歇 sɿ¹¹（山開三），等。

④蟹合一幫組與蟹開三開四合流，今讀 i。

⑤止攝和蟹攝非組不同於其他土話方言點，今讀開口呼 fəi。

⑥流攝一等今讀齊齒呼，與三四等合流。如：兜 tiəu³³＝丟 tiəu³³｜樓 liəu¹¹＝流 liəu¹¹｜走 tʃiəu⁵³＝酒 tʃiəu⁵³＝九 tʃiəu⁵³。因此也導致了唇齒音聲母可與細音相拼，如浮 fiəu¹¹｜否 fiəu⁵³。

但流攝一等見曉組與三四等見曉組並不同音。韻母相同，但聲母不同。三四等見曉組已前化為 tʃ、tʃʰ、s、ȵ，和精組合流；一等細化後，聲母仍讀 k、kʰ、x、ŋ，不與精組合流。如：鉤（見一）kiəu³³≠糾（見三）tʃiəu³³＝鬆（精三）tʃiəu³³｜狗（見一）kiəu⁵³≠九（見三）tʃiəu⁵³＝酒（精三）tʃiəu⁵³｜口（溪一）kʰiəu⁵³≠舅（群三）tʃʰiəu⁵³｜夠（見一）kiəu¹³≠救（見三）tʃiəu¹³＝就（從三）tʃiəu¹³｜後（匣一）xiəu¹³｜休（曉三）siəu³³｜藕（疑一）ŋiəu⁵³｜牛（疑三）ȵiəu¹¹。

⑦陽聲韻中，咸山宕江攝今讀 ɑn 韻，臻攝開口、臻攝合口的端系（一等有端組、精組、泥組，三等只有精組、泥組）、深攝、曾攝開口除一等幫組、梗攝開口除開二幫組，今讀 iŋ 韻，臻攝合口除端系、曾攝開口一等幫組、曾攝合口、梗攝二等幫組及個別四等幫組（如：拼~命 pʰoŋ¹³）、梗攝合口、通攝，今讀 oŋ 韻。從音位角度看，可以把 oŋ、ioŋ 分別看作 iŋ 的合口呼和撮口呼，則，荷葉土話的陽聲韻只分為 ɑn、iŋ 兩類韻。

臻曾梗三攝開口一二等今皆讀為細音，但一二等的見曉組不與三四等的見曉組合流，前者今讀 k、kʰ、x 細音，後者前化為 tʃ、tʃʰ、s，與精組合流。

如：根（見一）庚（見二）耕（見二）kiŋ³³≠斤（見三）京（見三）經（見四）tʃiŋ³³＝津（精三）精（精三）tʃiŋ³³｜坑（溪二）kʰiŋ³³≠輕 tʃʰiŋ³³（溪三）＝清（清三）親（清三）tʃʰiŋ³³｜恒（匣一）xiŋ¹¹≠形（匣四）siŋ¹¹＝旬 siŋ¹¹（邪三）｜恨（匣一）xiŋ¹³≠興（曉三）siŋ¹³＝信（心三）siŋ¹³｜更（更換）（見二）kiŋ¹³≠鏡（見三）tʃiŋ¹³＝淨（從三）tʃiŋ¹³｜格（見二）kiɛ¹¹≠賊（從一）tʃiɛ¹¹。

⑧梗攝陽聲韻的固有層痕跡不像其他土話點那樣顯著，我們只調查到兩個字，與山咸攝陽聲韻合流：螢（螢火蟲）iɑn¹¹、頸（頸骨：脖子｜吊頸：上吊）tʃɑn⁵³。但梗攝入聲字有三個字讀音特殊：尺 tʃʰɑ¹¹、吃 tʃʰɑ¹¹、石 sɑ¹¹。或許也是固有層的痕跡。

⑨鼻音韻尾兩分。從音位分析的角度看，可以把 iŋ、oŋ、ioŋ 的主要元音看作一個輕微的 ə，則三個韻母記為 iᵊŋ、uᵊŋ、yᵊŋ。如此，則前鼻音韻尾音節和後鼻音韻尾音節的主要元音都只有一個音位：前者是〔ɑ〕，後者是〔ᵊ〕。介音相同，主要元音和韻尾都不相同，從理論上說，則可以進行音位合併。鑒於〔ɑ〕和〔ᵊ〕的音值相差較遠，要合併音位的話，較合適的辦法是合併韻尾。而事實上，如前所述，前鼻音韻尾的真實音值是硬齶鼻音 ɲ，與軟齶鼻音 ŋ 相差並不大，如果沒有相同的主要元音的話，理應合併。如此，則荷葉土話實際上只有一個鼻音韻尾的音位。

⑩古入聲韻中，山咸開一見曉組、山合一、宕江攝今讀 o 韻，山咸其他一等和二等以及非組今讀 ɑ 韻；山咸開三開四、臻曾開三今讀 i（含 ɿ）；曾開一、梗開二今讀 iɛ，臻曾合一、梗合二今讀 uɛ，山合三合四、臻梗合三今讀 yɛ；通攝今讀 u、y。

2.3　聲調特點

①古平聲的清聲母字讀陰平 33，濁聲母字讀陽平 11；

②古上聲的清聲母字、次濁聲母字、小部分全濁聲母字讀上聲 53，大部分全濁聲母字讀去聲 13；

③古去聲讀去聲 13；

④古入聲今主要歸入陽平 11，小部分歸入陰平、上聲、去聲。

五、沙田土話

壹、聲韻調系統

1.1 聲母 16 個，包括零聲母

p	pʰ	m	f
t	tʰ	n	l
ts	tsʰ		s
k	kʰ	ŋ	x
∅			

說明：①從音位數量上說，是 16 個聲母，但 ts、tsʰ、s 在細音前的實際音值為 tɕ、tɕʰ、ɕ，n 在細音前的實際音值是顎化色彩的 nʲ；

②f 可與 i、in 相拼；

③t 可與 y 相拼；

④k 可與 in 相拼，但不能同其餘的齊齒呼、撮口呼相拼。

1.2 韻母 32 個

ɿ	i	u	y
ɑ	iɑ	uɑ	
ɛ	iɛ	uɛ	yɛ
o	io		
ɵ			
ɑi		uɑi	
əi		uəi	
ɑu	iɑu		
əu	iəu		
ɑn	iɑn	uɑn	yan
in		uin	yn
		uŋ	yŋ
ŋ̍			

說明：①共 8 個元音音位，開合齊撮俱全，有 i、u 兩個元音韻尾和 n、ŋ 兩個鼻音韻尾；

②ɑ 在無韻尾或韻尾為 n 時實際音值為 ʌ，ɑ 在韻尾為 i 或 u 時發音部位較

靠後，實際音值為 ɑ；

③yɛ 在發音過程中保持圓唇，主要元音實際音值接近 ø；

④ɵ 為央、半高、圓唇元音；

⑤əu、iəu 中的主要元音實際音值比 ə 稍高，約為 ɘ；

⑥iɑn、yɑn 中的主要元音是明顯的 ʌ；

⑦in、uin 的主要元音實際音值為央、高元音 ɨ；

⑧前鼻音韻尾發音部位比 n 靠後一些，實際音值為硬齶音 ɲ，只在 yn 中是明顯的齦音 n，與 yŋ 中的軟齶鼻音區別很大；

⑨ŋ 可獨立成音節。

1.3　單字調 4 個

　　　陰平〔33〕　　　陽平〔31〕

　　　上聲〔53〕

　　　去聲〔35〕

說明：除 4 個單字調，還有一個輕聲調，音值約為 3。

沙田〔uin〕韻母——「婚」字語圖

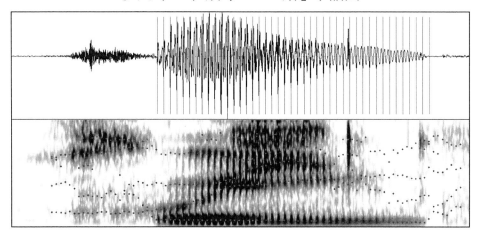

貳、音韻特點

2.1　聲母特點

共四組 16 個聲母。

①古全濁聲母清化。

A. 澄母平聲送氣，上聲、去聲今讀送氣的與讀不送氣的基本持平，入聲讀送氣的多；群母平聲送氣，上聲讀送氣的與讀不送氣的基本持平，去聲、入聲

讀送氣的多。但究察每個字，讀不送氣的多屬不常用的書面語，而常用的口語字大多送氣。因此，澄母、群母算作全送氣類型。崇母、從母，無論平仄今讀送氣聲母。

B. 並母、定母平聲今讀送氣聲母，仄聲大部分讀不送氣聲母。

但也有一些口語常用的仄聲字是送氣的。如：鼻 p^{h}i^{35}｜篦（篦梳）p^{h}i｜白 p^{h}o^{35}｜被（被子）p^{h}i^{53}｜豆 t^{h}əi^{35}｜大 t^{h}ɑi^{35}｜地 t^{h}i^{35}｜毒 t^{h}u^{35}｜讀 t^{h}u^{35}｜淡（鹹淡）t^{h}ɑn^{53}。

C. 禪母平聲為送氣塞擦音，仄聲為清擦音。船母變清擦音。邪母平聲多為送氣塞擦音，仄聲多為清擦音。故而，變塞擦音的字也應該屬於全部送氣型，而變清擦音的字在清化之前則當讀為全濁擦音。

綜合 A、B、C 三條，古全濁塞音、塞擦音的清化規律，是全部變為送氣音。

D. 奉母、匣母讀清擦音。匣母合口一二等部分變零聲母。如鬍（鬍子）u^{31}｜禾 o^{31}｜和（和尚）o^{31}｜話（話事）uɑ^{35}｜滑 uɛ^{35}。

②精、知、莊、章組合流。今洪音讀 ts 類，細音讀 tɕ 類。

具體來說，止開三、通合三的四組聲母全部讀洪音；其他各攝的知二莊今讀洪音，與精組洪音合流，知三章今讀細音，與精組細音合流。

③見曉組細音齶化，與精組細音、知三章合流，讀 tɕ 類。但 in 韻母中有與 k、k^h、x 相拼者，這是來自臻深曾梗開口一二等的字，這部分字在見曉組細音齶化規律結束作用後，由於韻母的語音變化而併入了細音。

④疑母細音齶化，併入泥娘母。疑母洪音讀軟齶鼻音聲母 ŋ。外來層疑母字讀零聲母。

⑤泥母合口讀如來母。除此以外，泥來母基本不混。來母少數細音字讀如娘母。

⑥個別非組字讀如幫組字，明顯較其他土話點少。如：蚊（蚊蟲：蚊子）min^{31}。

⑦知母少數字讀如端母。如：豬 ty^{33}｜脹 tiɑn^{35}｜著（著衣）tio^{31}｜竹 tiəu^{53}。個別莊母字讀如端母。如：裝（裝飯：盛飯）tiɑn^{33}。

⑧溪母部分字讀如曉母。如：糠 xɑn^{33}｜窠（鳥巢窠：鳥窩）xu^{33}｜去 xɛ^{35}｜起 ɕi^{53}。曉母少數字讀如溪母。如：葷 k^{h}uin^{33}｜戲 tɕ^{h}i^{35}。個別溪母讀 f，如苦 fu^{53}。

⑨影母洪音部分讀如疑母洪音，部分讀零聲母，影母細音全部讀零聲母。

⑩日母部分字讀如娘母，如：弱 nio³⁵｜入（入來：進來）niɛ³⁵｜日（日頭：太陽）niɛ⁵³｜惹 niɑ⁵³（惹事）｜軟 nyan⁵³。大部分讀零聲母。外來層讀如來母。

⑪各全清塞音塞擦音類聲母都或多或少有讀送氣音現象，幫、見母為多；次清類聲母有讀不送氣音現象，滂母為多。

2.2　韻母特點

共 8 個元音音位。

陰聲韻：

①果攝不與遇攝合流。個別字高化，如：窠 xu³³。

②見系開二不細化，這是土話普遍具有的規律，和官話相區別。

③假攝開三精組、章組、以母主要元音同二等及其他三等字相同，依舊讀 ɑ，與官話不同。

④遇攝合一疑母字今讀單輔音獨立音節 ŋ。

⑤止蟹攝合三今讀撮口呼 y。如：嘴 tɕy⁵³｜水 ɕy⁵³｜錘 tɕʰy³¹｜淚 ly³⁵｜貴 tɕy³⁵｜鬼 tɕy⁵³｜稅 ɕy³⁵｜脆 tɕʰy³⁵。

⑥流攝一等今讀 əi。流攝一等今齦音聲母變合口呼，如：敊（敊氣：休息）tʰuəi³⁵｜樓 luəi³¹｜湊 tsʰuəi³⁵｜皺 tsuəi³⁵｜餿 suəi³³。

陽聲韻：

⑦曾攝開一陽聲韻中的精組字今讀撮口呼。如：增 tɕyn³³｜僧 tɕyn³³｜層 tɕʰyn³¹｜贈 tɕyn³³。

⑧山咸宕江攝讀為 an 韻，臻深曾梗攝讀為 in 韻（包括 uin、yn），通攝讀為 uŋ 類。

臻深曾梗四攝陽聲韻各等全部合併。開口今音 in，合口今音 uin、yn。

⑨梗攝陽聲韻的白讀層只出現在開口二等，讀同山咸宕江攝。如：鐺 tsʰan³³｜生 san³³｜甥 san³³｜坑 kʰan³³｜硬 ŋan³⁵。梗開三開四入聲韻部分字今讀 iɑ 韻母。如：石 ɕiɑ³⁵｜滴 tiɑ³⁵｜踢 tʰiɑ³¹。

入聲韻：

⑩山咸攝一等見系、宕江攝今讀 o 韻，山咸攝一等除見系、山咸攝二等、山咸攝非組今讀 ɑ 韻，山咸攝其餘、深臻曾梗攝今讀 ɛ 韻，通攝今讀 u、y 韻。

2.3　聲調特點

共 4 個單字調：

①古清平今讀陰平 33；

②古濁平、入聲今讀陽平 31；

③古清上、次濁上、部分全濁上今讀上聲 53；

④古去聲、大部分全濁上聲今讀去聲 35。

六、唐家土話

壹、聲韻調系統

1.1　聲母 16 個，包括零聲母

p	pʰ	m	f
t	tʰ	n	l
ts	tsʰ		s
k	kʰ	ŋ	x
∅			

說明：①從區別音位上說，聲母是 16 個，但 ts、tsʰ、s 在今細音前實際音值為 tɕ、tɕʰ、ɕ，n 在細音前有齶化色彩，實際音值為 nʲ；

②f 可與 i、in 相拼；

③t 可與 y 相拼；

④零聲母音節不帶半元音聲母。

1.2　韻母 32 個

ɿ	i	u	y
ɑ	iɑ	uɑ	
ε	iε	uε	yε
θ			
o	io		
ɑi		uɑi	
əi		uəi	
ɑu	iɑu		
əu	iəu		

ɑn	iɑn	uɑn	yɑn
in		uin	yn
		uŋ	yŋ
n̩			

說明：①共 8 個元音音位；

②ɑ 無韻尾時或韻尾為 i、n 時為央元音 ʌ，韻尾為 u 時為後元音 ɑ；

③yɛ 韻母實際音值為 yø，發音過程中始終保持圓唇；

④ɵ 為半高圓唇元音，只作單韻母；

⑤單韻母 u 拼 ts 類聲母時，中間有個輕微的 ɻ 介音；

⑥iəu 中的 ə 不太明顯，韻母的實際音值為 iᵊu；

⑦前鼻音韻尾 n 的發音部位較央，實際音值為 ȵ，但在 yn 中發音部位較前，實際音值為 n；

⑧in、uin 中的主要元音 i 發音部位較央，實際音值為 ɨ；

⑨輔音 ŋ 可獨立成音節。

1.3　單字調 5 個

陰平〔33〕　　陽平〔31〕

上聲〔35〕

去聲〔42〕

入聲〔53〕

說明：①入聲調不是短調，與其他 4 個聲調只是調值不同，韻母無塞尾；

②除 5 個單字調外，還有一個輕聲調，音值約為 3，三音節詞的中間的音節往往讀此調。

貳、音韻特點

2.1　聲母特點

共 4 組 16 個聲母（包括零聲母）。

①古全濁聲母清化。

A. 並、定母無論平仄，今讀不送氣聲母。並母有一部分字變送氣，這屬於外來層。

B. 從、澄、崇、群母今讀送氣聲母。從、澄、群母的仄聲有一部分不送氣

的字，但這些大多不是口語中常用的字，是來自西南官話的外來層。土話口語常用字（或說是固有層）主要趨勢還是變送氣聲母。

C. 禪母平聲讀送氣塞擦音，上去入聲讀清擦音；邪母一部分讀清擦音，一部分讀送氣塞擦音，各聲都有。

D. 船母讀清擦音 s（細音前音值為 ɕ）；奉母今讀唇齒音 f，匣母讀清擦音 x。

②精、知、莊、章組合流，今洪音讀 ts、tsʰ、s，細音讀 tɕ、tɕʰ、ɕ。

知二莊今讀洪音，與精組洪音合流，音 ts 類；知三章今讀細音，與精組細音合流，音 tɕ 類。

③見曉組的情況較特殊。見曉組除韻母為 in 以外的所有細音，顎化為 tɕ、tɕʰ、ɕ，與精知莊章合流；今洪音讀為軟顎音 k、kʰ、x；見曉組今拼 in 韻母的字中，來自於三、四等的各攝的字，聲母今顎化為 tɕ、tɕʰ、ɕ，如金 tɕin³³、徑（田徑）tɕin³⁵，來自於一、二等的各攝的字，聲母今讀軟顎音 k、kʰ、x，如肯 kʰin³⁵、耕 kin³³。

④知母字部分讀如端組。如：豬 ty³³｜脹 tio⁴²｜竹 tiəu⁵³｜著（著衣）tio⁵³。個別莊母字讀如端母。如：裝（裝飯：盛飯）tio³³。

⑤非組字少數讀如幫組。如：輔 pʰu³⁵｜蜂 pʰuŋ³³｜蚊 min³¹。

⑥匣母合口一等部分字讀零聲母，如：黃 o³¹｜話（話事）uɑ⁴²｜禾 u³¹｜鬍（鬍子）u³¹｜滑 uɑ³³。

⑦溪母少數字讀如曉母，如糠 xo³³｜窠 xu³³｜哭 xɵ⁵³ 起｜起（捆起來）ɕi³⁵；曉母少數字讀如溪母，如葷 kʰuin³³｜貨 kʰu⁴²；溪母個別字讀 f，如苦（苦瓜）fu³⁵。

⑧微、喻母今讀零聲母；影母一部分開口呼讀軟顎鼻音 ŋ，其他讀零聲母；疑母細音顎化，與娘母合流，讀 n，洪音讀 ŋ，另有部分疑母字讀零聲母，少數讀如來母，音 l，個別合口呼讀如明母，如蜈 mu³¹；日母今讀零聲母，部分讀如娘母，如人 nin³¹｜弱 nio³³｜軟 nyɛ³⁵，部分讀如來母，如褥 lu³¹。

⑨部分泥娘母讀如來母，如農 luŋ³¹｜鬧 lɑu³³｜內 luəi³³｜釀 liɛ³³，大部分讀 n；少數來母讀如泥娘母，如魯 nu³⁵｜略 nio³³｜旅 ny³⁵；個別來母讀如端母，如隸 ti³³。

⑩各全清塞音塞擦音類聲母都或多或少有讀送氣音現象，幫、見母為多；次清類聲母有讀不送氣音現象，滂母為多。

2.2　韻母特點

共 8 個元音音位，32 個聲母。

①果攝元音高化，與遇攝合流。

②止攝、蟹攝合口三等今讀撮口呼。

③流攝今洪音讀 əi，細音讀 iəu。只有少數洪音字讀 əu，應該是外來層次的讀音；流攝開一、流攝開三莊組中的今讀齦音聲母的字變合口呼，如：簍 luəi³⁵｜鬥（鬥爭）tuəi⁴²｜透 tʰuəi⁴²｜豆 tuəi⁴²｜漏 luəi³³｜嗽 suəi⁴²｜瘦 suəi⁴²｜皺 tsuəi⁴²。

④臻深曾梗四攝陽聲韻各等全部合併。開口今音 in，合口今音 uin、yn。

uin 和 yn 是兩個不同的韻母。此四攝的合口字，與今 k、kʰ、x 聲母相拼的韻母音值為 uin，與其他聲母（除零聲母）相拼的韻母音值為 yn。今讀零聲母的音節中，微母合三和影母合一合併，今讀 uin，喻母合三、影母合三今讀 yn。聽感上確有此分別。從音理上解釋，k、kʰ、x 發音部位靠後，與後元音 u 相拼比與前元音 y 相拼要便利，故有此差別。但，yn 韻母和 uin 韻母在 k、kʰ、x 後不構成區別音位。唯有零聲母音節中，yn 與 uin 不同，才構成了有區別音位性質的韻母。

古開口各等合併為 in。能和 in 相拼的聲母既有前齦音 tɕ、tɕʰ、ɕ，也有軟齶音 k、kʰ、x。拼 tɕ、tɕʰ、ɕ 的來自古三四等，如金 tɕin³³｜徑（田徑）tɕin³⁵，拼 k、kʰ、x 的來自古一二等，如肯 kʰin³⁵｜耕 kin³³。我們可以推測，在唐家土話語音的變遷中，臻深曾梗陽聲韻的一二等併入細音，一定發生在見曉組聲母在細音前發生齶化之後。一二等併入細音時，齶化規律已經結束，不再發生作用，所以在 in 韻母中有 k 類細音的情況。

⑤山咸宕江梗各攝陽聲韻脫落。梗攝陽聲韻隨山咸一起變。宕江攝部分隨山咸攝一起變。

山咸梗攝今洪音讀 ɛ、uɛ，細音讀 iɛ、yɛ，山咸攝開口一等見曉組、山攝合一、宕江攝今洪音讀 o，宕江攝今細音讀 io。

宕江攝除了讀 o、io 外，有一部分讀 ɛ、iɛ，如：釀 liɛ³³｜紡 fɛ³⁵｜擋 tɛ³⁵｜

狼 le³¹｜腔（口腔）tɕʰiɛ³³｜降 kɛ⁴²。

⑥外來層有鼻音韻尾，山咸宕江攝今讀 ɑn、uɑn、iɑn、yɑn，臻深曾梗攝今讀 in、uin、yn，通攝今讀 uŋ、yŋ。

鼻音韻尾雖然有兩個音位，但其實只是由於多了一個 yn 韻母。而從音值上看，ɑn 類、in 類韻母的主要元音都是央元音，而韻尾也都是發音部位較央的硬顎鼻音 ɲ，準確應記作 ʌɲ、iɲ，主要元音和韻尾發音部位相應，有利於發音的便利。uŋ 韻母的韻尾雖然是軟顎鼻音 ŋ，但這是由於主要元音是 u，同樣為了發音的便利而導致的。假設沒有 yn 韻母，唐家土話鼻音韻尾則只有一個。而 yn 韻母中，實際上只有零聲母音節是促成 yn 與 uin 不同的關鍵，也就因此導致了鼻音韻尾兩分的格局。

⑦入聲韻舒化。

通攝讀 u（y）、ɵ、iɛ，宕江攝 o、io，臻深曾梗攝讀 ɛ、uɛ、iɛ、yɛ。山咸攝今洪音讀 a、ua，細音讀 iɛ、yɛ。曾梗部分入聲字讀 ɑ、iɑ，如墨 mɑ³³｜刻（刀刻）⁵³｜百 pɑ⁵³｜拍 pʰɑ⁵³｜客 kʰɑ⁴²｜石 ɕiɑ³¹｜尺 tɕʰiɑ⁵³｜壁 piɑ⁵³｜笛 tiɑ⁵³。

2.3 聲調特點

①陰平 33。來自古清平、部分濁去、小部分全濁上聲、部分入聲。

其中的全濁上聲在歷史演變中，應該是先併入濁去，再同濁去一同併入清平。

②陽平 31。古濁平、大部分濁入、部分清入。

③上聲 35。古清上、次濁上、部分全濁上，以及一部分去聲字和入聲字。

這部分去聲字清濁都有，應該屬於唐家土話的外來層。這部分字恰是口語中不常用的字，郴州地區官話的去聲多讀中升調，因此，外來層應來自郴州地區的官話（詳見下篇第四章第二節），只不過外來層和固有層的上聲調混而為一了，而並沒有像麻田土話那樣單獨形成一個調位。

④去聲 42。古清去、部分濁去、大部分全濁上聲、小部分入聲。

⑤入聲 53。主要來源於古清入。也包括不少清上字。

唐家土話的次濁入和全濁入大部分都已舒化。濁入大部分歸入陽平，小部分歸入其他舒聲調。

入聲調中的古清上字，屬於外來層。郴州地區官話中的上聲多為 53，恰與

唐家土話的入聲調值相同，因此，外來層與固有層中的入聲調混而為一了。

⑥古入聲舒化率最高的是次濁聲母字，其次是全濁聲母字，再次是清聲母字。

七、麻田土話

壹、聲韻調系統

1.1　聲母 16 個，包括零聲母

p	pʰ	m	f
t	tʰ	n	l
tʃ	tʃʰ		ʃ
k	kʰ	ŋ	x
∅			

說明：①tʃ、tʃʰ、ʃ 遇細音讀為 tɕ、tɕʰ、ɕ，韻母為 ɿ 時實際音值為齦音 ts、tsʰ、s，今合併為三個音位，而實際發音有別；

②k、kʰ、x 遇細音變為硬齶音 c、cʰ、ç；

③n 與細音相拼時實際音值為 ȵ。

1.2　韻母 41 個

ɿ	i	u	y
ɑ	iɑ	uɑ	
a	iɛ	ua	yɛ
o	io		
θ			
ai	iai	uai	
əi	iəi	uəi	
ɑu	iɑu		
ɜʉ			
əu	iəu		
ɜʉ	iɜʉ		
iu			
an		uan	yan

en	ien	uen	yen
ɑŋ	iɑŋ	uɑŋ	
uŋ	iuŋ		
ŋ̍			

說明：①共 9 個元音音位，其中，ʉ 只出現在複合韻母的韻尾；

②a、ua 中的主要元音 a 實際發音部位略高，也可記為 æ、uæ；

③o、io 韻母在發音過程中有較明顯的唇形漸開，實際音值近似於 uo、iuo；

④ɵ 為比 ə 稍高一些的圓唇元音；

⑤韻母 iu 的主要元音是 u；

⑥ai、an 等韻與 ɑu、ɑŋ 等韻的主要元音不同，前兩組為前低元音 a，後兩組為後低元音 ɑ；

⑦an 韻無齊齒呼，ɑŋ 韻無撮口呼，來自咸山攝的齊齒呼讀 iɑŋ；

⑧iuŋ 不記為 yŋ，因為實際發音並不太像撮口呼，而像是 uŋ 的齊齒呼，此外，iu 與 y 兩個韻母在土話中並存；

⑨ŋ 可獨立成音節；

⑩u 韻母與 k 類聲母及零聲母相拼，u 有時帶唇齒色彩，成為輕微的 v；

⑪ɑ 是實際音值，發音部位較後較低；

1.3 單字調 5 個

陰平〔31〕　　陽平〔213〕

上聲〔35〕

陰去〔51〕　　陽去〔33〕

說明：除 5 個單字調外，還有一個類似輕聲的形態調，音值約為 44 或 55，一般出現於兩字或三字詞組的末字，與原字聲調無關，與前字聲調也無關。

貳、音韻特點

2.1 聲母特點

分 4 組 16 個聲母（包括零聲母）。

①全濁聲母清化。

麻田土話的語音系統中，外來層次和固有層次都佔有相當大的比重。需要表達較新的概念時，就直接使用外來詞彙而放棄固有的詞彙（或許有些概念原

本就沒有固有的詞彙），導致土話中基本沒有文白異讀的情況，因此，外來層次和固有層次的語音已經互補為同一個層面，成為混一的語音體系。儘管如此，我們依然可以理出外來層次和固有層次的頭緒來。外來層和固有層的共存性在聲母、韻母、聲調都有表現。

A. 在麻田土話中，並、定兩母的固有層清化規律是：無論平仄，全部讀不送氣聲母。外來層清化規律是：平聲讀送氣聲母，仄聲讀不送氣聲母。外來層是來自官話方言的滲透。

B. 群、崇、從、澄母的固有層清化規律是：無論平仄，全部讀送氣聲母。外來層清化規律是：平聲讀送氣聲母，仄聲讀不送氣聲母。外來層還是官話方言的滲透。

這兩個層次，明顯地表現在聲調的不同上。固有層次上，並、定、群、崇、從、澄母的：古平聲變 213；古上聲有變 35 的，有變 51 的（變 35 的是全濁上保留上聲的表現，變 51 的是全濁上併入清聲母去聲的表現）；古去聲則變 33，古入聲變 33。外來層次上，並、定、群、崇、從、澄母的：古平聲變 31；古上聲變 213；古去聲變 213；古入聲變 31。或許這一規律不止並、定、群、崇、從、澄母。

C. 禪、邪二母的平聲今多清化為送氣塞擦音，仄聲今多讀清擦音。船母無論平仄全部讀清擦音。

②精、知、莊、章組合流。在今洪音前音 ʧ、ʧʰ、ʃ，在今細音前音 tɕ、tɕʰ、ɕ，在 ɿ 韻母前實際音值接近 ts、tsʰ、s。

③非組一部分字今讀同幫組，微母讀同明母的尤其多。如：浮（奉母尤韻）pɜʉ²¹³｜輔（奉母麌韻）pʰu⁵¹｜蜂（敷母鍾韻）pʰəʉ³¹｜網（微母養韻）maŋ³⁵｜霧（微母遇韻）mu³³｜問（微母問韻）men³³｜尾（微母尾韻）mi³⁵｜味（微母未韻）mi³³｜芒（微母陽韻）maŋ²¹³。

④匣母合口部分字今讀零聲母。如：黃（黃色）uaŋ²¹³｜橫 uəi²¹³｜禾 əu²¹³｜猾 ua³¹｜滑 ua³³｜話（話事）ua³³｜鬍（鬍子）u²¹³。

⑤曉母字少量讀同溪母。如：貨 kʰəu⁵¹｜喝（喝彩）kʰo³¹｜喜 kʰi³⁵｜蟢（蟢蛛）kʰi³⁵｜戲 kʰi⁵¹。

⑥溪母字部分讀同曉母。如：糠 xaŋ³¹｜窠 xəu³¹｜泣 xi｜恐 xiuŋ³⁵｜哭

xəʮ｜墟 xy³¹｜起 xi。一個字讀同非組：苦~瓜，~囊皮樹（即苦楝樹）fu³⁵。

另有一個奉母字讀如曉匣母：符 xu²¹³。

⑦各全清塞音塞擦音類聲母都或多或少有今讀送氣音現象，幫、見母為多；次清類聲母有今讀不送氣音現象，滂、溪母為多。

⑧泥、來母基本不混。部分泥母合口字讀同來母。如：農 luŋ³¹＝隆 luŋ³¹｜內 luəi³³＝類 luəi³³｜努 lu³⁵＝魯 lu³⁵。

⑨日母少數字讀同泥母。如：瓤 naŋ²¹³｜弱 nio³³｜軟 nyɛ³⁵。大部分為零聲母。疑母今開口呼讀軟齶鼻音 ŋ，合口呼為零聲母，齊齒呼、撮口呼部分讀齦鼻音 n，部分為零聲母。影母部分開口呼讀 ŋ，部分開口呼以及合、齊、撮口呼為零聲母。

疑母三分，也是外來層和固有層聯合併存：固有層（一般為土話口語用字）保留 ŋ 讀音，但細音已發生齶化，讀 n（這比 k、kʰ、x 先一步發生了齶化），合口呼脫落聲母。外來層（一般為較新概念或土話不用的詞彙，而今已有表達的需求而借用外來詞）則為零聲母，如：：掗（掗打｜掗罵）ai³¹｜迎 ien³¹｜誤 u²¹³｜娛 y²¹³。

⑩知母部分字讀如端母。如：脹 tiaŋ⁵¹｜著 tiɑu⁵¹（著衣裳：穿衣裳）｜竹 tiəu⁵¹｜豬 ty³¹。

2.2 韻母特點

共 9 個元音音位，41 個韻母。

①通攝陽聲韻和入聲韻合流，今音 əʮ。入聲韻今細音多數讀作 iəu，部分讀 u、iu、y、iəʮ。

②止攝開三知莊章精組今音 ʅ，其他音 i。

③蟹攝一二等今無韻尾，音 ɑ。

④山、咸、宕三攝陽聲韻固有層讀音有兩種，都無韻尾：一種是 ɑ 音層，一種是 a 音層（包括 iɛ、yɛ）。ɑ 音層應為更早層次，與蟹攝一二等合流。山攝合口以及咸攝另有讀 uŋ 的層次。個別字有 o 的層次痕跡，如「卵」。

⑤臻、深、曾、梗攝陽聲韻合流，今為元音韻尾，音 əi。

⑥梗攝固有層讀音有兩種：除了音 əi，還有一部分字音 ai。這兩個固有層中，əi 音層是與臻深曾攝合流的，可以推知，梗攝中的 əi 音層起初必定是先與

臻深曾陽聲韻同音，進而才能一同演變的，臻深曾三攝陽聲韻當初最有可能的讀音應該是ən，因為不論是方言演變還是古音演變，齦鼻音n和前元音i由於發音部位相近而發生對轉的現象是很常見的，則 ie 音層是由 ən→ie。在 əi 層尚讀作 ən 的時期，ai 音層已經與 ən 音層分道揚鑣了，至於起初 ai 音層讀作什麼音，合理地推測，應該是 an。一是因為 ai 音層和 ən 畢竟都屬於梗攝字，雖然不能肯定麻田土話是切韻音系的直系後裔，但至少處理為同一種韻尾較為合理；二是從鄰近的郴州土話的梗攝白讀來看，讀作 an 是很常見的，這也是一個旁證。這樣的話，則 ai 音層是由 an→ai。而鼻音韻尾 n 和元音韻尾 i 的對轉這規律也得以徹底貫徹了。

⑦果攝復元音化，今音 əu。反而遇攝沒有復元音化，保留 u 的讀音。假攝今讀後元音 o（假攝外來層讀 ɑ 或 iɛ、yɛ）。果假遇三攝的特點不同於湘語的元音高化軌跡。宕江攝入聲韻亦音 əu，與果攝合流。

⑧流攝今洪音讀為 ʒʉ，細音讀為 iəu。細音與果攝同韻（但果攝為開口呼，流攝細音為齊齒呼）。

⑨蟹攝開三章組、止攝開三知莊章精組，今讀為舌尖元音 ɿ，其他止蟹開口三四等今讀 i 韻母。止攝開三日母單獨成韻，讀為 ɵ。

⑩鼻音韻尾分前鼻音韻尾和後鼻音韻尾兩種。

2.3　聲調特點

麻田土話有兩個層次的聲調聯合併存，且不重疊，同一個字基本沒有異讀。固有層次：陰平 31、陽平 213、上聲 35、陰去 51、陽去 33。外來層：陰平 33、陽平 31、上聲 51、去聲 213。

A. 固有層聲調的演變規律：古清平今讀陰平，濁平今讀陽平；上聲今讀上聲，少部分全濁上今讀陽去；清去今讀陰去，濁去今讀陽去；清入今讀陰去，濁入今讀陽去。

B. 外來層聲調的演變規律：古清平今讀陰平，濁平今讀陽平；清上、次濁上、以及小部分全濁上今讀上聲，大部分全濁上今讀去聲；去聲今讀去聲；入聲今歸陽平。

八、一六土話

壹、聲韻調系統

1.1　聲母 19 個，包括零聲母

p	pʰ	m	f
t	tʰ	n	l
ts	tsʰ		s（ɹ）
tɕ	tɕʰ		ɕ
k	kʰ	ŋ	x
∅			

說明：①n 在今細音前實際音值為前齶音 ȵ；

②t、tʰ 兩聲母可以拼撮口呼韻母 y、yɛ；

③f 可以拼細音韻母 i；

④個別 k 聲母字可以拼細音韻母，如傑〔kiɛ³³〕；

⑤ts、tsʰ、s 是齦音，發音部位比北京音稍後，但比後齦音靠前；

⑥零聲母音節開頭常有輕微的喉塞音色彩；

⑦新派有近音 ɹ 聲母，主要包括部分日母字；舊派日母字或讀 n，或讀 l，或讀零聲母。

1.2　韻母 38 個

ɿ	i	u	y
ɑ	iɑ	uɑ	
ɛ	iɛ	uɛ	yɛ
o	io		
ai	iai	uai	
əi			uəi
ɑu	iɑu		
ɐɯ			
əu	iəu		
θø			
ɑn	iɑn	uɑn	yɑn
en	ien	uen	yen
ɑŋ	iɑŋ	uɑŋ	
		uŋ	yŋ
ŋ̍			

說明：①ɑ 在無韻尾、韻尾為 u 或 ŋ 時音值為後元音 ɑ，在韻尾為 i 時音值為央元音 ʌ，在 an、uan 中的音值為前元音 a，在 ian、yan 中的實際音值約為 æ；

②o 韻母在發音過程中唇形有漸大的變化，實際約為 ʊo；

③y 作介音時，唇形比北京話的 y 更圓，且發音部位稍後，實際音值應該是一種「舌葉圓唇元音」（從介音與聲母的配合角度來說，或許將 tɕ、tɕʰ、ɕ 記作後齦音 tʃ、tʃʰ、ʃ 更合適，但為了同其他土話點比較的方便，我們仍記為 tɕ、tɕʰ、ɕ）；

④ɐʉ、θø 兩個韻母的主要元音和韻尾都是實際音值；

⑤əu 的主要元音實際發音為 ɘ；

⑥en 韻的韻尾實際音值為 ɲ，ien、yen 中的 e 很輕，實際發音近似 in、yn；

⑦uŋ 的主要元音比 u 稍低，近似 o；

⑧ŋ 可單獨成音節。

1.3　單字調 4 個

陰平〔33〕　　陽平〔24〕

上聲〔454〕

去聲〔41〕

貳、音韻特點

2.1　聲母特點

①全濁聲母清化。

A. 固有層，並、定母今讀不送氣塞音。外來層，並、定母平聲和少數去入聲今讀送氣塞音。

B. 澄、從、群母今讀送氣塞擦音。

C. 崇母平聲送氣、仄聲不送氣，禪母平聲讀送氣塞擦音、仄聲讀清擦音，船母絕大部分讀清擦音，邪母大部分讀清擦音、少部分讀送氣塞擦音。

D. 奉母讀清擦音；匣母大部分讀清擦音，合口一二等部分讀零聲母。

②精、知、莊、章組合流，今洪音前讀齦音 ts 類，今細音前讀前齶音 tɕ 類。見曉組細音與精、知、莊、章組細音合流。

③部分非組讀如幫組。如：腹 po⁴⁵⁴（腹疾：肚疼）｜甫 pʰu⁴⁵⁴（杜甫）｜

蜂 pʰuŋ³³｜蚊 muŋ²⁴（蚊蟲：蚊子）｜問 muŋ⁴¹（問一下）｜尾 mi⁴⁵⁴（尾巴）。

④部分知母讀如端母。如：豬 ty³³｜竹 tiəu⁴¹｜著 tøø⁴¹（~sɑi³³：穿衣）｜啄 to⁴⁵⁴（雞啄米）｜轉 tyɛ⁴¹（~粒 kʰuɑ³³：轉個圈）。

⑤溪母少數讀如曉匣母。如：糠 xɑŋ³³｜恢 xuəi³³｜窠 xo³³（狗窠：狗窩）｜哭 xo⁴⁵⁴｜恐 xuŋ²⁴（好恐：好怕）｜起 ɕi⁴⁵⁴（拿起來）。個別溪母讀 f。如：苦 fu⁴⁵⁴（苦瓜｜好苦）。

⑥日母部分讀如來母，部分讀如娘母，部分讀零聲母。新派讀音已經有部分字讀近音 ɹ。

⑦微母除了少數讀如明母外，都讀零聲母；疑母固有層讀零聲母，固有層洪音讀軟齶鼻音 ŋ，細音讀前齶鼻音 ȵ；影母絕大部分讀零聲母，少數讀如疑母固有層；喻母讀零聲母。

⑧泥來母不混。

2.2 韻母特點

古陰聲韻：

①假攝固有層和果攝合流，今讀為 o 韻。如：過＝嫁（嫁老公）ko⁴¹｜沙＝蓑 so³³。果攝個別字仍讀低元音的層次，如：姼、我。假攝外來層今讀 a 韻。

②蟹攝固有層有三類，一類韻尾丟失，讀作 ɑ 韻。如：臺（上（ɕyɛ³³）臺）tɑ²⁴｜菜 tsʰɑ⁴¹｜埋 mɑ²⁴｜矮 ɑ⁴⁵⁴｜箅（箅子）pɑ²⁴｜繫（繫鞋帶索（kɑ⁴¹xɑ²⁴tɑ⁴¹so³³）：繫鞋帶）kɑ²⁴｜塊 kʰuɑ⁴¹。

一類是開口四等讀作 əi。如：洗 səi⁴⁵⁴｜底 təi⁴⁵⁴｜雞 kəi³³｜細 səi⁴¹。

第三類是一等字（主要是合口一等）和個別合口三等字讀作 y。如：堆（堆起來）ty³³｜推 tʰy³³｜雷 ly²⁴｜崔（姓）tɕʰy³³｜妹 my⁴¹｜隊 ty⁴¹｜累（好累）ly⁴¹｜蓋（名詞）tɕy⁴¹｜歲 ɕy⁴¹。

外來層仍讀 ɑi、uɑi、ie、ien、i、ʅ 等。

③止合三今讀 y。

④流攝一等及個別三等生母字（如「餿」、「瘦」）今讀開口呼，音 ɐu。

古陽聲韻：

⑤山咸二攝固有層韻尾脫落，山攝合口一二等讀 o，其他今洪音讀 ɑ、uɑ，

細音讀 iɛ、yɛ。

外來層讀 an 韻。

⑥臻攝個別字丟失韻尾，讀 i，體現固有層。如：人銀門認。

臻攝合口有一個層次讀 uŋ，個別讀 yŋ。如：村蠢春門問孫本損嫩寸棍閏。曾梗攝也有這個層次的痕跡，如朋、層、甥。

臻深（應該也不是外來層，只是和上述固有層不是一個層次）曾梗四攝合流，讀 en 韻。

⑦梗攝有多個固有層。一類是 uŋ 層的痕跡，這個層次隨通攝一起變化。

一類韻尾脫落，讀 a 韻。這個層次隨山咸攝一起演變。如：硬鐺爭生聲。

第三類是三四等的鼻音韻尾變元音韻尾，且變洪音，讀 əi。如：病 pəi⁴¹ ｜命 məi⁴¹ ｜敬 tsəi⁴¹（敬酒）｜晴 tsʰəi²⁴ ｜兄（兄弟）xəi³³。

⑧宕攝開口三等有三個固有層的痕跡。一類是讀 ɵø。如：長好~腸裝~飯兩搶唱著~sɑi³³：穿衣。

第二類讀 o。如：床壯。

第三類是讀 yɛ。如：上（上墟）裝（裝飯）養。第二類第三類同山攝合口的演變相同。

外來層和江攝合流，讀 ɑŋ 韻。

⑨通攝讀 uŋ、yŋ。

入聲韻：

⑩曾攝讀 ɛ、iɛ、uɛ、əi；宕江攝大部分讀 o、io，二三等的部分字讀 ɵø；梗攝今洪音讀 a、o、ɛ，細音 iɛ、iɑ；梗攝少數字讀帶元音韻尾的韻母 ɑi，如「百隔踢」等字；山咸攝今洪音讀 a、o、ɛ，細音讀 iɛ、yɛ；深臻攝讀 iɛ、yɛ，也有不少讀 i、ʅ；通攝讀 u、o、y，三等也有部分字讀 ɵø、iəu。

一六土話的入聲韻最大特點是有元音韻尾的複合韻母 ɵø、ɑi、iəu。

⑪有個特殊的韻 ɵø。此韻中含有宕江通攝入聲韻字、宕攝開三陽聲韻字、止蟹攝合口字、流攝一等字，但各類都只包含少數字。

2.3　聲調特點

①古清平今讀陰平 33；部分濁平讀陽平 24，部分濁平讀去聲 41。

讀去聲 41 調的有很大的比例，超過了讀陽平 24 調的。這是外來層大過固

有層的表現。讀去聲的古濁平字中，大部分都不是口語常用字，這些音讀是吸收官話中的詞彙而來，宜章地區官話的陽平調為中降調，恰與土話固有層的去聲調值接近，土話在吸收這些詞彙過程中，折合成了固有層中與官話方言調值接近的去聲 41 調。下面古去聲今讀陽平 24 的那部分字道理與此類似。

②古清上今讀上聲 454；古全濁上聲部分讀去聲 41，部分讀陽平 24，讀陽平是吸收的外來層；個別全濁上聲字讀上聲 454，如「跪」「甚」；次濁上大部分讀上聲 454。

另有小部分次濁上聲和全濁上聲讀陰平 33。這暗示了與客贛方言的淵源關係。

③古去聲今讀去聲 41；另有外來層，讀陽平 24 調。

④古入聲讀去聲 41 的比例最大，尤其是全濁聲母字；清聲母字讀上聲 454；另有部分字讀陽平，小部分讀陰平。

下篇　郴州土話語音層次研究

第一章　郴州土話的共有特點

所調查的各土話點有一些共有的特點。在進行土話點的相互比較時，這些共同點不是討論的重點，我們在這一章裏先集中把它們談一下。

一、少數非組字讀同幫組

各土話都有這種現象。如下表：

表 1.1　非組讀如幫組例字表

例字	仁義	飛仙	荷葉	麻田	一六	楚江	唐家	沙田
甫	pʰu³³	pʰu³¹	pʰu⁵³	pʰu³³	pʰu⁴⁵⁴		pʰu³⁵	
輔	pʰu³³	pʰu³¹	pʰu⁵³	pʰu⁵¹			pʰu³⁵	
蜂			pʰoŋ³³	pʰəʉ³¹	pʰuŋ³³	pʰuŋ³³	pʰuŋ³³	
伏	pu³⁵	pʰau⁵⁵		pɜʉ³³				pʰu³⁵
蚊					muŋ²⁴	məŋ³¹	min³¹	min³¹
尾		məi³¹		mi³⁵	mi⁴⁵⁴	məi³⁵		
浮		pʰau²⁴		pɜʉ²¹³		pəi³¹		
脯		pʰu⁵⁵	pʰu⁵³	pʰu³³	pʰu⁴⁵⁴			
縛	po¹¹	po³¹	po¹¹					
訃	pu¹³	pʰu³¹	pʰu⁵³					
敷	pʰu³⁵	pʰu²¹²						
網	maŋ³³			maŋ³⁵				

例字						
問			men^{33}	muŋ^{41}		
腑		p^{h}u^{55}				
馮	p^{h}uŋ^{11}					
霧			mu^{33}			
味			mi^{33}			
腹				po^{454}		
伏					pu^{33}	

注：表中空白處並非土話不說，而是讀脣齒音聲母〔f〕或零聲母，此表不予標注。

非組讀如幫組在各點的分布不盡相同，但一般都表現在「甫輔蜂蚊尾浮脯縛網訃問」這幾個字。沙田的字例較少。

二、少數知三母讀同端母

絕大部分土話都有這種現象。如下表：

表 1.2　知母三等讀如端母例字表

例字	飛仙	麻田	一六	楚江	唐家	沙田	荷葉	仁義
著	tio^{31}	tiau^{51}	tøø^{41}	tio^{51}	tio^{53}	tio^{31}		
竹		tiəu^{51}	tiəu^{41}	tiu^{51}	tiəu^{53}	tiəu^{53}		
脹	tioŋ^{55}	tiaŋ^{51}		tiɐŋ^{51}	tio^{42}	tian^{35}		
豬		ty^{31}	ty^{33}		ty^{33}	ty^{33}		
爹 〔註1〕	tie^{212}	—	tia^{33}	—	tie^{33}	tie^{33}	ti^{33}	—
株	təi^{212}	—	tɐʉ^{33}	—	tuəi^{33}	—	—	liɑu^{35}
轉			tyɛ^{41}					
砧				təŋ^{33}				
漲	tioŋ^{31}							
啄			to^{454}					

注：表中空白處並非土話不說，而是讀音不與端母相同。劃「—」者為土話不用此字。以
　　下各表劃「—」處同此義。

知母三等讀如端母的現象在各土話點一般都表現在「著竹脹豬爹株」這幾個字。荷葉只有一個「爹」字。仁義的「株」字，沒有讀如端母，讀為齶音 l。

除了知母三等讀如端母是普遍現象外，還有一個莊母三等的「裝」字，在

〔註1〕唐家、沙田、荷葉的「爹爹」指「爺爺」，一六的「爹」指「爸爸」。

多數土話點也都讀如端母。如：

表 1.3　「裝」字在各土話中的讀音

例字	飛仙	麻田	一六	楚江	唐家	沙田	荷葉	仁義
裝	tsuaŋ²¹²	tiaŋ³¹	tɵø / tyɛ³³	tiɐŋ³³	tio³³	tiɑ³³	tʃan³³	tsuaŋ³⁵

「裝」在麻田、一六、楚江、唐家、沙田讀如端母，音 t。

楚江除了「裝」字，還有一個「楚江」的「楚」字，讀 tʰu³⁵，是初母字讀如透母。

另外，個別章母字讀如端母在有的點也有體現。如唐家「諸 ty³³、朱 ty³³」，沙田「諸 ty³³」。

三、少數日母字讀同泥娘母

這與知母三等字讀如端母是平行的演變。泥母與端母同為舌音，上古日母多和泥娘母有諧聲關係，今讀如泥娘母是存古的性質。主要表現在以下幾字，如表：

表 1.4　日母讀如泥娘母例字表

例字	飛仙	一六	楚江	唐家	沙田	荷葉	麻田	仁義
軟		ȵyɛ⁴⁵⁴	ȵyɛ³⁵	ȵyɛ³⁵	ȵyan⁵³	ȵyan⁵³	ȵyɛ³⁵	ȵyaŋ³³
弱	ȵio⁵⁵		ȵio³³	ȵio³³	ȵio³⁵	ȵio¹¹	ȵio³³	
惹	ȵjia³¹	ȵia⁴⁵⁴	ȵia³⁵	ȵia³⁵	ȵia⁵³	ȵiɛ⁵³		
汝~城	ȵy³¹	ȵy⁴⁵⁴	ȵy³⁵	ȵy⁵³	ȵy⁵³	ȵy⁵³		
入	ȵie⁵⁵	ȵyɛ⁴¹	ȵiɛ³³		ȵiɛ³⁵			
日	ȵie³¹	ȵiɛ⁴¹	ȵiɛ³³		ȵiɛ⁵³			
人		ȵi²⁴	nəŋ³¹	ȵin³¹				
肉	ȵiəu³¹	ȵiəu⁴¹						

土話日母讀如泥娘母一般表現在「軟弱惹汝~城入日人肉」這幾個字上。麻田和仁義字例較少。仁義還有「仍 ȵiŋ¹¹、繞 ȵiau³³」兩字，一六還有「認 ȵi⁴¹、若〔註2〕ȵia⁴⁵⁴」兩字。

另外，還有個別日母字讀軟齶鼻音 ŋ 聲母，如飛仙「熱 ŋəi⁵⁵」、麻田「人 ŋəi²¹³」。「熱」從火埶聲，埶為疑母，熱字上古本屬牙音聲母，到中古才演變為

〔註2〕一六的「若」是個介詞，表「同、與」。如：我若你一起趒（意為：我和你一起去）。

日母。鄭張尚芳先生擬「熱」字的上古音為*njed〔註3〕。則飛仙的熱字讀音或許是更古老的層次痕跡。麻田的「人」字讀 ŋ 聲母，尚不清楚是什麼原因。

　　中古的日母本有兩個上古的來源，一個是同泥娘母關係很近的舌音來源，另一個是牙音來源，比如上面說的「熱」字。土話日母讀如泥娘母的字中，「軟弱惹汝入日人肉仍若」這幾個字在上古都屬於舌音來源〔註4〕，但是還有一個「繞」字從系堯聲，是屬於牙音來源。既然兩種來源的字都有，則日母讀如泥娘母的層次，應在兩種來源合流之後。梵漢對音中，唐代善無畏（724 年）以前的僧人全用日母字對譯梵文「ña」（梵文 ñ 即輔音 ȵ），到不空（771 年）才改用娘母字，李榮先生據此認為日母在善無畏之前的音值是〔ń〕（即 ȵ）〔註5〕，麥耘先生認為到盛唐不空時日母「有 ȵ→nʑ 之變」〔註6〕。唐末守溫的「三十字母」以日母配知徹澄為舌上音，可知日母確有與知組相配的歷史。而在《韻鏡》中，日母已不再與知組相配。所以，日母在土話中讀如泥娘母應該屬於盛唐之前的層次，與知母三等讀如端母是平行演變關係。

四、少數溪母字讀如曉匣母

　　各土話點都有這種現象。如下表：

表 1.5　溪母讀清擦音例字表

例字	飛仙	麻田	一六	楚江	唐家	沙田	荷葉	仁義
墟	ʃy²¹²	xy³¹	ɕy³³	xy³³	ɕy³³	ɕy³³	sʮ³³	ɕy³⁵
糠	xoŋ²¹²	xɑŋ³¹	xɑŋ³³	xɐŋ³³	xo³³	xɑn³³	xo³³	
起	ʃi³¹	xi³⁵	ɕi⁴⁵⁴	xi³⁵	ɕi⁴²	ɕi⁵³		
窠		xəu³¹	xo³³	xu³³	xu³³	xu³³		xo³⁵
棄	ʃi⁵⁵	xi³³		xi⁵¹		ɕi³⁵	sʮ¹³	ɕi¹³
去	xɯ⁵⁵			xɛ⁵¹		xɛ³⁵		
哭		xəu⁵¹	xo⁴⁵⁴		xθ⁵³			

〔註3〕鄭張尚芳，上古音系〔M〕，上海：上海教育出版社，2013，530 頁。

〔註4〕軟從車而聲；溺從水弱聲，弱屬泥母，故知弱字是舌音聲母；惹從心若聲；汝從水女聲；入，《說文》釋「內也」，是聲訓，內為泥母，故入字屬舌音聲母；仍，從人乃聲。

〔註5〕李榮，切韻音系〔M〕，北京：科學出版社，1956，125 頁。

〔註6〕麥耘，漢語語音史上「中古時期」內部階段的劃分——兼論早期韻圖的性質〔J〕，原載《東方語言與文化》，上海：東方出版中心，2002，150。

盃	xuəi^{212}	xuəi^{33}			xuəi^{33}	xuəi^{33}	
泣		xi^{31}					ɕi^{35}
氣	ʃi^{55}			xi^{51}			
肯	xen^{31}			xəŋ^{35}			
恐		xiuŋ^{35}	xuŋ^{24}				
溪		xi^{33}	ɕi^{33}				
殼				xo^{51}			
犒						xau^{53}	
炕				xɐŋ^{51}			
苦		fu^{35}	fu^{454}	fu^{35}	fu^{35}	fu^{53}	

溪母讀如曉匣母在各點都主要體現在「墟糠起窠棄去哭盃泣氣肯恐」這幾個字上。有的點還有讀為清擦音 f 的，與非組同，主要是「苦」字。楚江的曉母字也有讀 f 的：虎老~fu^{35}｜戽~斗：一種灌溉農具 fu^{51}。

另外，各點普遍有少數曉匣母字讀如溪母，主要是「葷戲貨」等字。如：

楚江：呼~鼻：打呼嚕 k^{h}u^{33}｜戲 k^{h}i^{51}｜葷 k^{h}uəŋ^{33}｜貨 k^{h}u^{51}｜葫 k^{h}u^{31}

飛仙：葷 k^{h}uen^{212}｜戲 tʃ^{h}i^{55}｜欣 tʃ^{h}en^{212}｜吸 tʃ^{h}ie^{31}

仁義：葷 k^{h}uŋ^{35}｜戲 tɕ^{h}i^{13}

荷葉：葷 k^{h}oŋ^{33}｜戲 tʃ^{h}i^{13}｜喜 tʃ^{h}i^{53}

沙田：葷 k^{h}uin^{33}｜戲 tɕ^{h}i^{35}

唐家：葷 k^{h}uin^{33}｜戲 tɕ^{h}i^{42}｜貨 k^{h}u^{42}｜吸 tɕ^{h}i^{31}

麻田：貨 k^{h}əu^{51}｜戲 k^{h}i^{51}｜喝喝彩 k^{h}o^{31}｜喜 k^{h}i^{35}｜蟢蟢蛛：一種小蜘蛛 k^{h}i^{35}

一六：葷 k^{h}uen^{33}｜戲 tɕ^{h}i^{41}｜貨 k^{h}o^{41}

五、少數匣母合口字讀零聲母

這種現象在各點都存在。如下表：

表 1.6　匣母合口讀零聲母例字表

例字	飛仙	麻田	一六	楚江	唐家	沙田	荷葉	仁義
禾	o^{24}	əu^{213}	o^{24}	u^{31}	u^{31}	o^{31}	o^{11}	o^{11}
丸	yan^{24}	yɛ^{213}	yɛ^{24}	yɛ^{31}	yɛ^{31}	yan^{31}	yan^{11}	yaŋ^{11}
滑	uia^{24}	ua^{33}	ua^{41}	ua^{33}	ua^{33}	uɛ^{35}	ua^{11}	ua^{11}
猾	ua^{24}	ua^{31}	ua^{41}	ua^{33}	ua^{31}	ua^{31}	ua^{11}	ua^{11}

話講	ua31	ua33	ua41	ua51	ua42	ua35	ua13	ua13
鬍~子	u24	u213		u31	u31	u31		u11
黃	oŋ24	uaŋ213	uaŋ24	ueŋ31	o31			
完	uan24	uan213	uan24	ue31		uan31		uaŋ11
螢	uen24		iaŋ41	ieŋ31	iŋ31	in53	ian11	yŋ11
鑊鍋	o24				u31	o31	o33	o35
和~尚				u31	u31	o31		
還			ua24	ue31	uɛ31			
糊				u31				u11
橫		uəi213		ue31				
盒	o24							
會				uəi51				

匣母今讀零聲母在各點主要表現在「禾丸滑猾話鬍~子黃完螢鑊和~尚還」等字，其中「禾丸滑猾話」在所有點都讀零聲母。

六、疑母今讀 ŋ / ȵ / ∅ 三類，影母讀 ŋ / ∅ 兩類

所調查的各土話，疑母字的今讀都分三類：開口呼一般讀 ŋ 聲母；合口呼讀零聲母；齊齒呼、撮口呼一部分讀 ȵ 聲母，一部分讀零聲母。以麻田話為例：

表 1.7　麻田疑母字的聲母今讀

今四呼	ŋ 聲母字	ȵ 聲母字	零聲母字
開口呼	昂蛾鵝俄牙芽伢顏岩熬銀硬臥餓岸傲礙艾鄂我藕偶咬五午~時熬熬白菜	—	捱~打
合口呼	—	—	頑梧吳蜈危瓦玩古~外誤悟魏偽瓦伍午上~
齊齒呼	牛言研嚴疑孽業眼擬儀宜便~驗藝誼義議虐逆凝	迎衙涯崖雁硯毅岳樂音~獄雅
撮口呼	—	魚漁月語	原源元芫~荽:香菜愚娛願遇寓御玉阮

由表可以看出，開口呼、合口呼的讀音較規律；齊、撮口呼一部分讀 ȵ，一部分讀零聲母，前者多為口語用字，後者多為書面語用字。疑母細音讀 ȵ 是齶化的結果，屬土話固有層次，讀零聲母是外來層次。

其他各點情況與此類似。

土話的零聲母開口呼音節其實是不多的。除了疑母今開口呼聲母大都讀 ŋ 以外，影母的開口呼也大部分讀為 ŋ 聲母。舉飛仙話為例：

表 1.8　飛仙影母字的聲母今讀

今四呼	ŋ 聲母字	零聲母字
開口呼	坳哀埃挨歐庵安鞍恩愛隘奧懊溫慪暗按案惡善~啞矮襖毆	阿翁甕沃握嘔
合口呼	惡可~	污萎煨汪烏威踠彎灣溫瘟喂畏慰熨腕屋挖委碗宛穩枉
齊齒呼	軋鴨扼	應丫椏醫衣依妖邀腰要~求要重~麼憂優幽閹音陰煙因姻殷央秧殃鷹鶯鸚櫻英嬰纓縊飲亞意幼厭堰燕宴印應映蔭押壓揖噎乙一約益憶億抑倚椅杳掩影擁
撮口呼	—	迂淵淤怨郁

可以看出，飛仙的影母今開口呼大部分讀作 ŋ 聲母，小部分讀零聲母；合、齊、撮口呼絕大部分讀零聲母。其他有的點影母開口呼讀 ŋ 的比例沒這麼大，但至少也有一小半。

其他各點情況與此類似。

七、止蟹合三部分字與遇三合流

止攝合口三等的一部分字與遇攝三等合流，讀 y。這在所有點都有表現。多數點還有蟹攝合口三等讀 y 的現象。如下二表：

表 1.9　止攝合三讀 y 例字表

例字	飛仙	麻田	一六	楚江	唐家	沙田	仁義	荷葉
雖	ʃy²¹²	ɕy³³		ɕy³³	ɕy³³	ɕy³³	ɕy³⁵	sʮ³³ 〔註 7〕
水	ʃy³¹	ɕy³⁵	ɕy²⁴	ɕy³⁵	ɕy³⁵	ɕy⁵³	ɕy³³	
醉	tʃy⁵⁵	tɕy⁵¹	tɕy⁴¹	tɕy⁵¹	tɕy⁴²	tɕy³⁵	tɕy¹³	
吹	tʃʰy²¹²	tɕʰy³¹	tɕʰy³³	tɕʰy³³	tɕʰy³³	tɕʰy³³		
槌	tʃʰy²⁴	tɕʰy²¹³	tɕʰy²⁴	tɕʰy³¹	tɕʰy³¹	tɕʰy³¹		
錘	tʃʰy²⁴	tɕʰy²¹³	tɕʰy²⁴	tɕʰy³¹	tɕʰy³¹	tɕʰy³¹		

〔註 7〕 在荷葉話中，s 聲母后的 ʮ 和 y 不具區別音位的功能。故從音位上來說，我們也可將之歸入讀 y 類的音節。

嘴	tsy³¹	tɕy³⁵	tɕy⁴⁵⁴	tɕy³⁵	tɕy³⁵	tɕy⁵³		
荽芫~菜		ɕy³³	ɕy³³		ɕy³³	ɕy³³		sʮ³³
鬼	ky³⁵	tɕy⁴⁵⁴	ky³⁵	tɕy³⁵	tɕy⁵³		
貴	ky⁵¹	tɕy⁴¹	ky⁵¹		tɕy³⁵		
跪	kʰy³⁵	tɕʰy⁴⁵⁴	kʰy³⁵	tɕʰy³⁵	tɕʰy⁵³		
淚	ly³³	ly⁴¹	ly⁵¹	ly³³	ly³⁵		

表 1.10　蟹攝合三讀 y 例字表

例字	飛仙	麻田	一六	楚江	唐家	沙田	仁義	荷葉
脆		tɕʰy⁵¹		tɕʰy⁵¹		tɕʰy³⁵		
歲	sy⁵⁵	ɕy⁵¹	ɕy⁴¹		ɕy⁴²	ɕy³⁵		
稅		ɕy⁵¹			ɕy⁴²	ɕy³⁵		

上面的例字表中，止合三例未盡舉，蟹合三例是盡舉。

各點止合三讀 y 的主要集中在「雖水醉吹槌錘荽鬼貴跪淚」這幾個字中。仁義、荷葉例字較少。

蟹合三讀 y 的出現在「脆歲稅」三字中。仁義、荷葉沒有蟹合三與遇三合流的現象。

另外，楚江還有一個蟹合四的字讀 y：桂~陽：郴州地名 ky⁵¹。

八、臻深曾梗四攝陽聲韻合流

各點的臻深曾梗四攝的陽聲韻全部合流（梗攝限於梗攝的外來層，本小節梗攝皆限外來層），多數點讀作以較高元音為韻腹的鼻尾韻。

這實質是曾、梗二攝的陽聲韻併入臻、深二攝的陽聲韻。土話中的鼻尾韻，同一個鼻音韻尾的主要元音一般有兩個音位，一個是較高的元音，一個是較低的元音〔註8〕。與較高元音相配的韻尾如果有兩個，則四攝陽聲韻讀發音部位較前的那個韻尾。

舉幾例如下：

〔註8〕 在鼻尾韻中，主要元音 e／ɘ、i、u、y 我們分別看作是同一個音位的開、齊、合、撮口呼。

表 1.11　臻深曾梗陽聲韻合流例字表

例字	飛仙	麻田	一六	楚江	唐家	沙田	仁義	荷葉
根臻開一	ken²¹²	kəi³¹	ken³³	kəŋ³³	kin³³	kin³³	kiŋ³⁵	kiŋ³³
真臻開三	tʃen²¹²	tʃəi³¹	tsen³³	tsəŋ³³	tɕin³³	tɕin³³	tʃiŋ³⁵	tʃiŋ³³
本臻合一	pen³¹	pen³⁵	pen⁴⁵⁴	pəŋ³⁵	pin³⁵	pin⁵³	piŋ³³	puŋ⁵³
準臻合三	tʃuen³¹	tʃuen³⁵	tsuen⁴⁵⁴	tsəɲ / tsuəɲ³⁵	tsuin³⁵	tɕyn⁵³	tɕyŋ³³	tʃuŋ⁵³
今深開三	ken²¹²	kəi³¹	ken³³	kəŋ³³	tɕin³³	tɕin³³	tʃiŋ³⁵	tʃiŋ³³
燈曾開一	ten²¹²	təi³¹	ten³³	təŋ³³	tin³³	tin³³	tiŋ³⁵	tiŋ³³
冰曾開三	pen²¹²	pəi³¹	pien³³	pəŋ³³	pin³³	pin³³	piŋ³⁵	piŋ³³
弘曾合一	xəŋ²⁴	xuŋ³¹	xuŋ³¹	─	xuŋ³¹	xuŋ³¹	xuŋ¹¹	xuŋ¹¹
箏梗開二	tsen²¹²	tʃen³³	tsen³³	tsəŋ³³	tɕin³³	tɕin³³	tsuŋ³⁵	tʃiŋ³³
兵梗開三	pen²¹²	pəi³¹	pien³³	pəŋ³³	pin³³	pin³³	piŋ³⁵	piŋ³³
定梗開四	ten⁵⁵	təi³³	ten⁴¹	təɲ⁴¹	tin⁴²	tin³⁵	tiŋ¹³	tiŋ¹³
轟梗合二	xəŋ²¹²	xuŋ³³	xuŋ³³	xuŋ³³	xuŋ³³	xuŋ³³	xuŋ³³	xuŋ⁵³
永梗合三	uen³¹	yen³⁵	yŋ⁴⁵⁴	uəŋ³⁵	yn³⁵	yn⁵³	yŋ³³	yŋ⁵³
螢梗合四	uen²⁴	iaŋ²¹³	iaŋ⁴¹	iəɲ³¹	in³¹	in⁵³	yŋ¹¹	ian¹¹

　　從表中每一豎列我們可以看到，除了麻田，各土話點四攝的陽聲韻都已合流為同一種韻尾。麻田有元音韻尾 i 和鼻音韻尾兩種，這是不同層次的問題，與四攝陽聲韻合流的規律並不衝突，四攝中都有這兩種層次的反映。

　　曾合一、梗合二的字很少，「弘轟」二字是書面色彩較濃的詞，故其音較特殊。

　　在這八個點中，仁義、荷葉只有一種鼻音韻尾，其他各點都有兩種鼻音韻尾（楚江的鼻音韻尾除了 ɲ 外，還有 ŋ）。所以，仁義、荷葉讀後鼻音韻尾，其他各點都讀相對較前的鼻音韻尾。

九、部分古開口四等字今讀開口呼

　　絕大部分古開口四等字今讀齊齒呼，但個別口語用字讀開口呼。如：

　　　　飛仙：吃 tʃʰa³¹ ｜ 鐾~刀 pʰəi⁵⁵ ｜ 泥 ləi²⁴

　　　　荷葉：吃 tʃʰa¹¹ ｜ 洗 sai⁵³

　　　　仁義：吃~酒 tʃʰa¹¹ ｜ 鐾~刀 pai¹³ ｜ 繫~鞋帶 kai¹³

　　　　沙田：肩 kan³³ ｜ 繫~鞋帶 kai³⁵

唐家：肩~頭：肩膀 kɛ³³ ｜ 繫~鞋帶 kai⁴²

楚江：肩 kɛ³³ ｜ 筧 kɛ³⁵ ｜ 繫~上鞋帶 kɐi⁵¹

麻田：筧架~ka³⁵ ｜ 肩~頭：肩膀 ka³¹ ｜ 楔 ʃa⁵¹ ｜ 叫~花子 kɑu⁵¹

一六：踢 tʰɑi⁴⁵⁴ ｜ 腆~起腹：腆起肚子 tɛ⁴⁵⁴ ｜ 肩~頭：肩膀 kɑ³³ ｜ 簨~子 pɑ²⁴ ｜ 細
sәi⁴¹ ｜ 繫~鞋帶索 kɑ²⁴ ｜ 鷄 kәi³³ ｜ 底 tәi⁴⁵⁴ ｜ 洗 sәi⁴⁵⁴

《韻鏡》中的四等韻與一二等韻在《切韻》中使用的是同一批反切上字，
而三等韻則使用的另一批，可知韻圖中的開口四等字在《切韻》中應該與開口
一二等一樣是沒有 i 介音的，韻圖一四等在《切韻》中的區別只在於主要元音
的區別。中古後期的韻圖時代〔註9〕，開口四等便出現了 i 介音。而開口四等字
在現代方言中讀為齊齒呼，一定是經歷了韻圖的時代的結果。土話中的少數口
語用字讀為開口呼，是由於這些字直接保留了《切韻》時代的語音特徵。在大
部分開口四等字出現了 i 介音而少數字尚未出現 i 介音的時候（在歷史上，這
類少數字的變化稍微滯後了些），土話方言的底層從通語中分離出來了，時代大
約是中古後期的開始階段。

十、部分古全濁上聲字今仍讀上聲

這也是土話的一個共同規律。我們把各點全濁上聲仍讀上聲的字羅列如下：

楚江：坐社下~邊簿杜肚苧~麻柱在現~弟罪被~子是市跪厚婦寡~淡伴拌緩
很近盡~量近菌蕩丈上~去晃長得好~：形容人長得漂亮項艇挺重好~

麻田：伴抱上~山善簿丈重輕~苧~麻柱坐踐漸皂造聚艇挺誕淡道稻怠肚
強勉~舅件儉巨拒距菌近跪徛立技妓晃杏夏姓下底~項後前~緩浩
戶很

唐家：伴被~子上~山社善丈紂重輕~苧~麻柱甚坐踐皂在挺淡弟強勉~儉拒
近跪徛立下底~夏姓厚後限艦戶很巳祀似簿

飛仙：伴簿被~子婢上~山是丈苧~麻重輕~坐艇挺淡肚腐輔強勉~舅儉菌近
徛立下底~厚緩混很巳

荷葉：鮑陛笨被~子重輕~紂甚坐皂造薺艇挺舵怠待腐輔臼咎舅儉菌徛
立晃緩艦似祀撼很

仁義：笨被~子婢簿社苧~麻柱坐踐艇挺淡肚強勉~近晃下底~緩旱蟹很

沙田：被~子重輕~苧~麻柱簿坐惰垛淡強勉~舅儉近跪倚立下底~厚緩蟹很

一六：杜儉跪緩甚~嘅：疑問代詞

　　這裡面有的字或許不能算土話固有層的演變的結果，比如艇字，土話口語是不說的，一般只說「船」，艇字可能是土話從外面折進來的。但上述大部分都是口語用字，是反映了固有層的規律的。各點出現率較高的集中在「坐舅肚淡厚近跪倚立苧柱被~子重輕~上下丈伴」等字。

十一、音位系統的共同點

（一）有舌尖前元音〔ɿ〕

　　所調查各土話都有舌尖前元音ɿ，主要來自止蟹開三今讀 ts 類聲母的音節，且各點所轄字大體一致，唯荷葉較特殊，ɿ韻只有 s 聲母音節，且含不少古入聲韻的字。

（二）多數有鼻輔音的獨立音節〔ŋ〕

　　所調查的點中，仁義、荷葉沒有這種音節，其他六點都有。這個音節所轄字不多，一般集中在「唔否定副詞午~時五伍」這幾字。羅列如下：

　　楚江：唔午五

　　飛仙：唔五伍

　　沙田：唔午五伍

　　唐家：唔午五伍

　　麻田：唔午五碗灣

　　一六：唔

　　此外，唐家還有一個「清化鼻音＋濁鼻音」形成的特殊音節〔ŋ̊ŋ〕，作第二人稱代詞使用。

第二章 郴州土話韻母的演變和
歷史層次

語音差異較大的方言經過長期接觸，往往會積澱出不同的歷史層次。這種接觸不僅指在地域上相鄰的方言間的接觸，也包括在地域上並不相鄰的方言和共同語之間的接觸。在漢語史上，後者的情形往往更突出。

相同的音韻來源，在某個方言中卻成批地分化，讀為不同的音，無分化條件可循。這種分化，若不是處於方言自身演變機制的擴散式的音變過程中，便可以斷定屬於不同的層次。

郴州的土話，在聲韻調三個方面均有無條件可循的分化。其中，韻母方面的體現最為顯著，突出表現在古陽聲韻的今讀上。經過比對，相同音韻條件下的古陽聲韻讀音的分化，排除了擴散式音變的可能，是不同歷史層次的體現。

第一節 古陽聲韻今讀體現的歷史層次

古陽聲韻的今讀存在層次現象的主要集中在山、咸、宕、江、梗五攝中。所調查的 8 個點，五攝陽聲韻都至少體現了兩個不同來源的層次，有的還有多個層次。下面我們逐一分析這些點的材料，看各點中都體現了哪些層次，並將各點至少包括山咸宕江梗攝的各層次進行音值及相互關係的構擬。為了

行文方便，本節提到的各攝，均指其中的陽聲韻。

一、飛　仙

1. 歷史層次

部分字有異讀。有異讀的有兩種情況，一種是在不同的語境中分屬於不同的層次，屬於不同的語體色彩，一種是在老派和新派讀音不同，這種新老派讀音的差別歸根到底也是來源於不同的層次。

而大部分字則無異讀，不論何種語境則只屬於一個層次。

（1）宕江攝合流，今讀有兩個層次：①oŋ〔註1〕，②an。

先看無異讀的例字：

宕攝：

an 層	唐 tʰan²⁴	象 sian⁵⁵	剛 kan²¹²	康 kʰan²¹²	狼 nan²⁴
	獎 tsian³¹	倉 tsʰuan²¹²	強 tʃʰan²⁴	章 tʃan²¹²	
oŋ 層	塘 tʰoŋ²⁴	桑 soŋ²¹²	缸 koŋ²¹²	糠 xoŋ²¹²	涼 ȵioŋ²⁴
	牆 tsʰioŋ²⁴	箱 sioŋ²¹²	長~短 tʃʰoŋ²⁴	腸 tʃʰoŋ²⁴	

an 層	裝 tsuan²¹²	掌 tʃan³¹	商 ʃan²¹²	榜 pan³¹	央 ian²¹²
	洋 ian²⁴	抗 kʰan⁵⁵	場 tʃʰan²⁴	詳 tsʰian²⁴	
oŋ 層	莊 tsoŋ²¹²	床 tsʰoŋ²⁴	嘗 ʃioŋ²⁴	香 ʃioŋ²¹²	羊 ioŋ²⁴
	養 ioŋ³¹	搶 tsʰioŋ³¹	想 sioŋ³¹	脹 tioŋ⁵⁵	

江攝：

| an 層 | 江 tʃan²¹² | 降投~ʃan²⁴ | 港 kan³¹ |
| oŋ 層 | 椿 tsoŋ²¹² | 雙 soŋ²¹² | 豇 koŋ²¹² |

再看有異讀的例字：

宕攝：

an 層	槍~斃 tsʰian²¹²	丈~量 tʃan⁵⁵	樣~式 ian⁵⁵	光~輪 kuan²¹²
	黃~老闆 xuan²⁴	放解~fan⁵⁵		
oŋ 層	槍一把~tsʰioŋ²¹²	丈一~tʃʰioŋ³¹	樣一~ioŋ⁵⁵	
	光好~:形容屋內光線充足 koŋ²¹²	黃~色 oŋ²⁴	放~下 fəŋ⁵⁵〔註2〕	

〔註1〕為了行文方便，本文表示韻母的層次讀音時，舉開口呼以賅齊齒、合口、撮口呼。
〔註2〕在飛仙音系中，oŋ 韻拼唇齒音都變作 əŋ 韻。

江攝：

| aŋ 層 | 窗新 tsʰuan²¹² | 雙新 suan²¹² |
| oŋ 層 | 窗老 tsʰoŋ²¹² | 雙老 soŋ²¹² |

從有異讀的語體色彩及新老派的讀音可以看出，oŋ 層次是較口語化或老派的讀音，屬於較早的層次，an 層次是屬於書面色彩較濃或新派的讀音，屬於晚近的層次。

（2）梗攝有三個層次：①oŋ，②an，③en。

en 韻是一種較新的層次，而讀 oŋ 韻和 an 韻都是口語很常用的字，顯然是一種白讀層次。en 韻在二三四等都存在。oŋ 韻只出現於開口二等，an 韻只出現於開口三四等，oŋ 韻和 an 韻分別與宕江攝的 oŋ 韻和 an 韻合流。

梗攝 oŋ 韻和 an 韻的關係有兩種可能性：一種是來源於同一個層次，只不過在那個層次的來源中，開口二等和開口三四等已經不同韻；另一種是梗攝 oŋ 和 an 來源於不同的層次，在 oŋ 層次進入飛仙話之初，梗攝開口三四等原本是有 oŋ 韻的，只不過演變到現在已經完全見不到痕跡了，在 an 層次進入飛仙話之初，開口二等也是有 an 韻的，現在也已完全見不到痕跡了。我們傾向於後一種可能性。梗攝和宕江山咸攝合流是湖南區域內一種常見的音韻特點（下文會談及），飛仙的梗攝的 an 韻很有可能也屬於這種與宕江山咸合流的層次，而可以肯定的是，宕江攝的 oŋ 韻和 an 韻來源於不同的層次，那麼，梗攝的 oŋ 韻和 an 韻自然也是不同的層次。

無異讀的例字：

梗攝：

en 層	澄 tʃʰen⁵⁵	牲 sen²¹²	櫻 ien²¹²	徵 tʃen²¹²	成 tʃʰen²⁴
	盈 ien²⁴	靜 tsen⁵⁵	靖 tsʰen⁵⁵	丁 ten²¹²	廳 tʰen⁵⁵
	經 tʃen²¹²	頂 ten³¹			
an 層	正~月 tʃan²¹²	聲 ʃan²¹²	贏 ian²⁴	嶺 nian³¹	井 tsian³¹
	請 tsʰian³¹	頸 tʃan³¹	淨 tsʰian⁵⁵	釘 tian²¹²	聽 tʰian²¹²
	腥 sian²¹²	鼎 tian²⁴			
oŋ 層	撐 tsʰoŋ⁵⁵	甥 soŋ²¹²	硬 oŋ⁵⁵		

有異讀的例字：

梗攝：

en 層	生陌~sen²¹²	爭鬥~tsen²¹²	病 pen⁵⁵	命性~men⁵⁵
	名~牌 men²⁴	清~澈 tsʰen²¹²	晴~朗 tsʰen²⁴	輕年~tʃʰen²¹²
	性~別 sen⁵⁵	青~年 tsʰen²¹²	星~~之火 sen²¹	醒覺~sen³¹
an 層	病 pʰian⁵⁵	命~好 mian⁵⁵	名~字 mian²⁴	清水好~tsʰian²¹²
	晴天~tsʰian²⁴	輕東西~tʃʰan²¹²	性~命 sian⁵⁵	青~草 tsʰian²¹²
	星單說 sian²¹²	醒睡~sian³¹		
oŋ 層	生飯有點~soŋ²¹²	爭~東西 tsoŋ²¹²		

（3）山攝有兩個層次：①an，②o。

o 層只有一個例字：卵 lo³¹。「卵」字在所調查的多個土話中都是單元音韻母，此字是個流行頗廣的詈詞，或許只是個別借詞。但從廣義上說，借詞也是一種不同層次。

除此以外，其他陽聲韻在飛仙都只有一個層次的讀音。

2. 各層次音值構擬

在宕、江、山、梗這四個陽聲韻中存在不同層次的韻攝中，某個字不管有沒有異讀，也不管異讀的性質是由於語體色彩還是由於新老派，都是由於來源不同的層次相互疊加所致。有的字由於構詞能力較強，書面語和口語都會用到，則往往在書面語色彩的詞中讀較晚近層次的音，在口語色彩的詞中讀較早層次的音，這時就會出現異讀。有的字，新派傾向使用較晚近層次的音，老派則使用較早層次的音，這時就會出現新老派的異讀。

在咸、臻、深、曾、通攝的陽聲韻的今讀中，只表現出一種層次的讀音，是無異讀音的音類。王洪君（2014）認為，無異讀音是前後兩個時間層共有成員，它們代表了本地音系與權威方言音系相同的部分〔註3〕。即，在今讀中沒有體現不同層次的音類中，這個音類的讀音應該是在不同來源的層次中都存在的，只不過由於音同或音近，而沒有導致異讀的出現。另外，還有一種可能：由於不同「交替類」〔註4〕的演變速度不同，現在沒有其他層次痕跡的

〔註3〕王洪君，文白異讀與疊置式音變——山西聞方言文白異讀初探〔J〕，語言學論叢（第十七輯），商務印書館，1992，129頁。
王洪君，歷史語言學方法論與漢語方言音韻史個案研究〔M〕，北京：商務印書館，2014，312頁。
〔註4〕關於「交替類」的概念參見王洪君（1992）。

音類中，或許是由於「交替類」的演變速度較快，白讀層已經完全消失，被較晚時代的層次完全覆蓋了。但這種可能性在缺乏其他材料佐證的情況下，無法得到證明。可以確定的是，只有一個層次讀音的音類，其讀音至少是在較晚層次的讀音中所擁有的。我們可以基於此作下一步的推測。

在方言史的演變過程中，在各個歷史時期不斷經受著其他方言的衝擊，包括同一譜系的方言的接觸和非同一譜系的方言的接觸，同時還不斷受到共同語的影響。在這種複雜的接觸史當中，一定積澱過又被抹平過難以計數的層次。我們現在所能見到的方言的層次，或許只是滄海一粟，但我們的研究又只能根據這種有限的材料作有限的推測。所以，無論事實上存在過多少的層次，我們必須只根據現在能看到的層次作構擬。

某個音類的不同層次與另一個音類的不同層次的關係，有兩種可能：一種是屬於同一層次，一種是不屬於同一層次。由於有時無法確切知道某個音類的不同層次與其他音類的不同層次的關係，我們構擬的層次的數量，應大於等於含有最多層次的音類所含的層次數量。

飛仙音系中，梗攝含有最多的三個層次，按年代的由近及遠排列依次是 en／an／oŋ；宕江有兩個層次，按年代的由近及遠排列是 an／oŋ；山攝有兩個層次，按年代的由近及遠排列是 an／o。由於咸攝與其中的 an 層次的讀音合流，我們一併進行構擬。其他只含有一個層次且與宕江梗山攝各層次讀音不混同的音類不予考慮。我們將各層次的音值及各層次的關係構擬如下表所示：

表 2.1　飛仙古陽聲韻歷史層次構擬

各歷史層	咸	山	宕	江	梗
第一層次	an	an	an	an	en
第二層次	an	an	an	an	an
第三層次	—	—	oŋ	oŋ	oŋ
第四層次	—	o	—	—	—

這個構擬只能說是一種推測，經不起嚴格地拷問。比如：何以知道第二層次的咸攝一定是 an 韻？又何以知道山攝中的 o 層次和宕江梗攝中的 oŋ 層次不屬於同一來源的層次？我們只能說，表中橫向的第一層次、縱向的梗攝各層次、宕江攝的第三層次，是可以肯定的，其他各處的構擬，只是根據方言史演變過

程中，層次更新的速度大致推測的。另一個旁證根據，是所調查的其他多處土話也都體現出一種特點：梗攝在某個歷史層次中，曾經和宕江山咸各攝合流。基於此，我們做出這種構擬。宕江梗攝在第二層次中的韻尾已經不同於或部分不同於《切韻》時代了，所以我們假定咸攝也已和山攝合流。而山攝的 o 層次的來源，的確有可能是與宕江梗 oŋ 相同的層次，但這種可能既然無法證明，我們寧可姑且擱置於不同層次之中。而且，這四個層次，第一、二、三層次是由年代由近及遠而排列的，但是第四個層次的年代與其他三個層次的年代的關係不好確定，放置於第四層次，只是表明一種來源不同的層次，並不一定是最早的層次。

雖然四個層次我們分別把它們分列了四行，但這只是分析其來源的一種直觀的構擬圖，實際上，無論有幾個層次，在方言中都是處於同一個平面而存在的。就好比我們把這四行「壓平」為同一行，同一列中，處於不同行的相同的音在「壓平」至同一平面後不受影響，沒有任何改變，依舊維持為同一種讀音；而不同的音在「壓平」後則會在同一平面出現不同的音，從而暗示了不同層次的來源。

在第三層次中，梗攝和宕江攝合流；在第二層次中，山咸宕江梗五攝合流；在第三層次中，山咸宕江合流，而梗攝則獨立出來。

二、荷　葉

1. 歷史層次

荷葉只在梗曾二攝可以找到不同層次的一點痕跡，字數很少。

（1）梗攝有三個層次：①iŋ，②an，③uŋ。例見下表：

梗攝：

iŋ 層	甥 siŋ³³	橙 tʃʰiŋ¹¹	英 iŋ³³	警 tʃiŋ⁵³	經 tʃiŋ³³
an 層	螢 ian¹¹	頸吊頸：上吊 tʃan⁵³			
uŋ 層	拼 pʰuŋ¹³	鶯 iuŋ³³			

（2）曾攝有兩個層次：①iŋ，②uŋ。例見下表：

曾攝：

iŋ 層	升 siŋ³³	蒸 tʃiŋ³³	扔 iŋ¹¹	陵 liŋ¹¹
uŋ 層	繩 suŋ¹¹			

2. 各層次音值構擬

荷葉只在梗曾梗攝有三個層次，依時代遠近排列依次為：iŋ / an / uŋ。這和飛仙類似，只是可以找到的痕跡字數有限，而宕江攝一點痕跡也沒有了。另外，荷葉的曾攝在 uŋ 層次中和梗攝曾經合流。咸山宕江四攝只有一個讀 an 的層次。

各層次構擬如下：

表2.2　荷葉古陽聲韻歷史層次構擬

各歷史層	咸	山	宕	江	梗	曾
第一層次	an	an	an	an	iŋ	iŋ
第二層次	an	an	an	an	an	－
第三層次	－	－	（uŋ）	（uŋ）	uŋ	uŋ

三、仁　義

1. 歷史層次

仁義的宕山咸梗四攝都只有少數其他層次的痕跡，例字均不多。

（1）宕攝有三個層次：①aŋ，②o，③a。例見下表：

宕攝：

aŋ 層	塘~魚 taŋ¹¹	郎 laŋ¹¹	剛 kaŋ³⁵	榜 paŋ³³	牆 tɕʰiaŋ¹¹
o 層	帳 tʃo¹³	唱 tʃʰo¹³			
a 層	塘社塘下：仁義鎮村名 ta¹¹				

塘在「社塘下」這個村子名中讀 a 層音，有可能是借用的社塘下這個村子的口音。但借用也是一種外來層次。

（2）山攝有三種讀音：①aŋ，②əi，③o。其中，əi 只出現於開口三四等幫組、精組、端組的音節中，o 只出現於一等字中，aŋ 各等都有。從山攝來看，əi 和 o 出現的條件是互補的。宕山咸三攝的 o 層應該是同一個層次，宕攝的 o 層的字只有開三知系字，咸攝的 o 層只有一等字。梗攝的 əi 層與山攝的 əi 層應該是同一個層次，梗攝的 əi 的字只有開口三等。因此，從山咸宕梗四攝來看，əi 和 o 出現的條件在各自韻攝中都是互補的。所以，我們假定 əi 和 o 是同一個層次在不同條件下的讀音，即：在合流的山咸宕梗四攝中，一等讀 o，三四等的幫組、精組、端組讀 əi。

山攝有兩個層次：①aŋ，②o / əi。例見下表：

山攝：

aŋ 層	佔老~子 kuaŋ¹³	單 taŋ³⁵	安 ŋaŋ³⁵	傘 saŋ³³	
	連 liaŋ¹¹	篇 pʰiaŋ³⁵	全 tɕʰyaŋ¹¹		
o / əi 層	難~易 no¹¹	爛單用，指衣服或手破了 lo¹³			
	線禾~səi¹³	鞭 pəi³⁵	棉 məi¹¹	煎 tsəi³⁵	錢 tsʰəi¹¹
	淺 tsʰəi³³	邊 pəi³⁵	天 tʰəi³⁵	田 təi¹¹	癲~子 təi³⁵

（3）咸攝有兩個層次：①aŋ，②o。例見下表：

咸攝：

| aŋ 層 | 談 tʰaŋ¹¹ | 慚 tsʰaŋ¹¹ | 覽 laŋ³³ | 尖 tɕiaŋ³⁵ | 添 tʰiaŋ³⁵ |
| o 層 | 三 so³⁵ | 淡 to³³ | | | |

（4）梗攝有兩個層次：①əŋ，②əi。例見下表：

梗攝：

əŋ 層	杏 ʃəŋ¹³	敬 tʃəŋ¹³	撑 tsʰuŋ³⁵〔註5〕	冷 liŋ³³
	硬 ŋiŋ¹³			
əi 層	病 pəi¹³			

2. 各層次音值構擬

仁義的山咸宕梗攝中的 o、əi 是同一個層次，山咸宕攝中的 aŋ 和梗攝中的 əŋ 是同一個層次，而宕攝中的 ɑ 與其他層次的關係未明。另外，江攝只有一個讀 aŋ 的層次，但我們據江攝往往和宕攝合流的規律，假定之前也有個讀 o 的層次。

各層次構擬如下：

表2.3　仁義古陽聲韻歷史層次構擬

各歷史層	咸	山	宕	江	梗
第一層次	aŋ	aŋ	aŋ	aŋ	əŋ
第二層次	o	o / əi	o	（o）	əi
第三層次	—	—	ɑ	—	—

可以確定的是，第一層次是最近的層次。第二、第三層次，無法確定時代的遠近關係。

〔註5〕在仁義音系中，uŋ 是 əŋ 的合口呼，iŋ 是 əŋ 的齊齒呼。

四、沙　田

1. 歷史層次

古陽聲韻在沙田只有梗攝有其他層次的痕跡。

梗攝有兩個層次：①in，②an。例見下表：

梗攝：

in 層	牲 ςin^{33}	睜 $t\varsigma in^{33}$	羹 kin^{33}	衡 xin^{31}	英 in^{33}
	釘 tin^{33}	零 lin^{31}			
an 層	鐺 $ts^h an^{33}$	生 san^{33}	甥 san^{33}	坑 $k^h an^{33}$	硬 ηan^{35}

2. 各層次音值構擬

梗攝的 in 層是新近的層次，an 層是較早的層次。

咸山宕江四攝只有一個讀 an 的層次。之所以沒有異讀的產生，是因為 an 韻是兩個層次的咸山宕江四攝所共有的音值。即，與梗攝 an 層同屬一個層次的咸山宕江攝的讀音應該也是 an 韻。因此，我們將各層次構擬如下：

表 2.4　沙田古陽聲韻歷史層次構擬

各歷史層	咸	山	宕	江	梗
第一層次	an	an	an	an	in
第二層次	an	an	an	an	an

五、唐　家

1. 歷史層次

古咸山宕江梗五攝的陽聲韻都成批地分化為兩類或三類不同讀音。

（1）咸山宕江四攝各有三個層次：①an，②ε，③o。例見下表：

咸攝：

an 層	感 kan^{35}	坎 $k^h an^{42}$	含 xan^{31}	探 $t^h an^{33}$	暗 ηan^{42}
	暫 $tsan^{42}$	賺 $ts^h uan^{33}$	艦 $t\varsigma ian^{35}$	廉 $lian^{31}$	潛 $t\varsigma^h ian^{31}$
	險 ςian^{42}	豔 ian^{35}	謙 $t\varsigma^h ian^{33}$	帆 fan^{31}	
ε 層	貪 $t^h\varepsilon^{33}$	男 $n\varepsilon^{31}$	蠶 $ts^h\varepsilon^{31}$	痰 $t\varepsilon^{31}$	藍 $l\varepsilon^{31}$
	慚 $ts^h\varepsilon^{31}$	三 $s\varepsilon^{33}$	膽 $t\varepsilon^{35}$	減 $k\varepsilon^{35}$	陷 $\varsigma i\varepsilon^{31}$
	鐮 $li\varepsilon^{31}$	尖 $t\varsigma i\varepsilon^{33}$	鹽 $i\varepsilon^{31}$	貶 $pi\varepsilon^{35}$	劍 $t\varsigma i\varepsilon^{42}$
	凡 $f\varepsilon^{31}$				
o 層	柑 ko^{33}				

山攝：

an 層	單 tan³³	壇 tan³¹	竿 kan⁴²	安 ŋan³³	焊 xan³³
	間中~kan³³	瓣 pan⁴²	綿 mian³¹	煎~熬 tɕian³³	延 ian³¹
	堅 tɕian³³	現~在 ɕian³⁵	端 tuan³³	棺 kuan³³	歡 xuan³³
	斷~絕 tuan³⁵	款 kʰuan³⁵	絆 pan³⁵	竄 tsʰuan⁴²	貫 kuan³⁵
	翻~身 fan³³	犬 tɕʰyan⁵³			
ε 層	灘 tʰɛ³³	難災~nɛ³³	蘭 lɛ³¹	殘 tsʰɛ³¹	幹~部 kɛ⁴²
	山 sɛ³³	盞 tsɛ³⁵	辦 pɛ⁴²	顏 ŋɛ³¹	雁 iɛ⁴²
	棉 miɛ³¹	煎~蛋 tɕiɛ³³	軒 ɕyɛ³³	肩 kɛ³³	見 tɕiɛ⁴²
	般 pɛ³³	丸 yɛ³¹	關 kuɛ³³	彎 uɛ³³	全 tɕʰyɛ³¹
	專 tɕyɛ³³	船 ɕyɛ³¹	拳 tɕʰyɛ³¹	沿 yɛ³¹	軟 ȵyɛ³⁵
	翻~過來 fɛ³³				
o 層	乾曬~ko³³	肝 ko³³	汗 xo³³	筵~席 io³¹	展 tɕio³⁵
	獻奉~ɕio⁴²	現發~ɕio⁴²	盤 po³¹	瞞 mo³¹	團 to³¹
	酸 so³³	官 ko³³	寬 kʰo³³		
	斷~□嘅（~ko³¹kɛ³）：（繩子）斷了 tʰo⁴²			暖 no³⁵	卵 lo³⁵
	管 ko³⁵	碗 o³⁵	半 po⁴²	鑽~頭 tso⁴²	蒜 so⁴²
	滿 mo³⁵	短 to³⁵			

宕攝：

an 層	滂 pʰan³¹	當應~tan³³	棠海~tʰan³¹	囊窩~廢 lan³¹	郎 lan³¹
	蒼 tsʰan³³	桑 suan³³	鋼 kan³³	康 kʰan³³	蕩 tan⁴²
	浪 lan³⁵	湘 ɕian³³	祥 ɕian³¹	霜 suan³³	疆 tɕian³³
	央 ian³³	釀~豆腐 ȵian³³	暢 tsʰan⁴²	簀 xuan³¹	謊 xuan³⁵
	芳 fan³³	防 fan³¹			
ε 層	囊錦~妙計 lɛ³¹	狼 lɛ³¹	喪婚~sɛ⁴²	榜 pɛ³⁵	黨 tɛ³⁵
	藏西~tsɛ⁴²	杖 tɕiɛ⁴²	釀~酒 liɛ³³	脹膨~tsɛ⁴²	紡 fɛ³⁵
o 層	旁~邊 po³¹	當~時 to³³	湯 tʰo³³	堂 to³¹	倉 tsʰo³³
	藏~起 tsʰo³¹	缸 ko³³	糠 xo³³	蟒~蛇怪：蟒蛇 mo³⁵	
	娘 ȵio³¹	涼 lio³¹	槍 tɕʰio³³	箱 ɕio³³	詳 tɕʰio³¹
	腸 tɕʰio³¹	裝~飯：盛飯 tio³³	床 tsʰo³¹	章 tɕio³³	傷 ɕio³³
	薑生~tɕio³³	香 ɕio³³	秧~苗 io³³	仗 tɕio⁴²	脹肚好~tio⁴²
	黃 o³¹	廣 ko³⁵	方 fo³³	房 fo³¹	

江攝：

an 層	椿一~事 tsuan³³	江長~tɕian³³	降投~ɕian³¹	巷 xan³³
ɛ 層	腔 tɕʰiɛ³³	降下~kɛ⁴²		
o 層	椿木~tso³³	窗 tsʰo³³	雙 so³³	江姓~tɕio³³

咸山宕江四攝成批地分化作三類讀音，一類是 an 韻，一類是 ɛ 韻，一類是
o 韻。後兩種主要是口語色彩的詞，第一種主要是書面語色彩的詞。大部分字
都沒有異讀，「煎斷囊當釀椿」等少數幾字有異讀。咸攝的 o 層次只有一個字的
痕跡。

an 韻在四攝的分布很廣泛，各等呼和各聲母中都存在。o 韻和 ɛ 韻的分
布，咸山攝和宕江攝有些不同。宕江攝中，o 韻和 ɛ 韻在各等呼和各聲母中都
普遍存在，因此，o 韻和 ɛ 韻的分布大部分都有重合。而咸山攝中，o 韻主要
分布於開口一等的見曉組和合口一等字，ɛ 韻則主要分布於其他位置，二者大
體上呈現一種互補的狀態。在宕江攝的分布如下表所示：

表 2.5　唐家土話 ɛ 韻、o 韻在宕江攝的分布

等呼		唇音	牙喉音	舌頭	舌上	齒尖	正齒	半舌	半齒
開口	一等	榜 pɛ³⁵ 旁 po³¹	缸 ko³³	當~作 tɛ³³ 湯 tʰo³³	—	髒不淨 tsɛ³³ 藏~起 tsʰo³¹	—	狼 lɛ³¹	—
	二等	降下~kɛ⁴²	江姓~tɕio³³	—	椿木~tso³³	—	雙 so³³	—	—
	三等	—	強勉~tɕʰiɛ³⁵ 香 ɕio³³	釀~酒 liɛ³³ 娘 nio³¹	杖 tɕiɛ⁴² 腸 tɕʰio³¹	槍 tɕʰio³³	裳衣~sɛ³¹ 章 tɕio³³	涼 lio³¹	壤土~iɛ³³ 讓 io³³
合口	一等	—	黃 o³¹	—	—	—	—	—	—
	三等	紡 fɛ³⁵ 房 fo³¹	王 o³¹	—	—	—	—	—	—

注：標「—」者表此處無字，下表同理。

表中每格中凡有兩行例字者，都說明此處既有讀 ɛ 韻的字，也有讀 o 韻的
字。上字為 ɛ 韻字，下字為 o 韻字。單從 o 韻的分布來看，除了在開口二等唇
音、開口二等半舌音沒有讀 o 韻的字以外，其他各處皆有讀 o 韻的字。

再看咸山攝：

表2.6 唐家土話ɛ韻、o韻在咸山攝的分布

等呼		唇音	牙喉音	舌頭	舌上	正齒	齒尖	半舌	半齒
開口	一等	—	幹~部 kɛ⁴² 柑 ko³³	貪 tʰɛ³³	—	—	三 sɛ³³	懶 lɛ³⁵	—
	二等	—	艱 tɕiɛ³³	—	綻 tsɛ⁴²	山 sɛ³³	—	—	—
	三等	—	檢 tɕiɛ³⁵ 獻奉~ ɕio⁴²	—	纏 tsʰɛ³¹ 展 tɕio³⁵	扇動詞 ɕiɛ⁴²	煎~蛋 tɕiɛ³³	連 liɛ³¹	—
	四等	—	肩 kɛ³³ 現發~ ɕio⁴²	天 tʰiɛ³³	—	—	千 tɕʰiɛ³³	蓮 liɛ³¹	—
合口	一等	般 pɛ³³ 盤 po³¹	官 ko³³	團 to³¹	—	—	酸 so³³	亂 lo³³	—
	二等	扮~演 pɛ⁴²	關 kuɛ³³	—	—	—	—	—	—
	三等	煩 fɛ³¹	拳 tɕʰyɛ³¹	—	傳~達 tɕʰyɛ³¹	專 tɕyɛ³³	全 tɕʰyɛ³¹	戀 liɛ³³	軟 ȵyɛ³⁵
	四等	邊 piɛ³³	縣 ɕyɛ³³	—	—	—	—	—	—

注：唇音都處理為合口；空白處為既無讀o韻的字也無讀ɛ韻的字。

　　這種例字表的一個缺陷就是，每格只舉一個例字因而無法體現出「量」的元素。實際上，牙喉音開口一等的ɛ韻字、開口三四等的o韻字、合口一等的唇音字都只是個例。山攝合口一等字除了讀作an韻的以外，絕大部分都讀作o韻；山咸攝開口一等的喉牙音除了讀作an韻的以外，絕大部分都讀作o韻。咸山攝中的o韻和ɛ韻的分布基本呈現互補的狀態。咸山二攝除了合口一等和開口一等的見曉組以外，基本上沒有讀作o韻的。如果假設最初o層次在進入唐家土話的時候，在咸山攝中的分布也是比較廣泛的話，則咸山宕江四攝無論是在o層次中還是在ɛ層次中始終是合流的，那麼我們就無法解釋為什麼演變到現在卻在宕江攝和咸山攝中出現了不同的局面：在宕江攝中分布廣泛，卻在咸山攝中有條件地分布。所以，只有一種可能性，就是o層次在進入唐家土話的時候，在咸山攝中只在合口一等和開口一等的見曉組中有分布；而ɛ層次在咸山攝中的分布是廣泛的。分布廣泛的ɛ層次在進入土話之後，與只在合口一等、開口一等見曉組中分布的o層次疊置，漸漸形成這樣的局面。對於其他個別讀o韻的字，如「獻奉~展現~在」等，並非土話的口語用詞，可能是當地人在折合借詞的過程中導致的。

（2）梗攝有兩個層次：①in，②ε。例見下表：

梗攝：

in 層	牲 ɕin³³	衡 xin³¹	冷 lin³⁵	橙~子 tɕʰin³¹	兵 pin³³
	景 tɕin³⁵	影 in³⁵	丁 tin³³	星 ɕin³³	爭門~ tɕin³³
ε 層	生飯好~ sɛ³³	鐺 tsʰɛ³³	甥外~ sɛ³³	硬 ŋɛ³³	爭~東西 tsɛ³³

梗攝的 ε 韻顯然和咸山宕江中的 ε 韻是同一個層次，但只分布於開口二等。

2. 各層次音值構擬

in 為最近的層次，ε 為稍早的層次，o 為最早的層次。各層次構擬如下：

表 2.7　唐家古陽聲韻歷史層次構擬

各歷史層	咸	山	宕	江	梗
第一層次	ɑn	ɑn	ɑn	ɑn	in
第二層次	ε	ε	ε	ε	ε
第三層次	o （一等見曉組）	o （開一見曉組、合一）	o	o	—

六、楚　江

1. 歷史層次

古咸山梗三攝的陽聲韻都成批地分化為三類或兩類不同讀音，宕江二攝只有一點兒其他層次的痕跡。

（1）咸山攝有三個層次：①ɐŋ，②ε，③o。例見下表：

咸攝：

ɐŋ 層	範模~ fɐŋ⁵¹	慘 tsʰɐŋ³⁵	潭 tɐŋ³¹	覽 lɐŋ³⁵	敢 kɐŋ³⁵
	含 xɐŋ³¹	庵~堂 ɐŋ³³	嚴~肅 liɐŋ³¹		
ε 層	凡~人 fε³¹	三 sε³³	擔名詞 tε⁵¹	甘 kε³³	感~覺 kε³⁵
	檢 kiε³⁵	添 tʰiε³³	念 liε⁵¹	占 tɕiε⁵¹	兼 kiε³³
o 層	柑 ko³³				

山攝：

ɐŋ 層	絆 pɐŋ⁵¹	展~覽 tsɐŋ³⁵	坦 tɐŋ³⁵	寒~露 xɐŋ³¹	安 ɐŋ³³
	堅 kiɐŋ³³	款 kʰuɐŋ³⁵	元~旦 yɐŋ³¹		
ε 層	辦 pε⁵¹	煩 fε³¹	山 sε³³	蛋 tε⁵¹	顏 ŋε³¹
	遷 tɕʰiε³³	天 tʰiε³³	緩 xuε³⁵	宣 ɕyε³³	拳 kʰyε³¹

o 層	鑽~進去 tso³³　　搬 po³³	斷 tʰo⁵¹	乾 ko³³	官 ko³³
	灌 ko⁵¹			

ɐŋ 韻在咸山二攝中的分布很廣泛，沒有條件限制，而 ɛ 韻在咸山二攝中的分布也較廣泛，ɐŋ 韻和 ɛ 韻的重合部分很寬，二者一定是屬於不同的層次。o 韻只分布於山攝合口一等和咸山攝開口一等見曉組，ɛ 韻在山攝合口一等和咸山攝開口一等見曉組也有部分例字，二者有重合。如山攝合口一等：般 pɛ³³｜搬 po³³‖管水~ kuɛ³⁵｜官 ko³³‖完 uɛ³¹｜灌 ko⁵¹。咸攝開口一等見曉組：甘 kɛ³³｜柑 ko³³‖感~覺 kɛ³⁵｜館 ko³⁵。所以，ɛ 韻和 o 韻也是屬於不同的層次，o 層次在咸山攝中只分布於山攝合口一等和咸山攝開口一等見曉組。

（2）梗攝有兩個層次：①əŋ，②ɛ。例見下表：

梗攝：

əŋ 層	病 pəŋ⁵¹	筝 tsəŋ³³	領 ləŋ³⁵	景 kəŋ³⁵	衡 xəŋ³¹
	映 əŋ⁵¹	名 məŋ³¹	廳 tʰəŋ³³	營 uəŋ³¹	兄 xuəŋ³³
ɛ 層	爭 tsɛ³³	鐺 tsʰɛ³³	生~嘅 sɛ³³	甥外~ sɛ³³	硬 ŋɛ⁵¹
	頸 kiɛ³⁵	橫~邊:旁邊 uɛ³¹			

（3）宕江二攝主要讀 ɐŋ 韻，有個別字讀 ɛ 韻，如：廊 lɛ³¹、港 kɛ³⁵。因此，宕江攝起初可能也是有兩個層次：①ɐŋ，②ɛ。

2. 各層次音值構擬

梗攝中的 ɛ 韻和咸山宕江中的 ɛ 韻是同一個層次來源。對於 o 層次，我們只能推測到其在咸山攝中的存在，在其他攝中的分布已不可考。我們將各層次構擬如下：

表2.8　楚江古陽聲韻歷史層次構擬

各歷史層	咸	山	宕	江	梗
第一層次	ɐŋ	ɐŋ	ɐŋ	ɐŋ	əŋ
第二層次	ɛ	ɛ	ɛ	ɛ	ɛ
第三層次	o （一等見曉組）	o （開一見曉、合一）			

七、麻　田

1. 歷史層次

（1）咸山攝陽聲韻的今讀有 6 個韻：①an，②ɑŋ，③a，④ɛ，⑤ɑ，⑥uŋ。但不是 6 個層次。

麻田音系中，an 韻有開、合、撮口呼，而無齊齒呼，ɑŋ 韻有開、齊、合口呼，咸山攝今讀鼻尾韻的音節中，齊齒呼全都讀為 iɑŋ。因此，an 和 iɑŋ 其實是同一個層次，只不過在這個層次上與 an 相應的齊齒呼韻母發生了演變。我們統稱之為 an 層次。

ɛ 韻只有齊齒呼和撮口呼，a 韻只有開口呼和合口呼，從音值上，二者雖然有明顯區別，但無論從音位上看還是從所轄字的中古來源來看，ɛ 韻和 a 韻是同一組韻。咸山攝中，a 韻只有開口呼，ɛ 韻只有齊齒呼和撮口呼，這兩者其實是同一個層次。我們統稱之為 a 層次。

ɑ 韻的分布主要在開口一二等和合口三等非組，如下表所示：

開口一等	蠶 tʃʰɑ²¹³	殘 tʃʰɑ²¹³	韓 xɑ²¹³	岸 ŋɑ³³	彈~琴 tɑ³³
開口二等	杉 ʃɑ³³	衫 ʃɑ³³	銜 xɑ²¹³	閒~事 xɑ²¹³	莧~菜 xɑ³³
	間一~ kɑ³¹				
合口三等	萬 uɑ³³				

從聲母來看，唇舌齒牙喉各音都有。

a／ɛ 韻分布在開口一等除見曉組、開口二三四等、合口三四等，合口一等有少數字。如下表所示：

開口一等	貪 tʰa³¹	攤 tʰa³¹	難~易 na²¹³	傘 ʃa³⁵	藍 la²¹³
	鏨~子 tʃʰa³³				
開口二等	斬 tʃa³⁵	減 ka³⁵	辦~事 pa³³	鏟 tʃʰa³⁵	
開口三等	鐮 liɛ²¹³	尖 tɕiɛ³¹	鹽 iɛ²¹³	閃 tɕʰiɛ⁵¹	染 iɛ³⁵
	劍 kiɛ³⁵	仙 ɕiɛ³¹	編 piɛ³¹		
開口四等	甜 tiɛ²¹³	嫌討~xiɛ²¹³	念 ɲiɛ³³	邊 piɛ³¹	先 ɕiɛ³¹
	牽 kʰiɛ³¹				
合口一等	丸 yɛ²¹³	絆 pʰa⁵¹			

合口三等	凡 fa²¹³	船 ɕyɛ²¹³	沿 yɛ²¹³	卷~起 kyɛ³⁵	軟 ȵyɛ³⁵
	翻 fa³¹	園 yɛ²¹³			
合口四等	縣 xyɛ³³				

uŋ 韻只分布在開口一等見曉組和合口一二等中。如下表所示：

開口一等	含~著糖 xuŋ²¹³	柑 kuŋ³¹	肝 kuŋ³¹	乾~濕 kuŋ³¹	擀~麵 kuŋ³⁵
	趕~羊 kuŋ³⁵	汗 xuŋ³³			
開口二等	賺 tʃʰuŋ³³				
合口一等	盤 puŋ²¹³	端 tuŋ³¹	酸 suŋ³¹	官 kuŋ³¹	滿 muŋ³⁵
	暖 nuŋ³⁵	亂 luŋ³³			
合口二等	閂 suŋ³¹	拴 suŋ³¹	關 kʰuŋ³¹		

只有一個開口二等字讀 uŋ 韻。從以上三表來看，ɑ 韻、a／ɛ 韻、uŋ 韻的分布位置都互有重合。a／ɛ 韻和 uŋ 韻重合的部分較小，只有合口一等的少數字和開口二等的個別字。從總的趨勢來看，a／ɛ 韻和 uŋ 韻的分布是互補的：開口一等見曉組和合口一二等很少讀作 a／ɛ 韻的，而 uŋ 韻也幾乎不在「開口一等見曉組和合口一二等」以外的位置存在，但畢竟有重合部分，且重合部分的 a／ɛ 韻字和 uŋ 韻字都是口語用詞。所以，這三個韻分屬於三個層次。

綜上，麻田咸山二攝陽聲韻的今讀有四個層次：①an，②a，③uŋ，④ɑ。各層次例字如下表：

咸攝：

an 層	潭 tʰan³¹	參 tʃʰan³¹	堪 kʰan³¹	潛 tɕʰiaŋ³¹	沾 tɕiaŋ⁵¹
	貶 piaŋ³⁵	掩 iaŋ³⁵	嚴 ȵiaŋ³¹	謙 kʰiaŋ³³	
a 層	貪 tʰa³¹	男 na²¹³	藍 la²¹³	鏨~子 tʃʰa³³	斬 tʃa³⁵
	減 ka³⁵	城 kie³⁵	鐮 lie²¹³	尖 tɕie³¹	鹽 ie²¹³
	閃 tɕʰie⁵¹	染 ie³⁵	劍 kie³⁵	甜 tie²¹³	嫌討~xie²¹³
	念 ȵie³³	凡 fa²¹³			
uŋ 層	含~著糖 xuŋ²¹³	柑 kuŋ³¹	賺 tʃʰuŋ³³		
ɑ 層	蠶 tʃʰɑ²¹³	杉 ʃɑ³³	衫 ʃɑ³³	銜 xɑ²¹³	

山攝：

an 層	壇 tʰan³¹	刊 kʰan³³	安 ŋan³¹	贊 tʃan²¹³	然 iaŋ³¹
	免 miaŋ³⁵	碾 tɕiaŋ³⁵	戰 tɕiaŋ⁵¹	冠 kuan²¹³	般 pan³³
	完 uan²¹³	全 tʃʰuan³¹	倦 kyan²¹³	院 yan²¹³	犬 kʰyan³⁵

a 層	攤 tʰa³¹	難~易 na²¹³	傘 ʃa³⁵	鏟 tʃʰa³⁵	眼 n̠iɛ³⁵
	辦~事 pa³³	編 piɛ³¹	仙 ɕiɛ³¹	纏 tɕʰiɛ²¹³	天 tʰiɛ³¹
	肩 ka³¹	丸 yɛ²¹³	磚 tɕyɛ³¹	船 ɕyɛ²¹³	沿 yɛ²¹³
	軟 n̠yɛ³⁵	翻 fa³¹	園 yɛ²¹³	縣 xyɛ³³	
uŋ 層	擀~麵 kuŋ³⁵	趕~羊 kuŋ³⁵	汗 xuŋ³³	盤 puŋ²¹³	端 tuŋ³¹
	酸 suŋ³¹	官 kuŋ³¹	寬 kʰuŋ³¹	滿 muŋ³⁵	短 tuŋ³⁵
	暖 nuŋ³⁵	半 puŋ⁵¹	段 tuŋ²¹³	亂 luŋ³³	蒜 suŋ⁵¹
	灌~滿 kuŋ⁵¹	悶 suŋ³¹	拴 suŋ³¹	關 kʰuŋ³¹	卵 luŋ³⁵
ɑ 層	殘 tʃʰɑ²¹³	韓 xɑ²¹³	岸 ŋɑ³³	閒~事 xɑ²¹³	莧~菜 xɑ³³
	萬 uɑ³³	彈~琴 tɑ³³	間一~ kɑ³¹		

（2）宕攝有兩個層次：①ɑŋ，②ɑ。例見下表：

宕攝：

ɑŋ 層	幫 pɑŋ³¹	湯 tʰɑŋ³¹	狼 lɑŋ²¹³	倉 tʃʰɑŋ³¹	鋼 kɑŋ³³
	糧 liɑŋ²¹³	牆 tɕʰiɑŋ²¹³	腸 tʃʰɑŋ³³	薑生~ kiɑŋ³¹	光 kuɑŋ³¹
	王 uɑŋ²¹³	紡 fɑŋ³⁵			
ɑ 層	裳 ʃɑ³³	象形~ ɕiɑ³¹	昂~起 ɑ³⁵	嚷 iɑ³⁵	

宕攝的 ɑ 韻與咸山中的 ɑ 韻是同一個層次。

江攝無其他層次表現。

（3）曾梗二攝有三個層次：①en，②əi，③ai。例見下面二表：

曾攝：

en 層	登 ten³³	能 len²¹³	增 tʃen³³	恆 xen³¹	憑 pʰen³¹
	橙 tʃʰen²¹³	仍 ien³¹	興~旺 xien³³		
əi 層	燈 təi³¹	崩 pəi³¹	層 tʃʰəi²¹³	等 təi³⁵	肯 kʰəi³⁵
	澄 tʃʰəi²¹³	冰 pəi³¹	菱 ləi²¹³	蒸 tʃəi³¹	塍~頭 iəi²¹³
	升 ʃəi³¹	剩 ʃəi³³			
ai 層	曾姓 tʃai³¹	僧 ʃai³³	鄧 tai³³		

梗攝：

en 層	膨 pʰen³¹	笙 ʃen³³	行~為 xien³¹	杏 xien³⁵	箏 tʃen³³
	耿 ken⁵¹	評 pʰen³¹	擎引~ tʃʰen³¹	英 ien³³	景 ken³⁵
	精 tʃen³³	成~功 tʃʰen³¹	令 len²¹³	庭 tʰen³¹	
əi 層	彭 pəi²¹³	庚年~簿 kəi³³	兵 pəi³¹	平 pəi²¹³	明 məi²¹³
	京 kəi³³	影~子 iəi³⁵	病 pəi³³	鏡 kəi⁵¹	名 məi²¹³
	清 tʃʰəi³¹	晴 tʃʰəi²¹³	程 tʃʰəi³¹	聲 ʃəi³¹	輕 kʰəi³¹

	嶺 ləi³⁵	瓶 pəi²¹³	釘 təi³¹	靈 ləi²¹³	星 ʃəi³³
	形 xəi²¹³	橫 uəi²¹³	兄弟~xuəi³³	成辦~tʃʰəi²¹³	爭~東西 tʃai³¹
ai 層	撐 tʃʰai³¹	生~嘅 ʃai³¹	牲 ʃai³³	甥外~ʃai³³	更打~kai³¹
	坑 kʰai³¹	衡舊說衡州府（現在的衡陽）xai²¹³	硬 ŋai³³	柄刀~pai⁵¹

　　əi 韻和 ai 韻一定不是一個層次，因為在曾攝中二者是重合的，梗攝中也有部分重合。əi 韻的分布無條件規律，而 ai 韻則主要分布在曾攝開口一等和梗攝開口二等中。梗攝開口三等有個別字讀 ai 韻，如：柄刀~pai⁵¹。可以推測：ai 層次最初在進入麻田音系時，在曾攝中分布於開口一等，在梗攝中主要分布於開口二等，以及個別開口三等。

　　（4）深臻二攝各有兩個層次：①en，②əi。如下面二表所示：

深攝：

en 層	林 len³¹	侵 tʃen³³	森 ʃen³³	壬 ien²¹³	禽 kʰen³¹
	品 pʰen⁵¹	紉 ien²¹³			
əi 層	淋 ləi²¹³	心 ʃəi³¹	沉 tʃʰəi²¹³	針 tʃəi³¹	今 kəi³¹
	琴 kʰəi²¹³	音 əi³¹			

臻攝：

en 層	恩 ŋen³¹	賓 pen³³	民 men³¹	津 tʃen³³	仁 ien³¹
	診 tʃen³⁵	晉 tʃen²¹³	刃 ien²¹³	奔 pen³³	侖 luen³¹
	尊 tʃuen³³	婚 xuen³³	溫 uen³¹	純 tʃʰuen³¹	芬 fen³³
	薰 xyen³¹	運 yen³³			
əi 層	跟 kəi³¹	鄰 ləi²¹³	親 tʃʰəi³¹	珍 tʃəi³¹	塵 tʃʰəi²¹³
	神 ʃəi²¹³	人 ŋəi²¹³	銀 ŋəi²¹³	憫 məi³⁵	引 iəi³⁵
	陣 tʃʰəi³³	認~得 iəi³³	悶 məi²¹³	村 tʃʰuəi³¹	滾 kuəi³⁵
	輪 luəi²¹³	春 tʃʰuəi³¹	分 fəi³¹		

　　深臻二攝中的 en 韻和 əi 韻分別和曾梗二攝中的 en 韻和 əi 韻是同一層次。在與麻田鎮相鄰的梅田鎮有個「岑水村」，「岑」音 tʃʰai²¹³，麻田人也讀作 tʃʰai²¹³，這個深攝字的讀音是直接從岑水村的話中借過來的。雖然梅田話和麻田話都屬於宜章的「中鄉話」，但一來兩地的口音畢竟有別，二來這個借音借過來的年代不可考，很可能並非與曾梗攝中的 ai 韻屬於同個時代，保險起見，我們暫且不將深攝的 ai 韻另立為一個層次。

　　（5）通攝有兩個層次：①uŋ，②əʉ。例見下表：

通攝：

uŋ 層	蒙內~古 muŋ³¹	瞳 tʰuŋ³¹	叢 tʃʰuŋ³¹	攻 kuŋ³³	鴻 xuŋ³¹
	豐 fuŋ³³	終 tʃuŋ³³	絨 iuŋ²¹³	窮 kʰiuŋ²¹³	仲 tʃʰuŋ²¹³
	龍 liuŋ²¹³	松 tɕʰiuŋ²¹³			
əʉ 層	東 təʉ³¹	篷 pəʉ²¹³	蒙~眼睛 məʉ²¹³	筒 təʉ²¹³	聾 ləʉ³¹
	蔥 tʃʰəʉ³¹	公 kəʉ³¹	紅 xəʉ²¹³	膿 nəʉ²¹³	風 fəʉ³¹
	忠 tʃəʉ³¹	銃 tʃʰəʉ⁵¹	從~前 tʃʰəʉ²¹³		

2. 各層次音值構擬

各韻攝中較多用於書面語詞的韻母類別，一般是最晚近的層次，對這些韻母我們可以確定是同一層面的來源，比如咸山攝中的 an / iaŋ，宕江攝中的 ɑŋ，梗曾深臻攝中的 en，通攝中的 uŋ，我們把這幾類韻母定為第一層次。咸攝和山攝中的 a / iɛ、uŋ 分別屬於同一層次，梗曾深臻四攝中的 ie 屬於同一層次，梗攝和曾攝中的 ai 屬於同一層次，咸山宕三攝中的 ɑ 屬於同一層次，這些都可以確定，但這五者之間的層次關係如何，難以確定。通攝的 əʉ 和梗曾深臻攝中的 ie 都經歷了由鼻輔音韻尾到元音韻尾的變化。輔音韻尾演變為發音部位接近的元音韻尾，這種演變現象在無論在漢語方言的演變還是漢語史的演變中都能見到，如冀魯官話的宕江攝入聲韻今讀為 u 韻尾，北京話的曾梗攝入聲韻今讀為 i 韻尾。從其他周邊土話這幾攝的讀音來看，梗曾深臻四攝往往合流為前鼻輔音韻尾，而通攝都為後鼻輔音韻尾，麻田話應該是經歷過由鼻輔音韻尾向元音韻尾的變化過程，在這一變化發生的過程中，麻田土話的鼻音韻尾全都變為元音韻尾。如果這種變化規律成立，我們可以得到三個結論：①通攝的 əʉ 韻和梗曾深臻攝的 ie 韻是同一個層次；②梗曾二攝中讀 ai 韻的層次，可能也一起經歷過這一變化過程，雖然 ai 和 əi 是不同的層次，但既然都進入到土話的音系裏面，就等於壓平為同一層面，只要條件符合，就要受到同一演變規律的作用，經歷同樣的演變，由此推測，梗曾二攝的 ai 層，在更早的時候，應該是讀 an 韻的；③咸山二攝的 uŋ 韻的層次很可能晚於 əi、əʉ 韻的層次。但 a / iɛ 層和其他層的關係不好確定，我們寧可獨立為一個層次。

我們將各層次構擬如下：

表 2.9　麻田古陽聲韻歷史層次構擬

各歷史層	咸	山	宕	江	梗	曾	深	臻	通
第一層次	an / iaŋ	an / iaŋ	ɑŋ	ɑŋ	en	en	en	en	uŋ
第二層次	uŋ（一等見曉組）	uŋ（開一見曉組、合口一二等）							
第三層次	a / iɛ	a / iɛ							
第四層次					ie	ie	ie	ie	ɔɯ
第五層次					ai	ai			
第六層次	ɑ	ɑ	ɑ	（ɑ）					

　　雖然擬了 6 個層次，但只有第一層次是最晚近的層次，其他的層次並非就是按年代的先後而排列，而且，不同的層次可能並非是時代先後的關係，有可能來源於時代相同的不同的方言。麻田土話位於湘、客、贛、粵，以及少數民族語言的混雜區，形成這種層次混雜的音系，是在多種方言和語言影響下的結果。

八、一　六

1. 歷史層次

（1）咸山攝今讀有四個韻：①an，②ɑ，③ɛ，④o。

首先來看這四個韻在咸山韻中的分布情況，如下表：

表 2.10　一六土話咸山攝陽聲韻的今讀

呼等	開　口	合　口
一等	an 丹 / ɑ 欄	an 般 / uɑn 棺 / o 寬 / yɛ 丸藥~子 / ɑ 盤~子
二等	an 站車~ / iɑn 陷 / ɑ 間中~ / iɛ 閒	uɑn 環 / o 閂 / uɑ 關~緊
三等	an 善 / iɑn 免 / iɛ 面 / iɑ 黏~米	uɑn 專~業 / yɑn 川 / yɛ 軟 / ɑ 翻
四等	iɑn 填 / iɛ 先~後 / ɑ 肩	yɑn 縣

　　除去 an 韻不討論。上表中每出現的韻只舉了一字。ɑ 韻主要分布於山咸攝開口一二等，在其他地方也有少量分布；ɛ 韻主要分布於開口三四等和合口三等，開口二等見系字也有部分讀作 iɛ 韻母，合口一等「丸」字用於指藥丸子時讀 yɛ，用於指魚丸、肉丸時讀 uɑn；o 韻分布於合口一二等。

　　ɑ 韻和 ɛ 韻最大的重合部分，在開口二等。在開口二等的見系字中，部分讀作開口呼的 ɑ 韻母，如：眼~淚 ŋɑ^{33}｜間中~kɑ^{33}｜岩~泉：一六鎮附近的地名 ŋɑ^{24}。部分讀作齊齒呼的 iɛ 韻母，如：莧~菜 ɕiɛ^{41}｜揀~起來 tɕiɛ^{454}｜閒好~ɕiɛ^{24}｜餡野菜~ɕiɛ^{41}｜減 tɕiɛ^{454}。在開口三等和開口四等中，也有少量重合。據此，我們可以認為，ɑ 韻和 ɛ 韻是來源於不同的層次。

　　o 韻分布於合口一二等，而 ɛ 韻不分布於合口一二等。合口一等「丸」字用於指藥丸子時讀 yɛ，這應該是由於在韻尾脫落之前，其讀音已讀為撮口呼。在西南官話、新老湘語、贛語、客家話、閩語的許多方言點中，「丸」都讀同合口三等字。如武漢、成都讀 yɛn，長沙讀 yẽ，雙峰讀 uĩ，南昌讀 yon，廣州讀 jyn，建甌讀 yɪŋ〔註6〕，寧都讀 ian〔註7〕。以上各點都與「圓緣袁援」等三等字同音。《漢語方音字彙》中認為是「圓」的訓讀，本文存疑，或許這是與《切韻》系不同的一種讀音。無論如何，這起碼說明在分布區域很廣的一個範圍內，「丸」都讀如三等字，所以，實際上，一六的 o 韻和 ɛ 韻是不重合的，我們可以假定二者是來源於同一個層次。這從音理上也可以講通。ɛ 韻的韻母實際上只有 iɛ 和 yɛ，並無開口呼和合口呼。在 i、y 這兩個發音部位靠前的介音的影響下，韻腹變為前元音 ɛ，而合口一二等則無此影響，而且，很可能在 ɛ 韻和 o 韻分化之前，合口一二等還有個發音部位靠後的 u 介音，則此後在 u 介音的影響之下，合口一二等字變為了發音部位靠後的 o 韻。

　　因此，一六的咸山二攝有三個層次：①an，②ɛ／o，③ɑ。如下二表所示：

咸攝：

an 層	潭 tʰan^{41}	感 kan^{454}	慘 tsʰan^{454}	甘 kan^{33}	淡~水 tan^{24}
	斬腰~tsan^{454}	城 tɕian^{454}	岩~石 ian^{41}	廉 lian^{41}	簾 lian^{41}
	嚴 ian^{41}	添 tʰian^{33}	兼 tɕian^{33}	點~綴 tian^{454}	
ɛ／o 層	減 tɕiɛ^{454}	鐮 liɛ^{24}	尖 tɕiɛ^{33}	鉗 tɕʰiɛ^{33}	淹 iɛ^{33}
	欠 tɕʰiɛ^{41}	甜 tiɛ^{24}	嫌 ɕiɛ^{24}		
ɑ 層	貪 tʰɑ^{33}	男 nɑ^{24}	三 sɑ^{33}	柑 kɑ^{33}	泔~水 kɑ^{33}
	淡好~tʰɑ^{33}	喊 xɑ^{41}	杉 sɑ^{33}	斬~頭 tsɑ^{454}	
	岩岩泉：一六附近鎮名 ŋɑ^{24}		黏~米 nʑiɑ^{24}	拈 nʑiɑ^{24}	

〔註6〕以上各點資料來自：北京大學中國語言文學系語言學考研室編，漢語方音字彙（第二版重排本）〔M〕，北京：語文出版社，2003，270 頁。

〔註7〕資料來自：謝留文，客家方言語音研究〔M〕，北京：中國社會科學出版社，2003，156 頁。

山攝：

an 層	攤 tʰan³³	傘太陽~san⁴⁵⁴	乾~燥 kan³³	但 tan²⁴	盞 tsan⁴⁵⁴
	閒 ɕian⁴¹	眼~鏡 ian⁴⁵⁴	間~斷 tɕian²⁴	蠻野~man⁴¹	偏 pʰian³³
	聯 lian⁴¹	遷 tɕʰian³³	然 ian⁴¹	膳 san²⁴	顛~倒 tian³³
	天~空 tʰian³³	憐 lian⁴¹	堅 tɕian³³	咽~喉炎 ian³³	般 pan³³
	團~長 tʰuan⁴¹	倌老~子：老頭子 kuan³³	完 uan²⁴	管 kuan⁴⁵⁴
	亂~寫 luan²⁴	蒜大~suan²⁴	關開~kuan³³	全 tɕʰyan⁴¹	權 tɕʰyan⁴¹
	員 yan⁴¹	選挑~ɕyan⁴⁵⁴	煩 fan²⁴	犬 tɕʰyan⁴⁵⁴
ɛ/o 層	莧~菜 ɕiɛ⁴¹	便~宜 piɛ²⁴	連 liɛ²⁴	錢 tɕʰiɛ²⁴	扇 ɕiɛ⁴¹
	邊 piɛ³³	顛~簸 tiɛ³³	天單說 tʰiɛ³³	田 tiɛ²⁴	蓮 liɛ²⁴
	筧 tɕiɛ⁴⁵⁴	燕~子 iɛ⁴¹	端 to　團一~to²⁴	鑽動詞 tso²⁴
	酸 so³³	寬 kʰo³³	丸~子：指藥丸 yɛ²⁴	滿 mo⁴⁵⁴
	短 to⁴⁵⁴	暖 no³³	亂~搞 lo⁴¹	蒜單用，指青蒜 so⁴¹
	門 so³³	還~有 xo²⁴	磚 tɕyɛ²⁴	拳 tɕʰyɛ²⁴	緣 yɛ²⁴
	選單用 ɕyɛ⁴⁵⁴	軟 ȵyɛ⁴⁵⁴			
a 層	難好~na²⁴	攔 la²⁴	傘單用 sa⁴⁵⁴	肝豬~ka³³	撢 ta⁴⁵⁴
	乾~光得：（水）乾了 ka³³	懶好~la³³	炭 tʰa⁴¹	彈子~ta⁴¹
	汗 xa⁴¹	山 sa³³	間中~ka³³	眼~淚 ŋa³³	蠻~好 ma²⁴
	慢 ma⁴¹	肩 ka³³	盤 pa²⁴	官 kua³³	碗 ua⁴⁵⁴
	關~緊：關上 kʰua³³		還~起畀你：還給你 ua²⁴		翻 fa³³

（2）臻攝有三個韻：①en，②i，③uŋ。en 是晚近的層次，開口三等和合口一等明母有 i 的層次，合口一三等有 uŋ 的層次。合口一等明母的「門」字在「專門」中讀 i，在單用時讀 uŋ，或許可以憑此推測 i 和 uŋ 不是同一層次來源。則臻攝有三個層次：①en，②i，③uŋ。如下表所示：

臻攝：

en 層	根 ken³³	吞~入赴：吞進去 tʰen³³	賓 pien³³	鄰 lien⁴¹
	親 tɕʰien³³	珍 tsen³³	神 sen⁴¹	因 en³³	抿 men⁴⁵⁴
	奔 pen³³	論 luen²⁴	尊 tsen³³	存 tsʰuen⁴¹	昏 xuen³³
	本作業~pen⁴⁵⁴	滾~蛋 kuen⁴⁵⁴	困~難 kʰuen²⁴	輪 len²⁴	巡 ɕyen⁴¹
	均平~tɕyen³³	準標~tsuen⁴⁵⁴	蠢~材 tsʰuen⁴⁵⁴	潤滋~yen²⁴	墳祖~fen²⁴
	蚊~煙：蚊香 uen²⁴		群~眾 tɕʰyen⁴¹	憤 fen²⁴	問~題 uen²⁴
i 層	人 ȵi²⁴	銀~子 ȵi²⁴	認~得：認識 ȵi⁴¹	門專~mi³³
uŋ 層	門關~muŋ²⁴	村~子 tsʰuŋ³³	孫子~suŋ³³	本~錢 puŋ⁴⁵⁴	損~失 suŋ⁴⁵⁴
	滾好~：形容物體溫度高或天氣熱 kuŋ⁴⁵⁴		嫩好~nuŋ⁴¹	寸 tsʰuŋ⁴¹

棍 kuŋ⁴¹	椿~樹 tsʰuŋ³³	春~天 tsʰuŋ³³	
筍 suŋ⁴⁵⁴	準你話得就~得：你說話就一定能算數 tsuŋ⁴⁵⁴		蠢好~tsʰuŋ⁴⁵⁴
閏~年 yŋ⁴¹	蚊~蟲：蚊子 muŋ²⁴		裙 kʰuŋ²⁴
粉單用：指米粉 fuŋ⁴⁵⁴	問~一下 muŋ⁴¹		

讀 i 韻的聲母全為鼻音；深攝中卻沒有讀 i 韻的字，而我們發現，我們調查出的深攝字中，沒有讀鼻音聲母的字。所以，這些字韻尾的脫落或許和鼻音聲母有關。可以解釋為一種特殊的異化作用，只不過這種異化的結果是使得鼻音韻尾變為了 ∅。但臻攝中並非所有的鼻音聲母都讀 i 韻，由此也可以看出，層次的保留往往只是一種殘缺的層次。

（3）曾攝有兩個層次：①en，②uŋ。如下表所示：

曾攝：

en 層	增 tsen³³	等 ten⁴⁵⁴	肯 kʰen⁴⁵⁴	冰 pien³³
uŋ 層	層 tsʰuŋ²⁴			

（4）梗攝有四個韻：①en，②ɑ，③əi，④uŋ，⑤ɑŋ。這四個韻在梗攝中的分布如下：

表 2.11　一六土話梗攝陽聲韻的今讀

呼 等	開　　口	合　　口
二等	en 牲 / ɑ 生~嘅：生的 / uŋ 甥	en 橫 / uŋ 宏
三等	en 爭鬥~ / ien 病生~ / əi 名~字 / ɑ 聲~氣：聲音	yŋ 永 / əi 兄~弟
四等	pen²⁴ 瓶~子 / ien 清 / əi 嶺	iɑŋ 螢

表中每韻只舉了一例。實際上，ɑ 韻主要分布在開口二等，個別開口三等字如「聲」也讀 ɑ；uŋ 韻分布在開口二等；合口三等有 yŋ 韻，但讀這個韻的字明顯都是書面色彩很濃的字，與開口二等的「甥」字並非同一個層次；əi 韻分布在開口三四等和合口三等；合口四等的「螢」字讀 iɑŋ 韻母。

但一六土話的 en 韻其實包含了兩個層次。舉幾個例子，比如「京」字，在「京劇」中讀 tɕien³³，在「北京」中讀 ken³³；再如同為開口三等並母的「評」和「坪」，前者讀 pʰien⁴¹，後者讀 pen²⁴；又如開口四等的「瓶」字，在「花瓶」中讀 pʰien⁴¹，在「瓶子」中讀 pen²⁴；又如同為開口二等匣母的「行~為」和「衡~陽」，前者讀 ɕien⁴¹，後者讀 xen²⁴。在梗攝字中，en 韻沒有合口呼和撮

口呼韻母。從上述趨勢來看，en 韻的開口呼和齊齒呼分別代表了兩個不同的層次：開口三四等中，en 韻母是稍早的層次，而 ien 韻母是更晚近的層次；開口二等字中見系字中，en 韻母是稍早的層次，ien 韻母是更晚近的層次。齊齒呼應該是來源於官話或普通話的影響。開口二等的其他聲母字雖然全部讀 en 韻母，但我們不能肯定這些字全部屬於同一個層次，因為，官話或普通話中除見系以外的梗攝開口二等大都讀為洪音，與開口二等的見系和開口三四等讀為細音不同。因此，不能排除梗開二也有部分書面色彩很濃的字是來源於官話或普通話，只是由於這種外來音也讀為洪音，進入土話後則與稍早層次的 en 韻發生了合流。

最晚近的 ien 韻母，其實是和合口中的 uŋ、yŋ 屬於同一個層次。因為在土話音系中，韻腹為 e 的鼻尾韻中，開口呼和齊齒呼只有前鼻音韻尾，而無後鼻音韻尾，所以，在外來音進入土話時，自然折合為前鼻音韻尾了。但合口呼和撮口呼是前後兩種鼻音韻尾的，在外來音進入土話時，仍然讀為後鼻音韻尾。合口中讀 uŋ、yŋ 韻的字都是書面色彩很濃的字，來源於官話或普通話的可能性較大，其層次時代也是最晚近的。所以，我們把 ien、uŋ（限古合口字中的 uŋ）、yŋ 歸為同一個層次。

在深臻曾三攝中的 en 韻，也是有這種情況的。舉幾個例子。深攝：「心」字在「心痛」中讀作 ɕien^{33}，單用時讀 sen^{33}；「金」字在「黃金」中讀 tɕien^{33}，在「金子」中讀 ken^{33}，而音韻地位相同的「今~日：今天」字讀 ken^{33}。臻攝：同為開口三等明母的「敏」和「抿~緊：抿住」，前者讀 mien^{454}，後者讀 men^{454}；同為開口三等精組的「進~步」和「親~家」，前者讀 tɕien^{24}，後者讀 tsʰen^{33}；同為合口一等來母平聲的「倫」和「輪車~」，前者讀 luen^{41}，後者讀 len^{24}。曾攝：同為章組的「剩」和「勝~利」，前者讀 ɕyen^{41}，後者讀 sen^{24}。總之，深臻曾梗四攝中的 en 韻大體表現了一種趨勢：一種層次是，古開口無論幾等，全部合流為開口呼 en 韻母，古合口無論幾等，全部合流為合口呼韻母，合口的部分今齦音聲母字讀開口呼（如「輪車~」讀 len^{24}）；另一種層次同官話或普通話趨同，開口三四等除知系外，讀齊齒呼，開口三等知系讀開口呼，合口一二等讀合口呼，合口三四等除知系和非組外，讀撮口呼（如「旬」讀 ɕyen^{41}），合口三等知系讀合口呼（如「純」讀 tsʰuen^{41}），非組讀開口呼（如「芬」讀 fen^{33}），

而普通話合口三等精組今讀合口呼的「遵」字，一六也讀合口呼 tsuen³³。至於第二種層次中的開口一二等，我們猜測應該也是和官話或普通話類似的：除見系二等外的開口一二等字讀洪音，見系開口二等則讀細音。

其實，不只是一六，在所調查的土話多有這種特點。最突出的是楚江，楚江土話中，臻深曾梗四攝陽聲韻的開口無論幾等，全部合流為 əŋ 韻母（如：貧 pəŋ³¹＝憑 pəŋ³¹＝彭 pəŋ³¹＝平 pəŋ³¹｜針 tsəŋ³³＝珍 tsəŋ³³＝榛 tsəŋ³³＝增 tsəŋ³³＝蒸 tsəŋ³³＝箏 tsəŋ³³＝精 tsəŋ³³｜親 tsʰəŋ³³＝稱 tsʰəŋ³³＝撐 tsʰəŋ³³＝清 tsʰəŋ³³＝青 tsʰəŋ³³｜等 təŋ³⁵＝頂 təŋ³⁵｜金 kəŋ³³＝跟 kəŋ³³＝巾 kəŋ³³＝斤 kəŋ³³＝庚_{年~}kəŋ³³＝耕 kəŋ³³＝京 kəŋ³³＝經 kəŋ³³），合口無論幾等，全部合流為 uəŋ 韻母（如：純 suəŋ³¹｜婚 xuəŋ³³＝薰 xuəŋ³³＝兄 xuəŋ³³｜穩 uəŋ³⁵＝允 uəŋ³⁵＝尹 uəŋ³⁵＝永 uəŋ³⁵），部分齦音聲母讀開口呼 əŋ 韻母（如：村 tsʰəŋ³³＝春 tsʰəŋ³³＝親 tsʰəŋ³³｜論 ləŋ⁵¹＝令 ləŋ⁵¹）。或許這是土話某一範圍內的共有特點。

綜上，梗攝有六個層次：①ien，②en，③ɑ，④uŋ，⑤əi，⑥iɑŋ。如下表所示，en 層只選三四等的字：

梗攝：

ien 層	驚_{~訝}tɕien³³ 名_{~人}mien⁴¹ 兄_{~妹}ɕyŋ³³	病_{生~}pien²⁴ 精_{~神}tɕien³³ 永 yŋ⁴⁵⁴	命_{~運}mien²⁴ 清 tɕʰien³³ 宏_{~偉}xuŋ⁴¹	敬_{尊~}tɕien²⁴ 領 lien⁴⁵⁴	映_{反~}ien²⁴ 瓶_{花~}pʰien⁴¹
en 層	明_{~日：明天}men²⁴ 程 tsʰen⁴¹ 瓶_{~子}pen²⁴ 橫 xen²⁴	聲_{~音}sen³³ 停 ten²⁴	京_{北~}ken³³ 城 tsʰen⁴¹ 丙 pen⁴⁵⁴	鏡 ken⁴¹ 井 tsen⁴⁵⁴ 鏡 ken⁴¹	精_{~子}tsen³³ 政 tsen²⁴ 零 len²⁴
ɑ 層	鐺 tsʰɑ³³	生_{~嘅：生的}sɑ³³	硬 ȵiɑ⁴¹	爭_{~東西}tsɑ³³	聲_{~氣：聲音}sɑ³³
uŋ 層	甥_{外~}suŋ³³				
əi 層	病_{有~}pəi⁴¹ 輕 kʰəi³³ 廳 tʰəi³³	命_{~長}məi⁴¹ 嶺 ləi³³ 鼎_{~鍋：燒水的大鍋}təi⁴⁵⁴	敬_{~酒}tsəi⁴¹ 拼_{~命}pʰəi³³ 兄_{~弟}xəi³³	名_{~字}məi²⁴ 聽_{~事：聽話}tʰəi⁴¹	晴_{天~}tsʰəi²⁴
iɑŋ 層	螢_{~火蟲蟲}iɑŋ⁴¹				

（5）宕攝有四個層次：①ɑŋ，②o，③yɛ，④øø。後三種層次只在開口三等字中有表現。如下表所示：

宕 攝：

aŋ 層	長~江 tsʰaŋ⁴¹	張 tsaŋ³³	場 tsʰaŋ⁴¹	莊 tsuaŋ³³	裝假~tsuaŋ³³
	霜打~suaŋ³³	兩表重量 liaŋ⁴⁵⁴		搶~劫 tɕʰiaŋ⁴⁵⁴	想 ɕiaŋ⁴⁵⁴
	仗 tsaŋ⁴¹	癢 iaŋ⁴⁵⁴	亮 liaŋ²⁴	壯~烈 tsuaŋ⁴¹	狀 tsuaŋ⁴¹
	倡 tsʰaŋ²⁴	光 kuaŋ³³	方 faŋ³³	疆 tɕiaŋ³³	央 iaŋ³³
o 層	床 tsʰo²⁴	壯好~tso⁴¹			
yɛ 層	裝~飯:盛飯 tyɛ³³ 養 yɛ³³				
ɵø 層	裝~飯:盛飯 tɵø³³		長~短 tsʰɵø²⁴	腸 tsʰɵø²⁴	兩表數量 lɵø⁴⁵⁴
	搶~東西 tsʰɵø⁴⁵⁴		唱 tsʰɵø⁴¹		

　　o 層次只有莊組三等的例字，而 yɛ 層次和 ɵø 層次沒有莊組三等的例字。不排除是一種層次痕跡巧合互補的可能。「裝~飯:盛飯」既可以讀 yɛ 韻，也可以讀 ɵø 韻。

2. 各層次音值構擬

　　我們把一六古陽聲韻的各層次及其關係構擬如下：

表 2.12　一六古陽聲韻歷史層次構擬

各歷史層	咸	山	宕	江	臻	深	曾	梗
第一層次	an	an	aŋ	aŋ	ien	ien	ien	ien
第二層次	an	an	aŋ	aŋ	en	en	en	en
第三層次			（aŋ）	（aŋ）				iaŋ
第四層次					uŋ（合口）	—	uŋ（開口讀如合口）	uŋ（同左）
第五層次	ɛ / o	ɛ / o	o		i			əi
第六層次	a	a						a
第七層次			yɛ					
第八層次			ɵø					

　　臻深曾梗四攝的第一層次，以 ien 代表 en、uen、ien、yen，第二層次以 en 代表 en、uen，第四層次中，曾開一的「層」字和梗開二的「甥」字讀 uŋ 韻母，是開口讀如合口，與臻合一的 uŋ 韻屬於同一個層次。

　　可以肯定的是，第一層次是最晚近的層次，第二層次是稍早的層次，但第三至第八個層次無法確定時代先後。第五層次中，咸山攝、宕攝、臻攝、梗攝四組音是否真的來源於同一層次，不能肯定，我們只是根據韻尾的脫落這一特

徵假設其屬於同一層次，所以，宕攝和臻攝的第五層次似乎也可以放入第六層次和咸山梗的 ɑ 韻並列。咸山攝和梗攝的 ɑ 韻應該是來源於同一層次。梗攝中的 iɑŋ、宕攝中的 yɛ、ɵø 則毫無假設的根據，故暫各立一層次。

第二節　從梗攝陽聲韻的歷史層次看土話在東南方言中的地位

一、東南方言梗攝陽聲韻的演變

　　李榮先生在其《我國東南各省方言梗攝字的元音》一文中，曾經探討梗攝的主要元音在東南各方言中的音值，認為「古梗攝主要元音今讀〔a〕，為我國東南部吳、贛、客、粵、湘、閩、徽諸方言區共性之一」〔註8〕。梗攝主要元音讀為發音部位較前較低的元音，這確實是東南方言中的一個普遍現象。從音值上來看，東南各方言梗攝的口語常用字在千百年來確實保持了較一致的面貌。但除去梗攝字的元音不看，同一音類在不同方言中的差異常常很大，而且，方言的同一音類在不同時期的音值也是不斷變化的，所以，討論方言的特點及不同方言之間的關係，更重要的是進行音系的討論，看不同音類之間的分合關係。以此為角度，就抓住了歷史上方言分化的依據。假設各音類的分合相同，即使音值不同，也應屬於同一種方言；音類的分合與某種方言的主要特點不同，即使語音系統的格局非常相似，也不應屬於同一種方言。所以，不光要看類的音值，也要看類的分合。下面我們就主要看一下東南方言中梗攝陽聲韻與其他攝陽聲韻的分合關係。

（一）梗攝陽聲韻的文讀和白讀

　　梗攝字的讀音在東南方言中分為幾種情況：

　　①同一個字有不同的讀音，一般是因詞彙語境不同而讀音不同，用於口語詞彙的為白讀音，用於書面語詞彙的為文讀音，如南昌〔贛語昌都片〕的「正之盛切」字在「正當」中讀〔tsɿn˭〕，在「做不正事（意為做不成事）」中讀〔tsaŋ˭〕〔註9〕，前者為文讀音，後者為白讀音；

〔註8〕李榮，我國東南各省方言梗攝字的元音〔J〕，方言，1996（1）：1～11。
〔註9〕熊正輝，南昌方言同音字彙〔J〕，方言，1989（3）：182～195。

②同一個字有不同的讀音，沒有詞彙語境的條件，如廣東澄海_{閩語閩南區潮}汕片的「命」既讀〔ᵇmeŋ〕，也讀〔miã²〕〔註10〕，只是因語用場合不同而讀音有別，前者一般用於較正式場合或讀書音，後者一般用於較隨意的口語場合，前者為文讀音，後者為白讀音；

③同一音韻條件下的字，各只有一個讀音，但讀音不同，口語常用字一般讀為白讀音，非常用字一般讀為文讀音，如梅縣_{客家話粵臺片}的「名」讀〔ᵉmiaŋ〕，「銘」讀〔ᵉmɛn〕〔註11〕，前者為白讀音，後者為文讀音；

④還有一種情況挺重要，大部分口語常用字和非常用字都讀為同一種音，只有少數口語字讀為另一種音，如長沙_{湘語長益片}二等、知系三等的「更生甥撐爭聲成正鄭」等口語常用字與非常用字都讀為 ən 韻母，三四等（三等除知系）的「平名命釘瓶聽停靈精輕」等口語常用字與非常用字都讀為 in 韻母，ən 和 in 是同一層次中不同條件下的音讀，但個別口語字如「挺螢」讀 ian 韻母，「傾」讀 uan 韻母。字數雖然少，但往往反映了一種快要消失的層次。第④和第③本質上應該是一種，都屬於一種層次和另一種層次「同層共存」的格局，二者的區別在於，第③種正處於兩種層次的「拉鋸戰」之中，文讀音主要佔據了非口語常用字，白讀音佔據著口語常用字，第④種已經接近「戰事」的尾聲，文讀音已經佔據了非口語常用字和大部分口語常用字，白讀音只剩下了少數字的痕跡，不久的將來，白讀音會完全消失（理論上還有一種可能，第④種這類情況或許是「戰事」的開端，即少數口語用字的讀音是借自其他方言，如果是這樣，將來或許還會更多地借入同類字音，則，少數口語用字的讀音是文讀音，或說外來層次的音，而大多數口語用字和非口語常用字則是白讀音。但，無論是哪種可能，都已經變成了本地的一種層次，我們的目的是探討各層次與其他韻攝的分合，至於各層次在時代上的先後則並不要緊）。

有些方言的梗攝讀音只包括上述的其中一種情況，但多數方言則包括多種情況。對於分文白層的方言，我們主要探討白讀音，對於第③和第④種情況，當然首先要確定哪種是白讀哪種是文讀。

〔註10〕林倫倫，廣東省澄海方言同音字彙〔J〕，方言，1994（2）：128～142。
〔註11〕資料引自《漢語方音字彙（第二版重排本）》（語文出版社 2003）。

（二）東南方言梗攝與其他攝分合關係的類型

這裡只看梗攝與其他陽聲韻攝的分合關係。對於有些地方的梗攝陽聲韻字韻尾脫落而與陰聲韻攝合流的情況，其與哪些陰聲韻合流，則不在討論範圍內。

我們逐一條理各方言區各小片的古陽聲韻讀音情況，並列表簡示。主要展示梗攝、山攝、宕江攝、曾攝的音值，並舉例字（著重舉梗攝的例字），由此來看梗攝與其他攝的分合關係。各方言區的梗攝字普遍有一部分非口語常用字讀如曾攝，這是受普通話或官話影響所致，為了便於看清方言的固有層次的性質，我們只舉梗攝的白讀層或其較早時期的文讀層；對於咸攝和山攝合流的方言，則把咸攝和山攝放一起討論，沒有合流的，只討論山攝；宕江二攝在各方言中普遍合流，放在一起討論；臻深通三攝暫不討論。

1. 吳　語

方言點	梗攝白讀層讀音及例字	山咸攝讀音及例字	宕江攝讀音及例字	曾攝讀音及例字	梗攝白讀層與其他攝分合關係
蘇州 太湖片	aŋ / uaŋ	ɛ / uɛ / ø / iɪ / uø / iø	①ɒŋ / iɒŋ / uɒŋ ②aŋ / iaŋ	ən	梗攝的白讀主要在二等和三等知系字。 梗攝與宕攝三等合流
	彭膨棚白猛白孟姓·白冷白睜白撐白生白甥白牲白聲白省節省·白剩盛興盛·白更打更·白羹白庚白耕白梗白耿白坑白粳白行行為·白杏櫻白鸚白／橫橫豎·白横彎橫·白	板辦／還灣／滿貪／邊閃白／關寬／犬員	①房糖雙／羌腔／光筐 ②丈廠／亮漿	增稱	
金華 婺州片	aŋ / iaŋ / uaŋ	ɯ / ɯə / a / ua / ia ie / ye æ̃ / iæ̃ / uæ̃ / yæ̃	aŋ / iaŋ / uaŋ	ən / iin	梗攝與宕江攝合流
溫州 甌江片	ɛ / iɛ / uɛ / e / a 〔註12〕	ø / a / i / y	uɔ / yɔ / i	aŋ / iaŋ / eŋ	梗攝白讀層主要是ɛ韻，

〔註12〕溫州梗攝的文讀層與曾攝合流，曾開一、梗開二、除知系和端系以外的曾梗開三開四讀 aŋ 韻，如燈 ꜀taŋ、櫻 ꜀iaŋ；知系、端系的曾梗開三開四讀 eŋ 韻，如陵 ꜀leŋ、請 ꜛtseŋ。表中只討論溫州梗攝的白讀層次。

行行為杏櫻白鶯白鸚白／彭膨棚白萌猛孟姓冷爭白睜撐生甥牲省節省更更改更打更、文羹庚耕梗耿更更加坑橫橫豎橫蠻橫粳白硬／礐／幸／衡更打更、白	半貪／辦耽簡／顯善邊／柑汗	湯方／壯白撞／章讓	燈能／凝寧安寧／陵剩	獨立為韻
溫嶺台州片 ã／uã	ø／uø／yø／ɛ／uɛ／iɛ／ie	ɔ̃／uɔ̃／yɔ̃／iã	ɤŋ／in	宕攝 iã 韻中沒有梗攝字，梗攝 ã／uã 韻中沒有宕攝字，因此，梗攝白讀層獨立為韻
膨猛萌打冷爭撐生羹坑硬幸／梗橫~直	半端纏／官寬完拳／磚軟蠻蛋閒／關還彎／間眼／邊肩先	幫糖講／光王／狂窗雙／兩像腔	燈憎／冰蒸	
廣豐處衢片 æ̃／uæ̃／eiŋ／iŋ	ã／uã／ũẽ／iẽ／yẽ	iã／yã／ɔ̃	æ̃／uæ̃／eiŋ／iŋ	梗攝與曾攝合流
柄彭棚$_1$病$_1$爭箏撐生牲甥省更打~庚羹耕粳~米硬兄衡杏幸／驚$_1$梗轟橫~豎橫作~／丙餅平瓶並病$_2$鳴明$_1$名命頂鼎釘名詞挺庭定靈領精偵井整政清情淨聲星成／京經頸輕慶刑	蠻貪／慣彎／半寬／篇尖／願圈	良槍腔／光$_1$汪／旁黨江	冰$_1$能／弘$_1$／冰$_2$憑陵／興~趣	
蕪湖縣宣州片 ən／un／in／əŋ／ioŋ	ã／õ／uã／ĩ／yĩ	iã／aŋ／iaŋ／uaŋ	ən／in／əŋ	梗攝與曾攝合流
撐生牲甥省節~爭正~月整鄭成聲庚羹粳~米更~加衡橫蠻~／橫一~一豎／兵丙餅病平瓶命明名鼎頂定停廳領精晴井請敬靜輕青星幸性贏營影／猛孟／兄永	板貪展／半酸寬章／賺關萬／邊天奸／全圓捐	兩數量兩重量／幫糖章江白／涼槍羊／莊光王	等能升／冰陵興／朋	

材料來源：蘇州、溫州據《漢語方音字彙（第二版重排本）》，溫嶺據阮詠梅《浙江溫嶺方言研究》，廣豐據秋谷裕幸《江西廣豐方言音系》，金華據馬晴《吳語婺州片語音研究》，蕪湖縣據蘇寅《皖南蕪湖縣方言語音研究》

2. 徽　語

梗攝基本沒有文白異讀的情況

方言點	梗攝白讀層讀音及例字	山咸攝讀音及例字	宕江攝讀音及例字	曾攝讀音及例字	梗攝白讀層與其他攝分合關係
績溪 績歙片	ã / iã / yã	ɔ / ẽĩ / iẽĩ / yẽĩ	ŏ / iŏ	ã / iã	梗攝與曾攝合流
	生梗衡 / 明兵餅柄平聘病命丁頂訂廳停挺聽定青情鈴領形醒影 / 兄榮永	盤談 / 變點 / 煎煙 / 磚遠	當雙光 / 張兩	朋肯燈 / 秤 /	
休寧 休黟片	a / ia	ɔ / iĕ / uɔ̆ / yɔ̆	au / iau	a	梗攝與曾攝合流
	兵並平命定挺錠聽令領靈精井清請靜星醒杏 / 經慶硬生影	淡傘 / 電顯 / 短官 / 專遠	幫黨雙光 / 張讓	燈等	

材料來源：績溪據趙日新《安徽績溪方言音系特點》，休寧據平田昌司《休寧音系簡介》

3. 閩　語

　　福州的各陽聲韻的層次比較繁雜，不易看出各層次之間的關係，但較明顯的是，山攝的 aŋ 韻多是書面語用字，屬於較晚近的層次，和梗攝的 aŋ 應該並非來源於同一時代，宕江攝中的 aŋ 韻和曾攝中的 aiŋ / iaŋ 韻只占很少數，所以，從大體趨勢而言，福州的梗攝白讀層基本是獨立為韻的。見表。

方言點	梗攝白讀層讀音及例字	山攝讀音及例字	宕江攝讀音及例字	曾攝讀音及例字	梗攝白讀層與其他攝分合關係
福州 閩東區	①aŋ / iaŋ / uaŋ（ɑŋ / iɑŋ / uɑŋ） ②ɛiŋ（aiŋ）	①uoŋ（uɔŋ）/ yoŋ（yɔŋ）/ ɛiŋ（aiŋ）/ ouŋ（ɔuŋ） ②aŋ（ɑŋ）/ uaŋ（uɑŋ）/ ieŋ（iɛŋ）	①uŋ（ouŋ）/ ouŋ（ɔuŋ）/ uoŋ（uɔŋ）/ yoŋ（yɔŋ） ②øyŋ（ɔyŋ）	①ɛiŋ（aiŋ） ②iŋ（ɛiŋ）	梗攝白讀第①層中的 aŋ（ɑŋ）、uaŋ（uɑŋ）與山攝合流，但 iaŋ（ɑŋ）韻基本全是梗攝字，所以，iaŋ（ɑŋ）韻獨立成韻，而 aŋ / uaŋ 與山攝合流
	①彭膨棚白猛白爭鄭撐白生白牲白省節省、白更打更更加坑柄白病白平白評白坪白明白冥白粳白井白靜白青白晴	①飯轉願 / 絹言 / 板店眼 / 段宣卵 ②班單山旱 / 官端半 /	①房放紡 / 旁糖缸 / 張涼光王 / 香強羊 ②網	①登層贈 ②等冰秤興	

	白醒白性白姓白／正正月正公正、白呈程成成功、白城白聲白聖白餅白併合併、白並並且、白名白命白鼎白定白廳庭領白嶺白驚白精白經白鏡白淨白清白請白罄白行行為、白迎白贏白營白映白／梗白橫橫豎橫蠻橫、白②孟姓挺杏白幸白硬	鞭甜肩圓／			〔註13〕。第②層與曾攝合流，但數量較少，可能是早期的文讀層。所以，福州梗攝的白讀層，一部分獨立成韻（都來自三四等，但不是全部的三四等字），一部分與山攝合流。
建甌 閩北區	aŋ / iaŋ / uaŋ / aiŋ	①iŋ / uiŋ / yŋ ②aiŋ / œyŋ / uaiŋ ③aŋ ④eiŋ	ɔŋ / iɔŋ / uaŋ	aiŋ / eiŋ	建甌山攝的第③種韻字數很少，主要為第①②種韻；曾攝一等讀aiŋ，三等讀eiŋ；宕攝合口讀uaŋ；梗攝的iaŋ獨立為韻母。 因此，梗攝白讀一部分獨立為韻；合口與宕攝合口合流；一部與曾攝合流
	彭膨棚生白甥牲白省節省、白更打更羹坑柄白冥白井靜醒白／正正月鄭呈程城白聲餅白平命白鼎白定白靈嶺白驚性迎白贏營白／梗白橫橫豎橫蠻橫、白／猛孟姓冷白箏撐白澄澄清更更改庚耿更更加丁頂白廳汀亭挺白寧安寧鈴粳杏櫻	①氈纏原／半搬／難難易宣 ②眼研／沿俗／頒板肩 ③盼坦 ④展然	訪唐／昌讓／光狂	朋等／蒸冰	
廈門 閩南區泉漳片	①iã ②ĩ / uĩ ③uãi ④an ⑤ẽ	①uã / ĩ ② an / ian / uan	①ŋ / iũ ②aŋ / iaŋ ③ɔŋ / iɔŋ	iŋ	梗攝主要白讀層為第①種和第②種，iã韻中無山攝字，uã中無梗攝字，因此，梗攝

〔註13〕福州咸攝陽聲韻的白讀層也主要讀aŋ韻，則，梗攝白讀層主要和山咸二攝合流。表中未展示咸攝。

方言	①	②	③	④	說明
	①平~仄餅大~坪草~名大~命性~鼎鐵~嶺山~精~肉正~月成~人晴天~請~客聲大~迎~神兄~弟營軍~影陰~ ②坪草~平~路病破~（生病）冥暗~（夜晚）猛緊~（快）鄭姓爭~頭名精妖~井古~靜安~青~色星紅~生~肉清~明生~日牲~畜姓~名羹肉~硬軟~楹~仔／橫蠻~ ③橫~直莖芋~（芋梗） ④瓶電~亭~仔零~星 ⑤嬰~仔（嬰兒）	①半單清~泉水~山大~官大~／鞭馬~年新~箭射~燕~仔 ②板丹顏／編田千／半端~正管~理	①場工~糧米~章文~腔口~／幫方當~時缸水~光~線 ②幫芒~鋒講演~／掌握央~求 ③旁范渺~當妥~窗寒~講~話王／張開~章~程讓謙~牆	冰燈陵	第①種白讀層獨立為韻。第②層次、第④層次與山攝合流。〔註14〕。第③第⑤層次也獨立為韻。
邵武 邵寧區	aŋ / iaŋ	① on / uon / an / uan / æn / uæn ②ien	oŋ / ioŋ / uoŋ	en / in	梗攝白讀獨立為韻
	明冥彭青生淨清醒爭梗坑／柄兄平贏命請井姓鏡 ioŋ 硬	亂幹／完碗／板傘／官關／邊先／卷勸 軟磚	網雙鋼／張像兩／光黃王	冰等／蒸升	
澄海 閩南區 潮汕片	①ã / iã ②ẽ / uẽ	ĩ / ũi / uã / õi / uãi / ŋ̍	①ɯŋ / iẽ / ŋ̍ ②aŋ / iaŋ / uaŋ	eŋ / iŋ	梗攝中的 ã / iã 無山攝字，山攝中的 uã 無梗攝字；梗攝中的 ẽ / uẽ 無宕江攝字，宕江攝中 iẽ 無梗攝字 因此，梗攝白讀獨立成韻
	①鄭／兵名聽領成白請聲兄鏡營 ②棚柄病猛白撐鄭冷爭晴井醒生白性硬楹／橫	邊白纏圓／縣慣白／般灘汗／斑白佃千／彈黃~,白／園遠白	①長白當~鋪鋼／張白量白像／荒白,開~方白,藥 ②幫網放白／亮湘／光防	朋燈騰僧／藤秤	
海康 雷州區	ε / ia	ua / ui / ieŋ / uaŋ	①ɔ ②aŋ / iaŋ	eŋ / ieŋ	梗攝白讀獨立成韻
	病棚冥猛冷爭青醒姓坑硬／兵坪命名定廳鼎兄城請	搬單官／磚園／邊顛／端寬	①張糧槍 ②芳倉港／將講	冰登／秤	

〔註14〕廈門咸攝陽聲韻的一部分字的白讀層也讀 ã 韻和 ĩ 韻。表中未展示咸攝。

材料來源：福州據《漢語方音字彙（第二版重排本）》、馮愛珍《福州方言詞典》，建甌據《漢語方音字彙（第二版重排本）》，廈門據周長楫《廈門方言同音字彙》，邵武據羅傑瑞《閩北邵武和平方言同音字彙》，澄海據倫倫《廣東省澄海方言同音字彙》，海康據張振興《廣東海康方言記略》

4. 客家話

方言點	梗攝白讀層讀音及例字	山攝讀音及例字	宕江攝讀音及例字	曾攝讀音及例字	梗攝白讀層與其他攝分合關係
梅縣 粵臺片	aŋ / uaŋ / iaŋ	an / uan / ian / iɛn / ɔn / iɔn / uɔn	ɔŋ / iɔŋ / uɔŋ	ɛn / iɛn / ən / un / in	梗攝白讀獨立成韻
	彭膨棚猛爭白正正月整白鄭撐成成功，白生白牲白聲更打更，白羹白庭白鈴粳經 / 梗白 / 丙餅柄病平白瓶白明白名白命白釘鐵釘頂白領白鏡請營白	斑蛋甑 / 慣款 / 艱沿 / 瓣俗電鑽鑽洞軟 / 肝簒軟 / 管貫	幫狼 / 房白放白 / 廣光	朋登 / 曾曾經，白 / 蒸證 / 繩 / 仍凌	
五華 粵臺片	aŋ / iaŋ	an / ien / on / ion	ɔŋ / iɔŋ	en / in	梗攝白讀獨立成韻
	棚彭橫廳頂零冷聲 / 平丙病名嶺命輕迎青	班山 / 邊千權 / 歡酸 / 軟阮	旁當章 / 放兩搶	冰燈贈 / 陵蒸	
乳源 粵北片	aŋ / iaŋ	an / ɔn	ɔŋ / iɔŋ	ɛn / in	梗攝白讀獨立成韻
	命生棚爭冷 / 精鏡星影晴贏營平迎頸	盼山 / 亂寬	鋼光 / 娘槍	登能 / 蒸	
寧都 寧龍片	aŋ / iaŋ	an / ian / uon / yon	ɔŋ / iɔŋ	əŋ / iŋ	梗攝白讀獨立為韻
	彭橫~直橫強~爭驚輕聲生硬 / 平病兄丁定嶺精星螢贏	辦丹閒 / 邊天 / 半段 / 淺	幫當講 / 良槍	朋層 / 冰陵	
長汀 汀州片	aŋ / iaŋ / uaŋ	①ŋ̍ / ũ / iẽ ②aŋ / uaŋ	ɔŋ / iɔŋ	eŋ / ieŋ	梗攝白讀基本獨立為韻。山攝有少數字讀 aŋ 韻，與梗攝合流
	橫撐聲正鄭 / 青嶺驚輕營 / 莖梗	①邊肩 / 團專 / 旱安 ②班 / 竿	幫唐 / 兩香	等秤 / 興	

桂東 銅桂片	iã / uã	ã / uã / ẽ / iẽ / uẽ / yẽ	õ / iõ / uõ	ən / in	山攝一二等讀 ã / uã 韻，與梗攝二等合流；梗攝三等獨立為韻
	柄明病命嶺井清輕贏 / 梗橫~直	辦單 / 酸完 / 氈纏 / 邊堅 / 半短 / 專淵	方湯講 / 賬槍 / 光往	能秤 / 冰陵	
汝城 銅桂片	aŋ	a / ia / ua / ya	aŋ / iaŋ / uaŋ	ɛn〔註15〕	梗攝二等白讀與宕江攝合流
	生牲甥哽爭	餐板 / 邊天 / 般斷 / 宣遠	幫江 / 長洋 / 光雙	崩登	

　　材料來源：梅縣據《漢語方音字彙（第二版重排本）》，五華據朱炳玉《五華客家話研究》，乳源據徐紅梅《粵北乳源客家話音系》，寧都據謝留文《客家方言語音研究》，長汀據饒長溶《福建長汀（客家）話語音記略》，桂東據崔振華《桂東方言同音字彙》，汝城據曾獻飛《汝城話的音韻特點》、陳立中《試論湖南汝城話的歸屬》

5. 粵　語

方言點	梗攝白讀層讀音及例字	山攝讀音及例字	宕江攝讀音及例字	曾攝讀音及例字	梗攝白讀層與其他攝分合關係
廣州 廣府片	①aŋ / uaŋ / ɛŋ ②ŋ	ɔn / un / an / uan / in / yn	①ɔŋ / œŋ / uɔŋ ②uaŋ	iŋ / aŋ / ŋ	梗攝今細音字文讀層為ŋ，白讀層為ɛŋ，但文讀層的字已經很多了，一些字只有文讀音了，故表中將其列出。曾攝少數一等字讀 aŋ 韻，混入梗攝 aŋ 韻。 梗攝白讀層基本獨立成韻
	①彭猛冷爭白睜白撐澄澄清，白生白甥白牲更打更粳經白硬 / 梗白橫橫豎橫蠻橫 / 成白正公正，白鄭城白聲白平白明白頂白嶺白靈頸請白星白影白 ②停兵丙丁營	肝看 / 半管 / 板餐奸 / 關環 / 善鞭 / 肩 / 聯戀短	①方湯講壯 / 張讓窗 / 廣曠 ②框新	燈能增 / 朋白鵬 / 蒸證冰	
陽江 高陽片	aŋ / uaŋ / ŋ	ɔn / un / an / uan / in / iɛn	ɔŋ / iɛŋ	iŋ / aŋ / ŋ	梗攝二等今讀 aŋ / uaŋ；三四等讀 ŋ，與曾攝三等合流；曾攝一等少數字混入梗攝二等。 梗攝二等白讀層基本獨立成韻；三四等與曾攝合流
	膨猛冷白爭箏撐生甥更打更甦白 / 梗白橫橫豎橫蠻橫 / 整鄭政成聲病命平庭廳嶺頸景青星	肝岸 / 般半 / 端 / 盼刪艱 / 慣還 / 顛邊肩園 / 片白免	幫狼廠講 / 張唱讓	崩等贈 / 朋鵬 / 蒸興興旺	

　　材料來源：廣州、陽江據《漢語方音字彙（第二版重排本）》

────────

〔註15〕曾攝今讀可能有細音的韻母，但資料所限，不能全部展示。

6. 贛 語

資興興寧和南鄉的歸屬有爭議，這裡暫依據《中國語言地圖集》將之歸入贛語耒資片。

方言點	梗攝白讀層讀音及例字	山（咸）攝讀音及例字	宕江攝讀音及例字	曾攝讀音及例字	梗攝白讀層與其他攝分合關係
南昌 昌都片	aŋ / iaŋ / uaŋ	an / uan / on / uon / iɛn / yon	ɔŋ / iɔŋ / uɔŋ	①ɛn / in ②in	梗攝白讀層獨立成韻
	彭冷爭整生聲羹硬 / 餅平名命廳領精井青 / 梗橫~直	板單男 / 關彎還 / 半歡柑 / 官寬碗 / 邊天添 / 軟遠全	幫擋商 / 兩槍央 / 光狂網	① 憑燈贈 / 蒸證剩 ② 陵興	
樂平 鷹弋片	aŋ / iaŋ / uaŋ	ɛn / uɛn / an / uan / iɛn	ɔŋ / iɔŋ / uɔŋ	ɛn / nɛ / in / uŋ	梗攝白讀層獨立成韻
	彭冷爭白撐整白生白聲白硬 / 明白命白餅瓶白病嶺白精白鏡兄贏 / 橫	半貪園善 / 官寬碗 / 盼帆顏 / 關彎萬 / 邊添專	幫湯江 / 良槍腔 / 光廣王	能層燈 / 騰仍蒸 / 冰陵興興旺 / 崩朋	
新餘 宜瀏片	aŋ / iaŋ / uaŋ	ɔn / iɔn / uɔn / an / ian / uan / ien	ɔŋ / iɔŋ / uɔŋ	en / ien / in	梗攝白讀層獨立為韻
	膨猛整冷生白兄白聲醒羹硬 / 平病名白命白爭井輕請贏影白 / 梗橫	半磚亂 / 捐全 / 官寬 / 辦男艱 / 鑽暫 / 關萬 / 邊連	幫昌江 / 涼釀 / 光王黃	燈僧 / 層肯 / 冰菱剩	
撫州 撫廣片	aŋ / uaŋ / iaŋ	on / uon / yon / an / uan / iɛn	oŋ / uoŋ / ioŋ	en / in	梗攝獨立成韻
	生爭成 / 橫 / 餅兄	團伴 / 官 / 全園 / 難眼 / 關 / 鞭堅	江張旁 / 光狂 / 娘將	燈 / 陵	
宿松 懷岳片	ən / in / un	on / an / uan / en / ien / ɥen	aŋ / iaŋ / uaŋ / ɥaŋ	ən / in	梗攝與曾攝合流
	膨爭生牲省整成聲庚衡 / 丙平瓶明命定領清醒幸 / 橫	半貪亂 / 板泛單開 / 官關歡 / 展纏 / 邊甜 / 軟勸	湯講 / 讓江亮 / 廣狂 / 雙	燈能乘 / 冰陵興	

洞口 洞綏片	①õ / iõ ②aŋ / iaŋ	õ / an / ian / uan / yan	①õ / iõ ②aŋ / iaŋ	ən / in	梗攝和宕江攝、山咸攝合口一二等合流
	①生礦 / 輕 ②坑硬 / 平明病命映嶺精清晴井請聲頸贏鼎星螢	伴短悶 / 潭山干 / 鹽鞭田 / 完碗 / 丸泉	①忙浪傷撞 / 腔 ②湯糠 / 良腸	燈層冰 / 蒸剩	
耒陽 耒資片	ɔ̃ / iɔ̃	ã / uã / ẽ / iẽ / uẽ / yẽ	ɔ̃ / iɔ̃	ẽ / iẽ	梗攝白讀與宕江攝合流
	爭生撐甥頸冷 / 餅平名病命零星廳晴	板丹男 / 端肝歡 / 邊千點 / 肩鉗現 / 全選 / 川縣元	忙窗爽 / 醬想江	燈鄧 / 剩陵	
永興 耒資片	ɜu / ɜ	ɜ / uɜ / ie / ɜu / ye	ɔu / iɔ / uɔ	nei / ne	梗攝只有二等有白讀層，與山咸攝合流
	爭撐生甥梗 / 橫	辦煩淡顏 / 端亂關 / 邊顛鹽 / 磚全員	幫房糖講 / 糧掌腔央 / 光皇網	冰能升恒 / 增證乘	
資興興寧 耒資片	aŋ / uaŋ	aŋ / uaŋ / ieŋ	aŋ / iaŋ / uaŋ	aŋ / eŋ / ieŋ	梗攝白讀層與宕江攝、山咸攝開口一二等、曾開一合流
	爭羹生 / 橫	單藍 / 寬萬 / 連權	鋼講章 / 亮讓 / 光	燈 / 秤陵	
資興南鄉 耒資片	an	①ʉ / i / y / o / ie ②an / uan / in	aŋ / iaŋ / uaŋ	an / ən / in	梗攝只有二等有白讀層，與山咸攝一二等的第②層次、曾開一少數字合流
	冷爭生甥	①半 / 短敢 / 邊棉甜 / 選縣元 / 懶男肩 / 扁賤莧 ②板貪 / 官完 / 遍鉗限	幫房講章 / 脹槍樣 / 光黃	藤凳 / 冰燈贈 / 冰陵	
泰和 吉茶片	ã / iã / uã	ẽ / uẽ / yẽ / ã / uã / iẽ	õ / iõ / uõ	ẽ / ĩ	梗攝白讀層與山咸攝合流
	棚撐鄭冷爭正~月整生聲成省更打~坑硬 / 餅平明名丁清晴嶺鈴精井星醒輕鏡頸兄廳贏 / 梗橫一~；人蠻~	半端酸椽 / 柑管看 / 全軟員 / 板帆產貪莧 / 關彎萬 / 邊千黏	方腸讓講 / 兩想陽 / 黃王	冰燈層 / 憑秤菱證	
永豐 吉茶片	aŋ / iaŋ	ã / iã / uã / yã	ɔŋ / iɔŋ	ẽ / ĩ	梗攝白讀層獨立為韻

方言點	梗攝白讀層讀音及例字	山攝讀音及例字	宕江攝讀音及例字	曾攝讀音及例字	梗攝白讀層與其他攝分合關係
	程冷硬梗生 / 餅命領鏡姓	凡談眼閃 / 邊店嚴欠 / 半專敢酸 / 軟全縣袁	幫網唱 / 涼想央	剩 / 升	
攸縣 吉茶片	aŋ / iaŋ	an / uan / iẽ / uẽ / oŋ	aŋ / iaŋ	ẽ / in	梗攝白讀層與宕江攝合流
	鐺冷爭省~吃~用甥硬影~子 / 餅平~整病明命領零輕晴星贏螢	板男眼 / 官還萬 / 邊千全專元 / 半短柑	幫擋講 / 昌兩想	朋燈能 / 冰菱	
茶陵 吉茶片	iã	ɔ̃ / ã / uã / yã / iẽ	ɔ̃ / iɔ̃ / uɔ̃	ẽ / in	梗攝只有三四等有白讀層。梗攝中的iã韻無山咸攝字，山咸攝的 ã / uã / yã無梗攝字，梗攝獨立為韻
	餅平名聽定嶺清請星贏	半段卵 / 蠻貪展眼 / 寬萬貫 / 磚軟圓 / 邊甜選	幫張江 / 強養央 / 光黃廣	能證燈蒸 / 陵興~旺	

材料來源：南昌據熊正輝《南昌方言同音字彙》，樂平據何磊《江西樂平方言語音初探》，新餘據王曉君《江西新餘贛方言音系》，撫州據左國春《江西撫州市郊方言音系》，宿松據孫宜志《安徽宿松方言同音字彙》，洞口據龍海燕《洞口贛方言語音研究》，耒陽據鍾隆林《湖南省耒陽方言記略》、羅蘭英《耒陽方言音系》，永興據胡斯可《湖南永興贛方言同音字彙》，泰和據謝留文、張驊《江西泰和方言記略》，永豐據袁雪瑤《江西省永豐縣方言研究》，茶陵據李珂《湖南省茶陵縣下東鄉方言的語音研究》，攸縣據鄧莉《攸縣（新市）方言語音研究》，資興與寧據李冬香《湖南資興方言的音韻特點及其歸屬》，資興南鄉據毛建高《資興市南鄉土話語音研究》

7. 湘　語

方言點	梗攝白讀層讀音及例字	山攝讀音及例字	宕江攝讀音及例字	曾攝讀音及例字	梗攝白讀層與其他攝分合關係
長沙 長益片	①ən / in ②ian / uan	ɔ̃ / ỹ / iẽ / yẽ / an / uan / yan	an / ian / uan / yan	ən / in	與曾攝合流的文讀層次 ən / n 在長沙中的梗攝已占絕對地位，有少數字白讀 an 韻，與宕江山咸攝合流。
	①膨爭整鄭撐成生牲更聲明口語粳 / 病平瓶名命白頂廳領經精頸輕星 ②挺白螢白 / 傾白	團官 / 戰展箭練 / 磚掀 / 板傘斬 / 關彎 / 閂賺白	幫糖嘗講白 / 良槍江 / 狂光忘 / 莊壯窗	等層蒸 / 冰憑陵	

雙峰 婁邵片	①an / uan ②ɒŋ / iɒŋ	①æ / ĩ / iĩ / uĩ ②a / ia / ua	①an ②ɒŋ / iɒŋ	an / æ / iɛn	梗攝白讀的第①和第②層次，分別和宕江攝的第①和第②層次合流
	①膨猛 / 橫橫豎橫蠻橫 ②爭白整白撐生白梗白坑白硬白 / 冷白成白聲白餅白病白平白命白名白定白挺白領白井白頸白清白星白贏白螢白	①班耽盞 / 氈展然邊 / 染碾 / 賤先縣 ②顏還口 / 扁俗 / 凡煩竿白亂	①忙網白 ②方湯張講白光 / 傷讓良框	朋 / 燈能層 / 蒸仍冰	
冷水江 婁邵片	õ / iã	õ / iã / uã / iẽ / yẽ	õ / yõ / iã	iẽ / in	梗攝二等白讀層為õ，三四等白讀層為iã。梗攝白讀層與宕江攝及山攝合口一等合流
	爭撐生省梗硬螢 / 病平命名鼎廳挺聽井頸精醒正清輕星成贏影	端半 / 板凡懶柑眼 / 關彎 / 邊店千 / 專泉	旁湯莊講 / 張昌向 / 糧江槍想	等增層 / 冰陵蒸	
湘鄉 婁邵片	①iã ②õ / iõ ③aŋ / iaŋ	iã / uã / ĩ / uĩ / yĩ	aŋ / iaŋ / uaŋ	ɤn / in	梗攝白讀有三個層次：第①層次和山攝一二等合流；第②層次獨立成韻；第③層次和宕江攝合流
	①生孟爭耕 ②生爭 / 命影井頸釘螢 ③礦 / 兄	單蠻搬 / 干短關 / 尖煎甜 / 遠縣淵 / 全圓拳	湯橫方 / 香搶娘 / 王忘往	蒸 / 冰	
衡陽 衡州片	ian	an / en / ien / uen / yen	an / ian / uan	en / in	梗攝二等無白讀層，梗攝三四等白讀層與宕江攝、山咸開口一二等、合口三等合流
	零嶺鼎聽精井淨輕聲星兄贏成螢	辦凡耽顏白 / 般半歡 / 邊顛甜 / 短暖寬 / 全穿員	忙放郎巷 / 良槍賬羊 / 莊床光講白	燈能層 / 菱蒸冰	
漵浦低莊 辰漵片	aŋ / iaŋ / uaŋ	ã / uã / iã / ɿã / iɛ	aŋ / iaŋ / uaŋ	ẽ / iẽ	梗攝白讀層與宕江攝合流
	冷硬爭 / 平坪病命名領精井請頸輕贏聽零青星醒 / 礦	南蛋善 / 柑肝短關 / 驗線見 / 專丸肉丸軟 / 尖顏田全	湯缸帳撞 / 涼香羊腔 / 光黃狂	等燈層冰 / 興興旺應應對	
江永 永全片	ai / uɯ / yɔɯ / iɔŋ	uɔɯ / yɔɯ / yn / aŋ / uaŋ / ən / iŋ / oŋ / ŋ̍	aŋ / iaŋ / uaŋ	ai / ie	梗攝白讀層與山咸攝合流
	秉耿梗 / 膨猛爭鐺生牲甥省羹硬衡橫幸 / 撐 / 平	辦斬山開關 / 拳門 / 專全員 / 半酸漢 / 罐	旁浪黃 / 糧醬唱 / 光狂	冰朋能燈陵 / 蒸秤應	

	餅瓶明名命丁鈴頂冷領精井定清聽星醒整聲兄贏榮	/邊尖線/肩件閃/淡歡鑽動，名/安暗			
祁陽 永全片	①aŋ / iaŋ ②iã	aŋ / iã / uæ̃ / yã	aŋ / iaŋ / uaŋ	ən / in	梗攝白讀層主要是第①層，與宕江攝、山咸開一部分字合流；第②層與山咸合流
	①鎗冷硬網明/餅柄平病名明命井頸清輕請星聽嶺 ②明	安蛋男/邊千儉/賺端歡/專全員	幫湯講/張強羊/莊雙黃	燈增能/蒸冰陵	

材料來源：長沙、雙峰據《漢語方音字彙（第二版重排本）》，冷水江據李紅湘《湖南省冷水江市方言語音研究》，湘鄉據蔣軍鳳《湘鄉方言語音研究》，衡陽據楊豔《衡陽縣方言語音研究》，溆浦低莊據瞿建慧《湘語辰溆片語音研究》，江永據黃雪貞《江永方言研究》，祁陽據王仲黎《祁陽方言語音研究》

以上是各方言區各片梗攝白讀層與其他韻攝的分合情況。我們把各點的情況在地圖中標示，如圖Ⅱ。

從梗攝與其他韻攝的分合關係來看，在東南各方言中，主要有兩類：一類是梗攝白讀層獨立為韻（圖中以白色符號標示），主要分布在贛、客、粵、閩及南部吳語，老湘語的個別方言點如湘鄉也屬於這種類型。湘鄉的白讀層次有多種，但獨立為韻應屬較古的層次。閩語在歷史上多次吸收權威方言的讀音形成了繁雜的層次，但獨立為韻的層次是較古的白讀層。第二類是與其他韻攝合流（圖中以黑色符號標示），主要分布在湘語、北部吳語、中部和西南部吳語、徽語、北部贛語、南部贛語的某些點，閩語一些地方有和其他韻攝合流的層次。從地域分布來看，東南方言與官話相鄰的邊緣一線地帶的梗攝往往併入其他韻攝，而廣大東南腹地則往往獨立為韻。

第二類又分四種情況：

①梗攝與曾攝合流。

主要分布在與江淮官話相接的地帶，如徽語、吳語宣州片（蕪湖縣）、吳語處衢片（廣豐）、贛語懷岳片（宿松）。這片地區是江淮官話在長江以南勢力較深入的地帶，梗攝與曾攝合流，是一種與官話相同的特點，是受到了官話的影響，而漸與官話靠近。另外，代表新湘語的長沙也屬於這一類，湘語長益片西北部緊鄰西南官話，也是漸染官話特點的緣故。這一類方言點的梗

攝較少有文白異讀的情況。由於接近官話區，來自官話的曾梗合流的特點最先波及這片地帶，已率先完成將「梗攝獨立」的舊層次覆蓋抹平，基本不見痕跡了（只有長沙有個別字如「挺螢傾」白讀不與梗攝合）。

　　②梗攝白讀與宕江攝合流。

　　主要分布在吳語太湖片（蘇州）、婺州片（金華），湖南省的部分湘語區（婁邵片的雙峰，辰漵片的低莊），贛語的湖南分布區（攸縣、耒陽），客家話的湖南分布區（汝城），閩語有的地方也有與宕江攝合流的層次，如建甌。我們這裡只是與中古音系進行比較，用「合流」一詞或許不一定合適，因為《切韻》的梗攝有一部分與宕攝在更古的時候本是同一韻部的，這些方言讀同宕江攝，我們不能排除是更古老特點的保留。但這不在我們討論的範圍，我們只是單純找一個共同參照點——《切韻》音系進行比較而已。

　　③梗攝白讀與山咸宕江攝合流。

　　這種類型主要分布在湖南省，在湖南的分布很廣。如湘語婁邵片的冷水江，衡州片的衡陽，永全片的祁陽，湖南贛語的資興興寧、洞口都屬於這一類。新湘語的長沙的梗攝尚有少數字（挺螢傾）的白讀與咸山宕江合流，說明在歷史上的某個時期長沙也是屬於這種類型的，只不過在歷史演變中，不斷染上官話的特點，梗攝絕大部分字都與曾攝合流了。

　　④梗攝白讀與山（咸）攝合流。

　　這種類型分布區域較少，集中分布在湖南南部的一些方言點，如江永、永興、桂東、南鄉。江西贛語的泰和也是這種類型。從地圖上看，這種類型在全國並不常見，「梗攝與山攝合流」應該是江西中西部、湖南南部這一片區域在歷史上曾經存在過的一種層次。在這一片區域內，無論方言學界劃分的是屬於湘語、贛語還是客家話的方言點，都有一些這種層次的反映，如江永是湘語，泰和、永興是贛語，桂東是客家話。此外，閩語的部分方言如福州、廈門也有這種類型的層次。

圖II　東南方言梗攝白讀層與其他韻攝的分合關係

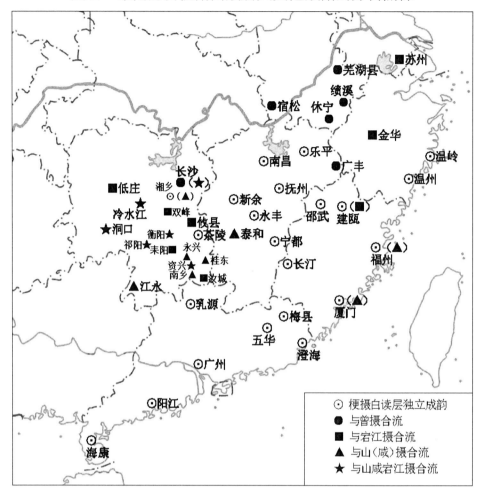

從地圖上可以看出來，湖南境內的梗攝與其他韻攝的分合類型是比較參差的，雖然大多數單個的方言點不像閩語的一些方言點（如福州、廈門）那樣有著複雜多樣的層次，但不同的方言點卻屬於不同的類型，多種類型在這個區域混雜穿插，以致難以畫出不同類型的聚集區。尤其是湖南的南部地區，更是複雜多樣。梗攝白讀與山（咸）攝合流的類型主要分布在湖南南部，在湘南地區，可以找到梗攝白讀層與其他韻攝分合的兩大類 4 種類型（除了類似於官話的與曾攝合流型）。如茶陵是獨立成韻型，永興、桂東、南鄉是與山（咸）攝合流型，衡陽、資興、祁陽是與山咸宕江攝合流型，汝城、耒陽是與宕江攝合流型。

二、土話各層次中梗攝與其他韻攝的分合

同東南方言的普遍現象一樣，土話也有一部分口語中不常用的字讀如曾

攝，這是官話或普通話的影響所致，我們不討論這部分字，只看白讀層中的字。哪怕這部分白讀層只剩一點痕跡，也是一種歷史特點的反映。下面逐一分析所調查的土話其梗攝在歷史層次中與其他韻攝的分合關係。

1. 飛　仙

表 2.1 中，飛仙有三個層次涉及到梗攝，但第一層次是受官話影響而成的層次，不再分析。第二層次和第三層次如下：

各歷史層	咸	山	宕	江	梗
第二層次	aŋ	aŋ	aŋ	aŋ	aŋ
第三層次	—	—	oŋ	oŋ	oŋ

顯然，第二層次是梗攝與山咸宕江四攝合流，第三層次梗攝與宕江攝合流。

2. 荷　葉

表 2.2 中，荷葉有三個層次涉及到梗攝，第一層次是來自於官話的層次，不予考慮。第三層次只構擬出梗攝和曾攝，宕江攝的構擬只是一種猜想，其他韻攝的構擬殘缺。如下所示：

各歷史層	咸	山	宕	江	梗	曾
第二層次	aŋ	aŋ	aŋ	aŋ	aŋ	—
第三層次	—	—	（uŋ）	（uŋ）	uŋ	uŋ

可以看出，第二層次是梗攝與咸山宕江四攝合流。第三層次，至少梗攝是和曾攝合流的。

3. 仁　義

表 2.3 中，仁義第三層次只有宕攝的音值，第一層次是來自官話的層次，我們只看第二層次。如下所示：

各歷史層	咸	山	宕	江	梗
第二層次	o	o / əi	o	（o）	əi

這個層次的梗攝開口三等字讀作了元音韻尾，與山攝的開口三四等字合流，咸攝沒有調查到這種層次的痕跡，可能已經完全被新近的層次覆蓋了。我們推測咸攝的開口三四等字也曾有過這種元音韻尾的讀音。因此，仁義的這個層次是梗攝與咸山攝合流。

4. 沙　田

表 2.4 中，沙田的第一層次是來自官話的層次，不予考慮，第二層次如下所示：

各歷史層	咸	山	宕	江	梗
第二層次	ɑn	ɑn	ɑn	ɑn	ɑn

這是梗攝與咸山宕江攝合流的類型。

5. 唐　家

表 2.7 中，唐家的第一層次是來自官話的層次，不予考慮。第三層次雖然沒有構擬出梗攝的讀音，但咸山宕江四攝的讀音構擬出來了，我們可以窺測一下這個層次的特點。如下所示：

各歷史層	咸	山	宕	江	梗
第二層次	ε	ε	ε	ε	ε
第三層次	o （一等見曉組）	o （開一見曉組、合一）	o	o	—

第二層次是梗攝與咸山宕江合流的類型。第三層次，梗攝的讀音雖然是個未知數，但我們可以看出，至少咸山宕江四攝是合流的，這是湖南境內方言的一個特點。

6. 楚　江

表 2.8 中，楚江的第一層次是來自於官話的層次，第三層次只構擬出咸山二攝的部分讀音，我們只看第二層次，如下所示：

各歷史層	咸	山	宕	江	梗
第二層次	ε	ε	ε	ε	ε

顯然也是梗攝與咸山宕江攝合流的類型。

7. 麻　田

表 2.9 中，擬出梗攝讀音的只有第一、四、五層次，第一層次是來自官話的讀音，不予考慮，第六層次擬出了宕江山咸的讀音，我們也看一下，如下所示：

各歷史層	咸	山	宕	江	梗	曾	深	臻	通
第四層次					əi	ie	ie	ie	ue
第五層次					ai	ai			
第六層次	ɑ	ɑ	ɑ	（ɑ）					

可以看出，第四、第五層次的梗攝都是與曾攝合流的類型，而第六層次至少是咸山宕江四攝合流，這個是湖南境內方言的一個特點。

8. 一　六

表 2.10 中，擬出梗攝讀音的有六個層次，但第一、第二層次是來自普通話或官話的層次，我們只看其他四個層次，如下所示：

各歷史層	咸	山	宕	江	臻 深	曾	梗
第三層次			（aŋ）	（aŋ）			aŋ
第四層次					uŋ（合口） —	uŋ（開口讀如合口）	uŋ
第五層次	ɛ / o	ɛ / o	o		i		əi
第六層次	ɑ	ɑ					ɑ

第三層次我們推測宕江攝為 aŋ 韻，則應屬於梗攝與宕江攝合流的類型；第四層次是梗攝與曾攝合流的類型；第五層次梗攝讀元音韻尾，無法確定其與其他韻攝的分合關係；第六層次是梗攝與咸山攝合流的類型。

我們再看一下前人已調查過的郴州境內土話方言點的情況。如下各表：

1. 敖泉（據范俊軍《湖南桂陽縣敖泉土話同音字彙》）

各歷史層	咸	山	宕	江	曾	梗
第一層次	aŋ	aŋ	aŋ	aŋ	iŋ	iŋ
第二層次	o / e	o / e	o	o		e

敖泉第二層次中，咸攝開口一等見曉組讀 o 韻，其他讀 e 韻，山攝開口一等見曉組和合口一等讀 o 韻，其他讀 e 韻。第一層次是來自官話的層次，第二層次是梗攝與山咸攝合流型。

2. 廣發（據盧小群《嘉禾土話研究》）

各歷史層	咸	山	宕	江	曾	梗
第一層次	aŋ	aŋ	aŋ	aŋ	ən	ən
第二層次	om / e	om / e	om	om		e
第三層次	ai	ai				ai
第四層次					aŋ	aŋ

廣發的歷史層次比較繁雜，與梗攝有關的有四個層次，第一層次是來自官話的層次，第二個層次中，om 只在一等出現，e 不在一等出現，第二層次和第三層次都屬於梗攝與山咸攝合流型，第四層次是梗攝與曾攝合流型。

3. 石橋（據盧小群《嘉禾土話研究》）

各歷史層	咸	山	宕	江	曾	梗
第一層次	an	an	aŋ	aŋ	ən	ən
第二層次	om / e	om / e	om	om		e
第三層次	ai	ai				ai
第四層次					aŋ	aŋ

石橋與廣發的情況基本相同。與梗攝有關的有四個層次，第一層次是來自官話的層次，第二個層次中，om 只在一等出現，e 不在一等出現，第二層次和第三層次都屬於梗攝與山咸攝合流型，第四層次是梗攝與曾攝合流型。

4. 塘村（據盧小群《嘉禾土話研究》）

各歷史層	咸	山	宕	江	曾	梗
第一層次	aŋ	aŋ	aŋ	aŋ	ən	ən
第二層次	om / e	om / e	om	om		e
第三層次			（om）	（om）		om
第四層次	ei	ei				ei
第五層次					aŋ	aŋ

塘村和廣發、石橋的情況大體相似，但梗攝多出一個 om 韻，應該是和宕江攝的 om 韻合流的層次。

5. 泮頭（據盧小群《嘉禾土話研究》）

各歷史層	咸	山	宕	江	曾	梗
第一層次	aŋ	aŋ	aŋ	aŋ	ən	ən
第二層次			aŋ	aŋ		aŋ
第三層次	o / ɛ	o / ɛ	o	o		ɛ
第四層次			o	o		o
第五層次	ai	ai	（ai）	ai		ei
第六層次	（ia）	ia				ia

泮頭的第一層次來自官話，第二層次與第四層次是梗攝與宕江攝合流型，第三層次與第六層次是梗攝與山咸攝合流型，第五層次是梗攝與山咸宕江攝合流型。

6. 普滿（據盧小群《嘉禾土話研究》）

各歷史層	咸	山	宕	江	曾	梗
第一層次	aŋ	aŋ	aŋ	aŋ	iŋ	əŋ / iŋ

第二層次			aŋ	aŋ		aŋ
第三層次	ɛ / o / əu	ɛ / o / əu	o / əu	o / əu		ɛ
第四層次			o / əu	o / əu		o
第五層次	ei	ei				ei

　　普滿第一層次來自官話，第二層次、第四層次都是梗攝與宕江攝合流型，第三層次、第五層次都是梗攝與山咸攝合流型。第三層次、第四層次的 ɛ / o / əu，一等唇音讀 əu，一等非唇音讀 o，其他等讀 ɛ。

7. 流峰（據李星輝《湖南桂陽流峰土話音系》）

各歷史層	咸	山	宕	江	曾	梗
第一層次	ã	ã	ɔ̃	ɔ̃	ɛ̃ / ĩ	ɛ̃ / ĩ
第二層次	o / uɛ	o / uɛ	ɔ̃	ɔ̃		ɔ̃

　　流峰的第一層次是來自官話的，只不過引入土話後又發生了鼻化的演變。第二層次屬於梗攝與宕江合流的類型。

8. 麥市（據陳暉《湖南臨武（麥市）土話語音分析》）

各歷史層	咸	山	宕	江	曾	梗
第一層次	an	an	aŋ	aŋ	en	en
第二層次	（an）	（an）	oŋ	oŋ	（en）	aŋ

　　第一層次來自官話。咸山曾三攝的今讀都只有一種讀音，我們推測這三攝在第一層次和第二層次中的讀音是相同的，第二層次中，宕江攝讀 oŋ，梗攝讀 aŋ，梗攝獨立為韻。

9. 土地（據唐亞琴《湖南省臨武縣土地鄉土話語音研究》）

各歷史層	咸	山	宕	江	曾	梗
第一層次	aŋ	aŋ	aŋ	aŋ	en	en
第二層次	o / ɛ	o / ɛ	（aŋ）	（aŋ）	（en）	ɛ

　　第一層次來自官話。第二層次屬於梗攝與山咸攝合流的類型。

10. 燕塘（據唐湘暉《湖南桂陽縣燕塘土話語音特點》）

各歷史層	咸	山	宕	江	曾	梗
第一層次	aŋ	aŋ	aŋ	aŋ	iŋ	əŋ / iŋ
第二層次	o / a / ɛ	o / a / ɛ	o	o	iaŋ	ɛ

　　第一層次來自官話，第二層次屬於梗攝與咸山攝合流型。

11. 洋市（據鄧永紅《湖南桂陽洋市土話音系》）

各歷史層	咸	山	宕	江	曾	梗
第一層次	an	an	an	an	ən	ən
第二層次	o / æ	o / æ	o	o		æ
第三層次	（o / æ）	（o / æ）	（o）	（o）		a

　　第一層次來自官話，第二層次屬於梗攝與咸山攝合流型。梗攝還有個讀 a 的層次，咸山宕江四攝除了第一第二層次的讀音沒有其他讀音，我們認為，梗攝讀 a 很可能是獨立為韻的層次的保留，所以，第三層次定為獨立為韻型。

12. 赤石（據沈若雲《宜章土話研究》）

各歷史層	咸	山	宕	江	臻	深	曾	梗
第一層次	an / in	an / in	aŋ	aŋ	ən / in	ən / in	ən / in	ən / in
第二層次					ɛi	ɛi	ɛi	ɛi
第三層次	o / ie	o / ie	（o）	o			ie	ie

　　涉及到梗攝讀音層次的有上述四個。其中，第一層次來自官話，第二層次是梗攝與曾攝合流型，第三層次是梗攝與咸山攝、曾攝合流型。

三、土話梗攝的五種歷史層次及其來源

　　我們把以上各點涉及到的梗攝歷史層次的數量統計一下，來自官話的層次不算。仁義、沙田、唐家、楚江、敖泉、流峰、麥市、土地、燕塘各 1 個層次，飛仙、荷葉、麻田、洋市、赤石各 2 個層次，一六（第五層次無法確定梗攝與其他攝的關係，故不算在內）、廣發、石橋各 3 個層次，塘村、普滿各 4 個層次，泮頭 5 個層次，十九個方言點共 41 個層次。把這些層次的類型及各類型數量列表如下：

獨立成韻	與山（咸）合	與宕江合	與山咸宕江合	與曾合	共計
2	17	7	7	8	41

　　我們在上文提到，湖南南部地區有著繁雜的層次現象，可以找到梗攝白讀層與其他韻攝分合的兩大類 4 種類型。從圖 II 中看到，這又集中在湖南南部的贛、湘、粵、桂四省交界地帶，而郴州恰恰處在這一個地區。所以，郴州境內的土話受來自多種方言的多種層次的衝擊，形成了繁雜的層次現象。主要有兩種表現：①同一個土話點有多種層次的疊置現象。如麻田的梗攝有 3 個

層次——en／əi／ai，第一個是新近的文讀層次，後兩種是較早的白讀層次；再如一六，梗攝甚至有 6 個層次。②同一個土話點雖然層次較簡單，但不同土話點的層次類型不同。如：楚江及其北鄰麥市的梗攝都只有一個白讀層次，但楚江是與山咸宕江攝合流型，而麥市則是獨立成韻型。這樣，第①種類型和第②種類型在郴州地區交錯盤枝，形成了難以清晰地畫出同言線的混雜狀態。所以，我們只能從整體上看這些層次的類型和多寡，並大致估計不同類型的層次來源。

從上表中看到，統計的 41 個層次中，梗攝與其他韻攝分合關係的 5 種類型全都存在。其中，與山（咸）攝合流的類型最多，其次是與曾攝合流的類型和與宕江攝合流的類型、與山咸宕江合流的類型，還有 2 個獨立成韻型的層次。可以看出郴州境內土話的歷史層次的繁雜性。

我們在上文梳理了各方言區各小片代表點的梗攝讀音情況。從各方言較典型的方言點的特點來看：

①客家話、贛語、粵語、閩語以及南部吳語屬於「梗攝白讀獨立為韻型」。閩語的層次較複雜，歷史上多次吸收權威方言的層次而形成多種文白層次疊置的局面，但早期的白讀層也是「獨立為韻型」的。

②北部吳語屬於「梗攝白讀與宕江攝合流型」。

③徽語屬於「梗攝與曾攝合流型」。

④湘語內部有兩種類型：一種是「梗攝白讀與宕江攝合流型」，如雙峰、低莊；一種是「梗攝白讀與山咸宕江四攝合流型」，如冷水江、衡陽、祁陽，長沙梗攝殘存的痕跡也暗示了這種類型。

湘語有兩種類型，是由於這兩種類型產生於不同時代的湘語。在漢語演變史上，分前後兩種鼻音尾的時期，宕江攝和咸山攝往往是截然分開的；當前後鼻音尾合二為一後，宕江攝和咸山攝往往合流。我們推測，在湘語從漢語通語分立之初的較早時代，梗攝是只與宕江攝合流的，梗攝和宕江攝讀後鼻音尾 ŋ，主要元音應該是一個低元音，而山（咸）攝讀前鼻音尾 n，主要元音也是一個低元音，後來的某個時代，在湘語的某些地區發生了鼻音韻尾的簡化，前後鼻音尾合為一個鼻音尾，原先主要元音相同的梗宕江攝和山（咸）攝發生了合流，於是梗攝由原來的與宕江二攝的合流變為了與山咸宕江四攝

的合流。這種後起的類型漸漸傳播到更多的湘語地區，但原先的類型仍舊佔據一些湘語地區，形成了兩種類型並立的局面。

⑤「梗攝白讀層與山（咸）攝合流型」，主要分布於湖南南部與江西中部的泰和，而在其他地方並不多見。江西中西部與湖南南部在地理上較接近，出現同一種類型應該是由於影響所致。那麼，是誰對誰的影響呢？從這種類型所佔據的地區來看，湘南並非是湖南的政治經濟文化中心，其方言也不是權威方言的產生地，而江西中西部是江西在歷史上開發較早的地區，其方言受湘南方言影響的可能性很小。相反，江西中西部地區的贛語影響湘南地區的方言的可能性則很大。這恰恰也符合了江西的移民史實。我們認為，梗攝與山（咸）攝合流這一類型很可能原本是屬於江西中西部某一區域內（以泰和為代表）的一種特有類型，後來由於江西泰和地區大量向湖南南部地區移民，從而把這種類型帶到了湖南南部。

譚其驤先生在《湖南人由來考》一文中利用地方志中的氏族志這類較可靠的史料研究湖南人的來源，反映了歷史上江西向湖南大量移民的史實。周振鶴、游汝傑（1985）認為，「江西移民自唐末五代始，宋元遞增，至明代而大盛」，「湘北移民來自贛北，湘南移民多來自贛中」，「汝城（約相當於現在郴州市的汝城縣地區——本文按）的江西移民，來自豐城者僅 2 族（南昌無），而來自吉安、泰和、吉水者竟有 33 族」〔註16〕。葛劍雄先生也統計了湘南四縣（宜章、藍山、嘉禾、汝城）歷代移民氏族遷入的情況〔註17〕。可知，在歷史上確實有一段時期（大約為宋至明初）江西中西部地區向湘南地區大量移民，由此很有可能將江西中西部的方言特點帶到湘南地區。周振鶴、游汝傑（1985），「江西移民中以來自泰和、吉安、吉水、安福、南昌、豐城六縣為最多」，那麼，泰和應該是江西中西部地區的主要移民輸出縣之一，也就是說，如果從泰和遷往郴州境內的移民的數量在某一集中的歷史時期足夠龐大，從而將泰和的某些方言特點傳播到郴州境內，不是沒有可能的。我們推測的梗攝與山（咸）攝合流原本是屬於江西中西部某片方言（應該是包括泰和的某片區域，以泰和為代表）的特有類型，這種類型隨著歷史上贛中向湘南移民

〔註16〕周振鶴，游汝傑，湖南省方言區畫及其歷史背景〔J〕，方言，1985（4）：257～272。
〔註17〕見葛劍雄，曹樹基，吳松弟，簡明中國移民史〔M〕，福州：福建人民出版社，1993，356 頁。

的潮流被傳播到湘南地區。

當然，江西中部地區的贛語，主要的類型還是梗攝獨立成韻的類型。在歷史移民潮中，這種類型也被帶到了湖南地區，比如湖南的茶陵（茶陵也屬於贛語）。既然贛中移民的主要方向是湘南，那麼這種類型當然也會被帶往湘南。另外，郴州直接與客家方言區相鄰，甚至郴州境內的東部地區就是客家方言的分布區，郴州境內的土話由於地域上的接近而受客家方言的影響是很容易的，如上文所涉及到的，客家方言的梗攝白讀同樣是獨立成韻的。那麼，這種梗攝獨立成韻的類型就有了贛語和客家話兩個方向的來源。

另外，還有一種梗攝與曾攝合流的層次。這一類型應該是來自於稍早時期的官話方言的層次，湘語的南部及西部早已被西南官話所包圍，郴州境內的土話區多數也通行西南官話，所以，在土話中出現官話的層次是比較容易的。

這樣以來，從江西中西部泰和等地帶來的梗攝與山（咸）攝合流的類型，從江西中西部帶來的以及受客家話影響而形成的梗攝獨立成韻的類型，從官話來的梗攝與曾攝合流的類型，加上湘語固有的梗攝與宕江攝合流的類型和梗攝與宕江咸山合流的類型，五種類型的層次在郴州境內交匯、混雜，進行了長期的「拉鋸戰」，從而形成了這種混雜的方言層次局面。

第三節　古陰聲韻今讀體現的歷史層次

一、流攝的歷史層次

郴州境內的土話，多數的流攝都有不同的歷史層次，我們將各土話點的流攝中不同層次的讀音列表如下：

表 2.13　土話流攝的讀音及例字

流攝今讀		飛仙	仁義	荷葉	沙田	唐家	楚江	麻田	一六
第一層次		əu	əu	iəu	əu	əu	—	ɐɯ	θø
		偶配~	奏	偶藕	勾~當	后皇~	—	侯	侯
第二層次		əi	iəu	—	əi	əi	əi	ɐɯ	ɐɯ
		藕	走	—	構	厚	后皇~厚	喉	喉

同一韻攝中，相同的音韻來源，成批地分化為不同的讀音，如果口語常用字大體為一類，非口語常用字大體為一類，則可以肯定，前者是白讀層次，後

者是文讀層次。流攝在土話中的讀音的分化，就屬於這種文讀層和白讀層的關係。表中各舉了一到兩個字例，各點第一層次和第二層次的例字儘量挑選了相同的聲韻調來源。

除了荷葉和楚江都只有一個層次以外，其他六點均有兩個層次。有兩個層次的點，第一層次是文讀層，第二層次是白讀層。第一層次和第二層次讀音的不同，主要有兩類：①第一層次和第二層次的韻尾不同。飛仙、沙田、唐家屬於這一類，第一層次是〔-u〕韻尾，第二層次是〔-i〕韻尾。②第一層次和第二層次的韻腹不同。仁義、麻田、一六屬於這一類。仁義的第一層次讀〔əu〕，第二層次讀〔iɑu〕，不僅韻腹不同，而且有〔-i-〕介音，第二層次與效攝今細音字合流。麻田第一層次讀〔ʊe〕，第二層次讀〔ɜʉ〕。一六第一層次讀〔θø〕，第二層次讀〔ɐʉ〕，不僅韻腹不同，韻尾的實際音值也有差別。

但無論屬於哪種區別，第二層次只存在於流攝今洪音字中，更確切地說，只存在於流攝一等（除明母）、三等莊組中。流攝一等明母、除莊組以外的三等字，各點都只有一個層次。舉飛仙為例：

飛仙流攝字讀音舉例：

| 一等（除明母）及三等莊組 | 投 tʰəu²⁴—頭 tʰəi²⁴　簍 ləu³¹—樓 ləi²⁴　后皇~xəu⁵⁵—厚 xəi³¹
甌 ŋəu⁵⁵—嘔 əi³¹　奏 tsəu⁵⁵—湊 tsʰəi⁵⁵　構 kəu⁵⁵—夠 kəi⁵⁵
愁 tsʰəu²⁴—鄒 tsəi²¹² | | |
| 流攝一等明母及除莊組以外的三等 | 劉 liəu²⁴　　秋 tsʰiəu²¹²　周 tʃiəu²¹²　求 tʃʰiəu²⁴
休 ʃiəu²¹²　　油 iəu²⁴　　郵 iəu²⁴　　否 fəu³¹
秀 siəu⁵⁵　　母 mu³¹ | | |

其他 5 個點的情況與此類似。

荷葉、楚江兩點的流攝沒有不同層次。荷葉的流攝一等併入三等，除三等非組外，所有的流攝字都讀細音 iəu。楚江流攝一等（除明母）、三等莊組讀 əi 韻，其他流攝讀 iu 韻。

沙田、唐家雖然有兩個層次，但第一層次的字數很少，如唐家僅有「奏后皇~愁甌搜」5 個字讀 əu 韻，其他的流攝一等（除明母）、三等莊組字，全都讀 əi 韻。可見，唐家、沙田與楚江的情況大體類似，只不過楚江的流攝一等（除明母）、三等莊組全都讀 əi 韻，而唐家、沙田有個別字讀 əu 韻，實際上，都

是流攝的一等（除明母）、三等莊組讀作 əi 韻的類型。

　　從飛仙來看，讀作 əi 韻和讀作 əu 的字各占一定的比例，而前者主要是口語常用字，而後者主要是非口語常用字，可以斷定，əi 韻是流攝在土話中較早的層次，而 əu 韻是較晚的層次，從來源來看，əu 韻應該是來自於官話或普通話的一種層次。而唐家、沙田僅有讀作 əu 韻的幾個字也是書面色彩很重的（如「颼奏」）或本地方言不說的（如「愁」），同樣是外來層次。由此，我們可以推斷，楚江流攝的一等（除明母）、三等莊組讀 əi，是土話的流攝沒有受外來影響而保留了較早時期的一種讀音。

　　仁義的流攝一等有讀 iau 的層次，如：樓 liau¹¹｜走 tɕiau³³｜狗 kiau³³｜口 kʰiau³³｜漏 liau¹³。與效攝今細音字合流。有的字如「樓」，仁義的發音人本來讀的 ləu 韻，讀了多次之後才能想起 iau 韻的讀法，可見這個層次已經處於快要消失的邊緣，只有殘存的幾個常用口語字。

　　麻田的兩個層次都讀〔-ʉ〕韻尾，這應該是曾經發生過元音韻尾的推鏈作用的結果。麻田的果攝字發生了復元音化，讀作 əu 韻母（離麻田不遠的唐家，果攝與遇攝合流，讀為 u 韻，但麻田的果攝在歷史上並沒有經歷過高化到與遇攝合流的階段，因為麻田的遇攝並沒有同果攝一起讀作 əu 韻，而仍讀作 u 韻。所以，麻田的果攝演變過程和唐家的果攝演變過程應該是兩種不同的路徑。我們擬測果攝的演變過程，起點定為中古時代的 ɒ 韻，則麻田從中古至今演變過程大致為：ɒ → ɔ → o → ou → əu。大致就是由圓唇的單元音變為以圓唇元音作韻尾的複合元音的過程。麻田宕江攝入聲字也讀作 əu 韻，如薄 pəu³³｜落 ləu³³｜勺 ʃəu⁵⁵｜角 kəu⁵¹｜學 xəu³³，說明在麻田土話的演變史中，宕江攝入聲字同果攝的主要元音始終相同，至宕江攝入聲字的入聲韻尾消失之後，便同果攝字合流了），而流攝的開口呼原本讀作 əu 韻，但在果攝變為 əu 韻的推動之下，流攝的開口呼只好讓位，從而發生了音變。流攝發生音變的形式麻田選擇了變讀韻尾，讀作了〔-ʉ〕尾。當然，韻尾發音部位的前移，也影響到了主要元音的變化，使之也發生了前移，而讀作 əʉ 和 ɜʉ。

二、蟹攝的歷史層次

　　除了仁義、荷葉，其他 6 點的蟹攝一二等都有不同的歷史層次，一六甚至有五個層次。我們把各點蟹攝的層次情況展示如下：

1. 楚　江

ɐi 層	改 kɐi³⁵	開~門 kʰɐi³³	艾 ŋɐi⁵¹	再 tsɐi⁵¹	臺 tɐi³¹
	賴 lɐi⁵¹	態 tʰɐi⁵¹	猜 tsʰɐi³³	在現~tsʰɐi³⁵	賽 sɐi⁵¹
	外 uɐi⁵¹	敗 pɐi⁵¹			
əi 層	蓋 kuəi⁵¹	開放~xuəi³³	愛 uəi⁵¹	最 tsəi⁵¹	堆 təi³³
	褪 tʰəi⁵¹	雷 ləi³¹	對隊 təi⁵¹	栽 tsəi³³	崽 tsəi³⁵
	在~什麼地方 tsəi⁵¹		菜蔡 tsʰəi⁵¹	腮鰓 səi³³	來 ləi³¹

2. 飛　仙

ai 層	災 tsai²¹²	栽 tsʰai²⁴	代 tai⁵⁵	再 tsai⁵⁵	弔 kai⁵⁵
	外~鄉 uai⁵⁵				
əi 層	來 ləi²⁴	栽 tsuəi²¹²	鰓 suəi²¹²	袋 tʰuəi⁵⁵	菜 tsʰuəi⁵⁵
	蓋 kuəi⁵⁵	外~甥 uəi⁵⁵			

3. 沙　田

ai 層	再 tsai³⁵	外~家：妻家 uai³⁵	賴 lai³⁵
əi 層	崽 tsəi⁵³	菜 tsʰuəi³⁵	外~甥 uəi³⁵	來 ləi³¹

4. 唐　家

ai 層	彩 tsʰai³⁵	外~家：妻家 uai³³
əi 層	在 tsʰəi³⁵	外~甥 uəi³³

5. 麻　田

ai 層	苔 tʰai³¹	態 tʰai²¹³	太 tʰai⁵¹	賴 lai²¹³	階 kai³³
	楷 kʰai³⁵	釵 tʃʰai³¹	搋~打 ai³¹	派 pʰai²¹³	剷 kʰuai²¹³
	懷 xuai²¹³	壞 xuai³³			
ɑ 層	抬~轎 tɑ²¹³	戴 tɑ⁵¹	耐 nɑ³³	帶 tɑ⁵¹	奈 nɑ³³
	癩~子 lɑ³³	排 pɑ²¹³	埋 mɑ²¹³	齋 tsɑ³¹	
	揩~鼻頭、揩汗 kʰɑ³¹		豺 tsʰɑ²¹³	拜 pɑ⁵¹	牌 pɑ²¹³
	柴 tʃʰɑ²¹³	矮 ɑ³⁵	稗 pɑ³³	隘 ɑ⁵¹	敗 pɑ³³
	塊 kʰuɑ⁵¹	乖 kuɑ³¹	怪 kuɑ⁵¹	快 kʰuɑ⁵¹	

6. 一　六

ai 層	呆 tai³³	來~日 lai⁴¹	菜芥~tsʰai³³	宰 tsai⁴¹	帶綁~tai⁴¹
	害 xai⁴¹	楷 kʰai⁴⁵⁴	介~紹 kai²⁴	界世~kai²⁴	派 pʰai²⁴
	差出~tsʰai³³	邁 mai²⁴	會~計 kʰuai²⁴	拐~杖 kuai⁴⁵⁴	

ɑ 層	臺 tɑ²⁴	柏~桌 tɑ²⁴	抬 tɑ²⁴	崽 tsɑ⁴⁵⁴	菜白~tsʰɑ⁴¹
	帶皮~tɑ⁴¹	埋 mɑ²⁴	挨~緊：挨著 ȵiɑ²⁴		拜~年 pɑ⁴¹
	牌 pɑ²⁴	柴砍~tsʰɑ²⁴	街上~kɑ³³	鞋 xɑ²⁴	買 mɑ³³
	矮 ɑ⁴⁵⁴	賣 mɑ⁴¹	曬 sɑ⁴¹	隘 ɑ⁴¹	塊 kʰuɑ⁴¹
	拐 kuɑ⁴⁵⁴				
i 層	陪~下我：陪一會兒我 pi²⁴		梅~田：宜章一個鎮 mi²⁴		煤~炭 mi²⁴
	背~起我 pi⁴¹				
y 層	來過~ly²⁴	蓋名詞 tɕy⁴¹	崔 tɕʰy³³	推 tʰy³³	堆 ty³³
	雷 ly²⁴	妹 my⁴¹	退 tʰy⁴¹	對 ty⁴¹	碓 ty⁴¹
	隊 ty⁴¹				
θø 層	最 tsθø⁴¹	內 nθø²⁴			

以上 6 個土話點在蟹攝中的不同層次的對立主要分兩種類型：①楚江、飛仙、沙田、唐家是一類，蟹攝都有兩個層次，兩個層次的讀音都是〔-i〕韻尾複合韻母，文讀層是低元音韻腹，約為 ɑi，白讀層是央元音韻腹，約為 əi；②麻田、一六是一類，蟹攝文讀層為 ɑi，白讀層韻尾脫落為 ɑ，一六還有其他層次。

第①種類型的層次對立只出現於蟹攝一等字。具體來說，第一層次的讀音：開口一等幫組、合口一等除見曉組部分字（如「塊」「外」等）外，讀 əi；開口一等除幫組外、合口一等見曉組部分字（如「塊」「外」等）讀 ɑi。第二層次的讀音：蟹攝開合口一等全部讀 əi。所以，以上各點層次例字表中的 ɑi 層次其實是包括一部分讀 əi 韻的情況的（麻田、一六的 ɑi 層次也如此）。第①種類型兩個層次的音值構擬如下表所示：

表 2.14　楚江、飛仙、沙田、唐家蟹攝各層次音值構擬

第一層次 （ɑi／əi）	開口一等幫組、合口一等（除見曉組部分字）：əi
	開口一等除幫組外、合口一等見曉組部分字：ɑi
第二層次 （əi）	開口一等、合口一等：əi

其中，第一層次來自官話，第二層次話是土話固有層次的保留。

第②種類型的層次對立出現在蟹攝一二等。麻田和一六都有 ɑi 層次（麻田實際發音為 ai）和 ɑ 層次的對立。具體來說，第一層次的讀音：開口一等幫組、合口一等除見曉組部分字（如「塊」「外」等）讀 əi；開口一等除幫組

外、合口一等見曉組部分字（如「塊」「外」等）、開口二等、合口二等讀 ɑi（麻田）或 ɑi（一六）韻。所以，麻田和一六土話中的 ɑi 層次（麻田為 ai）其實是包含一部分 əi 韻字的。第二層次的讀音：開口一等除幫組外、合口一等見曉組部分字（如「塊」）、開口二等、合口二等讀 ɑ 韻。我們先把麻田兩個層次的音值構擬如下：

表 2.15　麻田蟹攝一二等各層次音值構擬

第一層次 （ai／əi）	開口一等幫組、合口一等除見曉組部分字（如「塊」「外」等）：əi 開口一等除幫組外、合口一等見曉組部分字（如「塊」「外」等）、開口二等、合口二等：ai
第二層次 （ɑ）	開口一等除幫組外、合口一等見曉組部分字（如「塊」）、開口二等、合口二等：ɑ

其中，第一層次來自官話，第二層次是土話固有層次的保留。

一六的蟹攝一二等除了 ɑi 層次和 ɑ 層次之外，還有 i、y、θø 三個層次。其中，ɑi 韻和 ɑ 韻的分布同麻田相同；i 韻只出現於合口一等的幫組，與 əi 韻對立，如陪~下我：陪一會兒我 pi²⁴≠陪~伴 pʰəi⁴¹｜煤~炭 mi²⁴≠媒傳~məi⁴¹｜背~身：後背 pəi⁴¹≠背~起我：背上我 pi⁴¹；y 韻出現於開口一等和合口一等，如來過~ly²⁴≠來~日 lai⁴¹｜妹姊~my⁴¹≠寐 miɛn²⁴；θø 韻出現於合口一等，如「最」音 tsθø⁴¹，與同為精組的「催」（音 tsʰuəi³³）和「崔」（音 tɕʰy³³）不同韻，「內」音 nθø²⁴，與同為端組的「退」（音 tʰy⁴¹）不同音。我們把一六的蟹攝一二等的層次構擬如下：

表 2.16　一六蟹攝一二等各層次音值構擬

第一層次 （ai／əi）	開口一等幫組、合口一等除見曉組部分字（如「塊」「外」等）：əi 開口一等除幫組外、合口一等見曉組部分字（如「塊」「外」等）、開口二等、合口二等：ai
第二層次 （ɑ）	開口一等除幫組外、合口一等見曉組部分字（如「塊」）、開口二等、合口二等：ɑ
第三層次 （i）	合口一等幫組：i
第四層次 （y）	開口一等、合口一等：y
第五層次 （θø）	合口一等：θø

一六的蟹攝四等字，有三個層次：①i；②əi；③ɑ。一個細音，兩個洪音。
《切韻》的四等字沒有介音，所以洪音的性質更近古一些。例字如下表：

i 層	蓖~麻 pi²⁴	溪 ɕi³³	抵~押 ti⁴⁵⁴	薺 tɕi²⁴
	細形容物體細 ɕi⁴¹	繼~承 tɕi²⁴		
əi 層	雞 kəi³³	底~下 təi⁴⁵⁴	洗 səi⁴⁵⁴	細形容物體小 səi⁴¹
ɑ 層	繫~鞋帶索：繫鞋帶 kɑ⁴¹		箅 pɑ²⁴	

第三章 郴州土話聲母的演變和
歷史層次

所調查的 8 個土話點，古全濁聲母都已清化。其中，奉、船、匣三母基本都讀為清擦音：奉母除個別字在有的土話點讀雙唇音聲母外（見第一章一），都讀唇齒清擦音 f；船母視各自音系不同而讀為 s／ɕ／ʃ；匣母除少數合口字今讀零聲母外（見第一章五），視各自音系不同，洪音讀為 x／ʃ，細音讀為 x／ʃ／ɕ／s。這三母不再討論，下面我們先談一下「崇邪禪」三母的今讀，然後討論古全濁聲母今逢塞音塞擦音的讀音類型。

第一節 崇、邪、禪三母的讀音

崇、邪、禪三母在土話中的共同特點是：今讀都分作兩類，一類是擦音，一類是塞擦音。所以我們放在一起討論。邪、禪兩母都只有三等字，崇母有二等和三等字〔註1〕。在各土話點中，崇母三等和禪母讀音一致，崇母二等和邪母讀音一致；至於這兩組之間是否又一致，各土話不同。這與精、知、莊、章組的分合類型是一致的。這裡主要看一下這三個全濁聲母的讀音情況。

〔註 1〕 這裡說的「等」採用丁聲樹先生《漢語音韻講義》中的對各聲母所含等的歸納，與韻圖中的「等」並不完全一致。詳見：丁聲樹，李榮，漢語音韻講義〔J〕，方言，1981（4）：253。

一、崇母的讀音

各土話點的崇母，除止開三的字讀擦音以外，全都讀塞擦音。舉例字如下表：

表 3.1　崇母今讀例表

例字	飛仙	麻田	一六	楚江	唐家	沙田	荷葉	仁義
柴崇二	tsʰ	tʃʰ	tsʰ	tsʰ	tsʰ	tsʰ	tʃʰ	tsʰ
闡崇二	ts	tʃ	ts	ts	ts	ts	tʃ	ts
查崇二	tsʰ	tʃʰ	tsʰ	tsʰ	tsʰ	tsʰ	tʃʰ	tsʰ
床崇三	tsʰ	tʃʰ	tsʰ	tsʰ	tsʰ	tsʰ	tʃʰ	tsʰ
助崇三	tsʰ	tʃʰ	tsʰ	tsʰ	tsʰ	tsʰ	tʃʰ	tsʰ
事止崇三	s	ʃ	s	s	s	s	s	s
示止崇三	s	s	s	s	s	s	s	s

崇母止攝字在漢語大部分方言中都已讀作擦音，這是《切韻》直系方言的一個普遍演變規律，或是《切韻》旁系方言與《切韻》直系方言平行的演變規律。漢語各方言代表點的崇母在止攝中的讀音如下表[註2]：

表 3.2　漢語各方言崇母止攝字聲母表

例字	北京	濟南	西安	成都	太原	合肥	蘇州	溫州	長沙	雙峰	南昌	梅縣	廣州	廈門
事	ʂ	ʂ	s	s	s	s	z	z	s	dʑ	s	s	ʃ	s文 / t白
柿	ʂ	ʂ	s	s	s	s	z	z	s	dʑ	tsʰ	s	tʃʰ	kʰ
士	ʂ	ʂ	s	s	s	s	z	z	s	dʑ	s	s	ʃ	s
示	ʂ	ʂ	s	s	s	ʂ	z	z	s	dʑ	s	s	ʃ	s

表中的各例字，除了老湘語的雙峰都讀塞擦音外，各方言絕大部分都讀作擦音。贛語、粵語的「柿」字讀塞擦音，廈門的「事」字白讀塞音，其他全為清擦音。

所以，郴州土話的崇母讀音與大部分漢語方言的演變趨勢相同。

〔註2〕資料來自：北京大學中國語言文學系，漢語方音字彙（第二版）〔M〕，北京：文字改革出版社，1989。

二、邪、禪母的讀音

邪、禪二母讀塞音、塞擦音的部分無分化規律可循。我們各舉幾字，如下表：

表 3.3　邪、禪母今讀例表

例字	飛仙	麻田	一六	楚江	唐家	沙田	荷葉	仁義
習邪	s	ɕ	ɕ	ɕ	ɕ	ɕ	s	ɕ
俗邪	s	ʃ	s	s	s	s	s	s
旬邪	ʃ	ʃ	ɕ	s	s	ɕ	s	ʃ
袖邪	tsʰ	tɕʰ	tɕʰ	tɕʰ	tɕʰ	tɕʰ	tʃʰ	tɕʰ
像邪	tsʰ	tɕʰ	tɕʰ	tɕʰ	ɕ	ɕ	ʃ	ɕ
詳邪	tsʰ	tɕʰ	ɕ	tɕʰ	tɕʰ	tɕʰ	tʃʰ	tɕʰ
時禪	s	s	s	s	s	s	s	s
常禪	ʃ	ʃ	tsʰ	—	tsʰ	tsʰ	s	ʃ
純禪	ʃ	tʃʰ	tsʰ	s	s	ɕ	s	ɕ
石禪	ʃ	ʃ	s	s	ɕ	ɕ	s	ʃ
承禪	tʃʰ	tʃʰ	tsʰ	tsʰ	tɕʰ	tɕʰ	tʃʰ	tʃʰ
植禪	tʃʰ	tɕ	ts	—	tɕ	tɕ	tʃʰ	tɕʰ
垂禪	tsʰ	tʃʰ	—	tɕʰ	tsʰ	tsʰ	tʃʰ	tsʰ

邪母的入聲字都讀擦音。如下表：

表 3.4　邪母入聲字聲母今讀表

例字	飛仙	麻田	一六	楚江	唐家	沙田	荷葉	仁義
續	s	tʃʰ	ɕ	—	s	s	s	s
俗	s	ʃ	s	s	s	s	s	s
習	s	ɕ	ɕ	ɕ	ɕ	ɕ	s	ɕ
席酒~	s	ɕ	ɕ	ɕ	ɕ	ɕ	s	ɕ
夕	s	ɕ	ɕ	—	ɕ	ɕ	s	ɕ
襲	s	ɕ	ɕ	—	ɕ	ɕ	s	ɕ

但禪母的入聲字不一定讀擦音。

與崇母不同，邪母在不同的漢語方言中的演變差異比較大。官話方言的邪母字基本上都讀清擦音、從母都讀塞擦音，與《切韻》中的邪母、從母分立的情況基本吻合；粵語、老湘語的邪母大部分都讀作塞擦音；而吳、客、贛、新

湘等方言則有一部分讀擦音、一部分讀塞擦音。從所調查的土話點的情形來看，邪母的讀音和客、贛、新湘等方言的情形相似。舉麻田為例：

表3.5　麻田邪母字聲母今讀表

擦音 s / ɕ / ʃ	邪謝羨席夕習襲象像橡隧祀旬循巡殉誦俗
塞擦音 ts / tsʰ / tʃʰ / tɕʰ	囚尋袖頌訟祥詳徐松旋像序敘緒寺巳辭詞祠續飼嗣

注：具體讀哪個聲母和韻母有關，表中的字，開口呼、合口呼字的聲母讀 ʃ、tʃʰ，齊齒呼的聲母讀 ɕ、tɕʰ，ɿ 韻母的聲母為 s、ts、tsʰ。

邪母字有一多半讀作塞擦音。各土話點的情況與此類似。

禪母和船母在《韻鏡》中的位置是顛倒的，應該是船母為擦音、禪母為塞擦音，陸志韋、邵榮芬已有詳細論證〔註3〕。湘南土話的禪母讀音也可以作為支持陸、邵二先生觀點的一個例證。我們舉楚江為例：

表3.6　楚江船、禪母字聲母今讀表

今　　讀	船母字	禪母字
擦音 s / ɕ	蛇射舌船神實唇術手~順剩食贖	社薯白~殊樹豎誓是氏豉豆~視時市侍誰韶紹邵受壽授涉十蟬晨辰腎慎純醇嘗裳上~山上~邊尚和~勺盛~大石熟淑屬佘
塞擦音 ts / tsʰ / tɕ / tɕʰ	－	垂仇售臣承殖成誠城

楚江的船母字全部讀擦音，禪母字則大部分讀擦音、小部分讀塞擦音。

在證明一個命題是真或偽的過程中，應先假設它是真的，然後做出相應的推理，看其結論或過程是否科學，是，則為真，否，則為偽。在證「船母為塞擦音、禪母為擦音」這個命題時，由於目前尚不能確定湘南土話的分化時代，所以，作假設時必須兩種情況都考慮到，一種是土話早在《切韻》之前就分化了，另一種是在《切韻》之後分化的。

A. 如果是後一種，則土話是《切韻》的直系方言。在這種情況下，如果「船母為塞擦音、禪母為擦音」，則從《切韻》音系演變到楚江音系，只能有四種假設過程：一種是船母字併入禪母字讀擦音，然後原來的禪母字又有部分讀作了塞擦音；第二種是禪母字併入船母字讀塞擦音，然後原來的船母字和大部分的禪母字又變作了擦音；第三種是禪母字漸併入船母讀塞擦音，剩

〔註3〕陸志韋，古音說略〔M〕，載《陸志韋語言學著作集（一）》，北京：中華書局，1985年，9～12頁。邵榮芬，切韻研究〔M〕，北京：中華書局，2008，117～128頁。

下一部分字讀擦音，然後合併後的船禪母字和剩下的那部分禪母字讀音互換；第四種是船母併入禪母讀擦音的同時，禪母有小部分字變為塞擦音。這四種假設顯然都是不可能的。前兩種假設，姑且不說變來變去的反覆在語音演變方向上解釋不通，合流後再次分出的那部分字何以劃然不混只屬於禪母？第三種、第四種假設也是反覆變化的問題。所以，「船母為塞擦音、禪母為擦音」不是真的。只有一種可能的演變路徑：中古的禪母為塞擦音、船母為擦音，楚江的禪母后來漸漸併入船母讀作擦音，但剩下一部分字仍讀塞擦音，形成現在這種格局。

B. 如果是前一種，土話的原始母語早在《切韻》之前就分化出來了。這又有兩種可能，一種是土話原始母語比《切韻》演變快，一種是土話原始母語比《切韻》演變慢、更保守。如果是前者，則土話在《切韻》之前就經歷過同《切韻》相同的禪船分立的局面了，然後演變到楚江土話，雖然不是屬於《切韻》的直系方言的演變，實則有著與其相仿的演變過程。則此種情況的假設過程同A，亦為偽命題。如果土話的演變更保守，則楚江土話的船禪母讀音的情況應反映了比《切韻》更早的音系的特徵。則，在《切韻》之前，禪母的一大部分應是屬於船母的。在此情況下，如果「船母為塞擦音、禪母為擦音」，則演變到楚江現在的格局，應該有一個禪母的讀音和船母的讀音互換的過程，這仍然是不合理的。只能是禪母為塞擦音、船母為擦音。後來到《切韻》時，一部分船母字歸入了禪母讀作塞擦音；楚江的母語則沒有這種演變（或演變得不多），進而清化後形成現在這種格局。

無論在A還是B的情況下，都可以得出《切韻》中「禪母為塞擦音、船母為擦音」的結論。

三、關於崇、邪、禪母歷史演變的推測

中古音系到現代漢語方言演變的規律，絕大多數情況都是古全濁塞音、塞擦音今仍讀塞音、塞擦音，古全濁擦音今仍讀擦音。基於這個普遍的規律，我們做個推測：崇、禪、邪三母在湘南土話中分作塞擦音和擦音兩種讀音類型，是由於在即將發生清化的那個歷史點，崇、禪、邪三母都各分作全濁塞擦音和全濁擦音兩種類型，進而發生清化後，才能一部分讀清塞擦音、一部分讀清擦音。即：清化前，《切韻》的崇母止攝字在湘南土話中屬於俟母，其他崇母字

仍然屬崇母;《切韻》禪母的大部分字在湘南土話中屬於船母,小部分屬於禪母;《切韻》邪母的一部分字在湘南土話中屬於從母,一部分屬於邪母。(但不能說是「崇母止攝字併入俟母」、「禪母大部分並入船母」、「邪母一部分並入從母」,因為不能確定湘南土話是否屬於《切韻》的直系方言。如果湘南土話的層次早於《切韻》,則有可能湘南土話禪、邪二母的轄字格局是比《切韻》更早時期的面貌,也就是說,《切韻》的禪母中一大部分字在更早時是屬於船母的,邪母中的一部分字在更早時是屬於從母的〔註4〕。而湘南土話的禪、邪二母只是一種存古,而非「併入」的演變。)

基於這種推測,我們在下一節討論古全濁塞音、塞擦音聲母時,也包括崇、邪、禪三母在湘南土話中讀作塞擦音的那部分字。

第二節　全濁聲母逢塞音、塞擦音的演變類型

古全濁聲母在土話中讀塞音、塞擦音的主要在並、定、澄、從、群五母及邪、崇、禪三母的一部分,本節提到的邪、崇、禪三母,只包括其中讀塞擦音的那部分字。

所調查的8個土話點,古全濁聲母已全部清化。今逢塞音、塞擦音的聲母,從送氣與否來看,有兩種類型:

> 類型一,送氣與否只與古聲調有關:各母的古平聲今讀送氣音;古上、去、入聲部分送氣,部分不送氣。飛仙、荷葉、沙田屬於這種類型。

> 類型二,送氣與否既與古聲母有關,也與古聲調有關:並、定母的古平聲一半送氣、一半不送氣,古上、去、入聲絕大部分不送氣;澄、從、邪、崇、禪、群母(邪、崇、禪三母限今讀塞擦音的部分)古平聲送氣,古上、去、入聲部分送氣、部分不送氣。仁義、唐家、楚江、麻田、一六屬於這種類型。

下面分別舉例說明。

〔註4〕但無論如何,崇母的止攝字在早先時候應該還是屬於崇母的,因為在大多數《切韻》的直系方言中,崇母止攝讀為擦音,如果在《切韻》之前屬於俟母,則需要承認併入崇母后又變了回去,這有點兒講不通。因此,如果湘南土話的層次早於《切韻》,那它的崇母止攝也發生了和《切韻》平行的演變,即併入了俟母。

一、「平聲送氣，上去入聲部分送氣、部分不送氣」型

1. 讀音舉例

我們以飛仙為例，看一下各聲母的情況。

表 3.7　飛仙古全濁聲母今讀舉例

並母	平聲	朋 pʰəŋ²⁴｜旁 pʰan²⁴｜膨 pʰəŋ²⁴｜平 pʰen²⁴｜評 pʰen²⁴｜瓶 pʰen²⁴｜龐 pʰan²⁴｜爬 pʰa²⁴｜盤 pʰan²⁴｜便~宜 pʰian²⁴｜嫖 pʰiau²⁴｜袍 pʰau²⁴｜賠 pʰəi²⁴｜牌 pʰai²⁴｜菩 pʰu²⁴｜排 pʰai²⁴｜盆 pʰen²⁴｜貧 pʰen²⁴｜皮 pʰi²⁴｜脾 pʰi²⁴（全部送氣）
	仄聲	捕 pʰu³¹｜叛 pʰan⁵⁵｜便方~ pʰian⁵⁵｜敗 pʰai⁵⁵｜鼙 pʰəi⁵⁵｜埠上~：飛仙鎮的一個村莊 pʰu⁵⁵｜鼻 pʰi⁵⁵｜拔 pʰa²⁴｜勃 pʰu³¹｜薄 pʰo⁵⁵｜白 pʰo⁵⁵｜伴 pʰan³¹｜被~子 pʰi³¹｜倍 pʰəi⁵⁵｜辯 pʰian⁵⁵（以上送氣）； 辦 pan⁵⁵｜暴 pau⁵⁵｜背~誦 pəi⁵⁵｜弊 pi⁵⁵｜幣 pi⁵⁵｜步 pu⁵⁵｜備 pi⁵⁵｜別離~ pie³¹｜避 pi⁵⁵｜棒 pan⁵⁵｜拌 pan⁵⁵｜抱 pau⁵⁵｜部 pu⁵⁵｜笨 pen⁵⁵｜（以上不送氣）
定母	平聲	藤 tʰen²⁴｜糖 tʰan²⁴｜塘 tʰoŋ²⁴｜停 tʰen²⁴｜駝 tʰo²⁴｜頭 tʰəi²⁴｜團 tʰuan²⁴｜田 tʰian²⁴｜彈~琴 tʰan²⁴｜銅 tʰəŋ²⁴｜童 tʰəŋ²⁴｜甜 tʰian²⁴｜痰 tʰan²⁴｜譚 tʰan²⁴｜條 tʰiau²⁴｜桃 tʰau²⁴｜淘~米 tʰau²⁴｜題 tʰi²⁴｜臺 tʰai²⁴｜枱~桌：指桌子 tʰai²⁴｜圖 tʰu²⁴（全部送氣）
	仄聲	洞 tʰoŋ³¹｜大 tʰai⁵⁵｜豆 tʰəi⁵⁵｜彈子~ tʰan⁵⁵｜盜 tʰau⁵⁵｜遞 tʰi⁵⁵｜袋 tʰuəi⁵⁵｜查 tʰia²⁴｜突 tʰo²⁴｜特 tʰia³¹｜讀~書 tʰu⁵⁵｜艇 tʰen³¹｜淡 tʰan³¹｜蕩 tʰan⁵⁵｜怠 tʰai⁵⁵（以上送氣）； 定 ten⁵⁵｜逗 təu⁵⁵｜電 tian⁵⁵｜蛋 tan⁵⁵｜掉 tiau⁵⁵｜導 tau⁵⁵｜隊 tuəi⁵⁵｜代 tai⁵⁵｜度 tu⁵⁵｜地 ti⁵⁵｜讀~報 tu²⁴｜笛 ti³¹｜敵 ti³¹｜奪 to³¹｜壽 tu³¹｜疊 tie³¹｜肚 tu³¹｜動 təŋ⁵⁵｜道 tau⁵⁵｜稻 tau⁵⁵｜弟 ti⁵⁵｜盾 tuen⁵⁵（以上不送氣）
澄母	平聲	橙 tʃʰen²⁴｜場 tʃʰan²⁴｜長~短 tʃʰoŋ²⁴｜腸 tʃʰoŋ²⁴｜程 tʃʰen²⁴｜綢 tʃʰiəu²⁴｜傳~達 tʃʰyan²⁴｜纏 tʃʰan²⁴｜沉 tʃʰen²⁴｜蟲 tʃʰəŋ²⁴｜重~複 tʃʰəŋ²⁴｜潮 tʃʰau²⁴｜除 tʃʰy²⁴｜廚 tʃʰy²⁴｜陳 tʃʰen²⁴｜塵 tʃʰen²⁴｜槌 tʃʰy²⁴｜錘 tʃʰy²⁴｜懲 tʃʰen³¹（全部送氣）
	仄聲	鄭 tʃʰen⁵⁵｜召 tʃʰau⁵⁵｜陣 tʃʰen⁵⁵｜侄 tʃʰie³¹｜直 tʃʰie⁵⁵｜重輕~ tʃʰəŋ³¹｜丈量詞 tʃʰioŋ³¹｜苧~麻 tʃʰy³¹｜撞 tsʰuan³¹｜賺 tsʰuan⁵⁵｜軸 tsʰu²⁴｜擇 tsʰia³¹｜宅 tsʰia³¹｜濁 tsʰo⁵⁵（以上送氣）； 綻 tsan｜站車~ tsan⁵⁵｜稚 tsɿ⁵⁵｜治 tsɿ⁵⁵｜宙 tʃiəu⁵⁵｜住 tʃy⁵⁵｜丈~量 tʃan⁵⁵｜仗 tʃan⁵⁵｜杖 tʃan⁵⁵｜趙 tʃau⁵⁵｜兆 tʃau⁵⁵｜柱 tʃy⁵⁵｜蟄 tʃi⁵⁵（以上不送氣）
從母	平聲	層 tsʰen²⁴｜牆 tsʰioŋ²⁴｜情 tsʰen²⁴｜晴 tsʰian²⁴｜全 tsʰyan²⁴｜錢 tsʰian²⁴｜前 tsʰian²⁴｜殘 tsʰan²⁴｜從 tsʰəŋ²⁴｜蠶 tsʰan²⁴｜曹 tsʰau²⁴｜齊 tsʰi²⁴｜才 tsʰai²⁴｜存 tsʰuen²⁴｜秦 tsʰuen²⁴｜慈 tsʰɿ²⁴｜糍~粑 tsʰɿ²⁴（全部送氣）

	仄聲	牸 tsʰɿ³¹｜匠 tsʰioŋ⁵⁵｜淨 tsʰian⁵⁵｜賤 tsʰyan⁵⁵｜噍 tsʰiau⁵⁵｜字 tsʰɿ⁵⁵｜籍 tsʰie³¹｜寂 tsʰie³¹｜集 tsʰie³¹｜族 tsʰu³¹｜捷 tsʰie³¹｜疾 tsʰie³¹｜鑿 tsʰo⁵⁵｜坐 tsʰo³¹｜造 tsʰau⁵⁵｜聚 tsʰy⁵⁵（以上送氣）；
		贈 tsen⁵⁵｜髒 tsuan⁵⁵｜座 tso⁵⁵｜暫 tsan⁵⁵｜劑 tsi⁵⁵｜載 tsai⁵⁵｜自 tsɿ⁵⁵｜賊 tsia³¹｜截 tsie³¹｜輯 tsie³¹｜雜 tsɑ³¹｜漸 tsian⁵⁵｜皂 tsau⁵⁵｜罪 tsuəi⁵⁵｜在 tsai⁵⁵（以上不送氣）
邪母	平聲	詳 tsʰian²⁴｜祥 tsʰian²⁴｜斜 tsʰia²⁴｜囚 tʃʰiəu²⁴｜尋 tsʰuen²⁴｜松 tsʰəŋ²⁴｜循 tsʰuen²⁴｜巡 tsʰuen²⁴｜辭 tsʰɿ²⁴｜詞 tsʰɿ²⁴｜祠 tsʰɿ²⁴｜徐 tʃʰy²⁴（全部送氣）
	仄聲	嗣 tsʰɿ²⁴｜飼 tsʰɿ²⁴｜袖 tsʰiəu⁵⁵｜寺 tsʰɿ⁵⁵｜像 tsʰioŋ⁵⁵｜似 tsʰɿ⁵⁵（以上送氣）；
		巳 tʃi³¹｜誦 tsəŋ⁵⁵｜頌 tsəŋ⁵⁵｜訟 tsəŋ⁵⁵（以上不送氣）
崇母	平聲	岑 tʃʰən²⁴｜床 tsʰoŋ²⁴｜查 調~ tsʰɑ²⁴｜愁 tsʰəu²⁴｜崇 tsʰəŋ²⁴｜柴 tsʰai²⁴｜豺 tsʰai²⁴｜鋤 tsʰu²⁴（全部送氣）
	仄聲	驟 tsʰy⁵⁵｜寨 tsʰai⁵⁵｜助 tsʰu⁵⁵（以上送氣）；
		狀 tsuan⁵⁵｜鍘 tsia³¹｜閘 tsɑ³¹（以上不送氣）
禪母	平聲	承 tʃʰen²⁴｜丞 tʃʰen²⁴｜成 tʃʰen²⁴｜城 tʃʰen²⁴｜誠 tʃʰen²⁴（全部送氣）
	仄聲	殖 tʃʰie³¹｜植 tʃʰie³¹（以上送氣）；
		蜀 tsu³¹（以上不送氣）
群母	平聲	狂 kʰuan²⁴｜葵 kʰuəi²⁴｜強 tʃʰan²⁴｜茄 tʃʰɑ²⁴｜球 tʃʰiəu²⁴｜拳 tʃʰyan²⁴｜琴 tʃʰən²⁴｜窮 tʃʰəŋ²⁴｜鉗 tʃʰan²⁴｜橋 tʃʰau²⁴｜裙 tʃʰuen²⁴｜勤 tʃʰen²⁴｜棋 tʃʰi²⁴｜奇 tʃʰi²⁴（全部送氣）
	仄聲	共 kʰəŋ⁵⁵｜櫃 kʰuəi⁵⁵｜跪 kʰuəi⁵⁵｜轎 tʃʰau⁵⁵｜僅 tʃʰen⁵⁵｜局 tʃʰy²⁴｜極 tʃʰie³¹｜及 tʃʰie³¹｜屐 tʃʰɑ⁵⁵｜舅 tʃʰiəu³¹｜菌 tʃʰuen³¹｜近 tʃʰen³¹｜倚 tʃʰi³¹｜技 tʃʰi³¹（以上送氣）； 競 tʃen⁵⁵｜舊 tʃiəu⁵⁵｜健 tʃan⁵⁵｜具 tʃy⁵⁵｜忌 tʃi⁵⁵｜掘 tʃye³¹｜傑 tʃie³¹｜儉 tʃan³¹｜劇 tʃy⁵⁵｜件 tʃan⁵⁵｜巨 tʃy⁵⁵｜妓 tʃi⁵⁵（以上不送氣）

2. 聲母的層次分析

由上表可見，古全濁聲母逢塞音、塞擦音，古平聲字全讀送氣音，古上、去、入聲的字部分讀送氣音，部分送不送氣音。

古上、去、入聲字的聲母讀為同一種清輔音的送氣和不送氣的兩種類型，從古音來源上找不到分化的語音條件，因此不是條件式的音變。這與擴散式的音變也有不同，擴散式的音變的新舊讀音沒有詞彙或語境的限制〔註5〕，而飛仙

─────────

〔註5〕參見王洪君（1992：140）。

讀送氣音與否具有明顯的詞彙限制。這實際上是不同層次的讀音反映。

（1）從使用詞彙來看。

讀送氣音的大多數用於土話的口語詞，而讀不送氣音的字大多用於書面色彩較濃的詞或新興的詞語。典型的口語字，比如「袖直近被~子大薄舅伴淨盜淡寨字豆轎袋牸坐造屐匠白陣鼻宅讀遞荷像拔櫃跪賤敗重輕~丈侄」等全都讀送氣音，而「健競暴避導誦宙贈稚蜀綻漸狀輯訟」等書面語用字則讀不送氣音。所以，清化為送氣音是土話固有層次的演變規則。如果只分析口語字的話，則飛仙的古全濁聲母逢塞音、塞擦音，無論平、上、去、入，大多是讀為送氣音的。

（2）用聲母、韻母、聲調三者互證的方法。

張盛裕（1979）對潮陽閩語的描寫，王洪君（1992）對山西聞喜方言的調查，都證明了語素的聲、韻、調三方面可以有文讀和白讀雜配的現象。比如潮陽的「知」〔tsai˧˩〕聲母是文讀音、韻母是白讀音，知〔ti˧˩〕聲母是白讀音、韻母是文讀音，聲調文白相同〔註6〕。再如聞喜的「名」有〔₌miʌŋ〕、〔₌niʌŋ〕、〔₌miɛ〕、〔₌niɛ〕四種音，分別是聲文韻文、聲白韻文、聲文韻白、聲白韻白的組合，其中第二、第三種讀音就是一種文白的雜配。也就是說，同一語素文讀音和白讀音的交替並非是嚴格以音節為單位的，而是以聲韻調為單位的。在這種情況下，對於某個具體的字，我們不能根據這個字聲韻調中的某個方面的層次而斷定其另外兩個方面是文讀還是白讀。

但是，文白雜配的現象在方言中的表現只是小部分，主流的搭配仍是聲韻調統一的，要麼都是文讀音，要麼都是白讀音。〔註7〕文白雜配只是文讀音系侵入白讀音系的一種不成熟階段的表現，一者這種雜配是支流，二者這種雜配是不穩定的，最終仍要朝著聲韻調都讀作文讀的方向演變。從主流來說，語素的聲母、韻母、聲調三個方面在文白歸屬上往往是統一的。因此，可以據此證明某音類在不同層次中的讀音。

在聲母、韻母、聲調三個方面中，通過其中已知層次屬性的一個或兩個方面來證明其他兩個或第三個方面的層次屬性，我們把這種方法叫作「聲韻調互

〔註6〕張盛裕，潮陽方言的文白異讀〔J〕，方言，1979（4）：241～267。

〔註7〕不僅漢語方言，民族語言的漢語借詞在層次歸屬上也是聲韻調統一的。可參見沙加爾、徐世璿《哈尼語中漢語借詞的歷史層次》，《中國語文》2002年第1期。

證法」。我們不能通過這種方法證明具體字的聲韻調層次屬性，但可以依據主流（聲、韻、調三方面在文白歸屬上的主流是統一的）證明某種音類的層次屬性。

郴州土話沒有發現文白雜配的現象存在，同一個語素，如果韻母是白讀，則聲母、聲調也是白讀。在這種情況下，聲韻調互證的方法無疑是可行的。

比如飛仙的全濁聲母的清化，可以用已知的韻母的層次證明聲母的層次。通過歸納比較，我們可以用宕攝陽聲韻和流攝陰聲韻的讀音層次來證明。在第二章中，已證明飛仙宕攝陽聲韻較古老的層次是 oŋ 韻，較晚近的層次是 an 韻；流攝較早的層次是 əi 韻，較晚近的層次是 əu 韻。在上面例字表中，我們看到，仄聲讀送氣音的字中，流攝的豆讀 tʰəi⁵⁵，宕攝的丈量詞讀 tʃʰioŋ³¹、匠讀 tsʰioŋ⁵⁵、像讀 tsʰioŋ⁵⁵，韻母都是各攝中較早的層次讀音；仄聲讀不送氣的字中，流攝的逗讀 təu⁵⁵，宕攝的丈~量讀 tʃan⁵⁵、仗讀 tʃan⁵⁵、髒讀 tsuan⁵⁵、狀讀 tsuan⁵⁵，韻母都是各攝中較晚近的層次讀音。同一個字，如「丈」，讀不送氣音時（在「丈量」一詞中），韻母是文讀音；讀送氣音時（作量詞用），韻母是白讀音。送氣音與較早層次的韻母組合，不送氣音與較晚層次的韻母組合，由此證明，送氣音是較早層次的讀法，不送氣音是較晚層次的讀法。

3. 層次來源

全濁聲母逢塞音、塞擦音清化為送氣聲母，是贛方言或客家方言的顯著特徵，郴州不僅東鄰贛、客方言區，其境內的資興、永興二縣本身就屬於贛語區，桂東、汝城二縣屬於客家方言區，因此，郴州土話區的人們直接或間接地與贛客方言區的人們有著頻繁接觸，其方言染上贛客方言特徵的可能性是有的。但在飛仙，讀送氣音的大都是土話的口語常用字，這或許暗示了一種更大的可能性，即飛仙並非被動地受贛客方言影響而變為送氣音〔註8〕，而是飛仙的先民本身就是從贛客方言區遷徙過來的，讀送氣音的是一種贛客方言底層的殘留。只是後來土話區成了土話與官話的雙語通行區，土話受官話的影響日重，不僅書面語用字來自於官話，連一些口語用字也受官話影響了（如口語中的「步蛋地住自舊」等字讀為不送氣音）。官話的全濁聲母清化的規律是逢塞音、塞擦

〔註8〕其實從地理位置上來看，飛仙位於桂陽縣的西部，並非直接與贛客區接觸的地點，直接受贛客方言影響的條件並不具備。

音「來自古平聲的字讀送氣音、來自古仄聲的字讀不送氣音」。這樣，贛客底層的「平仄都讀送氣音」與官話的「平聲送氣、仄聲不送氣」兩種規律一疊加，出現了飛仙土話的「平聲都讀送氣音，仄聲部分讀送氣音，部分讀不送氣音」的結果。既然贛客方言是底層，官話是外來層，則勢必古仄聲的口語常用字是贛客方言的特徵，讀送氣音，書面語和少數口語用字是官話的特徵，讀不送氣音。我們將這種層次疊加做個示意圖如下：

贛客底層	古平聲讀送氣聲母	+	古仄聲讀送氣聲母
	+（疊加）		+（疊加）
官話層次	古平聲讀送氣聲母	+	古仄聲讀不送氣聲母
	↓↓		↓↓
飛仙土話	古平聲讀送氣聲母	+	古仄聲部分讀送氣聲母，部分讀不送氣聲母

荷葉、沙田的全濁聲母清化類型與飛仙類似。不再贅述。

二、「並定母不送氣，其他母送氣」型

1. 讀音舉例

我們以麻田為例，舉例看一下各聲母的情況：

表3.8　麻田古全濁聲母今讀舉例

並母	平聲	朋 pəu²¹³｜旁 paŋ²¹³｜彭姓~pəi²¹³｜平 pəi²¹³｜坪 pəi²¹³｜瓶 pəi²¹³｜婆 pəu²¹³ 爬 po²¹³｜盤 puŋ²¹³｜鏖 pau²¹³｜嫖 piau²¹³｜培 pəi²¹³｜賠 pəi²¹³｜牌 pa²¹³｜排 pa²¹³｜盆 pəi²¹³｜皮 pi²¹³｜琵 pi²¹³（以上不送氣）； 憑 pʰen³¹｜彭彭德懷 pʰen³¹｜膨 pʰen³¹｜評 pʰen³¹｜琶 pʰa³¹｜龐 pʰaŋ³¹｜蒲~公英 pʰu³¹｜貧 pʰen³¹｜頻 pʰen³¹｜疲 pʰi³¹｜脾 pʰi³¹｜脯胸~pʰu³³｜便~宜 pʰiɛ²¹³（以上送氣）
	仄聲	病 pəi³³｜辦 pa³³｜便方~piɛ³³｜敗 pa³³｜步 pu³³｜鼻 pi³³｜箆 pi³³｜暴 pau⁵¹｜幣 pi²¹³｜備 pi²¹³｜泊 po³¹｜別離~piɛ³¹｜勃 po³¹｜薄好~pəu³³｜白 pa³³｜伴 puŋ³⁵｜抱 pɜu³⁵｜倍 pəi⁵¹｜辨 pan²¹³｜部 pu²¹³｜笨 pen²¹³｜被~子 pi²¹³（以上不送氣）； 叛 pʰan²¹³｜佩 pʰəi²¹³｜闢 pʰiɛ³¹（以上送氣）
定母	平聲	亭 təi³³｜彈~琴 ta³³｜唐 taŋ²¹³｜糖 taŋ²¹³｜停 ten²¹³｜駝 təu²¹³｜頭 tɜu²¹³｜團 tuŋ²¹³｜同 tɜu²¹³｜銅 tɜu²¹³｜童 tɜu²¹³｜甜 tiɛ²¹³｜痰 ta²¹³｜譚 ta²¹³｜桃 tau²¹³｜抬 ta²¹³｜淘~米 tau²¹³｜圖 tu²¹³｜藤 təi²¹³｜田 tiɛ²¹³｜條 tiau²¹³｜題 ti²¹³｜蹄 ti²¹³｜臺 ta²¹³｜枱~桌 ta²¹³（以上不送氣）；

		騰 tʰen³¹ | 堂 tʰaŋ³¹ | 庭 tʰen³¹ | 壇 tʰan³¹ | 同~學 tʰuŋ³¹ | 談 tʰan³¹ | 萄 tʰau³¹ | 潭 tʰan³¹ | 臺~灣 tʰai³¹ | 苔 tʰai³¹ | 途 tʰu³¹ （以上送氣）
	仄聲	定 təi³³ | 大 ta³³ | 豆 tɞ³³ | 彈子~ta³³ | 蛋 ta³³ | 盜 tau³³ | 袋 tai³³ | 度 tu³³ | 地 ti³³ | 隊 tuəi⁵¹ | 段 tun²¹³ | 電 tiaŋ²¹³ | 但 tan²¹³ | 第 ti³³ | 代 tai²¹³ | 笛 ty³³ | 敵 tiɛ³¹ | 諜 tiɛ³¹ | 奪 to³³ | 毒 təɞ³³ | 獨 təɞ³³ | 弟 ti³³ | 待 tai³³ | 淡 ta³⁵ | 道 tau³⁵ | 稻 tau³⁵ | 怠 tai³⁵ | 肚 tu³⁵ | 動 tuŋ²¹³ | 讀 təɞ³³ | 達 ta⁵¹ （以上不送氣）；
		掉~頭 tʰiau²¹³ | 特 tʰa³¹ | 突 tʰu³¹ | 查 tʰa⁵¹ | 艇 tʰen³⁵ （以上送氣）
澄母	平聲	場 tʃʰaŋ³¹ | 程 tʃʰen³¹ | 綢 tɕʰiɞu³¹ | 傳~達 tʃʰuan³¹ | 潮 tʃʰau³¹ | 腸 tʃʰaŋ³³ | 橙 tʃʰen²¹³ | 長~短 tʃʰaŋ²¹³ | 沉 tʃʰəi²¹³ | 蟲 tʃʰɞɞ²¹³ | 陳 tʃʰəi²¹³ | 塵 tʃʰəi²¹³ | 纏 tɕʰiɛ²¹³ | 除 tɕʰy²¹³ | 廚 tɕʰy²¹³ | 槌 tɕʰy²¹³ | 錘 tɕʰy²¹³ | 持 tsʰɿ³¹ | 茶 tsʰo²¹³ | 遲 tsʰɿ²¹³ （全部送氣）
	仄聲	住 tɕʰy³³ | 侄 tɕʰiɛ³¹ | 直 tɕʰiɛ³³ | 苧 tɕʰy³⁵ | 柱 tɕʰy³⁵ | 稚 tsʰɿ³³ | 重輕~tʃʰɞɞ³⁵ | 治 tsʰɿ³³ | 秩 tsʰɿ³¹ | 痔 tsʰɿ³³ | 撞 tʃʰaŋ³³ | 賺 tʃʰuŋ³³ | 陣 tʃʰəi³³ | 擇 tʃʰa³¹ | 著 tʃʰɞu³³ | 丈 tʃʰaŋ³⁵ （以上送氣）；
		召 tʃau³³ | 宙 tɕiɞu⁵¹ | 鄭 tʃen²¹³ | 綻 tʃan²¹³ | 軸 tʃɞɞ³⁵ | 趙 tʃau²¹³ | 瞪 təi³¹ | 值 tɕiɛ³¹ | 站車~tʃan⁵¹ | 仗 tʃaŋ⁵¹ （以上不送氣）
從母	平聲	全 tʃʰuan³¹ | 糍~粑 tsʰɿ²¹³ | 慚 tʃʰan³¹ | 秦 tʃʰəi³¹ | 層 tʃʰəi²¹³ | 情 tʃʰəi²¹³ | 晴 tʃʰəi²¹³ | 殘 tʃʰa²¹³ | 從 tʃʰɞɞ²¹³ | 蠶 tʃʰa²¹³ | 曹 tʃʰau²¹³ | 財 tʃʰai²¹³ | 存 tʃʰuəi²¹³ | 潛 tɕʰiaŋ³¹ | 牆 tɕʰiaŋ²¹³ | 錢 tɕʰiɛ²¹³ | 前 tɕʰiɛ²¹³ | 齊 tɕʰi²¹³ | 慈 tsʰɿ³¹ | 瓷 tsʰɿ²¹³ （全部送氣）
	仄聲	淨 tʃʰəi³³ | 就 tʃʰɞu³³ | 鑿~子 tʃʰa³³ | 族 tʃʰu³¹ | 鑿 tʃʰɞu³³ | 造 tʃʰau³⁵ | 靜 tʃʰəi³³ | 罪 tʃʰuəi³³ | 賤 tɕʰiɛ³³ | 噍 tɕʰiau³³ | 匠 tɕʰiaŋ⁵⁵ | 捷 tɕʰiɛ³¹ | 疾殘~tɕʰiɛ³¹ | 聚 tɕʰy³⁵ | 自 tsʰɿ³³ | 字 tsʰɿ³³ | 牸 tsʰɿ³³ | 座 tsʰɞu³⁵ | 雜 tsʰa³³ | 坐 tsʰɞu³⁵ （以上送氣）；
		皂 tʃau³⁵ | 集 tɕiɛ³¹ | 輯 tɕiɛ³¹ | 疾~病 tɕiɛ³¹ | 髒 tʃaŋ²¹³ | 暫 tʃan²¹³ | 賊 tʃa³¹ | 漸 tʃan³⁵ | 劑 tɕi⁵¹ | 截 tɕiɛ⁵¹ | 籍 tɕiɛ²¹³ | 寂 tɕi²¹³ | 踐 tɕiaŋ³⁵ （以上不送氣）
邪母	平聲	囚 tɕʰiɞu²¹³ | 尋 tʃʰəi¹³ | 祥 tɕʰiaŋ³¹ | 徐 tɕʰy³¹ | 詳 tɕʰiaŋ³¹ | 松 tɕʰiuŋ²¹³ | 辭 tsʰɿ³¹ | 詞 tsʰɿ³¹ | 祠 tsʰɿ³¹ （全部送氣）
	仄聲	袖 tɕʰiɞu³³ | 頌 tʃʰuŋ²¹³ | 訟 tʃʰuŋ²¹³ | 續 tʃʰu³¹ | 旋 tɕʰyɛ³³ | 像 tɕʰiaŋ³³ | 序 tɕʰy²¹³ | 敘 tɕʰy²¹³ | 緒 tɕʰy²¹³ | 續 tsʰu³¹ | 飼 tsʰɿ³¹ | 嗣 tsʰɿ²¹³（以上送氣）；
		寺 tsɿ²¹³ | 巳 tsɿ²¹³ （以上不送氣）
崇母	平聲	愁 tʃʰɞɞ³¹ | 崇 tʃʰuŋ³¹ | 床 tʃʰaŋ²¹³ | 岑~水村：梅田鎮的一個村 tʃʰai²¹³ | 柴 tʃʰa²¹³ | 豺 tsʰa²¹³ | 查調~tsʰa³¹ | 鋤 tsʰu²¹³ （全部送氣）
	仄聲	助 tsʰu²¹³ | 狀告~tʃʰuaŋ³³ | 寨 tʃʰai²¹³ （以上送氣）；
		驟 tʃɞɞ²¹³ | 鍘 tʃa⁵¹ | 聞 tʃa⁵¹ | 狀獎~tʃuaŋ²¹³ | 棧 tʃan²¹³ （以上不送氣）
禪母	平聲	承 tʃʰen³¹ | 禪 tʃʰan³¹ | 純 tʃʰuen³¹ | 醇 tʃʰuen³¹ | 垂 tʃʰuəi³¹ | 成 tʃʰəi²¹³ | 城 tʃʰəi²¹³ | 誠 tʃʰəi²¹³ | 臣 tʃʰəi²¹³ | 酬 tɕʰiɞu³¹ | 仇 tɕʰiɞu²¹³ （全部送氣）
	仄聲	殖 tɕiɛ³¹ | 植 tɕiɛ³¹

群母	平聲	禽 kʰen³¹｜鉗 kʰiaŋ³¹｜喬 kʰiau³¹｜期 kʰi³¹｜奇 kʰi³¹｜狂 kʰuaŋ²¹³｜強 kʰiaŋ²¹³｜茄 kʰyɛ²¹³｜求 kʰiəu²¹³｜球 kʰiəu²¹³｜拳 kʰyɛ²¹³｜琴 kʰəi²¹³｜窮 kʰiuŋ²¹³｜橋 kʰiau²¹³｜裙 kʰuəi²¹³｜勤 kʰəi²¹³｜棋 kʰi²¹³｜騎 kʰi²¹³｜擎 tʃʰen³¹｜虔 tɕʰiaŋ³¹（全部送氣）
	仄聲	轎 kʰiau³³｜櫃 kʰy³³｜僅 kʰen³⁵｜傑 kʰiɛ³¹｜及 kʰiɛ³¹｜舅 kʰiəu³⁵｜菌 kʰuen³⁵｜近 kʰəi³⁵｜跪 kʰy³⁵｜倚 kʰi³⁵｜技 kʰi³⁵｜妓 kʰi / tɕi³⁵（以上送氣）；
		競 ken²¹³｜倦 kyan²¹³｜健 kiaŋ²¹³｜共 kuŋ²¹³｜具 ky²¹³｜懼 ky²¹³｜極 kiɛ³¹｜局 ky³¹｜劇 ky²¹³｜件 kiaŋ³⁵｜儉 kiaŋ³⁵｜巨 ky³⁵｜忌 tɕi²¹³｜咎 tɕiəu³³｜臼 tɕiəu⁵¹｜掘 tɕyɛ³¹（以上不送氣）；

2. 層次分析

以上舉例涵蓋了主要常用字。可以看出，麻田古全濁聲母清化後逢塞音、塞擦音的讀音，主要分作兩類：一類是並母和定母，其古平聲字一部分讀不送氣聲母，一部分讀送氣聲母，其古上、去、入聲字絕大部分讀不送氣聲母；一類是澄、從、邪、崇、禪、群母（邪、崇、禪三母限今讀塞擦音的部分），其古平聲字讀送氣聲母，其古上、去、入聲字一部分讀送氣聲母，一部分讀不送氣聲母。

①並、定母平聲的讀音層次。

並母、定母的古平聲字，一部分讀不送氣音，一部分讀送氣音。無分化條件，不可能是條件性的分化。有明顯的詞彙環境的限制，因此也不是擴散式的音變。這種分化是不同層次的體現。

從具體字例來看：讀不送氣音的通常是土話的口語用字，而讀送氣音的大多不是口語用字，而是書面色彩較濃的字。如「旁平坪瓶婆爬盤賠牌排盆皮彈~琴糖停頭團甜痰桃淘~米抬圖藤田條題蹄臺枒~桌」等讀不送氣音的都是口語中常說的字，而「膨評貧頻疲騰談潭苔途」這些帶書面色彩的字則讀送氣音。再如，「彭」字在「姓彭」一詞中讀pəi²¹³，而在「彭德懷」中則讀pʰen³¹，同一個字，用在口語中讀不送氣音，用在外地名人時則讀送氣音；又如，「同」字作連詞單用時讀 təu²¹³，在「同學」一詞中讀 tʰuŋ³¹，單用是口語的用法，而「同學」則有書面語色彩。可見，讀不送氣音應該是土話的一種固有層次的演變規律，讀送氣音則是一種外來層次的讀法。

用聲母、韻母、聲調三者互證的方法：

A、從韻母來看。第二章已論證，麻田的韻母讀音體現了多種層次，其中，

臻深曾梗通五攝陽聲韻韻尾元音化、山咸攝陽聲韻韻尾脫落、山攝陽聲韻一等合口字讀 uŋ、蟹攝一二等的韻尾脫落等，都屬於麻田較早層次的讀音。在並、定母平聲讀不送氣音的字中，彭姓~讀 pəi²¹³、平讀 pəi²¹³、坪讀 pəi²¹³、瓶讀 pəi²¹³、盆讀 pəi²¹³、亭讀 təi³³、藤讀 təi²¹³、同讀 təu²¹³、銅讀 təu²¹³、童讀 təu²¹³，都屬於陽聲韻韻尾元音化；甜讀 tie²¹³、田讀 tie²¹³、彈~琴讀 ta³³、痰讀 ta²¹³、譚讀 ta²¹³，都屬於陽聲韻韻尾脫落；抬讀 tɑ²¹³、臺讀 tɑ²¹³、枱~桌讀 tɑ²¹³、牌讀 pɑ²¹³、排讀 pɑ²¹³，都屬於蟹攝韻尾脫落；盤讀 puŋ²¹³、團讀 tuŋ²¹³，屬於山攝一等合口較早層次的讀音。而憑讀 pʰen³¹、膨讀 pʰen³¹、彭彭德懷讀 pʰen³¹、評讀 pʰen³¹、貧讀 pʰen³¹、頻讀 pʰen³¹、騰讀 tʰen³¹、庭讀 tʰen³¹、壇讀 tʰan³¹、同~學讀 tʰuŋ³¹、談讀 tʰan³¹、潭讀 tʰan³¹、臺~灣讀 tʰai³¹、苔讀 tʰai³¹，等等，韻母都是讀較晚近層次的音，而其聲母都是讀送氣音。

　　B、從聲調來看。第四章我們將會論證，古濁聲母平聲字讀 213 是屬於一種時代較早的固有層次讀音，而讀 31 則是一種晚近的外來層次音。我們姑且把這個作為已知結論。由此來看，並、定二母平聲讀不送氣音的字，絕大多數都讀作 213 調；讀送氣音的字，絕大多數都讀作 31 調。由此，我們可以得到並、定二母字的兩種固定組合：1）不送氣聲母＋較早層次的韻母＋213 調；2）送氣聲母＋較晚層次的韻母＋31 調。後者是較晚層次的讀音類型，是一種外來層次；前者是較早層次的讀音類型，是一種固有層次。由此，我們可以斷定，並定二母古平聲今讀不送氣音是麻田土話的固有層次的讀音，讀送氣音是較晚的外來層次的讀音。

　　郴州地區的官話，全濁聲母平聲字今讀送氣音，調值一般為中降調。麻田是土話和官話的雙語區，當地人同時會講官話，這必然會影響到土話的語音變化。麻田並、定二母部分讀送氣音就是受官話影響而形成的一種層次。在聲母受官話影響的同時，聲調也折合成了土話的 31 調（即土話的陰平調）。所以，我們可以得出結論，麻田土話在時代較早的固有層中，並、定母清化為不送氣聲母。

　　②並、定母仄聲的讀音層次。

　　並、定二母仄聲字絕大部分都讀不送氣音。極少數讀送氣音的字是很不常用的字，並非土話固有層的讀音，應該是文化水平較高的人借自官話或普通話

的一種讀音，如闢、艇等，普通話都讀送氣音。

雖然大多數都讀不送氣音，但可以肯定的是，同為不送氣音，卻混合了土話固有層次的讀音和來自官話的外來層的讀音。既然讀送氣音的那少數字並非土話固有層的讀音，則固有層的讀音必然是讀不送氣音的。除了這種排除法，我們也可以用聲韻調互證的方法來判斷。如：敗 pa^{33}、辦 pa^{33}、蛋 ta^{33} 都是韻尾脫落，病 pəi^{33}、定 təi^{33} 都是鼻音韻尾元音化，伴 puŋ^{35} 都是山攝合口一等陽聲韻字較早層次的讀音，而聲調也是麻田固有層次的聲調（全濁去讀陽去 33，全濁上部分讀上聲。見第四章），其聲母都讀不送氣音。而辨音 pan^{213}、笨音 pen^{213}、代音 tai^{213}、電音 tiɑŋ^{213}、但音 tan^{213}，韻母都是晚近層次的音，聲調也是晚近層次的聲調（全濁上和全濁去讀陽平 213。見第四章），其聲母也都讀不送氣音。所以，可以確定，並、定二母仄聲字讀不送氣音既有土話固有層的讀音，也有來自官話的外來層的讀音。

③除並、定母以外的其他全濁聲母平聲的讀音層次。

從例字表中看到，除並、定母以外的其他全濁聲母平聲字全部讀送氣聲母。可以肯定的是，同為送氣音，卻混合了土話固有層次的讀音和來自官話的外來層的讀音。我們主要也用聲韻調互證的方法來證明。讀送氣音的字中，有韻母為較早層次的讀音的，如沉 tʃʰəi^{213}、蟲 tʃʰɘʉ^{213}、陳 tʃʰəi^{213}、塵 tʃʰəi^{213}、纏 tɕʰiɛ^{213}、層 tʃʰəi^{213}、情 tʃʰəi^{213}、晴 tʃʰəi^{213}、殘 tʃʰɑ^{213}、從 tʃʰɘʉ^{213}、蠶 tʃʰɑ^{213}、存 tʃʰuəi^{213}、柴 tʃʰɑ^{213}、成 tʃʰəi^{213}、拳 kʰyɛ^{213}，這些字或者鼻音韻尾元音化，或者脫落韻尾。同時，這些字的聲調都讀為陽平，是固有層次的濁平演變規律。也有韻母為新近層次的讀音的，如程 tʃʰen^{31}、慚 tʃʰan^{31}、潛 tɕʰiaŋ^{31}、崇 tʃʰuŋ^{31}、承 tʃʰen^{31}、禪 tʃʰan^{31}、禽 kʰen^{31}、擎 tʃʰen^{31}、鉗 kʰiaŋ^{31}，這些字的聲調都讀為陰平，是搬自官話的借音折合成土話調值相近的陰平讀法的結果。可見，除並、定母以外的其他全濁聲母平聲字讀送氣音，既有土話固有層的讀音，也有來自官話的外來層的讀音。

④除並、定母以外的其他全濁聲母仄聲的讀音層次。

除並、定母以外的其他全濁聲母仄聲，一部分讀送氣聲母，一部分讀不送氣聲母。無分化條件，所以不是條件性的分化。

從韻母來看，讀送氣音的字大都讀較早層次的韻母，如：陣讀 tʃʰəi^{33}、重

輕~讀 ʧʰɐu³⁵、淨讀 ʧʰəi³³、靜讀 ʧʰəi³³、近讀 kʰəi³⁵，都屬於鼻韻韻尾元音化；鏨~子讀 ʧʰa³³、賤讀 tɕʰiɛ³³、旋讀 tɕʰyɛ³³，都屬於鼻音韻尾脫落。這些字從聲調上來看，也都符合麻田土話固有層的聲調演變規律，如陣、淨、鏨~子、賤、旋讀 33 調是古濁去讀陽去，重輕~、靜、近讀 35 調是古濁上仍讀上聲。而讀不送氣音的字大都讀新近層次的韻母，如：鄭讀 ʧen²¹³、暫讀 ʧan²¹³、棧讀 ʧan²¹³、倦讀 kyan²¹³、競讀 ken²¹³，都仍讀鼻音尾，並未發生韻尾的元音化或韻尾的脫落現象，這些都是新近的一種外來層次的讀音，這種層次來自官話。從聲調上來看，都是將搬自官話的音直接折合成土話中與之調值相似的聲調，如鄭、暫、棧、倦、競等去聲字折合成了土話的陽平調（關於麻田聲調的層次見第四章第二節）。所以，除並、定母以外的其他全濁聲母的仄聲字，有兩種固定組合：1）送氣聲母＋固有層的韻母讀音＋固有層的聲調讀音；2）不送氣聲母＋外來層的韻母讀音＋外來層的聲調讀音。由此，我們可以推知，讀送氣音是麻田土話固有層次的讀音。麻田同時通行郴州的官話，官話的全濁聲母的清化規律是「平聲讀送氣聲母，仄聲讀不送氣聲母」。土話仄聲讀不送氣音，正是來自官話層次的反映。

從具體字例來看，讀送氣音的字大都是土話的口語常用字，讀不送氣音的字大都帶有書面色彩。如「住佇直治痔撞丈重輕~淨就鏨靜罪匠自牸坐袖像續櫃舅近跪徛」等讀送氣音，「召宙綻值皂輯疾~病暫漸寂踐巳續棧殖競倦懼」讀不送氣音。也說明了讀送氣音是土話固有層次，讀不送氣音是外來層次。

綜合上述 4 條，我們將麻田土話全濁聲母清化後逢塞音、塞擦音的讀音層次歸納如下示意圖：

土話底層	並、定母讀不送氣聲母	＋	其他母讀送氣聲母
	＋（疊加）		＋（疊加）
官話層次	平聲送氣，仄聲不送氣	＋	平聲送氣，仄聲不送氣
	↓↓		↓↓
麻田土話	並、定母平聲部分送氣，部分不送氣；仄聲不送氣	＋	其他母平聲送氣；仄聲部分送氣，部分不送氣

麻田的全濁聲母清化，有兩種主要的層次，一個是土話的底層，其清化規律是「並、定母讀不送氣聲母，其他母讀送氣聲母」；一個是來自官話的層次，其清化規律是「古平聲讀送氣聲母，古仄聲讀不送氣聲母」。兩種層次疊加，形

成麻田土話的清化格局。由於麻田同時通行官話，官話勢必對土話的語音變化產生影響。隨著官話對土話的影響加深，土話底層的讀音類型所佔的比重日益減小。

除麻田外，仁義、唐家、一六、楚江也屬於這種類型，都混合有土話的底層和來自官話的層次。但楚江的官話層次所佔的比重小得多，並、定母無論古平仄，今幾乎全讀不送氣聲母，澄、從、邪、崇、禪、群母（邪、崇、禪三母限今讀塞擦音的部分）則古平聲讀送氣聲母，古上、去、入聲大部分讀送氣聲母，小部分讀不送氣聲母。不再贅述。

全濁聲母清化後逢塞音、塞擦音的兩種類型，區別在於並、定二母的讀音，除並定二母以外的聲母，兩種類型都是「平聲全部送氣，仄聲部分送氣、部分不送氣」。第一種類型的並、定母的平聲全部送氣，仄聲部分送氣、部分不送氣；第二種類型的並、定母的平聲部分送氣、部分不送氣，仄聲絕大部分不送氣。從層次來源看，第一種類型的並、定母平聲讀送氣音是固有層次（即贛客層次）和外來層次（即官話層次）的混合，仄聲讀送氣音是固有層次（即贛客層次），讀不送氣音是外來層次（即官話層次）；第二種類型的並、定母平聲讀不送氣音是固有層次，讀送氣音是外來層次（即官話層次），仄聲讀不送氣音是固有層次和外來層次（即官話層次）的混合。

總之，第一種類型「平聲送氣，上去入聲部分送氣、部分不送氣」是贛客語層次和官話層次的疊置結果；第二種類型「並定母平聲部分送氣、部分不送氣，仄聲不送氣，其他聲母平聲送氣，仄聲部分送氣、部分不送氣」是某種土話固有層次和官話層次的疊置結果。

三、「並定母不送氣、其他母送氣」的成因——不同時代的贛客方言層次的疊加

全濁聲母清化的第二種類型，其固有層次的演變特點是「並、定母讀不送氣清音，其他母讀送氣清音」。根據學界的調查結果，湘南土話的南部、粵北土話的西部這在地理上大體連為一片的區域，有一批方言點都屬於這種演變類型。那麼，這種演變的形成原因是什麼呢？對於這個問題，學界有不同的解釋。

王福堂（2002）認為，湘南土話、粵北土話中可能在清化前曾受壯侗族語

言的影響變為內爆音 ɓ ɗ（或ʔb ʔd），繼而在以後的清化過程中，由於內爆音帶有的吸氣特徵，就不再參與方言中送氣化的音變（這種送氣化的音變有可能是客贛方言的影響引起的），而只變為不送氣音〔註9〕。

莊初升（2004）認為，粵北、湘南一帶並非壯侗民族傳統上的分布地區，而是苗瑤民族分布區，所以土話受壯侗語言影響的可能性很小。他根據語音系統發展的不平衡性，用屬於不同時代的歷史層次對這種現象進行解釋，認為並、定母讀不送氣音是較晚的層次，其他母讀送氣音是較早的層次〔註10〕。

麥耘（2014）認為並、定母清化較晚是易於理解的，但為什麼早清化就送氣、晚清化就不送氣，仍然缺乏合理的解釋。對這一現象，麥耘先生從演化語言學的角度進行解釋，認為，幫、端母先發生內爆音化（〔p〕和〔t〕──尤其是 VOT 特別短、聽感上較「硬」的〔p〕和〔t〕──常會變為〔ɓ〕和〔ɗ〕，這是一個帶有普適性的自然演化途徑），形成〔p〕和〔t〕兩個空檔，從而吸引並、定母清化後變〔p〕和〔t〕；而其他全濁音在清化的過程中，經歷了氣聲的階段，進而清化（消弛）後變送氣音。並且認為，這種語音變化是方言自身的一種演變，與接觸影響的關係不大〔註11〕。用音法學的規律進行解釋，說服力很大，確實有可能是土話的一種演變路徑。

曾獻飛（2005）認為，湘南土話、粵北土話古並定母今讀不送氣清音而其他古全濁聲母今讀送氣清音的特殊現象，是漢語方言自身演變和受客贛方言影響的結果〔註12〕。但對保留濁音的並定母為何不受贛語影響的解釋說服力不夠。

從郴州地區的歷史進程來看，郴州在一千多年來，始終是移民輸入的活躍地區，大量移民的輸入必定會對方言的變化產生影響。我們嘗試根據這一移民史實對土話的「並定母不送氣、其他母送氣」的特點進行解釋。

在第二章第二節中，我們提到，歷史上確實有一段時期（大約為宋代至明初）江西中西部地區向湘南地區大量移民，由此很有可能將江西中西部的方言特點帶到湘南地區。

〔註9〕王福堂，漢越語和湘南土話、粵北土話中並定母讀音的關係〔J〕，紀念王力先生百年誕辰學術論文集〔C〕，北京：商務印書館，2002，366 頁。

〔註10〕莊初升，粵北土話音韻研究〔M〕，北京：中國社會科學出版社，2004，118～128 頁。

〔註11〕麥耘，對「並定不送氣」的一個演化音法學解釋〔J〕，語言研究集刊，2018（2）。

〔註12〕曾獻飛，湘南、粵北土話古全濁聲母送氣／不送氣成因初探〔J〕，語言研究，2005（3）：98～101。

　　譚其驤《湖南人由來考》一文、周振鶴和游汝傑《湖南省方言區畫及其歷史背景》一文都論及歷史上江西中部地區大量向湘南地區移民的歷史。另據曾獻飛（2005）統計，民國時期汝城縣人口約 10 萬人，其中近 8 萬是江西移民的後裔；桂陽縣人口在 10000 人以上的 24 姓氏中有 12 個是江西移民後裔；嘉禾縣人口在 5000 人以上的 13 個姓氏中有 8 個是江西移民後裔；新田縣人口在 10000 人以上的 10 個姓氏中有 8 個是江西移民後裔；藍山縣人口在 6000 人以上的 14 個姓氏中有 10 個是江西移民後裔；寧遠縣人口在 10000 人以上的 16 個姓氏中有 13 個是江西移民後裔。這幾縣都是湘南土話的分布區。可見，來自歷史上江西移民的後裔占現在說郴州土話的人口的一多半。在歷史上，近一千多年的時間裏，大量操贛語（當然，這裡的贛語指現代贛語的早期形式，以下提及贛語均指其早期形式）的江西移民源源不斷地遷入湘南地區，有時還是集中在某個時期大量地遷入，構成了郴州地區人口比例的主要部分。

　　湖南地區的移民主要是與中國歷史上幾次大規模的南下移民潮同步發生的。據葛劍雄等《簡明中國移民史》，中國歷史上有三次大規模的漢人南遷高潮：第一次發生在兩晉南北朝時期，北方戰亂和漢人政權的南移導致了第一次南下移民潮，但這次移民的主要輸入地是蘇皖兩省及陝南、鄂北地區，並不包括湖南。第二次發生在唐代「安史之亂」後，這一次就有較大量的移民進入湖南了。比如「道州（今湖南道縣）在天寶年間有二萬二千戶人口，到廣德元年（763 年）前，已有戶數四萬，為天寶戶口的 177%，廣德距天寶才十幾年，不可能是自然增殖的結果，只能歸因於北方移民的遷入」〔註 13〕。這次對湖南的移民直到唐末五代還在繼續。第三次發生在宋代「靖康之亂」後，其中，南宋紹興至嘉定年間約半個多世紀的時間內，有一個集中遷入湖南的移民高潮。據葛書數據，南宋荊湖南路（大約相當於今湖南省）在紹興三十二年（1162 年）只有人口 968931 戶，至乾道九年（1173 年）增加人口 36203 戶，達到 1005134 戶，而同時期的江南西路（大約相當於今江西省）減少 28778 戶；乾道九年至嘉定十六年（1223 年），荊湖南路增加人口 246068 戶，總數達到 1251202 戶，而同時期的荊湖北路只有 369820 戶，淮南西路只有 218250 戶，均比荊湖南路少了數倍。

〔註13〕葛劍雄，曹樹基，吳松弟，簡明中國移民史〔M〕，福州：福建人民出版社，1993，251 頁。

從紹興三十二年到嘉定十六年共 63 年的時間，荊湖南路的戶數從 96 萬多增加到 125 萬多，人口增長了約 31.4%，很有可能是移民的結果。「南宋時的江西移民以入湖南為主」。但到了至元十二／十三年（1275／1276 年）荊湖南路的戶數驟降至 561112 戶，減少了 55.2%，這應該是由於蒙古人入侵南宋導致了大量湖南人的外遷。到了至元二十七年（1290 年），短短十幾年時間，荊湖南路又恢復到 1248419 戶，顯然是元初統一全國後社會漸趨安定移民大量遷入湖南的結果。除了漢人南遷的這三次高潮，還有一次「明初大移民」，明朝初年的這次移民在政府主導下進行，達到了江西向湖南移民的鼎盛期。葛書中所附《湘南 4 縣移民氏族遷入情況表》反映了江西移民湘南地區的一些情況：唐代至明初這段時期從江西移民湘南四縣（宜章、嘉禾、藍山、汝城）的共有 118 族，其中北宋有 27 族，南宋有 44 族，元代 18 族，明初 23 族。這幾朝的江西籍移民占移民總數的 46.6%。

所以，涉及到湘南移民的主要有兩個歷史時期，一個是宋代至元初，一個是元末明初。這兩個時期都有相當數量的江西移民遷往湘南地區（有時是經過湖南其他地區作為中轉站繼而遷往湘南的）。周振鶴、游汝傑（1985）論述了湘南移民主要來自贛中地區。

既然遷入湘南的江西移民主要集中在兩個不同的歷史時期，在方言中一定會積澱出不同時期的歷史層次。

黃笑山（1995）考證全濁聲母從中唐開始變為「清音濁流」〔註14〕；麥耘（1998 和 2002）認為邵雍時仄聲的「濁流」變弱，近似全清，但仍未真正清化〔註15〕。而在《中原音韻》中，全濁聲母已完成清化。所以，漢語史上全濁聲母清化的過程大約發生於中唐至南宋這段時間。我們假設贛方言的全濁聲母清化也大致發生於這個時期，或稍晚於這個時期。那麼，第一批從江西遷入湘南的移民處於宋代至元初的時代，人們所操的贛語應該尚處於「全濁聲母清化」正在發生但未徹底完成的階段，即使是元初的移民也是如此。元代初年，北方方言剛剛完成全濁聲母的清化，南方的贛語要發生清化至少要晚於北方方言。第二批從江西遷入湘南的移民處於元末明初的階段，這個時候的贛語應

〔註14〕黃笑山，《切韻》和中唐五代音位系統〔M〕，臺北：文津出版社，1995。
〔註15〕麥耘，「濁音清化」分化的語音條件試釋〔J〕，語言研究增刊，1998：25～31。

該已經完成了全濁聲母的清化而讀為送氣清音了。郴州在歷史上開發時間遠遠晚於贛中、湘北和湘中地區，第一批從江西遷入湘南的移民極有可能在當時已經大大超過當地土著民，從而成為當地的主要居民。即便這個假設不成立，我們也有理由推測，從開發時代較早、人口過剩的江西中部移入自古為「貶謫地」、人煙稀少的郴州，在移民大潮的形勢下，其移民的數量至少可以與當地土著民數量等量齊觀，這部分江西移民所操的贛語和當地土著民所操的方言（可能是一種古湘語）應該是現在湘南土話的原始狀態，只不過，湘南土話群是在這兩種早期方言的相互作用和整合之下最終形成的。所以，湘南土話群中至少有一部分土話點——如果不是全部的話——的底層應該是宋代至元初的贛語。

對於全濁聲母清化的過程，我們贊同曾獻飛（2005）湘南土話並定母的清化晚於其他全濁聲母的清化的觀點，同曾文一樣，主要有三方面理由：①朱曉農（2003）從實驗語音學的角度對軟齶濁音比唇濁音、齦濁音更易清化作出的解釋〔註16〕；②兩個旁證，一個是羅常培《唐五代西北方音》中關於西北方音全濁聲母清化順序的論述（即擦音先清化、塞擦音次之、塞音最後清化），一個是曹志耘對南部吳語的調查研究得出的關於方言全濁聲母清化順序的結論（最易清化的是濁擦音聲母，其實是濁塞擦音聲母，最不易清化的是濁塞音聲母）〔註17〕；③曾獻飛關於永州方言清化模式的論述，「濁塞音仍然保留濁音；濁塞擦音難以維持，變為濁擦音；濁擦音則已經開始清化」〔註18〕。另外，從目前郴州嘉禾縣的普滿土話中也可以得到證明。據盧小群（2002）的調查，普滿土話的並、定母還保留全濁聲母，其他古全濁聲母已清化。

對於具體的清化過程，麥耘先生2014年實地調查了湘南的東安土話，發現東安濁音的實際音值是一種氣聲〔註19〕，這為湘南土話古全濁聲母清化前的性質提供了一個參照。氣聲發展方向應該變為送氣清音，但湘語各片的特點，無論是古全濁聲母保留濁音的地區，還是已經清化的地區，古全濁聲母的主要趨

〔註16〕朱曉農，從群母論濁聲和摩擦——實驗音韻學在漢語音韻學中的實驗〔J〕，語言研究，2003（2）：5～18。

〔註17〕曹志耘，南部吳語的研究〔M〕，北京：商務印書館，2002，25頁。

〔註18〕曾獻飛，湘南、粵北土話古全濁聲母送氣／不送氣成因初探〔J〕，語言研究，2005（3）：99。

〔註19〕麥耘，對「並定不送氣」的一個演化音法學解釋〔J〕，語言研究集刊，2018（2）。

勢是讀為不送氣音。如果東安土話獨立發展下去，其發展方向應該是讀為送氣聲母，這是贛語的一種特點。

我們作一個假設：假設郴州土話在語音演變過程也曾經歷過同東安一樣的過程，並不受其他方言的影響獨立發展下去，那麼，結合各全濁聲母清化的先後順序，我們可以將土話的全濁聲母清化經歷的各階段構擬如下（只舉並定群從四母）：

	階段①		階段②		階段③		階段④
並定群從：	b d ɡ dz	→	b d kɦ tsɦ	→	pɦ tɦ kʰ tsʰ	→	pʰ tʰ kʰ tsʰ

第一批來自江西的移民既然已經和贛中地區隔山阻水，其方言的發展變化就會不再與原居住地的贛語同步了。所以，第一批的江西移民所操的贛語與第二批的江西移民所操的贛語在經過一百年左右的割斷聯繫後，已經分屬於不同時代的贛語了。很有可能第一批已經來湘南的江西移民的方言尚未完成全濁聲母的清化過程，而江西境內的贛語在元末明初已經完成全濁聲母的清化，全部讀為送氣清音了。

由於方言的語音演變在不同地區有不平衡性，郴州境內又是山脈眾多，地形複雜多阻，同屬於郴州地區的土話，發展速度一定有快慢之別。那麼，即使整個土話區不一定都比江西的贛語發展地慢，我們也可以肯定，當第二次江西移民潮到來之時，雖然存在某些湘南土話已經完成了全濁聲母的清化的可能性，但至少也應該有一些數量的土話還處於第②或第③階段，甚至第①階段。

由於當地方言的保守性，外來移民必定會主動學說當地方言，所以，來自江西的第二批移民在與第一批移民或原土著民的融合過程中，漸漸放棄自己的一些特點去學當地方言的特點（但實際上，二者的區別應該並不算太大，同樣來自江西的第一批移民應該只是在包括全濁聲母清化等少數方面和第二批移民有一些比較顯著的區別）。那麼，全濁聲母已經全部清化為送氣音的第二批移民和尚處於第②階段的第一批移民的融合過程是怎樣的呢？

區別音位的理論已經證明，在操某種語言的人的語感中，對在其語言音系中不作為區別音位特徵的語音特點的感知能力是很低的。所以，由於第二批贛中移民已經不再有濁塞音與清塞音的音位區別，其對尚處於第②階段的第一批贛中移民口語的 b、d 與 p、t 的區別是感知不到的。所以，他們在向第一批贛中移民學習方言的過程中，放棄了自己的送氣音的讀法 pʰ、tʰ，但又沒有學會

b、d，而是把 b、d 發成 p、t。第二批贛中移民也不再有濁流的送氣音〔ɦ〕和清送氣〔ʰ〕的音位區別，其對第一批贛中移民口語的 kɦ、tsɦ 與 kʰ、tsʰ 的區別是感知不到的。所以，他們在向第一批贛中移民學習方言的過程中，沒有感到當地人發 kɦ、tsɦ 與自己口語的 kʰ、tsʰ 有本質的區別，就依然還是發作了 kʰ、tsʰ。這樣，在這種接觸過程中，使得第二批贛中移民口中的並、定二母與其他全濁聲母發生了不同的清化，並、定母讀為不送氣音，而其他母讀為送氣音。

同理，第二批贛中移民遷入時，有的土話尚處於第①階段，那麼，移民在融入當地過程中，就會全部放棄送氣音的讀法而把並定從群全部讀為不送氣音；有的土話處於第③階段，那麼，移民在融入當地過程中，還會把所有的古全濁聲母字讀為送氣音。另外，湘南有的土話是並、定、群母送氣，而其他母不送氣，如周先義（1994）調查的道縣小甲土話[註20]，這也很好解釋，只是因為當時小甲的群母和並、定母一樣，尚保持了濁音的讀法，而其他全濁聲母已經開始讀為氣聲的緣故。

所以，「並定母讀不送氣音、其他母讀送氣音」實質上是完成了全濁聲母清化的贛語，在與尚未完成全濁聲母清化的贛語的接觸融合中，導致了並定母讀不送氣清音、其他母讀送氣清音的結果。這是兩種屬於不同時代的贛語層次疊加的結果。

如果更確切地說，從江西遷入湘南的移民中，應該也包括一些客家人。自兩晉南北朝中原人南遷始，直至客家人遷至贛南、粵東、閩西地區定居，這中間有一段歷史時期，大約為南北朝至唐宋時代，客家先民與贛語先民曾有過一段在贛北、贛中、皖南等地雜居相處的時期。而江西移民湘南發生於唐宋至明初時期，不難想像，在這股移民潮中，一定也有客家先民從江西移入湘南。而客家語與贛語的淵源很深，其全濁聲母清化的規律也基本相同，所以，我們很難從全濁聲母的清化上分清是客家話的層次還是贛語的層次，只好籠統地說，湘南土話全濁聲母清化的第二種類型的底層應該是客贛方言不同時代的層次疊加的結果。

對於粵北土話的清化類型，也可以用層次疊加的理論進行解釋。從地理分布上來看，粵北土話區與客家話區接壤，在歷史移民的過程中，很可能更多

〔註20〕周先義，湖南道縣（小甲）土話同音字彙〔J〕，方言，1994（3）：201～207。

地是與客家先民發生融合。比如莊初升（2004）提到粵北土話全濁聲母清化的「不論平仄一般都讀送氣的類型」，顯然是客家話的特點；「以聲紐為條件的類型」（約相當於我們所說的並定母送氣、其他母不送氣的類型），應該是兩種層次的客家話相互接觸的結果，這從這種類型的土話點如星子、保安的次濁上、全濁上字多讀陰平的現象（莊初升 2004）也可以證明這種土話的客家話底層的殘留。

再比如韶關梅村土話和乳源縣桂頭土話（莊初升 2004），並、定母的平聲、去聲字讀不送氣，而上聲、入聲字和其他古全濁塞音字一樣讀送氣，麥耘（1998）在分析漢語通語的古全濁音清化規則時，指出氣聲遇低調頭容易變為送氣音。我們認為，很可能在歷史上，梅村土話、桂頭土話的並、定母的平聲、去聲尚讀 b、d，而上聲、入聲則先一步讀為了 pɦ、tɦ，而此時的客家第二批移民到來時，其口語的全濁聲母已完全清化，遂將土話先民的 pɦ、tɦ 讀為 pʰ、tʰ，而將並定母的平聲、去聲讀為 p、t。

總之，處於不同演變時期的贛客方言的相互接觸，導致了「並定母讀不送氣清音、其他母讀送氣清音」的結果。這形成了上文論述的郴州土話全濁聲母清化的第二種類型的固有層次。有這種固有層次的方言點有仁義、唐家、楚江、麻田、一六。之後，郴州地區成為西南官話的通行區，這些土話漸漸受到官話層次的覆蓋，最終形成了「並、定母古平聲字一部分讀不送氣聲母、一部分讀送氣聲母，古上、去、入聲字絕大部分讀不送氣聲母；澄、從、邪、崇、禪、群母（邪、崇、禪三母限今讀塞擦音的部分）古平聲字讀送氣聲母，古上、去、入聲字一部分讀送氣聲母、一部分讀不送氣聲母」的局面。

第四章　郴州土話聲調的演變和歷史層次

第一節　聲調今讀概況

　　所調查的 8 個土話點的聲調普遍較簡單，一般為 4 至 5 個，且大多數沒有入聲，上聲、去聲一般不分陰陽，平聲分陰陽。下面將各點聲調的古今對應列表如下：

表 4.1　聲調古今對應表

土話點	平聲		上聲			去聲		入聲		
	清	濁	清	次濁	全濁	清	濁	清	次濁	全濁
仁義	陰平	陽平	上聲			去聲		陽平		
荷葉	陰平	陽平	上聲			去聲		陽平		
飛仙	陰平	陽平	上聲			去聲		上聲（次濁部分變去聲）		
楚江	陰平	陽平	上聲			去聲		去聲	陰平	陰陽去
沙田	陰平	陽平	上聲			去聲		陽平		
唐家	陰平	陽平	上聲 / 入聲	上聲 / 陰平 / 入聲	上聲 / 陰平	去聲	去聲 / 上聲	入聲	陽平、陰平	

麻田	陰平	陽平	上聲		陽去	陰去	陽去	陰去	陽去
	陽去	陰平	陰去		陽平			陰平	
一六	陰平	陽平	上聲	上聲	去聲		陰陽上去	去聲	
		去聲		陰平	陽平			陽平	

注：同一格中用虛線隔開的屬於不同的層次。

各點調值情況如下表：

表 4.2　各土話點的調值

土話點	陰平	陽平	上聲	去聲		入聲
仁義	35	11	33	13		—
荷葉	33	11	53	13		—
飛仙	212	24	31	55		—
楚江	33	31	35	51		—
沙田	33	31	53	35		—
唐家	33	31	35	42		53
麻田	31	213	35	51 陰去	33 陽去	—
一六	33	24	454	41		—

這 8 個點的聲調情況主要有兩種類型。第一種是仁義、荷葉、飛仙、楚江、沙田 5 個點，聲調中沒有層次對立的情況，有陰平、陽平、上聲、去聲四個聲調。聲調的古今對應大致相同，基本上是：古清平今讀陰平，古濁平今讀陽平，古清上、次濁上以及一部分全濁上今讀上聲，另一部分全濁上、古去聲今讀去聲，古入聲舒化歸併入舒聲調中。

第二種是唐家、麻田、一六 3 個點，聲調中存在不同的層次。一般包括土話的固有層次聲調和來自官話的外來層次聲調。在表 5.1 中，虛線上面的為固有層次的聲調，虛線下面的為外來層次的聲調。

下面我們著重分析第二種類型土話的聲調中的不同層次的問題。

第二節　聲調的歷史層次

唐家、麻田、一六的聲調存在不同的層次。下面逐一分析。

一、唐　家

表 4.3　唐家聲調的演變及例字

古聲調\今聲調	平聲		上聲			去聲		入聲		
	清	濁	清	次濁	全濁	清	濁	清	次濁	全濁
陰平 33	邊般			壞攬	道		字亂		蠟墨	
陽平 31		成牙						結得	鹿麥	學局
上聲 35			板古	耳母	厚跪	泰漢	現味			
去聲 42				罪動	布對	辦	出各			
入聲 53			坦	語				急殺		

　　從表中可以看出來，唐家土話聲調的古今演變規律是：①古平聲的清聲母字今讀陰平，濁聲母字今讀陽平。平聲的演變較單一，無須多說，但其他聲調的變化就比較多樣了。②古上聲的清聲母字和次濁聲母字一部分讀上聲，一部分讀入聲。③古上聲的全濁聲母字一部分仍讀上聲，一部分讀去聲，還有一部分讀陰平。④古去聲無論清濁都有一部分讀去聲、一部分讀上聲。⑤古去聲的濁聲母字還有一部分讀陰平。⑥古入聲的清聲母字一部分仍讀入聲，一部分歸入去聲和陽平。⑦古入聲無論清濁都有一部分歸陽平，其中的全濁聲母字大部分都歸入陽平。⑧古入聲的次濁聲母字有一部分讀陰平。

　　入聲歸陽平的那部分可能是受官話的影響，但還有不少歸入其他聲調，原因或條件尚不明確，這裡不再探討。我們主要討論一下上聲和去聲的演變問題。

　　1. 清上和次濁上大部分仍讀上聲，但都有一部分讀入聲

讀上聲的字例略。

清上讀入聲的字，如：礎 tsʰu⁵³｜等 tin⁵³｜賭 tu⁵³｜果 ko⁵³｜左 tsu⁵³｜史 sɿ⁵³｜隱 in⁵³｜坦 tʰɑn⁵³

次濁上讀入聲的字，如：以 i⁵³｜羽 y⁵³｜汝~城 ȵy⁵³｜牡 mu⁵³。

部分上聲變為入聲，如果是屬於語音體系自身的變化，則有兩種可能性的

原因：一是屬於條件性的分化，即在某個條件下的上聲字變為了入聲。但無法找到這種條件，如：堵 tu^{35} ≠ 賭 tu^{53}，使 $s\gamma^{35}$ ≠ 史 $s\gamma^{53}$，雨 y^{35} ≠ 羽 y^{53}。中古音完全相同的字卻讀為不同的聲調。所以，排除了這種可能性。二是處於離散式的變化，即上聲字正處於變為入聲的演變過程中。但我們注意到，仍讀上聲的那部分古全濁上聲字沒有一個字變為入聲。在全濁聲母清化之後，這部分仍讀上聲的字和清上已經合流，如果清上正處於變為入聲的過程之中，為什麼古全濁上聲字卻沒有一個字讀為入聲？這又解釋不通。所以，第二種可能性排除。因此，部分上聲字讀為入聲不可能是土話自身的演變，只可能是一種外來的層次。我們注意到，郴州境內的官話，上聲多為高降調或高平調，據曾獻飛（2004），郴州市區上聲為 55，桂陽為 42，臨武為 53。唐家位於臨武縣東北部，靠近桂陽縣境。這一片這區人們所說官話的上聲為高降調，恰與唐家的入聲調相同。而從具體的例字來看，唐家古清上、次濁上讀為入聲的那部分字是口語中不常用的字，多為書面用字，因此，這部分字的讀音是直接搬自於官話的讀音。在郴州官話（屬於西南官話）中，清上、次濁上仍讀上聲，全濁上聲歸入去聲，所以，從官話中直接搬來的音，清上、次濁上是讀官話的 53 調的，全濁上讀官話的去聲調（調值為 24）。而 53 調恰是唐家土話中的入聲調，所以，從結果上看，好像是上聲字變為了入聲調，但實質上，只是一種借音。而全濁上聲字沒有一字讀 53 調，也恰恰證明了這種外來層次來自於官話的可能性，因為官話的全濁上聲已經歸入了去聲。

所以，清上和次濁上大部分仍讀上聲，這是土話的固有層次；有一部分字讀為入聲，是受官話上聲調值影響產生的讀音。

2. 全濁上一部分讀去聲，一部分仍讀上聲；全濁上、次濁上都有一部分字讀陰平

全濁上仍讀上聲的字例見《第一章・十》。

全濁上讀陰平的字，如：道 tau^{33} ｜ 後 $x\partial i^{33}$ ｜ 旱 xo^{33}。

次濁上讀陰平的字，如：攬橄~$l\epsilon^{33}$ ｜ 擾 $i\partial u^{33}$ ｜ 壤 $i\epsilon^{33}$ ｜ 嚷 ian^{33}。

全濁上一部分讀去聲，是一種歷史音變，只不過在有的地區這個變化過程沒有徹底完成就停止了，剩下一小部分字仍讀上聲。漢語史上的全濁上變去的音變規律大約開始於中唐，慧琳《一切經音義》中已經有所反映；全濁聲母的

清化約開始於中唐，完成於宋代。[註1] 有的地區的全濁上尚未全部變去聲，全濁聲母就已經清化，致使規律終結。所以，全濁上部分字仍讀上聲的現象是唐宋時代的底層殘留。

全濁上一小部分字讀陰平，如果是屬於自身的語音演變，則有兩種可能性的原因：一是條件性的分化。但，道 tau^{33} ≠ 稻 tau^{42}，中古字音完全相同的字今讀不同。可見並無分化條件。二是屬於一種未完成的離散式音變的結果。這種離散式音變的發生時間又包括兩種可能性，一種是發生於全濁聲母清化之前，一種是發生於全濁聲母清化之後。但我們知道，全濁聲母清化之前，全濁上聲的離散式音變的演變方向是去聲，而變為陰平又無分化條件可以找到，同一時代不可能同時發生兩種方向的離散式音變，所以第一種可能性排除；而全濁聲母清化之後，仍讀上聲的全濁上已和清上合流，如果這種離散式音變發生於全濁聲母清化之後，又無法解釋為什麼清上字沒有變為陰平的現象，所以第二種可能性排除。因此，屬於自身的語音演變的可能性排除。全濁上讀陰平的字是一種借自其他方言的讀音。次濁上讀陰平的字也找不到分化的條件，也是一種來自其他方言的層次。

郴州不僅東鄰贛語區和客家話區，其境內東部的永興、資興二縣本身就屬於贛語區，桂東、汝城二縣屬於客家話區，可以想見，郴州土話與贛語、客家話的接觸一定是比較頻繁的。在贛語中，古全濁聲母上聲字讀陰平的現象很常見，而次濁聲母上聲字讀陰平是客家方言的一個顯著特徵[註2]，所以，唐家土話的全濁上、次濁上讀陰平的現象是來自於贛方言和客家方言的一種層次。

3. 古去聲無論清濁都有一部分讀為上聲

清去讀上聲的例字如：創 ts^{h}uan^{35}｜駕 tɕia^{35}｜記 tɕi^{35}｜進前~tɕin^{35}｜獻 ɕian^{35}｜畏 uəi^{35}。

濁去讀上聲的例字如：幣 pi^{35}｜順一帆風~suin^{35}｜賤 tɕian^{35}｜練 lian^{35}｜茂~盛 mau^{35}｜異 i^{35}｜現 ɕian^{35}。

〔註1〕麥耘，漢語語音史上「中古時期」內部階段的劃分——兼論早期韻圖的性質〔J〕，原載《東方語言與文化》，上海：東方出版中心，2002。

〔註2〕見黃雪貞，客家話的分布與內部異同〔J〕，方言，1987（2）：81～96。
　　　謝留文，黃雪貞，客家方言的分區（稿），方言，2007（3）：238～249。

去聲讀上聲的這部分字，無分化條件。從具體的字例來看，大多不是土話的口語用字。有的同一個字，在口語詞中讀去聲，在書面語詞中讀上聲。如「順」字，在「一帆風順」中讀上聲，在「順風」中讀去聲。所以，去聲讀上聲的部分應該是一種外來層次。郴州地區的官話，據曾獻飛（2004），郴州市區、桂陽、臨武等地去聲都是讀 24，是一種上升調。而唐家土話的聲調系統中，陰平是中平調 33，陽平是中降調 31，去聲是 42，入聲是高降調 53，唯有上聲是升調 35。唐家土話從官話中搬來的 24 調的字，便折合成土話中與其相似的 35 調，即土話的上聲調。從表面上看，是去聲變為了上聲，實質上是借自官話去聲的音折合成了本地話調值相似的上聲調。

4. 濁去大部分讀陰平

例如：箆 pi^{33}｜病 pin^{33}｜撞 ts^{h}uan^{33}｜字 ts^{h}ʅ^{33}｜豆 təi^{33}｜路 lu^{33}｜帽 mɑu^{33}｜尿 ȵiɑu^{33}｜二 ɵ^{33}｜讓 io^{33}｜汗 xo^{33}｜外 uəi^{33}。

這是一種條件性的分化：古去聲的濁聲母字大部分讀 33 調，與古平聲的清聲母字合流；古去聲的清聲母字今讀去聲。古濁聲母去聲字讀陰平是贛語某些地方的特點（這些方言點往往也存在古濁上歸陰平的現象）。所以，唐家土話的濁去讀陰平是來自於某種贛方言的層次。

二、麻　田

表 4.4　麻田聲調的演變及例字

古聲調＼今聲調	平聲		上聲			去聲		入聲		
	清	濁	清	次濁	全濁	清	濁	清	次濁	全濁
陰平 31	包冬	談謀						必國	蠟目	十賊
陽平 213		皮梨			辯紹	購智	備麗	乞	液	寂
上聲 35			保底	馬耳	跪後					
陰去 51			品	侮		報寸		北腳		達穴
陽去 33	般昌					是弟	病賣		入六	石直

上表反映了麻田的古今聲調對應的複雜性。麻田聲調的演變規律是：①清平一部分讀陰平，一部分讀陽去；濁平一部分讀陰平，一部分讀陽平。②清上、次濁上大部分讀上聲，小部分讀陰去。③全濁上一部分仍讀上聲，一部分讀陽去，還有一部分讀陽平。④清去讀陰去，濁去讀陽去，但清去和濁去

都有一部分字讀陽平。⑤古入聲今讀各舒聲調的都有，但口語常用字清入多讀陰去，濁入多讀陽去；清入、濁入都有一部分字讀陰平。

古今對應雖然比較複雜，但實質上是混合了不同層次的原因。下面來分析各聲調的層次。

1. 清平一部分讀陰平，一部分讀陽去；濁平大部分讀陽平，小部分讀陰平

清平一部分讀陰平，例如：飛 fi³¹｜班 pa³¹｜燈 təi³¹｜街 kɑ³¹｜災 ʧai³¹。

清平一部分讀陽去，例如：賓 pen³³｜昌 ʧʰuaŋ³³｜登 ten³³｜肌 ki³³｜資 tsɿ³³。

濁平大部分讀陽平，例如：婆 pəu²¹³｜時 sɿ²¹³｜沉 ʧʰəi²¹³｜柴 ʧʰɑ²¹³｜齊 tɕʰi²¹³｜田 tiɛ²¹³｜球 kʰiəu²¹³｜來 lai²¹³｜苗 miɑu²¹³｜人 ŋəi²¹³。

濁平小部分讀陰平，例如：評 pʰen³¹｜成~功 ʧʰen³¹｜愁 ʧʰɘʉ³¹｜全 ʧʰuan³¹｜談 tʰan³¹｜而 æ³¹｜危 uəi³¹。

清平和濁平各自分化為兩類聲調，但找不到分化條件。

由於麻田的聲韻調三個方面都是存在不同層次的音讀的，土話在從權威方言借入讀音時，聲韻調三個方面的讀音同時借入，所以我們可以通過觀察聲母和韻母的讀音層次來判斷其聲調的讀音層次。在分析濁平分化為兩種聲調的性質時，可以看全濁聲母的今讀。在第三章中，我們分析了麻田全濁聲母清化後，逢塞音塞擦音，並定母不送氣，其他聲母送氣。而麻田濁聲母平聲的分化，讀陽平的並定母字都是不送氣的，讀陰平的並定母字都是送氣的，即並定的平聲字今讀有兩種固定組合：①陽平＋不送氣；②陰平＋送氣。「陽平＋不送氣」如：平 pəi²¹³｜盆 pəi²¹³｜賠 pəi²¹³｜圖 tu²¹³｜抬 ta²¹³｜甜 tiɛ²¹³。「陰平＋送氣」如：脾 pʰi³¹｜貧 pʰen³¹｜叢 ʧʰuŋ³¹｜堂 tʰɑŋ³¹｜庭 tʰen³¹。而麻田固有層次的並定母今讀不送氣音，外來層次今讀送氣音，因此可以確定全濁聲母讀陽平的字屬於固有層次，讀陰平的字屬於外來層次。從具體例字來看，讀陽平的字多為口語用字，讀陰平的字多為書面語用字，也可以說明層次的差異。

除了全濁聲母的今讀，還可以通過韻母的讀音判斷聲調的層次。濁平讀陽平的字，韻母的讀音多為土話固有層次。蟹攝韻尾脫落，如「牌 pɑ²¹³」；山咸攝陽聲韻尾脫落，如「船 ɕyɛ²¹³｜痰 ta²¹³｜藍 la²¹³｜閒 xɑ²¹³｜鐮 liɛ²¹³」；臻深

曾梗通攝陽聲韻尾元音化，如「盆 pəi²¹³｜朋 pəɯ²¹³｜從~前 tʃʰəɯ²¹³｜銅 təɯ²¹³｜名 məi²¹³｜農 nəɯ²¹³｜人 ŋəi²¹³」。這些都是韻母固有層的讀音，同時，這些字的聲調又都是陽平。濁平讀陰平的字，韻母的讀音多為土話外來層次。如：貧 pʰen³¹｜談 tʰan³¹｜叢 tʃʰuŋ³¹｜同~志 tʰuŋ³¹｜廉 liaŋ³¹｜鳴 men³¹｜農~民 luŋ³¹｜人ェ~ien³¹。同時，這些字的聲調又都是陰平。由此也可以確定，古濁平今讀陽平是土話的固有層次，讀陰平是一種外來層次。郴州境內的土話區同時通行西南官話，而郴州境內的官話陽平通常是一種中降調：據沈若雲《宜章土話研究》，宜章官話的陽平是 31；據曾獻飛《湘南官話語音研究》，郴州市區的陽平是 31，桂陽是 21，臨武是 21。這種中降調正好與土話中的陰平調值相同或相似。官話的濁平今讀陽平，所以麻田從官話中借來的古濁平字調值為中降調，便折合成土話的陰平調了。

　　古清平分化的兩種聲調所屬的層次，一個是通過韻母讀音的層次來確定，一個是看其具體用字的色彩。從韻母讀音來看，清平讀陰平的字，韻母多屬固有層。山咸攝陽聲韻尾脫落，如「班 pa³¹｜耽 ta³¹｜鞭 piɛ³¹」；蟹攝韻尾脫落，如「街 ka³¹」；臻深曾梗通攝陽聲韻尾元音化，如「春 tʃʰuəi³¹｜燈 təi³¹｜東 təɯ³¹｜今 kəi³¹」。同時，這些字都讀陰平。而清平讀陽去的字，韻母多屬外來層。如：般 pan³³｜丹 tan³³｜登 ten³³｜芬 fen³³｜階 kai³³｜宮 kuŋ³³。從具體例字來看，讀陰平者多為口語用字，讀陽去者多為書面語用字。從這兩方面來看，古清平讀陰平是土話的固有層，讀陽去是一種外來層次。郴州境內的官話陰平大多是一種中平調：據沈若雲《宜章土話研究》，宜章官話的陰平為 33；據曾獻飛《湘南官話語音研究》，郴州市區的陰平為 44，桂陽為 35，臨武為 33。這種中平調正好與土話中的陽去調值相同或相似。官話的濁平今讀陽平，所以麻田從官話中借來的古濁平字調值為中降調，便折合成土話的陽去調了。

2. 清上、次濁上大部分仍讀上聲，但有一小部分讀陰去

　　清上讀陰去的例字如：小 ɕiɑu⁵¹｜委 uəi⁵¹｜顯 xiaŋ⁵¹。

　　次濁上讀陰去的例字如：侮 u⁵¹｜哪 lɑ⁵¹。

　　這個現象，同唐家土話清上、次濁上有一部分讀入聲的現象是同樣的道理。只不過，唐家土話的高降調是入聲，而麻田土話的高降調是陰去。同樣

是從官話搬來的音，在唐家土話中折合成了入聲調，而在麻田土話中折合成了陰去調。

原因的論證過程，同唐家土話相同，這裡不再贅述。

3. 全濁上一部分仍讀上聲，一部分讀陽去，還有一部分讀陽平

全濁上大部分仍讀上聲，字例見《第一章・十》。

全濁上讀陽去的字例如：是 sɿ³³｜受 ʃiəu³³｜弟 ti³³｜像 tɕʰiaŋ³³｜靜 tʃʰəi³³｜禍 xəu³³｜旱 xan³³。

全濁上讀陽平的字例如：部 pu²¹³｜辯 piaŋ²¹³｜氏 sɿ²¹³｜蕩 taŋ²¹³｜鍵 kiaŋ²¹³｜敘 tɕʰy²¹³。

全濁上大部分仍讀上聲，一部分並入陽去，這是漢語史上「濁上變去」演變規律未完成的表現。全濁上有變去聲的，說明麻田土話在歷史上從漢語通語分離出來是在「濁上變去」規律開始發生之後，即中唐慧琳《一切經音義》之後；而併入去聲的字在土話中讀為陽去，又說明了麻田土話從漢語通語分離出來是在全濁聲母完全清化之前，即元代《中原音韻》之前。所以，麻田土話的底層（其實整個郴州地區土話的底層都應該如此）的歷史時代應該是中唐至兩宋。

全濁上還有一部分字讀陽平。沒有任何分化條件。同樣都讀上聲的清上和次濁上沒有變陽平的字，所以也不是離散式音變。同唐家的全濁上有一部分讀陰平是一樣的道理，麻田的全濁上部分字讀陽平也是來自於其他權威方言的一種層次。不同的是，唐家是來自於客家話的層次，而麻田是來自於官話的層次。官話的全濁上絕大部分已經變為去聲，而在郴州境內的官話，去聲的調值是 24（沈若雲記錄的宜章官話去聲是 13），是一個低升調，麻田沒有類似的低升調，但有一個曲折調 213，調值的中間雖然略有下降，但其低升的趨勢較明顯，所以，麻田將來自於官話的 24 調折合成了 213，表面上全濁上讀陽平，實質上是來自於官話的讀音層次。從全濁上讀陽平的字多屬書面語用字也可以看出來並不是土話固有層次的讀音。

4. 清去讀陰去，濁去讀陽去；無論清濁，都有一部分字讀陽平

清去讀陰去的字例如：布 pu⁵¹｜趁 tʃʰəi⁵¹｜對 tuəi⁵¹｜計 ki⁵¹｜屁 pʰi⁵¹。

濁去讀陽去的字例如：步 pu³³｜壽 ʃiəu³³｜住 tɕʰy³³｜字 tsɿ³³｜豆 tɤ³³｜

淚 ly³³｜面 miɛ³³。

清去讀陽平的字例如：扮 pan²¹³｜襯 tʃʰen²¹³｜旦 tan²¹³｜副 fu²¹³｜故 ku²¹³。

濁去讀陽平的字例如：備 pi²¹³｜慎 ʃen²¹³｜暫 tʃan²¹³｜代 tai²¹³｜妙 miɑu²¹³｜麗 li²¹³｜潤 yen²¹³。

清去讀陰去、濁去讀陽去，這是土話聲調演變的條件性分化，是土話自身的演變結果。

古去聲讀陽平的這部分字，無分化條件。從具體的字例來看，大多不是土話的口語用字，顯然是一種外來層次的音。郴州的官話，宜章的去聲是 13，郴州市區、桂陽、臨武等地去聲讀 24，都是一種低升調。麻田土話的聲調系統中，陽平是低降升調 213，下降趨勢不明顯，上升趨勢明顯，實際發音與官話的低升調從聽感上更接近，所以，土話從官話中搬來的 24 調的字，便折合成土話中與其相似的 213 調，即土話的陽平調。從表面上看，是去聲變為了陽平，實質上是借自官話去聲的音折合成了本地話中調值相似的陽平聲調。

5. 古入聲字中的口語常用字，清聲母字主要變陰去，濁聲母字主要變陽去；無論清濁都有一部分字今讀陰平

這也是土話融合了不同層次的結果。清入讀陰去、濁入讀陽去，是土話固有層自身的演變，而無論清濁讀陰平的那部分是官話的層次。西南官話的入聲大部分派入陽平，而郴州境內官話的陽平調值一般都是一種中降調，約為 31。而麻田土話的 31 調是陰平，所以，搬自官話的入聲字音便與陰平調的字合流了。

綜上，麻田的各聲調都是兩種層次疊加的結果，一種是土話的固有層次，一種是來自於官話的層次。如果把這兩種疊加的層次析開來看，就顯得更清楚。下面二表是析開的兩種層次的聲調的古今對應情況，為了方便與表 4.4 比較，兩表中的例字與表 4.4 相同：

表 4.5　麻田土話固有層的古今聲調對應

古聲調　今聲調	平聲		上聲			去聲		入聲		
	清	濁	清	次濁	全濁	清	濁	清	次濁	全濁
陰平 31	包冬									
陽平 213		皮梨								

上聲 35		保底	馬耳	跪後				
陰去 51					報寸		北腳	
陽去 33				是弟		病賣		入六	石直

　　土話固有層的聲調演變規律是：清平讀陰平，濁平讀陽平；清上、次濁上讀上聲，全濁上部分讀上聲、部分讀陽去；清去讀陰去，濁去讀陽去；清入讀陰去，濁入讀陽去。

表 4.6　麻田土話接觸的官話的古今聲調對應

今聲調＼古聲調	平聲		上聲			去聲		入聲		
	清	濁	清	次濁	全濁	清	濁	清	次濁	全濁
陰平 33	般昌									
陽平 31		談謀						必國	蠟目	十賊
上聲 53			品	侮						
去聲 24						辯紹	購智	備麗		

注：表中的調類及調值是所構擬的進入土話層次的官話的調類與調值，與麻田土話的調類和調值不同。

　　土話接觸的官話聲調演變規律是：清平讀陰平，濁平讀陽平；清上、次濁上讀上聲，全濁上讀去聲；清去、濁去讀去聲；入聲讀陽平。

　　如果把代表麻田所借音的官話聲調規律的表 4.6 疊加到代表土話固有層次的聲調規律的表 4.5 中，不去理會調類，只是把表 4.6 中的字按照調值的相似或接近相應地放入到表 4.5 中的相關位置中，就會得到土話的聲調古今對應表 4.4。當然，入聲的演變稍微混亂一些，可能還涉及到別的層次。這裡不再細究。

三、一　六

表 4.7　一六聲調的演變及例字

今聲調＼古聲調	平聲		上聲			去聲		入聲		
	清	濁	清	次濁	全濁	清	濁	清	次濁	全濁
陰平 33	幫窗			老買	坐淡			刮		
陽平 24		平來			辯待	貝奮	暫戀	必赤	律納	秩劇
上聲 454			補頂	禮女				骨殺		
去聲 41		貧良			弟道	變鏡	地妹	一國	落入	薄食

上表是一六聲調的古今對應情況：清平讀陰平，濁平部分讀陽平，部分讀去聲；清上讀上聲，次濁上大部分讀上聲，小部分讀陰平，全濁上大部分讀去聲，一部分讀陰平，還有一部分讀陽平；古去聲今讀去聲，還有一部分讀陽平；入聲大部分讀去聲，清入一部分讀上聲；無論清入還是濁入都有一部分讀陽平。顯然，一六的聲調系統中，也是有不同層次的。

1. 濁平部分讀陽平，部分讀去聲

濁平讀陽平的字例如：爬 pia²⁴｜平 pen²⁴｜嘗 saŋ²⁴｜錘 tɕʰy²⁴｜錢 tɕʰiɛ²⁴｜抬 ta²⁴｜門 muŋ²⁴｜來 ly²⁴。

濁平讀去聲的字例如：賠 pʰəi⁴¹｜平~安 pʰien⁴¹｜純 tsʰuen⁴¹｜才 tsʰai⁴¹｜談 tʰan⁴¹｜來凱旋歸~lai⁴¹。

濁平聲調的分化，無條件可循。從字例來看，濁平讀去聲的多為書面語用字，濁平讀陽平的多為口語用字。有的同一個字在口語詞中讀陽平，在書面語詞中讀去聲。如「平」在單說時讀陽平，在「平安」中讀去聲；「來」在單說時讀陽平，在「凱旋歸來」中讀去聲。可見，濁平讀去聲當屬外來層次。

從並定母字的讀音來看，有兩種固定組合：①陽平＋不送氣；②去聲＋送氣。第三章中提及，一六固有層次的全濁聲母逢塞音塞擦音是「並定母不送氣，其他聲母送氣」，可知，第①種組合是固有層次的讀音，第②種組合是外來層次的讀音，由此推出，濁平讀陽平是固有層次的讀音，而濁平讀去聲是一種外來層讀音。

從韻母的讀音來看，也可以得到證明。濁平今讀陽平的字，韻母多為固有層的讀音，如「來」字單說時讀陽平，韻母為 y，而在書面語「凱旋歸來」中讀去聲，韻母為 ai，顯然 y 是固有層讀音，而 ai 是外來層讀音。

同麻田一樣，這種外來層來自於郴州地區的官話。郴州官話的陽平多為中降調，與一六的去聲調相似，一六土話借用官話音時折合成了去聲。

2. 全濁上部分字讀陽平；次濁上、全濁上各有少數部分讀陰平

全濁上讀陽平的字例如：倍 pəi²⁴｜市 sʅ²⁴｜兆 tsau²⁴｜皂 tsau²⁴｜怠 tai²⁴｜距 tɕy²⁴。

全濁上讀陰平的字例如：上~山 ɕyɛ³³｜苧~麻 tɕʰy³³｜坐 tsʰo³³｜淡 tʰa³³｜倚 tɕʰi³³｜舅 tɕʰiəu³³。

次濁上讀陰平的字例如：老 lau³³｜懶 la³³｜嶺 ləi³³｜買 ma³³｜米 mi³³｜女 uŋ³³｜眼 ŋa³³｜有 iəu³³｜腦 nau³³。

一六固有層的全濁上絕大部分已經讀為去聲。全濁上讀陽平的現象同麻田全濁上讀陽平的道理是一樣的，實質上是借自官話去聲的一種外來層次，這種借音折合成了土話中與官話調值相同的陽平調。

次濁上、全濁上部分讀陰平的現象，同唐家土話的次濁上、全濁上部分讀陰平的現象是同樣的道理，既找不出來分化的條件，也不可能是離散式的音變，只可能是一種來自鄰近贛方言和客家方言的一種層次。論證過程不再贅述。

3. 去聲有一部分字讀陽平

清去讀陽平的字如：閉 pi²⁴｜趁 tsʰen²⁴｜倡 tsʰaŋ²⁴｜帝 ti²⁴｜富 fu²⁴｜故 ku²⁴｜際 tɕi²⁴。

濁去讀陽平的字如：敗 pai²⁴｜睡 suəi²⁴｜治 tsʅ²⁴｜狀 tsuaŋ²⁴｜暫 tsan²⁴｜代 tai²⁴｜利 li²⁴｜妙 miau²⁴｜櫃 kʰuəi²⁴。

去聲讀陽平的現象與麻田的去聲讀陽平的現象是同樣的道理，實質上是借自官話去聲的讀音由於調值與土話的陽平調值相同而發生合流。論證過程不再贅述。

4. 入聲有一部分字讀陽平

清入讀陽平的字例如：迫 pʰo²⁴｜撒 tsʰɛ²⁴｜赤 tsʰʅ²⁴｜跡 tɕi²⁴｜妾 tɕʰiɛ²⁴。

次濁入讀陽平的字例如：立 li²⁴｜滅 miɛ²⁴｜納 na²⁴｜物 u²⁴。

全濁入讀陽平的字例如：涉 sɛ²⁴｜秩 tsʰʅ²⁴｜寂 tɕi²⁴｜劇 tɕy²⁴｜惑 xo²⁴。

這部分讀陽平的字多不是土話的口語用字，是來自郴州官話的一種層次。包括郴州官話在內的西南官話，古入聲主要派入陽平。

綜上，唐家、麻田、一六土話的聲調主要混合了四種層次：一是土話的固有層次，二是來自官話的層次，三是來自贛方言的層次，四是來自客家方言的層次。

第五章　語言接觸與郴州土話的
形成、方言性質

　　一種方言的形成無非是三種主要因素作用的結果：一是方言自身的演變機制，不同地區的人們有不同語言心理、語言習慣，導致方言的演化選擇各不相同的方向，是方言形成的根本原因；二是移民因素的作用，短時期內出現的大量其他方言區的移民，一定會對本地方言的演變方向產生影響，比如南宋初大量北方人移民臨安（今杭州）導致杭州方言與周邊吳語具有明顯不同的特點；三是語言接觸的因素，同其他方言（或語言）的接觸會影響到本方言某些特點的變化。所以，判斷某種方言的形成應該結合這三方面進行考察，進而判斷方言的性質及歸屬。從共時的方言材料來看，方言自身的演變、移民的影響、接觸的影響，都會在方言中積澱出不同的層次，因而，從方言層次的特點來觀察方言的形成或方言性質是一種較為可行的辦法。我們對土話的判斷也如此。下面，我們將土話聲母、韻母、聲調各層次的讀音分別與湘方言、贛方言、客家方言、西南官話進行比較，並在此基礎上結合土話地區的移民史和方言接觸進行土話性質的探討。

　　在比較土話和其他各方言時，我們先把各方言典型的語音特徵挑出來，然後將土話分別與之對比，這樣可以看出土話在哪些方面的特點與哪種方言一致。在比較完之後，我們就可以對土話的方言歸屬有一些新的認識。

第一節　土話與湘方言的比較

一、湘方言幾個顯著的語音特徵

據鮑厚星、陳暉《湘語的分區（稿）》（2005），湘語的語音標準主要有 4 條：

①古全濁聲母舒聲字今逢塞音、塞擦音時，無論清濁，一般都念不送氣音；

②古塞音韻尾〔-p -t -k〕完全消失，也無喉塞尾〔-ʔ〕，但有一部分湘語保留入聲調類；

③蟹、假、果攝主要元音形成〔a〕、〔o〕、〔u〕序列（在基本形式蟹〔a〕、假〔o〕、果〔u〕之外有一些變體）；

④聲調有五至七類，絕大多數去聲分陰陽。

這 4 條標準中，最重要的標準是第①條，第③條只在部分湘語中存在，但特色鮮明。

第 2 版《中國語言地圖集》在湘語的分區上有所調整，其中，新增的永州片涉及永州的部分湘南土話分布區。從地理位置上，郴州與永州相鄰，所以我們也將郴州的土話與湘語永州片的特點比較一下。據《湘語的分區（稿）》（2005），永州片湘語的主要特點有：

①古全濁聲母今逢塞音、塞擦音時無論清濁，無論平仄，一般念不送氣音；

②有非組讀如幫組、知組讀如端組的現象；

③果、假元音高化的現象比較普遍；

④陽聲韻失落鼻音韻讀為純粹元音的現象比較突出；

⑤一般去聲區別陰陽，保留入聲調類，但不帶塞尾。

二、土話與湘方言的語音特點比較

1. 古全濁聲母的清化

第三章我們已經論述過，土話古全濁聲母今逢塞音、塞擦音的兩種讀音類型，其實都是客贛方言的底層與官話方言的層次疊加的結果。這一點與湘語不同。不再舉例。

2. 古入聲的演變

土話都沒有塞音韻尾的音節了，一部分土話的古入聲字單獨成調，有的入

聲還分陰陽，一部分土話古入聲字的聲調歸入了其他聲調。

我們調查的土話點，只有唐家土話保留入聲，調值是〔53〕。另外，據前人對郴州境內土話的調查，桂陽縣的敖泉、洋市，宜章縣的赤石、梅田、大地嶺，臨武縣的土地鄉，嘉禾縣的普滿、廣發等地，都有入聲調。只是這些入聲調的字都不再保留塞音韻尾或喉塞尾。

從這一點上，土話與湘語的特徵是相同的。贛語、客家話、吳語、徽語、粵語、閩語、晉語，甚至江淮官話，都不僅有入聲調，還有塞音韻尾。而大部分官話，都已不再保留入聲調。土話保留入聲調，但不再保留塞音韻尾。

3. 蟹、假、果攝的讀音

湘語的蟹、假、果攝主要元音形成〔a〕、〔o〕、〔u〕序列（在基本形式「蟹〔a〕、假〔o〕、果〔u〕」之外有一些變體），而永州片果攝、假攝元音高化的現象也比較普遍。但蟹假果等攝的主要元音的連鎖變化，其實不只存在於湘語地區，在多種南方方言中都可以見到。對於這一問題，陳立中已經有詳細論述（見陳立中《湘南土話、粵北土話和北部平話中古蟹假果遇等攝字主要元音連鎖變化現象的性質》一文），他經過方言資料的詳細比較，認為：蟹假果遇等攝字主要元音連鎖變化的現象，在湘語、沅陵鄉話、吳語、南部徽語、江蘇南通江淮官話、東北部閩語甚至閩西客家話中都存在，從地理位置上，大體分為吳越板塊（吳語、南部徽語、江蘇南通江淮官話、東北部閩語、閩西客家話）和南楚板塊（湘語、沅陵鄉話）[註1]。先秦本連為一體的楚越兩個板塊後來被北人南遷形成的客贛方言所阻斷了。

郴州境內的土話有一部分方言點的果攝元音有高化的特點，比如唐家、楚江的果攝都高化為〔u〕，與遇攝合流；麻田的蟹假果三攝的元音有連鎖變化的現象，蟹攝韻尾脫落讀為單元音〔ɑ〕，假攝元音高化讀為〔o〕，果攝韻母變為複合韻母，讀為〔əu〕，但遇攝讀為〔u〕，果遇二攝並未合流；一六的蟹攝也有韻尾脫落的層次，讀為〔ɑ〕，假攝元音高化為〔o〕，與果攝合流。在地理位置上，郴州的土話區屬於歷史上的南楚之地，也應是屬於湘語、沅陵鄉話所在的南楚這一板塊。

〔註1〕陳立中，湘南土話、粵北土話和北部平話中古蟹假果遇等攝字主要元音連鎖變化現象的性質〔J〕，湘南土話論叢〔C〕，湖南師範大學出版社，2004。

　　土話蟹攝字的讀音，在第二章第三節中我們已經提過，麻田、一六的蟹攝有韻尾脫落的層次，主要元音讀為〔ɑ〕。我們在這裡舉幾例與湘語比較：

表 5.1　郴州土話和湘語蟹攝代表字讀音比較

方言點	抬開一	帶開一	拜開二	埋開二	柴開二	矮開二	塊合二
麻田土話	tɑ²¹³	tɑ⁵¹	pɑ⁵¹	mɑ²¹³	tʃʰɑ²¹³	ɑ³⁵	kʰuɑ⁵¹
一六土話	tɑ²⁴	tɑ⁴¹	pɑ⁴¹	mɑ²⁴	tsʰɑ²⁴	ɑ⁴⁵⁴	kʰuɑ⁴¹
長沙湘語	⊆tai	taiᵓ	paiᵓ	⊆mai	⊆tsai	⊂ŋai	⊂kʰuai
雙峰湘語	⊆due	taᵓ	paᵓ	⊆ma	⊆dʑa	⊂ŋa	⊂kʰua

注：各點有文白異讀的只列白讀音，以下各表同。

　　新湘語蟹攝字讀元音韻尾，老湘語的蟹攝字韻尾已脫落，大部分讀作低元音〔ɑ〕。麻田、一六土話的蟹攝韻尾脫落的層次是與老湘語相同的語音演變。

　　我們再來看各土話假攝字與湘語假攝字的讀音比較，舉例如下：

表 5.2　郴州土話和湘語假攝代表字讀音比較

方言點	馬開二	茶開二	家開二	啞開二	寫開三	斜開三	蛇開三	瓜合二	花合二
仁義土話	mɑ³³	tsʰɑ¹¹	tʃɑ³⁵	ŋɑ³³	ɕiæ³³	tɕʰiæ¹¹	ʃɑ¹¹	uɑ³⁵	xuɑ³⁵
荷葉土話	mɑ⁵³	tʃʰɑ¹¹	tʃɑ³³	iɑ⁵³	ʃiɛ⁵³	tʃʰiɛ¹¹	sɑ¹¹	kuɑ³³	xuɑ³³
飛仙土話	mɑ³¹	tsʰɑ²⁴	tʃɑ²¹²	ŋɑ³¹	siɑ³¹	tsʰiɑ²⁴	ʃɑ²⁴	kuɑ²¹²	xuɑ²¹²
沙田土話	mɑ⁵³	tsʰɑ³¹	kɑ³³	ɑ⁵³	ɕiɑ⁵³	tɕʰiɑ³¹	ɕiɑ³¹	kuɑ³³	xuɑ³³
唐家土話	mɑ³⁵	tsʰɑ³¹	kɑ³³	ɑ³⁵	ɕiɑ³⁵	tɕʰiɑ³¹	ɕiɑ³¹	kuɑ³³	xuɑ³³
楚江土話	mɑ³⁵	tsʰɑ³¹	kɑ³³	ɑ³⁵	ɕiɑ³⁵	tɕʰiɑ³¹	sɑ³¹	kuɑ³³	xuɑ³³
麻田土話	mo³⁵	tsʰo²¹³	ko³¹	o³⁵	ɕyɛ³⁵	—	so²¹³	kuɑ³³	xuɑ³¹
一六土話	mo⁴⁵⁴	tsʰo²⁴	ko³³	o⁴⁵⁴	ɕiɑ⁴⁵⁴	ɕiɛ⁴¹	sɑ²⁴	kuɑ³³	xuɑ³³
長沙湘語	⊂ma	⊆tsa	⊂ka	⊂ŋa	⊂ɕia	⊆ɕia	⊆sa	⊂kua	⊂fa
雙峰湘語	⊂mo	⊆dʑo	⊂ko	⊂ŋo	⊂ɕio	⊆dʑio	⊆ɣio	⊂ko	⊂xo

　　從表中可以看出，郴州土話的假攝讀音主要分為兩種類型：（1）麻田、一六的假攝開口二等和部分開口三等字（如麻田的「蛇」）的元音發生了高化，讀作〔o〕。這與老湘語的雙峰有著相似的演變。但雙峰假攝的讀音較統一，無論是開口二等還是開口三等、合口二等，都讀作半高元音〔o〕，而麻田、一六的合口二等字和部分開口三等字的主要元音讀低元音〔ɑ〕。（2）仁義、荷葉、飛仙、沙田、唐家、楚江的假攝大部分讀作低元音〔ɑ〕，與新湘語的代表點長沙

的假攝讀音類似，長沙的假攝字都讀作低元音〔ɑ〕。

　　假攝字在土話中的這兩類讀音——〔o〕類和〔ɑ〕類，應該是屬於不同時期的歷史層次。〔o〕類時代較早，是一種老湘語的層次；〔ɑ〕類時代較晚，是一種官話的歷史層次。這從麻田、一六兩個點的假攝讀音可以得到證明。麻田、一六的假攝的大部分口語常用字，主要元音讀作〔o〕，如上表中所舉例字，但還有一些口語字以及非口語用字，主要元音讀作了〔ɑ〕。如麻田：楂 tsɑ³³｜查 tsʰɑ³¹｜霞 xiɑ³¹｜把~握 pɑ³⁵｜灑 suɑ³⁵｜霸 pɑ²¹³｜駕 kiɑ²¹³｜也 iɑ³³；一六：爬 piɑ²⁴｜查 tsʰɑ⁴¹｜紗 sɑ³³｜芽 ŋɑ⁴¹｜架 tɕiɑ²⁴。等等。再如，一六的「家」字在「自家（意為自己）」一詞讀作〔ko³³〕，在「家庭」中讀作〔tɕiɑ³³〕。顯然，讀〔o〕是較早的白讀層次，而〔ɑ〕是較晚的層次。郴州土話區同時通行西南官話，所以，土話的語音系統中，已經漸漸受到官話讀音的影響，假攝的〔ɑ〕類讀音實際上就是來自於官話的層次，只不過麻田、一六受到的影響較小，依然有一大批口語常用字讀〔o〕，而仁義、荷葉、飛仙、沙田、唐家、楚江的假攝已經全部讀作了官話音〔ɑ〕類。在歷史上較早的時期，郴州土話的假攝字是很有可能都讀作與老湘語相同的〔o〕類音的。在地理位置上，郴州西北與湘語的婁邵片（即老湘語）接壤，西南與西南官話接壤，郴州土話區本身也能行西南官話。所以，這片區域的假攝字是在早期老湘語的層次基礎上漸漸被西南官話侵蝕的結果。郴州與長沙相隔很遠，一個在湘南，一個在湘北，互相接觸的可能性很小，應該做這樣的解釋：各自在早期都是老湘語的層次，後來各自受到西南官話的影響，出現了相同的演化方向。我們知道，現在的湘語雖然分為長沙代表的新湘語和雙峰代表的老湘語，但長沙的湘語在早期歷史上應該也是老湘語的範圍，後來，來自湘北沅澧二水流域的西南官話勢力越來越大，北部的湘語漸漸受到官話的影響，在這種影響下，長益片的湘語和婁邵片的湘語變得越來越不同，這才有了新老湘語之別。而郴州的土話區受到來自西南和南部的西南官話的侵蝕，這從土話區同時通行西南官話就可以得到證明西南官話的影響範圍是不斷擴大的。在這種影響之下，有的土話點距離中心城鎮近一些，或者經濟發展得較好些，假攝字的讀音就變化得快些，而有些較偏僻的地方，假攝字依然保留了〔o〕的讀音。

　　我們大致看一下幾個西南官話代表點假攝字的讀音，與土話對比：

表 5.3　郴州土話和西南官話假攝代表字讀音比較

方言點	馬開二	茶開二	家開二	啞開二	寫開三	斜開三	蛇開三	瓜合二	花合二
郴州官話	ᶜma	₌tsʰa	꜀tɕia	ᶜia	ᶜɕie	₌ɕie	₌se	꜀kua	₌fa
桂陽官話	ᶜma	₌tsʰa	꜀tia	ᶜŋa	ᶜɕia	₌tsʰɛ	₌sa	꜀kua	₌xua
臨武官話	ᶜma	₌tsʰa	꜀cia	ᶜia	ᶜɕiɛ	₌ɕiɛ	₌ɕiɛ	꜀kua	₌xua
成都官話	ᶜma	₌tsʰa	꜀tɕia	ᶜia	ᶜɕia	₌ɕia	₌se	꜀kua	₌xua
武漢官話	ᶜma	₌tsʰa	꜀ka	ia⁻	ᶜɕie	₌ɕie	₌sɤ	꜀kua	₌xua
仁義土話	ma³³	tsʰa¹¹	tʃa³⁵	ŋa³³	ɕiæ³³	tɕʰiæ¹¹	ʃa¹¹	ua³⁵	xua³⁵
荷葉土話	ma⁵³	tʃʰa¹¹	tʃa³³	ia⁵³	ʃie⁵³	tʃʰiɛ¹¹	sa¹¹	kua³³	xua³³
飛仙土話	ma³¹	tsʰa²⁴	tʃa²¹²	ŋa³¹	sia³¹	tsʰia²⁴	ʃa²⁴	kua²¹²	xua²¹²
沙田土話	ma⁵³	tsʰa³¹	ka³³	a⁵³	ɕia⁵³	tɕʰia³¹	ɕia³¹	kua³³	xua³³
唐家土話	ma³⁵	tsʰa³¹	ka³³	a³⁵	ɕia³⁵	tɕʰia³¹	ɕia³¹	kua³³	xua³³
楚江土話	ma³⁵	tsʰa³¹	ka³³	a³⁵	ɕia³⁵	tɕʰia³¹	sa³¹	kua³³	xua³³

從表中看出，官話的開口三等與開口二等、合口二等的讀音產生了分化，從這點上，仁義、荷葉、飛仙三地的假攝字有著相似的演變，與官話的接近程度更高。

果攝在一部分土話中有元音高化現象或複音化現象，與老湘語類似；另一部分沒有高化現象，與官話讀音類似。舉例如下：

表 5.4　郴州土話和湘語、西南官話果攝代表字讀音比較

方言點	多開一	鑼開一	鵝開一	坐合一	磨合一	禾合一	火合一
仁義土話	to³⁵	lo¹¹	ŋo¹¹	tsʰo³³	mo¹¹	o¹¹	xo³³
荷葉土話	to³³	lo¹¹	ŋo¹³	tʃo⁵³	mo¹¹	o¹¹	xo⁵³
飛仙土話	to²¹²	lo²⁴	ŋo²⁴	tsʰo³¹	mo²⁴	o²⁴	xo³¹
沙田土話	to³³	lo³¹	ŋo³¹	tsʰo⁵³	mo³¹	o³¹	xo⁵³
唐家土話	tu³³	lu³¹	ŋu³¹	tsʰu³⁵	mu³¹	u³¹	xu³⁵
楚江土話	tu³³	lu³¹	mu³¹	tsʰu³⁵	mu³¹	u³¹	xu³⁵
麻田土話	təu³¹	ləu²¹³	ŋəu²¹³	tsʰəu³⁵	məu²¹³	əu²¹³	xəu³⁵
一六土話	to³³	lo²⁴	o²⁴	tsʰo³³	mo²⁴	o²⁴	xo⁴⁵⁴
長沙湘語	꜀to	₌lo	₌ŋo	tso⁻	₌mo	₌o	ᶜxo
雙峰湘語	꜀tʊ	₌lʊ	₌ŋʊ	dʑʊ⁻	₌mʊ	₌əu	ᶜxʊ
郴州官話	꜀to	₌lo 膈	₌ŋo	tso⁻	₌mo	₌o	ᶜxo
桂陽官話	꜀to	₌lo 膈	₌ŋo	tso⁻	₌mo	₌xo	ᶜxo
臨武官話	꜀to	₌lo 膈	₌ŋo	tso⁻	₌mo	₌xo	ᶜxo

武漢官話	₋to	₋no	₋ŋo	tso⁼	₋mo	₋xo	ᶜxo
成都官話	₋to	₋no	₋o	tso⁼	₋mo	₋xo	ᶜxo

注：郴州官話、桂陽官話、臨武官話的「鑼」字資料闕，舉來母合口一等的「臒」字讀音
　　代替。

　　從表中看出，郴州土話的果攝讀音分為兩種類型：（1）唐家土話、楚江土話的果攝元音發生高化，讀〔u〕，與遇攝合流。麻田土話的果攝元音發生高化並複音化，讀〔əu〕。果攝元音高化與蟹攝韻尾脫落、假攝元音高化是連鎖的音變現象，這一現象廣泛存在於南方多種方言區，包括湘語部分地區，如雙峰。湘語的永州片果攝、假攝元音高化的現象也比較普遍。所以，唐家、楚江的果攝元音高化應該是屬於老湘語的一種語音層次特點。果攝元音裂變為復元音形式，在湘語的永州片中存在，比如江永桃川果攝讀〔əɯ〕（黃雪貞1993）；在粵北土話以及一些桂北平話中的果攝讀音也有這種現象，比如廣東樂昌的長來土話讀〔ou〕、黃圃土話讀〔ɤɯ〕、畈塘土話讀〔ɔu〕（張雙慶2000），廣西臨桂的兩江平話讀〔əu〕（梁金榮1996）。此外，在吳語中也有不少地區有這種現象，如浙江定海讀〔au〕，鄞縣（陳忠敏1990）、瑞安陶山（曹志耘2002）讀〔əu〕，浙江樂清讀〔ou〕（蔡嶸1999），溫州讀〔əu〕（曹志耘2002）。所以，果攝元音裂變為複合元音，是吳語、湘語、以及湘南粵北土話、桂北平話這片區域的特點。從地理分布上，一個是在吳越地帶，一個是南楚地帶。湘南粵北土話、桂北平話，是和老湘語、湘語永州片連成一片的區域，所以，麻田的果攝元音裂變為複合元音，是和這一片區域的語音特點一脈相承的。基於此，我們或許可以這樣理解，郴州土話的果攝元音高化或裂變為複合元音，是一種老式湘語的屬性特徵，只不過，典型的老湘語如雙峰、湘鄉等地的果攝元音都只是高化，並未裂變，而有一些方言作為同一種演變趨勢的變體是發生了裂變的，如江永桃川。所以，郴州土話果攝元音發生高化或裂變的現象，應該是一種老湘語的層次讀音。

　　（2）仁義、荷葉、飛仙、沙田、一六土話的果攝元音沒有發生高化，從表中可以看出來，這類讀音和新湘語的長沙、以及各官話的讀音相同。除了一六，這幾個點的蟹攝無韻尾脫落現象，假攝元音也沒有高化，都是蟹〔ɑi〕、假〔a〕、果〔o〕這樣的序列。顯然，這種序列是和西南官話的讀音相同的。這些土話點在西南官話的影響下，已經放棄了原來的讀音層次。而和長沙讀

音相同的原因，和上述我們所說的一樣，不是接觸作用導致的，而是相隔較遠的兩片區域，在早期的歷史上，本都讀為與老湘語一致的讀音，後來北部湘語受到來自沅澧二水流域的西南官話的影響、郴州土話地區受到來自西南部由廣西境內而來的西南官話的影響，發生了同樣方向的演化趨勢。

4. 調類的比較

我們把土話的聲調與湘語、吳語、贛語、客語、粵語及西南官話相比較，列表如下：

表 5.5　郴州土話和其他各方言的聲調比較

方言點＼古聲調	平			上			去			入		
	清	次濁	全濁	清	次濁	全濁	清	次濁	全濁	清	次濁	全濁
仁義土話	陰平35	陽平11		上聲33			去聲13			陽平11		
荷葉土話	陰平33	陽平11		上聲53			去聲13			陽平11		
飛仙土話	陰平212	陽平24		上聲31			去聲55			上聲31（小部分歸其他調）		
沙田土話	陰平33	陽平31		上聲53			去聲35			陽平31		
唐家土話	陰平33	陽平31		上聲35（小部分濁上讀陰平）			去聲42	陰平33		入聲53	陽平31	
楚江土話	陰平33	陽平31		上聲35			去聲51			陰平33	陰平、陽平、去聲	
麻田土話	陰平31	陽平213		上聲35		陽去	陰去51	陽去33		陰去51	陽去33	
一六土話	陰平33	陽平24		上聲454（小部分濁上讀陰平）			去聲41			上聲454	去聲41	
郴州官話	陰平44	陽平31		上聲55			去聲24			陽平31		
桂陽官話	陰平35	陽平21		上聲42			去聲24			陽平21		
臨武官話	陰平33	陽平21		上聲53			去聲24			陽平21		
成都官話	陰平44	陽平21		上聲53			去聲13			陽平21		
武漢官話	陰平55	陽平213		上聲42			去聲35			陽平213		
長沙湘語	陰平33	陽平13		上聲41		陽去21	陰去45	陽去21		入聲24		
雙峰湘語	陰平55	陽平13		上聲31		陽去33	陰去35	陽去33		陽平13 陰去35		
蘇州吳語	陰平44	陽平24		上聲52	陽去31		陰去412	陽去31		陰入4	陽入23	
南昌贛語	陰平42	陰去45 陽平24		上聲213	陽去21		陰去45 上聲213	陽去21		陰入5	陽入21	

吉安贛語	陰平 34	陽平 21	上聲 53		去聲 213		陰平 31	去聲 213
泰和贛語	陰平 55 / 35	陽平 33	上聲 53		去聲 21		陰平 55	去聲 21
梅縣客話	陰平 44	陽平 11	上聲 31	陰平 44	去聲 52 （小部分全濁上讀陰平）		陰入 1	陽入 5
廣州粵語	陰平 55 / 53	陽平 21	陰上 35	陽上 23		陰去 33	陽去 22	上陰入 5 下陰入 33	陽入 22 / 2

注：長沙、雙峰、蘇州、南昌、梅縣、廣州的聲調材料參考袁家驊《漢語方言概要》，郴州、
　　桂陽、臨武的聲調材料據曾獻飛《湘南官話語音研究》，成都、武漢的聲調材料據《漢
　　語方音字彙》（第二版重排本）。

　　筆者所調查的郴州土話，從聲調的組合類型來看，主要分兩類：①4 個聲調，平聲分陰陽，上去不分陰陽，仁義、荷葉、飛仙、沙田、楚江、一六都屬於這種組合；②5 個聲調。唐家有陰平、陽平、上聲、去聲、入聲，麻田平去聲分陰陽，上聲不分陰陽。

　　但從前人調查過的郴州境內的其他土話點來看，除了 4 至 5 個聲調的類型外，還有 6 個聲調和 7 個聲調的類型組合。比如：敖泉（范俊軍）、大地嶺（彭澤潤）、土地鄉（唐亞琴）、洋市（鄧永紅）都是 6 個聲調，平聲、去聲各分陰陽，上聲、入聲不分陰陽；廣發（盧小群）7 個聲調，平上去各分陰陽，入聲不分陰陽；石橋、塘村、泮頭（盧小群）都是 5 個聲調，平上分陰陽，去聲不分陰陽；麥市（陳暉）6 個聲調，平上去各分陰陽；燕塘（唐湘暉）5 個聲調，平、去分陰陽，上聲不分陰陽；赤石（沈若雲）、普滿（盧小群）5 個聲調，平聲分陰陽，上去入不分陰陽；流峰（李星輝）4 個聲調，陰平、陽平、上聲、去聲。

　　除去第①種調類組合的類型，其他有 5 至 7 個調類的土話：入聲或者消失，或者保留，但保留的一般不分陰陽調，且無塞尾韻；去聲在很多地區都分陰陽調；上聲多數土話不分陰陽調；平聲都分陰陽。這種聲調結構，與湘語類似，而與其他方言差別較大。湘語一般平聲、去聲分陰陽調，上聲、入聲不分陰陽調，而且有入聲的也只有入聲調，而無塞尾韻。新湘語有入聲，老湘語的入聲已經歸入其他調中。客、吳、粵等方言以及贛語的多數地區都保留有入聲，且分陰陽調、有塞尾韻，上聲、去聲也多分陰陽，但客家話的去聲卻不分陰陽。所以，這種 5 至 7 種調類的土話從聲調結構來看，與湘語相近，而與贛、客、粵等方言的差別較大。第①種類型的形成，有兩種可能性。一種

可能是這是一種接近西南官話的類型，土話、西南官話雙語通行，土話容易受到作為權威方言的西南官話的影響，聲調的演變與西南官話呈現出類型趨同的特點。另一種可能是與贛語吉茶片有淵源。表中我們舉了吉安和泰和這兩個屬於吉茶片的贛語。據謝留文（2006），贛語吉茶片絕大多數方言都沒有入聲，入聲歸入其他舒聲調，部分方言點有入聲調但無入聲韻，多數為 4 或 5 個聲調。其實這種聲調結構已經很像官話了，只是古入聲的歸派有所不同。第二章我們論述過，郴州地區的人口在歷史上曾經有很大比例是從江西中西部（即現在的贛語吉茶片地區）遷來的，所以，很有可能土話（至少有一部分土話）延續了贛語吉茶片的聲調特點，或者說，與贛語吉茶片有著相同的演變脈絡。

從古今對應來看，土話有一個較一致的特點：古全濁聲母上聲字，一部分口語字今仍讀上聲，另一部分口語字和非口語用字今讀去聲，去聲分陰陽的讀陽去。各點仍讀上聲的具體例字見第一章。「古全濁上聲的口語用字部分讀上聲、部分讀去聲」，這一現象在其他方言中不多見。湘語、贛語的古全濁上聲讀為陽去（長沙文讀陰去、白讀陽去，雙峰讀為陽去）；客家方言的古全濁上聲大部分讀為去聲，一小部分讀陰平，如梅縣、大埔；吳語的古全濁上聲或讀為陽上，如紹興，或讀為陽去，如蘇州。但粵語的古全濁上聲是一部分讀為上聲，一部分讀為去聲的。如廣州，陽上為 13 調，陽去為 22 調，古全濁上的「近遠~kʰɐn¹³ 舅 kʰɐu¹³ 被棉~pʰei¹³ 淡鹹~tʰam¹³ 重輕~tʃʰoŋ¹³ 柿 tʃʰi¹³ 坐 tʃʰɔ¹³」等字讀陽上，「儉 kim²² 部 pou²² 動 toŋ²² 丈 tʃœŋ²² 靜 tʃɐŋ²²」等字讀陽去。另外，在客家話的一些地方也有這種現象，如五華。

漢語史上的「全濁上聲變去聲」這一規律大約開始於中唐時期，完成於宋代。這一漢語的變化規律波及範圍較大，從當時的政治文化中心長安、洛陽等地開始發生，之後如波浪式地不斷由中心向外圍擴散，直至波及到東吳、楚湘甚至嶺南等地。現在吳語區的某些方言點（如蘇州），湘語、贛語、客家話的多數地區的古全濁上都讀為去聲，粵語、客家話的部分地區古全濁上一部分讀上聲，一部分讀去聲。因此，從古全濁上聲字的今讀調這一方面來說，粵語、客家話要比贛語、吳語、湘語更存古一些。一部分字讀上聲，一部分字讀去聲，這種分化是中唐到宋之間這段時期漢語史上「濁上變去」尚未最終

完成的一種中間狀態，這是一種詞彙擴散式的音變過程。因此，粵語、部分客家話區的古全濁上聲字的今讀聲調具有中唐至宋代這段歷史時期的底層。而郴州土話具有相同的特點，也說明了郴州土話的具有中唐至宋代這段時期的歷史層次。前面已論述過，郴州土話的形成是和唐宋時期江西中西部大量向湘南移民直接相關的，但現代贛語的全濁上聲已讀為陽去，客家話多數也讀為去聲，則我們可以設想，當「濁上變去」的音變規律波及到江西中西部地區（大約在中唐至宋末之間）而尚未完成的時候，有一批客家移民又繼續南遷，後來至宋末元代左右，遷到贛南、閩西一帶，同時，也有一批贛中移民向西南方向外遷，後來遷到郴州地區，成為現在土話區的先民。所以，土話始終保留了這種「古全濁上聲半讀上聲半讀去聲」的特點。當然，粵語區的先民也是在這個時期，或稍早一些，也經過了這種路線，從江西繼續南遷至珠磯巷，繼而遷至珠三角地區，最終形成了現代粵語的前身。

所以，郴州土話底層的歷史年代，應該是和客家話底層的年代大體相同，可能稍晚於粵語的底層年代。只不過，江西移民和湘南原住民的融合，使得一部分土話演變成類似於湘語的調類結構，還有一部分延續了贛語部分地區的調類結構；後來西南官話的範圍不斷擴張，直接到達了郴州西部，甚至漸漸覆蓋了郴州地區，使得一部分土話在當地人同時通行雙語的過程中，在聲調類型上漸漸向官話靠攏，變成了這樣的結構。

所以，從聲調上來看，一部分土話與西南官話或贛語吉茶片的聲調格局類似，一部分土話與湘語的聲調格局類似。但都有中唐至兩宋這一時期的底層層次。

5. 陽聲韻脫落韻尾的現象比較

土話中很多都有古陽聲韻脫落韻尾的層次，在第二章中我們已詳細論述，這裡只舉幾個代表字與湘語、贛語、客家話、粵語進行比較。

表5.6　郴州土話和其他各方言古陽聲韻字今讀比較

方言點	卵山合一	官山合一	帳宕開三	唱宕開三	難山開一	線山開三	天山開四	三咸開一	淡咸開一	爭梗開二
飛仙土話	lo³¹	kuan²¹²	tʃioŋ⁵⁵	tʃʰoŋ⁵⁵	nan²⁴	sian²⁴	tʰian²¹²	san²¹²	tʰan³¹	tsoŋ²¹²
仁義土話	luaŋ³³	kuaŋ³⁵	tʃo¹³	tʃʰo¹³	no¹¹	səi¹³	tʰəi³⁵	so³⁵	to³³	tsuŋ³⁵
唐家土話	lo³⁵	ko³³	tɕio⁴²	tɕʰio⁴²	nɛ³¹	ɕiɐ⁴²	tʰiɛ³³	sɛ³³	tɛ³⁵	tsɛ³³

麻田土話	lo³⁵	kuŋ³¹	tʃɑŋ⁵¹	tʃʰɑŋ⁵¹	na²¹³	ɕiɛ⁵¹	tʰiɛ³¹	ʃa³¹	ta³⁵	tʃai³¹
一六土話	lo⁴⁵⁴	kuɑ³³	tsɑŋ⁴¹	tsʰɵø⁴¹	na²⁴	ɕiɛ⁴¹	tʰiɛ³³	sa³³	tʰa³³	tsa³³
楚江土話	lo³⁵	ko³³	tsɐŋ⁵¹	tsʰɐŋ⁵¹	nɛ³¹	ɕiɛ⁵¹	tʰiɛ³³	sɛ³³	te³⁵	tsɛ³³
長沙湘語	ꜛlo	ꜜkõ	tsan꜒	tsʰan꜒	ꜗlan	ɕiẽ꜒	ꜜtʰiẽ	ꜜsan	tan꜒	ꜜtsən
雙峰湘語	ꜛlʊ	ꜜkua	tɒŋ꜒	tʰɒŋ꜒	ꜗlæ̃	sĩ꜒	ꜜtʰĩ	ꜜsæ̃	tæ̃꜒	ꜜtsɒŋ
南昌贛語	ꜛlɔ	ꜜkuɔn	tsɔŋ꜒	ꜛtsʰɔŋ	lan꜒	ɕien꜒	ꜜtʰiɛn	ꜜsan	tʰan꜒	ꜜtsan
泰和贛語	lɵ̃⁵²	kuɵ̃³⁵	tsõ³³	tʰõ³³	lã³³	siẽ³³	hiẽ³⁵	sã³⁵	hã⁵²	tsã³⁵
梅縣客語	ꜛlɔn	ꜜkuɔn	tsɔŋ꜒	tsʰɔŋ꜒	ꜗnan	sien꜒	ꜜtʰiɛn	ꜗsam	ꜜtʰam	ꜜtsan
廣州粵語	ꜛløn	ꜜkun	tʃœŋ꜒	tʃʰœŋ꜒	ꜗnan	ʃin꜒	ꜜtʰin	ꜗʃam	ꜛtʰam	ꜜtʃaŋ

注：長沙、雙峰、南昌、梅縣、廣州的材料據《漢語方音字彙》（第二版重排本），泰和的材料據謝留文、張驊《江西泰和方言記略》。

　　從全國範圍來看，古陽聲韻韻尾脫落（包括鼻化韻）的現象在很多方言都可以見到。北方的晉語、中原官話、冀魯官話，南方的江淮官話、湘語、贛語吉茶片、吳語、閩語都有。從南方來看，一個主要在楚湘地區，一個主要在吳越閩地區，這兩個地區除了在各自的北邊通過江淮官話連接成片，大部分地區被客贛方言區所隔開，客、贛（除吉茶片）、粵三大方言區的古陽聲韻字基本沒有韻尾脫落的現象。

　　土話中有一部分方言點存在古陽聲韻脫落韻尾的層次，比如我們所調查的飛仙、仁義、唐家、麻田、一六、楚江。這種韻尾脫落的現象，有兩種可能，一種可能是湘語的層次反映，另一種可能是贛語吉茶片的層次反映。我們已多次提到，郴州地區在歷史上曾有來自江西中西部的大量移民遷入，而江西中西部正是贛語吉茶片的分布區。所以，移民潮把贛語吉茶片的語音特點帶到郴州地區是很有可能的。其實，贛語吉茶片與湘語是連接成片的，吉茶片本就與湘語有著多方面的相似點，比如豐富的鼻化韻和調類結構。土話先民從贛中地區遷過來時，可能口中還帶有鼻化韻，但後來鼻化韻進一步變成了無鼻化色彩的單元音韻母。在後來與湘語區居民接觸的過程中，會不會受到湘語的影響呢？這也是很可能的。所以，郴州土話的古陽聲韻韻尾脫落的現象，很可能是贛語吉茶片與湘語兩種層次的反映。

　　土話地處湘語的東南，東與客家方言區相接，南與粵方言區相接，西與西南官話區相接，本地區又通行西南官話，三面都被不具備古陽聲韻韻尾脫落特點的方言包圍，導致了土話的這種特點也開始萎縮。這從表中所列各土話的例

字中就可以看出來，有的土話的韻尾脫落的例字多些，有的則較少，比如飛仙只有一字。我們可以做這種設想，原本，土話（至少是一部分土話）的古陽聲韻字的今讀，是丟掉了韻尾的，但在西南官話、客贛方言的雙重包圍之下，已經有大批的字重新帶上了鼻音韻尾。[註2]也就是說，從中古音到土話音，古陽聲韻經歷了「有鼻音韻→脫落鼻音尾→帶上鼻音尾」這樣一個過程，第二階段是湘語的層次，第三階段是在與官話及其他方言的接觸過程中產生的反覆現象。只不過，有的方言點如荷葉、沙田已經率先完成這一過程，而其他方言點尚處在第三階段的變化過程中。

三、土話與湘語的相似特徵

通過比較，土話與湘語的相似特徵包括：

①蟹攝的韻尾脫落，果假攝元音的高化。有這一特點的有麻田、一六、唐家、楚江。

②聲調組合的類型，以及古入聲只保留單獨調類而無塞尾韻。有這一特點的有唐家、麻田。

③古陽聲韻字有韻尾脫落的現象（這一特點同時與贛語吉茶片接近）。有這一特點的有飛仙、仁義、唐家、麻田、一六、楚江。

第二節　土話與客贛方言的比較

一、贛方言和客家話幾個顯著的特徵

（一）贛方言的特徵

據顏森（1986），贛語的共同點是：①古全濁聲母今讀塞音、塞擦音時，為送氣清音；

②遇攝三等魚韻、流攝一等、臻攝開口一等和梗攝開口二等（白讀）字，許多地方主要元音是〔ε〕（或相近的〔e æ〕）；

③除吉蓮片基本無入聲外，其他絕大部分地方有入聲。

④站立大部分地方說「徛」，第三人稱代詞說「渠」，「我的」說「我箇」，

「坐著喫」說「坐到喫」。

由於贛語吉茶片地區在歷史上曾經是郴州地區的主要移民輸入地，我們也看一下吉茶片所具有的特點，據顏森（1986）、謝留文（2006），贛語吉茶片的特徵有：

①有豐富的鼻化韻，韻母數目少，一般在三十幾個到四十多個；

②絕大多數方言都沒有入聲，部分方言點有入聲調但無入聲韻，多數為 4 或 5 個聲調；

③颱風說「發風」，插秧說「蒔田」，把東西藏起來說「摒」，衣服被釘子掛破說「爛了」。

（二）客家話的特徵

據顏森（1986）、黃雪貞（1987）、謝留文（2006），客家話的主要方言特徵有：

①古全濁聲母字，不論四聲，今逢塞音、塞擦音讀送氣清音；

②有些古濁音聲母上聲字（次濁上聲字多，全濁上聲字少）今讀與古清聲母平聲字聲調相同，讀陰平；

③「我」說「𠊎」，「我的」說「𠊎介」，疑問代詞「什麼」在客家話多說成「乜介」（有些地區寫成「脈個」或「麻介」），「吃飯、喝茶」說「食飯、食茶」，「交合」說「鳥」，把東西藏起來說「摒」，「是」說「係」，衣服被釘子掛破說「爛了」，不說「破了」，「活的」說「生介」（如說「生雞、生魚」，不說「活雞、活魚」），起風的「起」讀〔ɕ〕聲母。

二、土話與客贛方言的比較

1. 古全濁聲母的清化

在第三章第二節中，我們論證了土話古全濁聲母清化後的兩種類型的性質。「平聲送氣，上去入聲部分送氣、部分不送氣」型是客贛方言層次和官話層次的疊加結果；「並定母不送氣，其他聲母送氣」型是土話固有層次和官話層次的疊加結果，而這種土話固有層次也是不同時代的客贛方言層次的疊加結果。所以從古全濁聲母清化後逢塞音、塞擦音的讀音方面，土話是與客贛方言有淵源關係的。

2. 聲調的比較

上一節中比較土話與湘語的聲調時，已涉及土話與贛語和客家話的聲調比較。部分土話擁有的 4 個調類與贛語吉茶片的調類模式相似，可能是移民的歷史因素相關。但另一部分土話的調類模式更像湘語。

唐家、一六的古全濁上聲、次濁上聲，各有一部分口語常用字讀同古清平聲字，今讀陰平調，這是與客家話相似的特點，說明唐家、一六有客家話的歷史層次。詳見第四章第二節。

3. 遇攝三等魚韻的個別字讀音

贛語的遇攝三等魚韻系有少數字讀 e 韻，土話中部分方言點也有類似現象。舉「去鋸倨」三字在各方言的讀音如下：

表 5.7　郴州土話與各方言魚韻系少數字讀音比較

例字	沙田	一六	楚江	飛仙	南昌	泰和	長沙	雙峰	蘇州	梅縣	廣州
去來~	xɛ³⁵	—	xɛ⁵¹	xɯ⁵⁵	tɕʰie²¹³	tɕʰie³³	kʰɤ⁼	tɕʰi⁼	tɕʰi⁼	hi⁼	høy⁼
鋸	kɐi³⁵	tɕy⁴¹	kɐi⁵¹	tʃy⁵⁵	ke³⁵	ke³³	kɤ⁼	ka⁼	₋kE	ki⁼	kœ⁼
倨	kie³⁵	kie³³	kɛ⁵¹	kɯ²⁴	tɕʰie²⁴ tɕie²¹³	tɕi¹¹					

沙田的「去」、「倨」，一六的「倨」，楚江的「去」、「倨」都讀前元音〔ɛ〕，與三地魚韻系的其他字讀〔u／y〕韻不同。贛語的南昌、泰和也有這種特點。南昌、泰和的魚韻系也大都讀為〔u／y〕韻，但南昌「去鋸倨」讀前元音〔e〕韻，泰和「去鋸」讀前元音〔e〕韻，與大多數魚韻系字相別。從這一點上，土話部分方言點具有贛語的特徵。吳語、粵語也有這種現象，如蘇州的「鋸」讀〔E〕，廣州的「鋸」讀〔œ〕。飛仙的「去」、「倨」讀後元音〔ɯ〕，與湘語的長沙相近。

另外，土話的音系大都有一個獨立的鼻音音節〔ŋ〕，轄少數模韻系的字，主要是「五伍午」等字。我們看一下各方言「五」字的讀音，如下表：

表 5.8　郴州土話與各方言的「五」字的讀音

仁義	荷葉	飛仙	沙田	唐家	楚江	麻田	一六	蘇州
u³³	u⁵³	ŋ³¹	ŋ⁵³	ŋ³⁵	ŋ³⁵	ŋ³⁵	uŋ³³	ŋ⁼

溫州	長沙	雙峰	南昌	泰和	梅縣	廣州	陽江	廈門
₋ŋ	₋u	₋əu	₋ŋ	₋ŋ	₋ŋ	₋ŋ	₋ʊŋ	gɔ̃⁼

吳、贛、客、粵（廣州）方言的「五」字讀獨立的鼻輔音音節，湘、閩、粵（陽江）不讀獨立鼻音音節。多數土話讀獨立的鼻輔音音節，與吳、贛、客、粵（廣州）相同。另外，一六的「五」讀鼻尾韻，與陽江粵語相似。

4. 部分口語詞彙的比較

「站立」在各土話點都說「徛」；

第三人稱代詞，飛仙、沙田、楚江、一六都說「倮」（仁義、荷葉說「他」；唐家、麻田說「伊〔iɛ〕」）；

「我的」各土話說「我箇／嘅」；

「坐著」各土話說「坐到」；

「衣服破了」，仁義說「爛了」；

以上都與贛語口語詞彙相同。

「什麼」，楚江、沙田用「乜介」（或寫作「麻介」）；

「交合」，各土話說「鳥」；

「是」，一六用「係」。

以上都與客家話口語詞彙相同。

三、土話與客贛方言的相似特徵

通過比較，土話與客贛方言的相似特徵包括：

①土話的古全濁聲母清化後，一種類型是客贛方言的層次與官話層次的疊加，一種類型是土話固有層次與官話層次的疊加，這種土話固有層次也是不同歷史時期的贛語層次疊加的結果，所以從古全濁聲母的清化看，土話與客贛方言有相似特徵；

②四個聲調的調類模式可能與贛語吉茶片是同類型演變；

③部分土話的古濁上部分字今讀與古清平字同調，是客家話的語音特徵；

④遇攝三等魚韻系的個別字讀前、不圓唇元音，與客贛方言有相似特徵；

⑤部分口語用詞，與客贛方言相同。

第三節　郴州土話的混合型方言性質

從所調查的點來看，郴州境內土話有著比較複雜的語音層次，無論聲母、

韻母、聲調，都存在著多種層次共存的現象。不同層次的語音特點，有的與贛客方言類似，有的與湘方言類似，有的與西南官話相同。為了較清晰地看到土話與其他方言的關係，我們把以上各章涉及到的郴州土話聲韻調各方面的不同層次，列出幾條比較項。

一、幾條比較項

1. 聲母方面

①聲母最大的特點是，古全濁聲母清化。根據清化後的聲母送氣與否分為兩種類型：一種是「古平聲送氣，古上去入聲部分送氣、部分不送氣」，一種是「並、定母古平聲一半送氣、一半不送氣，古上去入聲絕大部分不送氣；其他母古平聲送氣，古上去入聲部分送氣、部分不送氣。」前者是客贛方言層次和官話方言層次共存導致的結果；後者是「並定母不送氣、其他母送氣」的一種土話固有層次和官話層次共存導致的結果，而這種固有層次實質上是完成了全濁聲母清化的晚期贛語與尚未完成全濁聲母清化的稍早時期的贛語接觸融合後出現的一種現象。所以，這兩種類型實質都是客贛方言層次與官話層次共存導致的。

2. 韻母方面

②梗攝陽聲韻在多數土話的今讀存在不同的層次。從梗攝陽聲韻白讀層次與其他韻攝的分合關係來看，有梗攝與山（咸）攝合流的類型，有梗攝與宕江攝合流的類型，有梗攝與宕江咸山合流的類型，還有梗攝獨立成韻的類型。此外，各土話的大多數梗攝字（包括書面語用字和部分口語用字）都與曾攝合流了。從形成來源看，梗攝與山（咸）攝合流的類型是歷史上江西中西部泰和等地移民帶來的；梗攝獨立成韻的類型是歷史上江西中西部其他地區移民帶來的，有些可能是後來受客家話影響而形成的；梗攝與宕江攝合流的類型和梗攝與宕江咸山合流的類型是湘語的類型；而梗攝與曾攝合流的類型，則是受西南官話的影響而形成的。所以，土話存在不同的梗攝與其他攝的分合類型，是土話在湘語的基礎上，受到來自江西中西部移民的衝擊而漸漸染上部分贛語的特點，同時受到東鄰客家方言的影響和西面西南官話的影響而導致的層次混雜現象。

③蟹攝韻尾脫落，假攝元音高化。在郴州南部的麻田、一六存在這種層次。

果攝元音高化。唐家、楚江存在這種層次。

果攝元音複音化。麻田有這種層次。

蟹、假、果三攝的這種變化，是與湘語類似的特點，這類層次是湘語層次。

④山、咸、宕、江、梗等攝陽聲韻多有脫落韻尾的現象，這是來自湘語的層次。楚江、唐家、麻田、一六、仁義都有這種層次，飛仙、沙田只有個別字，荷葉無此現象。

⑤遇攝三等魚韻系的個別字讀前、不圓唇元音，與客贛方言有相似特徵。沙田、一六、楚江有這種層次。

3. 聲調方面

⑥聲調系統分兩種類型：一種有 4 個聲調，平聲分陰陽，上去不分陰陽，如仁義、荷葉、飛仙、沙田、楚江、麻田。這與贛語吉茶片和西南官話的聲調模式類似。另一種有 5 個聲調，唐家是陰平、陽平、上聲、去聲、入聲；麻田是陰平、陽平、上聲、陰去、陽去。平去分陰陽、上入不分陰陽，這是湘語調類的模式。從其他學者調查的郴州土話點的音系來看，也多有平、去分陰陽，而上、入不分陰陽者，大部分都是湘語的調類模式。

⑦保留入聲調，但無塞尾韻。我們調查的唐家屬於這種類型。其他學者調查的郴州土話，也有不少點是保留入聲調而無入聲韻的，如敖泉、大地嶺、土地鄉、洋市、廣發、赤石。都與湘語類似。

⑧部分土話的部分古濁上字今讀與古清平字同調，是客家話的層次。如唐家、一六。

⑨唐家的部分古濁聲母去聲字今讀與古清平字同調，是某種贛方言的層次。

二、土話分別屬於湘、贛、客家方言性質的比較項

上面我們共列了 9 個比較項。屬於湘語性質的比較項有：②梗攝與宕江攝合流的類型和梗攝與宕江咸山合流的類型；③蟹攝韻尾脫落，假攝元音高化，果攝元音高化或複音化；④山、咸、宕、江、梗攝陽聲韻韻尾脫落；⑥平去分陰陽，上入不分陰陽的調類模式；⑦保留入聲調，但無塞尾韻。共 5 條，

除第③條主要分布在郴州南部地區土話（如唐家、楚江、麻田、一六）外，各條在郴州土話中都較普遍。

　　屬於贛語性質的比較項有：①全濁聲母的清化類型；②梗攝陽聲韻白讀層獨立成韻的類型，以及梗攝陽聲韻和山（咸）攝陽聲韻合流的類型；⑤遇攝三等魚韻系讀前、不圓唇元音；⑥「陰平、陽平、上聲、去聲」的 4 調類模式；⑧古濁聲母去聲字今讀與古清平字同調。共 5 條。其中，第①⑤⑥項在各土話中較普遍。

　　屬於客家話性質的比較項有：⑦部分古濁上字今讀與古清平字同調。共 1 項。主要在唐家、一六有這種現象。由於客家話也具有贛語第①②項的特點，所以贛語第①②項也可以說同時是客家話的語音特點。

三、官話層次的讀音在聲韻調各方面都占很大比重

　　第①項和第②項中，我們都提到了西南官話的層次，後 7 項我們雖然沒有提到官話的層次，但事實上來自官話層次的讀音在土話的聲韻調各方面都占很大比重。全濁聲母的清化有與官話相同的層次、梗攝陽聲韻與曾攝陽聲韻合流，這兩條已經在上面提及。另如麻田、一六的蟹攝雖有韻尾脫落的層次，但還有一大部分字是沒有脫落韻尾的；楚江、唐家、麻田、一六、仁義的山、咸、宕、江、梗等攝陽聲韻都有脫落韻尾的層次，但各點都有很大一部分字是帶鼻音韻尾的，沒有一個方言點的哪個古陽聲韻攝中所有的字全都是脫落韻尾的，這些帶韻尾的字明顯是來自官話層的讀音。另如麻田、一六的假攝元音雖有高化現象，但還有一些不常用的字，並沒有高化，是來自官話的音。再如唐家，部分古上聲字今讀入聲，部分古去聲字今讀上聲，都是一種官話層次的聲調的反映。麻田的聲調更是成系統地分成土話固有層和官話外來層兩種層次。兩種層次的共存，使得麻田古今調類的對應貌似很混亂，但我們掀出官話層之後，土話固有層的古今聲調對應就清晰且十分有規律。麻田「古清平讀陽去、濁平讀陰平、清上次濁上聲讀陰去、全濁上讀陽平、去聲讀陽平、入聲讀陰平」的這部分來自官話的層次，與「清平讀陰平、濁平讀陽平、清上次濁上讀上聲、全濁上讀去聲、清去濁去讀去聲、入聲讀陽平」的這部分土話固有層次共存，說明了官話在土話中已經影響很深了。

四、郴州土話的混合型方言性質

　　郴州境內的土話往往同時具備多種方言的語音特點，這通過不同的層次體現出來，不同的層次往往有不同方言的特性。下面，我們把各點土話都具備哪些方言的特點分門別類列入表中：

表 5.9　各土話具有的方言屬性

土話點	湘語屬性	贛語屬性	客家話屬性	西南官話屬性
飛仙	梗攝陽聲韻的白讀層與山咸宕江攝陽聲韻合流;梗攝陽聲韻白讀層與宕江攝合流	全濁聲母的清化模式；調類模式（贛語吉茶片）	無	全濁聲母的清化有官話層;梗攝陽聲韻的文讀層與曾攝陽聲韻合流
仁義	古陽聲韻有韻尾脫落的層次	全濁聲母的清化模式;梗攝陽聲韻的白讀層與山咸攝陽聲韻合流(贛語吉茶片)；調類模式（贛語吉茶片）	無	全濁聲母的清化有官話層;古陽聲韻另有大量韻尾無脫落的字;梗攝陽聲韻大部分字與曾攝陽聲韻合流
荷葉	梗攝陽聲韻的白讀層與山咸宕江攝陽聲韻合流	全濁聲母的清化模式；調類模式（贛語吉茶片）	無	全濁聲母的清化有官話層;古陽聲韻今仍讀鼻音韻尾;梗攝與曾攝合流
沙田	梗攝陽聲韻的白讀層與山咸宕江攝陽聲韻合流	全濁聲母的清化模式；調類模式（贛語吉茶片）；遇攝三等魚韻系的個別字讀前、不圓唇元音	遇攝三等魚韻系的個別字讀前、不圓唇元音	全濁聲母的清化有官話層;古陽聲韻今仍讀鼻音韻尾;梗攝與曾攝合流
唐家	梗攝陽聲韻的白讀層與山咸宕江攝陽聲韻合流;果攝元音高化;古陽聲韻有韻尾脫落的層次；調類模式;保留入聲調但無入聲韻	全濁聲母的清化模式;部分古濁聲母去聲字今讀與古清平字同調	部分古濁上字今讀與古清平字同調	全濁聲母的清化有官話層;古陽聲韻另有大量韻尾無脫落的字;梗攝陽聲韻大部分字與曾攝陽聲韻合流;調類模式有官話層
楚江	梗攝陽聲韻的白讀層與山咸宕江攝陽聲韻合流;果攝	全濁聲母的清化模式;遇攝三等魚韻系的個別字讀	遇攝三等魚韻系的個別字讀前、不圓唇元音	全濁聲母的清化有官話層;古陽聲韻另有大量韻尾

	攝元音高化;古陽聲韻有韻尾脫落的層次	前、不圓唇元音;調類模式(贛語吉茶片)		無脫落的字;梗攝陽聲韻大部分字與曾攝陽聲韻合流
麻田	蟹攝韻尾脫落,假攝元音高化,果攝元音複音化;古陽聲韻尾脫落;調類模式	全濁聲母的清化模式	無	全濁聲母的清化有官話層;蟹攝、古陽聲韻還有一部分字有韻尾;假攝還有一部分字沒有發生元音高化;果攝還有一部分字沒有發生複音化;梗攝陽聲韻與曾攝陽聲韻合流;調類模式有官話層
一六	梗攝陽聲韻的白讀層與宕江攝陽聲韻合流;蟹攝韻尾脫落,假攝元音高化;古陽聲韻尾脫落	全濁聲母的清化模式;梗攝陽聲韻的白讀層與山咸攝陽聲韻合流(贛語吉茶片);遇攝三等魚韻系的個別字讀前、不圓唇元音;調類模式(贛語吉茶片)	遇攝三等魚韻系的個別字讀前、不圓唇元音;部分古濁上字今讀與古清平字同調	全濁聲母的清化有官話層;梗攝陽聲韻部分字與曾攝陽聲韻合流;蟹攝、古陽聲韻還有一部分字有韻尾;假攝還有一部分字沒有發生元音高化;調類模式有官話層

　　從表中可以看出來,沒有哪種土話只具備單一的方言屬性,往往是在某一方面具有湘語的特點,而在另一方面又具有贛語、客家話的特點,而各點無一例外地都有湘語、贛語、西南官話三種方言的特點。飛仙、仁義、荷葉、麻田不具備客家話的特點。從地理分布上看,飛仙、仁義、荷葉都位於郴州地區的西北部,只有沙田、唐家、楚江、麻田、一六位於郴州地區的西南部或南部,所以,大體可以說:郴州南部地區的土話帶有客家話特點。這恰與贛語和客家話在郴州境內的分布情況相一致,在郴州地區,東北部是贛語區,東南部是客家話區,所以,南部地區的土話更易與客家話相接觸,從而帶有客家話的特點。

　　但無論是哪種土話,其聲母、韻母、聲調,都存在大量的來自西南官話層次的音,而且,多數土話中的官話層次的音並未與白讀層的音疊置在同一語素中。在常用的口語用字中,還保留土話固有層次的音,這種固有層次,或是湘

語的特點，或是贛語的特點，或者客家話的特點；在大量的非口語用字以及一部分口語用字中，已經讀為官話音。所以，從方言性質上來說，郴州境內的土話，大多是湘語、贛語、客家話、西南官話相融合而產生的混合型方言，至今不同的層次中還可以看到屬於不同方言的特點。

從地理位置上看，郴州恰位於湘、贛、客、西南官話四大方言的交鋒處，其西北鄰是湘語區，北鄰、東北鄰是贛語區，東鄰是客家話區，西鄰西南官話區，而且在郴州境內，東北部的永興、資興二縣市就是贛語區，東部的汝城、桂東二縣就是客家話區，而西部的廣大土話區本身就同時通行西南官話，說土話的人大多會講西南官話。在這樣一種複雜的方言環境中，土話的混合型方言的性質就不難理解了。

五、郴州土話的形成過程推測

從郴州土話少數非組字讀如幫組字、少數知三母字讀如端母字、以及古全濁上部分口語用字仍讀上聲這三點來看，郴州土話的底層從通語分出來的年代應該是中唐至宋這段時期。那麼，這種底層到底是一種什麼方言呢？我們認為，應該是客贛方言在歷史上的早期形式。今天的客贛方言中，同樣有非組字讀如幫組字、知三母字讀如端母字的現象。

今天的郴州地區的人口，大多是江西移民的後裔。在歷史上，主要有兩次從江西（主要是贛中地區）大規模移民湘南的時期，一個是宋代至元初，一個是元末明初。之前我們論述過，這兩次贛中移民，影響了土話全濁聲母清化的模式，一部分土話變為「全送氣」型，一部分土話變為「並定母不送氣、其他母送氣」的類型；江西的移民，帶來了當時江西方言的特點，一部分土話的梗攝陽聲韻獨立成韻，一部分土話梗攝陽聲韻與山咸攝陽聲韻合流。

在江西移民大量湧進郴州之前，郴州的方言應該是一種較古老的湘語。郴州在地理位置上與湘語的婁邵片、永州片連成一片。而且歷史上郴州的政治文化始終和湖南大部分地區是一體的：春秋戰國時屬楚地，秦代置郴縣，漢高祖五年（公元前 202 年），始分長沙郡南部地區置桂陽郡，其區域含今郴州大部分地區。可以想見，郴州一直到宋代有大量移民進來之前，其方言是與湖南大部分地區一樣，同屬於古時的楚方言。這種楚方言大約和古時的吳方言有很多相似之處，甚至可能屬於同一種大類的方言。後來，東晉南北朝至

宋元時期源源不斷的北方移民湧入江西，隔斷了吳楚方言，致使兩地方言獨立發展，漸而形成今日的湘語和吳語。直至湘語母語形成之初，郴州還是屬於這類湘語。後來，宋代出現了贛中地區向湘南地區的移民潮，元末明初又出現第二次，這兩次大大改變了郴州地區的方言面貌。經過融合之後，郴州土話出現了不同的層次：有湘語的層次，比如調類模式、陽聲韻尾的脫落、蟹攝韻尾的脫落、果假攝元音的高化、入聲韻消失但保留入聲調；也有贛語的層次，比如全濁聲母的清化模式、另一部分贛語特點的調類模式，等。這個時期的移民中，也有可能包括一部分客家移民，使土話中出現一些客家話的層次，如古濁上讀同古清平（當然這個特點也可能是後來和客家方言相接觸的過程中才出現的）。在這種湘、贛、客三類方言的早期形式的混雜接觸中，產生了郴州土話的早期形式。

明清時期，西南官話範圍日益擴大。後來擴張到郴州地區，使得土話區同時通行西南官話，講土話的人和外地人交流時使用西南官話。這樣，又經過數百年的發展，西南官話侵入土話音系越來越深，不只非口語用字，連一些口語用字也引進了官話音。最終形成了現在的郴州土話。現在的土話，文白層疊置在同一語素的現象不明顯，更多的表現是「土話固有層轄一部分字，來自官話的外來層轄一部分字，固有層和外來層共存，共同分割了同一平面的字音」。而且，官話層次的轄字有越來越多的趨勢。

這就是郴州土話的形成過程及現狀。我們用示意圖表示如下：

郴州土話歷史演變過程示意圖

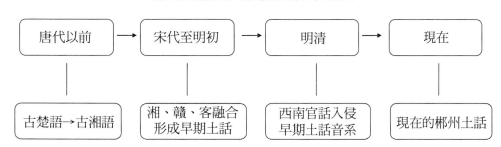

結　語

一、郴州土話的共有特點

　　郴州境內的土話群，有一些共同的特點：（1）部分非組字讀如幫組；（2）部分知母三等字讀如端母；（3）部分日母字讀如泥娘母；（4）部分溪母字讀清擦音；（5）部分匣母合口字讀零聲母；（6）疑母字的今讀都分三類，開口呼一般讀 ŋ 聲母，合口呼讀零聲母，齊齒呼、撮口呼一部分讀 ȵ 聲母，一部分讀零聲母；影母開口呼多讀 ŋ 聲母，合、齊、撮口呼多讀零聲母；（7）止攝、蟹攝合口三等白讀層與遇攝三等合流，讀 y 韻母；（8）臻深曾梗四攝陽聲韻合流；（9）部分古開口四等字今讀開口呼；（10）部分古全濁上聲字今仍讀上聲；（11）有舌尖前元音 ɿ，多數土話有鼻輔音的獨立音節 ŋ̍。

二、韻母的歷史層次

　　土話的聲韻調各方面都存在著不同的層次。韻母方面主要集中在山咸宕江梗等攝的陽聲韻。其中，荷葉、沙田、仁義等靠近中心城鎮的土話點的白讀層只有少數的痕跡，飛仙、唐家、楚江、麻田、一六等遠離中心城鎮的土話點的白讀層字數較多。麻田、一六的古陽聲韻層次尤為繁雜，如：麻田曾梗攝陽聲韻有 en、əi、ai 三個層次，咸山攝陽聲韻有 an／iɑŋ、uŋ、a／iɛ、ɑ 四個層次；一六宕攝陽聲韻有 ɑŋ、o、yɛ、θø 四個層次。

從梗攝陽聲韻的白讀層與其他韻攝的分合關係看，東南方言可以分為兩類 5 種：一類是梗攝白讀層獨立為韻，主要分布在贛、客、粵、閩、南部吳語，以及老湘語的個別方言點（如湘鄉）；一類是梗攝白讀層與其他韻攝合流。第二類又分為 4 種情況：①與曾攝合流型，主要分布於與官話相接的地帶，如徽語、新湘語；②與宕江攝合流型，主要分布於江西中西部贛語、老湘語、北部吳語；③與山咸宕江攝合流型，主要分布於湖南省境內；④與山（咸）攝合流型，這種類型主要分布在江西中西部和湘南地區。梗攝白讀層與山（咸）攝合流這一類型原本是屬於江西中西部某一區域內（以泰和為代表）的一種特有類型，後來由於贛中地區大量向湖南南部地區移民，從而把這種類型帶到了湖南南部。

從江西中西部泰和等地帶來的梗攝與山（咸）攝合流的類型，從江西中西部帶來的以及受客家話影響而形成的梗攝獨立成韻的類型，從官話來的梗攝與曾攝合流的類型，加上湘語固有的梗攝與宕江攝合流的類型和梗攝與宕江咸山合流的類型，五種類型的層次在郴州境內交匯、混雜，進行了長期的「拉鋸戰」，形成了土話梗攝混雜的讀音層次。

古陰聲韻的層次對立主要體現在流攝和蟹攝中。在流攝中，飛仙、沙田、唐家的層次對立在於韻尾的不同，白讀為 i 韻尾，文讀為 u 韻尾；仁義、麻田的層次對立在於韻腹的不同，仁義白讀 iɑu，文讀 ue，麻田文讀 ɤu，白讀 ɜu；一六的層次對立在於韻腹、韻尾都不同，文讀 θø，白讀 ɐu。

土話在蟹攝中的不同層次的對立主要分兩種類型：①楚江、飛仙、沙田、唐家是一類，文讀層是低元音韻腹，約為 ɑi，白讀層是央元音韻腹，約為 əi；②麻田、一六是一類，文讀層為 ɑi，白讀層韻尾脫落為 ɑ。

三、聲母的歷史層次

歷史層次在聲母方面主要表現在古全濁聲母的清化。古全濁聲母清化逢塞音、塞擦音從送氣與否來看，有兩種類型：

類型一，送氣與否只與古聲調有關：各母的古平聲今讀送氣音；古上、去、入聲部分送氣，部分不送氣。飛仙、荷葉、沙田屬於這種類型。

類型二，送氣與否既與古聲母有關，也與古聲調有關：並、定母的古平聲一半送氣、一半不送氣，古上、去、入聲絕大部分不送氣；澄、從、邪、崇、

禪、群母（邪、崇、禪三母限今讀塞擦音的部分）古平聲送氣，古上、去、入聲部分送氣，部分不送氣。仁義、唐家、楚江、麻田、一六屬於這種類型。

　　第一種類型是清化規律為「平仄都讀送氣音」的贛客底層與清化規律為「平聲送氣、仄聲不送氣」的西南官話層次的疊置結果。第二種類型是有著特殊清化規律——「並、定母讀不送氣清音，其他母讀送氣清音」的某種土話底層與「平聲送氣、仄聲不送氣」的西南官話層次的疊置結果。

　　湘南土話並定母的清化晚於其他全濁聲母的清化，基於贛中向湘南地區的移民史實、方言的語音演變在不同地區有不平衡性、以及區別音位的理論，土話底層清化規律「並定母讀不送氣音、其他母讀送氣音」實質，是完成了全濁聲母清化的贛語與尚未完成全濁聲母清化的贛語的接觸融合而導致的，是兩種屬於不同時代的贛語層次疊加的結果。

四、聲調的歷史層次

　　聲調中含有不同的歷史層次主要見於唐家、麻田、一六 3 個土話。3 種土話的聲調共混合了土話固有層次、郴州官話層次、贛方言層次、客家方言層次四種層次。

　　唐家：清上、次濁上一部分讀入聲，去聲無論清濁都有一部分讀上聲，是借自郴州官話調值的一種層次；全濁上、次濁上都有一部分字讀陰平，是來自客贛方言的層次；濁去大部分讀陰平是來自某種贛方言的層次。

　　麻田：清平一部分讀陽去，濁平小部分讀陰平，清上、次濁上有小部分讀陰去，全濁上一部分讀陽平，去聲無論清濁都有一部分讀陽平，古入聲無論清濁都有一部分讀陰平，這些都是來自郴州官話的層次。

　　一六：濁平部分讀去聲，全濁上部分字讀陽平，去聲、入聲各有一部分讀陽平，都是來自郴州官話的層次；次濁上、全濁上各有少數部分讀陰平則是來自客贛方言的層次。

五、郴州土話是混合型方言

　　通過將郴州土話與湘語、贛語、客家話的典型特點進行比較。羅列 9 條比較項，我們發現，土話屬於湘語性質的比較項有：②梗攝與宕江攝合流的類型和梗攝與宕江咸山合流的類型；③蟹攝韻尾脫落，假攝元音高化，果攝

元音高化或複音化；④山、咸、宕、江、梗攝陽聲韻韻尾脫落；⑥平去分陰陽，上入不分陰陽的調類模式；⑦保留入聲調，但無塞尾韻。屬於贛語性質的比較項有：①全濁聲母的清化類型；②梗攝陽聲韻白讀層獨立成韻的類型，以及梗攝陽聲韻和山（咸）攝陽聲韻合流的類型；⑤遇攝三等魚韻系讀前、不圓唇元音；⑥「陰平、陽平、上聲、去聲」的 4 調類模式；⑧古濁聲母去聲字今讀與古清平字同調。屬於客家話性質的比較項有：⑦部分古濁上字今讀與古清平字同調。此外，來自官話層次的讀音在土話的聲韻調各方面都占很大比重。

從方言性質上來說，郴州土話是處於湘贛客方言區之間的帶有過渡性質的混合型方言群。沒有哪種土話只具備單一的方言屬性。各點都至少具有湘語、贛語、西南官話三種方言的特點。郴州南部地區的土話帶有客家話特點。

六、方言融合及郴州土話形成的三個階段

郴州地區在唐代以前是一種較古老的湘語。宋代出現了贛中地區向湘南地區的移民潮，元末明初又出現了第二次，使得郴州地區出現了湘、贛、客三類方言（均為早期形式）的混雜接觸，在方言融合中產生了郴州土話的早期形式。明清時期，郴州地區又受到西南官話越來越深的影響，最終形成了現在的郴州土話。

郴州同時通行西南官話，大部分人除了會講土話以外，還會講官話。這無疑使得郴州土話更易受西南官話的影響。如今土話區的年輕人受到了較好的普通話教育，又使得年輕人的土話日益受到普通話的影響。在此基礎上，土話的使用人群有不斷減少的趨勢。

本文對郴州土話的詞彙、語法較少涉及，對語音的描寫也有不足之處。對郴州土話的更深入的調查研究，有待於來者。

參考文獻

1. 鮑厚星，2004，《湘南土話的系屬問題》，《湘南土話論叢》，湖南師範大學出版社。

2. 鮑厚星、陳暉，2005，《湘語的分區（稿)》，《方言》第 3 期。

3. 北京大學中國語言文學系，2003，《漢語方音字彙（第二版重排本)》，語文出版社。

4. 蔡嶸，1999，《浙江樂清方言音系》，《方言》第 4 期。

5. 曹志耘，2002，《南部吳語的研究》，商務印書館。

6. 曹志耘，2006，《浙江省的漢語方言》，《方言》第 3 期。

7. 陳暉，2002，《湖南臨武（麥市）土話語音分析》，《方言》第 2 期。

8. 陳暉、鮑厚星，2007，《湖南省的漢語方言（稿)》，《方言》第 3 期。

9. 陳立中，2002，《試論湖南汝城話的歸屬》，《方言》第 3 期。

10. 陳立中，2004，《湘南土話、粵北土話和北部平話中古蟹假果遇等攝字主要元音連鎖變化現象的性質》，《湘南土話論叢》，湖南師範大學出版社。

11. 陳忠敏，1990，《鄞縣方言同音字彙》，《方言》第 1 期。

12. 崔振華，1997，《桂東方言同音字彙》，《方言》第 1 期。

13. 鄧莉，2012，《攸縣（新市）方言語音研究》，廣西師範學院碩士學位論文。

14. 鄧永紅，2004，《湖南桂陽洋市土話音系》，《湘南土話論叢》，湖南師範大學出版社。

15. 丁聲樹、李榮，1981，《漢語音韻講義》，《方言》第 4 期。

16. 法國國家圖書館，《法藏敦煌西域文獻》p2011，上海古籍出版社，1995。

17. 范俊軍，2000，《湖南桂陽縣敖泉土話同音字彙》，《方言》第 1 期。

18. 范俊軍，2004，《湖南桂陽敖泉土話方言詞彙》，《方言》第 4 期。

19. 馮愛珍，1998，《福州方言詞典》，江蘇教育出版社。

20. 傅國通、蔡勇飛、鮑士傑、方松熹、傅佐之、鄭張尚芳，1986，《吳語的分區（稿）》，《方言》第 1 期。

21. 葛劍雄、曹樹基、吳松弟，1993，《簡明中國移民史》，福建人民出版社。

22. 桂陽縣志編委會，1993，《桂陽縣志》，中國文史出版社。

23. 〔漢〕許慎撰、〔宋〕徐鉉校定《說文解字》，中華書局，1963。

24. 何磊，2011，《江西樂平方言語音初探》，漳州師範學院碩士學位論文。

25. 胡斯可，2009，《湖南永興贛方言同音字彙》，《方言》第 3 期。

26. 黃笑山，1995，《切韻》和中唐五代音位系統》，文津出版社。

27. 黃雪貞，1987，《客家話的分布與內部異同》，《方言》第 2 期。

28. 黃雪貞，1988，《客家方言聲調的特點》，《方言》第 4 期。

29. 黃雪貞，1993，《江永方言研究》，社會科學文獻出版社。

30. 蔣軍鳳，2008，《湘鄉方言語音研究》，湖南師範大學博士學位論文。

31. 李冬香，2006，《湖南資興方言的音韻特點及其歸屬》，《湘潭大學學報》第 2 期。

32. 李紅湘，2009，《湖南省冷水江市方言語音研究》，湖南師範大學碩士學位論文。

33. 李珂，2006，《湖南省茶陵縣下東鄉方言的語音研究》，湖南師範大學碩士學位論文。

34. 李榮，1956，《切韻音系》，科學出版社。

35. 李榮，1989，《漢語方言的分區》，《方言》第 4 期。

36. 李榮，1996，《我國東南各省方言梗攝字的元音》，《方言》第 1 期。

37. 李新魁，1982，《韻鏡校證》，中華書局。

38. 李星輝，2004，《湖南桂陽流峰土話音系》，《湘南土話論叢》，湖南師範大學出版社。

39. 李永明，1988，《臨武方言——土話與官話的比較研究》，湖南人民出版社。

40. 梁金榮，1996，《臨桂兩江平話同音字彙》，《方言》第 3 期。

41. 劉祥友，2008，《湘南土話語音的歷史層次》，上海師範大學博士學位論文。

42. 龍海燕，2008，《洞口贛方言語音研究》，民族出版社。

43. 盧小群，2002，《嘉禾土話研究》，中南大學出版社。

44. 盧小群，2003 《湖南嘉禾土話的特點及內部差異》，《方言》第 1 期。

45. 盧小群，2003，《湘南土話代詞研究》，湖南師範大學博士學位論文。

46. 陸志韋，1947，《古音說略》，《陸志韋語言學著作集（一）》，中華書局。

47. 倫倫，1994，《廣東省澄海方言同音字彙》，《方言》第 2 期。

48. 羅傑瑞，2012，《閩北邵武和平方言同音字彙》，《東方語言學》第 1 期。

49. 羅蘭英，2005，《耒陽方言音系》，《湘南學院學報》第 1 期。

50. 羅昕如，2003，《湘南土話詞彙研究》，湖南師範大學博士學位論文。

51. 馬晴，2008，《吳語婺州片語音研究》，上海師範大學碩士學位論文。

52. 麥耘，1998，《「濁音清化」分化的語音條件試釋》，《語言研究增刊》。

53. 麥耘，2002，《漢語語音史上「中古時期」內部階段的劃分——兼論早期韻圖的性質》，《東方語言與文化》，東方出版中心。

54. 麥耘，2018，《對「並定不送氣」的一個演化音法學解釋》，《語言研究集刊》第 2 期。

55. 毛建高，2003，《資興市南鄉土話語音研究》，湖南師範大學碩士學位論文。

56. 歐陽國亮，2011，《湖南桂陽流峰土話語音研究》，遼寧師範大學碩士學位論文。

57. 彭澤潤，2002，《湖南宜章大地嶺土話的語音特點》，《方言》第 3 期。

58. 平田昌司，1982，《休寧音系簡介》，《方言》第 4 期。

59. 秋谷裕幸，2000，《江西廣豐方言音系》，《方言》第 3 期。

60. 瞿建慧，2010，《湘語辰漵片語音研究》，中國社會科學出版社。

61. 饒長溶，1986，《福建長汀（客家）話語音記略》，《龍巖師專學報》第 2 期。

62. 阮詠梅，2012，《浙江溫嶺方言研究》，蘇州大學博士學位論文。

63. 沙加爾、徐世璿，2002，《哈尼語中漢語借詞的歷史層次》，《中國語文》第 1 期。

64. 邵榮芬，2008，《切韻研究》，中華書局。

65. 沈若雲，1999，《宜章土話研究》，湖南教育出版社。

66. 辻伸久，1987，《湖南省南部中國語方言語彙集——嘉禾縣龍潭墟口語分類資料》，東京外國語大學亞非語言研究所。

67. 蘇寅，2010，《皖南蕪湖縣方言語音研究》，廣西師範大學碩士學位論文。

68. 孫宜志，2002，《安徽宿松方言同音字彙》，《方言》第 4 期。

69. 譚其驤，1987，《湖南人由來考》，《長水集》，人民出版社。

70. 唐湘暉，2000，《湖南桂陽縣燕塘土話語音特點》，《方言》第 1 期。

71. 唐亞琴，2007，《湖南省臨武縣土地鄉土話語音研究》，湖南師範大學碩士學位論文。

72. 王福堂，2002，《漢越語和湘南土話、粵北土話中並定母讀音的關係》，《紀念王力先生百年誕辰學術論文集》，商務印書館。

73. 王洪君，1992，《文白異讀與疊置式音變》，《語言學論叢》第 17 輯，商務印書館。

74. 王洪君，2006，《文白異讀、音韻層次與歷史語言學》，《北京大學學報》第 2 期。

75. 王洪君，2014，《歷史語言學方法論與漢語方言音韻史個案研究》，商務印書館。

76. 王曉君，2010，《江西新餘贛方言音系》，《方言》第 3 期。

77. 王仲黎，2009，《祁陽方言語音研究》，南開大學博士學位論文。

78. 謝留文，2003，《客家方言語音研究》，中國社會科學出版社。

79. 謝留文、張驊，2006，《江西泰和方言記略》，《語文研究》第 1 期。

80. 謝留文，2006，《贛語的分區（稿）》，《方言》第 3 期。

81. 謝留文、黃雪貞，2007，《客家方言的分區（稿）》，《方言》第 3 期。

82. 謝留文，2008，《江西省的漢語方言》，《方言》第 2 期。

83. 謝奇勇，2002，《湖南方言調查報告》中的「湘南土話」，《方言》第 2 期。

84. 熊正輝，1989，《南昌方言同音字彙》，《方言》第 3 期。

85. 徐紅梅，2011，《粵北乳源客家話音系》，《韶關學院學報》第 11 期。

86. 徐睿淵，2019，《湖南嘉禾珠泉土話同音字彙》，《方言》第 3 期。

87. 顏森，1986，《江西方言的分區（稿）》，《方言》第 1 期。

88. 楊時逢，1974，《湖南方言調查報告》，中央研究院歷史語言研究所。

89. 楊蔚，2002，《沅陵鄉話、湘南幾個土話的韻母研究》，《湖南師範大學社會科學學報》第 5 期。

90. 楊豔，2007，《衡陽縣方言語音研究》，湖南師範大學碩士學位論文。

91. 尹凱，2014，《湖南臨武楚江土話同音字彙》，《方言》第 3 期。

92. 余廼永，2008，《新校互注宋本廣韻》，上海人民出版社。

93. 袁雪瑤，2011，《江西省永豐縣方言研究》，復旦大學碩士學位論文。

94. 曾獻飛，2002，《汝城話的音韻特點》，《湖南師範大學社會科學學報》第 5 期。

95. 曾獻飛，2004，《湘南官話語音研究》，湖南師範大學博士學位論文。

96. 曾獻飛，2004，《湘南土話與南部吳語——兼論湘南土話的歸屬》，《湘南土話論叢》，湖南師範大學出版社。

97. 曾獻飛，2004，《汝城話的音韻特點》，《湘南土話論叢》，湖南師範大學出版社。

98. 曾獻飛，2005，《湘南、粵北土話古全濁聲母送氣／不送氣成因初探》，《語言研究》第 3 期。

99. 張盛裕，1979，《潮陽方言的文白異讀》，《方言》第 4 期。

100. 張雙慶，2000，《樂昌土話研究》，廈門大學出版社。

101. 張振興，1985，《閩語的分區（稿）》，《方言》第 3 期。

102. 張振興，1987，《廣東海康方言記略》，《方言》第 4 期。

103. 趙日新，1989，《安徽績溪方言音系特點》，《方言》第 2 期。

104. 趙日新，2005，《徽語的特點和分區》，《方言》第 3 期。

105. 鄭張尚芳，2013，《上古音系》，上海教育出版社。

106. 中國社會科學院、澳大利亞人文科學院，1987，《中國語言地圖集》，香港朗文（遠東）有限公司。

107. 中國社會科學院語言研究所，2004，《方言調查字表》，商務印書館。

108. 中國社會科學院語言研究所，2012，《中國語言地圖集（第 2 版）：漢語方言卷》，商務印書館。

109. 鍾隆林，1987，《湖南省耒陽方言記略》，《方言》第 3 期。

110. 周長楫，1991，《廈門方言同音字彙》，《方言》第 2 期。

111. 周先義，1994，《湖南道縣（小甲）土話同音字彙》，《方言》第 3 期。

112. 周振鶴、游汝傑，1985，《湖南省方言區畫及其歷史背景》，《方言》第 4 期。

113. 朱炳玉，2010，《五華客家話研究》，華南理工大學出版社。

114. 朱曉農，2003，《從群母論濁聲和摩擦——實驗音韻學在漢語音韻學中的實驗》，《語言研究》第 3 期。

115. 莊初升，2004，《粵北土話音韻研究》，中國社會科學出版社。

116. 左國春，2010，《江西撫州市郊方言音系》，《東華理工大學學報》第 1 期。

附錄　郴州土話字音對照表

1. 本表收錄郴州境內 8 個湘南土話點（仁義、荷葉、飛仙、沙田、唐家、楚江、麻田、一六）的字音材料，收字 1807 個，按《方言調查字表》的順序排列；

2. 土話中有一些口語常用字在《方言調查字表》中不載，如「妈倚牸鎇」等，本表酌情收錄；

3. 部分字有不只一種讀音，用下標小字注明各讀音的使用環境，並用「／」號將不同音隔開；

4. 表中空缺處表示土話中不用此字，或未調查到。

例字	中古音	仁義	荷葉	飛仙	沙田	唐家	楚江	麻田	一六
多	果開一歌端平	to³⁵	to³³	to²¹²	to³³	tu³³	tu³³	təu³¹	to³³
拖	果開一歌透平	tʰo³⁵	tʰo³³	tʰo²¹²	tʰo³³	tʰu³³	tʰu³³	tʰəu³¹	tʰo³³
籮	果開一歌來平	lo¹¹	lo¹¹	lo²⁴	lo³¹	lu³¹	lu³¹	ləu²¹³	lo²⁴
搓	果開一歌清平	tsʰo³⁵	tʃʰo³³	tsʰo⁵⁵	tsʰo³⁵	tsʰɑ⁵³	tsʰɑ⁵¹	tsʰɑ⁵¹	tsʰɑ³³
哥	果開一歌見平	ko³⁵	ko³³	ko²¹²	ko³³	ko³³	ko³³	kəu³¹	ko³³
鵝	果開一歌疑平	ŋo¹¹	ŋo¹³	ŋo²⁴	ŋo³¹	ŋu³¹	mu³¹	ŋəu²¹³	o²⁴
河	果開一歌匣平	xo¹¹	xo¹³	xo²⁴	xo³¹	xo³¹	xu³¹	xəu²¹³	
妈〔註1〕	果開一哿端平	to³⁵		to³³	to³³	tu³³		tɑ³¹	tɑ³³

〔註1〕湘南土話多以妈公、妈婆稱外祖父、外祖母。

荷~花	果開一歌匣平	xo^{11}	xo^{11}	xo^{24}	xo^{31}	xo^{31}	xo^{31}	xəu^{213}	xo^{53}
左	果開一哿精上	tso^{33}	tʃo^{53}	tso^{55}	tso^{53}	tsu^{53}	tso^{35}	tsəu^{35}	tso^{45}
可	果開一哿溪上	kʰo^{33}	kʰo^{53}	kʰo^{31}	kʰo^{53}	kʰu^{35}	kʰu^{35}	kʰəu^{35}	
我	果開一哿疑上	ŋo^{33}	ŋo^{53}	ŋo^{31}	ŋo^{53}	xo^{35}	ŋo^{35}	ŋo^{33}	ŋa^{24}
大	果開一個定去	ta^{13}	ta^{13}	tʰai^{55}	tʰai^{35}	ta^{33}	tɐi^{51}	ta^{33}	ta^{41}
餓	果開一個疑去	ŋo^{13}	ŋo^{13}	ŋo^{55}	ŋo^{35}	ŋu^{33}	mu^{51}	ŋəu^{33}	ŋo^{41}
賀	果開一個匣去	xo^{13}	xo^{13}	xo^{55}	xo^{35}	xo^{33}	xu^{51}	xəu^{33}	xo^{224}
茄~子	果開三戈群平	tʃa^{11}	tʃʰa^{11}	tʃʰa^{24}	tɕʰia^{31}	tɕʰia^{31}	kʰio^{31}	kʰyɛ^{213}	tɕʰia^{24}
坡	果合一戈滂平	po^{35}	pʰo^{33}	po^{212}	po^{33}	po^{33}	pʰo^{33}	po^{33}	pʰo^{33}
婆	果合一戈並平	pʰo^{11}	pʰo^{11}	pʰo^{212} / po^{24} 虼婆	pʰo^{31}	pu^{31}	pu^{31}	pəu^{213}	po^{33}
磨~刀	果合一戈明平	mo^{11}	mo^{11}	mo^{24}	mo^{31}	mu^{31}	mu^{31}	məu^{213}	mo^{24}
蓑	果合一戈心平	so^{35}	so^{33}	so^{212}	so^{33}	su^{33}	su^{33}	səu^{31}	so^{33}
科	果合一戈溪平	kʰo^{35}	kʰo^{33}	kʰo^{212}	kʰo^{33}	kʰo^{33}	kʰu^{33}	kʰo^{33}	kʰo^{33}
窠	果合一戈溪平	xo^{35}	xo^{33}	kʰo^{212}	xu^{33}	xu^{33}	xu^{33}	xəu^{31}	xo^{33}
禾	果合一戈匣平	o^{11}	o^{11}	o^{24}	o^{31}	u^{31}	u^{31}	əu^{213}	o^{24}
妥	果合一果透上	tʰo^{33}	tʰo^{53}	tʰo^{31}	tʰo^{53}	tʰo^{42}	tʰo^{35}	tʰo^{35}	tʰo^{454}
坐	果合一果從上	tsʰo^{33}	tʃo^{53}	tsʰo^{31}	tsʰo^{53}	tsʰu^{35}	tsʰu^{35}	tsʰəu^{35}	tsʰo^{33}
鎖	果合一果心上	so^{33}	so^{53}	so^{31}	so^{53}	su^{35}	su^{35}	səu^{35}	so^{454}
果	果合一果見上	ko^{33}	ko^{53}	ko^{31}	ko^{53}	ko^{53}	ko^{35}	kəu^{35}	ko^{454}
火	果合一果曉上	xo^{33}	xo^{53}	xo^{31}	xo^{53}	xu^{35}	xu^{35}	xəu^{35}	xo^{454}
禍	果合一果匣上	xo^{13}	xo^{13}	xo^{55}	xo^{35}	xu^{42}	xu^{51}	xəu^{33}	xo^{24}
簸~箕	果合一過幫去	po^{13}	po^{13}	po^{55}	po^{35}	pu^{42}	pu^{51}	pəu^{51}	
破	果合一過滂去	pʰo^{13}	pʰo^{13}	pʰo^{55}	pʰo^{35}	pʰu^{42}	pʰu^{51}	pʰəu^{51}	pʰo^{24}
剁	果合一過端去	to^{13}	to^{13}	to^{24}	to^{35}	tu^{42}	to^{51}	təu^{51}	to^{41}
糯~米	果合一過泥去	no^{35}	no^{13}	lo^{55}	no^{35}	nu^{42}	nu^{51}	nəu^{33}	no^{41}
座	果合一過從去	tso^{13}	tʃo^{13}	tso^{55}	tsʰo^{53}	tsʰu^{35}	tsʰu^{35}	tsʰəu^{35}	tso^{24}
過	果合一過見去	ko^{13}	ko^{13}	ko^{55}	ko^{35}	ku^{42}	ku^{51}	kəu^{51}	kəu^{41}
課	果合一過溪去	kʰo^{13}	kʰo^{13}	kʰ^{55}	kʰo^{35}	kʰu^{42}	kʰu^{51}	kʰo^{213}	kʰo^{24}
臥	果合一過疑去	pʰo^{11}	ŋo^{13}	ŋo^{55}	o^{35}	ŋo^{35}		ŋo^{213}	o^{24}
貨	果合一過曉去	xo^{13}	xo^{13}	xo^{55}	xo^{35}	kʰu^{42}	kʰu^{51}	kʰəu^{51}	kʰo^{41} / xo^{24} 貨車
疤	假開二麻幫平	pa^{35}	pa^{33}	pa^{212}	pa^{33}	pa^{33}	pa^{33}	po^{31}	po^{33}
爬	假開二麻並平	pa^{11}	pʰa^{11}	pʰa^{24}	pʰa^{31}	pa^{31}		po^{213}	pia^{24}
麻	假開二麻明平	ma^{11}	ma^{11}	ma^{24}	ma^{31}	ma^{31}	ma^{31}	mo^{213}	mo^{24}
拿	假開二麻泥平	na^{11}	na^{11}	la^{24}	na^{31}	na^{31}	na^{31}	nai^{51}	na^{24}
茶	假開二麻澄平	tsʰa^{11}	tʃʰa^{11}	tsʰa^{24}	tsʰa^{31}	tsʰa^{31}	tsʰa^{31}	tsʰo^{213}	tsʰo^{24}

字	音韻地位							
渣	假開二麻莊平	tsa³⁵	tʃa³³	tsa²¹²	tsa³³	tsa³³	tsa³³	tso³¹	tso³³
叉	假開二麻初平	tsʰa³⁵	tʃʰa³³	tsʰa²¹²	tsʰa³³	tsʰa³³	tsʰa³³	tsʰo³¹	tsʰa³³
查調~	假開二麻崇平	tsʰa¹¹	tʃʰa¹¹	tsʰa²⁴	tsʰa³¹	tsʰa³¹	tsʰa³¹	tsʰa³¹	tsʰa⁴¹
沙	假開二麻生平	sa³⁵	sa³³	sa²¹²	sa³³	sa³³	sa³³	so³¹	so³³
家	假開二麻見平	tʃa³⁵	tʃa³³	tʃa²¹²	ka³³	ka³³	ka³³	ko³¹	ko³³ / tɕia³³ 家庭
痂	假開二麻見平	ka³⁵	tʃa³³	ka²¹²	ka³³	ka³³	ka³³	ko³¹	ka³³
牙	假開二麻疑平	ŋa¹¹	ia¹¹	ŋa²⁴	ŋa³¹	ŋa³¹	ŋa³¹	ŋo²¹³	ŋo²⁴ / ia⁴¹ 牙刷
蝦魚~	假開二麻曉平	xa³⁵	sa³³	xa²¹²	xa³³	xa³³	xa³³	xo³¹	xa³³
霞	假開二麻匣平	ʃa¹¹	sa¹¹	ʃa²⁴	ɕia³¹	ɕia³¹		xia³¹	ɕia⁴¹
丫~頭	假開二麻影平	ia³⁵	ia³³	ia²¹²	a³³	a³³	a³³	o³¹	ia³³
把	假開二馬幫上	pa³³	pa⁵³	pa³¹	pa⁵³	pa³⁵	pa³⁵	pa³⁵	po⁴⁵⁴
馬	假開二馬明上	ma³³	ma⁵³	ma³¹	ma⁵³	ma³⁵	ma³⁵	mo³⁵	mo⁴⁵⁴
灑	假開二馬生上	sa³³	sa⁵³	sua³¹	sua⁵³	sua³⁵	sa⁵¹	sua³⁵	sa⁴⁵⁴
假真~	假開二馬見上	tʃa³³	tʃa⁵³	tʃa³¹	ka⁵³	ka³⁵	ka³⁵	ko³⁵	ka⁴⁵⁴ / tɕia⁴⁵⁴ 真假
雅	假開二馬疑上		ia³³	ia²¹²	ia³¹	ia³¹		ia³¹	ia⁴⁵⁴
下底~	假開二馬匣上	xa³³	sa¹³	xa³¹	xa⁵³	xa³⁵	xa³⁵	xo³⁵	xo³³
啞	假開二馬影上	ŋa³³	ia⁵³	ŋa³¹	a⁵³	a³⁵	a³⁵	o³⁵	o⁴⁵⁴
霸	假開二禡幫去	pa¹³	pa¹³	pa⁵⁵	pa³⁵	pa⁴²	pa⁵¹	pa²¹³	pa²⁴
爸	假開二禡幫去	pa¹³	pa³³	pa³¹	pa⁵³	pa⁴²	pa⁵¹	pa⁵¹	
帕面~	假開二禡滂去	pʰa¹³	pʰa¹³	pʰa²⁴	pʰa³⁵	pʰa⁴²	pʰa⁵¹	pʰo³¹	pʰo⁴¹
罵	假開二禡明去	ma¹³	ma¹³	ma⁵⁵	ma³⁵	ma³³	ma⁵¹	mo³³	mo⁴¹
榨~油	假開二禡莊去	tsa¹³	tʃa¹³	tsa⁵⁵	tsa³⁵	tsa⁴²	tsa⁵¹	tso⁵¹	tso⁴¹
岔	假開二禡初去	tsʰa¹³	tʃʰa³³	tsʰa²¹²	tsʰa³³	tsʰa³³	tsʰa³³	tsʰo³¹	
駕	假開二禡見去	tʃa¹³	tʃa¹³	tʃa⁵⁵	ka³⁵	tɕia³⁵		kia²¹³	tɕia⁴¹
嫁	假開二禡見去	tʃa¹³	tʃa¹³	ka⁵⁵	ka³⁵	ka⁴²	ka⁵¹	ko⁵¹	ko⁴¹ / tɕia²⁴ 莊稼
價	假開二禡見去	tʃa¹³	tʃa¹³	tʃa⁵⁵	ka³⁵	ka⁴²	ka⁵¹	ko⁵¹	ko⁴¹
下~降	假開二禡匣去	xa³³	sa¹³	xa³¹	xa³⁵	xa³⁵	xa⁵¹	xia²¹³	xo⁴¹
夏春~	假開二禡匣去	ʃa¹³	sa¹³	ʃa⁵⁵	ɕia³⁵	ɕia³⁵	xa⁵¹	xo³³	ɕia²⁴
亞	假開二禡影去	ia¹³	ia¹³	ia⁵⁵	ia³⁵	ia³⁵		ia²¹³	ia²⁴
些	假開三麻心平	ɕi³⁵	sie³³	sie³¹	ɕie³³	ɕie³³		ɕi³³	
斜	假開三麻邪平	tɕʰiɛ¹¹	tʃʰiɛ¹¹	tsʰia²⁴	tɕʰia³¹	tɕʰia³¹	tɕia³¹		ɕie⁴¹
車馬~	假開三麻昌平	tɕʰiæ³⁵	tʃʰiɛ³³	tʃʰa²¹²	tɕʰia³³	tɕʰia³³	tsʰa³³	tsʰo³¹	tsʰa³³

字	韻								
蛇	假開三麻船平	$ʃa^{11}$	sa^{11} / $sʅ^{11}$	$ʃa^{24}$	$ɕia^{31}$	$ɕia^{31}$	sa^{31}	so^{213}	sa^{24} / sa^{41}
賒	假開三麻書平	$ʃa^{35}$	sa^{33}	$ʃa^{212}$	$ɕia^{33}$	$ɕia^{33}$		so^{31}	
爺	假開三麻以平	ia^{11}	$iɛ^{11}$	ia^{24}	$iɛ^{31}$			$iɛ^{31}$	
姐	假開三馬精上	$tɕiæ^{33}$	$tʃie^{53}$	$tsia^{24}$	$tɕia^{31}$	$tɕia^{31}$	$tɕia^{35}$		$tɕi^{454}$
寫	假開三馬心上	$ɕiæ^{33}$	$ʃie^{53}$	sia^{31}	$ɕia^{53}$	$ɕia^{35}$	$ɕia^{35}$	$ɕyɛ^{35}$	$ɕia^{454}$
者	假開三馬章上	$tɕiæ^{33}$	$tʃie^{53}$	$tʃa^{31}$	$tɕiɛ^{53}$	$tɕiɛ^{35}$		$tsæ^{35}$	$tɕia^{33}$
扯	假開三馬昌上	$tʃʰa^{33}$	$tʃʰie^{53}$	$tʃʰa^{31}$	$tɕʰia^{53}$	$tɕʰia^{35}$	$tsʰa^{35}$	$tsʰo^{35}$	$tsʰa^{454}$
捨~棄	假開三馬書上	$ʃa^{33}$	$ʃie^{53}$	$ʃa^{31}$	$ɕiɛ^{53}$	$ɕia^{35}$		so^{35}	sa^{454}
社	假開三馬禪上	$ɕiæ^{33}$ / $ʃa^{33}$ 社塘下〔註2〕	$ʃie^{13}$	$ʃie^{55}$	$ɕie^{35}$	$ɕie^{35}$	sa^{35}	$ɕie^{213}$	$sɛ^{24}$
惹	假開三馬日上	ia^{33}	$ȵie^{53}$	$ȵia^{31}$	$ȵia^{53}$	$ȵia^{35}$	nia^{35}	io^{35}	$ȵia^{454}$
也~是	假開三馬以上	ia^{33}	ie^{53}	ie^{31}	ia^{53}	ia^{42}	ia^{51}	ia^{33}	$iɛ^{454}$
野	假開三馬以上	ia^{33}	ie^{53}	ia^{31}	ia^{53}	ia^{24}	ia^{35}	io^{35}	ia^{454}
借	假開三禡精去	$tɕiæ^{13}$	$tʃie^{13}$	$tsia^{55}$	$tɕia^{35}$	$tɕia^{42}$	$tɕia^{51}$	$tɕyɛ^{51}$	$tɕia^{41}$
褯~子	假開三禡從去	$tɕʰiæ^{13}$	$sʅ^{11}$	$tsʰia^{55}$	$tɕʰio^{35}$	$tɕʰia^{31}$	$tɕʰia^{51}$	$tɕʰyɛ^{33}$	$tɕʰia^{41}$
瀉	假開三禡心去	$ɕiæ^{13}$	$ʃie^{13}$	sia^{55}	$ɕia^{35}$	$ɕia^{42}$	$ɕia^{51}$	so^{33}	
謝	假開三禡邪去	$ɕiæ^{13}$	$ʃie^{13}$	sie^{55}	$ɕiɛ^{35}$	$ɕiɛ^{35}$		$ɕyɛ^{33}$	$ɕiɛ^{24}$
舍宿~	假開三禡書去	$ɕiæ^{33}$	$ʃie^{53}$	$ʃie^{55}$	$ɕiɛ^{53}$	$ɕiɛ^{42}$	$ɕiɛ^{35}$	$ɕiɛ^{35}$	$sɛ^{24}$
夜	假開三禡以去	ia^{13}	ie^{53}	ia^{55}	ia^{35}	ia^{42}	ia^{51}	io^{33}	ia^{41}
瓜	假合二麻見平	ua^{35}	kua^{33}	kua^{212}	kua^{33}	kua^{33}	kua^{33}	kua^{33}	kua^{33}
誇	假合二麻溪平	$kʰua^{35}$	$kʰua^{33}$	$kʰua^{212}$	$kʰua^{33}$	$kʰua^{33}$	$kʰua^{33}$	$kʰua^{31}$	$kʰua^{33}$
花	假合二麻曉平	xua^{35}	xua^{33}	xua^{212}	xua^{33}	xua^{33}	xua^{33}	xua^{31}	xua^{33}
劃~船	假合二麻匣平	xua^{11}	xua^{13}	xua^{24}	xua^{31}	xua^{31}			xua^{24}
寡	假合二馬見上	kua^{33}	kua^{53}	kua^{31}	kua^{53}	kua^{35}	kua^{35}	kua^{35}	kua^{454}
垮	假合二馬溪上	$kʰua^{33}$	$kʰua^{53}$	$kʰua^{31}$	$kʰua^{53}$	$kʰua^{35}$		$kʰua^{35}$	$kʰua^{454}$
瓦	假合二馬疑上	ua^{33}	ua^{53}	$ŋa^{31}$	ua^{53}	ua^{35}	$ŋa^{35}$	ua^{35}	ua^{454}
跨	假合二禡溪去		$kʰua^{33}$	$kʰua^{212}$	$kʰua^{33}$	$kʰua^{33}$	$kʰua^{33}$	$kʰua^{51}$	$kʰua^{24}$
化	假合二禡曉去	xua^{13}	xua^{13}	xua^{55}	xua^{35}	kua^{42}	xua^{51}	xua^{51}	xua^{24}
鋪~設	遇合一模滂平	$pʰu^{35}$	$pʰu^{33}$	$pʰu^{212}$	$pʰu^{33}$	$pʰu^{33}$		$pʰu^{31}$	$pʰu^{33}$
菩	遇合一模並平	$pʰu^{11}$	$pʰu^{11}$	$pʰu^{24}$	$pʰu^{31}$	pu^{31}	pu^{31}	pu^{213}	pu^{24}
模~子	遇合一模明平	mo^{11}	mo^{11}	mu^{24}	mo^{31}	mu^{31}		$məu^{31}$	
模~範	遇合一模明平	mo^{11}	mo^{11}	mo^{24}	mo^{31}	mo^{31}	mo^{31}	mo^{31}	mo^{41}
都~是	遇合一模端平	tu^{35}	tu^{33}	tu^{212}	tu^{33}	tu^{33}	tu^{33}	tu^{31}	
徒	遇合一模定平	$tʰu^{11}$	$tʰu^{11}$	$tʰu^{24}$	$tʰu^{31}$	tu^{31}	tu^{31}	tu^{213}	tu^{24}

〔註2〕社塘下：仁義鎮的一個村莊名。

圖	遇合一模定平	tʰu¹¹	tʰu¹¹	tʰu²⁴	tʰu³¹	tu³¹	tu³¹	tu²¹³	tʰu⁴¹
奴	遇合一模泥平	nu¹¹	nu¹¹	lu²⁴	nu³¹	nu³¹	lu³¹	nu²¹³	nu⁴¹
爐	遇合一模來平	lu¹¹	lu¹¹	lu²⁴	lu³¹	lu³¹	lu³¹	lu²¹³	lu⁴¹
租	遇合一模精平	tsʅ³⁵	tʃʯ³³	tsu²¹²	tsu³³	tsu³³	tsu³³	tsu³¹	tsu³³
粗	遇合一模清平	tsʰʅ³⁵	tʃʰʯ³³	tsʰu²¹²	tsʰu³³	tsʰu³³	tsʰu³³	tsʰu³¹	tsʰu³³
蘇	遇合一模心平	sʅ³⁵	sʯ³³	su²¹²	su³³	su³³	su³³	su³³	su³³
孤	遇合一模見平	ku³⁵	ku³³	ku²¹²	ku³³	ku³³	ku³³	ku³³	su³³
枯	遇合一模溪平	kʰu³⁵	kʰu³³	kʰu²¹²	kʰu³³	kʰu³³	kʰu³³		
蜈	遇合一模疑平	y¹¹	u¹¹	u²⁴	mu³¹	mu³¹	mu³¹	u²¹³	u²⁴
呼	遇合一模曉平	xu³⁵	xu³³	xu²¹²	xu³³	xu³³	xu³³	xu²¹³	xu³³
湖	遇合一模匣平	xu¹¹	xu¹¹	xu²⁴	xu³¹	xu³¹	xu³¹	xu²¹³	xu²⁴
鬍~子	遇合一模匣平	u¹¹	xu¹¹	u²⁴	u³¹	u³¹	u³¹	u²¹³	xu²⁴
烏	遇合一模影平	u³⁵	u³³	u²¹²	u³³	u³³	u³³	u³¹	u³³
補	遇合一姥幫上	pu³³	pu⁵³	pu³¹	pu⁵³	pu³⁵	pu³⁵	pu³⁵	pu⁴⁵⁴
普	遇合一姥滂上	pʰu³³	pʰu⁵³	pʰu³¹	pʰu⁵³	pʰu³⁵	pʰu³⁵	pʰu³⁵	pʰu⁴⁵⁴
部	遇合一姥並上	pu¹³	pu¹³	pu⁵⁵	pu³⁵	pu⁴²	pu⁵¹	pu²¹³	pu²⁴
堵	遇合一姥端上	tu³³	tu⁵³	tu³¹	tu⁵³	tu³⁵	tu³⁵	tu³⁵	tu⁴⁵⁴
土	遇合一姥透上		tʰu⁵³	tʰu³¹	tʰu⁵³	tʰu³⁵	tʰu³⁵	tʰu³⁵	tʰu⁴⁵⁴
杜	遇合一姥定上	tu¹³	tu¹³	tu⁵⁵	tu³⁵	tu⁴²	tu³⁵	tu²¹³	tu⁴⁵⁴
肚	遇合一姥定上	tu³³	tu¹³	tu³¹	tu³⁵	tu⁴²	tu³⁵	tu³⁵	tʰu³³
努	遇合一姥泥上	nu³³	nu⁵³	lu³¹	lu⁵³	lu³⁵	lu³⁵	lu³⁵	nu⁴⁵⁴
鹵	遇合一姥來上	lu³³	lu¹³	lu³¹	lu⁵³	lu³⁵	lu³⁵	lu³⁵	lu⁴⁵⁴
祖	遇合一姥精上	tsʅ³³	tʃʯ⁵³	tsu³¹	tsu⁵³	tsu³⁵	tsu³⁵	tsu³⁵	tsu⁴⁵⁴
古	遇合一姥見上	ku³³	ku⁵³	ku³¹	ku⁵³	ku³⁵	ku³⁵	ku⁵¹	ku⁴⁵⁴
牯	遇合一姥見上	ku³³	ku⁵³	ku³¹	ku⁵³	ku³⁵	ku³⁵	ku³⁵	ku⁴⁵⁴
鼓	遇合一姥見上	ku³³	ku⁵³	ku³¹	ku⁵³	ku³⁵	ku³⁵	ku³⁵	ku⁴⁵⁴
苦	遇合一姥溪上	kʰu³³	kʰu⁵³	kʰu³¹	kʰu⁵³	kʰu³⁵ / fu³⁵ 苦瓜	kʰu³⁵ 辛苦 / fu³⁵ 苦瓜	kʰu³⁵	kʰu⁴⁵⁴ / fu⁴⁵⁴ 好苦、苦瓜
五	遇合一姥疑上	u³³	u⁵³	ŋ³¹	ŋ⁵³	ŋ³⁵	ŋ³⁵	ŋ³⁵	uŋ³³
虎	遇合一姥曉上	xu³³	xu⁵³	xu³¹	xu⁵³	xu⁴²	fu³⁵ / xu³⁵	xu³⁵	xu⁴⁵⁴
戶	遇合一姥匣上	xu¹³	xu¹³	xu⁵⁵	xu³⁵	xu³⁵	xu⁵¹	xəu³⁵	xu²⁴
布	遇合一暮幫去	pu¹³	pu¹³	pu⁵⁵	pu³⁵	pu⁴²	pu⁵¹	pu⁵¹	pu⁴¹
鋪店~	遇合一暮滂去	pʰu¹³	pʰu¹³	pʰu⁵⁵	pʰu³⁵	pʰu⁴²	pʰu⁵¹	pʰu³¹	pʰu³³
步	遇合一暮並去	pu¹³	pu¹³	pu⁵⁵	pu³⁵	pu⁴²	pu⁵¹	pu³³	pu²⁴
捕	遇合一暮並去	pʰu³³	pʰu⁵³	pʰu³¹	pʰu³⁵	pʰu³³			
慕	遇合一暮明去	mo¹³	mo¹³	mu⁵⁵	mu³⁵	mu³³		mu²¹³	mu³³

字	韻類								
吐嘔~	遇合一暮透去	tʰu13	tʰu13	tʰu55	tʰu35	tʰu42	tʰu51	tʰu51	
兔	遇合一暮透去	tʰu13	tu13	tʰu55	tʰu35	tʰu42	tʰu51	tʰu51	tʰu24
渡	遇合一暮定去	tu13	tu13	tu55	tu35	tu42	tu51	tu33	tu24
怒	遇合一暮泥去	nu13	nu13	lu55	nu35	nu42			
路	遇合一暮來去	lu13	lu13	lu55	lu35	lu33	lu51	lu33	lu41
做	遇合一暮精去	tsʅ13	tʃy13	tsu55	tsu35	tsu42	tsu51	tsɵ51	tso41
醋	遇合一暮清去	tsʰʅ13	tʃʰy13	tsʰu55	tsʰu35	tsʰu42	tsʰu51	tsʰu51	tsʰu24
素	遇合一暮心去	sʅ13	sʅ13	su55	su35	su42	su51	su51	su24
固	遇合一暮見去	ku13	ku13	ku55	ku35	ku42	ku51	ku213	ku24
顧	遇合一暮見去	ku13	ku13	ku55	ku35	ku42	ku51	ku213	ku24
褲	遇合一暮溪去	kʰu13	kʰu13	kʰu55	kʰu35	kʰu42	kʰu51	kʰu51	kʰu41
誤	遇合一暮疑去	u13	u13	u55	u35	u42	u51	u213	u24
護	遇合一暮匣去	xu13	xu13	xu55	xu35	xu42	xu51	xu213	xu33
惡可~	遇合一暮影去	o11	o13	ŋu31	ŋo31			əu51	
驢	遇合三魚來平	lu11	lu11	lu24	ly31	ly31	ly31	ly213	ly41
徐	遇合三魚邪平	tɕʰy11	tʃʰy11	tʃʰy24	tɕʰy31	tɕʰy31	tɕʰy31	tɕʰy31	ɕy24
豬	遇合三魚知平	tɕy35	tʃy33	tʃy212	ty33	ty33	tɕy33	ty31	ty33 / tɕy33 豬肺、豬肝
除	遇合三魚澄平	tɕʰy11	tʃʰy11	tʃʰy24	tɕʰy31	tɕʰy31	tɕʰy31	tɕʰy213	tsʰu41
初	遇合三魚初平	tsʰʅ35	tʃʰy33	tsʰu212	tsʰu33	tsʰu33	tsʰu33	tsʰu31	tsʰu33
蔬	遇合三魚生平	sʅ35	sʅ33	su212	su33	su33		su33	
書	遇合三魚書平	ɕy35	sʅ33	ʃy212	ɕy33	ɕy33	ɕy33	ɕy31	ɕy33
如	遇合三魚日平	y11	y11	y24	y31	y31	y31	y31	
居	遇合三魚見平	tɕy35	tʃy33	tʃy212	tɕy33	tɕy33	ky33	ky33	tɕy24 / tɕy33
墟	遇合三魚溪平	ɕy35	sʅ33	ʃy212	ɕy33	ɕy33	xy33	xy31	ɕy33
渠	遇合三魚群平	tɕʰy11	tʃʰy11	tʃʰy24	tɕʰy31	tɕʰy31	kʰy31	kʰy31	
魚	遇合三魚疑平	ȵy11	ȵy11	y24	uŋ31 / ȵy31	uŋ31 / ȵy31	ȵy31	ȵy213	uŋ24
虛	遇合三魚曉平	ɕy35	sʅ33	ʃy212	ɕy33	ɕy33	xy33	xy31	ɕy33
於	遇合三魚云平	y11	y11	y24	y31	y31		y31	y41
淤	遇合三魚影平	y35	y33	y212	y33	y33	y33	y33	
余	遇合三魚以平	y11	y11	y24	y31	y31	y31	y213	
女	遇合三語泥上	ȵy33	ȵy53	ȵjy31	ȵy53	ȵy35	ȵy35	ȵy35	uŋ33 / ȵy454
呂	遇合三語來上	ly33	nu53	ly31	ȵy53	ȵy35	ly35	ly35	ly454
序	遇合三語邪上	ɕy13	sʅ13	sy55	ɕy53	ɕy42	ɕy51	tɕʰy213	ɕy24
苧~麻	遇合三語澄上	tɕʰy33	tʃʰy13	tʃʰy31	tɕʰy53	tɕʰy35	tɕʰy35	tɕʰy35	tɕʰy33

字	韻類								
阻	遇合三語莊上	tsʅ³³	tʃy⁵³	tsu³¹	tsu⁵³	tsu³⁵	tsu³⁵	tsu³⁵	tsu⁴⁵⁴
礎	遇合三語初上	tsʰʅ³³	tʃʰy⁵³	tsʰu³¹	tsʰu⁵³	tsʰu⁵³	tsʰu³⁵	tsʰu³⁵	tsʰu⁴⁵⁴
煮	遇合三語章上	tɕy³³	tʃy⁵³	tʃy³¹	tɕy⁵³	tɕy³⁵	tɕy³⁵	tɕy³⁵	tɕy⁴⁵⁴
處相~	遇合三語昌上	tɕʰy³³	tʃʰy⁵³	tʃʰy³¹	tɕʰy⁵³	tɕʰy³⁵	tɕʰy³⁵	tɕʰy³⁵	tsʰu⁴⁵⁴
鼠	遇合三語書上	çy³³	sʅ⁵³	ʃy²⁴	çy⁵³	çy³⁵	çy³⁵	çy³⁵	çy³³
汝~城〔註3〕	遇合三語日上	y³³	ȵy⁵³	ny³¹	ȵy⁵³	ȵy⁵³	ȵy³⁵	ly³⁵	ȵy⁴⁵⁴
舉	遇合三語見上	tɕy³³	tʃy⁵³	tʃy³¹	tɕy⁵³	ty³⁵	ty³⁵	ky³⁵	tɕy⁴⁵⁴
巨	遇合三語群上	tɕy¹³	tʃy¹³	tʃy⁵⁵	tɕy³⁵	tɕy⁴²		ky³⁵	tɕy²⁴
語	遇合三語疑上	ȵy³³	ȵy¹³	njy³¹	ȵy⁵³	ȵy⁵³	ȵy³⁵	ȵy³⁵	y⁴⁵⁴
許	遇合三語曉上	çy³³	sʅ⁵³	ʃy³¹	çy⁵³	çy³⁵	xy³⁵	xy³⁵	çy⁴⁵⁴
與	遇合三語以上	y³³	y⁵³	y³¹	y⁵³	y³⁵		y³⁵	
慮	遇合三御來去	luəi¹³	luəi¹³	luəi⁵⁵	ly³⁵	ly⁴²	ly⁵¹	ly³³	ly³³
絮	遇合三御心去	çy¹³	luəi¹³	sy⁵⁵	çy³⁵	çy³³	çy⁵¹		çy³³
著	遇合三御知去	tɕy¹³	tʃy⁵³	tʃy⁵⁵	tɕy³⁵	tɕy⁴²	tɕy⁵¹	tɕy²¹³	tsu²⁴
助	遇合三御崇去	tsʰʅ¹³	tʃʰy¹³	tsʰu⁵⁵	tsʰu³⁵	tsʰu⁴²	tsʰu⁵¹	tsʰu²¹³	tsʰu³³
薯	遇合三御禪去	çy³³	sʅ¹¹	ʃy²⁴	çy⁵³	çy⁴²	çy³⁵	çy³⁵	çy³³
據	遇合三御見去	tɕy¹³	tʃy¹³	tʃy⁵⁵	tɕy³⁵	tɕy⁴²	ky⁵¹	ky²¹³	tɕy²⁴
去來~	遇合三御溪去	tɕʰy¹³	tʃʰy¹³	xɯ⁵⁵	xɛ³⁵		xɛ⁵¹		
御	遇合三御疑去	y¹³	y¹³	y⁵⁵	y³⁵	y³⁵		y²¹³	
預	遇合三御以去	y¹³	y¹³	y⁵⁵	y³⁵	y⁴²	y⁵¹	y²¹³	y²⁴
夫	遇合三虞非平	fu³⁵	fu³³	fu²¹²	fu³³	fu³³	fu³³	fu³³	
符	遇合三虞奉平	fu¹¹	fu¹¹	fu³¹	fu³¹	fu³¹	fu³¹	xu²¹³	fu⁴¹
無	遇合三虞微平	u¹¹	u¹¹	u²⁴	u³¹	u³¹		u³¹	u⁴¹
趨	遇合三虞清平	tɕʰy³⁵	tʃʰy³³	tʃʰy³¹	tɕʰy³³	tɕʰy³³			tɕʰy³³
須	遇合三虞心平	çy³⁵	sʅ³³	sy²¹²	çy³³	çy³³	çy³³	çy³³	çy³³
廚	遇合三虞澄平	tɕʰy¹¹	tʃʰy¹¹	tʃʰy²⁴	tɕʰy³¹	tɕʰy³¹	tɕʰy³¹	tɕʰy²¹³	tsʰu⁴¹
朱	遇合三虞章平	tɕy³⁵	tʃy³³	tʃy²¹²	tɕy³³	ty³³	tɕy³³	tɕy³³	tɕy³³
珠	遇合三虞章平	tɕy³⁵	tʃy³³	tʃy²¹²	tɕy³³	tɕy³³	tɕy³³	tɕy³³	tɕy³³ / tsu³³ 珍珠
樞	遇合三虞昌平		tʃʰy³³	tʃʰy²¹²	çy³³	tɕʰy³³		kʰy³³	çy³³
輸	遇合三虞書平	çy³⁵	sʅ³³	ʃy²¹²	çy³³	çy³³	çy³³	çy³³	çy³³ / su³³ 運輸
殊	遇合三虞禪平	çy³⁵	sʅ³³	ʃy³¹	çy³³	çy³¹	çy³³	çy³³	çy³³
拘	遇合三虞見平	tɕy³⁵	tʃy³³	tʃy²¹²	tɕy³³	tɕy³³		ky³³	tɕy³³
區	遇合三虞溪平	tɕʰy³⁵	tʃʰy³³	tʃʰy²¹²	tɕʰy³³	tɕʰy³³	kʰy³³	kʰy³³	tɕʰy³³

〔註3〕汝城：縣名，位於湖南郴州。

愚	遇合三虞疑平	y¹¹	y¹¹	y²⁴	y³¹	y³¹	ly³¹	y²¹³	y⁴¹
娛	遇合三虞疑平	y¹¹	y¹¹	y²⁴	y³¹	y³¹	y³¹	y²¹³	y⁴¹
迂	遇合三虞影平		y³³	y²⁴	y³³	y³³		y³¹	
愉	遇合三虞以平	y¹³	y¹³	y²⁴	y³⁵	y⁴²	y⁵¹	y²¹³	y⁴¹
府	遇合三虞非上	fu³³	fu⁵³	fu³¹	fu⁵³	fu⁴²	fu³⁵	fu³⁵	fu⁴⁵⁴
斧	遇合三虞非上	fu³³	fu⁵³	fu³¹	fu⁵³	fu³⁵	fu³⁵	fu³⁵	fu⁴⁵⁴
腐	遇合三虞奉上	fu³³	fu⁵³	fu³¹	fu⁵³	fu³⁵		fu³⁵	fu³³ / fu⁴⁵⁴ 腐爛
輔	遇合三虞奉上	pʰu³³	pʰu⁵³	pʰu³¹	fu⁵³	pʰu³⁵		pʰu⁵¹	fu⁴⁵⁴
武	遇合三虞微上	u³³	u⁵³	u³¹	u⁵³	u³⁵	u³⁵	u³⁵	u⁴⁵⁴
舞	遇合三虞微上	u³³	u⁵³	u³¹	u⁵³	u³⁵	u³⁵	u³⁵	u⁴⁵⁴
取	遇合三虞清上	tɕʰy³³	tʃʰy⁵³	tsʰy³¹	tɕʰy⁵³	tɕʰy³⁵	tɕʰy³⁵	tɕʰy³⁵	tɕʰy⁴⁵⁴
聚	遇合三虞從上	tɕy¹³	tʃʰy¹³	tsʰy⁵⁵	tɕʰy³⁵	tɕy⁴²		tɕʰy³⁵	tɕy²⁴
柱	遇合三虞澄上	tɕʰy³³	tʃy¹³	tʃy⁵⁵	tɕʰy⁵³	tɕʰy³⁵	tɕʰy³⁵	tɕʰy³⁵	tsu²⁴
數動詞	遇合三虞生上	sʮ³³	sʮ¹³	su³¹	su⁵³	su³⁵	su³⁵	su³⁵	su⁴⁵⁴
主	遇合三虞章上	tɕy³³	tʃy⁵³	tʃy³¹	tɕy⁵³	tɕy³⁵	tɕy³⁵	tɕy³⁵	tɕy⁴⁵⁴
豎	遇合三虞禪上		sʮ¹³	ʃy⁵⁵	ɕy³⁵	ɕy⁴²	ɕy⁵¹		su²⁴
矩	遇合三虞見上	tɕy³³	tʃy¹³	tʃy³¹	tɕy⁵³	tɕy⁴²	ky³⁵	ky³⁵	tɕy³³
雨	遇合三虞云上	y³³	y⁵³	y³¹	y⁵³	y³⁵	y³⁵	y³⁵	y⁴⁵⁴
羽	遇合三虞云上	y³³	y⁵³	y³¹	y⁵³	y⁵³		y³⁵	y⁴⁵⁴
付	遇合三遇非去	fu¹³	fu¹³	fu⁵⁵	fu³⁵	fu⁴²	fu⁵¹	fu⁵¹	fu⁴¹
傅	遇合三遇非去	fu³³	fu¹³	fu⁵⁵	fu³⁵	fu⁴²	fu⁵¹	fu³³	fu²⁴
附	遇合三遇奉去	fu¹³	fu¹³	fu⁵⁵	fu³⁵	fu⁴²	fu⁵¹	fu²¹³	fu²⁴
霧	遇合三遇微去	u¹³	u¹³	u⁵⁵	u³⁵	u⁴²	u⁵¹	mu³³	u²⁴
趣	遇合三遇清去	tɕʰy¹³	tʃʰy¹³	tsʰy⁵⁵	tɕʰy³⁵	tɕʰy⁴²		tɕʰy⁵¹	tɕʰy³³
住	遇合三遇澄去	tɕʰy¹³	tʃy¹³	tʃy⁵⁵	tɕy³⁵	tɕʰy³³	tɕʰy⁵¹	tɕʰy³³	tɕʰy⁴¹ / tsu²⁴ 住房
數名詞	遇合三遇生去	sʮ¹³	sʮ¹³	su⁵⁵	su³⁵	su⁴²	su⁵¹	su⁵¹	su⁴¹
蛀	遇合三遇章去	tɕy¹³	tʃy¹³	tʃy⁵⁵	tɕy³⁵	tɕy⁴²	tɕy⁵¹	tɕy⁵¹	tsu²⁴
樹	遇合三遇禪去	ɕy¹³	sʮ¹³	ʃy⁵⁵	ɕy³⁵	ɕy³³	ɕy⁵¹	ɕy³³	ɕy⁴¹
句	遇合三遇見去	tɕy¹³	tʃy¹³	tʃy⁵⁵	tɕy³⁵	tɕy⁴²	ky⁵¹	ky⁵¹	tɕy⁴¹
具	遇合三遇群去	tɕy¹³	tʃy¹³	tʃy⁵⁵	tɕy³⁵	tɕy⁴²	ky⁵¹	ky²¹³	tɕy²⁴
遇	遇合三遇疑去	y¹³	y¹³	y⁵⁵	y³⁵	y⁴²		y³³	y²⁴
芋	遇合三遇云去	y¹³	y¹³	y⁵⁵	y³⁵	y³¹		y³³	y²⁴
裕	遇合三遇以去	y¹³	y¹³	y⁵⁵	y³⁵	y⁴²	y⁵¹	y²¹³	y²⁴
呆	蟹開一咍端平	tai³⁵	tai³³	ŋai²⁴	tai³³	tai³³	ŋɐi³¹	ŋa³³	tai³³
胎	蟹開一咍透平	tʰai³⁵	tʰai³³	tʰai²¹²	tʰai³³	tʰai³³	tʰɐi³³	tʰai³¹	tʰai³³

字									
臺	蟹開一咍定平	tʰai^{11}	tʰai^{11}	tʰai^{24}	tʰai^{31}	tai^{31}	tɐi^{31}	tʰai^{31}	ta^{24}
抬	蟹開一咍定平	tʰai^{11}	tʰai^{11}	tʰai^{24}	tʰai^{31}	tai^{31}	tɐi^{31}	ta^{213}	ta^{24}
來	蟹開一咍來平	lai^{11}	lai^{11}	ləi^{24}	ləi^{31}	lai^{31}	ləi^{31}	lai^{213}	ly^{24} / lai^{41} 來日
災	蟹開一咍精平	tsai^{35}	tʃai^{33}	tsai^{212}	tsai^{33}	tsai^{33}	tsɐi^{33}	tʃai^{31}	tsai^{33}
栽	蟹開一咍精平	tsai^{35}	tʃai^{33}	tsuəi^{212}	tsai^{33}	tsai^{33}	tsəi^{33}	tʃai^{31}	tsai^{33}
猜	蟹開一咍清平	tsʰai^{35}	tʃʰai^{33}	tsʰai^{212}	tsʰai^{33}	tsʰai^{33}	tsʰɐi^{33}		tsʰai^{33}
裁	蟹開一咍從平	tsʰai^{11}	tʃʰai^{11}	tsʰai^{24}	tsʰai^{31}	tsʰai^{31}	tsʰɐi^{31}	tʃʰai^{213}	tsʰai^{41}
腮	蟹開一咍心平	suai^{35}	suai^{33}	suəi^{212}	suai^{33}	suai^{33}	səi^{33}	ʃai^{31}	sai^{33}
該	蟹開一咍見平	kai^{35}	kai^{33}	kai^{212}	kai^{33}	kai^{33}	kɐi^{33}	kai^{31}	kai^{33}
開	蟹開一咍溪平	xai^{35}	kʰai^{33}	kʰai^{212}	kʰai^{33}	kʰai^{33}	kʰɐi^{33} 開水 / xuəi^{33} 放開	kʰai^{31}	kʰai^{33}
哀	蟹開一咍影平	ŋai^{35}	ŋai^{33}	ŋai^{212}	ŋai^{33}	ai^{33}	ɐi^{33}	ŋai^{33}	ai^{33}
待	蟹開一海定上	tai^{13}	tai^{53}	tai^{55}	tai^{35}	tai^{42}	tɐi^{51}	tai^{33}	tai^{24}
崽	蟹開一海精上	tsai^{33}	tʃai^{53}	tsəi^{31}	tsəi^{53}	tsai^{35}	tsəi^{35}	tʃai^{35}	tsa^{454}
彩	蟹開一海清上	tsʰai^{33}	tʃʰai^{53}	tsʰai^{31}	tsʰai^{53}	tsʰai^{35}	tsʰɐi^{35}	tʃʰai^{35}	tsʰai^{454}
在	蟹開一海從上	tsai^{13}	tʃʰai^{13}	tsai^{55}	tsai^{35}	tsʰəi^{35}	tsʰɐi^{35}		tsai^{24}
改	蟹開一海見上	kai^{33}	kai^{53}	kai^{31}	kai^{53}	kai^{35}	kɐi^{35}	kai^{35}	kai^{454}
海	蟹開一海曉上	xai^{33}	xai^{53}	xai^{31}	xai^{53}	xai^{35}	xɐi^{35}	xai^{35}	xai^{454}
戴	蟹開一代端去	tai^{13}	tai^{13}	tai^{55}	tai^{35}	tai^{42}	tɐi^{51}	ta^{51}	tai^{41}
態	蟹開一代透去	tʰai^{13}	tʰai^{13}	tʰai^{55}	tʰai^{35}	tʰai^{42}	tʰɐi^{51}	tʰai^{213}	tʰai^{24}
代	蟹開一代定去	tai^{13}	tai^{13}	tai^{55}	tai^{35}	tai^{42}	tɐi^{51}	tai^{213}	tai^{24}
袋	蟹開一代定去	tai^{13}	tai^{13}	tʰuəi^{55}	tai^{35}	tai^{42}	tɐi^{51}	tai^{33}	
耐	蟹開一代泥去	nai^{13}	nai^{13}	lai^{55}	nai^{35}	nai^{42}	nɐi^{51}	na^{33}	nai^{24}
再	蟹開一代精去	tsai^{13}	tʃai^{13}	tsai^{55}	tsai^{35}	tsai^{42}	tsɐi^{51}	tʃai^{51}	tsai^{41}
菜	蟹開一代清去	tsʰai^{13}	tʃʰai^{13}	tsʰuəi^{55}	tsʰuəi^{35}	tsʰai^{42}	tsʰəi^{51}		tsʰa^{41}
賽	蟹開一代心去	sai^{13}	sai^{13}	sai^{55}	sai^{35}	sai^{42}	sɐi^{51}	ʃai^{51}	sai^{24}
概	蟹開一代見去	kʰai^{13}	kʰai^{13}	kʰai^{55}	kʰai^{35}	kʰai^{42}	kʰɐi^{51}	kai^{213}	kai^{24} / kʰai^{41} 一概
礙	蟹開一代疑去	ŋai^{13}	ŋai^{13}	ŋai^{55}	ai^{35}	ai^{42}	nɐi^{51}	ŋai^{213}	ai^{24}
愛	蟹開一代影去	ŋai^{13}	ŋai^{13}	ŋai^{55}	ŋai^{35}	ŋai^{42}	uəi^{51}	ai^{51}	ai^{24}
貝	蟹開一泰幫去	pəi^{13}	pi^{13}	pəi^{55}	pəi^{35}	pəi^{42}	pəi^{51}	pəi^{31}	pəi^{24}
帶	蟹開一泰端去	tai^{13}	tai^{13}	tai^{55}	tai^{35}	tai^{42}	tɐi^{51}	ta^{51}	ta^{41} / tai^{41} 綁帶
太	蟹開一泰透去	tʰai^{13}	tʰai^{13}	tʰai^{55}	tʰai^{35}	tʰai^{42}	tʰɐi^{51}	tʰai^{51}	tʰai^{24}
奈	蟹開一泰泥去	nai^{13}	nai^{13}	lai^{55}	nai^{35}	nɑi^{33}	nɐi^{51}	na^{33}	nɑi^{24}

賴	蟹開一泰來去	lai¹³	lai¹³	lai⁵⁵	lai³⁵	lai³³	lɐi⁵¹	lai²¹³	lai²⁴
蔡	蟹開一泰清去	tsʰai¹³	tʃʰai¹³	tsʰai⁵⁵	tsʰai³⁵	tsʰai⁴²	tsʰəi⁵¹	tʃʰai⁵¹	tsʰai²⁴
蓋	蟹開一泰見去	kai¹³	kai¹³	kuəi⁵⁵	kai³⁵	kai⁴²	kuəi⁵¹	kai⁵¹	tɕy⁴¹⁴¹
艾	蟹開一泰疑去	ŋai¹³	ŋai¹³	ŋai²⁴	ŋai³⁵	ŋai⁴²	ŋɐi⁵¹	ŋa³³	ai²⁴
害	蟹開一泰匣去	xai¹³	xai¹³	xai⁵⁵	xai³⁵	xai³³	xɐi⁵¹	xai³³	xai²⁴ / xai⁴¹ 害我
排	蟹開二皆並平	pʰai¹¹	pʰai¹¹	pʰai²⁴	pʰai³¹	pai³¹	pɐi³¹	pa²¹³	pai⁴¹
埋	蟹開二皆明平	mai¹¹	mai¹¹	mai²⁴	mai³¹	mai³¹	mɐi³¹	ma²¹³	ma²⁴
齋	蟹開二皆莊平	tsai³⁵	tʃai³³	tsai²¹²	tsai³³	tsai³³	tsɐi³³	tsa³¹	tsai³³
豺	蟹開二皆崇平	tsʰai¹¹	tʃʰai¹¹	tsʰai²⁴	tsʰai³¹	tsʰai³¹	tsʰɐi³¹	tsʰa²¹³	tsʰai⁴¹
階	蟹開二皆見平	kai³⁵	kai³³	kai²¹²	kai³³	kai³³	kɐi³³	kai³³	tɕie³³
諧	蟹開二皆匣平	ɕiæ¹¹	sʅ¹¹	ʃie³¹	ɕie³¹	ɕie³¹		xie³¹	ɕie⁴¹
拜	蟹開二怪幫去	pai¹³	pai¹³	pai⁵⁵	pai³⁵	pai⁴²	pɐi⁵¹	pa⁵¹	pa⁴¹
介	蟹開二怪見去	kai¹³	kai¹³	kai⁵⁵	kai³⁵	kai⁴²	kɐi⁵¹	kai²¹³	kai²⁴ / tɕie²⁴ 中介
戒	蟹開二怪見去	kai¹³	kai¹³	kai⁵⁵	kai³⁵	kai⁴²	kɐi⁵¹	kai²¹³	kai²⁴ / tɕie²⁴ 戒煙
牌	蟹開二佳並平	pʰai¹¹	pʰai¹¹	pʰai²⁴	pʰai³¹	pai³¹	pɐi³¹	pa²¹³	pa²⁴
差出~	蟹開二佳初平	tsʰai³⁵	tʃʰa³³	tsʰai²¹²	tsʰai³³	tsʰai³³	tsʰɐi³³	tʃʰa³¹	tsʰai³³
柴	蟹開二佳崇平	tsʰai¹¹	tʃʰai¹¹	tsʰai²⁴	tsʰai³¹	tsʰai³¹	tsʰɐi³¹	tʃʰa²¹³	tsʰa²⁴
篩~子	蟹開二佳生平	sai³⁵	sai³³	sai²¹²	sai³³	sai³³	sɐi³³	ʃa³¹	sai³³
佳	蟹開二佳見平	tʃa³⁵	tʃa³³	tʃa²¹²	tɕia³³	tɕia³³		kia³³	tɕia³³
街	蟹開二佳見平	kai³⁵	kai³³	kai²¹²	kai³³	kai³³	kɐi³³	ka³¹	ka³³
鞋	蟹開二佳匣平	xai¹¹	xai¹³	xai²⁴	xai³¹	xai³¹	xɐi³¹	xa²¹³	xa²⁴
擺	蟹開二蟹幫上	pai³³	pai⁵³	pai³¹	pai⁵³	pai³⁵	pɐi³⁵	pa³⁵	pai⁴⁵⁴
買	蟹開二蟹明上	mai³³	mai⁵³	mai³¹	mai⁵³	mai³⁵	mɐi³⁵	ma³⁵	ma³³
奶	蟹開二蟹泥上	nai³³	nai⁵³	lai²⁴	nai⁵³	nai³⁵	nɐi³⁵	nai³⁵	nai⁴⁵⁴
解~開	蟹開二蟹見上	kai³³	kai⁵³	kai³¹	kai⁵³	kai³⁵	kɐi³⁵	kai³⁵	kai⁴⁵⁴ / tɕie⁴⁵⁴ 講解
蟹	蟹開二蟹匣上	kʰai³³	xai¹¹	xa⁵⁵	xai⁵³	xai⁴²			ɕie²⁴
矮	蟹開二蟹影上	ŋai³³	ŋai⁵³	ŋai³¹	ai⁵³	ai³⁵	ɐi³⁵	a³⁵	a⁴⁵⁴
派	蟹開二卦滂去	pʰai¹³	pʰai¹³	pʰai⁵⁵	pʰai³⁵	pʰai⁴²	pʰɐi⁵¹	pʰai²¹³	pʰai²⁴
賣	蟹開二卦明去	mai¹³	mai¹³	mai⁵⁵	mai³⁵	mai³³	mɐi⁵¹	ma³³	ma⁴¹
債	蟹開二卦莊去	tsai¹³	tʃai¹³	tsai⁵⁵	tsai³⁵	tsai⁴²		tʃai⁵¹	tsai²⁴
曬	蟹開二卦生去	sai¹³	sai¹³	sai⁵⁵	sai³⁵	sai⁴²	sɐi⁵¹	ʃa⁵¹	sa⁴¹
隘窄	蟹開二卦影去	ŋai¹³	ŋai¹³	ŋai⁵⁵	ai³⁵	ai⁴²	ɐi⁵¹	a⁵¹	a⁴¹

敗	蟹開二夬並去	pʰai¹³	pʰai¹³	pʰai⁵⁵	pai³⁵	pai⁴²	pɐi⁵¹	pa³³	pai²⁴
邁	蟹開二夬明去	mai¹³	mai¹³	mai⁵⁵	mai³⁵	mai³³			mai²⁴
寨	蟹開二夬崇去	tsʰai¹³	tʃʰai¹³	tsʰai⁵⁵	tsʰai³⁵	tsʰai³⁵	tsɐi⁵¹	tʃʰai²¹³	tsai²⁴
蔽	蟹開三祭幫去	pi¹³	pi¹³	pi⁵⁵	pi³⁵	pi⁴²			pi²⁴
幣	蟹開三祭並去	pi¹³	pi¹³	pi⁵⁵	pi³⁵	pi³⁵	pi⁵¹	pi²¹³	pi²⁴
厲	蟹開三祭來去	li¹³	li¹³	li⁵⁵	li³⁵	li³³	li⁵¹	liɛ³¹	li²⁴
際	蟹開三祭精去	tɕi¹³	tʃi¹³	tsi⁵⁵	tɕi³⁵	tɕi⁴²	tɕi⁵¹	tɕi²¹³	tɕi²⁴
製~造	蟹開三祭章去	tsʅ¹³	tʃʰi⁵³	tsʅ⁵⁵	tsʅ³⁵	tsʅ⁴²	tsʅ⁵¹		
世	蟹開三祭書去	sʅ¹³	sʅ¹³	sʅ⁵⁵	sʅ³⁵	sʅ⁴²	ɕi⁵¹	sʅ⁵¹	sʅ²⁴
誓	蟹開三祭禪去	sʅ¹³	sʅ¹³	sʅ⁵⁵	sʅ³⁵	sʅ⁴²	sʅ⁵¹	sʅ²¹³	sʅ²⁴
藝	蟹開三祭疑去	ȵi¹³	ȵi¹³	ȵi⁵⁵	ȵi³⁵	ȵi⁴²	ȵi⁵¹	ȵi²¹³	i²⁴
蓖	蟹開四齊幫平	pʰi³⁵	pʰi³³	pi⁵⁵	pʰi³³	pʰi³³	pi⁵¹	pʰi³³	pi²⁴
批	蟹開四齊滂平	pʰi³⁵	pʰi³³	pʰi²¹²	pʰi³³	pʰi³³	pʰi³³	pʰi³¹	pʰi³³
迷	蟹開四齊明平	mi¹¹	mi¹³	mi²⁴	mi³¹	mi³¹	mi³³	mi²¹³ / mi³¹	mi⁴¹
低	蟹開四齊端平	ti³⁵	ti³³	ti²¹²	ti³³	ti³³	ti³³	ti³¹	ti³³
梯	蟹開四齊透平	tʰi³⁵	tʰi³³	tʰi²¹²	tʰi³³	tʰi³³	tʰi³³	tʰi³¹	tʰi³³
提	蟹開四齊定平	tʰi¹¹	tʰi¹¹	tʰi²⁴	tʰi³¹	tʰi³¹			
泥	蟹開四齊泥平	ȵi¹¹	ȵi¹¹	ləi²⁴	ȵi³¹	ȵi³¹	ȵi³¹	ȵi²¹³	ȵi²⁴
犁	蟹開四齊來平	li¹¹	li¹¹	li²⁴	li³¹	li³¹	li³¹	li²¹³	li²⁴
妻	蟹開四齊清平	tɕʰi³⁵	tʃʰi³³	tsʰi²¹²	tɕʰi³³	tɕʰi³³	tɕʰi³³	tɕʰyɛ³¹	
齊	蟹開四齊從平	tɕʰi¹¹	tʃʰi¹¹	tsʰi²⁴	tɕʰi³¹	tɕʰi³¹	tɕʰi³¹	tɕʰi²¹³	tɕʰi⁴¹
西	蟹開四齊心平	ɕi³⁵	sʅ³³	si²¹²	ɕi³³	ɕi³³	ɕi³³	ɕi³¹	ɕi³³
雞	蟹開四齊見平	tɕi³⁵	tʃi³³	tʃi²¹²	tɕi³³	tɕi³³	ki³³	ki³¹	kəi³³
溪	蟹開四齊溪平	tɕʰi³⁵	tʃʰi³³	tʃʰi²¹²	tɕʰi³³	tɕʰi³³		xi³³	ɕi³³
米	蟹開四薺明上	mi³³	mi⁵³	mi³¹	mi⁵³	mi³⁵	mi³⁵	mi³⁵	mi³³
底	蟹開四薺端上	ti³³	ti⁵³	ti³¹	ti⁵³	ti³⁵	ti³⁵	ti³⁵	təi⁴⁵⁴
體	蟹開四薺透上	tʰi³³	tʰi⁵³	tʰi³¹	tʰ⁵³	tʰi³⁵	tʰi³⁵	tʰi³⁵	tʰi⁴⁵⁴
弟	蟹開四薺定上	ti¹³	ti¹³	ti⁵⁵	ti³⁵	ti³⁵	ti⁵¹	ti³³	ti⁴¹
禮	蟹開四薺來上	li³³	li⁵³	li³¹	li⁵³	li³⁵	li³⁵	li³⁵	li⁴⁵⁴
擠	蟹開四薺精上	tɕi³³	tʃi⁵³	tsi³¹	tɕi⁵³	tɕi³⁵	tɕi³⁵	tɕi³⁵	tɕi⁴⁵⁴
洗	蟹開四薺心上	ɕi³³	sai⁵³	si³¹	ɕi⁵³	ɕi³⁵	ɕi³⁵	ɕi³⁵	səi⁴⁵⁴
啟	蟹開四薺溪上	tɕʰi³³	tʃʰi⁵³	tʃʰi³¹	tɕʰi⁵³	tɕʰi³⁵		kʰi³⁵	tɕʰi⁴⁵⁴
閉	蟹開四霽幫去	pi¹³	pi¹³	pi⁵⁵	pi³⁵	pi⁴²			pi²⁴
鎞~刀〔註4〕	蟹開四霽並去	pai¹³	pʰi¹³	pʰəi⁵⁵					
謎	蟹開四霽明去	mi¹¹	mi¹³	mi²⁴	mi³¹	mi³¹		mi²¹³	mi⁴¹

〔註4〕鎞刀：磨刀。

字	中古地位	1	2	3	4	5	6	7	8
替	蟹開四霽透去	tʰi¹³	tʰi¹³	tʰi⁵⁵	tʰi³⁵	tʰi⁴²	tʰi⁵¹	tʰi⁵¹	tʰi²⁴
第	蟹開四霽定去	ti¹³	ti¹³	ti⁵⁵	ti³⁵	ti³³	ti⁵¹	ti³³ / ti²¹³	ti⁴¹
隸	蟹開四霽來去	tʰi¹³	tʰi¹³	tʰi⁵⁵	ti³⁵	ti³³			li²⁴
濟	蟹開四霽精去	tɕi¹³	tʃi⁵³	tsi⁵⁵	tɕi³⁵	tɕi⁴²	tɕi⁵¹	tɕi³⁵	tɕi²⁴
砌	蟹開四霽清去	tɕʰi³³	tʃʰi¹³	tsʐ⁵⁵		tsʰʐ⁴²		tsʰʐ⁵¹	tɕʰiɛ³³
細	蟹開四霽心去	çi¹³	sʐ¹³	si⁵⁵	çi³⁵	çi⁴²	çi⁵¹	çi⁵¹	çi²⁴
計	蟹開四霽見去	tɕi¹³	tʃi¹³	tʃi⁵⁵	tɕi³⁵	tɕi⁴²	ki⁵¹	ki⁵¹	tɕi²⁴
契~約	蟹開四霽溪去	tɕʰi¹³	tʃʰi¹³	tʃʰi⁵⁵	tɕʰi³⁵	tɕʰi⁴²	kʰi⁵¹	kʰi⁵¹	tɕʰi²⁴
系~統	蟹開四霽匣去	çi¹³	sʐ¹³	ʃi⁵⁵	çi³⁵	çi⁴²	xi⁵¹	xi²¹³	çi²⁴
杯	蟹合一灰幫平	pəi³⁵	pi³³	pəi²¹²	pəi³³	pəi³³	pəi³³	pəi³¹	pəi³³
胚	蟹合一灰滂平	pʰəi³⁵	pʰi⁵³	pʰəi²¹²	pʰəi³³	pʰəi³³		pʰəi³¹	pʰəi³³
賠	蟹合一灰並平	pʰəi¹¹	pʰi¹¹	pʰəi²⁴	pʰəi³¹	pəi³¹	pəi³¹	pəi²¹³	pʰəi⁴¹
媒	蟹合一灰明平	məi¹¹	mi¹¹	məi²⁴	məi³¹	məi³¹	məi³¹	məi²¹³	məi⁴¹
煤	蟹合一灰明平	məi¹¹	mi¹¹	məi²⁴	məi³¹	məi³¹	məi³¹	məi²¹³	mi²⁴
堆	蟹合一灰端平	tuəi³⁵	tuəi³³	tuəi²¹²	tuəi³³	tuəi³³	təi³³	tuəi³¹	ty³³
推	蟹合一灰透平	tʰuəi³⁵	tʰuəi³³	tʰuəi²¹²	tʰuəi³³	tʰuəi³³		tʰuəi³¹	tʰy³³
雷	蟹合一灰來平	luəi¹¹	luəi¹¹	luəi²⁴	luəi³¹	luəi³¹	ləi³¹	luəi³¹	ly²⁴
催	蟹合一灰清平	tsʰuəi³⁵	tʃʰuəi³³	tsʰuəi²¹²	tsʰuəi³³	tsʰuəi³³	tsʰuəi³³	tʃʰuəi³¹	tsʰuəi³³
盔	蟹合一灰溪平	kʰuəi³⁵	kʰuəi³³	xuəi²¹²	xuəi³³	xuəi³³	kʰuəi³³	xuəi³³	kʰuəi³³
灰	蟹合一灰曉平	xuɑi³⁵	xuəi³³	xuəi²¹²	xuəi³³	xuəi³³	xuəi³³	xuəi³¹	xuəi³³
回	蟹合一灰匣平	xuəi¹¹	xuəi¹¹	xuəi²⁴	xuəi³¹	xuəi³¹	xuəi³¹	xuəi²¹³	xuəi⁴¹
煨	蟹合一灰影平	uəi³⁵	uəi³³	uəi⁵⁵	uəi³³	uəi³³	uəi³³	uəi³¹	uəi³³
倍	蟹合一賄並上	pəi¹³	pʰi¹³	pʰəi⁵⁵	pəi³⁵	pəi⁴²	pəi⁵¹	pəi⁵¹	pəi²⁴
每	蟹合一賄明上	məi³³	mi⁵³	məi³¹	məi⁵³	məi³⁵	məi³⁵	məi³⁵	məi⁴⁵⁴
腿	蟹合一賄透上	tʰuəi³³	tʰuəi⁵³	tʰuəi³¹	tʰuəi⁵³	tʰuəi³⁵	tʰuəi³⁵	tʰuəi³⁵	
罪	蟹合一賄從上	tsuəi¹³	tʃuəi¹³	tsuəi⁵⁵	tsuəi³⁵	tsuəi⁴²	tsʰuəi³⁵	tʃʰuəi³³	tsuəi²⁴
悔	蟹合一賄曉上	xuəi³³	xuəi⁵³	xuəi³¹	xuəi⁵³	xuəi³⁵	xuəi³⁵	xuəi³⁵	xuəi⁴⁵⁴
匯	蟹合一賄匣上	xuəi¹³	xuəi¹³	xuəi⁵⁵	xuəi³⁵	xuəi⁴²	xuəi⁵¹	xuəi²¹³	xuəi²⁴
輩	蟹合一隊幫去	pəi¹³	pi¹³	pəi⁵⁵	pəi³⁵	pəi⁴²	pəi⁵¹	pəi⁵¹	pəi²⁴
配	蟹合一隊滂去	pʰəi¹³	pʰi¹³	pʰəi⁵⁵	pʰəi³⁵	pʰəi⁴²	pʰəi⁵¹	pʰəi⁵¹	pʰəi²⁴
背~誦	蟹合一隊並去	pəi¹³	pi¹³	pəi⁵⁵	pəi³⁵	pəi³³	pəi⁵¹	pəi⁵¹	pəi²⁴
妹	蟹合一隊明去	məi¹³	mi¹³	məi⁵⁵	məi³⁵	məi³³	məi⁵¹	məi³³	my⁴¹
對	蟹合一隊端去	tuəi¹³	tuəi¹³	tuəi⁵⁵	tuəi³⁵	tuəi⁴²	təi⁵¹	tuəi⁵¹	ty⁴¹
退	蟹合一隊透去	tʰuəi¹³	tʰuəi¹³	tʰuəi⁵⁵	tʰuəi³⁵	tʰuəi⁴²	tʰuəi⁵¹	tʰuəi⁵¹	tʰy⁴¹ 單用 / tʰuəi²⁴
隊	蟹合一隊定去	tuəi¹³	tuəi¹³	tuəi⁵⁵	tuəi³⁵	tuəi⁴²	tuəi⁵¹	tuəi⁵¹	ty⁴¹
內	蟹合一隊泥去	luəi¹³	luəi¹³	luəi⁵⁵	luəi³⁵	luəi³³	nuəi⁵¹	luəi³³	nøø²⁴

累困乏	蟹合一隊來去		luəi⁵³	luəi⁵⁵	luəi³⁵	luəi³³	ləi⁵¹	luəi³⁵	ly⁴¹
碎	蟹合一隊心去	suəi¹³	tʃʰuəi¹³	tsʰuəi⁵⁵	tsʰuəi³⁵	tsʰuəi⁴²	səi⁵¹	ʃuəi⁵¹	suəi²⁴
塊	蟹合一隊溪去	kʰuai³³	kʰuai⁵³	kʰuai⁵⁵	kʰuai³⁵	kʰuai⁴²	kʰuɐi⁵¹	kʰua⁵¹	kʰua⁴¹
兌	蟹合一泰定去	tuəi¹³	tuəi¹³	tuəi⁵⁵	tuəi³⁵	tuəi⁴²	təi⁵¹	tuəi⁵¹	tuəi²⁴
最	蟹合一泰精去	tsuəi¹³	tʃuəi¹³	tsuəi⁵⁵	tsuəi³⁵	tsuəi⁴²	tsəi⁵¹	tʃuəi⁵¹	tsøø⁴¹
會~計	蟹合一泰見去	kʰuai¹³	kʰuai¹³	kʰuai⁵⁵	kʰuai³⁵	kʰuai⁴²	kʰuɐi⁵¹	kʰuai²¹³	kʰuai²⁴
外	蟹合一泰疑去	uai¹³	uai¹³	uai⁵⁵ / uəi⁵⁵ 外甥	uai³⁵	uai³³ / uəi³³ 外甥	uɐi⁵¹	uai³³	uai⁴¹
會開~	蟹合一泰匣去	xuəi¹³	xuəi¹³	xuəi⁵⁵	xuəi³⁵	xuəi³³	xuəi⁵¹	xuəi³³	
乖	蟹合二皆見平	kuai³⁵	kuai³³	kuai⁵⁵	kuai³³	kuai³³	kuɐi³³	kua³¹	kuai³³
懷	蟹合二皆匣平	xuai¹¹	xuai¹¹	xuai²⁴	xuai³¹	xuai³¹	xuɐi³¹	xuai²¹³	xuai⁴¹
怪	蟹合二怪見去	kuai¹³	kuai¹³	kuai⁵⁵	kʰuai³⁵	kuai⁴²	kuɐi⁵¹	kua⁵¹	kuai²⁴
壞	蟹合二怪匣去	xuai¹³	xuai¹³	xuai⁵⁵	xuai³⁵	xuai³³	xuɐi⁵¹	xuai³³	xuai⁴¹
歪	蟹合二佳曉平	uai³³	uai⁵³	uai³¹	uai³³	uai³⁵	uɐi³³	uai²¹³	uai²⁴
拐	蟹合二蟹見上	kuai³³	kuai⁵³	kuai³¹	kuai⁵³	kuai³⁵	kuɐi³⁵	kua³⁵	kua⁴⁵⁴ / kuai⁴⁵⁴
掛	蟹合二卦見去	kua¹³	kua¹³	kua⁵⁵	kua³⁵	kua⁴²	kua⁵¹	kua⁵¹	kua⁴¹
畫	蟹合二卦匣去	xua¹³	xua¹³	xua⁵⁵	xua³⁵	xua³³	xua⁵¹	xua³³	xua²⁴
快	蟹合二夬溪去	kʰuai¹³	kʰuai¹³	kʰuai⁵⁵	kʰuai³⁵	kʰuai⁴²	kʰuɐi⁵¹	kʰua⁵¹	kʰuai⁴¹
話	蟹合二夬匣去	ua¹³	ua¹³	ua³¹ / xua⁵⁵ 說話 本地叫話 話（ua³¹ xua⁵⁵）或 話事（ua³¹ sɿ⁵⁵）	ua³⁵	ua⁴²	xua⁵¹	ua³³	ua⁴¹ / xua³³
歲	蟹合三祭心去	suəi¹³	suəi¹³	sy⁵⁵	çy³⁵	çy⁴²	çy⁵¹	çy⁵¹	çy⁴¹
稅	蟹合三祭書去	suəi¹³	suəi¹³	suəi⁵⁵	çy³⁵	çy⁴² / suəi³⁵ 稅務局	çy⁵¹	çy⁵¹	suəi²⁴
衛	蟹合三祭云去	uəi¹³	uəi¹³	uəi⁵⁵	uəi³⁵	uəi³⁵	uəi⁵¹	uəi²¹³	uəi²⁴
銳	蟹合三祭以去		tuəi¹³	luəi⁵⁵	luəi³⁵	luəi³⁵		luəi²¹³	luəi²⁴
廢	蟹合三廢非去	fəi¹³	fəi¹³	fəi⁵⁵	fi³⁵	fi⁴²	fi⁵¹	fəi²¹³	fəi²⁴
肺	蟹合三廢敷去	fəi¹³	fəi¹³	fəi⁵⁵	fi³⁵	fi⁴²	fi⁵¹	fi⁵¹	fəi²⁴
閨	蟹合四齊見平	kuəi³⁵	kuəi³³	kuəi²¹²	kuəi³³	kuəi³³		kuəi³³	kuəi³³
桂	蟹合四齊見去	kuəi¹³	kuəi¹³	kuəi⁵⁵	kuəi³⁵	kuəi⁴²	ky⁵¹	kuəi²¹³	kuəi²⁴
惠	蟹合四霽匣去	xuəi¹³	xuəi¹³	xuəi⁵⁵	xuəi³⁵	xuəi³⁵		xuəi²¹³	xuəi²⁴
碑	止開三支幫平	pi³⁵	pi³³	pəi²¹²	pəi³³	pəi³³	pəi³³	pi³¹	pəi³³
披	止開三支滂平	pʰi³⁵	pʰi³³	pʰi²¹²	pʰi³³	pʰi³³	pʰi³³	pʰi³¹	pʰi³³
皮	止開三支並平	pi¹¹	pʰi¹¹	pʰi²⁴	pʰi³¹	pi³¹	pi³¹	pi²¹³	pi²⁴ / pʰi⁴¹ 皮膚

脾	止開三支並平	pʰi¹¹	pʰi¹¹	pʰi²⁴	pʰi³¹	pi³¹	pi³¹	pʰi³¹	pi²⁴
籬	止開三支來平	li¹¹	li¹¹	li²⁴	li³¹	li³¹		li²¹³	li⁴¹
雌	止開三支清平		tʃʰi³³	tsʰɿ³¹	tsʰɿ³¹	tsʰɿ³³		tsʰɿ³³	tsʰɿ⁴¹
撕	止開三支心平	sɿ³⁵	sɿ³³	tsʰɿ²⁴	sɿ³³	sɿ³³	sɿ³³		sɿ³³
知	止開三支知平	tɕi³⁵	tʃi³³	tʃi²¹²	tɕi³³	tɕi³³	tɕi³³	tsɿ³³	tsɿ³³
池	止開三支澄平	tsʰɿ¹¹	tʃʰi¹¹	tsʰɿ²⁴	tsʰɿ³¹	tsʰɿ³¹	tsʰɿ³¹	tsʰɿ²¹³	tsʰɿ²⁴
支	止開三支章平	tɕi³⁵	tʃi³³	tʃi²¹²	tɕi³³	tɕi³³	tɕi³³	tsɿ³¹	tsɿ³³
施	止開三支書平	sɿ³⁵	sɿ³³	sɿ²¹²	sɿ³³	sɿ³³	sɿ³³	sɿ³³	sɿ³³
奇	止開三支群平	tɕʰi¹¹	tʃʰi¹¹	tʃʰi²⁴	tɕʰi³¹	tɕʰi³¹	kʰi³¹	kʰi³¹	tɕʰi⁴¹
宜	止開三支疑平	ȵi¹¹	ȵi¹³	ȵi²⁴	ȵian³	ȵi³¹宜章〔註5〕/ ȵie³³便宜	ȵi³³	ȵie³³	ȵi³³
犧	止開三支曉平	çi³⁵	sɿ³³	ʃi²¹²	çi³³	çi³³	xi³³	xi³³	çi³³
移	止開三支以平	i¹¹	i¹¹	i²⁴	i³¹	i³¹	i³¹	i²¹³	i⁴¹
被~子	止開三紙並上	pi³³	pi⁵³	pʰi³¹	pʰi⁵³	pi³⁵	pi³⁵	pi²¹³	pəi⁴¹
紫	止開三紙精上	tsɿ³³	tʃi⁵³	tsɿ³¹	tsɿ⁵³	tsɿ³⁵	tsɿ³⁵	tsɿ³⁵	tsɿ⁴⁵⁴
紙	止開三紙章上	tsɿ³³	tʃi⁵³	tsɿ³¹	tsɿ⁵³	tsɿ³⁵	tsɿ³⁵	tsɿ³⁵	tsɿ⁴⁵⁴
是	止開三紙禪上	sɿ¹³	sɿ¹³	sɿ³¹	sɿ³⁵	sɿ⁴²	sɿ³⁵	sɿ³³	sɿ²⁴
企	止開三紙溪上	tɕʰi¹³	tʃʰi¹³	tʃʰi⁵⁵	tɕʰi³⁵	tɕʰi⁴²	kʰi⁵¹	kʰi³⁵	tɕʰi⁴⁵⁴
徛立	止開三紙群上	tɕʰi¹¹	tʃʰi⁵³	tʃʰi³¹	tɕʰi⁵³	tɕʰi³⁵	kʰi³⁵	kʰi³⁵	tɕʰi³³
技	止開三紙群上	tɕʰi¹³	tʃʰi¹³	tʃʰi⁵⁵	tɕʰi³⁵	tɕʰi⁴²	kʰi⁵¹	kʰi³⁵	tɕi²⁴
椅	止開三紙影上	i³³	i⁵³	i³¹	i⁵³	i³⁵	i³⁵	i³⁵	i⁴⁵⁴
避	止開三寘並去	pi¹³	pi¹³	pi⁵⁵	pi³⁵	pi⁴²	pʰi⁵¹	pi²¹³	pi²⁴
荔	止開三寘來去	li¹³	li¹³	li⁵⁵	li³⁵	li³³	li⁵¹	li³³	li²⁴
刺	止開三寘清去	tsʰɿ¹³	tʃʰi¹³	tsɿ⁵⁵	tsʰɿ³⁵	tsʰɿ⁴²	tsʰɿ⁵¹	tsʰɿ⁵¹	tsʰɿ²⁴
賜	止開三寘心去	i¹³	tʃʰi¹³	tsʰɿ⁵⁵	tsʰɿ³⁵	sɿ⁴²		tsʰɿ²¹³	tsʰɿ²⁴
智	止開三寘知去	tɕi¹³	tʃi⁵³	tʃi⁵⁵	tɕi³⁵	tɕi⁴²		tsɿ²¹³	tsɿ²⁴
翅	止開三寘書去	tsʰɿ¹³	tʃi⁵³	tsɿ²⁴	tsʰɿ³⁵	tsɿ³³	tɕʰie⁴¹	tsɿ⁵¹	tsʰɿ²⁴
寄	止開三寘見去	tɕi¹³	tʃi¹³	tʃi⁵⁵	tɕi³⁵	tɕi⁴²	ki⁵¹	ki⁵¹	tɕi⁴¹
義	止開三寘疑去	ȵi¹³	ȵi⁵³	ȵi⁵⁵	ȵi³⁵	ȵi⁴²	ȵi⁵¹	ȵi²¹³	i²⁴
戲	止開三寘曉去	tɕʰi¹³	tʃʰi¹³	tʃʰi⁵⁵	tɕʰi³⁵	tɕʰi⁴²	kʰi⁵¹	kʰi⁵¹	çi²⁴ / tɕʰi⁴¹
易難~	止開三寘以去	i¹³	i¹³	i⁵⁵	i³⁵	i⁴²	i⁵¹	i³³	i⁴¹
悲	止開三脂幫平	pəi³⁵	pi³³	pəi²¹²	pəi³³	pəi³³	pəi³³	pəi³³	pəi³³
枇~杷	止開三脂並平	pi¹¹	pʰi¹³	pi²⁴	pʰi³¹	pi³¹	pi³¹	pi²¹³	pi²⁴
眉	止開三脂明平	mi¹¹	mi¹¹	mi²⁴	mi³¹	mi³¹	mi³³	mi²¹³	mi²⁴

〔註5〕宜章：郴州的一個縣名。

字	音韻地位								
尼	止開三脂泥平	ɳi¹¹	ɳi¹¹	ɳi²¹²	ɳi³¹	ɳi³¹	ɳi³¹	ɳi²¹³	ɳi⁴⁵⁴
梨	止開三脂來平	li¹¹	li¹¹	li²⁴	li³¹	li³¹	li³¹	li²¹³	li⁴¹
資	止開三脂精平	tsɿ³⁵	tʃi³³	tsɿ²¹²	tsɿ³³	tsɿ³³	tsɿ³³	tsɿ³³	tsɿ³³
瓷	止開三脂從平	tsʰɿ¹¹	tʃʰi¹¹	tsʰɿ²⁴	tsʰɿ³¹	tsʰɿ³¹	tsʰɿ³¹	tsʰɿ²¹³	tsʰɿ⁴¹
私	止開三脂心平	sɿ³⁵	sɿ³³	sɿ²¹²	sɿ³³	sɿ³³	sɿ³³	sɿ³¹	sɿ³³
遲	止開三脂澄平	tsʰɿ¹¹	tʃʰi¹¹	tsʰɿ²⁴	tsʰɿ³¹	tsʰɿ³¹	tsʰɿ³¹	tsʰɿ²¹³	tsʰɿ⁴¹
師	止開三脂生平	sɿ³⁵	sɿ³³	sɿ²¹²	sɿ³³	sɿ³³	sɿ³³	sɿ³¹	sɿ³³
脂	止開三脂章平	tsɿ³³	tʃi⁵³	tsɿ²¹²	tsɿ³³	tsɿ³³		tsɿ³⁵	tsɿ⁴⁵⁴
屍~體	止開三脂書平	sɿ³⁵	sɿ³³	sɿ²¹²	sɿ³³	sɿ³³	sɿ³³	sɿ³¹	
饑~餓	止開三脂見平	tɕi³⁵	tʃi³³	tʃi²¹²	tɕi³³	tɕi³³	ki³³	ki³¹	
姨	止開三脂以平	i¹¹	i¹¹	i²⁴	i³¹	i³¹	i³¹	i²¹³	i³³
比~較	止開三旨幫上	pi³³	pi⁵³	pi³¹	pi⁵³	pi³⁵	pi³⁵	pi³⁵	pi⁴⁵⁴
美	止開三旨明上	məi³³	mi⁵³	məi³¹	məi⁵³	məi³⁵		məi³⁵	
姊	止開三旨精上	tɕi³³	tʃiɛ⁵³	tsɿ³¹	tsɿ⁵³	tsɿ³⁵	tsɿ³⁵	tsɿ³⁵	tsɿ⁴⁵⁴
死	止開三旨心上	sɿ³³	sɿ⁵³	sɿ³¹	sɿ⁵³	sɿ³⁵	sɿ³⁵	sɿ³⁵	sɿ⁴⁵⁴
指	止開三旨章上	tsɿ³³	tʃi⁵³	tsɿ³¹	tsɿ⁵³	tsɿ³⁵	tsɿ³⁵	tsɿ³⁵	tsɿ⁴⁵⁴
屎	止開三旨書上	sɿ³³	sɿ⁵³	sɿ³¹	sɿ⁵³	sɿ³⁵	sɿ³⁵	sɿ³⁵	sɿ⁴⁵⁴
秘	止開三至幫去	mi¹³	pi⁵³	pi⁵⁵	mi³⁵	mi³⁵	mi⁵¹	mi²¹³	mi²⁴
痹	止開三至幫去	pʰi³⁵	pi⁵³	pi⁵⁵	pi³⁵	pi⁴²	pi⁵¹	pi²¹³	pi²⁴
屁	止開三至滂去	pʰi¹³	pʰi¹³	pʰi⁵⁵	pʰi³⁵	pʰi⁴²	pʰi⁵¹	pʰi⁵¹	pʰi⁴¹
備	止開三至並去	pi¹³	pi¹³	pi⁵⁵	pəi³⁵	pi³⁵ / pəi³⁵	pi⁵¹	pi²¹³	pəi²⁴
鼻	止開三至並去	pi¹³	pi¹³	pʰi⁵⁵	pʰi³⁵	pi⁴²	pi⁵¹	pi³³	pi⁴¹
地	止開三至定去	ti¹³	ti¹³	ti⁵⁵	ti³⁵	ti³³ / ti⁴²	ti⁵¹	ti³³	tiɛ²⁴地 / ti⁴¹ 地方 / tʰi⁴¹墳墓之義
利	止開三至來去	li¹³	li¹³	li⁵⁵	li³⁵	li³³	li⁵¹	li³³	li²⁴
次	止開三至清去	tsʰɿ¹³	tʃʰi¹³	tsʰɿ⁵⁵	tsʰɿ³⁵	tsʰɿ⁴²	tsʰɿ⁵¹	tsʰɿ⁵¹	tsʰɿ⁴¹
自	止開三至從去	tsɿ¹³	tʃi¹³	tsɿ⁵⁵	tsɿ³⁵	tsɿ⁴² / tsʰɿ³³ 自家	tsʰɿ³¹	tsʰɿ³³	tsʰɿ⁴¹
四	止開三至心去	sɿ¹³	sɿ¹³	sɿ⁵⁵	sɿ³⁵	sɿ⁴²	sɿ⁵¹	sɿ⁵¹	sɿ⁴¹
致	止開三至知去	tsɿ¹³	tʃi⁵³	tsɿ⁵⁵	tsɿ³⁵	tsɿ⁴²		tsɿ²¹³	tsɿ²⁴
至夏~	止開三至章去	tsʰɿ¹³	tʃi¹³	tsɿ⁵⁵	tsɿ³⁵	tsɿ³⁵ / tsɿ⁴² 至今	tsɿ⁵¹	tsɿ³³	tsɿ²⁴
示	止開三至船去	sɿ¹³	sɿ¹³	sɿ⁵⁵	sɿ³⁵	sɿ⁴²	sɿ⁵¹	sɿ²¹³	sɿ²⁴
視	止開三至禪去	sɿ³³	sɿ¹³	sɿ⁵⁵	sɿ³⁵	sɿ³⁵	sɿ⁵¹	sɿ²¹³	sɿ²⁴
二	止開三至日去	æ¹³	ɛ³	ɑu⁵⁵	ɵ³⁵	ɵ³³	ɛ⁵¹	ɵ³³	ɛ⁴¹

器	止開三至溪去	tɕʰi¹³	tʃʰi¹³	tʃʰi⁵⁵	tɕʰi³⁵	tɕʰi⁴²	kʰi⁵¹	kʰi³⁵	tɕʰi²⁴
棄	止開三至溪去	çi¹³	sɿ¹³	ʃi⁵⁵	tɕʰi³⁵	çi⁴²	kʰi⁵¹	xi³³	tɕʰi²⁴
釐	止開三之來平	li¹¹	li¹¹	li²⁴	li³¹	li³¹	li³¹	li²¹³	li⁴¹
滋	止開三之精平	tsʰɿ¹¹	tʃi³³	tsɿ²¹²	tsɿ³³	tsʰɿ³³	tsɿ³³	tsɿ³³	
慈	止開三之從平	tsʰɿ¹¹	tʃʰi¹¹	tsʰɿ²⁴	tsʰɿ³¹	tsʰɿ³¹	tsʰɿ³¹	tsʰɿ³¹	tsʰɿ⁴¹
絲	止開三之心平	sɿ³⁵	sɿ³³	sɿ²¹²	sɿ³³	sɿ³³	sɿ³³	sɿ³¹	sɿ³³
詞	止開三之邪平	tsʰɿ¹¹	tʃʰi¹³	tsʰɿ²⁴	tsʰɿ³¹	tsʰɿ³¹	tsʰɿ³¹	tsʰɿ³¹	tsʰɿ⁴¹
持	止開三之澄平	tsʰɿ¹¹	tʃʰi¹³	tsʰɿ²⁴	tsʰɿ³¹	tsʰɿ³¹		tsʰɿ³¹	tsʰɿ⁴¹
之	止開三之章平	tsɿ³⁵	tʃi³³	tsɿ²¹²	tsɿ³³	tsɿ³³		tsɿ³³	
詩	止開三之書平	sɿ³⁵	sɿ³³	sɿ²¹²	sɿ³³	sɿ³³	sɿ³³	sɿ³¹	sɿ³³
時	止開三之禪平	sɿ¹¹	sɿ¹¹	sɿ²⁴	sɿ³¹	sɿ³¹	sɿ³¹	sɿ²¹³	sɿ⁴¹
而	止開三之日平	æ¹¹	ɛ⁵³	eɐ²⁴	ɛ³¹	æ³¹	ɛ³¹	æ³¹	ɛ⁴¹
基	止開三之見平	tɕi³⁵	tʃi³³	tʃi²¹²	tɕi³³	tɕi³³	ki³³	ki³³	tɕi³³
欺	止開三之溪平	tɕʰi³⁵	tʃʰi³³	tʃʰi²¹²	tɕʰi³³	tɕʰi³³	kʰi³³	kʰi³¹	tɕʰi³³
棋	止開三之群平	tɕʰi¹¹	tʃʰi¹¹	tʃʰi²⁴	tɕʰi³¹	tɕʰi³¹	kʰi³¹	kʰi²¹³	tɕʰi⁴¹
期	止開三之群平	tɕʰi¹¹	tʃʰi¹¹	tʃʰi²⁴	tɕʰi³¹	tɕʰi³¹	kʰi³¹	kʰi³¹	tɕʰi⁴¹
疑	止開三之疑平	ȵi¹¹	ȵi¹³	ȵi²⁴	ȵi³¹	ȵi³¹	ȵi³¹	ȵi²¹³	i⁴¹
醫	止開三之影平	i³⁵	i³³	i²¹²	i³³	i³³	i³³	i³¹	i³³
你	止開三止泥上	ȵi³³	ȵi⁵³	ȵi³¹	ȵi⁵³	ȵiɛ³³ / ŋ̍ŋ³⁵	ȵi³⁵	ȵiɛ³³	ȵiɛ³³
裏~面	止開三止來上	li³³	li⁵³	li³¹	li⁵³	li³⁵	li³⁵	li³⁵	
子	止開三止精上	tsɿ³³	tʃi⁵³	tsɿ³¹	tsɿ⁵³	tsɿ³⁵	tsɿ³⁵	tsɿ³⁵	tsɿ³³
似	止開三止邪上	tsʰɿ¹³	tʃʰi⁵³	tsʰɿ⁵⁵	tsʰɿ³⁵	tsʰɿ³⁵			sɿ²⁴
恥	止開三止徹上	tsʰɿ³³	tʃʰi⁵³	tsʰɿ³¹	tsʰɿ⁵³	tsʰɿ⁴²		tsʰɿ³⁵	tsʰɿ⁴⁵⁴
痔	止開三止澄上	tsɿ¹³	tʃi¹³	tsɿ⁵⁵	tsɿ³⁵	tsɿ⁴²		tsʰɿ³³	tsɿ²⁴
士	止開三止崇上	sɿ¹³	sɿ¹³	sɿ⁵⁵	sɿ³⁵	sɿ⁴²	sɿ⁵¹	sɿ²¹³	sɿ²⁴
使	止開三止生上	çi³³	sɿ⁵³	sɿ³¹	sɿ⁵³	sɿ³⁵	sɿ³⁵	sɿ³⁵	sɿ⁴⁵⁴
止	止開三止章上	tsɿ³³	tʃi⁵³	tsɿ³¹	tsɿ⁵³	tsɿ³⁵	tsɿ³⁵	tsɿ³⁵	tsɿ⁴¹
齒	止開三止昌上	tsʰɿ³³	tʃʰi⁵³	tsʰɿ³¹	tsʰɿ⁵³	tsɿ⁴²	tsʰɿ³⁵	tsʰɿ³⁵	tsʰɿ³³
始	止開三止書上	sɿ³³	sɿ⁵³	sɿ³¹	sɿ⁵³	sɿ³⁵	sɿ³⁵	tsʰɿ³⁵	sɿ⁴⁵⁴
市	止開三止禪上	sɿ¹³	sɿ¹³	sɿ⁵⁵	sɿ³⁵	sɿ⁴²	sɿ³⁵	sɿ²¹³	sɿ²⁴
耳	止開三止日上	æ³³	ɛ¹¹	ɑu³¹	θ⁵³	θ³⁵	ɛ³⁵	θ³⁵	ɛ²⁴
紀	止開三止見上	tɕi³³	tʃi¹³	tʃi³¹	tɕi⁵³	tɕi⁴²	ki³⁵	ki⁵¹	tɕi⁴⁵⁴
起	止開三止溪上	tɕʰi³³	tʃʰi⁵³	tʃʰi³¹	tɕʰi⁵³	çi³⁵ / tɕʰi³⁵ 單用	kʰi³⁵ / xi³⁵	xi³⁵	çi⁴⁵⁴
擬	止開三止疑上	ȵi³³	ȵi⁵³	ȵi³¹	ȵi⁵³	ȵi³⁵	ȵi³⁵	ȵi³⁵	ȵi⁴⁵⁴
喜	止開三止曉上	çi³³	tʃʰi⁵³	ʃi³¹	çi⁵³	çi³⁵	xi³⁵	kʰi³⁵	çi⁴⁵⁴
已	止開三止以上	i³³	i⁵³	i³¹	i⁵³	i⁵³	i³⁵	i²¹³	i⁴⁵⁴

字	中古								
以	止開三止以上	i³³	i⁵³	i³¹	i⁵³	i⁵³	i³⁵	i²¹³	i⁴⁵⁴
吏	止開三志來去	li¹³	li¹³	li⁵⁵	li³⁵	li³³			li⁴¹
字	止開三志從去	tsʅ¹³	tʃi¹³	tsʰʅ⁵⁵	tsʰʅ³⁵	tsʰʅ³³	tsʅ⁵¹	tsʰʅ³³	tsʅ²⁴ / tsʰʅ⁴¹ 寫字、名字
牸牛~〔註6〕	止開三志從去	tsʰʅ¹³	tʃi¹³	tsʰʅ³¹	tsʰʅ³⁵	tsʰʅ³³		tsʰʅ³³	
寺	止開三志邪去	tsʰʅ¹¹	tʃi¹³	tsʰʅ⁵⁵	tsʅ³⁵	sʅ⁴²		tsʅ²¹³	sʅ²⁴
飼	止開三志邪去	tsʰʅ¹¹	tʃʰi¹³	tsʰʅ²⁴	tsʰʅ³⁵	tsʰʅ³¹	tsʰʅ⁵¹	tsʰʅ³¹	tsʰʅ⁴¹
置	止開三志知去	tsʅ¹³	tʃi⁵³	tsʅ⁵⁵	tsʅ³⁵	tsʅ⁴²		tsʅ²¹³	tsʅ²⁴
治	止開三志澄去	tsʅ¹³	tʃʰi¹³	tsʅ⁵⁵	tsʰʅ³⁵	tsʰʅ⁴²		tsʰʅ³³	tsʅ²⁴
事	止開三志崇去	sʅ¹³	sʅ¹³	sʅ⁵⁵	sʅ³⁵	sɑi³³	sʅ⁵¹	ʃa³³	sɑ⁴¹
痣	止開三志章去	tsʅ¹³	tʃi¹³	tsʅ⁵⁵	tsʅ³⁵	tsʅ⁴²	tsʅ⁵¹	tsʅ⁵¹	tsʅ⁴¹
試	止開三志書去	sʅ¹³	sʅ¹³	sʅ⁵⁵	sʅ³⁵	sʅ⁴²	sʅ⁵¹	sʅ²¹³	sʅ²⁴
記	止開三志見去	tɕi¹³	tʃi¹³	tʃi⁵⁵	tɕi³⁵	tɕi³⁵	ki⁵¹	ki⁵¹	tɕi⁴¹
忌	止開三志群去	tɕi¹³	tʃi⁵³	tʃi⁵⁵	tɕi³⁵	tɕi⁴²		tɕi²¹³	tɕʰi²⁴
意	止開三志影去	i¹³	i⁵³	i⁵⁵	i³⁵	i⁴²	i⁵¹	i⁵¹	i²⁴
機	止開三微見平	tɕi³⁵	tʃi³³	tʃi²¹²	tɕi³³	tɕi³³	ki³³	ki³³	tɕi³³
希	止開三微曉平	çi³⁵	sʅ³³	ʃi²¹²	çi³³	çi³³	xi³³	xi³³	çi³³
衣	止開三微影平	i³⁵	i³³	i²¹²	i³³	i³³	i³³	i³¹	i³³
幾	止開三尾見上	tɕi³³	tʃi⁵³	tʃi³¹	tɕi⁵³	tɕi³⁵	ki³⁵	ki³⁵	tɕi⁴⁵⁴
既	止開三未見去	tɕi¹³	tʃi¹³	tʃi⁵⁵	tɕi³⁵	tɕi⁴²	ki²¹³	ki²¹³	tɕi²⁴
氣歇~〔註7〕	止開三未溪去	tɕʰi¹³	tʃʰi¹³	ʃi⁵⁵	tɕʰi³⁵	tɕʰi⁴²	xi⁵¹	kʰi⁵¹	tɕʰi⁴¹
汽	止開三未溪去	tɕʰi¹³	tʃʰi¹³	tʃʰi⁵⁵	tɕʰi³⁵	tɕʰi⁴²	kʰi⁵¹	kʰi⁵¹	tɕʰi⁴¹
毅	止開三未疑去	ȵi¹³	iŋ⁵³	ȵi⁵⁵	i³⁵	i³⁵	i⁵¹	i²¹³	i²⁴
吹	止合三支昌平	tsʰuəi³⁵	tʃʰuəi³³	tʃʰy²¹²	tɕʰy³³	tɕʰy³³	tɕʰy³³	tɕʰy³¹	tɕʰy³³
垂	止合三支禪平	tsʰuəi¹¹	tʃʰuəi¹¹	tsʰuəi²⁴	tsʰuəi³¹	tsʰuəi³¹	tɕʰy³¹	tʃʰuəi³¹	
規	止合三支見平	kuəi³⁵	tʃʰo¹¹	kuəi²¹²	kuəi³³	kuəi³³	kuəi³³	kuəi³³	kuəi³³
虧	止合三支溪平	kʰuəi³⁵	kʰuəi³³	kʰuəi²¹²	kʰuəi³³	kʰuəi³³	kʰuəi³³	kʰy³¹	kʰuəi³³
危	止合三支疑平	uəi¹¹	uəi¹³	uəi²⁴	uəi³¹	uəi³¹	uəi³³	uəi³¹	uəi³³
嘴	止合三紙精上	tɕi³³	tʃuəi⁵³	tsy³¹	tɕy⁵³	tɕy³⁵	tɕy³⁵	tɕy³⁵	tɕy⁴⁵⁴
跪	止合三紙群上	kʰuəi¹³	kuəi¹³	kʰuəi⁵⁵	tɕʰy⁵³	tɕʰy³⁵	tɕʰy³⁵	kʰy³⁵	tɕʰy⁴⁵⁴
毀	止合三紙曉上	xuəi³³	xuəi¹¹	xuəi³¹	xuəi⁵³	xuəi³⁵	xuəi³⁵	xuəi³⁵	xuəi⁴⁵⁴
委	止合三紙影上	uəi³³	uəi⁵³	uəi³¹	uəi⁵³	uəi³⁵	uəi³⁵	uəi⁵¹	uəi⁴⁵⁴
為	止合三寘云去	uəi¹³		uəi⁵⁵	uəi³¹	uəi³¹	uəi⁵¹	uəi³¹	uəi⁴¹

〔註6〕牛牸：母牛。
〔註7〕歇氣：休息。

字	韻類								
雖	止合三脂心平	ɕy³⁵	sʮ³³	ʃy²¹²	ɕy³³	ɕy³³	ɕy³³	ɕy³³	suəi³³
追	止合三脂知平	tsuəi³⁵	tʃuəi³³	tsuəi²¹²	tsuəi³³	tsuəi³³	tsuəi³³	tʃuəi³¹	tsɵø³³
錘	止合三脂澄平	tsʰuəi¹¹	tʃʰuəi¹¹	tʃʰy²⁴	tɕʰy³¹	tɕʰy³¹	tɕʰy³¹	tɕʰy²¹³	tɕʰy²⁴
龜	止合三脂見平	kuəi³⁵	kuəi³³	kuəi²¹²	kuəi³³	kuəi³³	kuəi³³	kuəi³³	kuəi³³
維	止合三脂以平	uəi¹¹	uəi¹³	uəi²⁴	uəi³¹	uəi³¹		uəi³¹	uəi⁴¹
遺	止合三脂以平	i¹¹	i¹¹	i²⁴	i³¹	i³¹	i³¹	i³¹	i⁴¹
水	止合三旨書上	ɕy³³	suəi⁵³	ʃy³¹	ɕy⁵³	ɕy³⁵	ɕy³⁵	ɕy³⁵	ɕy²⁴ / suəi⁴⁵⁴ 水餃
軌	止合三旨見上	kuəi³³	kuəi⁵³	kuəi³¹	kuəi⁵³	kuəi³⁵	kuəi³⁵	kuəi³⁵	kuəi⁴⁵⁴
類	止合三至來去	luəi¹³	luəi¹³	luəi⁵⁵	luəi³⁵	luəi³³	ləi⁵¹	luəi³³	luəi²⁴
淚	止合三至來去	luəi¹³	luəi¹³	luəi⁵⁵	ly³⁵	ly³³	ly⁵¹	ly³³	ly⁴¹
醉	止合三至精去	tɕy¹³	tʃuəi¹³	tsy⁵⁵	tsuəi³⁵	tɕy⁴² / tsuəi⁴² 醉拳	tɕy⁵¹	tɕy⁵¹	tɕy⁴¹
翠	止合三至清去	tsʰuəi¹³	tʃʰuəi¹³	tsʰuəi⁵⁵	tsʰuəi³⁵	tɕʰy⁴²	tɕʰy⁵¹	tʃʰuəi²¹³	tsʰuəi²⁴
隧	止合三至邪去	suəi¹³	suəi¹³	suəi⁵⁵	suəi³⁵	tɕʰy³¹	ɕy⁵¹	suəi²¹³	suəi²⁴
帥	止合三至生去	suai¹³	suɑi⁵³	suɑi⁵⁵	suɑi³⁵	suɑi⁴²	suɐi⁵¹	ʃuai⁵¹	suɑi²⁴
季	止合三至見去	tɕi¹³	tʃi¹³	tʃi⁵⁵	tɕi³⁵	tɕi⁴²	ki⁵¹	ki⁵¹	tɕi³³
櫃	止合三至群去	kʰuəi¹³	kʰuəi¹³	kʰuəi⁵⁵	kʰuəi³⁵	kʰuəi⁴²	kʰy⁵¹	kʰy³³	kʰuəi²⁴
位	止合三至云去	uəi¹³	uəi¹³	uəi⁵⁵	uəi³⁵	uəi³³	uəi⁵¹	uəi³³	uəi⁴¹
飛	止合三微非平	fəi³⁵	fəi³³	fəi²¹²	fi³³	fi³³	fi³³	fi³¹	fi³³ / fəi³³ 飛行
妃	止合三微敷平	fəi³⁵	fəi³³	fəi²¹²	fəi³³	fəi³³		fəi³⁵	fəi³³
肥	止合三微奉平	fəi¹¹	fəi¹³	fəi²⁴	fi³¹	fi³¹	fi³¹	fi²¹³	fi²⁴
微	止合三微微平	uəi¹¹	uəi¹³	uəi²⁴	uəi³³	uəi³³	uəi³¹	uəi³¹	uəi³³
歸	止合三微見平	kuəi¹³	kuəi³³	kuəi²¹²	kuəi³³	kʰuəi³³	kuəi³³	kuəi³¹	kuəi³³
揮	止合三微曉平	xuəi³⁵	xuəi³³	xuəi²¹²	xuəi³³	xuəi³³	xuəi³³	xuəi³¹	xuəi³³
威	止合三微影平	uəi³⁵	uəi³³	uəi²¹²	uəi³³	uəi³³	uəi³³	uəi³¹	uəi³³
圍	止合三微云平	uəi¹¹	uəi¹¹	uəi²⁴	uəi³¹	uəi³¹	uəi³¹	uəi³¹	y²⁴ / uəi⁴¹ 周圍
匪	止合三尾非上	fəi³³	fəi⁵³	fəi³¹	fi⁵³	fi³⁵	fi³⁵	fəi³⁵	fəi⁴⁵⁴
尾	止合三尾微上	uəi³³	uəi⁵³	məi³¹	uəi⁵³	uəi³⁵	məi³⁵	mi³⁵	mi⁴⁵⁴
鬼	止合三尾見上	kuəi³³	kuəi⁵³	kuəi³¹	tɕy⁵³	tɕy³⁵	ky³⁵	ky³⁵	tɕy⁴⁵⁴
偉	止合三尾云上	uəi³³	uəi⁵³	uəi³¹	uəi⁵³	uəi³⁵	uəi³⁵	uəi³⁵	uəi⁴⁵⁴
費	止合三未敷去	fəi¹³	fəi¹³	fəi⁵⁵	fi³⁵	fi⁴²	fi⁵¹	fəi²¹³	fəi²⁴
味	止合三未微去	uəi¹³	uəi¹³	uəi⁵⁵	uəi³⁵	uəi³⁵	uəi⁵¹	mi³³	uəi⁴¹
貴	止合三未見去	kuəi¹³	kuəi¹³	kuəi⁵⁵	tɕy³⁵	kuəi⁴²	ky⁵¹	ky⁵¹	tɕy⁴¹ 好貴 / kuəi²⁴ 貴賓

諱	止合三未曉去	xuəi¹³	xuəi⁵³	xuəi⁵⁵	xuəi³⁵	xuəi⁴²		xuəi²¹³	xuəi³³
慰	止合三未影去	uəi¹³	uəi¹³	uəi⁵⁵	uəi³⁵	uəi⁴²	uəi⁵¹	uəi²¹³	uəi²⁴
胃	止合三未云去	uəi¹³	uəi⁵³	uəi⁵⁵	uəi³⁵	uəi³³	uəi⁵¹	uəi²¹³	uəi⁴¹
袍	效開一豪並平	pʰau¹¹	pʰau¹¹	pʰau²⁴	pʰau³¹	pau³¹	pəu³¹	pau²¹³	pau⁴¹
毛	效開一豪明平	mau¹¹	mau¹¹	mau²⁴	mau³¹	mau³¹	məu³¹	mɐu²¹³	mau²⁴
刀	效開一豪端平	tau³⁵	tau³³	tau²¹²	tau³³	tau³³	təu³³	tau³¹	tau³³
桃	效開一豪定平	tʰau¹¹	tʰau¹¹	tʰau²⁴	tʰau³¹	tau³¹	tʰəu³¹	tau²¹³	tau²⁴
淘~米	效開一豪定平	tʰau¹¹	tʰau¹¹	tʰau²⁴	tʰau³¹	tau³¹	tɐu³¹	tau²¹³	tau²⁴
勞	效開一豪來平	lau¹¹	lau¹¹	lau²⁴	lau³¹	lau³¹	lɐu³¹	lau³¹	lau⁴¹
牢	效開一豪來平	lau¹¹	lau¹¹	lau²⁴	lau³¹	lau³¹	ləu³¹	lau²¹³	lau²⁴
糟	效開一豪精平	tsau³⁵	tʃau³³	tsau²¹²	tsau³³	tsau³³	tsəu³³	tʃau³³	tsau³³
操	效開一豪清平	tsʰau³⁵	tʃʰau³³	tsʰau²¹²	tsʰau³³	tsʰau³³	tsʰəu³³	tʃʰau³³	tsʰau³³
曹	效開一豪從平	tsʰau¹¹	tʃʰau¹¹	tsʰau²⁴	tsʰau³¹	tsʰau³¹	tsʰəu³¹	tʃʰau²¹³	tsʰau⁴¹
臊	效開一豪心平		sau³³	sau²¹²	sau³³	sau³³	səu⁵¹	ʃau³¹	sau³³
高	效開一豪見平	kau³⁵	kau³³	kau²¹²	kau³³	kau³³	kəu³³	kɐu³¹	kau³³
熬	效開一豪疑平	ŋau¹¹	ŋau¹¹	ŋau²⁴	ŋau³¹	ŋau³¹	ŋəu³¹	ŋau²¹³	au⁴¹
豪	效開一豪匣平	xau¹¹	xau¹¹	xau²⁴	xau³¹	xau³¹		xau²¹³ / xəu³¹	xau⁴¹
保	效開一皓幫上	pau³³	pau⁵³	pau³¹	pau⁵³	pau³⁵	pəu³⁵	pɐu³⁵	pau⁴⁵⁴
寶	效開一皓幫上	pau³³	pau⁵³	pau³¹	pau⁵³	pau³⁵	pəu³⁵	pɐu³⁵	pau⁴⁵⁴
抱	效開一皓並上	pau¹³	pau¹³	pau⁵⁵	pau³⁵	pau⁴²		pɐu³⁵	pau²⁴
倒	效開一皓端上	tau³³	tau⁵³	tau³¹	tau⁵³	tau³⁵	təu³⁵	tau³⁵	tau⁴⁵⁴
討	效開一皓透上	tʰau³³	tʰau⁵³	tʰau³¹	tʰau⁵³	tʰau³⁵	tʰəu³⁵	tʰau³⁵	tʰau⁴⁵⁴
道	效開一皓定上	tau¹³	tau¹³	tau⁵⁵	tau³⁵	tau³³	təu⁵¹	tau³⁵	tau²⁴ / tʰau⁴¹ 道理
腦	效開一皓泥上	nau³³	nau⁵³	lau³¹	nau⁵³	nau³⁵	nəu³⁵	nau³⁵	nau³³ / nau⁴⁵⁴ 腦殼
老	效開一皓來上	lau³³	lau⁵³	lau³¹	lau⁵³	lau³⁵	ləu³⁵	lau³⁵	lau³³
早	效開一皓精上	tsau³³	tʃau⁵³	tsau³¹	tsau⁵³	tsau³⁵	tsəu³⁵	tʃau³⁵	tsau⁴⁵⁴
草	效開一皓清上	tsʰau³³	tʃʰau⁵³	tsʰau³¹	tsʰau⁵³	tsʰau³⁵	tsʰəu³⁵	tʃʰau³⁵	tsʰau⁴⁵⁴
造	效開一皓從上	tsʰau¹³	tʃʰau⁵³	tsʰau⁵⁵	tsʰau³⁵	tsʰau⁴²	tsʰəu⁵¹	tʃʰau³⁵	tsau²⁴
掃	效開一皓心上	sau¹³	sau⁵³	sau³¹	sau⁵³	sau⁴²	səu³⁵	ʃau⁵¹	sau⁴¹
稿	效開一皓見上	kau³³	kau⁵³	kau³¹	kau⁵³	kau³⁵	kɐu³⁵	kau³⁵	kau⁴⁵⁴
烤	效開一皓溪上	kʰau³³	kʰau⁵³	kʰau³¹	kʰau⁵³	kʰau³⁵	kʰɐu³⁵	kʰau³⁵	kʰau⁴⁵⁴
好	效開一皓曉上	xau³³	xau⁵³	xau³¹	xau⁵³	xau³⁵	xəu³⁵	xɐu³⁵	xɐu⁴¹ 程度副詞 / xau⁴⁵⁴ 形容詞

襖	效開一晧影上	ŋau³³	ŋau¹³	ŋau⁵⁵	au⁵³	au⁵³	ɐu³⁵	ɜʉ³⁵	au³³
報	效開一號幫去	pau¹³	pau¹³	pau⁵⁵	pau³⁵	pau⁴²	pəu⁵¹	pɜʉ⁵¹	pau²⁴ / pau⁴¹
暴	效開一號並去	pau¹³	pau¹³	pau⁵⁵	pau³⁵	pau⁴²		pau⁵¹	pau²⁴
帽	效開一號明去	mau¹³	mau¹³	mau⁵⁵	mau³⁵	mau³³		mɜʉ³³	mau⁴¹
到	效開一號端去	tau¹³	tau¹³	tau⁵⁵	tau³⁵	tau⁴²	təu⁵¹	tau⁵¹	tau⁴¹
套	效開一號透去	tʰau¹³	tʰau¹³	tʰau⁵⁵	tʰau³⁵	tʰau⁴²	tʰəu⁵¹	tʰau⁵¹	tʰau²⁴
盜	效開一號定去	tau¹³	tau¹³	tau⁵⁵ 盜竊 tʰau⁵⁵ 強盜	tau³⁵	tau⁴²	təu⁵¹	tau³³	tau²⁴
澇	效開一號來去	lau¹¹	lau¹³	lau²⁴	lau³⁵	lau³¹	lɐu⁵¹	lau²¹³	lau³³
灶	效開一號精去	tsau¹³	tʃau¹³	tsau⁵⁵	tsau³⁵	tsau⁴²	tsəu⁵¹	tʃau⁵¹	tsau⁴¹
糙	效開一號清去	tsʰau¹³	tʃʰau⁵³	tsʰau⁵⁵	tsʰau³³	tsʰau³³	tsʰəu³³	tʃʰau³¹	tsʰau³³
告	效開一號見去	kau¹³	kau¹³	kau⁵⁵	kau³⁵	kau⁴²	kəu⁵¹	kɜʉ⁵¹	kau⁴¹
靠	效開一號溪去	kʰau¹³	kʰau¹³	kʰau⁵⁵	kʰau³⁵	kʰau⁴²	kʰəu⁵¹	kʰɜʉ⁵¹	kʰau²⁴
傲	效開一號疑去	ŋau¹³	ŋau¹³	ŋau⁵⁵	ŋau³⁵	ŋau³³		ŋau²¹³	au²⁴
耗	效開一號曉去	xau¹³		xau⁵⁵	xau³⁵	xau⁴²		xau²¹³	xau²⁴
號~數	效開一號匣去	xau¹³	xau¹³	xau⁵⁵	xau³⁵	xau³³	xəu⁵¹	xau³³	xau⁴¹
奧	效開一號影去	ŋau¹³	ŋau⁵³	ŋau⁵⁵	au³⁵	au⁴²		ŋau²¹³	au²⁴
包	效開二肴幫平	pau³⁵	pau³³	pau²¹²	pau³³	pau³³	pɐu³³	pau³¹	pau³³
跑	效開二肴並平	pʰau³³	pʰau⁵³	pʰau³¹	pʰau⁵³	pʰau³⁵	pʰɐu³⁵	pʰau³⁵	pʰau⁴⁵⁴
茅	效開二肴明平	mau¹¹	mau¹¹	mau²⁴	mau³¹	mau³¹	mɐu³¹	mɜʉ²¹³	mau²⁴
鈔	效開二肴初平	tsʰau³⁵	tʃʰau³³	tsʰau²¹²	tsʰau³³	tsʰau³³		tʃʰau³³	tsʰau³³
捎	效開二肴生平	ɕiau³⁵	siau³³	siau²¹²	ɕiau³³	ɕiau³³			
交	效開二肴見平	tʃau³⁵	tʃau³³	tʃau²¹²	tɕiau³³	tɕiau³³	kɐu⁴⁴ 交待 / kiɐu³³ 交通	kiau³¹	tɕiau³³
教~書	效開二肴見平	kau³⁵	tʃau¹³	kau⁵⁵	kau³³	kau⁴²	kɐu⁵¹	kau⁵¹	kau⁴¹
敲	效開二肴溪平	kʰau³⁵	kʰau³³	kʰau⁵⁵	tɕʰiau³³	kʰau³³	kʰɐu³³	kʰau³¹	kʰau³³
飽	效開二巧幫上	pau³³	pau⁵³	pau³¹	pau⁵³	pau³⁵	pɐu³⁵	pau³⁵	pau⁴⁵⁴
找	效開二巧莊上	tsau³³	tʃau⁵³	tsau³¹	tsau⁵³	tsau³⁵		tʃau³⁵	tsau⁴⁵⁴
炒	效開二巧初上	tsʰau³³	tʃʰau⁵³	tsʰau³¹	tsʰau⁵³	tsʰau³⁵	tsʰɐu³⁵	tʃʰau³⁵	tsʰau⁴⁵⁴
狡	效開二巧見上	tʃau³³	tʃau⁵³	tʃau³¹	tɕiau⁵³	tɕiau³⁵	kiu³⁵	kiau³⁵	tɕiau⁴⁵⁴
搞	效開二巧見上	kau³³	kau⁵³	kau³¹	kau⁵³	kau³⁵	kɐu³⁵	kau³⁵	kau⁴⁵⁴
巧	效開二巧溪上	tʃʰau³³	tʃʰau⁵³	tʃʰau³¹	tɕʰiau⁵³	tɕʰiau³⁵	kʰiɐu³⁵	kʰiau³⁵	tɕʰiau⁴⁵⁴
咬	效開二巧疑上	ŋau³³	iau⁵³	ŋau³¹	ŋau⁵³	ŋau³⁵	ŋɐu³⁵	ŋau³⁵	ŋau³³
豹	效開二效幫去	pau¹³	pau¹³	pau⁵⁵	pau³⁵	pau⁴²	pɐu⁵¹	pau⁵¹	pau²⁴
炮	效開二效滂去	pʰau¹³	pʰau¹³	pʰau⁵⁵	pʰau³⁵	pʰau⁴²	pʰɐu⁵¹	pʰau⁵¹	pʰau²⁴

貌	效開二效明去	mau¹³	mau¹³	mau⁵⁵	mau³⁵	mau³³		mau³³	mau²⁴
鬧	效開二效泥去	nau¹³	nau¹³	lau⁵⁵	nau³⁵	lau³³	nɐu⁵¹	nau³³	nau²⁴
罩	效開二效知去	tsau¹³	tʃau¹³	tsau⁵⁵	tsau³⁵	tsau⁴²	tsɐu⁵¹	tʃau⁵¹	tsau⁴¹
潲	效開二效生去	ʃau¹³	sau¹³	sau⁵⁵	sau³⁵	sau⁴²	sɐu⁵¹	ʃau⁵¹	sau⁴¹
較	效開二效見去	tʃau¹³	sau⁵³	tʃau⁵⁵	ɕiau³⁵	ɕiau⁴²	xɐu⁵¹	xiau²¹³	tɕiau²⁴
孝	效開二效曉去	ʃau¹³	sau¹³	ʃau⁵⁵	ɕiau³⁵	ɕiau⁴²	xɐu⁵¹	xiau²¹³	ɕiau²⁴
效	效開二效匣去	ʃau¹³	sau¹³	ʃau⁵⁵	ɕiau³⁵	ɕiau⁴²	xɐu⁵¹	xiau²¹³	ɕiau²⁴
校	效開二效匣去	ʃau¹³	sau¹³	ʃau⁵⁵	ɕiau³⁵	ɕiau⁴²	xɐu⁵¹	xiau²¹³	ɕiau²⁴
標	效開三宵幫平	piau³⁵	piau³³	piau²¹²	piau³³	piau³³	piu³³	piau³¹	piau³³
飄	效開三宵滂平	pʰiau³⁵	pʰiau³³	pʰiau²¹²	pʰiau³³	pʰiau³³	pʰiu³³	pʰiau³¹	pʰiau³³
苗	效開三宵明平	miau¹¹	miau¹¹	miau²⁴	miau³¹	miau³¹	miu³¹	miau²¹³	miau⁴¹
貓	效開三宵明平	mau³⁵	miau³³	mau²¹²	miau³³	miau³³	mɐu³¹ / miɐu³¹	miau²¹³	mau³³
焦	效開三宵精平	tɕiau³⁵	tʃiau³³	tsiau²¹²	tɕiau³³	tɕiau³³	tɕiu³³	tɕiau³¹	tɕiau³³
鍬	效開三宵清平	tɕʰiau³⁵	tʃʰiau³³	tsʰiau²¹²	tɕʰiau³³	tɕʰiau³³	tɕʰiu³³	tɕʰiau³¹	tɕʰiau³³
樵	效開三宵從平	tʃʰau¹¹	tʃʰau¹³	tsʰiau²⁴	tɕʰiau³¹				tɕʰiau⁴¹
消	效開三宵心平	ɕiau³⁵	siau³³	siau²¹²	ɕiau³³	ɕiau³³	ɕiu³³	ɕiau³¹	ɕiau³³
超	效開三宵徹平	tʃʰau³⁵	tʃʰau³³	tʃʰau²¹²	tɕʰiau³³	tɕʰiau³³	tsʰəu³³	tʃʰau³³	tsʰau³³
朝	效開三宵澄平	tʃʰau¹¹	tʃʰau¹¹	tʃʰau²⁴	tɕʰiau³³	tɕʰiau³¹	tsʰəu³¹	tʃʰau³¹	tsʰau⁴¹
潮	效開三宵澄平	tʃʰau¹¹	tʃʰau¹¹	tʃʰau²⁴	tɕʰiau³³	tɕʰiau³¹	tɕʰiu³¹	tʃʰau³¹	tsʰau⁴¹
招	效開三宵章平	tʃau³⁵	tʃau³³	tʃau²¹²	tɕiau³³	tɕiau³³	tɕiu³³	tʃau³¹	tsau³³
燒	效開三宵書平	ʃau³⁵	sau³³	ʃau²¹²	ɕiau³³	ɕiau³³	ɕiu³³	ʃau³¹	sau³³
韶~關 〔註8〕	效開三宵禪平	ʃau¹¹	sau¹¹	ʃau²⁴	ɕiau³¹	ɕiau³¹	sɐu³¹	ʃau³¹	sau⁴¹
饒	效開三宵日平	nau¹¹	nau¹¹	iau²⁴	iau³¹	iau³¹		ɹau⁴¹	
驕	效開三宵見平	tʃau³⁵	tʃau³³	tʃau²¹²	tɕiau³³	tɕiau³³	kiu³³	kiau³³	tɕiau³³
橋	效開三宵群平	tʃʰau¹¹	tʃʰau¹¹	tʃʰau²⁴	tɕʰiau³¹	tɕʰiau³¹	kʰiu³¹	kʰiau²¹³	tɕʰiau⁴¹
囂	效開三宵曉平	ɕiau³⁵	sau³³	ʃau²¹²	ɕiau³³	ɕiau³³	xiɐu³³	xiau³³	ɕiau³³
腰	效開三宵影平	iau³⁵	iau³³	iau²¹²	iau³³	iau³³	iu³³	iau³¹	iau³³
搖	效開三宵以平	iau¹¹	iau¹¹	iau²⁴	iau³¹	iau³¹	iu³¹	iau²¹³	iau⁴¹
表	效開三小幫上	piau³³	piau⁵³	piau³¹	piau⁵³	piau³⁵	piu³⁵	piau²¹³	piau⁴⁵⁴
漂	效開三小滂上	pʰiau³³	pʰiau⁵³	pʰiau⁵⁵	pʰiau⁵³	pʰiau⁴²	pʰiu³⁵	pʰiau⁵¹	pʰiau⁴¹
秒	效開三小明上	miau³³	miau⁵³	miau³¹	miau⁵³	miau³⁵	miu³⁵	miau³⁵	miau⁴⁵⁴
燎	效開三小來上	liau¹¹	liau¹³	liau²⁴		liau³¹			
剿	效開三小精上	tɕiau³³	tʃau⁵³	tsiau³¹	tɕiau⁵³	tɕiau³⁵	tɕiu³⁵	kiau³⁵	
小	效開三小心上	ɕiau³³	siau⁵³		ɕiau⁵³	ɕiau³⁵		ɕiau⁵¹	ɕiau⁴⁵⁴
趙	效開三小澄上	tʃʰau¹³	tʃau¹³	tʃau⁵⁵	tsau³⁵	tsau⁴²	tɕiu⁵¹	tʃau²¹³	tsau²⁴

〔註8〕韶關：廣東地名，與郴州接壤。

沼	效開三小章上	tʃau³⁵	tʃau³³	tʃau²¹²	tsau⁵³	tsau³³	tsɐu³³	tʃau³³	tsau⁴⁵⁴
少	效開三小書上	ʃau³³	sau⁵³	ʃau³¹	ɕiau⁵³	ɕiau³⁵	ɕiu³⁵	ʃau³⁵	sau⁴⁵⁴
紹	效開三小禪上	ʃau¹³	sau¹³	ʃau⁵⁵	ɕiau³⁵	ɕiau⁴²	sɐu⁵¹	ʃau²¹³	sau²⁴
票	效開三笑滂去	pʰiau¹³	pʰiau¹³	pʰiau⁵⁵	pʰiau³⁵	pʰiau⁴²	pʰiu⁵¹	pʰiau⁵¹	pʰiau⁴¹
漂	效開三笑滂去	pʰiau¹³	pʰiau¹³	pʰiau⁵⁵	pʰiau⁵³	pʰiau⁴²	pʰiu³⁵	pʰiau⁵¹	pʰiau⁴¹
妙	效開三笑明去	miau¹³	miau¹³	miau⁵⁵	miau³⁵	miau³⁵		miau²¹³	miau²⁴
療	效開三笑來去	liau¹¹	liau¹¹	liau²⁴	liau³¹	liau³¹	liu³¹	liau²¹³	liau⁴¹
噍牛倒~	效開三笑從去	tɕʰiau¹³		tsʰiau⁵⁵	tɕʰiau³⁵	tɕʰiau⁴²	tɕʰiu⁵¹	tɕʰiau³³	tɕʰiau⁴¹
笑	效開三笑心去	ɕiəu¹³	siau¹³	siau⁵⁵	ɕiau³⁵	ɕiau⁴²	ɕiu⁵¹	ɕiau⁵¹	ɕiau⁴¹
召	效開三笑澄去	tʃau³⁵	tʃau¹³	tʃʰau⁵⁵	tɕiau³³	tɕiau³³	tɕiu³³	tʃau³³	
照	效開三笑章去	tʃau¹³	tʃau¹³	tʃau⁵⁵	tɕiau³⁵	tɕiau⁴²	tɕiu⁵¹	tʃau⁵¹	tsau⁴¹
少	效開三笑書去	ʃau¹³	sau¹³	ʃau⁵⁵	ɕiau³⁵	ɕiau³⁵			sau²⁴
邵	效開三笑禪去	ʃau¹³	sau¹³	ʃau⁵⁵	ɕiau³⁵	ɕiau³⁵	sɐu⁵¹	ʃau²¹³	sau⁴¹
繞	效開三笑日去	ȵiau³³	iau⁵³	iau³¹	iau³⁵	iau³⁵			
轎	效開三笑群去	tʃʰau¹³	tʃʰau¹³	tʃʰau⁵⁵	tɕʰiau³⁵	tɕʰiau³³	kʰiu⁵¹	kʰiau³³	tɕiau²⁴
要	效開三笑影去	iau¹³	iau¹³	iau⁵⁵	iau³⁵	iau⁴²	iu⁵¹	iau⁵¹	iau⁴¹
雕	效開四蕭端平	tiau³⁵	tiau³³	tiau²¹²	tiau³³	tiau³³	tiu³³	tiau³¹	tiau³³
挑	效開四蕭透平	tʰiau³⁵	tʰiau³³	tʰiau²¹²	tʰiau³³	tʰiau³³		tʰiau³¹	tʰiau³³
條	效開四蕭定平	tʰiau¹¹	tʰiau¹¹	tʰiau²⁴	tʰiau³¹	tiau³¹	tiu³¹	tiau²¹³	tiau²⁴ / tʰiau⁴¹ 條理
聊	效開四蕭來平	liau¹³	liau¹¹	liau²⁴	liau³¹	liau³¹	liɐu³¹	liau³¹	liau⁴¹
蕭	效開四蕭心平	ɕiau³⁵	siau³³	siau²¹²	ɕiau³³	ɕiau³³	ɕiu³³	ɕiau³¹	ɕiau³³
澆	效開四蕭見平	tʃau³⁵	tʃau³³	tʃau²¹²	tɕiau³³	tɕiau³³			tɕiau³³
鳥	效開四筱端上	ȵiau³³	ȵiau⁵³	tiau²⁴	tiau³⁵	tiau⁴² / tiau³⁵ 詈語	tiu³⁵	tiau³⁵	tiau⁴⁵⁴
繳	效開四筱見上	tʃau³³	tʃau⁵³	tʃau³¹	tɕiau⁵³	tɕiau³⁵	kiu³⁵	kiau³⁵	tɕiau⁴⁵⁴
曉	效開四筱曉上	ʃau³³	sau⁵³	ʃau³¹	ɕiau⁵³	ɕiau³⁵	xiu³⁵	xiau³⁵	ɕiau⁴⁵⁴
釣	效開四嘯端去	tiau¹³	tiau¹³	tiau⁵⁵	tiau³⁵	tiau⁴²	tiu⁵¹	tiau⁵¹	tiau⁴¹
跳	效開四嘯透去	tʰiəu¹³	tʰiau¹³	tʰiau⁵⁵	tʰiau³⁵	tʰiau⁴²	tʰiu⁵¹	tʰiau⁵¹	
掉	效開四嘯定去	tiau¹³	tiau¹³	tiau⁵⁵	tiau³⁵	tiau⁴²	tʰiu³⁵	tʰiau²¹³	tiau²⁴
尿	效開四嘯泥去	ȵiau¹³	ȵiau¹³	ȵiau⁵⁵	ȵiau³⁵	ȵiau³³	ȵiu⁵¹	ȵiau³³	ȵiau⁴¹
料	效開四嘯來去	liau¹³	liau¹³	liau⁵⁵	liau³⁵	liau³³	liu⁵¹	liau³³	liau²⁴ / liau⁴¹ 料理
叫	效開四嘯見去	tʃau¹³	tʃau¹³	tʃau⁵⁵	tɕiau³⁵	tɕiau⁴²	kiu⁵¹	kiau⁵¹	tɕiau⁴¹
了~結	效開四筱來上	liau³³	liau⁵³	liau³¹	liau⁵³	liau³⁵	liu³⁵	liau³⁵	liau⁴⁵⁴
竅	效開四嘯溪去	tʃʰau¹³	tʃʰau⁵³	tʃʰau⁵⁵	tɕʰiau³⁵	tɕʰiau³⁵	kʰiu⁵¹	kʰiau²¹³	tɕʰiau²⁴

兜	流開一侯端平	təu³⁵	tiəu³³	təi²¹²	təu³³	təi³³	təi³³	tɜʉ³¹	tɐʉ³³ / təu³³
偷	流開一侯透平	tʰəu³⁵	tʰiəu³³	tʰəi²¹²	tʰəi³³	tʰəi³³	tʰəi³³	tʰɜʉ³¹	tʰɐʉ³³
頭	流開一侯定平	tʰəu¹¹	tʰiəu¹¹	tʰəi²⁴	tʰəi³¹	təi³¹	təi³¹	tɜʉ²¹³	tɐʉ²⁴
樓	流開一侯來平	liau¹¹	liəu¹¹	ləi²⁴	luəi³¹	luəi³¹	ləi³¹	lɜʉ²¹³	lɐʉ²⁴
鉤	流開一侯見平	kəu³⁵	kiəu³³	kəi²¹²	kəi³³	kəi³³	kəi³³	kɜʉ³¹	kɐʉ³³
猴	流開一侯匣平	xəu¹¹	xiəu¹¹	xəi²⁴	xəi³¹	xəi³¹	xəi³¹	xɜʉ²¹³	xɐʉ²⁴
歐	流開一侯影平	ŋəu³⁵	ŋiəu³³	ŋəu²¹²	əi³³	əi³³	əi³³	ɜʉ³¹	ŋøø³³
某	流開一厚明上	məu³³	miau⁵³	mau³¹	məu⁵³	məu³¹	məu³⁵	mɜʉ³⁵	məu⁴⁵⁴
畝	流開一厚明上	məu³³	miau⁵³	mau³¹	mu⁵³	mu³⁵	mu³⁵	mɜʉ³⁵	møø⁴⁵⁴
母	流開一厚明上	mu³³	mo⁵³	mu³¹	mu⁵³	mu³⁵	mu³⁵		mu⁴⁵⁴
斗容器	流開一厚端上	təu³³	tiəu⁵³	təi³¹	təi⁵³	təi³⁵	təi³⁵	tɜʉ³⁵	tɐʉ⁴⁵⁴
陡	流開一厚端上	təu³³	tiəu⁵³	təi³¹	təi⁵³	təi³⁵	təi³⁵	tɜʉ³⁵	tɐʉ⁴⁵⁴
敁~氣〔註9〕	流開一厚透上		tʰiəu⁵³	tʰəi³¹			tʰəi³⁵	tʰɜʉ³⁵	tʰɐʉ⁴⁵⁴
簍	流開一厚來上	ləu³³	liəu⁵³	ləu³¹	luəi⁵³	luəi³⁵	ləi³⁵	lɜʉ³⁵	lɐʉ⁴⁵⁴
走	流開一厚精上	tɕiau³³	tʃiəu⁵³	tsəi³¹	tsəi⁵³	tsəi³⁵	tsəi³⁵	tʃɜʉ³⁵	tsɐʉ⁴⁵⁴
狗	流開一厚見上	kiau³³	kiəu⁵³	kəi³¹	kəi⁵³	kəi³⁵	kəi³⁵	kɜʉ³⁵	kɐʉ⁴⁵⁴
口	流開一厚溪上	kʰiau³³	kʰiəu⁵³	kʰəi³¹	kʰəi⁵³	kʰəi³⁵	kʰəi³⁵	kʰɜʉ³⁵	kʰɐʉ⁴⁵⁴
藕	流開一厚疑上	ŋəu³³	ŋiəu⁵³	ŋəi³¹	əi⁵³	əi³⁵	ŋiəu³⁵	ŋɜʉ³⁵	ŋɐʉ⁴⁵⁴
後	流開一厚匣上	xəu¹³	xiəu¹³	xəi⁵⁵	xəi³⁵	xəi³³	xəi⁵¹	xɜʉ³⁵	xɐʉ⁴¹
厚	流開一厚匣上	xəu¹³	xiəu¹³	xəi³¹	xəi⁵³	xəi³⁵	xəi³⁵	pən³⁵*	xɐʉ³³
嘔	流開一厚影上	ŋəu³³	ŋiəu⁵³	əi³¹	əi⁵³	əi³⁵	əi³⁵	ɜʉ³⁵	ɐʉ⁴⁵⁴
貿	流開一候明去	məu¹³	miəu¹³	mau⁵⁵	mau³⁵	mau³⁵		mɜʉ²¹³	mau²⁴
鬥	流開一候端去	təu¹³	tiəu¹³	təu⁵⁵	təi³⁵	tuəi⁴²	təi³⁵	tɜʉ²¹³	təu²⁴
透	流開一候透去	tʰəu¹³	tʰiəu¹³	tʰəu⁵⁵	tʰəi³⁵	tʰuəi³⁵ / tʰuəi⁴²	tʰəi⁵¹	tʰɜʉ⁵¹	tʰəu²⁴
豆	流開一候定去	təu¹³	tiəu¹³	tʰəi⁵⁵	tʰəi³⁵	təi³³	təi⁵¹	tɜʉ³³	tɐʉ⁴¹
漏	流開一候來去	liau¹³	liəu¹³	ləi⁵⁵	luəi³⁵	luəi³³	ləi⁵¹	lɜʉ³³	lɐʉ⁴¹
奏	流開一候精去	tsəu¹³	tʃiəu¹³	tsəu⁵⁵	tsəu³⁵	tsəu³⁵	tsəi⁵¹	tʃɜʉ⁵¹	tsəu²⁴
湊	流開一候清去	tsʰəu¹³	tʃʰiəu¹³	tsʰəi⁵⁵	tsʰuəi³⁵	tsʰuəi⁴²	tsʰəi⁵¹	tʃʰɜʉ⁵¹	tsʰəu²⁴
嗽	流開一候心去	səu¹³	siəu¹³	səi⁵⁵	suəi³⁵	suəi⁴²	səi⁵¹	ʃɜʉ⁵¹	sɐʉ⁴¹
夠	流開一候見去	kəu¹³	kiəu¹³	kəi⁵⁵	kəi³⁵	kəi⁴²	kəi⁵¹	kɜʉ⁵¹	kəu²⁴ / kɐʉ⁴¹
勾	流開一候見去	kəu³³	kiəu³³	kəi²¹²	kəu³³	kəi⁴²	kəi³³	kəʉ³³	kəu²⁴
扣	流開一候溪去	kʰəu¹³	kʰiəu¹³	kʰəi⁵⁵	kʰəi³⁵	kʰəi⁴²	kʰəi⁵¹	kʰɜʉ⁵¹	kʰɐʉ⁴¹
偶	流開一候疑去	ŋəu³³	ŋiəu⁵³	ŋəu³¹	əi⁵³	əi³⁵			øø⁴⁵⁴

〔註9〕敁氣：休息。

候	流開一候匣去	xəu¹³	xiəu¹³	xəu⁵⁵	xəi³⁵	xiɛx⁴²	xiex⁵¹	xɤʉ³¹	xɤʉ⁴¹
漚	流開一候影去	ŋəu¹³	ŋiəu¹³	ŋəi⁵⁵			əi⁵¹	ɜʉ⁵¹	ɤʉ⁴¹
浮	流開三尤奉平	fəu¹¹	fiəu¹¹	pʰɑu²⁴	fu³¹	fəu³¹		pɜʉ²¹³	fu⁴¹
謀	流開三尤明平	məu¹¹	miəu¹¹	mɑu²⁴	məu³¹	məu³¹	pəu³¹	mɤʉ³¹	møʉ⁴¹
流	流開三尤來平	liəu¹¹	liəu¹¹	liəu²⁴	liəu³¹	liəu³¹	liu³¹	liəu³¹	liəu⁴¹
秋	流開三尤清平	tɕʰiəu³⁵	tʃʰiəu³³	tsʰiəu²¹²	tɕʰiəu³³	tɕʰiəu³³	tɕʰiu³³	tɕʰiəu³¹	tɕʰiəu³³
修	流開三尤心平	ɕiəu³⁵	siəu³³	siəu²¹²	ɕiəu³³	ɕiəu³³	ɕiu³³	ʃiəu³¹	ɕiəu³³
囚	流開三尤邪平	tɕʰiəu¹¹	tʃʰiəu¹¹	tʃʰiəu²⁴	tɕʰiəu³¹	tɕʰiəu³¹		tɕʰiəu²¹³	tɕʰiəu⁴¹
抽	流開三尤徹平	tʃʰəu³⁵	tʃʰiəu³³	tʃʰiəu²¹²	tɕʰiəu³³	tɕʰiəu³³	tɕʰiu³³	tɕʰiəu³¹	tɕʰiəu³³
綢	流開三尤澄平	tʃʰəu¹¹	tʃʰiəu¹¹	tʃʰiəu²⁴	tɕʰiəu³¹	tɕʰiəu³¹	tɕʰiu³¹	tɕʰiəu³¹	tsʰəu⁴¹
愁	流開三尤崇平	tsʰəu¹¹	tʃʰiəu¹¹	tsʰəu²⁴	tsʰəi³¹	tsʰəu³¹		tʃʰɤʉ³¹	tsʰəu⁴¹
餿	流開三尤生平	səu³⁵	siəu³³	səi²¹²	suəi³³	suəi³³	səi³³	ʃɜʉ³¹	sɤʉ³³
周	流開三尤章平	tʃəu³⁵	tʃiəu³³	tʃiəu²¹²	tɕiəu³³	tɕiəu³³	tɕiu³³	tɕiəu³¹	tɕiəu³³
收	流開三尤書平	ʃəu³⁵	siəu³³	ʃiəu²¹²	ɕiəu³³	ɕiəu³³	ɕiu³³	ʃiəu³¹	ɕiəu³³
仇	流開三尤禪平	tʃʰəu¹¹	tʃiəu¹¹	tʃʰiəu²⁴	tɕʰiəu³¹	tɕʰiəu³¹	tɕʰiu³¹	tɕʰiəu²¹³	tɕʰiəu²⁴
揉	流開三尤日平	iəu¹¹	iəu¹¹	iəu²⁴	iəu³¹			iəu³¹	no²⁴
糾~纏	流開三尤見平	tʃəu³⁵	tʃiəu³³	tʃiəu²¹²	tɕiəu³³	tɕiəu³³	kiu³³	kiəu³³	tɕiəu³³
丘	流開三尤溪平	tʃʰəu³⁵	tʃʰiəu³³	tʃʰiəu²¹²	tɕʰiəu³³	tɕʰiəu³³	kʰiu³³	kʰiəu³³	tɕʰiəu³³
求	流開三尤群平	tʃʰəu¹¹	tʃʰiəu¹¹	tʃʰiəu²⁴	tɕʰiəu³¹	tɕʰiəu³¹	kʰiu³¹	kʰiəu²¹³	tɕʰiəu⁴¹
牛	流開三尤疑平	ȵiəu¹¹	ȵiəu¹¹	ȵiəu²⁴	ȵiəi³¹	ȵiəi³¹	ȵiu³¹	ȵiəu²¹³	ȵiəu²⁴
休	流開三尤曉平	ɕiəu³⁵	siəu³³	ʃiəu²¹²	ɕiəu³³	ɕiəu³³	xiu³³	ʃiəu³³	ɕiəu³³
憂	流開三尤影平	iəu³⁵	iəu³³	iəu²¹²	iəu³³	iəu³³	iu³³	iəu³³	iəu³³
郵	流開三尤云平	iəu¹¹	iəu¹¹	iəu²⁴	iəu³¹	iəu³¹	iu³¹	iəu³¹	iəu⁴¹
油	流開三尤以平	iəu¹¹	iəu¹¹	iəu²⁴	iəu³¹	iəu³¹	iu³¹	iəu²¹³	iəu²⁴
遊	流開三尤以平	iəu¹¹	iəu¹¹	iəu²⁴	iəu³¹	iəu³¹	iu³¹	iəu²¹³	iəu²⁴ / iəu⁴¹ 游泳
否	流開三有非上	fəu³³	fiəu⁵³	fəu³¹	fəu⁵³	fəi³⁵	fəu³⁵	fɤʉ³⁵	fəu⁴⁵⁴
婦	流開三有奉上	fu¹³	fu¹³	fu⁵⁵	fu³⁵	fu⁴²	fu⁵¹	fu³⁵	fu²⁴
負	流開三有奉上	fu¹³	fu¹³	fu⁵⁵	fu³⁵	fu⁴²	fu⁵¹	fu³⁵	fu²⁴
紐	流開三有泥上	ȵiəu³³	ȵiəu⁵³	ȵiəu³¹	ȵiəu⁵³		ȵiu³⁵	ȵiəu³⁵	ȵiəu⁴⁵⁴
柳	流開三有來上	liəu³³	liəu⁵³	liəu³¹	ȵiəu⁵³	liəu³⁵	liu³⁵	liəu³⁵	liəu⁴⁵⁴
酒	流開三有精上	tɕiəu³³	tʃiəu⁵³	tsiəu³¹	tɕiəu⁵³	tɕiəu³⁵	tɕiu³⁵	tɕiəu³⁵	tɕiəu⁴⁵⁴
醜難看	流開三有昌上	tʃʰəu³³	tʃʰiəu⁵³	tʃʰiəu³¹	tɕʰiəu⁵³	tɕʰiəu³⁵	tɕʰiu³⁵	tɕʰiəu³⁵	
手	流開三有書上	ʃəu³³	siəu⁵³	ʃiəu³¹	ɕiəu⁵³	ɕiəu³⁵	ɕiu³⁵	ʃiəu³⁵	ɕiəu⁴⁵⁴
受	流開三有禪上	ʃəu¹³	siəu¹³	ʃiəu⁵⁵	ɕiəu³⁵	ɕiəu⁴²	ɕiu⁵¹	ʃiəu³³	ɕiəu⁴¹
九	流開三有見上	tʃəu³³	tʃiəu⁵³	tʃiəu³¹	tɕiəu⁵³	tɕiəu³⁵	kiu³⁵	kiəu³⁵	tɕiəu⁴⁵⁴
久	流開三有見上	tʃəu³³	tʃiəu⁵³	tʃiəu³¹	tɕiəu⁵³	tɕiəu³⁵	kiu³⁵	kiəu³⁵	tɕiəu⁴⁵⁴

韭	流開三有見上	tʃəu³³	tʃiəu⁵³	tʃiəu³¹	tɕiəu⁵³	tɕiəu³⁵	kʰiu⁵¹	kiəu³⁵	tɕiəu⁴⁵⁴
舅	流開三有群上	tɕiəu¹³	tʃʰiəu⁵³	tʃʰiəu³¹	tɕʰiəu⁵³	tɕʰiəu⁴²	kʰiu⁵¹	kʰiəu³⁵	tɕʰiəu³³
朽	流開三有曉上	ʃəu³³	siəu⁵³	ʃiəu³¹	ɕiəu⁵³	ɕiəu⁴²	xiu³⁵	xiəu³⁵	ɕiəu⁴⁵⁴
有	流開三有云上	iəu³³	iəu⁵³	iəu³¹	iəu⁵³	iəu³⁵	iu³⁵	iəu³⁵	iəu³³
富	流開三宥非去	fu¹³	fu¹³	fu⁵⁵	fu³⁵	fu⁴²	fu⁵¹	fu²¹³	fu²⁴
溜	流開三宥來去	liəu³⁵	liəu³³	liəu²⁴	liəu³³	liəu³³	liu³³	liəu³¹	liəu³³
就	流開三宥從去	tɕiəu¹³	tʃiəu¹³	tʃʰiəu⁵⁵ / tʃiəu⁵⁵	tɕʰiəu³⁵	tɕʰiəu³³	tɕʰiu⁵¹	tʃʰəu³³	tɕʰiəu⁴¹
繡	流開三宥心去	ɕiəu¹³	siəu¹³	siəu⁵⁵	ɕiəu³⁵	ɕiəu⁴²	ɕiu⁵¹	ʃiəu⁵¹	ɕiəu²⁴
袖	流開三宥邪去	tɕʰiəu¹³	tʃʰiəu¹³	tsʰiəu⁵⁵	tɕʰiəu³⁵	tɕʰiəu⁴²	tɕʰiu⁵¹	tɕʰiəu³³	tɕʰiəu²⁴
皺	流開三宥莊去	tsəu¹³	tʃiəu¹³	tsəi²⁴	tsuəi³⁵	tsuəi⁴²	tsəi⁵¹	tʃɤ⁵¹	tsəu²⁴
瘦	流開三宥生去	səu¹³	siəu¹³	səi⁵⁵	suəi³⁵	suəi⁴²	səi⁵¹	ʃɤ⁵¹	sɤ⁴¹
漱	流開三宥生去	su¹³	su¹³	su⁵⁵	su³⁵	su⁴²	su⁵¹	ʃɤ⁵¹	so³³
咒	流開三宥章去	tʃəu¹³	tʃiəu¹³	tʃiəu²⁴	tsuəi³⁵	tsuəi⁴²		tɕiəu⁵¹	tsəu²⁴
臭	流開三宥昌去	tʃʰəu¹³	tʃʰiəu¹³	tʃʰiəu⁵⁵	tɕʰiəu³⁵	tɕʰiəu⁴²	tɕʰiu⁵¹	tɕʰiəu⁵¹	tɕʰiəu⁴¹
獸	流開三宥書去	ʃəu¹³	tʃʰiəu¹³	ʃiəu⁵⁵	ɕiəu³⁵	ɕiəu⁴²	tɕʰiu⁵¹	tɕʰiəu³¹	səu²⁴
壽	流開三宥禪去	ʃəu¹³	siəu¹³	ʃiəu⁵⁵	ɕiəu³⁵	ɕiəu⁴²	ɕiu⁵¹	ʃiəu³³	səu²⁴
救	流開三宥見去	tʃəu¹³	tʃiəu¹³	tʃiəu⁵⁵	tɕiəu³⁵	tɕiəu⁴²	kiu⁵¹	kiəu⁵¹	tɕiəu⁴¹
舊	流開三宥群去	tʃəu¹³	tʃiəu¹³	tʃiəu⁵⁵	tɕiəu³⁵	tɕiəu⁴²			tɕiəu²⁴
又	流開三宥云去	iəu¹³	iəu¹³	iəu⁵⁵	iəu³⁵	iəu⁴²	iu⁵¹	iəu³³	iəu⁴¹
右	流開三宥云去	iəu¹³	iəu¹³	iəu⁵⁵	iəu³⁵	iəu⁴²	iu⁵¹	iəu³³	iəu⁴¹
柚	流開三宥以去	iəu¹³	iəu¹³	iəu⁵⁵	iəu³⁵	iəu⁴²	iu⁵¹	iəu²¹³	iəu²⁴
幽	流開三幽影平	iu³⁵	iəu³³	iəu²¹²	iəu³³	iəu³³		iəu³³	iəu³³
糾~正	流開三黝見上	tʃəu³⁵	tʃiəu³³	tʃiəu²¹²	tɕiəu³³	tɕiəu³³	kiu³³	kiəu³³	tɕiəu³³
幼	流開三幼影去	iəu¹³	iəu¹³	iəu⁵⁵	iəu³⁵	iəu⁴²	iu⁵¹	iəu⁵¹	iəu²⁴
耽	咸開一覃端平	taŋ³⁵	taŋ³³	tan²¹²	taŋ³³	tɛ³³	tɛ³³	ta³¹	tan³³
貪	咸開一覃透平	tʰaŋ³⁵	tʰan³³	tʰan²¹²	tʰaŋ³³	tʰɛ³³	tʰɛ³³	tʰa³¹	tʰa³³
潭	咸開一覃定平	tʰaŋ¹¹	tʰan¹¹	tʰan²⁴	tʰaŋ³¹		tɛŋ³¹	tʰan³¹	tʰan⁴¹
男	咸開一覃泥平	naŋ¹¹	nan¹¹	nan²⁴	naŋ³¹	nɛ³¹	nɛ³¹	na²¹³	na²⁴ / nan⁴¹ 男士
參	咸開一覃清平	tsʰaŋ³⁵	tʃʰan³³	tsʰan²¹²	tsʰaŋ³³	tsʰɛ³³	tsʰɛ³³	tʃʰan³¹	tsʰan³³
蠶	咸開一覃從平	tsʰaŋ¹¹	tʃʰan¹³	tsʰan²⁴	tsʰaŋ³¹	tsʰɛ³¹	tsʰɛ³¹	tʃʰa²¹³	tsʰɑ²⁴ / tsʰan⁴¹
含	咸開一覃匣平	xaŋ¹¹	xan¹¹	xan²⁴	xaŋ³¹	xan³¹	xuaŋ³¹	xuŋ²¹³	xan⁴¹
庵	咸開一覃影平	ŋaŋ³⁵	ŋan³³	ŋan²¹²	ŋaŋ³³	o³¹	aŋ³³	ŋan³¹	an³³
慘	咸開一感清上	tsʰaŋ³³	tʃʰan⁵³	tsʰan³¹	tsʰaŋ⁵³	tsʰɛ³⁵	tsʰɛŋ³⁵	tʃʰan³³	tsʰan⁴⁵⁴
感	咸開一感見上	kaŋ³³	kan⁵³	kan³¹	kaŋ⁵³	kaŋ³⁵	kɐŋ³⁵	kan³⁵	kan⁴⁵⁴

砍	咸開一感溪上	$k^ha\eta^{33}$	k^han^{53}	k^han^{31}	$k^ha\textciterecurve^{53}$	k^han^{42}	$k^h\textturnscripta\eta^{35}$		k^han^{454}
探	咸開一勘透去	$t^ha\eta^{13}$	t^han^{53}	t^han^{55}	$t^ha\textciterecurve^{35}$	t^han^{33}	$t^h\varepsilon^{51}$	t^han^{213}	t^han^{24}
憾	咸開一勘匣去	$xa\eta^{13}$	xan^{53}	xan^{55}	$xa\textciterecurve^{35}$	xan^{42}		xan^{31}	xan^{24}
暗	咸開一勘影去	$\eta a\eta^{13}$	ηan^{13}	ηan^{55}	$\eta a\textciterecurve^{35}$	ηan^{42}	$\textturnscripta\eta^{51}$	ηan^{51}	an^{24}
答	咸開一合端入	ta^{11}	ta^{11}	tia^{31}	ta^{31}	ta^{42}	ta^{51}	ta^{51}	ta^{41}
沓	咸開一合定入	t^ha^{11}		t^hia^{24}	t^ha^{31}	ta^{42}	t^ha^{51}	t^ha^{51}	ta^{454}
納	咸開一合泥入	na^{11}	na^{11}	la^{24}	na^{31}	na^{31}	na^{33}	na^{31}	na^{24}
拉	咸開一合來入	la^{35}	la^{33}	la^{212}	la^{33}	la^{33}			la^{33}
雜	咸開一合從入	tsa^{11}	$t\textesh a^{11}$	tsa^{31}	tsa^{31}	tsa^{42}	tsa^{31}	ts^ha^{33}	tsa^{41}
鴿	咸開一合見入	ko^{11}	ko^{13}	ko^{31}	ko^{53}	ko^{42}	ko^{51}	$k\textschwa u^{51}$	ko^{33}
合	咸開一合匣入	xo^{11}	xo^{11}	xo^{24}	xo^{31}	xo^{33}	xo^{31}	$x\textschwa u^{213}$	xo^{41}
談	咸開一談定平	$t^ha\eta^{11}$	t^han^{11}	t^han^{24}	$t^ha\textciterecurve^{31}$	$t\varepsilon^{31}$	$t\varepsilon^{31}$	t^han^{31}	t^han^{41}
籃	咸開一談來平	$la\eta^{11}$	lan^{11}	nan^{24}	lan^{31}	$l\varepsilon^{31}$	$l\varepsilon^{31}$	la^{213}	lan^{41}
慚	咸開一談從平	$ts^ha\eta^{11}$	$t\textesh^han^{11}$	ts^han^{24}	ts^han^{31}	$ts^h\varepsilon^{31}$		$t\textesh^han^{31}$	ts^han^{41}
三	咸開一談心平	so^{35}	san^{33}	san^{212}	san^{33}	$s\varepsilon^{33}$	$s\varepsilon^{33}$	$\textesh a^{31}$	sa^{33}
柑	咸開一談見平	$ka\eta^{35}$	kan^{33}	kan^{212}	kan^{33}	ko^{33}	ko^{33}	$ku\eta^{31}$	ka^{33}
膽	咸開一敢端上	$ta\eta^{33}$	tan^{53}	tan^{31}	tan^{53}	$t\varepsilon^{35}$	$t\varepsilon^{35}$	ta^{35}	ta^{454} / tan^{454}
毯	咸開一敢透上	$t^ha\eta^{33}$	t^han^{53}	t^han^{31}	t^han^{53}	$t^h\varepsilon^{35}$	$t^h\varepsilon^{35}$	t^ha^{35}	t^han^{454}
淡	咸開一敢定上	to^{33}	tan^{13}	t^han^{31}	t^han^{53}	$t\varepsilon^{35}$	$t\varepsilon^{35}$	ta^{35}	t^ha^{33} / tan^{24}
覽	咸開一敢來上	$la\eta^{33}$	lan^{53}	nan^{31}	lan^{53}	$l\varepsilon^{35}$		lan^{35}	lan^{454}
敢	咸開一敢見上	$ka\eta^{33}$	kan^{53}	kan^{31}	kan^{53}	kan^{35}	$k\textturnscripta\eta^{35}$	kan^{35}	kan^{454}
喊	咸開一敢曉上	$xa\eta^{33}$	xan^{53}	xan^{31}	xan^{53}	$x\varepsilon^{35}$		xa^{51}	xa^{41}
擔挑~	咸開一闞端去	$ta\eta^{13}$	tan^{13}	tan^{55}	tan^{33}	$t\varepsilon^{33}$	$t\varepsilon^{51}$	ta^{51}	ta^{41}
濫	咸開一闞來去	$la\eta^{13}$	lan^{13}	nan^{55}	lan^{35}	$l\varepsilon^{42}$	$l\textturnscripta\eta^{51}$	lan^{213}	lan^{33}
暫	咸開一闞從去	$tsa\eta^{13}$	$t\textesh an^{13}$	$tsan^{55}$	$tsan^{35}$	$tsan^{42}$	$ts^h\textturnscripta\eta^{51}$	$t\textesh an^{213}$	$tsan^{24}$
塔	咸開一盍透入	t^ha^{11}	t^ha^{11}	t^hia^{31}	t^ha^{31}	t^ha^{42}	t^ha^{51}	t^ha^{31}	t^ha^{41}
塌	咸開一盍透入	t^ha^{11}	t^ha^{11}	t^ha^{31}	t^ha^{31}	t^ha^{42}	t^ha^{51}		t^ha^{454}
臘	咸開一盍來入	la^{11}	la^{11}	lia^{55}	la^{35}	la^{33}	la^{33}	la^{31}	la^{41}
磕	咸開一盍溪入	k^ho^{11}	k^ho^{11}	k^ho^{31}			k^ho^{51}	k^ho^{31}	k^ho^{33}
杉	咸開二咸生平	$\textesh a^{35}$	sa^{33}	sa^{212}	sa^{33}	sa^{33}	sa^{33}	$\textesh a^{33}$	sa^{33}
咸~味	咸開二咸匣平	$xa\eta^{11}$	xan^{13}	xan^{24}	xan^{31}	$x\varepsilon^{31}$	$x\varepsilon^{31}$	xai^{213}	kan^{33}
斬	咸開二豏莊上	$tsa\eta^{33}$	$t\textesh an^{53}$	$tsan^{31}$	$tsan^{53}$	$ts\varepsilon^{35}$	$ts\varepsilon^{35}$	$t\textesh a^{35}$	tsa^{454} 斬頭 / $tsan^{454}$
減	咸開二豏見上	$ka\eta^{33}$	kan^{53}	kan^{31}	kan^{53}	$k\varepsilon^{35}$	$k\varepsilon^{35}$	ka^{35}	$t\textctc i\varepsilon^{454}$ kan^{454} $t\textctc ian^{454}$
站車~	咸開二陷澄去	$tsa\eta^{13}$	$t\textesh an^{13}$	$tsan^{55}$	$tsan^{35}$	$ts\varepsilon^{42}$	$ts\textturnscripta\eta^{51}$	$t\textesh an^{51}$	$tsan^{24}$

陷	咸開二陷匣去	xaŋ¹³	sian¹³	xan⁵⁵	ɕian³⁵	ɕie³¹	ie⁵¹	ʃian²¹³	ɕian²⁴
扎~針	咸開二洽知入	tsa¹¹	tʃa¹¹	tsa³¹	tsa³¹	tsa⁴²		tʃa⁵¹	tso⁴⁵⁴
眨	咸開二洽莊入	tsa¹¹	tʃa¹¹	tsia²⁴	tsa³¹	tsa⁴²		tʃa⁵¹	tsa⁴⁵⁴
插	咸開二洽初入	tsʰa¹¹	tʃʰa¹¹	tsʰa³¹	tsʰa³¹	tsʰa⁴²	tsʰa⁵¹	tʃʰa⁵¹	tsʰa⁴⁵⁴
閘	咸開二洽崇入	tsa¹¹	tʃa¹¹	tsa³¹	tsa³¹	tsa⁴²	tsa⁵¹	tʃa⁵¹	tsa⁴¹
炸油~	咸開二洽生入	tsa¹¹	tʃa¹³	tsa³¹	tsa³¹	tsa³¹	tsʰa³¹	tʃʰa³³	tsa⁴¹
夾	咸開二洽見入	tʃa¹¹ ka¹¹	tʃa¹¹	kia³¹	ka³¹	ka⁴²	ka⁵¹	ka⁵¹	ka⁴⁵⁴
狹	咸開二洽匣入	ʃa¹¹	ʃa¹¹	ʃa²⁴	ɕia³¹	ɕia³¹			ɕia⁴¹
洽	咸開二洽匣入	tʃʰa¹¹	tʃʰa¹¹	tʃʰa³¹	tɕʰia³¹	tɕʰia⁴²		tɕʰia²¹³	tɕʰia²⁴
衫	咸開二銜生平	saŋ³⁵	sa³³	san²¹²	sa³³	sa³³	sa³³	ʃa³³	san³³
監	咸開二銜見平	kaŋ³⁵	tʃian³³	kan⁵⁵	tɕian³³	tɕian³³	keŋ⁵¹	kiaŋ³³	tɕian³³
岩	咸開二銜疑平	ŋaŋ¹¹	ian¹¹	ŋan²⁴	ŋai³¹	ŋai³¹		ŋa²¹³	ŋa²⁴ / ian⁴¹ 岩石
鑒	咸開二鑒見去	kaŋ¹³		tʃian⁵⁵	tɕian³⁵	kan⁴²	keŋ⁵¹	kan²¹³	tɕian²⁴
甲	咸開二狎見入	tʃa¹¹	tʃa¹¹	tʃa³¹	tɕia³¹	tɕia³¹	ka⁵¹	kia³¹	tɕia⁴⁵⁴
鴨	咸開二狎影入	ŋa¹¹	ia¹¹	ŋia³¹	a³¹	a⁴²	a⁵¹	a⁵¹	a⁴⁵⁴
壓	咸開二狎影入	ia¹¹	ia¹¹	ia³¹	a³¹	a⁴²	a⁵¹	ia³¹	ŋa⁴¹ / ia⁴¹ 電壓、氣壓
簾	咸開三監來平	lian¹¹	lian¹¹	ɲian²⁴	lian³¹	lian³¹	lie³¹	lie²¹³	lian⁴¹
尖	咸開三監精平	tɕian³⁵	tʃian³³	tsian²¹²	tɕian³³	tɕie³³	tɕie³³	tɕie³¹	tɕie³³
簽	咸開三監清平	tɕʰian³⁵	tʃʰian³³	tsʰian²¹²	tɕʰian³³	tɕʰie³³	tɕʰie³³	tɕʰian³³	tɕʰian³³
潛	咸開三監從平	tɕʰian¹¹	tʃʰian¹¹	tsʰian²⁴	tɕʰian³¹	tɕʰian³¹		tɕʰian³¹	tɕʰian⁴¹
沾	咸開三監知平	tʃaŋ³⁵	tʃian³³	tsan⁵⁵	tsan³³	tsɛ³³		tɕiaŋ⁵¹	tsan³³
鉗	咸開三監群平	tɕʰiaŋ¹¹	tʃʰian¹¹	tʃʰan²⁴				kʰian³¹	tɕʰie³³
閹	咸開三監影平	ian³⁵	ian³³	iaŋ²¹²	ian³³	ie³³	ie³³		ie³³
炎	咸開三監云平	ian¹¹	ian¹¹	iaŋ²⁴	ian³¹	ie³¹	ieŋ³¹	iaŋ³¹	ie²⁴
鹽	咸開三監以平	ian¹¹	ian¹¹	iaŋ²⁴	ian³¹	ie³¹	ie³¹	ie²¹³	ie²⁴
漸	咸開三琰從上	tɕian¹³	tʃian¹³	tsian⁵⁵	tɕian³⁵	tɕie⁴²		tʃan³⁵	
閃	咸開三琰書上	ʃaŋ³³	ʃian⁵³	ʃan³¹	san⁵³	sɛ³⁵		tɕʰie⁵¹	san⁴⁵⁴
染	咸開三琰日上	ian³³	ian⁵³	ian³¹	ian⁵³	ie³⁵	ɲie³⁵	ie³⁵	ian⁴⁵⁴
檢	咸開三琰見上	tʃaŋ³³	tʃian⁵³	tʃan³¹	tɕian⁵³	tɕie³⁵	kie³⁵	kian³⁵	tɕian⁴⁵⁴
儉	咸開三琰群上	tʃaŋ¹³	tʃian⁵³	tʃan³¹	tɕian⁵³	tɕie³⁵		kiaŋ³⁵	tɕian⁴⁵⁴
險	咸開三琰曉上	ʃaŋ³³	ʃian⁵³	ʃan³¹	ɕian⁵³	ɕian⁴²	xie³⁵	xiaŋ³⁵	ɕian⁴⁵⁴
掩	咸開三琰影上	ian³⁵	ian³³	ian³¹	ian⁵³	ie³⁵		iaŋ³⁵	ian⁴⁵⁴
占	咸開三豔章去	tʃaŋ¹³	tʃian⁵³	tʃian⁵⁵	tsan³⁵	tsɛ⁴²	tɕie⁵¹	tɕiaŋ⁵¹	tsan³³
驗	咸開三豔疑去	ɲian¹³	ɲian¹³	ɲian⁵⁵	ɲian³⁵	ɲie³³	ɲie⁵¹	ɲiaŋ³⁵	ian²⁴

豔	咸開三豔以去	ian13	ian13	ian55	ian35	ian35		ian213	ian24
聶	咸開三葉泥入	n̠i11	n̠i11	n̠ie55	n̠ie35	n̠ie35		n̠ie31	n̠ie41
接	咸開三葉精入	tɕi11	tʃi11	tsie31	tɕie31	tɕie53	tɕie51	tɕie51	tɕie454
葉	咸開三葉以入	i11	i13	ie55	ie35	ie33	ie33	ie33	ie41
嚴	咸開三嚴疑平	n̠ian11	n̠ian11	ian24	lian31	lie31	n̠ie31	n̠ian31	ian41
劍	咸開三釅見去	tʃan13	tʃian13	tsian55	tɕian35	tɕie42	kie51	kie35	tɕian24
欠	咸開三釅溪去	tʃʰan13	tʃʰian13	tʃʰan55	tɕʰian35	tɕʰie42	kʰie51	kʰie51	tɕʰie41
劫	咸開三業見入	tɕi11	tʃi13	tʃie31	tɕie31	tɕie31	kie31	kie31	tɕie41
業	咸開三業疑入	n̠i11	n̠i11	n̠ie31	n̠ie31	lie31	n̠ie33	n̠ie31	n̠ie33 / ie41 專業
脅	咸開三業曉入	ɕi11	sɹ11	ʃie31	ɕie31	ɕie31	xie33	xie31	ɕie41
添	咸開四添透平	tʰian35	tʰian33	tʰian212	tʰian33	tʰie33	tʰie33	tʰie31	tʰian33
甜	咸開四添定平	tʰian11	tʰian11	tʰian24	tʰian31	tie31	tie31	tie213	tie24
兼	咸開四添見平	tʃan35	tʃian33	tʃan212	tɕian33	tɕie33	kie33	kian33	tɕian33
謙	咸開四添溪平	tʃʰan35	tʃʰian33	tʃʰan212	tɕʰian33	tɕʰian33		kʰian33	tɕʰian33
嫌	咸開四添匣平	ʃan11	ʃian13	ʃan24	ɕian31	ɕie31	xie31	xie213	ɕie24
點	咸開四忝端上	tian33	tian53	tian31	tian53	tie35	tie35	tie35	ti33
店	咸開四㮇端去	tian13	tian13	tian55	tian35	tie42	tie51	tie51	tian24
念	咸開四㮇泥去	n̠ian13	n̠ian13	n̠ian55	n̠ian35	n̠ie42	lie51	n̠ie33	n̠ian24
歉	咸開四㮇溪去	tʃʰan13	tʃʰian13	tʃʰan55	tɕʰian35	tɕʰie42	kʰie51	kʰian213	tɕʰian24
帖	咸開四貼透入	tʰi11	tʰi11	tʰie31	tʰie31	tʰie53	tʰie51	tʰie51	tʰie41
碟	咸開四貼定入	tʰi11	ti11	tie31	tie31	tie31	tie31	tie31	
夾	咸開四貼見入	ka11	ka11	kia31	ka31	ka53		ka51	ka454
協	咸開四貼匣入	ɕi11	sɹ11	ʃie31	ɕie31	ɕie31	xie31	xie31	ɕie41
凡	咸合三凡奉平	fan11	fan11	fan24	fan31	fɛ31	fɛŋ31	fa213	fan41
犯	咸合三范奉上	fan13	fan13	fan55	fan35	fɛ42	fɛ51	fa31	fan24
法	咸合三乏非入	fa11	fa11	fa31	fa31	fa53	fa51	fa51	fa41
乏	咸合三乏奉入	fa11	fa11	fa31	fa31	fa53	fa31	fa31	fa41
林	深開三侵來平	lin11	lin11	nən24	lin31	lin31	ləŋ31	len31	lien41
侵	深開三侵清平	tɕʰin35	tʃʰin33	tsʰen212	tɕʰin33	tɕʰin33	tsən33	tʃen33	tɕʰien33
心	深開三侵心平	ɕin35	sin33	sen212	ɕin33	ɕin33	sən33	ʃəi31	sen33 ɕien33
沉	深開三侵澄平	tʃʰəŋ11	tʃʰiŋ11	tʃʰen24	tɕʰin31	tɕʰin31	tsʰəŋ31	tʃʰəi213	tsʰen41
參人~	深開三侵生平	sun35	sin33	sən212	ɕin33	ɕin33	sən33	ʃəi33	sen33
針	深開三侵章平	tʃəŋ35	tʃiŋ33	tʃən212	tɕin33	tɕin33	tsəŋ33	tʃəi33	tsen33
深	深開三侵書平	ʃəŋ35	siŋ33	ʃən212	ɕin33	ɕin33	səŋ33	ʃəi31	sen33
今	深開三侵見平	tʃəŋ35	tʃiŋ33	kən212白 tʃiən212文	tɕin33	tɕin33	kəŋ33	kəi31	ken33

字	音韻地位								
金	深開三侵見平	tʃən³⁵	tʃiŋ³³	tʃən²¹²	tɕin³³	tɕin³³	kəŋ³³	kəi³¹	ken³³ / tɕien³³ 黃金
琴	深開三侵群平	tʃʰəŋ¹¹	tʃʰiŋ¹¹	tʃʰən²⁴	tɕʰin³¹	tɕʰin³¹	kʰəŋ³¹	kʰəi²¹³	tɕʰien⁴¹ / tsʰen²⁴
音	深開三侵影平	iŋ³⁵	iŋ³³	iən²¹²	in³³	in³³	əŋ³³	əi³¹	ien³³
陰	深開三侵影平	iŋ³⁵	iŋ³³	iən²¹²	in³³	in³³	əŋ³³	əi³¹	ien³³en
淫	深開三侵以平	iŋ¹¹	iŋ¹¹	iən²⁴	in³¹	in³¹		ien³³	ien⁴¹
品	深開三寑滂上	pʰiŋ³³	pʰiŋ⁵³	pʰən³¹	pʰin⁵³	pʰin³⁵	pʰəŋ³⁵	pʰen⁵¹	pʰien⁴⁵⁴
寑	深開三寑清上	tɕʰiŋ³³	tʃʰiŋ⁵³	tsʰən³¹	tɕʰin⁵³	tɕʰin³⁵	tsʰəŋ⁵¹	tʃʰen⁵¹	tɕʰien⁴⁵⁴
審	深開三寑書上	ʃəŋ³³	siŋ⁵³	ʃən³¹	ɕin⁵³	ɕin³⁵	səŋ³⁵	ʃəi³⁵	sen⁴⁵⁴
甚	深開三寑禪上	ʃəŋ¹³	siŋ¹³	ʃən⁵⁵	ɕin³⁵	ɕin³⁵		ʃen²¹³	sen²⁴ 甚至 sen⁴⁵⁴ 甚嘅：什麼
錦	深開三寑見上	tʃəŋ³³	tʃiŋ⁵³	tʃən³¹	tɕin⁵³	tɕin³⁵	kəŋ³⁵	ken⁵¹	tɕien⁴⁵⁴
滲	深開三沁生去	ʃəŋ¹³	siŋ³³	ʃən⁵⁵	ɕin³⁵	ɕin⁴²			sen²⁴
任責~	深開三沁日去	iŋ¹³	iŋ¹³	iən⁵⁵	in³⁵	in⁴²	əŋ⁵¹	ien²¹³	ien²⁴
禁	深開三沁見去	tʃəŋ¹³	tʃiŋ¹³	tʃən⁵⁵	tɕin³⁵	tɕin⁴²	kəŋ⁵¹	kəi⁵¹	tɕien²⁴
粒	深開三緝來入	la¹²	li¹¹	lia²⁴	la³¹	la⁵³	la⁵¹		lai⁴¹
集	深開三緝從入	tɕʰi¹¹	tʃʰi¹¹	tsʰie³¹	tɕʰie³¹	tɕie³¹	tɕie³¹	tɕie³¹	tɕi⁴¹
習	深開三緝邪入	ɕi¹¹	sʅ¹¹	sie³¹	ɕie³¹	ɕie³¹	ɕie³¹	ɕie³¹	ɕi⁴¹
蟄驚~	深開三緝澄入	tɕi³⁵	tʃi¹¹	tʃi⁵⁵	tɕʰie³¹	tɕʰie³³	tɕʰie³³	tɕʰie³¹	
執	深開三緝章入	tɕi¹¹	tʃi¹¹	tʃie³¹	tɕie³¹	tɕie⁵³		tɕie³¹	tsʅ⁴¹
汁	深開三緝章入	tɕi³⁵	sʅ¹¹	tʃie²⁴	tsʅ³¹	tɕi⁴²		tɕie⁵¹	tsʅ³³
濕	深開三緝書入	ɕi¹¹	sʅ¹¹	ʃie³¹	ɕie³¹	ɕie⁵³	ɕie⁵¹	ɕie⁵¹	ɕiɛ⁴⁵⁴
十	深開三緝禪入	ɕi¹¹	sʅ¹¹	ʃie⁵⁵	ɕie³¹	ɕie³¹	ɕie³³	ɕie³¹	ɕiɛ⁴¹ / sʅ⁴¹ 十分
入	深開三緝日入	io¹¹	i¹¹	n̠ie⁵⁵	n̠iɛ³⁵	yɛ³¹ / iɛ³¹ 入赴：進去	n̠iɛ³³	iɛ³³	n̠yɛ⁴¹ / ɻu²⁴ 入口
急	深開三緝見入	tɕi¹¹	tʃi¹¹	tʃie³¹	tɕie³¹	tɕie⁵³	kie⁵¹	kie⁵¹	tɕi⁴¹
級	深開三緝見入	tɕi¹¹	tʃi¹¹	tʃʰie³¹	tɕʰie³¹	tɕie⁵³	kʰiɛ⁵¹	kʰiɛ³¹	tɕi⁴¹
及	深開三緝群入	tɕi¹¹	tʃʰi¹¹	tʃʰie³¹	tɕie³¹	tɕie⁵³	kʰiɛ⁵¹	kʰiɛ³¹	tɕi⁴¹
吸	深開三緝曉入	tɕi¹¹	tʃi¹³	tʃʰie³¹	ɕie³¹	tɕʰi³¹			ɕi³³
單	山開一寒端平	taŋ³⁵	tan³³	tan²¹²	taŋ³³	tan³³	tɛ³³	ta³¹	ta³³ / tan³³
攤	山開一寒透平	tʰaŋ³⁵	tʰan³³	tʰan²¹²	tʰaŋ³³	tʰɛ³³	tʰɛ³³	tʰa³¹	tʰan³³

彈~琴	山開一寒定平	tʰaŋ¹¹	tʰan¹¹	tʰɑn²⁴	tʰɑŋ³¹	tɛ³¹	tɛ⁵¹	tʰan³¹	tɑ²⁴ / tʰan⁴¹
難~易	山開一寒泥平	no¹¹	nan¹¹	nan²⁴	nɑɲ³¹	nɛ³¹	nɛ³¹	na²¹³	na²⁴
欄	山開一寒來平	laŋ¹¹	lan¹¹	nan²⁴	lɑɲ³¹	lɛ³¹	lɛ³¹	la²¹³	la²⁴
餐	山開一寒清平	tsʰaŋ³⁵	tʃʰan³³	tsʰan²¹²	tsʰan³³	tsʰɛ³³	tsʰɛ³³	tʃʰa³¹	tsʰan³³
殘	山開一寒從平	tsʰaŋ¹¹	tʃʰan¹¹	tsʰan²⁴	tsʰan³¹	tsʰɛ³¹		tʃʰa²¹³	tsʰan⁴¹
肝	山開一寒見平	kaŋ³⁵	kan³³	kan²¹²	kan³³	ko³³	ko³³	kuŋ³¹	ka³³ 豬肝 / kan³³
乾~濕	山開一寒見平	kaŋ³⁵	kan³³	kuan²¹²	kan³³	ko³³	ko³³	kuŋ³¹	ka³³ / kan³³
看~守	山開一寒溪平	kʰaŋ¹³	kʰan¹³	kʰuan⁵⁵	kʰan³⁵	kʰan³⁵		kʰan²¹³	kʰan³³
寒	山開一寒匣平	xaŋ¹¹	xan¹¹	xan²⁴ 天氣冷，客觀 xuan²⁴ 人冷，主觀	xan³¹	xan³¹	xɐn³¹	xan²¹³	xan⁴¹
安	山開一寒影平	ŋaŋ³⁵	ŋan³³	ŋan²¹²	ŋan³³	ŋan³³	ɐŋ³³	ŋan³¹	an³³
坦	山開一旱透上	tʰaŋ³³	tʰan⁵³	tʰan³¹	tʰan⁵³	tʰan⁵³	tʰɐŋ³⁵	tʰa³⁵	tʰan⁴⁵⁴
誕	山開一旱定上	taŋ¹³	tan¹³	tan⁵⁵	tan³⁵	tan⁴²		tan³⁵	tan²⁴
懶	山開一旱來上	laŋ³³	lan⁵³	nan³¹	lan⁵³	lɛ³⁵	lɛ³⁵	la³⁵	la³³ / lan⁴⁵⁴ 懶惰
傘	山開一旱心上	saŋ³³	san⁵³	san³¹	san⁵³	sɛ³⁵	sɛ³⁵	ʃa³⁵	sa⁴⁵⁴ / san⁴⁵⁴ 太陽傘、兒童傘
趕	山開一旱見上	kaŋ³³	kan⁵³	kan³¹	kan⁵³	ko³⁵	ko³⁵	kuŋ³⁵	kan⁴⁵⁴ / ka⁴⁵⁴ 趕起渠出赴：趕他出去
罕	山開一旱曉上	xaŋ³³	x a n¹³	xan³¹	xan⁵³	xan³¹		xan³⁵	xan²⁴
旱	山開一旱匣上	xaŋ³³	xan¹³	xan⁵⁵	xan³⁵	xo³³	xɐn⁵¹	xan³³	xan²⁴
旦	山開一翰端去	taŋ¹³	tan¹³	tan⁵⁵	tan³⁵	tan³⁵	tɛ⁵¹	tan²¹³	tan²⁴
炭	山開一翰透去	tʰaŋ¹³	tʰan¹³	tʰan⁵⁵	tʰan³⁵	tʰɛ⁴²	tʰɛ⁵¹	tʰa⁵¹	tʰa⁴¹
蛋	山開一翰定去	taŋ¹³	tan¹³	tan⁵⁵	tan³⁵	tɛ³³	tɛ⁵¹	ta³³	tan²⁴
難災~	山開一翰泥去	laŋ¹³	nan¹³	nan⁵⁵	nan³⁵	nan³⁵	nɛ⁵¹	na²¹³	nan²⁴
爛	山開一翰來去	laŋ¹³ / lo¹³ 指衣服或手破了	lan¹³	nan⁵⁵	lan³⁵	lɛ³³	lɛ⁵¹	la³³	lan³³ / la⁴¹ 扯爛
贊	山開一翰精去	tsaŋ¹³	tʃan¹³	tsan⁵⁵	tsan³⁵	tsan⁴²	tsɐŋ⁵¹	tʃan²¹³	tsan²⁴

字	音韻								
潷濺	山開一翰精去	tsaŋ¹³	tʃan¹³	tsan⁵⁵	tsan³⁵	tsan⁴²	tsɛ⁵¹		
燦	山開一翰清去	tsʰaŋ¹³	tʃʰan¹³	tsʰan⁵⁵	tsʰan³⁵	tsʰan³⁵	tsʰɛ⁵¹	tʃan²¹³	tsʰan²⁴
散	山開一翰心去	saŋ¹³	san¹³	san⁵⁵	san³⁵	sɛ⁴²	sɛ⁵¹	ʃa⁵¹	san²⁴
岸	山開一翰疑去	ŋaŋ¹³	ŋan¹³	ŋan⁵⁵	ŋan³⁵	ŋan⁴²	ɐŋa⁵¹	ŋa³³	an²⁴
漢	山開一翰曉去	xaŋ¹³	xan¹³	xan⁵⁵	xan³⁵	xan³⁵	xɐŋ⁵¹	xan⁵¹	xan²⁴
汗	山開一翰匣去	xaŋ¹³	xan¹³	xuan⁵⁵	xan³⁵	xo³³	xɐŋ⁵¹	xuŋ³³	xa⁴¹
案	山開一翰影去	ŋaŋ¹³	ŋan¹³	ŋan⁵⁵	ŋan³⁵	ŋan⁴²	ɐŋ⁵¹	ŋan⁵¹	an²⁴
達	山開一曷定入	ta¹¹	ta¹¹	ta³¹	ta³¹	ta⁵⁵	ta⁵¹	ta⁵¹	ta⁴¹
捺	山開一曷泥入	na¹³	la³³	la⁵⁵	la³³	la³³	na⁵¹	na³¹	na²⁴
辣	山開一曷來入	la¹¹	la¹¹	lia⁵⁵	la³⁵	la³³	la³³	la³³	la⁴¹
擦	山開一曷清入	tsʰa¹¹	tʃʰa¹¹	tsʰa²¹²	tsʰa³¹	tsʰa⁵⁵	tsʰa³¹	tʃʰa⁵¹	tsʰa³³
割	山開一曷見入	ko¹¹	ko¹¹		ko³¹	ko⁵³	ko⁵¹	kua⁵¹	ka⁴⁵⁴
渴	山開一曷溪入	kʰo³³	kʰo¹¹	kʰo³¹	kʰo³¹	kʰo⁵³			
山	山開二山生平	saŋ³⁵	san³³	san²¹²	san³³	sɛ³³	sɛ³³	ʃa³¹	sa³³
間	山開二山見平	tʃaŋ³⁵ / kæ³⁵	tʃian³³	kan²¹²	tɕian³³	kan³³ / tɕian³³ 空間	kɛ³³	kaŋ³³	ka³³ / tɕian³³ 空間
閒	山開二山匣平	ʃaŋ¹¹	ʃian¹¹	ʃan²⁴	ɕian³¹	ɕian³¹	xɛ³¹	xa²¹³	ɕiɛ²⁴ / ɕian⁴¹ 休閒
盞	山開二產莊上	tsaŋ³³	tʃan⁵³	tsan³¹	tsan⁵³	tsɛ³⁵	tsɛ³⁵	tʃa³⁵	tsan⁴⁵⁴
鏟	山開二產初上	tsʰaŋ³³	tʃʰan⁵³	tsʰan³¹	tsʰan⁵³	tsʰɛ³⁵	tsʰɛ³⁵	tʃʰa³⁵	tsʰa⁴⁵⁴
產	山開二產生上	tsʰaŋ³³	tʃʰan⁵³	tsʰan³¹	tsʰan⁵³	tsʰɛ³⁵	tsʰɐŋ³⁵	tʃʰan⁵¹	tsʰan⁴⁵⁴
簡	山開二產見上	tʃaŋ³³	tʃian⁵³	tʃan³¹	tɕian⁵³	tɕiɛ³⁵	kɛ³⁵	kian³⁵	tɕian⁴⁵⁴
柬	山開二產見上	tʃaŋ³³	tʃian⁵³	tʃian³¹	tɕian⁵³	tɕian³⁵		kian³⁵	tɕian⁴⁵⁴
眼	山開二產疑上	ian³³	ian⁵³	ŋan³¹	ŋan⁵³	ŋɛ³⁵	ŋɛ³⁵	ȵiɛ³⁵	ŋen³³ / ŋa³³ 眼淚 ian⁴⁵⁴ 眼鏡、近視眼
限	山開二產匣上	xaŋ¹³	ʃian¹³	xan⁵⁵	ɕian³⁵	ɕian³⁵	xɛ⁵¹	xan³³	ɕian²⁴
扮	山開二襇幫去	pʰaŋ¹³	pʰan¹³	pan⁵⁵	pan³⁵	pɛ⁴²	pɐŋ⁵¹	pan²¹³	pan²⁴
盼	山開二襇滂去	pʰaŋ¹³	pʰan¹³	pʰan⁵⁵	pʰan³⁵	pʰan⁴²	pʰɐŋ⁵¹	pʰan²¹³	pʰan²⁴
辦	山開二襇並去	paŋ¹³	pan¹³	pan⁵⁵	pan³⁵	pɛ⁴²	pɛ⁵¹	pan²¹³	pan²⁴
莧	山開二襇匣去	xaŋ¹³	xan¹³	ʃyan⁵⁵	ɕian³⁵	ɕiɛ⁴²		xa³³	ɕiɛ⁴¹
八	山開二黠幫入	pa¹¹	pa¹¹	pia³¹	pa³¹	pa⁵³	pa⁵¹	po⁵¹	pa⁴⁵⁴
拔	山開二黠並入	pʰa¹¹	pʰa¹¹	pʰa²⁴	pʰa³¹		pa³¹		pa⁴¹
抹	山開二黠明入	ma¹¹	mo¹¹	ma²⁴	ma³⁵	ma³³	ma³³	mo³³	
紮~辮	山開二黠莊入	tsa¹¹	tʃa¹¹	tsa³¹	tsa³¹	tsa³¹		tʃa⁵¹	tsa⁴⁵⁴
察	山開二黠初入	tsʰa¹¹	tʃʰa¹¹	tsʰa²⁴	tsʰa³¹	tsʰa³¹	tsa³¹	tʃʰa³¹	tsʰa⁴¹

殺	山開二黠生入	sa¹¹	sa¹¹	sia³¹	sa³¹	sɑ⁵³	sɑ⁵¹	ʃa⁵¹	sa⁴⁵⁴
軋	山開二黠影入	ia¹¹	ŋa¹³	ŋia²⁴	a³¹	ɑ⁵³	a⁵¹	tʃa⁵¹	ŋa⁴¹
班	山開二刪幫平	paŋ³⁵	pan³³	pan²¹²	pan³³	pɛ³³	pɛ³³	pa³¹	pan³³
蠻	山開二刪明平	maŋ¹¹	man¹¹	man²⁴	man³¹	mɛ³¹	mɛ³¹	ma²¹³	ma²⁴ 程度副詞 / man⁴¹ 刁蠻、野蠻
刪	山開二刪生平	suaŋ³⁵	suan³³	suan²¹²	suan³³	suan³³		san³³	san³³
奸	山開二刪見平	kaŋ³⁵	tʃian³³	tʃan²¹²	tɕian³³	tɕian³³	kɛ³³	kiaŋ³³	tɕian³³
顏	山開二刪疑平	ŋaŋ¹¹	ian¹¹	ian²⁴	ian³¹	ŋɛ³¹	ŋɛ³¹	ŋa²¹³	ian⁴¹
板	山開二潸幫上	paŋ³³	pan⁵³	pan³¹	pan⁵³	pɛ³⁵	pɛ³⁵	pa³⁵	pan⁴⁵⁴
慢	山開二諫明去	maŋ¹³	man¹³	man⁵⁵	man³⁵	mɛ³³	mɛ⁵¹	ma³³	ma⁴¹
雁	山開二諫疑去	iaŋ¹³	ian¹³	ian⁵⁵	ian³⁵	iɛ⁴²		iaŋ²¹³	ian²⁴
鍘	山開二轄崇入	tsa¹¹	tʃiɛ¹¹	tsia³¹	tsa³¹	tsɑ⁵³		tʃa⁵¹	tsa⁴¹
轄	山開二轄匣入	ʃa¹¹	sa¹¹	ʃa²⁴	ɕia³¹	ɕia³¹		xia³¹	ɕia⁴¹
鞭	山開三仙幫平	pəi³⁵	pian³³	pian²¹²	pian³³	piɛ³¹	piɛ³³	piɛ³¹	pian³³
篇	山開三仙滂平	pʰiaŋ³⁵	pʰian³³	pʰian²¹²	pʰian³³	pʰiɛ³³	pʰiɛ³³	pʰiɛ³¹	pʰian³³
便~宜	山開三仙並平	piaŋ¹³	pian¹³	pʰian²⁴	pʰian³¹	piɛ³¹	piɛ³¹	pʰiɛ²¹³ / piɛ²¹³ 便宜	piɛ²⁴
棉	山開三仙明平	məi¹¹	mian¹¹	mian²⁴	mian³¹	miɛ³¹	miɛ³¹	miɛ²¹³	miɛ³³
連	山開三仙來平	liaŋ¹¹	lian¹¹	ȵian²⁴	lian³¹	liɛ³¹	liɛ³¹	liɛ²¹³	liɛ²⁴
煎	山開三仙精平	tsəi³⁵	tʃian³³	tsian²¹²	tɕian³³	tɕiɛ³³ / tɕian³³ 煎熬	tɕiɛ³³	tɕiɛ³¹	tɕian³³
遷	山開三仙清平	tɕʰiaŋ³⁵	tʃʰian³³	tsʰian²¹²	tɕʰian³³	tɕʰiɛ³³	tɕʰiɛ³³	tɕʰiaŋ³³	tɕʰian³³
錢	山開三仙從平	tsʰəi¹¹	tʃʰian¹¹	tsʰian²⁴	tɕʰian³¹	tɕʰiɛ³¹	tɕʰiɛ³¹	tɕʰiɛ²¹³	tɕʰiɛ²⁴
仙	山開三仙心平	ɕiaŋ³⁵	sian³³	sian²¹²	ɕian³³	ɕiɛ³³	ɕiɛ³³	ɕiɛ³¹	ɕiɛ³³
纏	山開三仙澄平	tʃʰaŋ¹¹	tʃʰian¹¹	tʃʰan²⁴	tsʰan³¹	tsʰɛ³¹	tɕʰiɛ³¹	tɕʰiɛ²¹³	tsʰan⁴¹
然	山開三仙日平	ian¹¹	ian¹¹	ian²⁴	ian³¹	ian³¹	iɐŋ³¹	iaŋ³¹	ian⁴¹
延	山開三仙以平	iaŋ¹¹	ian¹¹	ian²⁴	ian³¹	ian³¹	iɐŋ³¹	iaŋ³¹	ian⁴¹
辨	山開三獮並上	piaŋ¹³	pian¹³	pʰian⁵⁵	pian³⁵	piɛ⁴²		pan²¹³	pian²⁴
免	山開三獮明上	mian³³	mian⁵³	mian³¹	mian⁵³	miɛ³⁵	miɛ³⁵	mian³⁵	mian⁴⁵⁴
碾~米	山開三獮泥上	ȵian³³	tʃian⁵³	tʃan³¹	tɕian⁵³	tɕiɛ³⁵		tɕiaŋ³⁵	tɕiɛ⁴⁵⁴
剪	山開三獮精上	tɕian³³	tʃian⁵³	tsian³¹	tɕian⁵³	tɕiɛ³⁵	tɕiɛ³⁵	tɕiɛ³⁵	tɕiɛ⁴⁵⁴
淺	山開三獮清上	tsʰəi³³	tʃʰian⁵³	tsʰian³¹	tɕʰian⁵³	tɕʰiɛ³⁵	tɕʰyɛ³⁵	tɕʰiɛ³⁵	tɕʰiɛ⁴⁵⁴
蘚	山開三獮心上	ɕyaŋ³³	syan³³	syan²¹²				ɕyɛ³⁵	
展	山開三獮知上	tʃaŋ³³	tʃian⁵³	tʃan³¹	tɕian⁵³	tɕio³⁵	tɕiɛ³⁵	tɕiaŋ³⁵	tsan⁴⁵⁴
善	山開三獮禪上	ʃaŋ¹³	sian¹³	ʃan⁵⁵	ɕian³⁵	ɕian³⁵		ɕiaŋ³⁵	san²⁴

遣	山開三獮溪上	tʃʰaŋ³³	tʃʰian⁵³	tʃʰan³¹	tɕʰian⁵³	tɕʰiɛ³⁵			tɕʰian⁴⁵⁴
件	山開三獮群上	tʃaŋ¹³	tʃian¹³	tʃan⁵⁵	tɕian³⁵	tɕiɛ⁴²	kiɛ⁵¹	kian³⁵	tɕian²⁴
演	山開三獮以上	iaŋ³³	ian⁵³	ian³¹	ian⁵³	iɛ³⁵	iɛ³⁵	iɛ³⁵	ian⁴⁵⁴
變	山開三線幫去	piaŋ¹³	pian¹³	pian⁵⁵	pian³⁵	piɛ⁴²	piɛ⁵¹	piɛ⁵¹	piɛ⁴¹變光得：變了／pian²⁴
騙欺~	山開三線滂去	pʰiaŋ¹³	pʰian¹³	pʰian⁵⁵	pʰian³⁵	pʰiɛ⁴²	pʰiɛ⁵¹	pʰiɛ⁵¹	pʰiɛ⁴¹白pʰian²⁴文
便方~	山開三線並去	piaŋ¹³	pian¹³	pʰian⁵⁵	pian³⁵	piɛ⁴²		piɛ³³	piɛ⁴¹方便／pian²⁴
面臉	山開三線明去	miaŋ¹³	mian¹³	mian⁵⁵	mian³⁵	miɛ³³	miɛ⁵¹	miɛ³³	miɛ⁴¹
箭	山開三線精去	tɕiaŋ¹³	tʃian¹³	tsian⁵⁵	tɕian³⁵	tɕiɛ⁴²	tɕiɛ⁵¹	tɕiɛ⁵¹	tɕian²⁴
賤	山開三線從去	tɕiaŋ¹³	tʃian¹³	tsʰyan⁵⁵	tɕian³⁵	tɕian³⁵	tɕyɛ⁵¹	tɕʰiɛ³³	tɕian²⁴
線	山開三線心去	səi¹³	sian¹³	sian²⁴	ɕian³⁵	ɕiɛ⁴²	ɕiɛ⁵¹	ɕiɛ⁵¹	ɕiɛ⁴¹白ɕian²⁴文
羨	山開三線邪去	ɕyaŋ¹³	syan¹³	sian⁵⁵	ɕian³⁵	ɕiɛ⁴²		ɕian²¹³	ɕian²⁴
戰	山開三線章去	tʃaŋ¹³	tʃian¹³	tʃan⁵⁵	tsan³⁵	tɕiɛ⁴²		tɕian⁵¹	tsan²⁴
扇	山開三線書去	ʃaŋ¹³	sian¹³	ʃan⁵⁵	ɕian³⁵	ɕiɛ⁴²	ɕiɛ⁵¹	ɕiɛ⁵¹	ɕiɛ⁴¹
別	山開三薛幫入	pi¹¹	pi¹¹	piɛ³¹	piɛ³¹	piɛ⁵³	piɛ³³	piɛ³¹	piɛ⁴¹
滅	山開三薛明入	mi¹¹	mi¹¹	miɛ⁵⁵	miɛ³¹	miɛ³¹	miɛ³³	miɛ³³	miɛ²⁴
列	山開三薛來入	li¹¹	li¹¹	liɛ⁵⁵	liɛ³¹	liɛ³¹	liɛ⁵¹	liɛ³¹	liɛ⁴¹
泄	山開三薛心入	ɕiæ¹³	sɿ¹³	siɛ⁵⁵	ɕiɛ³⁵	ɕiɛ³¹		ɕiɛ³¹	ɕiɛ²⁴
哲	山開三薛知入	tɕi¹¹	tʃi¹¹	tʃʰiɛ³¹	tɕiɛ³¹	tɕiɛ³¹		tɕiɛ³¹	tsɛ⁴¹
撤	山開三薛徹入	tɕʰi¹¹	tʃʰi¹¹	tʃʰiɛ³¹	tsʰɛ³¹	tsʰɛ⁵³	tɕʰiɛ⁵¹	tʃʰa⁵¹	tsʰɛ²⁴
折	山開三薛章入	tɕi¹¹	tʃi¹¹	tʃiɛ³¹	tɕiɛ³¹	tɕiɛ⁵³	tɕiɛ⁵¹	tɕiɛ⁵¹	tsɛ⁴¹
舌	山開三薛船入	ɕi¹¹	sɿ¹¹	ʃiɛ³¹	ɕiɛ³¹	ɕiɛ³³	ɕiɛ³³	ɕiɛ³³	ɕiɛ⁴¹
設	山開三薛書入	ɕi¹¹	sɿ¹¹	ʃiɛ³¹	ɕiɛ³¹	ɕiɛ³³	ɕiɛ⁵¹	ɕiɛ³¹	sɛ⁴¹
熱	山開三薛日入	i¹¹	i¹¹	ŋəi⁵⁵	iɛ³¹				lɛ⁴¹
傑	山開三薛群入	tɕi¹¹	tʃi¹¹	tʃiɛ³¹	tɕiɛ³¹	tɕiɛ³¹		kʰiɛ³¹	
孽	山開三薛疑入	ȵi¹¹	ȵi¹¹	ȵiɛ³¹	ȵiɛ³⁵	ȵiɛ⁵³	ȵiɛ³³	ȵiɛ³³	ȵiɛ⁴¹
言	山開三元疑平	ȵiaŋ¹¹	ȵian¹¹	ȵian²⁴	lian³¹	liɛ³¹	iɛ³¹	ȵiaŋ³¹	ian⁴¹
掀	山開三元曉平	ɕyaŋ³⁵	ʃian³³	ʃyan⁵⁵	ɕian³³	ɕyɛ³³	xiɛ³³		ɕiɛ³³
建	山開三願見去	tʃaŋ¹³	tʃian¹³	tʃan⁵⁵	tɕian³⁵	tɕiɛ⁴²	kiɛ⁵¹	kian²¹³	tɕian²⁴
健	山開三願群去	tʃaŋ¹³	tʃian¹³	tʃan⁵⁵	tɕian³⁵	tɕiɛ⁴²	kiɛ⁵¹	kian²¹³	tɕian²⁴
獻	山開三願曉去	ʃaŋ¹³	ʃian¹³	ʃan⁵⁵	ɕian³⁵	ɕian³⁵	xiɛ⁵¹	xian⁵¹	ɕian²⁴
揭	山開三月見入	tɕi¹¹	tʃi¹¹	tʃiɛ²¹²	tɕiɛ³¹	tɕiɛ³¹	kiɛ⁵¹	kiɛ⁵¹	tɕiɛ³³

歇睡	山開三月曉入	çi¹¹	sʅ¹¹	ʃie³¹	çie³¹	çie⁵³	xie⁵¹	xie⁵¹	çie⁴⁵⁴
邊	山開四先幫平	pəi³⁵	pian³³	pian²¹²	pian³³	pie³³	pie³³	pie³¹	pie³³ 兩邊 / pian³³
顛	山開四先端平	tian³⁵	tian³³	tian²¹²	tian³³	tie³³	tie³³	tie³¹	tie³³ 顛簸 / tian³³
天	山開四先透平	tʰəi³⁵	tʰian³³	tʰian²¹²	tʰian³³	tʰie³³	tʰie³³	tʰie³¹	tʰie³³ 單用 tʰian³³
田	山開四先定平	təi¹¹	tʰian¹¹	tʰian²⁴	tʰian³¹	tie³¹	tie³¹	tie²¹³	tie²⁴
年	山開四先泥平	ȵian¹¹	ȵian¹¹	ȵian²⁴	ȵian³¹	ȵie³¹	ȵie³¹	ȵie²¹³	ȵie²⁴
憐	山開四先來平	lian¹¹	liŋ¹¹	lian²⁴	lian³¹	lie³¹	lie³¹	lie²¹³	lian⁴¹
千	山開四先清平	tɕʰian³⁵	tʃʰian³³	tsʰian²¹²	tɕʰian³³	tɕʰie³³	tɕʰie³³	tɕʰie³¹	tɕʰie³³
前	山開四先從平	tɕʰian³⁵	tʃʰian¹¹	tsʰian²⁴	tɕʰian³¹	tɕʰie³¹	tɕʰie³¹	tɕʰie²¹³	tɕʰie²⁴ / tɕʰian⁴¹ 從前
先	山開四先心平	çian³⁵	sian³³	sian²¹²	çian³³	çie³³	çie³³	çie³¹	çie³³ 先後 / çian³³
肩	山開四先見平	tʃan³⁵	tʃian³³	tʃan²¹²	kan³³	ke³³	ke³³	ka³¹	ka³³
牽	山開四先溪平	tʃʰan³⁵	tʃʰian³³	tʃʰan²¹²	tɕʰian³³	tɕʰie³³	kʰie³³	kʰie³¹	tɕʰie³³ / tɕʰian³³ 牽牛花
研	山開四先疑平	ȵian³⁵	ȵian¹¹	ian²¹²	ȵian³¹	ȵie³³	ȵie³¹	ȵian³³	ian⁴¹
弦	山開四先匣平	çyan¹¹	syan¹¹	ʃyan²⁴	çyan³¹	çyɛ³¹	xyɛ³¹	xyan³¹	çyɛ²⁴
煙	山開四先影平	ian³⁵	ian³³	ian²¹²	ian³³	ie³³	ie³³	ie³¹	ie³³
扁	山開四銑幫上	pian³³	pian⁵³	pian³¹	pian⁵³	pie³⁵	pie³⁵	pie³⁵	pie⁴⁵⁴
典	山開四銑端上	tian³³	tian⁵³	tian³¹	tian⁵³	tie³⁵	tie³⁵	tie³⁵	tian⁴⁵⁴
顯	山開四銑曉上	ʃan³³	sian⁵³	ʃian³¹	çian⁵³	çie³⁵	xie³⁵	xian⁵¹	çian⁴⁵⁴
遍	山開四霰幫去	pʰian¹³	pʰian¹³	pʰian⁵⁵	pʰian³⁵	pʰie⁴²	pʰie⁵¹	pʰian⁵¹	pian²⁴
片	山開四霰滂去	pʰian¹³	pʰian¹³	pʰian⁵⁵	pʰian³⁵	pʰie⁴²	pʰie⁵¹	pʰie⁵¹	pʰie⁴¹
麵~粉	山開四霰明去	mian¹³	mian¹³	mian⁵⁵	mian³⁵	mie⁴²	mie⁵¹	mie³³	mie⁴¹
電	山開四霰定去	tian¹³	tian¹³	tian⁵⁵	tian³⁵	tie⁴²	tie⁵¹	tian²¹³	tian²⁴
練	山開四霰來去	lian¹³	lian¹³	ȵian⁵⁵	lian³⁵	lian³⁵	lie⁵¹	lian³³	lie⁴¹ / lian²⁴
薦	山開四霰精去	tɕian¹³	tʃian¹³	tsian⁵⁵	tɕian³⁵	tɕie⁴²		tɕian²¹³	tɕian²⁴
見	山開四霰見去	tʃan¹³	tʃian¹³	tʃian⁵⁵	tɕian³⁵	tɕie⁴²	kie⁵¹	kie⁵¹	tɕie⁴¹ 白 / tɕian²⁴ 文
硯	山開四霰疑去	ȵian¹³	ȵian¹³	ȵian⁵⁵				ian²¹³	ian²⁴

現	山開四霰匣去	ʃaŋ¹³	sian¹³	ʃian⁵⁵	ɕian³⁵	ɕio⁴² 發現 / ɕian³⁵	xie⁵¹	xiaŋ⁵¹	ɕian²⁴
咽	山開四霰影去	iaŋ³⁵	ian³³		ian³³	ian³³		iaŋ³³	ian³³
憋	山開四屑幫入	pi¹³	pi¹³		pie³¹	pie³³	pie⁵¹	pie⁵¹	pie³³
撇	山開四屑滂入	pʰi¹¹	pʰi³³	pʰie³¹	pʰie³¹	pʰie⁵³	pʰie⁵¹	pʰie⁵¹	pʰie⁴¹
蔑竹~	山開四屑明入	mi¹¹	mi¹³	mie⁵⁵	mie³⁵	mie³³	mie³³	mie³³	
鐵	山開四屑透入	tʰi¹¹	tʰi¹¹	tʰie³¹	tʰie³¹	tʰie⁵³	tʰie⁵¹	tʰie⁵¹	tʰie⁴⁵⁴
節	山開四屑精入	tɕi¹¹	tʃi¹¹	tsie³¹	tɕie³¹	tɕie⁵³	tɕie⁵¹	tɕie⁵¹	tɕie⁴¹ / tɕie⁴⁵⁴ 過節
切	山開四屑清入	tɕʰi¹¹	tʃʰi¹¹	tsʰie³¹	tɕʰie³¹	tɕʰie⁵³	tɕʰie⁵¹	tɕʰie⁵¹	tɕʰie⁴⁵⁴
截	山開四屑從入	tɕi¹¹	tʃʰi¹¹	tsie³¹	tɕie³¹	tɕie⁵³	tɕʰie³¹	tɕie⁵¹	tɕie⁴¹
結	山開四屑見入	tɕi¹¹	tʃi¹¹	tʃie³¹	tɕie³¹	tɕie³¹	kie⁵¹	kie⁵¹	tɕie⁴¹
噎	山開四屑影入	i¹¹	i¹³	ie³¹	ie³¹	ie⁵³	ie⁵¹		
搬	山合一桓幫平	paŋ³⁵	pan³³	pan²¹²	pan³³	pɛ³³	po³³	puŋ³⁵	pa³³ 白 / pan³³ 文
盤	山合一桓並平	pʰaŋ¹¹	pʰan¹¹	pʰan²⁴	pʰan³¹	po³¹	po³¹	puŋ²¹³	pa²⁴
饅	山合一桓明平	maŋ¹¹	man¹³	man²⁴	man³¹	man³⁵	mɐŋ³¹	man²¹³	man⁴¹
端	山合一桓端平	tuaŋ³⁵	tuan³³	tuan²¹²	tuan³³	tuan³³		tuŋ³¹	to³³
團	山合一桓定平	tʰuaŋ¹¹	tʰuan¹¹	tʰuan²⁴	tʰuan³¹	to³¹	to³¹	tuŋ²¹³	to²⁴ / tʰuan⁴¹ 團長
鑽	山合一桓精平	tsuaŋ³⁵	tʃuan¹³	tsuan⁵⁵	tsuan³³	tso³³	tso³³	tʃuŋ⁵¹	tso²⁴
酸	山合一桓心平	suaŋ³⁵	suan³³	suan²¹²	suan³³	so³³	so³³	suŋ³¹	so³³
官	山合一桓見平	kuaŋ³⁵	kuan³³	kuan²¹²	kuan³³	ko³³	ko³³	kuŋ³¹	kua³³ 白 / kuan³³ 文
倌老~子〔註10〕	山合一桓見平	kuaŋ³⁵	kuan⁵³	kuan³¹	kuan³³				kuan³³
寬	山合一桓溪平	kʰuaŋ³⁵	kʰuan³³	kʰuan²¹²	kʰuan³³	kʰo³³	kʰo³³	kʰuŋ³¹	kʰo³³ / kʰua³³
歡	山合一桓曉平	xuaŋ³⁵	xuan³³	xuan²¹²	xuan³³	xuan³³	xo³³	xuŋ³¹	xuan³³
完	山合一桓匣平	uaŋ¹¹	xuan¹¹	uan²⁴	xuan³¹	xuan³¹	uɛ³¹	uan²¹³	uan²⁴
丸	山合一桓匣平	yaŋ¹¹	yan¹¹	yan²⁴	yan³¹	yɛ³¹	yɛ³¹	yɛ²¹³	uan²⁴ 丸子：指肉丸子；yɛ²⁴ 丸子：指藥丸

〔註10〕老倌子：對上年紀男性的一種稱呼。

伴	山合一緩並上	paŋ¹³	pan¹³	pʰan³¹	pan³⁵	pan³⁵	po³⁵	puŋ³⁵	pan²⁴
滿	山合一緩明上	maŋ³³	man⁵³	man³¹	man⁵³	mo³⁵	mo³⁵	muŋ³⁵	mo⁴⁵⁴
短	山合一緩端上	tuaŋ³³	tuan⁵³	tuan³¹	tuan⁵³	to³⁵	to³⁵	tuŋ³⁵	to⁴⁵⁴
暖	山合一緩泥上	nuaŋ³³	nuan⁵³	nuan³¹	nuan⁵³	no³⁵	no³⁵	nuŋ³⁵	no³³
卵	山合一緩來上	luaŋ³³	luan⁵³	lo³¹	luan⁵³	lo³⁵	lo³⁵	lo³⁵	lo⁴⁵⁴ 罵詞 / luan⁴⁵⁴
管	山合一緩見上	kuaŋ³³	kuan⁵³	kuan³¹	kuan⁵³	ko³⁵	ko³⁵	kuan³⁵	kuan⁴⁵⁴
碗	山合一緩影上	uaŋ³³	uan⁵³	uan³¹	uan⁵³	o³⁵	o³⁵	ŋ³⁵	ua⁴⁵⁴
半	山合一換幫去	paŋ¹³	pan¹³	pan⁵⁵	pan³⁵	po⁴²	po⁵¹	puŋ⁵¹	pa⁴¹ 一半 / pan²⁴
判	山合一換滂去	pʰaŋ¹³	pʰan¹³	pʰan⁵⁵	pʰan³⁵	pʰan⁴²	pʰɐŋ⁵¹	pʰan²¹³	pʰan²⁴
叛	山合一換並去	pʰaŋ¹³	pʰan¹³	pʰan⁵⁵	pʰan³⁵	pʰan⁴²	pʰɐŋ⁵¹	pʰan²¹³	pʰan²⁴
鍛	山合一換端去	tuaŋ¹³	tuan¹³	tuan⁵⁵	tuan³⁵	to⁴²	to⁵¹	tuan²¹³	tuan²⁴
段	山合一換定去	tuaŋ¹³	tuan¹³	tuan⁵⁵	tuan³⁵	to⁴²	to⁵¹	tuŋ²¹³	tuan²⁴
亂	山合一換來去	luaŋ¹³	luan¹³	nuan⁵⁵	luan³⁵	lo³³	lo⁵¹	luŋ³³	lo⁴¹ 亂搞 / luan²⁴
鑽	山合一換精去	tsuaŋ¹³	tʃuan¹³	tsuan⁵⁵	tsuan³⁵	tso⁴²	tso⁵¹	tʃuŋ⁵¹	tso⁴¹
竄	山合一換清去	tsʰuaŋ³³	tʃʰuan⁵³	tsʰuan³¹	tsʰuan³⁵	tsʰuan⁴²			
蒜	山合一換心去	suaŋ¹³	ʃuan¹³	suan⁵⁵	suan³⁵	so⁴²	so⁵¹	suŋ⁵¹	so⁴¹ / suan²⁴ 大蒜
罐	山合一換見去	kuaŋ¹³	kuan¹³	kuan⁵⁵	kuan³⁵	kuan⁴²	kuɐŋ⁵¹	kuan⁵¹	kuan²⁴
換	山合一換匣去	xuaŋ¹³	xuan¹³	xuan⁵⁵	xuan³⁵	xuan³³		xuan³³	xuan²⁴
腕	山合一換影去	uaŋ³³	uan⁵³	uan²¹²	uan⁵³	uan³⁵		uan³⁵	uan⁴⁵⁴
撥	山合一末幫入	po¹¹	po¹¹	po³¹	po³¹	po⁵³	pɑ³³	po³¹	po⁴⁵⁴
潑	山合一末滂入	pʰo¹¹	pʰo¹¹	pʰo³¹	pʰo³¹	pʰo⁵³	pʰo⁵¹	pʰo⁵¹	pʰo³³
末	山合一末明入	mo¹¹	mo¹¹	mo³¹	mo³¹	mo⁵³			mo²⁴
抹	山合一末明入	ma¹¹	ma¹¹	mo³¹	mo³¹			mo³³	
脫	山合一末透入	tʰo¹¹	tʰo¹¹	tʰo³¹	tʰo³¹	tʰo⁵³	tʰo⁵¹	tʰo⁵¹	tʰo³³
奪	山合一末定入	to¹¹	to¹¹	to³¹	to³¹	to⁵³	to⁵¹	to³³	to⁴¹
括	山合一末見入	kua¹¹	kua¹¹	kua³¹	kua³¹	kua³¹	kʰo⁵¹	kua³¹	kʰo²⁴
闊	山合一末溪入	kʰo¹¹	kʰo¹¹	kʰo³¹	kʰo³¹	kʰo³¹	kʰo⁵¹	kʰo³¹	kʰo²⁴
活	山合一末匣入	xuæᵊ¹¹	xuɛ¹¹	xuia⁵⁵ / xo²⁴ 生活	xuɛ³¹	xuɛ³³	xuɛ³¹	xua³³	xuɛ⁴¹
頑	山合二山疑平	uaŋ¹¹	uan¹¹	uan²⁴	uan³¹	uan³¹	uɐŋ³¹	uan²¹³	
滑	山合二黠匣入	ua¹¹	ua¹¹	uia²⁴	uɛ³⁵	ua³³	ua³³	ua³³	ua⁴¹ / xua⁴¹ 滑冰

字	音韻地位								
拴	山合二刪生平	suaŋ³⁵	suan³³	suan²¹²	suan³³	suan³³		suŋ³¹	
關	山合二刪見平	kuaŋ³⁵	kuan³³	kuan²¹²	kuan³³	kuɛ³³	kuɛ³³	kʰuŋ³¹	kʰua³³ 關緊：關上 / kuan³³
環	山合二刪匣平	xuaŋ¹¹	xuan¹¹	xuan²⁴	xuan³¹	xuan³¹		xuan³¹	xuan⁴¹
彎	山合二刪影平	uaŋ³⁵	uan³³	uan²¹²	uan³³	uɛ³³	uɛ³³	uan³¹	uan³³
慣	山合二諫見去	kuaŋ¹³	kuan¹³	kuan⁵⁵	kuan³⁵	kuɛ⁴²	kuɛ⁵¹	kuan⁵¹	kuan²⁴
患	山合二諫匣去	xuaŋ¹³	xuan¹³	xuan⁵⁵	xuan³⁵	xuan³⁵		xuan²¹³	xuan²⁴
刷	山合二轄生入	sua¹¹	ʃua¹¹	sua³¹	sua³³	sua³³	sa⁵¹	ʃua⁵¹	sua³³
刮	山合二轄見入	kua¹¹	kua¹¹	kua³¹	kua³¹	kua³¹	kua⁵¹	kua⁵¹	kua³³
全	山合三仙從平	tɕʰyaŋ¹¹	tʃʰyan¹¹	tsʰyan²⁴	tɕʰyan³¹	tɕʰyɛ³¹	tɕʰyɛ³¹	tʃʰuan³¹	tɕʰyan⁴¹
宣	山合三仙心平	ɕyaŋ³⁵	suan³³	syan²¹²	ɕyan³³	ɕyɛ³³	ɕyɛ³³	suan³³	ɕyan³³
旋	山合三仙邪平	ɕyaŋ¹¹	ʃyan¹¹	ʃyan²⁴	ɕyan³¹	ɕyɛ³¹	tɕʰyɛ⁵¹	xyan³¹	ɕyan³³
傳	山合三仙澄平	tɕʰyaŋ¹¹	tʃʰuan¹¹	tʃʰyan²⁴	tɕʰyan³¹	tɕʰyɛ³¹	tɕʰyɛ³¹	tʃʰuan³¹	tɕʰyɛ²⁴ / tsʰuan⁴¹ 宣傳
椽	山合三仙澄平	ɕyaŋ¹¹	ʃyan¹¹	ʃyan²⁴	ɕyan³¹	ɕyɛ³¹	ɕyɛ³¹	ɕyɛ²¹³	ɕyɛ²⁴
專	山合三仙章平	tɕyaŋ³⁵	tʃuan³³	tʃyan²¹²	tɕyan³³	tɕyɛ³³	tɕyɛ³³	tʃuan³¹	tɕyɛ²⁴ / tsuan³³ 專業
穿	山合三仙昌平	tɕʰyaŋ³⁵	tʃʰuan³³	tʃʰyan²¹²	tɕʰyan³³	tɕʰyɛ³³	tɕʰyɛ³³	tɕʰyɛ³¹	tɕʰyan³³
船	山合三仙船平	tɕyaŋ¹¹	tʃʰuan¹¹	ʃyan²⁴	ɕyan³¹	ɕyɛ³¹	ɕyɛ³¹	ɕyɛ²¹³	ɕyan²⁴
拳	山合三仙群平	tɕʰyaŋ¹¹	tʃʰuan¹¹	tʃʰyan²⁴	tɕʰyan³¹	tɕʰyɛ³¹	kʰyɛ³¹	kʰyɛ²¹³	tɕʰyɛ²⁴
圓	山合三仙云平	yaŋ¹¹	yan¹¹	nuan²⁴	yan³¹		yɛ³¹		yan⁴¹
沿	山合三仙以平	yaŋ¹¹	yan¹¹	yan²⁴	yan³¹	yɛ³¹	iɐŋ³¹	yɛ²¹³	
鉛	山合三仙以平	yaŋ¹¹	yan¹¹	yan²⁴	yan³¹	yɛ³¹	yɛ³¹	yɛ²¹³	yɛ²⁴
選	山合三獮心上	ɕyaŋ³³	ʃyan⁵³	syan³¹	ɕyan⁵³	ɕyɛ³⁵	ɕyɛ³⁵	ɕyɛ³⁵	ɕyɛ⁴⁵⁴ 白 / ɕyan⁴⁵⁴ 文
喘	山合三獮昌上	tsʰuai³³	tʃʰuai⁵³	tsʰuan³¹	tɕʰyan⁵³			tʃʰuai³⁵	
軟	山合三獮日上	ȵyaŋ³³	ȵyan⁵³	yan³¹	ȵyan⁵³	ȵyɛ³⁵	ȵyɛ³⁵	ȵyɛ³⁵	ȵyɛ⁴⁵⁴
卷	山合三獮見上	tɕyaŋ³³	tʃuan⁵³	tʃyan³¹	tɕyan⁵³	tɕyɛ³⁵	kyɛ³⁵	kyɛ³⁵	tɕyɛ⁴⁵⁴
戀	山合三線來去	liaŋ¹³	lian¹³	ȵian⁵⁵	lian³⁵	liɛ³³		liɛ²¹³	lian²⁴
轉~螺絲	山合三線知去	tɕyaŋ¹³	tʃuan⁵³	tʃyan⁵⁵	tsuan³⁵	tɕʰyɛ⁴²	tɕyɛ³⁵	tɕyɛ³⁵	
傳	山合三線澄去	tɕyaŋ¹¹	tʃʰuan⁵³	tʃʰyan²⁴	tɕyan³⁵	tɕyan³⁵		tɕʰyɛ⁵¹	tsuan²⁴
串	山合三線昌去	tɕyaŋ¹³	tʃʰuan⁵³	tsʰyan⁵⁵	tɕʰyan³⁵	tɕʰyɛ³¹	tɕʰyɛ⁵¹	tɕʰyɛ⁵¹	tɕʰyan²⁴
絹	山合三線見去	tɕyaŋ¹³	tʃuan³³	tʃyan²¹²		tɕyɛ⁴²			tɕyan²⁴
院	山合三線云去	yaŋ¹³	yan¹³	yan⁵⁵	yan³⁵	yɛ⁴²	yɛ⁵¹	yan²¹³	yan²⁴

劣	山合三薛來入	liæ¹¹	lie¹¹	lie⁵⁵	lyɛ³¹	lyɛ³¹		lie³¹	
絕	山合三薛從入	tɕyæ¹¹	tʃyɛ¹¹	tʃye³¹	tɕyɛ³¹	tɕyɛ³¹	tɕyɛ³³	tɕʰyɛ³³	tɕyɛ⁴¹
雪	山合三薛心入	ɕyæ¹¹	ʃyɛ¹¹	sye³¹	ɕyɛ³¹	ɕyɛ⁵³	ɕyɛ⁵¹	ɕyɛ⁵¹	ɕyɛ⁴⁵⁴
閱	山合三薛以入	yæ¹¹	yɛ¹¹	ye⁵⁵	yɛ³¹	yɛ³¹	yɛ⁵¹	yɛ³¹	yɛ²⁴
翻	山合三元敷平	faŋ³⁵	fan³³	fan²¹²	fan³³	fɛ³³ / fan³³	fɛ³³	fa³¹	fa³³
煩	山合三元奉平	faŋ¹¹	fan¹¹	fan²⁴	fan³¹	fɛ³¹	fɛ³¹	fan²¹³	fan²⁴
元	山合三元疑平	yaŋ¹¹	yan¹¹	yan²⁴	yan³¹	yan³¹	yɐŋ³¹	yɛ²¹³	yan⁴¹
冤	山合三元影平	yaŋ³⁵	yan³³	yan²¹²	yan³³	yɛ³³	yɛ³³	yɛ³¹	yan³³
袁	山合三元云平	yaŋ¹¹	yan¹¹	yan²⁴	yan³¹	yɛ³¹	yɛ³¹	yɛ²¹³	yan⁴¹
園	山合三元云平	yaŋ¹¹	yan¹¹	yan²⁴	yan³¹	yɛ³¹	yɛ³¹	yɛ²¹³	yan⁴¹
反	山合三阮非上	fan³³	fan⁵³	fan³¹	fan⁵³	fɛ³⁵	fɛ³⁵	fa³⁵	fa⁴⁵⁴反過來 / fan⁴⁵⁴
晚	山合三阮微上	uan³³	uan⁵³	uan³¹	uan⁵³			uan³⁵	uan⁴⁵⁴
遠	山合三阮云上	yaŋ³³	yan⁵³	yan³¹	yan⁵³	yɛ³⁵	yɛ³⁵	yɛ³⁵	yɛ³³
販	山合三願非去	fan¹³	fan¹³	fan⁵⁵	fan³⁵	fɛ⁴²	fɛ⁵¹	fan⁵¹	fan²⁴
飯	山合三願奉去	fæ¹³	fan¹³	fan⁵⁵	fan³⁵	fɛ³³	fɛ⁵¹	fa³³	fa⁴¹
萬	山合三願微去	uan¹³	uan¹³	uan⁵⁵	uan³⁵	uan³⁵	uɛ⁵¹	ua³³	ua⁴¹一萬 / uan²⁴
勸	山合三願溪去	tɕyan¹³	tʃʰuan¹³	tʃʰyan⁵⁵	tɕʰyan³⁵	tɕʰyɛ⁴²	kʰyɛ⁵¹	kʰyɛ⁵¹	tɕʰyan²⁴
願	山合三願疑去	yan¹³	yan¹³	yan⁵⁵	yan³⁵	yɛ⁴²	ȵyɛ⁵¹	yan²¹³	yan²⁴
怨	山合三願影去	yaŋ¹³	yan¹³	yan⁵⁵	yan³⁵	yɛ⁴²	ȵyɛ⁵¹	yɛ⁵¹	yan²⁴
髮頭~	山合三月非入	fa¹¹	fa¹¹	fa³¹	fa³¹	fa⁵³	fa⁵¹	fa³¹	fa⁴¹
罰	山合三月奉入	fa¹¹	fa¹¹	fia⁵⁵	fa³¹	fa³³	fa⁵¹	fa³³	fa⁴¹
襪	山合三月微入	ua¹¹	ua¹¹	uia³¹	ua³¹	ua³³	ua³³	ua³¹	ua⁴¹
掘	山合三月群入	tɕʰy¹¹	tʃyɛ¹¹	tʃye³¹	tɕʰyɛ³¹	tɕyɛ³¹	kʰyɛ⁵¹		tɕyɛ⁴¹
月	山合三月疑入	yæ¹¹	yɛ¹¹	ye⁵⁵ / ȵio²⁴	ȵyɛ³⁵	ȵyɛ³¹	ȵyɛ³³	ȵyɛ³³	yɛ²⁴ / yɛ⁴¹月光：月亮射出的光
越	山合三月云入	yæ¹¹	yɛ¹³	ye⁵⁵	yɛ³¹	yɛ³¹ / yɛ³³越來越	yɛ⁵¹	yɛ³³	yɛ²⁴
懸	山合四先匣平	ɕyan¹¹	ʃyan¹¹	ʃyan²⁴	ɕyan³¹	ɕyan³¹	xyɛ³¹	xyan³¹	ɕyan⁴¹
淵	山合四先影平	yaŋ³⁵	yan³³	yan⁵⁵	yan³³	yan³³		yan³³	yan³³
犬	山合四銑溪上	tɕyaŋ³³		tʃʰyan³¹	tɕʰyan⁵³	tɕʰyan⁵³	kʰiɐŋ³⁵	kʰyan³⁵	tɕʰyan⁴⁵⁴
縣	山合四霰匣去	ɕyan¹³	ʃyan¹³	ʃyan⁵⁵	ɕyan³⁵	ɕyɛ³³	xyɛ⁵¹	xyɛ³³	ɕyan²⁴
決	山合四屑見入	tɕyæ¹¹	tʃyɛ¹¹	tʃye³¹	tɕyɛ³¹	tɕyɛ⁵³	kyɛ⁵¹	kyɛ³¹	tɕyɛ⁴¹

缺	山合四屑溪入	tɕʰyæ¹¹	tʃʰyɛ¹¹	tʃyɛ³¹	tɕʰyɛ³¹	tɕʰyɛ⁵³	kʰyɛ⁵¹	kʰyɛ⁵¹	tɕʰyɛ³³
血	山合四屑曉入	çyæ¹¹	ʃyɛ¹¹	ʃyɛ³¹	çyɛ³¹	çyɛ⁵³	çyɛ⁵¹	xyɛ⁵¹	çyɛ⁴⁵⁴
穴	山合四屑匣入	çi¹¹	ʃyɛ¹¹	ʃyɛ⁵⁵	çyɛ³¹	çyɛ⁵³	xyɛ⁵¹	xyɛ⁵¹	çyɛ²⁴
原	山合三元疑平	yaŋ¹¹	yan¹¹	yan²⁴	yan³¹	yɛ³¹	ȵyɛ³¹	yan³¹	yɛ²⁴
吞	臻開一痕透平	tʰiŋ³⁵	tʰiŋ³³	tʰuen²¹²	tʰin³³	tʰin³³	tʰəŋ³³	tʰuen³¹	tʰen³³
根	臻開一痕見平	kiŋ³⁵	kiŋ³³	ken²¹²	kin³³	kin³³	kəŋ³³	kəi³¹	ken³³
痕	臻開一痕匣平	xiŋ¹¹	xiŋ¹¹	xen²⁴	xin³¹	xin³¹		xen³¹	xen⁴¹
恩	臻開一痕影平	ŋiŋ³⁵	ŋiŋ³³	ŋen²¹²	ŋin³³	ŋin³³	əŋ³³	ŋen³¹	en³³
墾	臻開一很溪上	kʰiŋ³³	kʰiŋ⁵³	kʰen³¹	kʰin⁵³	kʰin⁴²	kʰəŋ³⁵	kʰen³⁵	kʰen⁴⁵⁴
很	臻開一很匣上	xiŋ³³	xiŋ⁵³	xen³¹	xin⁵³	xin³⁵	xəŋ³⁵	xen³⁵	
恨	臻開一恨匣去	xiŋ¹³	xiŋ¹³	xen⁵⁵	xin³⁵	xin³³	xəŋ⁵¹	xen³³	xen⁴¹
賓	臻開三真幫平	piŋ³⁵	piŋ³³	pen²¹²	pin³³	pin³³	pəŋ³³	pen³³	pien³³
貧	臻開三真並平	pʰiŋ¹¹	pʰiŋ¹¹	pʰen²⁴	pʰin³¹	pin³¹	pəŋ³¹	pʰen³¹	pʰien⁴¹
民	臻開三真明平	miŋ¹¹	miŋ¹¹	men²⁴	min³¹	min³¹	məŋ³¹	men³¹	mien⁴¹
鄰	臻開三真來平	liŋ¹¹	liŋ¹¹	nen²⁴	lin³¹	lin³¹	ləŋ³¹	ləi²¹³	lien⁴¹
津	臻開三真精平		tʃiŋ³³	tsen²¹²	tɕin³³	tɕin³³	tsəŋ³¹	tʃen³³	tɕien³³
親	臻開三真清平	tɕʰiŋ³⁵	tʃʰiŋ³³	tsʰen²¹²	tɕʰin³³	tɕʰin³³	tsʰəŋ³³	tʃʰəi³¹	tsʰen³³ / tɕʰien³³
秦	臻開三真從平	tɕʰiŋ¹¹	tʃʰiŋ¹¹	tsʰuen²⁴	tɕʰin³¹	tɕʰin³¹	tsʰəŋ³¹	tʃʰəi³¹	tɕʰien⁴¹
新	臻開三真心平	çiŋ³⁵	ʃiŋ³³	sen²¹²	çin³³	çin³³	səŋ³³	ʃəi³¹	sen³³ / çien³³
珍	臻開三真知平	tʃəŋ³⁵	tʃiŋ³³	tʃen²¹²	tɕin³³	tɕin³³	tsəŋ³³	tʃəi³¹	tsen³³
陳	臻開三真澄平	tʃʰəŋ¹¹	tʃʰiŋ¹¹	tʃʰen²⁴	tɕʰin³¹	tɕʰin³¹	tsʰəŋ³¹	tʃʰəi²¹³	tsʰen²⁴
塵	臻開三真澄平	tʃʰəŋ¹¹	tʃʰiŋ¹¹	tʃʰen²⁴	tɕʰin³¹	tɕʰin³¹	tsʰəŋ³¹	tʃʰəi²¹³	tsʰen⁴¹
真	臻開三真章平	tʃəŋ³⁵	tʃiŋ³³	tʃen²¹²	tɕin³³	tɕin³³	tsəŋ³³	tʃəi³¹	tsen³³
神	臻開三真船平	ʃəŋ¹¹	ʃiŋ¹¹	ʃen²⁴	çin³¹	çin³¹	səŋ³¹	ʃəi²¹³	sen⁴¹
身	臻開三真書平	ʃəŋ³⁵	ʃiŋ³³	ʃen²¹²	çin³³	çin³³	səŋ³³	ʃəi³¹	sen³³
晨	臻開三真禪平	ʃəŋ¹¹	ʃiŋ¹¹	ʃen²⁴	çin³¹	çin³³	səŋ³¹	ʃəi³³	sen³³
人	臻開三真日平	iŋ¹¹	iŋ¹¹	ien²⁴	in³¹	ȵin³¹	ȵəŋ³¹ / iŋ³¹ 人情	ŋəi²¹³	len⁴¹
巾	臻開三真見平	tʃəŋ³⁵	tʃiŋ³³	tʃen²¹²	tɕin³³	tɕin³³	kəŋ³³	ken³³	tɕien³³
銀	臻開三真疑平	iŋ¹¹	ȵiŋ¹¹	ien²⁴	lin³¹	lin³¹	ȵəŋ³¹	ŋəi²¹³	ȵi²⁴ / ien²⁴ 銀嘅：銀的（文）
因	臻開三真影平	iŋ³⁵	iŋ³³	ien²¹²	in³³	in³³	əŋ³³	ien³³	en³³ / ien³³
敏	臻開三軫明上	miŋ³³	miŋ⁵³	men³¹	min⁵³	min³⁵	məŋ³⁵	men³⁵	mien⁴⁵⁴

盡	臻開三軫從上	tɕiŋ¹³	tʃiŋ¹³	tsʰen⁵⁵	tɕʰin³⁵	tɕin⁴²	tsʰəŋ³⁵	tʃen²¹³	tɕien²⁴
忍	臻開三軫日上	iŋ³³	iŋ⁵³	ien³¹	in⁵³	in³⁵	iŋ³⁵	iəi³⁵	ien⁴⁵⁴
緊	臻開三軫見上	tʃəŋ³³	tʃiŋ⁵³	tʃen³¹	tɕin⁵³	tɕin³⁵	kəŋ³⁵	kəi³⁵	ken⁴⁵⁴
引	臻開三軫以上	iŋ³³	iŋ⁵³	ien³¹	in⁵³	in³⁵	iŋ³⁵	iəi³⁵	ien⁴⁵⁴
進	臻開三震精去	tɕiŋ¹³	tʃiŋ¹³	tsen⁵⁵	tɕin³⁵	tɕin³⁵	tsəŋ⁵¹	tʃen²¹³	tɕien²⁴
親~家	臻開三震清去	tɕʰiŋ¹³	tʃʰiŋ¹³	tsʰen²¹²	tɕʰin³⁵	tɕʰin³³	tsʰəŋ³³	tʃʰəi³¹	tsʰen³³
信	臻開三震心去	ɕiŋ¹³	siŋ¹³	sen⁵⁵	ɕin³⁵	ɕin⁴²	səŋ⁵¹	ʃəi⁵¹	sen⁴¹
鎮	臻開三震知去	tʃəŋ¹³	tʃiŋ¹³	tʃen⁵⁵	tɕin³⁵	tɕin⁴²	tsəŋ⁵¹	tʃen²¹³	tsen²⁴
趁	臻開三震徹去	tʃʰəŋ¹³	tʃʰiŋ¹³	tʃʰen⁵⁵	tɕʰin³⁵	tɕʰin⁴²	tsʰəŋ⁵¹	tʃʰəi⁵¹	tsʰen²⁴
陣	臻開三震澄去	tʃʰəŋ¹³	tʃʰiŋ¹³	tʃʰen⁵⁵	tɕʰin³⁵	tɕʰin⁴²	tsʰəŋ⁵¹	tʃʰəi³³	tsen²⁴
襯	臻開三震初去	tsʰuŋ¹³	tʃʰiŋ¹³	tsuen⁵⁵	tɕʰin³⁵	tɕʰin⁴²	tsʰəŋ⁵¹	tʃʰen²¹³	tsʰen²⁴
振	臻開三震章去	tʃəŋ¹³	tʃiŋ¹³	tʃʰen⁵⁵	tɕin⁵³	tɕin³⁵	tsəŋ³⁵	tʃen⁵¹	tsen²⁴
慎	臻開三震禪去		ʃiŋ¹³	ʃen⁵⁵	ɕin³⁵	ɕin³³	səŋ³⁵	ʃen²¹³	sen²⁴
認	臻開三震日去	iŋ¹³	iŋ¹³	ien⁵⁵	in³⁵	in³³	iŋ⁵¹	iəi³³	len²⁴
僅	臻開三震群去	tʃʰəŋ¹³	tʃʰiŋ¹³	tʃʰen⁵⁵	tɕʰin³⁵	tɕʰin⁴²	kʰəŋ⁵¹	kʰen³⁵	tɕien⁴⁵⁴
印	臻開三震影去	iŋ¹³	iŋ¹³	ien⁵⁵	in³⁵	in⁴²	əŋ⁵¹	əi⁵¹	en⁴¹手印、腳印 / ien²⁴
筆	臻開三質幫入	pi¹¹	pi¹¹	pie³¹	piɛ³¹	piɛ⁵³	piɛ⁵¹	piɛ⁵¹	piɛ⁴¹
必	臻開三質幫入	pi¹¹	pi¹¹	pie³¹	piɛ³¹	piɛ⁵³	piɛ⁵¹	piɛ³¹	pi²⁴
匹	臻開三質滂入	pʰi¹¹	pʰi¹¹	pʰi²⁴	pʰiɛ³¹	pi³¹	pi⁵¹	pi²¹³	pi²⁴
弼	臻開三質並入	pʰi¹¹	pʰi¹¹	pʰia³¹	pi³⁵	pi³⁵	piɛ³¹	piɛ³¹	pi²⁴
密	臻開三質明入	mi¹¹	mi¹¹	mia⁵⁵	miɛ³¹	miɛ³¹	miɛ⁵¹	miɛ³¹	mi²⁴
蜜	臻開三質明入	mi¹¹	mi¹¹	mie⁵⁵	miɛ³¹	miɛ³¹	miɛ⁵¹	miɛ³¹	mi²⁴
栗	臻開三質來入	li¹¹	li¹³	li⁵⁵	li³¹	li³³	lɛ³	li³³	li²⁴ / liɛ⁴¹ 栗源〔註11〕
七	臻開三質清入	tɕʰi¹¹	tʃʰi¹¹	tsʰie³¹	tɕʰiɛ³¹	tɕʰiɛ⁵³	tɕʰiɛ⁵¹	tɕʰiɛ⁵¹	tɕʰiɛ⁴⁵⁴
疾	臻開三質從入	tɕi¹¹	tʃʰi¹¹	tsʰie³¹	tɕiɛ³¹	tɕiɛ⁵³	tɕʰiɛ³³	tɕiɛ⁵¹	tɕʰiɛ⁴¹ 好疾：好疼 / tɕi⁴¹
悉	臻開三質心入	ɕi¹¹	sɿ¹³	sie³¹	ɕiɛ³¹	ɕiɛ³¹	ɕiɛ³³	ɕiɛ³¹	ɕiɛ⁴¹
膝	臻開三質心入	tɕʰi¹¹	tʃʰi¹¹	tsʰie³¹	tɕʰiɛ³¹	tɕʰiɛ⁵³	tɕʰiɛ⁵¹	tɕʰiɛ⁵¹	tɕʰiɛ⁴⁵⁴
侄	臻開三質澄入	tɕi¹¹	tʃi¹¹	tʃʰie³¹	tɕʰiɛ³⁵	tɕʰiɛ³¹	tɕʰiɛ³³	tɕʰiɛ³¹	tɕʰiɛ⁴¹
虱	臻開三質生入	ɕiæ¹¹	siɛ¹¹	sia³¹	sɝ⁵³	sɑ⁵³	sɛ⁵¹	ʃɑ⁵¹	sɛ⁴⁵⁴

〔註11〕栗源：宜章縣的一個鎮。

質	臻開三質章入	tɕi¹¹	tʃi¹¹	tʃie³¹	tɕie³¹	tɕie⁵³	tɕie⁵¹	tɕie³¹	tsɿ⁴¹
實	臻開三質船入	ɕi¹¹	sɿ¹¹	ʃie⁵⁵	ɕie³¹	ɕie³¹	ɕie³³	ɕie³³	ɕie⁴¹ / sɿ⁴¹ 誠實、果實
失	臻開三質書入	ɕi¹¹	sɿ¹¹	ʃie³¹	ɕie³¹	ɕie³¹	ɕie³³	ɕie³¹	ɕie⁴¹ / sɿ³³ 失去
室	臻開三質書入	ɕi¹¹	sɿ¹¹	ʃie³¹	ɕie³¹	ɕie³¹	ɕie⁵¹	ɕie³¹	ɕie⁴¹
日	臻開三質日入	i¹¹	i¹¹	ȵie³¹	ȵie⁵³	ie³¹	ȵie³³	ie³³	ȵiɛ⁴¹ / iɛ⁴¹ 日曆
吉	臻開三質見入	tɕi¹¹	tʃi¹¹	tʃie³¹	tɕie³¹	tɕie³¹		kie³¹	tɕi⁴¹
一	臻開三質影入	i¹¹	i¹¹	ie³¹	ie³¹	ie⁵³	ie⁵¹	ie³¹	ie⁴¹
斤	臻開三殷見平	tʃən³⁵	tʃiŋ³³	tʃen²¹²	tɕin³³	tɕin³³	kən³³	kəi³¹	ken³³
勤	臻開三殷群平	tʃʰən¹¹	tʃʰiŋ¹¹	tʃʰen²⁴	tɕʰin³¹	tɕʰin³¹	kʰən³¹	kʰəi²¹³	tɕʰien⁴¹
欣	臻開三殷曉平	ʃən³⁵	siŋ³³	tʃʰen²¹²	ɕin³³	ɕin³³		xien³³	ɕien³³
謹	臻開三隱見上	tʃən³³	tʃiŋ⁵³	tʃen³¹	tɕin⁵³	tɕin⁵³		ken⁵¹	tɕien⁴⁵⁴
近	臻開三隱群上	tʃʰən³³	tʃiŋ¹³	tʃʰen³¹	kʰin⁵³	kʰin³⁵	kʰən³⁵	kʰəi³⁵	tɕien²⁴
隱	臻開三隱影上	iŋ³³	iŋ⁵³	uen³¹	in⁵³	in⁵³		iəi³⁵	ien⁴⁵⁴
勁	臻開三焮見去	tʃən¹³	tʃiŋ¹³	tʃen⁵⁵	tɕin³⁵	tɕin⁴²		ken⁵¹	
奔	臻合一魂幫平	piŋ³⁵	puŋ³³	pen²¹²	pin³³	pin³³		pen³³	pen³³
盆	臻合一魂並平	pʰiŋ¹¹	pʰuŋ¹¹	pʰen²⁴	pʰin³¹	pin³¹	pəŋ³¹	pəi²¹³	pen²⁴
門	臻合一魂明平	miŋ¹¹	muŋ¹¹	men²⁴	min³¹	min³¹	məŋ³¹	məi²¹³	muŋ²⁴ / mi³³ 專門
墩	臻合一魂端平	tiŋ³⁵	tiŋ³³	ten²¹²	tin³³	tuin³³	təŋ³³	tuəi³¹	tuen³³
尊	臻合一魂精平	tsuŋ³⁵	tʃiŋ³³	tsuen²¹²	tɕyn³³	tsuin³³	tsəŋ³³	tʃuen³³	tsen³³
村	臻合一魂清平	tsʰuŋ³⁵	tʃʰiŋ³³	tsʰuen²¹²	tɕʰyn³³	tsʰuin³³	tsʰəŋ³³	tʃʰuəi³¹	tsʰuŋ³³ / tsʰen³³
存	臻合一魂從平	tsʰuŋ¹¹	tʃʰiŋ¹¹	tsʰuen²⁴	tɕʰyn³¹	tsʰuin³¹	tsʰəŋ³¹	tʃʰuəi²¹³	tsʰuen⁴¹
孫	臻合一魂心平	suŋ³⁵	siŋ³³	suen²¹²	ɕyn³³	suin³³	səŋ³³	ʃuəi³¹	suŋ³³
昆	臻合一魂見平	kʰuŋ³⁵	kʰuŋ³³	kʰuen²¹²	kʰyn³³	kʰuin³³		kʰuen³³	kʰuen³³
坤	臻合一魂溪平	kʰuŋ³⁵	kʰuŋ³³	kʰuen²¹²	kʰyn³³	kʰuin³³		kʰuen³³	kʰuen³³
婚	臻合一魂曉平	xuŋ³⁵	xuŋ³³	xuen²¹²	xyn³³	xuin³³	xuəŋ³³	xuen³³	xuen³³
魂	臻合一魂匣平	xuŋ¹¹	xuŋ¹¹	xuen²⁴	xyn³¹	xuin³¹	xuəŋ³¹	xuen²¹³	xuen⁴¹
溫	臻合一魂影平	uŋ³⁵	uŋ³³	uen²¹²	uin³³	uin³³	uəŋ³³	uen³¹	uen³³
本	臻合一混幫上	piŋ³³	puŋ⁵³	pen³¹	pin⁵³	pin³⁵	pəŋ³⁵	pen³⁵	puŋ⁴⁵⁴
盾	臻合一混定上	tiŋ¹³	tiŋ¹³	tuen⁵⁵	tyn³⁵	tuin⁴²	təŋ⁵¹	tuen²¹³	tuen²⁴

字	韻類								
損	臻合一混心上	suŋ³³	siŋ⁵³	suen³¹	ɕyn⁵³	suin³⁵	səɲ³⁵	ʃuəi²¹³	suŋ⁴⁵⁴
滾	臻合一混見上	kuŋ³³	kuŋ⁵³	kuen³¹	kyn⁵³	kuin⁵³	kuəɲ³⁵	kuəi³⁵	kuŋ⁴⁵⁴ 好滾〔註12〕/ kuen⁴⁵⁴
捆	臻合一混溪上	kʰuŋ³³	kʰuŋ⁵³	kʰuen³¹	kʰyn⁵³	kʰuin³⁵	kʰuəɲ³⁵	kʰuəi³⁵	
混	臻合一混匣上	xuŋ¹³	xuŋ¹³	xuen³¹	xyn³⁵	xuin⁴²	xuəɲ³⁵	xuen²¹³	xuen²⁴
穩	臻合一混影上	uŋ³³	uŋ⁵³	uen³¹	uin⁵³	uin³⁵	uəɲ³⁵	uen³⁵	uen⁴⁵⁴
頓	臻合一慁端去	tiŋ¹³	tiŋ¹³	tuen⁵⁵	tyn³⁵	tuin⁴²	təɲ⁵¹	tuen⁵¹	tuen²⁴
嫩	臻合一慁泥去	luŋ¹³	ȵiŋ¹³	luen⁵⁵	nyn³⁵	nuin⁴²	nəɲ⁵¹	nuen³³	nuŋ⁴¹
論	臻合一慁來去	liŋ¹³	ȵiŋ¹³	luen⁵⁵	lyn³⁵	luin⁴²	ləɲ⁵¹	luen²¹³	luen²⁴
寸	臻合一慁清去	tsʰuŋ¹³	tʃʰiŋ¹³	tsʰuen⁵⁵	tɕʰyn³⁵	tsʰuin⁴²	tsʰəɲ⁵¹	tʃʰuen⁵¹	tsʰuŋ⁴¹
棍	臻合一慁見去	kuŋ¹³	kuŋ¹³	kuen⁵⁵	kyn³⁵	kuin⁴²	kuəɲ⁵¹	kuəi⁵¹	kuŋ⁴¹
困	臻合一慁溪去	kʰuŋ¹³	kʰuŋ¹³	kʰuen⁵⁵	kʰyn³⁵	kʰuin⁴²	kʰuəɲ⁵¹	kʰuen⁵¹	kʰuen²⁴
沒	臻合一沒明入	miæ¹¹	miɛ¹¹	mia⁵⁵	mɛ³¹	mɛ³¹		ma³¹	
突	臻合一沒定入	tʰu¹¹	tʰu¹¹	tʰo²⁴	tʰu³¹	tʰu³¹		tʰu³¹	tʰu³³
骨	臻合一沒見入	ku¹¹	kuɛ¹¹	kia³¹	kuɛ³¹	kuɛ⁵³	kuɛ⁵¹	kyɛ⁵¹	kuɑ⁴⁵⁴
窟	臻合一沒溪入	kʰu³⁵	tʃʰyɛ¹¹	kʰu³¹	kʰu³¹	kʰu³³	kʰu³³		kʰu³³
忽	臻合一沒曉入	xu¹¹	xuɛ¹¹	xu²⁴	u³¹	xu³¹	xuɛ³³	xua³¹	xu³³
輪	臻合三諄來平	liŋ¹¹	liŋ¹¹	luen²⁴	lyn³¹	luin³¹	ləɲ³¹	luəi²¹³	len²⁴
遵	臻合三諄精平	tsuŋ³⁵	tʃiŋ³³	tsuen²¹²	tɕyn³³	tsuin³³	tsəɲ³³	tʃuen³³	tsuen³³
旬	臻合三諄邪平	suŋ¹¹	siŋ¹¹	ʃuen²⁴	ɕyn³¹	suin³¹	səɲ³¹	ʃuen³¹	ɕyen⁴¹
巡	臻合三諄邪平	suŋ¹¹	siŋ¹¹	tsʰuen²⁴	ɕyn³¹	suin³¹	səɲ³¹	ʃuen³¹	ɕyen⁴¹
椿	臻合三諄徹平	tɕʰyŋ³⁵	tʃʰuŋ³³	tʃʰuen²¹²	tɕʰyn³³		tsʰuəɲ³³	tʃʰuəi³¹	tsʰuŋ³³
春	臻合三諄昌平	tɕʰyŋ³⁵	tʃʰuŋ³³	tʃʰuen²¹²	tɕʰyn³³	tsʰuin³³	tsʰəɲ³³	tʃʰuəi³¹	tsʰuŋ³³
唇	臻合三諄船平	ɕyŋ¹¹	suŋ¹¹	ʃuen²⁴	tɕʰyn³¹	tsʰuin³¹	səɲ³¹	ʃuəi²¹³	suen²⁴/ tsʰuen⁴¹ 唇膏、嘴唇
純	臻合三諄禪平	ɕyŋ¹¹	suŋ¹¹	ʃuen²⁴	ɕyn³¹	suin³¹	suəɲ³¹	tʃʰuen³¹	tsʰuen⁴¹
均	臻合三諄見平	tɕyŋ³⁵	tʃuŋ³³	tʃuen²¹²	tɕyn³³	tsuin³³	kuəɲ³³	kuen³³	tɕyen³³
匀	臻合三諄以平	yŋ¹¹	iuŋ¹¹	uen²⁴	yn³¹	uin³¹	uəɲ³¹		yen⁴¹
筍	臻合三準心上	suŋ³⁵	siŋ⁵³	suen³¹	ɕyn⁵³	suin³⁵	səɲ³⁵	ʃuəi³⁵	suŋ⁴⁵⁴
準	臻合三準章上	tɕyŋ³³	tʃuŋ⁵³	tʃuen³¹	tɕyn⁵³	tsuin³⁵	tsəɲ³⁵	tʃuen³⁵	tsuŋ⁴⁵⁴/ tsuen⁴⁵⁴ 標準

〔註12〕好滾：形容物體溫度高或天氣熱。

蠢	臻合三準昌上	tɕʰyŋ³⁵	tʃʰuŋ⁵³	tʃʰuen³¹	tɕʰyn⁵³	tsʰuin³⁵	tsʰəŋ³⁵	tʃʰuen³⁵	tsʰuŋ⁴⁵⁴ / tsʰuen⁴⁵⁴ 蠢材
菌	臻合三準群上	tɕʰyŋ³⁵	tʃʰuŋ⁵³	tʃʰuen³¹	tɕyn³³	kʰuin⁴²	kʰuəɲ³⁵	kʰuen³⁵	tɕyen³³
尹	臻合三準以上	yŋ³³	iuŋ⁵³	uen³¹	yn⁵³	yn⁵³	uəɲ³⁵	yen³⁵	ien⁴⁵⁴
俊	臻合三稕精去	tsuŋ¹³	tʃiŋ¹³	tsuen⁵⁵	tɕyn³⁵	tsuin³⁵		tʃen²¹³	tɕyen²⁴
迅	臻合三稕心去	ɕiŋ¹³	siŋ¹³	suen⁵⁵	ɕyn³⁵	ɕin⁴²	səɲ⁵¹	ʃen²¹³	ɕyen²⁴
順	臻合三稕船去	ɕyŋ¹³	suŋ¹³	ʃyen⁵⁵	ɕyn³⁵	suin³⁵	səɲ⁵¹	ʃuen²¹³	ɕyen²⁴
閏	臻合三稕日去	yŋ¹³	iuŋ¹³	uen⁵⁵	uin³⁵	uin⁴²	uəɲ⁵¹	yen³³	yŋ⁴¹
律	臻合三術來入	li¹¹	li¹¹	lye⁵⁵	lyɛ³¹	lyɛ³¹	lyɛ³³	lyɛ³¹	lyɛ⁴¹ 紀律 ly²⁴
出	臻合三術昌入	tɕʰyæ¹¹	tʃʰyɛ¹¹	tʃʰye³¹	tɕʰyɛ³¹	tɕʰyɛ⁴²	tɕʰyɛ⁵¹	tɕʰyɛ⁵¹	tɕʰyɛ⁴⁵⁴
術	臻合三術船入	ɕyæ¹¹	ʃyɛ¹¹	ʃye³¹	ɕyɛ³¹	ɕyɛ⁴²	ɕyɛ³¹	ɕyɛ³¹	ɕy⁴¹ / su³³ 美術
橘	臻合三術見入	tɕy¹¹	tʃy¹¹	tʃy²⁴	tɕyɛ³¹	tɕy³¹	kyɛ⁵¹	tɕy³¹	
分	臻合三文非平	fuŋ³⁵	fuŋ³³	fen²¹²	fin³³	fin³³	fəɲ³³	fəi³¹	fen³³
墳	臻合三文奉平	fuŋ¹¹	fuŋ¹¹	fen²⁴	fin³¹	fin³¹	fəɲ³¹		fen²⁴ / fen⁴¹ 墳地
文	臻合三文微平	uŋ¹¹	uŋ¹¹	uen²⁴	uin³¹	uin³¹	uəɲ³¹	uen²¹³	uen⁴¹
蚊	臻合三文微平	uŋ¹¹	uŋ¹¹	uen²⁴	min³¹	min³¹	məɲ³¹		muŋ²⁴ / uen²⁴ 蚊煙：蚊香
軍	臻合三文見平	tɕyŋ³⁵	tʃuŋ³³	tʃuen²¹²	tɕyn³³	tsuin³³	kuəɲ³³	kuen³³ / kuen³¹	tɕyen³³
裙	臻合三文群平	tɕʰyŋ³⁵	tʃʰuŋ¹¹	tʃʰuen²⁴	tɕʰyn³¹	tsʰuin³¹	kʰuəɲ³¹	kʰuəi²¹³	kʰuŋ²⁴
薰	臻合三文曉平	ɕyŋ³⁵	suŋ³³	ʃuen²¹²			xuəɲ³³	xyen³¹	ɕyen³³
葷	臻合三文曉平	kʰuŋ³⁵	kʰuŋ³³	kʰuen²¹²	kʰuin³³	kʰuin³³	kʰuəɲ³³	xuen³¹	kʰuen³³
雲	臻合三文云平	yŋ¹¹	iuŋ¹¹	uen²⁴	yn³¹	yn³¹	uəɲ³¹	uəi²¹³	yen⁴¹
粉	臻合三吻非上	fuŋ³³	fuŋ⁵³	fen³¹	fin⁵³	fin³⁵	fəɲ³⁵	fəi³⁵	fuŋ⁴⁵⁴
憤	臻合三吻奉上	fuŋ¹³	fuŋ¹³	fen⁵⁵	fin³⁵	fin⁴²	fəɲ⁵¹		fen²⁴
糞	臻合三問非去	fuŋ¹³	fuŋ¹³	fen⁵⁵	fin³⁵	fin³³	fəɲ⁵¹	fen⁵¹	
奮	臻合三問非去	fuŋ¹³	fuŋ¹³	fen⁵⁵	fin³⁵	fin⁴²	fəɲ⁵¹	fen²¹³	fen²⁴
份	臻合三問奉去	fuŋ¹³	fuŋ¹³	fen⁵⁵	fin³⁵	fin⁴²	fəɲ⁵¹	fəi³³	fen²⁴ / fen⁴¹ 一份
問	臻合三問微去	uŋ¹³	uŋ¹³	uen⁵⁵	uin³⁵	uin³³	uəɲ⁵¹	men³³	muŋ⁴¹ / uen²⁴ 問題

字	音韻								
訓	臻合三問曉去	çyŋ¹³	suŋ¹³	ʃuen⁵⁵	çyn³⁵	suin⁴²	xuəŋ⁵¹	xyen²¹³	çyen³³
運	臻合三問云去	yŋ¹³	iuŋ¹³	uen⁵⁵	yn³⁵	yn⁴²	uəɲ⁵¹	yen³³	yen²⁴
佛	臻合三物奉入	fu¹¹	fu¹¹	fu²⁴	fu³¹	fu³¹	fɛ³	fu³¹	fo⁴¹
物	臻合三物微入	u¹¹	u¹¹	uia³¹	uɛ³¹	uɛ³¹	uɛ⁵¹	ua³³	u²⁴
屈	臻合三物溪入	tɕʰy¹¹	tʃʰyɛ¹¹	tʃye³¹	tɕʰyɛ³¹	tɕʰy³¹	kʰyɛ⁵¹	kʰyɛ³¹	tɕʰy³³
倔	臻合三物群入	tɕʰy¹¹	tʃʰyɛ¹¹	tʃye³¹	tɕyɛ³¹	tɕyɛ⁵³			tɕyɛ²⁴
幫	宕開一唐幫平	paŋ³⁵	pan³³	pan²¹²	pan³³	pan³³	pɐŋ³³	paŋ³¹	paŋ³³
旁	宕開一唐並平	pʰan¹¹	pʰan¹¹	pʰan²⁴	pʰan³¹	po³¹		paŋ²¹³	pʰaŋ⁴¹
忙	宕開一唐明平	man¹¹	man¹¹	man²⁴	man³¹	man³¹		maŋ²¹³	maŋ⁴¹
當	宕開一唐端平	taŋ³⁵	tan¹¹	tan²¹²	tan³³	to³³ / tan³³ 應當	tɐŋ³³	taŋ³¹	taŋ³³
湯	宕開一唐透平	tʰaŋ³⁵	tʰan³³	tʰoŋ²¹²	tʰan³³	tʰo³³	tʰɐŋ³³	tʰaŋ³¹	tʰaŋ³³
堂	宕開一唐定平	tʰaŋ¹¹	tʰan¹¹	tʰan²⁴	tʰan³¹	to³¹	tɐŋ³¹	tʰaŋ³¹	tʰaŋ⁴¹
糖	宕開一唐定平	taŋ¹¹	tʰan¹¹	tʰan²⁴	tʰan³¹	to³¹	tɐŋ³¹	taŋ²¹³	taŋ²⁴
塘	宕開一唐定平	ta¹¹ 〔註13〕 / taŋ¹¹ 塘魚	tʰan¹¹	tʰoŋ²⁴	tʰan³¹	to³¹ / tʰan³¹ 碧塘 〔註14〕	tɐŋ³¹	taŋ²¹³	taŋ²⁴ / tʰaŋ⁴¹ 池塘
囊	宕開一唐泥平	laŋ¹¹	lan¹¹	nan²⁴	lan³¹	lɛ³¹ / lan³¹ 窩囊廢		naŋ³¹	naŋ⁴¹
郎	宕開一唐來平	laŋ¹¹	lan¹¹	noŋ²⁴	lan³¹	lan³¹	lɐŋ³¹	laŋ²¹³	laŋ⁴¹
狼	宕開一唐來平	laŋ¹¹	lan¹¹	nan²⁴	lan³¹	lɛ³¹	lɐŋ³¹	laŋ²¹³	laŋ²⁴
髒	宕開一唐精平	tsaŋ³⁵	tʃan³³	tsuan²¹²	tsan³³	tsan³³		tʃaŋ³³	tsaŋ³³
倉	宕開一唐清平	tsʰaŋ³⁵	tʃʰan³³	tsʰuan²¹²	tsʰuan³³	tsʰo³³	tsʰɐŋ³³	tʃʰaŋ³¹	tsʰaŋ³³
桑	宕開一唐心平	suaŋ³⁵	suan³³	soŋ²¹²	suan³³	suan³³	sɐŋ³³	ʃaŋ³¹	saŋ³³
喪	宕開一唐心平	saŋ¹³	san¹³	san⁵⁵	san³³	sɛ⁴²		ʃaŋ³¹	saŋ³³
剛	宕開一唐見平	kaŋ³⁵	kan³³	kan²¹²	kan³³	kan³³	kɐŋ³³	kaŋ³³	
缸	宕開一唐見平	kaŋ³⁵	kan³³	koŋ²¹²	kan³³	ko³³	kɐŋ³³	kaŋ³¹	kaŋ³³
康	宕開一唐溪平	kʰaŋ³⁵	kʰan³³	kʰan²¹²	kʰan³³	kʰan³³	kʰɐŋ³³	kʰaŋ³³	kʰaŋ³³
糠	宕開一唐溪平	kʰaŋ³⁵	kʰan³³	xoŋ²¹²	xan³³	xo³³	xɐŋ³³	xaŋ³¹	xaŋ³³
昂	宕開一唐疑平	ŋaŋ³⁵	ŋan¹¹	ŋan²⁴	ŋan³¹	an³¹		ŋaŋ³¹	
行	宕開一唐匣平	xaŋ¹¹	xan¹¹	xan²⁴	xan³¹	xan³¹	xɐŋ³¹	xaŋ²¹³	xaŋ⁴¹
榜	宕開一蕩幫上	paŋ³³	pan⁵³	pan³¹	pan⁵³	pɛ³⁵	pɐŋ³⁵	paŋ³⁵	paŋ⁴⁵⁴
蟒	宕開一蕩明上	maŋ³³	man⁵³	man³¹	man⁵³	mo³⁵	mɐŋ³⁵	maŋ³⁵	maŋ⁴⁵⁴
黨	宕開一蕩端上	taŋ³³	tan⁵³	tan³¹	tan⁵³	tɛ³⁵	tɐŋ³⁵	taŋ³⁵	taŋ⁴⁵⁴

〔註13〕與仁義村相鄰有一個村莊叫社塘下，仁義發音人發作 ʃa³³ta³³xa³³。

〔註14〕碧塘：郴州北湖區的一個村莊。

抗	宕開一宕溪去	taŋ³³	kʰan¹³	kʰan⁵⁵	tan⁵³	kʰan⁴²	kʰɐŋ⁵¹	taŋ³⁵	kʰaŋ²⁴
蕩	宕開一蕩定上	taŋ¹³	tan¹³	tʰan⁵⁵	tan³⁵	tan⁴²	tʰɐŋ³⁵	taŋ²¹³	taŋ³³
朗	宕開一蕩來上	laŋ³³		nan³¹	lan⁵³	lɛ³⁵	lɐŋ³⁵	laŋ³⁵	laŋ⁴⁵⁴
嗓	宕開一蕩心上	saŋ³³	san⁵³	suan³¹	san⁵³	san³⁵	sɐŋ³⁵	ʃaŋ³⁵	saŋ⁴⁵⁴
當	宕開一宕端去	taŋ¹³	tan¹³	tan⁵⁵	tan³⁵	tɛ³³	tɐŋ³³	taŋ³³	taŋ²⁴
趟	宕開一宕透去	tʰaŋ³³	tʰan¹³	tʰan⁵⁵	tʰan³⁵	tʰan³³		tʰaŋ²¹³	tʰaŋ⁴¹
浪	宕開一宕來去	laŋ¹³	lan¹³	nan⁵⁵	lan³⁵	lan³⁵	lɐŋ⁵¹	laŋ³³	laŋ²⁴
葬	宕開一宕精去	tsaŋ¹³	tʃan¹³	tsoŋ⁵⁵	tsan³⁵	tso⁴²	tsɐŋ⁵¹	tʃaŋ⁵¹	tsaŋ²⁴
臟	宕開一宕從去	tsaŋ¹³	tʃan¹³	tsuan⁵⁵	tsan³⁵	tsɛ³³	tsɐŋ⁵¹	tʃaŋ²¹³	tsaŋ²⁴
喪	宕開一宕心去	saŋ¹³	san¹³	san⁵⁵	san³⁵	san³⁵		ʃaŋ³¹	saŋ²⁴
槓	宕開一宕見去	kaŋ¹³	kan¹³	kan⁵⁵	kan³⁵	kan⁴²		kaŋ²¹³	kaŋ²⁴
博	宕開一鐸幫入	po¹¹	po¹¹	po³¹	po³¹	po³¹	po³¹	po³¹	po⁴¹
薄	宕開一鐸並入	po¹¹	po¹¹	pʰo⁵⁵	po³¹	po³³	po³³	pəu³³	po⁴¹
莫	宕開一鐸明入	mo¹¹	mo¹¹	mo⁵⁵	mo³¹			mo³¹	mo²⁴
摸	宕開一鐸明入	mo³⁵	mo³³	mo²¹²	ma⁵³	ma³⁵	mo³³	məu³¹	mo³³
託	宕開一鐸透入	tʰo¹¹	tʰo¹¹	tʰo²⁴	tʰo³¹	tʰo⁴²	tʰo³³	tʰəu⁵¹	tʰo³³
諾	宕開一鐸泥入	io¹¹	no¹¹	ȵio³¹	no³¹	no³¹		no³⁵	no²⁴
落	宕開一鐸來入	lo¹¹	lo¹¹	lo⁵⁵	lo³¹	lo³³	lo³³	ləu³³	lo⁴¹
烙	宕開一鐸來入	lo¹¹	lo¹¹	lia³¹			lo³³	la³³	lau⁴¹
樂	宕開一鐸來入	lo¹¹	lo¹¹	lo⁵⁵	lo³¹	lo³¹	lo³³	lo³¹	lo⁴¹
作	宕開一鐸精入	tso¹¹	tʃo¹³	tso³¹	tso³¹	tso⁵³	tso³³	tʃo³¹	tso²⁴ / tso⁴¹ 作業
鑿	宕開一鐸從入	tsʰo¹¹	tʃʰo¹¹	tsʰo⁵⁵			tsʰo³³	tʃʰəu³³	tsau⁴¹
索	宕開一鐸心入	so¹¹	so¹¹	so³¹	so³¹	so⁵³	so⁵¹	ʃəu³¹	so⁴⁵⁴
各	宕開一鐸見入	ko¹¹	ko¹¹	ko³¹	ko³¹	kʰo⁴²	kʰo⁵¹	ko³¹	ko⁴¹
胳	宕開一鐸見入	ka¹¹		ko³¹	ka³¹	kɛ³¹	ka⁵¹	ka⁵¹	ka⁴⁵⁴
鶴	宕開一鐸匣入	xo¹¹	xo¹³	xo⁵⁵	xo³¹	xo³¹		xo³¹	xo²⁴
惡	宕開一鐸影入	o¹¹	o¹³	ŋo³¹	ŋo³¹	ŋo³¹	ŋo³¹	əu⁵¹	ŋo⁴¹
良	宕開三陽來平	liaŋ¹¹	lian¹¹	ȵioŋ²⁴	lian³¹	lio³¹	liɐŋ³¹	liaŋ³¹	liaŋ⁴¹
糧	宕開三陽來平	liaŋ¹¹	lian¹¹	ȵioŋ²⁴	lian³¹	lio³¹	liɐŋ³¹	liaŋ²¹³	liaŋ⁴¹
將	宕開三陽精平	tɕiaŋ³⁵	tʃian³³	tsian²¹²	tɕian³³	tɕio³³	tɕiɐŋ³³	tɕiaŋ³¹	tɕiaŋ³³
槍	宕開三陽清平	tɕʰiaŋ³⁵	tʃʰian³³	tsʰioŋ²¹² 白 / tsʰian²¹² 文	tɕʰian³³	tɕʰio³³	tɕʰiɐŋ³³	tɕʰiaŋ³¹	tɕʰiaŋ³³
牆	宕開三陽從平	tɕʰiaŋ¹¹	tʃʰian¹¹	tsʰioŋ²⁴	tɕʰian³¹	tɕʰio³¹	tɕʰiɐŋ³¹	tɕʰiaŋ²¹³	tɕʰiaŋ⁴¹
箱	宕開三陽心平	ɕiaŋ³⁵	ʃian³³	sioŋ²¹²	ɕian³³	ɕio³³	ɕiɐŋ³³	ɕiaŋ³¹	ɕiaŋ³³
鑲	宕開三陽心平	ɕiaŋ³⁵	ian⁵³	sian²¹²	ɕian³³				ɕiaŋ³³
詳	宕開三陽邪平	tɕʰiaŋ¹¹	tʃʰian¹¹	tsʰian²⁴	tɕʰian³¹	tɕʰio³¹	tɕʰiɐŋ³¹	tɕʰiaŋ²¹³	ɕiaŋ⁴¹

張	宕開三陽知平	tʃaŋ³⁵	tʃan³³	tʃoŋ²¹² 白 / tʃan²¹² 文	tɕian³³	tɕio³³	tseŋ³³	tʃaŋ³¹	tsaŋ³³
長	宕開三陽澄平	tʃʰaŋ¹¹	tʃʰan¹¹	tʃʰoŋ²⁴	tɕʰian³¹	tɕʰio³¹ / tɕʰian³¹ 長江	tsʰɐŋ³¹	tʃʰaŋ²¹³	tsʰɵø²⁴ / tsʰaŋ⁴¹ 長江
腸	宕開三陽澄平	tʃʰaŋ¹¹	tʃʰan¹¹	tʃʰoŋ²⁴	tɕʰian³¹	tɕʰio³¹	tsʰɐŋ³¹	tʃʰaŋ³³	tsʰɵø²⁴
場	宕開三陽澄平	tʃʰaŋ¹¹	tʃʰan¹¹	tʃʰan²⁴	tɕʰian³¹	tɕʰio³¹	tsʰɐŋ³⁵	tʃʰaŋ³¹	tsʰaŋ⁴¹
莊	宕開三陽莊平	tsuaŋ³⁵	tʃuan³³	tsoŋ²¹² 住莊：小村莊 / tsuan²¹² 莊稼	tsuan³³	tso³³ / tsuan³³ 石家莊	tsɐŋ³³	tʃuaŋ³¹	tsuaŋ³³
裝	宕開三陽莊平	tsuaŋ³⁵	tʃan³³	tsuan²¹²	tsuan³³	tio³³ / tso³³	tiɐŋ³³	tʃuaŋ³¹	tɵø³³ / tyɛ³³ / tsuaŋ³³ 假裝
瘡	宕開三陽初平	tsʰuaŋ³⁵	tʃʰuan³³	tsʰoŋ²¹²	tsʰuan³³	tsʰo³³	tsʰɐŋ³³	tʃʰaŋ³¹	tsʰuaŋ³³
床	宕開三陽崇平	tsʰuaŋ¹¹	tʃʰuan¹¹	tsʰoŋ²⁴	tsʰuan³¹	tsʰo³¹	tsʰɐŋ³¹	tʃʰaŋ²¹³	tsʰo²⁴
霜	宕開三陽生平	suaŋ³⁵	suan³³	soŋ²¹²	suan³³	suan³³	sɐŋ³³	ʃuaŋ³¹	suaŋ³³
章	宕開三陽章平	tʃaŋ³⁵	tʃan³³	tʃan²¹²	tɕian³³	tɕio³³	tsɐŋ³³	tʃaŋ³¹	tsaŋ³³
昌	宕開三陽昌平	tʃʰaŋ³⁵	tʃʰan³³	tʃʰan²¹²	tɕʰian³³	tɕʰian³³		tʃʰuaŋ³³	tsʰaŋ³³
傷	宕開三陽書平	ʃaŋ³⁵	san³³	ʃan²¹² / ʃioŋ²¹²	ɕian³³	ɕio³³	sɐŋ³³	ʃaŋ³¹	saŋ³³
常	宕開三陽禪平	ʃaŋ¹¹	san¹¹	ʃan²⁴	tsʰan³¹	tsʰan³¹		ʃaŋ³¹	tsʰaŋ⁴¹
嘗	宕開三陽禪平	ʃaŋ¹¹	san¹¹	ʃioŋ²⁴	tsʰan³¹	ɕio³¹	sɐŋ³¹	ʃaŋ²¹³	saŋ²⁴
兩	宕開三養來上	lian³³	lian⁵³	ɲioŋ³¹	lian⁵³	lio³⁵	liɐŋ³⁵	lian³⁵	lɵø⁴⁵⁴
姜	宕開三陽見平	tʃaŋ³⁵	tʃan³³	tʃoŋ²¹²	tɕian³³	tɕio³³	kiɐŋ³³	kian³¹	tɕian³³
強	宕開三陽群平	tʃʰaŋ¹¹	tʃʰan¹¹	tʃʰan²⁴	tɕʰian³¹	tɕʰian³¹	kʰiɐŋ³¹	kʰian²¹³	tɕʰian⁴¹
香	宕開三陽曉平	ʃaŋ³⁵	san³³	ʃioŋ²¹²	ɕian³³	ɕio³³	xiɐŋ³³	xian³¹	ɕian³³
鄉	宕開三陽曉平	ʃaŋ³⁵	san³³	ʃan²¹²	ɕian³³	ɕio³³	xiɐŋ³³	xian³¹	ɕian³³
秧	宕開三陽影平	ian³⁵	ian³³	ian²¹²	ian³³	io³³	iɐŋ³³	ian³¹	ian³³
羊	宕開三陽以平	ian¹¹	ian¹¹	ioŋ²⁴	ian³¹	io³¹	iɐŋ³¹	ian²¹³	iaŋ²⁴
楊	宕開三陽以平	ian¹¹	ian¹¹	ian²⁴	ian³¹	ian³¹	iɐŋ³¹	ian²¹³	iaŋ²⁴
獎	宕開三養精上	tɕian³³	tʃian⁵³	tsian³¹	tɕian⁵³	tɕio³⁵	tɕiɐŋ³⁵	tɕian³⁵	tɕian⁴⁵⁴
搶	宕開三養清上	tɕʰian³³	tʃʰian⁵³	tsʰioŋ³¹	tɕʰian⁵³	tɕʰio³⁵	tɕʰiɐŋ³⁵	tɕʰian³⁵	tsʰɵø⁴⁵⁴ 白 tɕʰian⁴⁵⁴ 文
想	宕開三養心上	ɕian³³	ʃian⁵³	sion³¹	ɕian⁵³	ɕio³⁵	ɕiɐŋ³⁵	ɕiɐŋ³⁵	ɕian⁴⁵⁴

象	宕開三養邪上	ɕiaŋ¹³	ʃian¹³	sian⁵⁵	ɕian³⁵	ɕio⁴²	ɕiaŋ⁵¹	ɕia³¹ 形象 / ɕiaŋ⁵¹	ɕiaŋ²⁴
像	宕開三養邪上	ɕiaŋ¹³	ʃian¹³	tsʰioŋ⁵⁵	ɕian³⁵	ɕio⁴²	tɕʰiaŋ⁵¹	tɕʰieŋ³³	tɕʰiaŋ⁴¹
漲	宕開三養知上	tʃaŋ³³	tʃan⁵³	tioŋ³¹	tɕian⁵³	tɕio³⁵	tsɐŋ³⁵	tʃaŋ³⁵	tsaŋ⁴⁵⁴
丈	宕開三養澄上	tʃaŋ¹³	tʃan¹³	tʃʰioŋ³¹ 一丈 tʃan⁵⁵ 丈量	tɕʰian³⁵	tɕʰio³⁵	tsʰɐŋ³⁵	tʃʰaŋ³⁵	tsaŋ²⁴
闖	宕開三養初上	tsʰuaŋ³³	tʃyan⁵³	tsʰuan³¹	tsʰuan⁵³	tsʰuan⁵³		tʃʰuaŋ³⁵	tsʰaŋ⁴⁵⁴
掌	宕開三養章上	tʃaŋ³³	tʃan⁵³	tʃan³¹	tɕian⁵³	tɕio³⁵	tsɐŋ³⁵	tʃaŋ³⁵	tsaŋ⁴⁵⁴
廠	宕開三養昌上	tʃʰaŋ³³	tʃʰan⁵³	tʃʰan³¹	tɕʰian⁵³	tɕʰio³⁵	tsʰɐŋ³⁵	tʃʰaŋ³⁵	tsʰaŋ⁴⁵⁴
賞	宕開三養書上	ʃaŋ³³	san⁵³	ʃan³¹	san⁵³	ɕio³⁵		ʃaŋ³⁵	saŋ⁴⁵⁴
上~山	宕開三養禪上	ʃaŋ¹³	san¹³	ʃioŋ³¹	ɕian³⁵	ɕio³⁵	sɐŋ³⁵	ʃaŋ³⁵	ɕyɛ³³
強	宕開三養群上	tʃʰaŋ³³	tʃʰan¹¹	tʃʰan³¹	tɕʰian⁵³	tɕʰiɛ³⁵	kʰiaŋ³⁵	kʰiaŋ³⁵	tɕʰiaŋ⁴¹
仰	宕開三養疑上	ŋaŋ³³	ɲian⁵³	ian³¹	ian⁵³			a³⁵	ian⁴⁵⁴
享	宕開三養曉上	ʃaŋ³³	san⁵³	ʃan³¹	ɕian⁵³	ɕio³⁵	xiaŋ³⁵	xiaŋ³⁵	ɕiaŋ⁴⁵⁴
養	宕開三養以上	iaŋ³³	ian⁵³	ioŋ³¹ 兒子養我 an³¹ 養病	ian⁵³	io³⁵	ieŋ³⁵	iaŋ³⁵	yɛ³³
釀	宕開三漾泥去	iaŋ¹³	ian¹³	ian⁵⁵	ɲian³⁵	liɛ³³ / ɲian³³ 釀豆腐	ɲieŋ⁵¹	iaŋ³³	ɲian²⁴
量	宕開三漾來去	liaŋ¹³	lian¹³	ɲian⁵⁵	lian³⁵	lio⁴²	lieŋ³¹	liaŋ²¹³	lian²⁴
醬	宕開三漾精去	tɕiaŋ¹³	tʃian¹³	tsioŋ⁵⁵	tɕian³⁵	tɕio⁴²	tɕieŋ⁵¹	tɕiaŋ⁵¹	tɕiaŋ²⁴
匠	宕開三漾從去	tɕiaŋ¹³	tʃʰian¹³	tsʰioŋ⁵⁵	tɕian³⁵	tɕian⁴²	tɕʰieŋ⁵¹	tɕʰiaŋ⁵⁵	tɕiaŋ²⁴
相	宕開三漾心去	ɕiaŋ¹³	sian¹³	sioŋ⁵⁵	ɕian³⁵	ɕio⁴²	ɕiaŋ³³	ɕiaŋ²¹³	ɕiaŋ²⁴
脹	宕開三漾知去	tʃɐn¹³	tʃan¹³	tioŋ⁵⁵	tian³⁵	tio⁴² / tse⁴² 膨脹	tieŋ⁵¹	tian⁵¹	tsaŋ⁴¹
暢	宕開三漾徹去	tʃʰɐn¹³	tʃʰan¹³	tʃʰan⁵⁵	tsʰan³⁵	tsʰan⁴²		tʃʰaŋ²¹³	tsʰaŋ²⁴
壯	宕開三漾莊去	tsuaŋ¹³	tʃuan¹³	tsoŋ⁵⁵	tsuan³⁵	tso⁴²	tsɐŋ⁵¹	tʃuaŋ⁵¹	tso⁴¹ 好壯 tsuaŋ²⁴
創	宕開三漾初去	tsʰuaŋ¹³	tʃʰyan¹³	tsʰuan⁵⁵	tsʰuan³⁵	tsʰuan³⁵	tsʰɐŋ⁵¹	tʃʰaŋ²¹³	tsʰuaŋ²⁴
狀	宕開三漾崇去	tsuaŋ¹³	tʃyan¹³	tsuan⁵⁵	tsuan³⁵	tso⁴²	tsɐŋ⁵¹	tʃʰuaŋ³³	tsuaŋ²⁴ / tsuaŋ⁴¹ 獎狀
障	宕開三漾章去	tʃaŋ¹³	tʃan³³	tʃan⁵⁵	tsan³⁵	tɕio⁴²	tsɐŋ⁵¹	tʃaŋ²¹³	tsaŋ²⁴
唱	宕開三漾昌去	tʃʰo¹³	tʃʰan¹³	tʃʰoŋ⁵⁵	tɕʰian³⁵	tɕʰio⁴²	tsʰɐŋ⁵¹	tʃʰaŋ⁵¹	tsʰɵø⁴¹
上~面	宕開三漾禪去	ʃaŋ¹³	ʃan¹³	ʃan⁵⁵	ɕian³⁵	ɕio⁴²	sɐŋ⁵¹	ʃaŋ³³	saŋ²⁴
讓	宕開三漾日去	iaŋ¹³	ian¹³	ioŋ⁵⁵	ian³⁵	io³³	ieŋ⁵¹	iaŋ³³	ɹaŋ²⁴

向	宕開三漾曉去	ʃaŋ¹³	san¹³	ʃan⁵⁵	ɕian³⁵	ɕian³⁵	xiɐŋ⁵¹	xiaŋ⁵¹	ɕiaŋ²⁴
樣	宕開三漾以去	iaŋ¹³	ian¹³	ioŋ⁵⁵ 樣子 ian⁵⁵ 一樣、兩樣	ian³⁵	io³³	iɐŋ⁵¹	iaŋ³³	iaŋ⁴¹ 樣子 / iaŋ²⁴
略	宕開三藥來入	ȵio¹¹	lo¹¹	ȵio⁵⁵	ȵio³¹	ȵio³³	ȵio³³	lo³¹	lyɛ⁴⁵⁴
鵲	宕開三藥清入	tɕʰio¹¹	tʃʰo¹¹	tsʰio⁵⁵	tɕʰyɛ³¹	tɕʰyɛ⁵³		tɕiəu³¹	tɕiau³³
削	宕開三藥心入	ɕio¹¹	so¹¹	sio²⁴	ɕio³¹	ɕio⁵³	ɕio⁵¹	ɕiəu³¹	ɕiau³³
著~衣	宕開三藥知入	tʃo¹¹	tʃo¹¹	tio³¹	tio³¹	tio⁵³	tio⁵¹	tiau⁵¹	tɵø⁴¹
勺~子	宕開三藥禪入	ʃo¹¹	so¹¹	ʃo⁵⁵	ɕio³³	ɕio³³	so³³	ʃəu³³	so⁴¹
弱	宕開三藥日入	io¹¹	ȵio¹¹	ȵio⁵⁵	ȵio³⁵	ȵio³³	ȵio³³	ȵio³³	ɹo²⁴
腳	宕開三藥見入	tʃo¹¹	tʃo¹¹	tʃo³¹	tɕio³¹	tɕio⁵³	kio⁵¹	kiau⁵¹	kɵø⁴¹
卻	宕開三藥溪入	tʃʰo¹¹	tʃʰo¹¹	tʃʰio³¹				kʰyɛ³¹	
虐	宕開三藥疑入	ȵio¹¹	ȵio¹¹	ȵio⁵⁵	ȵio³¹	ȵio³³	ȵio³³	ȵio³³	ȵyɛ²⁴
約	宕開三藥影入	io¹¹	io¹¹	io³¹	io³¹	io⁵³	ȵio³³	io⁵¹	yɛ³³
藥	宕開三藥以入	io¹¹	io¹¹	io⁵⁵	io³⁵	io³³	io³³	iau³³	io⁴¹
光	宕合一唐見平	kuan³⁵	kuan³³	koŋ²¹²	kuan³³	kuan³³	kuɐŋ³³	kuaŋ³¹	kuaŋ³³
荒	宕合一唐曉平	xuan³⁵	xuan³³	xoŋ²¹²	xuan³³	xo³³	xuɐŋ³³	xuaŋ³¹	xuaŋ³³
黃	宕合一唐匣平	xuaŋ¹¹	xuan¹¹	oŋ²⁴	xuan³¹	o³¹	uɐŋ³¹	uaŋ²¹³	uaŋ²⁴ / xuaŋ⁴¹ 黃色
皇	宕合一唐匣平	xuaŋ¹¹	xuan¹¹	xuan²⁴	xuan³¹	xo³¹	xuɐŋ³¹	xuaŋ²¹³	xuaŋ⁴¹
廣	宕合一蕩見上	kuaŋ³³	kuan⁵³	kuan³¹	kuan⁵³	ko³⁵	kuɐŋ³⁵	kuaŋ³⁵	kuaŋ⁴⁵⁴
謊	宕合一蕩曉上	xuaŋ³³	xuan⁵³	xuan³¹	xuan⁵³	xuan³⁵	xuɐŋ³⁵	xuaŋ³⁵	xuaŋ⁴⁵⁴
郭	宕合一鐸見入	ko¹¹	ko¹¹	ko³¹	ko³¹	ko⁵³	ko³³	kəu⁵¹	ko³³
廓	宕合一鐸溪入	ko¹¹	ko¹¹	ko³¹	kʰo³¹	kʰo⁵³		kʰo³¹	kʰo²⁴
霍	宕合一鐸曉入	xo¹³	xo¹¹	xo⁵⁵	xo³⁵	xo⁵³		xo²¹³	xo⁴¹
鑊鍋	宕合一鐸匣入	o³⁵	o³³	o²⁴	o³¹	u³¹			
方	宕合三陽非平	faŋ³⁵	fan³³	fan²¹²	fan³³	fo³³	fɐŋ³³	faŋ³¹	faŋ³³
房	宕合三陽奉平	faŋ¹¹	fan¹¹	fan²⁴	fan³¹	fo³¹	fɐŋ³¹	faŋ²¹³	faŋ²⁴
亡	宕合三陽微平	uaŋ¹¹	uan¹¹	uan²⁴	uan³¹	fan³¹	uɐŋ³¹	uaŋ²¹³	uaŋ⁴¹
芒	宕合三陽微平	maŋ¹¹	man¹¹	man²⁴	man³¹	man³¹	mɐŋ³¹	maŋ²¹³ / man³¹	maŋ⁴¹
筐	宕合三陽溪平	kʰuan³⁵	kʰuan³³	kʰuan²¹²					kʰuaŋ³³
狂	宕合三陽群平	kʰuan¹¹	kʰuan¹¹	kʰuan²⁴	kʰuan³¹	kʰuan³¹		kʰuaŋ²¹³	kʰuaŋ⁴¹
王	宕合三陽云平	uaŋ¹¹	uan¹¹	uan²⁴	uan³¹	o³¹	uɐŋ³¹	uaŋ²¹³	uaŋ²⁴ / uaŋ⁴¹ 大王
仿	宕合三養非上	faŋ³³	fan⁵³	fan³¹	fan⁵³	fɛ³⁵		faŋ³⁵	faŋ⁴⁵⁴

紡	宕合三養敷上	faŋ^{33}	fan^{53}	fan^{31}	fan^{53}	fɛ^{35}	fɐŋ^{35}	faŋ^{35}	faŋ^{454}
網	宕合三養微上	maŋ^{33}	uan^{53}	uan^{31}	uan^{53}	uan^{35}	uɐŋ^{35}	maŋ^{35}	uaŋ^{454}
枉	宕合三養影上	uaŋ^{33}	uan^{33}	uan^{31}	uan^{53}	uan^{53}	uɐŋ^{35}	uaŋ^{35}	uaŋ^{454}
往	宕合三養云上	uaŋ^{33}	uan^{53}	uan^{31}	uan^{53}	uan^{35}	uɐŋ^{35}	uaŋ^{35}	uaŋ^{454}
放	宕合三漾非去	faŋ^{13}	fan^{13}	fəŋ^{55}	fan^{35}	fo^{42} 放東西 / fɛ^{42}	fɐŋ^{51}	faŋ^{51}	faŋ^{41}
訪	宕合三漾敷去	faŋ^{33}	fan^{53}	fan^{31}	fan^{53}	fɛ^{42}	fɛ^{35}	faŋ^{51}	faŋ^{454}
忘	宕合三漾微去	uaŋ^{11}	uan^{11}	uan^{55}	uan^{35}	uan^{42}		uaŋ^{213}	
逛	宕合三漾見去	kʰuaŋ^{11}	kʰuan^{53}	kʰuan^{24}	kuan^{35}			kuaŋ^{213}	kuaŋ^{24}
況	宕合三漾曉去	kʰuaŋ^{13}	kʰuan^{53}	kʰuan^{55}	kʰuan^{35}	kʰuan^{42}	kʰuɐŋ^{51}	kʰuaŋ^{213}	kʰuaŋ^{24}
旺	宕合三漾云去	uaŋ^{13}	uan^{13}	uan^{55}	uan^{35}	uan^{33}	uɐŋ^{51}	uaŋ^{213}	uaŋ^{24}
钁	宕合三藥見入	tʃo^{11}	tʃo^{11}	tʃo^{31}	tɕio^{31}	tɕio^{53}			
邦	江開二江幫平	paŋ^{35}	pan^{33}	pan^{212}	pan^{33}	pan^{33}		paŋ^{33}	paŋ^{33}
龐	江開二江並平	pʰaŋ^{11}	pʰan^{11}	pʰan^{24}	pʰan^{31}	pʰan^{31}		pʰaŋ^{31}	pʰaŋ^{41}
椿	江開二江知平	tsuaŋ^{35}	tʃuan^{33}	tsoŋ^{212}	tsuan^{33}	tsuan^{33} / tso^{33} 木椿	təŋ^{33}	tuəi^{35}	tsuaŋ^{33}
窗	江開二江初平	tsʰuaŋ^{35}	tʃʰuan^{33}	tsʰoŋ^{212} / tsʰuan^{212}	tsʰuan^{33}	tsʰo^{33}		tʃʰaŋ^{33}	tɕʰiaŋ^{33}
雙	江開二江生平	suaŋ^{35}	ʃuan^{33}	soŋ^{212}	suan^{33}	so^{33}	sɐŋ^{33}	ʃuaŋ^{31}	suaŋ^{33}
江	江開二江見平	kaŋ^{35}	tʃan^{33}	tʃan^{212}	tɕian^{33}	tɕian^{33} / tɕio^{33} 姓江	kɐŋ^{33}	kaŋ^{31}	kaŋ^{33} / tɕiaŋ^{33} 長江
腔	江開二江溪平	tʃʰaŋ^{35}	tʃʰan^{33}	tʃʰan^{212}	tɕʰian^{33}	tɕʰiɛ^{33}	kʰɐŋ^{33}	kʰiaŋ^{33}	tɕʰiaŋ^{33}
降	江開二江匣平	ɕyaŋ^{11}	san^{11}	ʃan^{24}	ɕian^{31}	ɕian^{31}	xiɐŋ^{31}	xiaŋ^{31}	ɕiaŋ^{41}
綁	江開二講幫上	paŋ^{33}	pan^{53}	pan^{31}	pan^{53}	pan^{35}		paŋ^{35}	paŋ^{454}
棒	江開二講並上	paŋ^{13}	pan^{13}	pan^{24}	pan^{35}	pan^{42}	pɐŋ^{51}	paŋ^{51}	paŋ^{24}
講	江開二講見上	tʃaŋ^{33}	tʃan^{53}	tʃan^{31}	kan^{53}	kan^{35}	kɐŋ^{35}	kiaŋ^{35}	kaŋ^{454}
胖	江開二絳滂去	pʰaŋ^{13}	pʰan^{13}	pʰəŋ^{55}	pʰan^{35}	pʰan^{42}	pʰɐŋ^{51}	pʰaŋ^{51}	
撞	江開二絳澄去	tsʰuaŋ^{13}	tʃuan^{13}	tsʰuan^{31}	tsʰuan^{35}	tsʰuan^{33}	tsʰɐŋ^{51}	tʃʰaŋ^{33}	tsuaŋ^{24}
降	江開二絳見去	kaŋ^{13}	tʃian^{13}	tʃan^{55}	kan^{35}	kɛ^{42}	kɐŋ^{51}	kiaŋ^{213}	tɕiaŋ^{24}
巷	江開二絳匣去	xaŋ^{13}	xan^{13}	ʃan^{55}	xan^{35}	xan^{33}	xɐŋ^{51}	xiaŋ^{213}	xaŋ^{41}
剝	江開二覺幫入	po^{11}	po^{11}	po^{31}	po^{31}	po^{31}	po^{51}	pəu^{51}	po^{33}
樸	江開二覺滂入	pʰu^{33}	pʰu^{53}	pʰo^{31}	pʰu^{53}	pʰu^{35}	pʰo^{35}	pʰu^{213}	pʰu^{41}
桌	江開二覺知入	tso^{11}	tʃo^{11}	tso^{31}	tso^{31}	tso^{53}	tso^{51}	tʃo^{31}	tso^{33}
啄	江開二覺知入	tsua^{11}	tʃo^{11}	tso^{31}	tso^{31}	tso^{53}	to^{51}	tʃua^{51}	to^{454} / tso^{41} 啄木鳥
戳	江開二覺徹入	tsʰo^{11}	tʃʰo^{11}	tsʰo^{55}	tyn^{35}*	tsʰo^{33}	tsʰo^{51}	tʃʰo^{31}	tsʰo^{454}

捉	江開二覺莊入	tso¹¹	tʃo¹¹	tso³¹	tso³¹	tso⁵³	tso⁵¹	tʃəu⁵¹	tsəu⁴⁵⁴ / tso⁴⁵⁴ 捉緊：捉住
覺	江開二覺見入		tʃo¹¹	tʃo³¹	tɕio³¹	tɕio³¹ / tɕye⁵³ 覺得	kio⁵¹	kʰio³¹	tɕye⁴¹
角	江開二覺見入	ko¹¹ 牛角 / tʃo¹¹ 三角錢、三角形	ko¹¹	ko³¹ 三角 / tʃo³¹ 一角錢	ko³¹	ko⁵³ / tɕio⁵³ 一角錢	ko⁵¹ 牛角 / kio⁵¹ 一角錢	kiɑu⁵¹	kɵø⁴¹ / tɕye⁴¹ 三角
確	江開二覺溪入	tʃʰo¹¹ / kʰo¹¹	tʃʰo¹¹	tʃʰo³¹	kʰo³¹	kʰo⁵³	kʰo⁵¹	kʰo³¹	tɕʰye²⁴
殼	江開二覺溪入	kʰo¹¹	kʰo¹¹	kʰo³¹	kʰo³¹	kʰo³¹ / kʰo⁵³ 雞蛋殼	xo⁵¹	kʰəu⁵¹	kʰo³³
樂音~	江開二覺疑入	io¹¹	io¹¹	io³¹	io³¹	io³¹		io³¹	ye²⁴
學	江開二覺匣入	ʃo¹¹	so¹¹	ʃo⁵⁵	ɕye³¹	xo³¹	xo³¹	xəu³³	ɕye⁴¹ / xo⁴¹ 學東西
握	江開二覺影入	ŋo¹¹	ŋo¹¹	o⁵⁵	ŋo³¹	o⁵³		o²¹³	o⁴¹
崩	曾開一登幫平	puŋ³⁵	puŋ³³	pəŋ²¹²	puŋ³³	puŋ³³	puŋ³¹	pəi³¹	puŋ³³
朋	曾開一登並平	pʰuŋ¹¹	pʰuŋ¹¹	pʰəŋ²⁴	pʰuŋ³¹	puŋ³¹	puŋ³¹	pəɵ²¹³	puŋ²⁴
燈	曾開一登端平	tiŋ³⁵	tiŋ³³	ten²¹²	tin³³	tin³³	təŋ³³	təi³¹	ten³³
藤	曾開一登定平	tʰiŋ¹¹	tʰiŋ¹¹	tʰen²⁴	tʰin³¹	tin³¹	təŋ³¹	təi²¹³	tʰen⁴¹
能	曾開一登泥平	liŋ¹¹	ȵiŋ¹¹	nen²⁴	lin³¹	lin³¹	ȵəŋ³¹	len²¹³	nen⁴¹
增	曾開一登精平	tsuŋ³⁵	tʃiŋ³³	tsen²¹²	tɕyn³³	tsuin³³	tsəŋ³³	tʃen³³	tsen³³
層	曾開一登從平	tsʰuŋ¹¹	tʃʰiŋ¹¹	tsʰen²⁴	tɕʰyn³¹	tsʰuin³¹	tsʰəŋ³¹	tʃʰəi²¹³	tsʰuŋ²⁴
僧	曾開一登心平	tsuŋ³⁵	tʃiŋ³³	tsen²¹²	tɕyn³³	tsʰuin³³		ʃai³³	sen³³
等	曾開一等端上	tiŋ³³	tiŋ⁵³	ten³¹	tin⁵³	tin⁵³	təŋ³⁵	təi³⁵	ten⁴⁵⁴
肯	曾開一等溪上	kʰiŋ³³	kʰiŋ⁵³	xen³¹	kʰin⁵³	kʰin³⁵	xəŋ³⁵	kʰəi³⁵	kʰen⁴⁵⁴
凳	曾開一嶝端去	tiŋ¹³	tiŋ¹³	ten⁵⁵	tin³⁵	tin⁴²	təŋ⁵¹	təi⁵¹	ten⁴¹
鄧	曾開一嶝定去	tiŋ¹³	tiŋ¹³	ten⁵⁵	tin³⁵	tin³⁵	təŋ⁵¹	tai³³	ten²⁴
北	曾開一德幫入	piæ¹¹	pie¹¹	pia³¹	pɛ³¹	pɛ⁵³	pɛ⁵¹	pa⁵¹	pɛ⁴¹
墨	曾開一德明入	miæ¹¹	mie¹¹	mia⁵⁵	mo³¹	ma³³	mɛ³³	ma³³	mo⁴¹
得	曾開一德端入	tiæ¹¹	tie¹¹	tia³¹	tɛ³¹	tɛ³¹	tɛ⁵¹	ta⁵¹	təi³³ / tɛ⁴¹ 得到
特	曾開一德定入	tʰiæ¹¹	tʰie¹¹	tʰia³¹	tʰɛ³¹	tʰɛ⁵³	tʰɛ³¹	tʰa³¹	tʰɛ⁴¹
勒	曾開一德來入	liæ¹¹	lie¹¹	lia⁵⁵	lɛ³¹	lɛ³¹		la³³	lɛ³³
則	曾開一德精入	tɕiæ¹¹	tʃie¹¹	tsia³¹	tsɛ³¹	tsɛ³³	tsɛ³¹	tʃa³¹	tsɛ⁴¹
賊	曾開一德從入	tɕiæ¹¹	tʃie¹¹	tsia³¹	tsɛ³¹	tsɛ³¹		tʃa³¹	

塞	曾開一德心入	çiæ¹¹	ʃiɛ¹¹	sia³¹	sɛ³¹	sɛ⁵³		ʃa⁵¹	sɛ⁴⁵⁴
刻	曾開一德溪入	kʰæ¹¹	kʰiɛ¹¹	kʰia³¹	kʰɛ³¹	kʰɑ⁵³	kʰɛ⁵¹	kʰa⁵¹	kʰɛ²⁴
克	曾開一德溪入	kʰæ¹¹	kʰiɛ¹¹	kʰia³¹	kʰɛ³¹	kʰɛ⁵³	kʰɛ⁵¹	kʰa⁵¹	kʰɛ⁴¹
黑	曾開一德曉入	xæ¹¹	xɛ¹¹	xia³¹	xɛ³¹	xɛ⁵³	xɛ⁵¹	xa⁵¹	xɑi⁴⁵⁴
冰	曾開三蒸幫平	piŋ³⁵	piŋ³³	pen²¹²	pin³³	pin³³	pəŋ³³	pəi³¹	pien³³
憑	曾開三蒸並平	pʰiŋ¹¹	pʰiŋ¹¹	pʰen²⁴	pʰin³¹	pin³¹	pəŋ³¹	pʰen³¹	pʰien⁴¹
陵	曾開三蒸來平	liŋ¹¹	liŋ¹¹	nen²⁴	lin³¹	lin³¹		len³¹	lien⁴¹
徵~求	曾開三蒸知平	tʃəŋ³⁵	tʃiŋ³³	tʃen²¹²	tɕin³³	tɕin³³	tsəŋ³³	tʃen³³	tsen³³
蒸	曾開三蒸章平	tʃəŋ³⁵	tʃiŋ³³	tʃen²¹²	tɕin³³	tɕin³³	tsəŋ³³	tʃəi³¹	tsen³³
稱	曾開三蒸昌平	tʃʰəŋ³⁵	tʃʰiŋ³³	tʃʰen²¹²	tɕʰin³³	tɕʰin³³	tsʰəŋ³³	tʃʰəi³¹	tsʰen³³
乘	曾開三蒸船平	tʃʰəŋ¹¹	tʃʰiŋ¹¹	tʃʰen²⁴	tɕʰin³¹	tɕʰin³¹		ʃəi²¹³	tsʰen⁴¹
升	曾開三蒸書平	ʃəŋ³⁵	siŋ³³	ʃen²¹²	çin³³	çin³³	səŋ³³	ʃəi³¹	sen³³
承	曾開三蒸禪平	tʃʰəŋ¹¹	tʃʰiŋ¹¹	tʃʰen²⁴	tɕʰin³¹	tɕʰin³¹	tsʰəŋ³¹	tʃʰen³¹	tsʰen⁴¹
鷹	曾開三蒸影平	iŋ³⁵	iŋ³³	ien²¹²	in³³	in³³			ien³³
證	曾開三證章去	tʃəŋ¹³	tʃiŋ¹³	tʃen⁵⁵	tɕin³⁵	tɕin⁴²	tsəŋ⁵¹	tʃen²¹³	tsen²⁴
秤	曾開三證昌去	tʃʰəŋ¹³	tʃʰiŋ¹³	tʃʰen⁵⁵	tɕʰin³⁵	tɕʰin⁴²	tsʰəŋ⁵¹	tʃʰəi⁵¹	tsʰen⁴¹
剩	曾開三證船去	ʃəŋ¹³	siŋ¹³	ʃen⁵⁵	çin³⁵	çin⁴²	səŋ⁵¹	ʃəi³³	çyen⁴¹
勝	曾開三證書去	ʃəŋ¹³	siŋ¹³	ʃen⁵⁵	çin³⁵	çin⁴²	səŋ⁵¹	ʃəi⁵¹	sen²⁴
興	曾開三證曉去	ʃəŋ³⁵	siŋ¹³	ʃen⁵⁵	çin³⁵	çin⁴²	xəŋ³³		çien²⁴
孕	曾開三證以去	iŋ¹³	iŋ¹³	ien⁵⁵	in³⁵	in⁴²		ien²¹³	yen²⁴
逼	曾開三職幫入	pi¹¹	pi¹¹	pie³¹	piɛ³¹	piɛ⁵³	piɛ⁵¹	piɛ⁵¹	pi³³
力	曾開三職來入	li¹¹	li¹¹	lie⁵⁵	lie³⁵	lie³³	lie³³	lie³³	lie⁴¹
即	曾開三職精入	tɕi¹¹	tʃi¹¹	tsie³¹	tɕie³¹	tɕie⁴²			tɕiɛ⁵¹
息	曾開三職心入	çi¹¹	sʅ¹¹	sie³¹	çie³¹	çie³¹	çie³³	çie³¹	çiɛ⁴¹
媳	曾開三職心入	çi¹¹	sʅ¹¹	sie³¹	çie³¹	çie³³	çie⁵¹	çie⁵¹	səi⁴⁵⁴
直	曾開三職澄入	tɕʰi¹¹	tʃʰi¹¹	tʃʰie⁵⁵	tɕie³¹	tɕʰie³³	tɕʰie³³	tɕʰie³³	tɕʰiɛ⁴¹
側	曾開三職莊入	tɕiæ¹¹	tʃiɛ¹¹	tsia³¹	tsʰɛ³¹	tsɛ⁵³	tsɛ⁵¹	tʃʰa⁵¹	tsʰɛ²⁴
測	曾開三職初入	tɕiæ¹¹	tʃiɛ¹¹	tsia³¹	tsʰɛ³¹	tsʰɛ⁵³	tsʰɛ³³	tʃʰa³¹	tsʰɛ²⁴
色	曾開三職生入	çiæ¹¹	ʃiɛ¹¹	sia³¹	sɛ³¹	sɛ⁵³	sɛ⁵¹	ʃa⁵¹	sɛ⁴¹
織	曾開三職章入	tɕi¹¹	tʃi¹¹	tʃie³¹	tɕie³¹	tɕie⁵³	tɕie⁵¹	tɕie⁵¹	tsʅ³³
食	曾開三職船入	çi¹¹	sʅ¹¹	ʃie³¹	çie³¹	çie³¹	çie³³	çie³¹	səi⁴¹ / sʅ⁴¹ 食物
識	曾開三職書入	çi¹¹	sʅ¹¹	ʃie³¹	çie³¹	çie⁵³	çie⁵¹	çie³¹	sʅ⁴¹
殖	曾開三職禪入	tɕʰi¹¹	tʃʰi¹¹	tʃʰie³¹	tɕie³¹	tɕie³¹	tɕie⁵¹	tɕiɛ³¹	tsʅ⁴¹
極	曾開三職群入	tɕʰi¹¹	tʃʰi¹¹	tʃʰie³¹	tɕie³¹	tɕie³¹		kie³¹	tɕi⁴¹
憶	曾開三職影入	i¹³	i¹³	i⁵⁵	i³⁵	i⁴²		i²¹³	i²⁴
國	曾合一德見入	kuæə¹¹	kuɛ¹¹	kuiaᵒ³¹	kuɛ³¹	kuɛ⁵³	kuɛ⁵¹	kua³¹	kuɛ⁴¹
或	曾合一德匣入	xuæ¹¹	xuɛ¹¹	xuia⁵⁵	xuɛ³¹	xuɛ³¹	xuɛ³³	xua³¹	

域	曾合三職云入	yæ¹¹	yɛ¹¹	ye³¹	y³⁵	y³⁵		yɛ³¹	y²⁴
彭	梗開二庚並平	pʰuŋ¹¹	pʰuŋ¹¹	pʰen²⁴	pʰin³¹	pʰin³¹	pəŋ³¹	pəi²¹³	pen²⁴
撐	梗開二庚徹平	tsʰuŋ³⁵	tʃʰiŋ³³	tsʰoŋ⁵⁵	tɕʰin³³	tɕʰin³³	tsʰəŋ³³	tʃʰai³¹	tsʰen³³
鐺	梗開二庚初平				tsʰan³³	tsʰɛ³³	tsʰɛ³³		tsʰɑ³³
生	梗開二庚生平	suŋ³⁵	siŋ³³	soŋ²¹²	san³³	ɕin³³	sɛ³³	ʃai³¹	sɑ³³ 白 / sen³³ 文
牲	梗開二庚生平	suŋ³⁵	siŋ³³	sen²¹²	ɕin³³	ɕin³³	səŋ³³	ʃai³³	sen³³
甥	梗開二庚生平	suŋ³⁵	siŋ³³	soŋ²¹²	san³³	sɛ³³	sɛ³³	ʃai³³	suŋ³³
羹	梗開二庚見平		kiŋ³³	ken²¹²	kin³³	kin³³	kəŋ³³	kɜʉ³³	ken³³
衡	梗開二庚匣平	xiŋ¹¹	xiŋ¹¹	xen²⁴	xin³¹	xin³¹	xəŋ³¹	xai²¹³	xen²⁴
猛	梗開二梗明上	muŋ³³	muŋ⁵³	məŋ³¹	muŋ⁵³	muŋ³⁵	muŋ³⁵	məʉ²¹³	muŋ⁴⁵⁴
打	梗開二梗端上	ta³³	ta⁵³	ta³¹	ta⁵³	ta³⁵	ta³⁵	to³⁵	ta⁴⁵⁴
冷	梗開二梗來上	liŋ³³	liŋ⁵³	nen³¹	lin⁵³	lin³⁵	ləŋ³⁵		len⁴⁵⁴
省	梗開二梗生上	suŋ³³	siŋ⁵³	sen³¹	ɕyn⁵³	suin³⁵	səŋ³⁵	ʃen³⁵	sen⁴⁵⁴
杏	梗開二梗匣上	ʃəŋ¹³	siŋ¹³	ʃen⁵⁵	ɕin³⁵	ɕin⁴²		xien³⁵	ɕien²⁴
更	梗開二映見去	kiŋ¹³	kiŋ¹³	ken⁵⁵	kin³⁵	kin⁴²	kəŋ⁵¹	ken⁵¹	ken⁴¹
硬	梗開二映疑去	ŋiŋ¹³	ȵiŋ¹³	oŋ⁵⁵	ŋan³⁵	ŋɛ³³	ŋɛ⁵¹	ŋai³³	ȵia⁴¹
百	梗開二陌幫入	piæ¹¹	piɛ¹¹	po³¹	pɛ³¹	pa⁵³	pa⁵¹	pa⁵¹	pai⁴⁵⁴
伯	梗開二陌幫入	piæ¹¹	piɛ¹¹	pia³¹	pɛ³¹	pɛ³¹	pa³³	po⁵¹	pa²⁴
拍	梗開二陌滂入	pʰiæ¹¹	pʰiɛ¹¹	pʰia³¹	pʰɛ³¹	pʰa⁵³ / pʰɛ⁵³ 拍打	pʰa⁵¹	pʰa⁵¹	pʰai⁴⁵⁴
白	梗開二陌並入	piæ¹¹	piɛ¹¹	pʰo⁵⁵	pʰo³⁵	pa³¹	pɛ³³	pa³³	po⁴¹ / pɛ⁴¹
拆	梗開二陌徹入	tɕʰiæ¹¹	tʃʰiɛ¹¹	tsʰia³¹	tsʰɑ³⁵	tsʰɑ⁴²	tsʰɑ⁵¹	tʃʰo⁵¹	tsʰɑ⁴⁵⁴
擇	梗開二陌澄入	tɕʰiæ¹¹	tʃʰiɛ¹¹	tsʰia³¹	tsʰɛ³¹	tsʰɛ³¹	tsʰɛ⁵¹	tʃʰia³¹	tsɛ⁴¹
格	梗開二陌見入	kiæ¹¹	kiɛ¹¹	kia³¹	kɛ³¹	kɛ⁵³	kɛ³¹	ka³¹	kie⁴¹
客	梗開二陌溪入	kʰiæ¹¹	kʰiɛ¹¹	kʰia³¹ / kʰo³¹	kʰɛ³¹	kʰɑ⁴²	kʰɑ⁵¹	kʰa⁵¹	kʰɛ⁴¹
棚	梗開二耕幫平	pʰuŋ¹¹	pʰuŋ¹¹	pʰəŋ²⁴	pʰuŋ³¹	puŋ³¹	puŋ³¹	pəʉ²¹³	puŋ²⁴
橙~子	梗開二耕澄平	tʃʰəŋ¹¹	tʃʰiŋ¹¹	tʃʰen²⁴	tɕʰin³¹	tɕʰin³¹	tsʰəŋ³¹	tʃʰen²¹³	tsʰen²⁴
爭	梗開二耕莊平	tsuŋ³⁵	tʃiŋ³³	tsoŋ²¹² 單用 / tsen²¹² 鬥爭	tɕin³³	tsɛ³³ 爭東西; tɕin³³	tsɛ³³	tʃen³³	tsɑ³³ / tsen³³ 鬥爭
耕	梗開二耕見平	kiŋ³⁵	kiŋ³³	ken²¹²	kin³³	kin³³	kəŋ³³		
鸎	梗開二耕影平	iŋ³⁵	iŋ³³	ien²¹²	in³³		iŋ³³	ien³³	ien³³
幸	梗開二耿匣上	ʃəŋ¹³	siŋ¹³	ʃen⁵⁵	ɕin³⁵	ɕin⁴²	xəŋ⁵¹	xien²¹³	ɕien²⁴

字	分類								
麥	梗開二麥明入	mɑ¹¹	miɛ¹¹	mo⁵⁵	mo³⁵	mɑ³¹ / mɛ³¹ 麥市〔註15〕	mɑ³³	ma³³	mɛ⁴¹
脈	梗開二麥明入	miæ¹¹	miɛ¹¹	mia³¹	mɛ³¹	ma³¹	mɛ³³	ma³³	mɑi²⁴
責	梗開二麥莊入	tɕiæ¹¹	tʃiɛ¹¹	tsia²⁴	tsɛ³¹	tsɛ⁵³	tsɛ⁵¹	tʃa³¹	tsɛ⁴¹
策	梗開二麥初入	tɕʰiæ¹¹	tʃʰiɛ¹¹	tsʰia³¹	tsʰɛ³¹	tsʰɛ⁵³	tsʰɛ⁵¹	tʃʰa³¹	tsʰɛ⁴¹
隔	梗開二麥見入	kiæ¹¹	kiɛ¹¹	kia³¹	kɛ³¹	kɛ⁵³	kɑ⁵¹	ka³¹	kɛ⁴¹ / kɑi⁴⁵⁴ 隔開
核	梗開二麥匣入	xæ¹¹	xɛ¹¹	xia³¹	xɛ³¹	xɛ⁵³	xɛ⁵¹	xa³¹	xɛ⁴¹
兵	梗開三庚幫平	piŋ³⁵	piŋ³³	pen²¹²	pin³³	pin³³	pəŋ³³	pəi³¹	pen³³
平	梗開三庚並平	pʰiŋ¹¹	pʰiŋ¹¹	pʰen²⁴ 單用 / pen²⁴ 平盤〔註16〕	pʰin³¹	pin³¹	pəŋ³¹	pəi²¹³	pen²⁴ / pʰien⁴¹ 平安
明	梗開三庚明平	miŋ¹¹	miŋ¹¹	men²⁴	min³¹	min³¹	məŋ³¹	məi²¹³	men²⁴
京	梗開三庚見平	tʃəŋ³⁵	tʃiŋ³³	tʃen²¹²	tɕin³³	tɕin³³	kəŋ³³	kəi³³	ken³³ 北京 / tɕien³³ 京劇、東京、南京
迎	梗開三庚疑平	iŋ¹¹	ɲiŋ¹¹	ien²⁴	lin³¹	lin³¹		ien³¹	ien⁴¹
英	梗開三庚影平	iŋ³⁵	iŋ³³	ien²¹²	in³³	in³³	əŋ³³	ien³³	ien³³
景	梗開三梗見上	tʃəŋ³³	tʃiŋ⁵³	tʃen³¹	tɕin⁵³	tɕin³⁵	kəŋ³⁵	ken³⁵	tɕien⁴⁵⁴
影	梗開三梗影上	iŋ³³	iŋ⁵³	ien³¹	in⁵³	in³⁵	əŋ³⁵	iəi³⁵	ien⁴⁵⁴
病	梗開三映並去	pəi¹³	piŋ¹³	pʰian⁵⁵ / pen⁵⁵	pin³⁵	pin³³	pəŋ⁵¹	pəi³³	pəi⁴¹ 有病 / pien²⁴
命	梗開三映明去	miŋ¹³	miŋ¹³	mian⁵⁵ / men⁵⁵ 性命、命運	min³⁵	min³³	məŋ⁵¹	məi³³	mien²⁴
鏡	梗開三映見去	tʃəŋ¹³	tʃiŋ¹³	tʃen⁵⁵	tɕin³⁵	tɕin⁴²	kəŋ⁵¹	kəi⁵¹	ken⁴¹
慶	梗開三映溪去	tʃʰəŋ¹³	tʃʰiŋ¹³	tʃʰen⁵⁵	tɕʰin³⁵	tɕʰin⁴²	kʰəŋ⁵¹	kʰen²¹³	tɕʰien²⁴
映	梗開三映影去	iŋ³³	iŋ¹³	ien⁵⁵	in³⁵	in⁴²	əŋ⁵¹	ien²¹³	ien²⁴
劇戲~	梗開三陌群入	tɕy¹³	tʃy¹³	tʃy⁵⁵	tɕy³⁵	tɕy⁴²		ky²¹³	tɕy²⁴
逆	梗開三陌疑入	ɲi¹¹	ɲi¹¹	ɲie⁵⁵	ɲie³¹	ɲie³³		ɲie³¹	ɲi⁴¹

〔註15〕 麥市：臨武縣的一個鎮。

〔註16〕 平盤：一種較大的盤子，用以盛魚、肉類。

字	音韻地位							
名	梗開三清明平	miŋ^{11}	miŋ^{11}	mian^{24} / men^{24} 名人、名牌	min^{31}	min^{31}	məŋ^{31}	məi^{213}	məi^{24} / mien^{41} 名人
精	梗開三清精平	tɕiŋ^{35}	tʃiŋ^{33}	tsen^{212}	tɕin^{33}	tɕin^{33}	tsəŋ^{33}	tʃen^{33}	tsen^{33}
清	梗開三清清平	tɕʰiŋ^{35}	tʃʰiŋ^{33}	tsʰian^{212} / tsʰen^{212}	tɕʰin^{33}	tɕʰin^{33}	tsʰəŋ^{33}	tʃʰəi^{31}	tɕʰien^{33}
晴	梗開三清從平	tɕʰiŋ^{11}	tʃʰiŋ^{11}	tsʰian^{24} / tsʰen^{24}	tɕʰin^{31}	tɕʰin^{31}	tsʰəŋ^{31}	tʃʰəi^{213}	tsʰəi^{24} 天晴 tɕʰien^{41}
程	梗開三清澄平	tʃʰəŋ^{11}	tʃʰiŋ^{11}	tʃʰen^{24}	tɕʰin^{31}	tɕʰin^{31}	tsʰəŋ^{31}	tʃʰəi^{213}	tsʰen^{41}
正~月	梗開三清章平	tʃəŋ^{35}	tʃiŋ^{33}	tʃan^{212}	tɕin^{33}	tɕin^{33}	tsəŋ^{33}	tʃəi^{31}	tsen^{33}
聲	梗開三清書平	ʃəŋ^{35}	siŋ^{33}	ʃan^{212}	ɕin^{33}	ɕin^{33}	səŋ^{33}	ʃəi^{31}	sa^{33} 聲氣〔註17〕/ sen^{33}
成	梗開三清禪平	tʃʰəŋ^{11}	tʃʰiŋ^{11}	tʃʰen^{24}	tɕʰin^{31}	tɕʰin^{31}	tsʰəŋ^{31}	tʃʰen^{31}	tsʰen^{41}
輕	梗開三清溪平	tʃʰəŋ^{35}	tʃʰiŋ^{33}	tʃʰan^{212} / tʃʰen^{212} 年輕	tɕʰin^{33}	tɕʰin^{33}	kʰəŋ^{33}	kʰəi^{31}	kʰəi^{33}
贏	梗開三清以平	iŋ^{11}	iŋ^{11}	ian^{24}	in^{31}	in^{31}	iŋ^{31}	iəi^{213}	ien^{24}
領	梗開三靜來上	liŋ^{33}	liŋ^{53}	ȵian^{31} 一領衣服 / nen^{31}	lin^{53}	lin^{35}	ləŋ^{35}	ləi^{35}	lien^{454}
嶺	梗開三靜來上	liŋ^{33}	liŋ^{53}	ȵian^{31}	lin^{53}	lin^{35}	ləŋ^{35}	ləi^{35}	ləi^{33}
井	梗開三靜精上	tɕiŋ^{33}	tʃiŋ^{53}	tsian^{31}	tɕin^{53}	tɕin^{35}	tsəŋ^{35}	tʃəi^{35}	tsen^{454}
請	梗開三靜清上	tɕʰiŋ^{33}	tʃʰiŋ^{53}	tsʰian^{31}	tɕʰin^{53}	tɕʰin^{35}	tsʰəŋ^{35}	tʃʰəi^{35}	tsʰen^{454}
靜	梗開三靜從上	tɕiŋ^{13}	tʃiŋ^{13}	tsen^{55}	tɕin^{35}	tɕin^{42}	tsʰəŋ^{51}	tʃʰəi^{33}	tɕien^{24}
整	梗開三靜章上	tʃəŋ^{33}	tʃiŋ^{53}	tʃen^{31}	tɕin^{53}	tɕin^{53}	tsəŋ^{35}	tʃəi^{35}	tsen^{454}
頸	梗開三靜見上	tʃəŋ^{33}	tʃan^{53}	tʃan^{31}	tɕin^{53}	tɕin^{35}	kiɛ^{35}	kəi^{35}	ken^{454}
併合~	梗開三勁幫去	piŋ^{13}	piŋ^{13}	pen^{55}	pin^{35}	pin^{42}	pəŋ^{51}	pen^{213}	pien^{24}
聘	梗開三勁滂去	pʰiŋ^{13}		pʰen^{55}	pʰin^{35}	pʰin^{42}	pʰəŋ^{51}	pʰen^{213}	pʰien^{24}
令	梗開三勁來去	liŋ^{13}	niŋ^{13}	nen^{55}	lin^{35}	lin^{33}	ləŋ^{51}	len^{213}	lien^{24}
淨	梗開三勁從去	tɕiŋ^{13}	tʃiŋ^{13}	tsʰian^{55}	tɕʰin^{35}	tɕʰin^{42}	tsəŋ^{51}	tʃʰəi^{33}	tɕien^{24}
姓	梗開三勁心去	ɕiŋ^{13}	siŋ^{13}	sen^{55}	ɕin^{35}	ɕin^{42}	səŋ^{51}	ʃəi^{51}	sen^{41}
政	梗開三勁章去	tʃəŋ^{13}	tʃiŋ^{13}	tʃen^{55}	tɕin^{35}	tɕin^{42}	tsəŋ^{51}	tʃen^{213}	tsen^{24}
僻	梗開三昔滂入	pʰi^{11}	pʰi^{11}	pʰie^{31}	pie^{31}	pi^{53}	pʰie^{31}	pʰie^{31}	pʰi^{24}
積	梗開三昔精入	tɕi^{11}	tʃi^{11}	tsie^{31}	tɕie^{31}	tɕie^{31}	tɕie^{31}	tɕiɛ^{31}	tɕi^{33}

〔註17〕聲氣：聲音。

脊	梗開三昔精入	tɕi¹¹	tʃi¹¹	tsie³¹		tɕie³¹			tɕi⁴¹
籍	梗開三昔從入	tɕʰiæ¹¹	tʃʰie¹³	tsʰie³¹	tɕie³¹	tɕie³¹	tɕʰie³¹	tɕie²¹³	tɕi⁴¹
惜	梗開三昔心入	ɕi¹¹	sɿ¹¹	sie³¹	ɕie³¹	ɕie³¹	ɕie³³		ɕi³³
席	梗開三昔邪入	ɕi¹¹	sɿ¹¹	sie³¹	ɕie³¹	ɕie³¹	ɕie³³	ɕie³¹	ɕi⁴¹
尺	梗開三昔昌入	tʃʰa³⁵	tʃʰa¹¹	tʃʰa³¹	tɕʰia³⁵	tɕʰia⁵³	tsʰa⁵¹	tʃʰo⁵¹	tsʰɿ⁴¹
射	梗開三昔船入	ɕiæ¹³	sie¹³	ʃa⁵⁵	ɕia³⁵	ɕia⁴²	sa⁵¹	ʃo³³	sa²⁴ / sɛ²⁴
適	梗開三昔書入	ɕi¹¹	sɿ¹¹	ʃie³¹	sɿ³¹	ɕie³¹	ɕie⁵¹	sɿ³¹	sɿ²⁴
石	梗開三昔禪入	ʃa¹¹	sa¹¹	ʃa³¹	ɕia / ɕio³⁵	ɕia³¹	sa⁵¹	ʃo³³	sa⁴¹
譯	梗開三昔以入	i¹¹	i¹¹	ie³¹	ie³¹	ie³¹		ie³¹	i²⁴
瓶	梗開四青並平	pʰiŋ¹¹	pʰiŋ¹¹	pʰen²⁴	pʰin³¹	pin³¹	pəŋ³¹	pəi²¹³	pen²⁴ pʰien⁴¹ 花瓶
釘	梗開四青端平	tiŋ³⁵	tiŋ³³	tian²¹²	tin³³	tin³³	təŋ³³	təi³¹	tiaŋ³³
聽	梗開四青透平	tʰiŋ¹³	tʰiŋ³³	tʰian²¹²	tʰin³³	tʰin⁴²	tʰəŋ⁵¹	tʰəi⁵¹	tʰəi⁴¹
停	梗開四青定平	tʰiŋ¹¹	tʰiŋ¹¹	tʰen²⁴	tʰin³¹	tin³¹	təŋ³¹	ten²¹³	ten²⁴
寧	梗開四青泥平	liŋ¹¹	n̠iŋ¹¹	nen²⁴	lin³¹	lin³¹	ŋəŋ⁵¹	len³¹	n̠ien⁴¹
靈	梗開四青來平	liŋ¹¹	liŋ¹¹	nen²⁴	lin³¹	lin³¹	ləŋ³¹	ləi²¹³	len²⁴
青	梗開四青清平	tɕʰiŋ³⁵	tʃʰiŋ³³	tsʰian²¹² 青草 tsʰen²¹² 青年	tɕʰin³³	tɕʰin³³	tsʰəŋ³³	tʃʰəi³¹	tsʰen³³ 青色、青草 / tɕʰien³³
星	梗開四青心平	ɕiŋ³⁵	siŋ³³	sian²¹² 單用 sen²¹² 星星之火	ɕin³³	ɕin³³	səŋ³³	ʃəi³³	sen³³
經	梗開四青見平	tʃəŋ³⁵	tʃiŋ³³	tʃen²¹²	tɕin³³	tɕin³³	kəŋ³³	ken³³	tɕien³³
形	梗開四青匣平	ʃəŋ¹¹	siŋ¹¹	ʃen²⁴	ɕin³¹	ɕin³¹	xəŋ³¹	xəi²¹³	ɕien⁴¹
頂	梗開四迴端上	tiŋ³³	tiŋ⁵³	ten³¹	tin⁵³	tin³⁵	təŋ³⁵	təi³⁵	ten⁴⁵⁴
鼎	梗開四迴端上	tiŋ³³	tʃa	tian²⁴	tin⁵³	tin³⁵	təŋ³⁵	təi³⁵	təi⁴⁵⁴
挺	梗開四迴定上	tʰiŋ³³	tʰiŋ⁵³	tʰen³¹		tʰin³⁵	tʰəŋ³⁵	tʰen³⁵	
醒	梗開四迴心上	ɕiŋ³³	siŋ⁵³	sian³¹	ɕin⁵³	ɕin³⁵	səŋ³⁵	ʃəi³⁵	sen⁴⁵⁴
定	梗開四徑定去	tiŋ¹³	tiŋ¹³	ten⁵⁵	tin³⁵	tin⁴²	təŋ⁵¹	ten²¹³	ten⁴¹ 定緊:定住 / tien²⁴
另	梗開四徑來去	liŋ¹³	niŋ¹³	nen⁵⁵	lin³⁵	nuin⁴²	ləŋ⁵¹	len³³	len²⁴
壁	梗開四錫幫入	pi¹¹	pie¹³	pia³¹	pia³⁵	pia⁵³	pia⁵¹	pie⁵¹	pi²⁴
滴	梗開四錫端入	ti¹¹	tie¹³	tia²⁴	tia³⁵	tia⁵³	tia⁵¹	ti⁵¹	ti³³
踢	梗開四錫透入	tʰiæ¹¹	tʰi¹¹	tʰia / tʰio³¹	tʰia³¹	tʰia⁵³	tʰia⁵¹	tʰiɛ⁵¹	tʰai⁴⁵⁴

笛	梗開四錫定入	ti¹¹	ti¹¹	ti³¹	tia³⁵	tia⁵³	tia⁵¹	tie³¹	ti⁴¹
歷	梗開四錫來入	li¹¹	li¹¹	li⁵⁵	lie³¹	lie³¹	lie³¹	lie³¹	lie⁴¹
績	梗開四錫精入	tɕi¹¹	tʃi¹¹	tsie³¹	tɕie³¹	tɕiɛ⁵³	tɕiɛ⁵¹	tɕiɛ³¹	tɕiɛ⁴¹
戚	梗開四錫清入	tɕʰi¹¹	tʃʰi¹¹	tsʰie³¹	tɕʰie³¹	tɕʰiɛ⁵³	tɕʰiɛ³¹	tɕʰiɛ³¹	tɕʰiɛ⁴¹
析	梗開四錫心入	ɕi¹¹	sɿ¹¹	sie³¹	ɕiɛ³¹	ɕiɛ⁵³	ɕiɛ³³	ɕiɛ³¹	ɕi³³
激	梗開四錫見入	tɕi¹¹	tʃi¹¹	tʃie³¹	tɕiɛ³¹	tɕiɛ⁵³	kiɛ⁵¹	kiɛ³¹	tɕi³³
吃	梗開四錫溪入	tʃʰa¹¹	tʃʰa¹¹	tʃʰa³¹					tɕʰia⁴¹
橫	梗合二庚匣平	xuŋ¹¹	xuŋ¹¹	xuen²⁴	xuin³¹	xuin³¹	uɛ³¹	uəi²¹³	xen²⁴
獲	梗合二麥匣入	xuæ¹¹	xuɛ¹¹	xuia / xo⁵⁵	xuɛ³¹	xuɛ³¹		xo³¹	xo⁴¹
兄	梗合三庚曉平	ɕyŋ³⁵	suŋ³³	ʃəŋ²¹²	xuin³³	xuin³³	xuəŋ³³	xuəi³³	xəi³³ 兄弟 / ɕyŋ³³
榮	梗合三庚云平	yŋ¹¹	iuŋ¹¹	iəŋ²⁴	yŋ³¹	yŋ³¹	yŋ³¹	iuŋ³¹	yŋ⁴¹
永	梗合三梗云上	yŋ³³	iuŋ⁵³	uen³¹	yn⁵³	yn³⁵	uəŋ³⁵	yen³⁵	yŋ⁴⁵⁴
營	梗合三清以平	yŋ¹¹	iuŋ¹¹	uen²⁴	yŋ³¹	yn³¹	uəŋ³¹	yen³¹	ien⁴¹
疫	梗合三昔以入	yæ¹¹	yɛ¹¹	ye³¹	yɛ³¹	i³³		yɛ³¹	i²⁴
螢	梗合四青匣平	yŋ¹¹	ian¹¹	uen²⁴	in⁵³	in³¹		iaŋ²¹³	iaŋ⁴¹
篷	通合一東並平	pʰuŋ¹¹	pʰuŋ¹¹	fəŋ²⁴	pʰuŋ³¹	puŋ³¹	puŋ³¹	pəʉ²¹³	puŋ³³
蒙	通合一東明平	muŋ¹¹	muŋ¹¹	məŋ²⁴	muŋ³¹	muŋ³¹	muŋ³¹	muŋ³¹	muŋ⁴¹
東	通合一東端平	tuŋ³⁵	tuŋ³³	təŋ²¹²	tuŋ³³	tuŋ³³	tuŋ³³	təʉ³¹	tuŋ³³
通	通合一東透平	tʰuŋ³⁵	tʰuŋ³³	tʰəŋ²¹²	tʰuŋ³³	tʰuŋ³³	tʰuŋ³³	tʰəʉ³¹	tʰuŋ³³
同	通合一東定平	tʰuŋ¹¹	tʰuŋ¹¹	tʰəŋ²⁴	tʰuŋ³¹	tuŋ³¹	tuŋ³¹	təʉ²¹³	tʰuŋ⁴¹
聾	通合一東來平	luŋ³⁵	luŋ³³	nəŋ²¹²	luŋ³³	luŋ³³	luŋ³³	ləʉ³¹	luŋ³³
棕	通合一東精平	tsuŋ³⁵	tʃuŋ³³	tsəŋ²¹²	tsuŋ³³	tsuŋ³³	tsuŋ³³	tʃəʉ³¹	tsuŋ³³
蔥	通合一東清平	tsʰuŋ³⁵	tʃʰuŋ³³	tsʰəŋ²¹²	tsʰuŋ³³	tsʰuŋ³³	tsʰuŋ³³	tʃʰəʉ³¹	tsʰuŋ³³
公	通合一東見平	kuŋ³⁵	kuŋ³³	kəŋ²¹²	kuŋ³³	kuŋ³³	kuŋ³³	kəʉ³¹	kuŋ³³
工	通合一東見平	kuŋ³⁵	kuŋ³³	kəŋ²¹²	kuŋ³³	kuŋ³³	kuŋ³³	kəʉ³¹	kuŋ³³
空	通合一東溪平	kʰuŋ³⁵	kʰuŋ³³	kʰəŋ²¹²	kʰuŋ³³	kʰuŋ³³	kʰuŋ³³	kʰəʉ³¹	kʰuŋ³³
烘	通合一東曉平	xuŋ³⁵	xuŋ³³	xoŋ⁵⁵	xuŋ³³	xuŋ³³		xaŋ⁵¹	xuŋ³³
紅	通合一東匣平	xuŋ¹¹	xuŋ¹¹	xəŋ²⁴	xuŋ³¹	xuŋ³¹	xuŋ³¹	xəʉ²¹³	xuŋ²⁴
懂	通合一董端上	tuŋ³³	tuŋ⁵³	təŋ³¹	tuŋ⁵³	tuŋ³⁵	tuŋ³⁵	təʉ³⁵	tuŋ⁴⁵⁴
桶	通合一董透上	tʰuŋ³³	tʰuŋ⁵³	tʰəŋ³¹	tʰuŋ⁵³	tʰuŋ³⁵	tʰuŋ³⁵	tʰəʉ³⁵	tʰuŋ⁴⁵⁴
動	通合一董定上	tuŋ¹³	tuŋ¹³	təŋ⁵⁵	tuŋ³⁵	tuŋ⁴²	tuŋ⁵¹	tuŋ²¹³	tuŋ²⁴
總	通合一董精上	tsuŋ³³	tʃuŋ⁵³	tsəŋ³¹	tsuŋ⁵³	tsuŋ³⁵	tsuŋ³⁵	tʃəʉ³⁵	tsuŋ⁴⁵⁴
凍	通合一送端去	tuŋ¹³	tuŋ¹³	təŋ⁵⁵	tuŋ³⁵	tuŋ⁴²	tuŋ⁵¹	təʉ⁵¹	tuŋ⁴¹ 好凍 / tuŋ²⁴
痛	通合一送透去	tʰuŋ¹³	tʰuŋ¹³	tʰəŋ⁵⁵	tʰuŋ³⁵	tʰuŋ⁴²	tʰuŋ⁵¹	tɕʰie³³*	
洞	通合一送定去	tuŋ¹³	tuŋ¹³	təŋ⁵⁵	tuŋ³⁵	tuŋ⁴²	tuŋ⁵¹		tuŋ²⁴

字	音韻地位								
齈鼻~ 〔註18〕	通合一送泥去	luŋ³³	luŋ⁵³	nəŋ⁵⁵	luŋ³³	luŋ³³	luŋ⁵¹	nəʉ²¹³	nuŋ⁴⁵⁴
弄	通合一送來去	luŋ¹³	luŋ¹³	nəŋ⁵⁵	luŋ³⁵	luŋ⁴²	luŋ⁵¹	ləʉ³³ / luŋ³³	nuŋ²⁴
粽	通合一送精去	tsuŋ¹³	tʃuŋ³³	tsəŋ²⁴	tsuŋ³⁵	tsuŋ⁴²	tsuŋ⁵¹	tʃəʉ⁵¹	tsuŋ²⁴
送	通合一送心去	suŋ¹³	suŋ¹³	səŋ⁵⁵	suŋ³⁵	suŋ⁴²	suŋ⁵¹	ʃəʉ⁵¹	suŋ²⁴
貢	通合一送見去	kuŋ¹³	kuŋ¹³	kəŋ⁵⁵	kuŋ³⁵	kuŋ⁴²	kuŋ⁵¹	kuŋ²¹³	kuŋ²⁴
撲	通合一屋滂入	pʰu³³	pʰo⁵³	pʰo³¹	pʰu³¹	pʰu³¹	pʰo⁵¹		pʰu³³
木	通合一屋明入	mo¹¹	mo¹¹	mu³¹	mu⁵³	miɛ³³	mu³³	məʉ³³	mu⁴¹
獨	通合一屋定入	tu¹¹	tu¹¹	tu³¹	tu³¹	tu³¹	tu³³	təʉ³³	tu⁴¹
讀	通合一屋定入	tu¹¹	tu¹¹	tʰu⁵⁵讀書〔註19〕/ tu²⁴讀報	tʰu³⁵	tu³³	tu³³	təʉ³³	to⁴¹
鹿	通合一屋來入	lu¹¹	lu¹¹	lu³¹	ly³¹	lu³¹	lu³³	lu²¹³	lu²⁴
族	通合一屋從入	tsʰu¹¹	tʃʰy¹¹	tsʰu³¹	tsʰu³¹	tsʰu³¹	tsʰu³¹	tʃʰu³¹	tsu⁴¹
速	通合一屋心入	su¹¹	sʮ¹¹	su³¹	su³¹	su³¹	su³¹	ʃu³¹	su²⁴
穀~子	通合一屋見入	ku¹¹	ku¹¹	ku³¹	ku³¹	kɵ⁵³	ku⁵¹	kəʉ⁵¹	ko⁴⁵⁴
哭	通合一屋溪入	kʰu¹¹	kʰu¹¹	kʰu³¹	kʰu³¹	xɵ⁵³	kʰu⁵¹	xəʉ⁵¹	xo⁴⁵⁴
冬	通合一冬端平	tuŋ³⁵	tuŋ³³	təŋ²¹²	tuŋ³³	tuŋ³³	tuŋ³³	təʉ³¹	tuŋ³³
農	通合一冬泥平	luŋ¹¹	luŋ¹¹	nəŋ²⁴	luŋ³¹	luŋ³¹	luŋ³¹	nəʉ²¹³	nuŋ²⁴
宗	通合一冬精平	tsuŋ³⁵	tʃuŋ³³	tsəŋ²¹²	tsuŋ³³	tsuŋ³³	tsuŋ³³	tʃuŋ³³	tsuŋ³³
鬆~緊	通合一冬心平	suŋ³⁵	suŋ³³	səŋ²¹²	suŋ³³	suŋ³³	suŋ³³	ʃəʉ³³	suŋ³³
毒	通合一沃定入	tu¹¹	tu¹¹	tu³¹	tʰu³⁵	tɵ³³	tu³³	təʉ³³	tu²⁴
酷	通合一沃溪入	kʰu¹¹	ku¹¹	kʰu⁵⁵	kʰu³⁵	kʰu⁴²		kʰu⁵¹	kʰu²⁴
風	通合三東非平	fuŋ³⁵	fuŋ³³	fəŋ²¹²	fuŋ³³	fuŋ³³	fuŋ³³	fəʉ³¹	fuŋ³³
豐	通合三東敷平	fuŋ³⁵	fuŋ³³	fəŋ²¹²	fuŋ³³	fuŋ³³	fuŋ³³	fuŋ³³	fuŋ³³
中	通合三東知平	tsuŋ³⁵	tʃuŋ³³	tʃəŋ²¹²	tsuŋ³³	tsuŋ³³	tsuŋ³³	tʃəʉ³¹	tsuŋ³³
蟲	通合三東澄平	tsʰuŋ¹¹	tʃʰuŋ¹¹	tʃʰəŋ²⁴	tsʰuŋ³¹	tsʰuŋ³¹	tsʰuŋ³¹	tʃʰəʉ²¹³	tsʰuŋ²⁴
終	通合三東章平	tsuŋ³⁵	tʃuŋ³³	tʃəŋ²¹²	tsuŋ³³	tsuŋ³³	tsuŋ³³	tʃuŋ³³	tsuŋ³³
充	通合三東昌平	tsʰuŋ³⁵	tʃʰuŋ³³	tʃʰəŋ²¹²	tsʰuŋ³³	tsʰuŋ³³	tsʰuŋ³³	tʃʰuŋ³³	tsʰuŋ³³
絨	通合三東日平	yŋ¹¹	iuŋ¹¹	iəŋ²⁴	yŋ³¹	yŋ³¹	yŋ³¹	iuŋ²¹³	ɹuŋ²⁴
弓	通合三東見平	kuŋ³⁵	kuŋ³³	kəŋ²¹²	kuŋ³³	kuŋ³³	kuŋ³³	kuŋ³³	kuŋ³³
宮	通合三東見平	kuŋ³⁵	kuŋ³³	kəŋ²¹²	kuŋ³³	kuŋ³³	kuŋ³³	kuŋ³³	kuŋ³³
窮	通合三東群平	tɕʰyŋ³⁵	tʃʰuŋ¹¹	tʃʰəŋ²⁴	tɕʰyŋ³¹	tɕʰyŋ³¹	kʰyŋ³¹	kʰiuŋ²¹³	kʰuŋ²⁴
熊	通合三東云平	ɕyŋ¹¹	suŋ¹¹	ʃəŋ²⁴	ɕyŋ³¹	ɕyŋ³¹	xyŋ³¹	xiuŋ²¹³	ɕyŋ⁴¹

〔註18〕鼻齈：鼻涕。
〔註19〕讀書：指上學。

字	音韻地位								
夢	通合三送明去	muŋ¹³	muŋ¹³	məŋ⁵⁵	muŋ³⁵	muŋ³³	muŋ³³	məʉ³³	muŋ⁴¹
眾	通合三送章去	tsuŋ¹³	tʃuŋ¹³	tʃəŋ⁵⁵	tsuŋ³⁵	tsuŋ⁴²	tsuŋ⁵¹	tʃuŋ²¹³	tsuŋ²⁴
銃	通合三送昌去	tsʰuŋ¹³	tʃʰuŋ¹³	tʃʰəŋ⁵⁵	tsʰuŋ³⁵	tsʰuŋ⁴²	tsʰuŋ⁵¹	tʃʰəʉ⁵¹	tsʰuŋ⁴¹
嗅	通合三送曉去	ɕyŋ¹³	suŋ¹³	ʃəŋ⁵⁵	ɕyŋ³⁵	ɕyŋ⁴²	xyŋ⁵¹	xiuŋ⁵¹	ɕyŋ⁴¹
福	通合三屋非入	fu¹¹	fu¹¹	fu³¹	fu³¹	fiɛ⁵³ 福氣 / fu³¹	fu⁵¹	fəʉ⁵¹	fu²⁴
腹	通合三屋非入	fu¹¹	fu¹¹	fu³¹	fu³¹	fu³¹		fu³¹	po⁴⁵⁴ 腹疾〔註20〕/ fu²⁴
服	通合三屋奉入	fu¹¹	fu¹¹	fu²⁴	fu³¹	fiɛ³¹ 我服嘅你嘍〔註21〕/ fu³¹	fu³³	fu³¹	fu²⁴
目	通合三屋明入	mo¹¹	mo¹¹	mu⁵⁵	mu³¹	mu³¹	mu³³	mu³¹	mu²⁴
六	通合三屋來入	lu¹¹	lu¹¹	liəu⁵⁵	liəu³⁵	liəu³³	liu³³	lu³¹	løø⁴¹ / lu⁴¹ 一六〔註22〕
肅	通合三屋心入	su¹¹	sʅ¹¹	su²⁴	su³¹	su³¹	su³³	ʃu⁵¹	su²⁴
竹	通合三屋知入	tɕy¹¹	tʃu¹¹	tsu²⁴	tiəu⁵³	tiəu⁵³	tiu⁵³	tiəu⁵¹	tiəu⁴¹
軸	通合三屋澄入	tɕʰy¹¹	tʃʰu¹¹	tsʰu²⁴	tɕʰiəu³⁵	tɕʰiəu⁵³	tɕʰiu⁵³	tʃʰəʉ³⁵	
縮	通合三屋生入	su¹¹	sʅ¹¹	su²⁴	su³¹	ɕyɛ⁵³ / su³¹ 縮頭烏龜	su⁵¹	ʃəʉ⁵¹	so³³
祝	通合三屋章入	tsu¹¹	tʃu¹¹	tsu²⁴	tsu³¹	tsu³¹	tsu³¹	tʃu³¹	tsu⁴¹
叔	通合三屋書入	su¹¹	sʅ¹¹	su²⁴	su³¹	su³¹		su⁴¹	
熟	通合三屋禪入	su¹¹	sʅ¹¹	su²⁴	su³¹	ɕyɛ³¹ / su³¹ 熟悉	su³³	ʃəʉ³³	so⁴¹
肉	通合三屋日入	y¹¹	lu¹¹	ȵiəu³¹	o⁵³	yɛ³¹	lu³³	iəu³³	ȵiəu⁴¹
封	通合三鍾非平	fuŋ³⁵	fuŋ³³	fəŋ²¹²	fuŋ³³	fuŋ³³	fuŋ³³	fəʉ³¹	fuŋ³³
蜂	通合三鍾敷平	fuŋ³⁵	pʰuŋ³³	fəŋ²¹²	fuŋ³³	pʰuŋ³³	pʰuŋ³³	pʰəʉ³¹	pʰuŋ³³ 單說 / fuŋ³³
濃	通合三鍾泥平	luŋ¹¹	luŋ¹¹	nəŋ²⁴	ȵyŋ³¹	ȵyŋ³¹	ȵyŋ³¹	ȵiuŋ²¹³	ȵyŋ²⁴
龍	通合三鍾來平	luŋ¹¹	luŋ¹¹	nəŋ²⁴	luŋ³¹	luŋ³¹	luŋ³¹	liuŋ²¹³	luŋ²⁴
松~樹	通合三鍾邪平	tsʰuŋ¹¹	tʃʰuŋ¹¹	tsʰəŋ²⁴	suŋ³³	tsʰuŋ³¹	tsʰuŋ³³	tɕʰiuŋ²¹³	tsʰuŋ²⁴

〔註20〕腹疾：肚子疼。

〔註21〕我服嘅你嘍：我服了你了。

〔註22〕一六：宜章縣一六鎮。

字	音韻地位								
重	通合三鍾澄平	tsʰuŋ^{11}	tʃʰuŋ^{11}	tʃʰəŋ^{24}	tsʰuŋ^{31}	tsʰuŋ^{31}	tsʰuŋ^{31}	tʃʰɤ^{213}	tsʰuŋ^{41}
鐘敲~	通合三鍾章平	tsuŋ^{35}	tʃuŋ^{33}	tʃəŋ^{212}	tsuŋ^{33}	tsuŋ^{33}	tsuŋ^{33}	tʃɤ^{31}	tsuŋ^{33}
沖	通合三鍾昌平	tsʰuŋ^{35}	tʃʰuŋ^{33}	tʃʰəŋ^{212}	tsʰuŋ^{33}	tsʰuŋ^{33}	tsʰuŋ^{33}	tʃʰɤ^{31}	tsʰuŋ^{33}
茸	通合三鍾日平	yŋ^{11}	iuŋ^{11}	iəŋ^{24}			yŋ^{31}	iuŋ^{31}	luŋ^{41}
胸	通合三鍾曉平	ɕyŋ^{35}	suŋ^{33}	ʃəŋ^{212}	ɕyŋ^{33}	ɕyŋ^{33}	xyŋ^{33}	xiuŋ^{31}	ɕyŋ^{33}
凶~惡	通合三鍾曉平	ɕyŋ^{35}	suŋ^{33}	ʃəŋ^{212}	ɕyŋ^{33}	ɕyŋ^{33}	xyŋ^{33}	xiuŋ^{31}	
容	通合三鍾以平	yŋ^{11}	iuŋ^{11}	iəŋ^{24}	yŋ^{31}	yŋ^{31}	yŋ^{31}	iuŋ^{31}	yŋ^{41}
奉	通合三腫奉上	fuŋ^{13}	fuŋ^{13}	fəŋ^{55}	fuŋ^{35}	fuŋ^{42}	fuŋ^{51}	fuŋ^{213}	fuŋ^{24}
重	通合三腫澄上	tsuŋ^{13}	tʃʰuŋ^{53}	tʃʰəŋ^{31}	tsʰuŋ^{53}	tsʰuŋ^{35}	tsʰuŋ^{35}	tʃʰɤ^{35}	tsʰuŋ^{24}
種	通合三腫章上	tsuŋ^{33}	tʃuŋ^{53}	tʃəŋ^{31}	tsuŋ^{53}	tsuŋ^{35}	tsuŋ^{35}	tʃɤ^{35}	tsʰuŋ^{454}
恐害怕	通合三腫溪上	kʰuŋ^{33}	kʰuŋ^{53}	kʰəŋ^{31}	kʰuŋ^{53}	kʰuŋ^{35}	xyŋ^{35}	xiuŋ^{35}	xuŋ^{24}
擁	通合三腫影上	yŋ^{33}	iuŋ^{33}	iəŋ^{31}	yŋ^{33}	yŋ^{35}	yŋ^{33}	iuŋ^{35}	yŋ^{33}
勇	通合三腫以上	yŋ^{33}	iuŋ^{53}	iəŋ^{31}	yŋ^{53}	yŋ^{35}	yŋ^{35}	iuŋ^{35}	yŋ^{33}
供	通合三用見去	kuŋ^{13}	kuŋ^{13}	kəŋ^{212}	kuŋ^{35}	kuŋ^{42}	kuŋ^{33}	kuŋ^{33}	
共	通合三用群去	kuŋ^{13}	kuŋ^{13}	kʰəŋ^{55}	kuŋ^{35}	kuŋ^{42}	kʰuŋ^{51}	kuŋ^{213}	kuŋ^{24}
用	通合三用以去	yŋ^{13}	iuŋ^{13}	iəŋ^{55}	yŋ^{35}	yŋ^{33}	yŋ^{51}	iuŋ^{33}	yŋ^{41}
綠	通合三燭來入	lu^{11}	lu^{11}	liəu^{55}	ly^{35}	liəu^{33}	liu^{33}	liəu^{33}	leø^{41}
錄	通合三燭來入	lu^{11}	lu^{11}	lu^{31}	lu^{31}	lu^{31}	lu^{33}	lu^{31}	lu^{24}
足	通合三燭精入	tsu^{11}	tʃu^{11}	tsu^{24}	tsu^{31}	tsu^{31}	tɕiu^{51}	tʃu^{31}	tsu^{41}
續	通合三燭邪入	sʅ^{11}	sʅ^{11}	su^{31}	su^{31}	su^{42}		tsʰu^{31}	ɕy^{33}
俗	通合三燭邪入	su^{11}	sʅ^{11}	su^{31}	su^{31}	su^{31}	su^{51}	ʃu^{31}	su^{41}
觸	通合三燭昌入	tsʰu^{11}	tʃʰy^{11}	tsʰu^{31}	tsʰo^{31}	tsʰo^{53}	tsʰo^{31}	tʃʰu^{31}	tsʰu^{24}
贖	通合三燭船入	su^{11}	sʅ^{11}	su^{31}	su^{31}	su^{31}	su^{31}	ʃəɤ^{33}	so^{41}
束	通合三燭書入	tsʰu^{11}	tʃʰy^{11}	tsʰu^{31}	su^{35}	su^{35} / tsʰu^{31} 結束	tsʰu^{31}	tʃʰu^{51}	ɕiəu^{24}
屬	通合三燭禪入	su^{11}	sʅ^{11}	su^{31}	su^{31}	su^{31}	su^{31}	ʃu^{31}	su^{41}
褥	通合三燭日入	lu^{11}	lu^{11}	lu^{31}	lu^{31}	lu^{31}		əu^{33}	
局	通合三燭群入	tɕʰy^{11}	tʃʰy^{11}	tʃʰy^{24}	tɕʰy^{31}	tɕʰy^{31}	kʰiu^{51}	ky^{31}	tɕy^{41}
玉	通合三燭疑入	y^{13}	y^{13}	y^{55}	y^{35}	y^{42}	y^{51}	y^{33}	y^{24}

後 記

　　總覺得還有很多地方要更深入地探討，比如關於土話方言層次的構擬，比如關於入聲韻的演變，再比如關於知系和精組聲母分合的問題，等等。無奈時間緊迫，不得不暫時擱筆。好在來日方長，可以在畢業以後繼續摸索。只是遺憾的是，離校後不能再經常聽到導師麥耘先生的諄諄教導了。於是，老師的平易近人、幽默風趣，老師為我們上課時的一絲不苟，每次去老師辦公室不管有多忙老師都要放下手中工作指導我的學習，把我當朋友一樣地暢談學問，大年初二老師還利用難得的閒暇批閱我的論文，帶我到田野調查時手把手地指導，等等場景，一時都湧上心頭。和老師在一起時印象最深的還是老師豁達、熱愛生活的人生態度和關於治學的理念——通達。雖不能至，心嚮往之。

　　感謝社科院語言所給過我幫助的各位老師。李藍老師、覃遠雄老師、謝留文老師、沈明老師對我的關心和指導，給我上過課的李藍老師、孟蓬生老師、王志平老師、張伯江老師，讓我受益匪淺。感謝劉丹青老師、李藍老師、覃遠雄老師、謝留文老師在我開題時提出的寶貴意見。

　　感謝北京語言大學的趙日新老師和北京大學的項夢冰老師在我論文答辯時給我提出的寶貴意見，讓我受益匪淺。

　　論文的完成，離不開發音人的耐心幫助，每一個字音材料，都是發音人的心血。尤其要感謝楚江的李遠財先生、王党芹女士，唐家的唐中貴先生，麻田

的吳其生先生，一六的譚瑞珍女士，仁義的侯識毅先生，飛仙的陳生治先生。大家的熱情招待，不厭其煩地一遍遍為我發音，都讓我銘記於心。與大家的朝夕相處，有著忘年之交的快樂時光。

感謝湖南師範大學的陳暉老師、湖南司法警官職業學院圖書館長唐亞琴姐在我們調查湘南土話時給予的熱情幫助，非常快樂。感謝桂陽縣史志辦的成瓊為我提供的幫助。

感謝北京大學王洪君老師對我論文問題的耐心解答；2013 年武漢研修班期間，項夢冰老師帶我們方言調查實習時的一絲不苟讓我印象深刻。感謝中山大學的莊初升老師和湖南師大的陳暉老師辛苦評閱我的論文並提出寶貴意見。感謝北京大學的趙媛同學為我提供的參考資料。

還要感謝我讀研期間的導師河北師範大學的桑宇紅老師，她帶我走進了音韻學和方言學的學術殿堂之門，並在我畢業後仍時常關心我的學業，給我盡可能的幫助。

三年在社科院研究生院的生活，留下了很多回憶，小院濃厚的學術氛圍和人人拼命抓緊時間讀書的精神深深影響了我。結交了一幫癡心學術的有志青年。與大家的共處，十分快樂且珍貴。祝大家都有個錦繡前程！

尹凱

2015 年 5 月 3 日於中國社科院研究生院慎思樓